KENDARE BLAKE

Der Schwarze Thron

Die Schwestern / Die Königin

Kendare Blake

DER SCHWARZE THRON

Die Schwestern / Die Königin

Zwei Romane in einem Band

Übersetzt von
Charlotte Lungstrass-Kapfer

blanvalet

Die Originalausgaben erschienen unter den Titeln
»Three Dark Crowns (Book 1)« (2016) und
»One Dark Throne (Book 2)« (2017) bei Harper Teen, New York.

Teil 1 und 2 der Reihe *Der Schwarze Thron* wurde
bereits in Einzelbänden veröffentlicht unter den Titeln:
Die Schwestern und *Die Königin*

FSC www.fsc.org MIX Papier aus verantwortungsvollen Quellen FSC® C014496

Verlagsgruppe Random House FSC® N001967

1. Auflage
Deutsche Erstveröffentlichung April 2019
bei Blanvalet, einem Unternehmen
der Verlagsgruppe Random House GmbH,
Neumarkter Str. 28, 81673 München
Dieses Werk wurde vermittelt durch die
Literarische Agentur Thomas Schlück GmbH, 30161 Hannover.

Redaktion: Beatrice Lampe
Umschlaggestaltung und -illustration: © Isabelle Hirtz, Inkcraft
JB · Herstellung: kw
Satz: Buch-Werkstatt GmbH, Bad Aibling
Druck und Bindung: GGP Media GmbH, Pößneck
Printed in Germany
ISBN 978-3-7341-6187-2

www.blanvalet.de

Kendare Blake

DER SCHWARZE THRON

Die Schwestern

Übersetzt von
Charlotte Lungstrass-Kapfer

blanvalet

Drei Königinnen, dunkel, unschuldig, klein
einem Schoß entsprungen,
können niemals Freundinnen sein.

Drei dunkle Schwestern, jede so schön,
zwei werden verschlungen,
nur eine gekrönt.

N
W
E
S
Tal von Innisfu
Sonnen-
mulde
Hornberg
Die
Schwarze
Bernadinesbruck
Kenora
DIE SEEWACHTBERGE
WOLFSQUELL
Torberg
Die Stadt der
Naturbegabten
Robbenkopf-
bucht
Der Schwarze Thr

Morgentau-
bucht
Sandhafen
Shannons
Dämmerpforte
ROLANTH
Die Metropole der
Elementwandler
Stern-
schnuppensee
PRYNN
Die Stadt der
Giftmischer
Trignor
DIE FELSBRUCHHÜGEL
Das Kap
INDRIDSKAMM
Die Hauptstadt
Der
Volroy
Der Hafen
von Bardon
BASTIANSBURG
Die Stadt der Krieger
arte der Insel Fennbirn

21. Dezember,
der sechzehnte Geburtstag der Königinnen.

Noch vier Monate bis zum Beltanefest.

Greavesdrake Haus

Eine junge Königin steht barfuß auf einem Holzblock, ihre Arme sind weit ausgestreckt. Immer wieder geht ein schneidender Luftzug durch den Raum, und nichts bietet ihr Schutz gegen die Kälte außer ihrem dünnen Unterkleid und ihren langen schwarzen Haaren, die offen über ihren Rücken fallen. Ihr schmaler Körper verbraucht das letzte Fünkchen Kraft, um das Kinn zu recken und Haltung zu bewahren.

Zwei hochgewachsene Frauen umkreisen den Holzblock. Sie haben die Arme vor dem Körper verschränkt und trommeln mit den Fingerspitzen auf ihre Ellbogen, während ihre Absätze laut auf dem kalten Holzboden aufsetzen.

»Sie ist spindeldürr«, stellt Genevieve fest und klopft mit dem Fingerknöchel gegen die Rippen der Königin, als könnte sie die Knochen damit tiefer unter die Haut scheuchen. »Und immer noch so winzig. Kleine Königinnen wirken nicht sonderlich vertrauenerweckend. Im Rat wird man über sie tuscheln.«

Angewidert lässt sie den Blick über die Königin wandern und registriert dabei jeden Makel: die eingefallenen Wangen, die fahle Haut, den hässlichen Schorf an der rechten Hand von der Behandlung mit Gifteichentinktur. Aber ohne Narbenbildung. Da passen sie immer gut auf.

»Nimm die Arme runter«, befiehlt Genevieve und wendet sich ruckartig ab.

Königin Katharine blickt fragend zu Natalia, der älteren und etwas größeren der beiden Arron-Schwestern, bevor sie gehorcht. Erst als Natalia nickt, darf das Blut in Katharines Fingerspitzen zurückfließen.

»Heute Abend wird sie Handschuhe tragen müssen«, verkündet Genevieve mit unüberhörbarer Kritik in der Stimme. Doch die Verantwortung für die Ausbildung der Königin liegt nicht bei ihr, sondern bei Natalia, und wenn Natalia Katharines Hände eine Woche vor ihrem Geburtstag mit Gifteiche behandeln will, dann tut sie das auch.

Genevieve nimmt eine Haarsträhne von Katharine in die Hand. Dann zieht sie – fest.

Es tut so weh, dass Katharine gegen die Tränen anblinzeln muss. Seit sie auf diesen Block gestiegen ist, haben Genevieves Hände sie von vorne bis hinten abgeklopft. Manchmal haben sie so fest zugepackt als wollte Genevieve geradezu, dass Katharine stürzt, damit sie ihr hinterher die blauen Flecken zum Vorwurf machen kann.

Wieder zieht Genevieve an den Haaren.

»Wenigstens fallen sie nicht aus. Aber wie können schwarze Haare nur so stumpf aussehen? Und warum ist sie immer noch so winzig klein?«

»Sie ist die Kleinste und Jüngste von den dreien«, erwidert Natalia mit ihrer tiefen Stimme gelassen. »Manche Dinge lassen sich eben nicht ändern, Schwester.«

Als Natalia an ihr vorbeigeht, fällt es Katharine schwer, ihr nicht mit dem Blick zu folgen. Natalia Arron ist für sie das, was einer Mutter am nächsten kommt. In ihrem Schoß hat sie sich im Alter von sechs Jahren ausgeweint, nach der Trennung von ihren Schwestern, den ganzen langen Weg von der Schwarzen Kate bis zu ihrem neuen Heim in Greavesdrake Haus. Damals hatte sie rein gar nichts von einer Königin an sich. Doch Natalia war nachsichtig mit ihr. Sie hat Katharine weinen lassen, auch wenn sie damit ihren seidenen Rock ruinierte. Hat ihr das Haar gestreichelt. Heute ist das Katharines früheste Erinnerung. Nur dieses eine Mal hat Natalia ihr gestattet, sich wie ein Kind zu benehmen.

In dem indirekten Licht des Salons schimmert Natalias eisblonder Dutt fast silbern. Doch sie ist nicht alt. Natalia wird niemals alt sein. Sie hat zu viele Aufgaben und trägt zu viel Verantwortung, um das zuzulassen. Immerhin ist sie das Oberhaupt der Giftmischerfamilie Arron und das mächtigste Mitglied des Schwarzen Rates. Und sie zieht die künftige Königin groß.

Genevieve greift nach Katharines verletzter Hand. Ihr Daumen gleitet über die Krusten, und als sie die größte ausgemacht hat, zupft sie daran, bis Blut hervorquillt.

»Genevieve«, sagt Natalia warnend, »das reicht.«

»Handschuhe wären wirklich nicht schlecht«, überlegt ihre Schwester. »Wenn sie bis über den Ellbogen reichen, verleiht das ihren Armen eine schöne Form.«

Sie lässt Katharines Hand los, die schlaff gegen die Hüfte prallt. Katharine steht nun schon seit über einer Stunde auf dem Block, und der Tag hat gerade erst begonnen. Es liegt noch viel vor ihr bis zum Abend und der großen Feier, dem *Gave Noir*. Dem Festessen der Giftmischer. Schon beim Gedanken daran verkrampft sich ihr gereizter Magen mit einem schmerzlichen Knurren.

Natalia runzelt die Stirn.

»Hast du dich ausgeruht?«, fragt sie.

»Ja, Natalia«, antwortet Katharine.

»Und du hast nichts zu dir genommen außer Wasser und verdünntem Haferschleim?«

»Nichts.«

Seit Tagen schon hat sie nichts anderes mehr gegessen, und trotzdem wird diese Vorsichtsmaßnahme eventuell nicht ausreichen. Allein schon durch die Menge könnte das Gift, das sie verzehren wird, stärker sein als Natalias Vorbereitungen. Und natürlich würde es ihr überhaupt nichts anhaben, wenn ihre Giftmischergabe stark wäre.

Von Katharines Block aus wirken die abgehängten Wände des Salons plötzlich erdrückend. Mit so vielen Arrons in einem Haus scheinen die Mauern immer näher zu rücken. Zu diesem Ereignis sind sie von der ganzen Insel angereist – der sechzehnte Geburtstag der Königin. Normalerweise gleicht Greavesdrake einer riesigen stillen Höhle, wenn nur Natalia, ihre Geschwister Genevieve und Antonin und die Dienstboten hier sind. Eventuell noch Natalias Cousin Lucian und Cousine Allegra, wenn sie sich nicht in ihren Stadthäusern aufhalten. Heute hingegen herrscht riesiger Trubel, und alles ist fein herausgeputzt. Wohin man blickt Gift und Giftmischer. Könnte ein Haus lächeln, würde Greavesdrake heute wohl breit grinsen.

»Sie muss bereit sein«, betont Genevieve. »Was auch immer heute geschieht, wird sich bis in den letzten Winkel der Insel herumsprechen.«

Natalia sieht ihre Schwester mit leicht geneigtem Kopf an, eine Pose, die perfekt ausdrückt, dass sie zwar Verständnis für Genevieves Sorgen hat, es aber auch leid ist, sie sich ständig anhören zu müssen.

Dann wendet sich Natalia zum Fenster und blickt über die Hügel hinunter auf die Hauptstadt Indridskamm. Über den Rauchsäulen aus den vielen Kaminen erheben sich die zwei schwarzen Türme des Volroy, des Palastes, in dem die Königin während ihrer Herrschaft residiert und der außerdem den ständigen Sitz des Schwarzen Rates bildet.

»Du bist zu angespannt, Schwester.«

»Zu angespannt?«, wiederholt Genevieve. »Wir treten heute in das Jahr des Aufstiegs ein, und das mit einer schwachen Königin. Falls wir verlieren … gehe ich ganz sicher nicht nach Prynn zurück!«

Die Stimme ihrer Schwester wird so schrill, dass Natalia sich ein Lachen verkneifen muss. Prynn. Früher einmal die Stadt der Giftmischer; heute leben dort nur noch die schwächsten unter ihnen. Inzwischen können die Giftmischer ganz Indridskamm für sich beanspruchen. Und so ist es nun schon seit über hundert Jahren.

»Du warst in deinem ganzen Leben noch nie in Prynn, Genevieve.«

»Lach mich nicht aus.«

»Dann führ dich nicht so albern auf. Manchmal weiß ich wirklich nicht, was mit dir los ist.«

Wieder blickt sie aus dem Fenster, zu den schwarzen Türmen des Volroy hinüber. Fünf Arrons sitzen im Schwarzen Rat. Seit drei Generationen saßen nie weniger als fünf von ihnen im Rat, jeweils von der herrschenden Giftmischerkönigin berufen.

»Ich spreche nur aus, was dir vielleicht entgangen ist, nachdem du dich kaum noch im Rat blicken lässt und stattdessen unsere Königin verhätschelst.«

»Mir entgeht nichts«, erwidert Natalia, woraufhin Genevieve den Blick senkt.

»Natürlich, Schwester, verzeih. Doch es ist nun einmal so, dass die Anspannung im Rat wächst, seitdem der Tempel offen auf der Seite der Elementwandlerin steht.«

Natalia lächelt verächtlich.

»Der Tempel ist gut für Feiertage und um für kranke Kinder zu beten.« Sie dreht sich zu Katharine um, hebt einen Arm und legt ihr einen Finger unter das Kinn. »In allem anderen richten sich die Leute nach dem Rat. Warum gehst du nicht zu den Stallungen und machst einen Ausritt?«, schlägt sie ihrer Schwester übergangslos vor. »Das wird dich beruhigen. Oder du kehrst in den Volroy zurück. Dort gibt es bestimmt irgendeine Angelegenheit, um die du dich kümmern musst.«

Genevieve klappt den Mund zu. Einen Moment lang sieht es so aus, als wolle sie den Gehorsam verweigern oder zumindest die Hand heben und Katharine eine Ohrfeige verpassen, um ihren Frust abzubauen.

»Das ist eine gute Idee«, sagt sie dann jedoch. »Wir sehen uns heute Abend, Schwester.«

Sobald Genevieve verschwunden ist, nickt Natalia Katharine zu.

»Du kannst jetzt runterkommen.«

Mit zitternden Knien klettert das schmale Mädchen von dem Block, ganz darauf konzentriert, nicht zu stolpern.

»Geh in dein Zimmer«, weist Natalia sie an und wendet sich dann einigen Unterlagen auf dem Tisch zu. »Ich schicke dir Giselle mit einer Schüssel Haferbrei hinauf. Danach nimmst du nichts mehr zu dir außer ein wenig Wasser.«

Katharine neigt den Kopf und sinkt halb in einen Knicks, den Natalia aus dem Augenwinkel bemerkt. Aber das Mädchen geht nicht.

»Ist es …« Katharine zögert. »Ist es wirklich so schlimm, wie Genevieve sagt?«

Natalia mustert sie einen Moment lang, als müsse sie erst entscheiden, ob die Frage eine Antwort wert ist.

»Genevieve macht sich Sorgen«, erklärt sie schließlich. »So ist sie schon seit unserer Kindheit. Nein, Kat, es ist ganz und gar nicht so schlimm.« Sanft streicht sie dem Mädchen eine Haarsträhne hinter das Ohr. Natalia tut das oft, wenn sie mit ihr zufrieden ist, und durch nichts lässt sich die junge Königin schneller beruhigen. »Schon lange vor meiner Geburt saß eine Giftmischerin auf dem Thron. Und auch noch lange nachdem du und ich gestorben sein werden, wird eine Giftmischerin Königin sein.« Mit beiden Händen umfasst sie Katharines Schultern; die große Natalia, voll eisiger Schönheit. Was aus ihrem Mund kommt, lässt keinen Raum für Widerspruch oder Zweifel. Wäre Katharine mehr wie sie, hätten die Arrons nichts zu befürchten.

»Heute Abend geben wir ein Fest«, betont Natalia, »für dich, zu deinem Geburtstag. Genieße es, Königin Katharine. Um alles andere kümmere ich mich.«

Königin Katharine sitzt an ihrem Schminktisch und betrachtet ihr Spiegelbild, während Giselle mit langen, gleichmäßigen Bürstenstrichen ihre schwarzen Haare auskämmt. Sie trägt nur ihr Unterkleid und ihren Morgenmantel, und sie friert noch immer. Greavesdrake ist ein zugiger Ort, der seine finsteren Winkel pflegt. Manchmal kommt es ihr so vor, als hätte sie den Großteil ihres Lebens im Dunkeln verbracht, durchgefroren bis auf die Knochen.

Rechts von ihr steht ein gläsernes Terrarium. Darin liegt ihre Korallenotter, vollgefressen mit Grillen. Katharine hat sie, seit das Reptil aus dem Ei geschlüpft ist, und sie ist das einzige giftige Lebewesen, vor dem sie sich nicht fürchtet. Das Tier kennt die Vibrationen von Katharines Stimme und den Geruch ihrer Haut. Es hat sie bislang kein einziges Mal gebissen.

Katharine wird sie heute Abend auf dem Fest am Handgelenk tragen wie ein warmes, lebendiges Armband. Natalia wird eine Schwarze Mamba tragen. Eine kleine Schlange am Handgelenk ist zwar nicht so schick wie eine große, die wie eine Federboa um die Schultern geschlungen wird, aber Katharine bevorzugt ein dezentes Accessoire. Zudem ist ihr rot-schwarz-gelbes Tier hübscher. Giftfarben, sagt man. Das perfekte Schmuckstück für eine Giftmischerkönigin.

Katharine legt eine Hand an das Glas, woraufhin die Schlange das runde Köpfchen hebt. Man hat ihr gesagt, sie solle dem Tier keinen Namen geben, wieder und wieder hat man ihr eingebläut, dass es kein Haustier sei. Doch insgeheim nennt sie die Schlange Herzliebchen.

»Trink nicht zu viel Champagner«, rät Giselle ihr, während sie Katharines Haare in einzelne Strähnen aufteilt. »Da ist bestimmt Gift drin, oder er ist mit giftigem Saft gestreckt. In der Küche habe ich etwas von Stechpalmenbeeren gehört.«

»Ein bisschen werde ich davon trinken müssen«, gibt Katharine zu bedenken, »immerhin wird man auf meinen Geburtstag anstoßen.«

Ihr Geburtstag – und der Geburtstag ihrer Schwestern. Überall auf der Insel feiern die Menschen den Geburtstag der jüngsten Generation von Drillingsköniginnen.

»Dann benetze nur deine Lippen damit«, schlägt Giselle vor. »Nicht mehr. Du musst ja nicht nur wegen des Gifts aufpassen, sondern auch wegen des Champagners an sich. Ein so zartes Persönchen wie du braucht nicht viel, um weiche Knie zu bekommen.«

Giselle flicht Katharines Haare zu mehreren Zöpfen, die sie anschließend hoch am Hinterkopf aufsteckt und zu einem Dutt eindreht. Ihre Finger sind sanft. Sie zieht nicht an den Haaren. Sie weiß, dass die jahrelangen Vergiftungen die Kopfhaut des Mädchens geschwächt haben.

Katharine greift noch einmal zum Make-up, doch Giselle schnalzt missbilligend mit der Zunge. Die Königin ist durch den vielen Puder sowieso schon zu blass, was ihrem Versuch geschuldet ist, die zu weit vorstehenden Schlüsselbeine und die hohlen Wangen zu kaschieren. Das Gift hat sie ausgezehrt. Durchschwitzte Nächte und das ständige Erbrechen haben dafür gesorgt, dass ihre Haut so dünn und durchscheinend geworden ist wie nasses Papier.

»Du bist bereits schön genug«, versichert Giselle und lächelt Katharine durch den Spiegel zu. »Mit deinen großen, dunklen Puppenaugen.«

Giselle ist freundlich. Von allen Zofen in Greavesdrake ist sie Katharine die liebste. Aber selbst die Zofe ist in so vielen Punkten schöner als die Königin, mit ihren runden Hüften, den rosigen Wangen und den glänzenden hellen Haaren, deren Schimmer sogar das künstliche Eisblond übertrifft, das Natalia bevorzugt.

»Puppenaugen«, wiederholt Katharine.

Mag sein. Aber sie sind nicht hübsch. Sie gleichen großen schwarzen Kugeln in einem kränklichen Gesicht. Beim Blick in den Spiegel zerlegt Katharine ihren Körper in ihrer Vorstellung in seine Einzelteile: Knochen, Haut, zu wenig Blut. Es bräuchte nicht viel, um sie ganz zu zerbrechen – um die spärlichen Muskeln abzuschälen, die Organe herauszuziehen und in der Sonne vertrocknen zu lassen. Oft fragt sie sich, ob ihre Schwestern sich ebenso leicht zerlegen ließen. Ob sie unter der Haut alle drei gleich sind. Nicht eine Giftmischerin, eine Naturbegabte und eine Elementwandlerin.

»Genevieve glaubt, dass ich versagen werde«, sagt Katharine. »Sie meint, ich wäre zu klein und zu schwach.«

»Du bist eine Giftmischerkönigin«, erwidert Giselle. »Worauf sonst kommt es denn an? Außerdem bist du gar nicht so klein. Oder so schwach. Ich habe schon kleinere und schwächere Menschen gesehen.«

Natalia gleitet in einem engen schwarzen Etuikleid in den Raum. Eigentlich hätte man sie hören müssen, das Klappern ihrer Absätze, das bis zu den hohen Decken hinaufhallt. Sie waren wohl zu abgelenkt.

»Ist sie fertig?«, fragt Natalia nun, woraufhin Katharine schnell aufsteht. Es ist eine Ehre, vom Familienoberhaupt der Arrons angekleidet zu werden, und sie wird dem Mädchen nur an hohen Festtagen zuteil. Und am wichtigsten aller Geburtstage.

Giselle holt Katharines Gewand. Es ist schwarz, mit einem langen Rock. Schwer. Ärmel hat es nicht, aber es wurden schwarze Satinhandschuhe bereitgelegt, die den Schorf von der Gifteichentinktur verdecken sollen.

Als sie sich in den Rock stellt und Natalia beginnt, ihr das Mieder zu schnüren, verkrampft sich Katharines

Magen. Über die Treppe dringen die ersten Geräusche der sich sammelnden Festgäste nach oben. Erst ziehen Natalia und Giselle ihr die Handschuhe über. Dann öffnet Giselle das Terrarium. Katharine fischt Herzliebchen heraus, die sich brav um ihr Handgelenk legt.

»Wurde sie betäubt?«, fragt Natalia. »Das wäre vielleicht besser.«

»Sie wird nichts tun«, versichert ihr Katharine und streicht sanft über Herzliebchens Schuppen. »Sie ist sehr wohlerzogen.«

»Wenn du meinst.« Natalia dreht Katharine zum Spiegel und legt ihr die Hände auf die Schultern.

Nie zuvor haben drei Königinnen mit derselben Gabe nacheinander auf dem Thron gesessen. Sylvia, Nicola und Camille waren die letzten drei. Alle Giftmischerinnen, alle aufgezogen vom Hause Arron. Eine mehr, und es könnte eine Dynastie daraus entstehen. Vielleicht wird man dann in Zukunft nur noch der Giftmischerkönigin erlauben aufzuwachsen, und ihre Schwestern werden nach der Geburt ertränkt.

»Es wird beim *Gave Noir* keine Überraschungen geben«, erklärt Natalia. »Nichts, was du nicht bereits kennst. Aber trotzdem: Iss nicht zu viel. Wende deine Kniffe an. Mache es so, wie wir es geübt haben.«

»Es wäre doch ein gutes Omen, wenn meine Gabe heute Abend erwachen würde«, sagt Katharine leise. »An meinem Geburtstag. So wie bei Königin Hadly.«

»Du warst wieder einmal zu lange in der Bibliothek.« Natalia sprüht ein wenig Jasmin-Parfum auf Katharines Hals und berührt prüfend die aufgesteckten Flechten. Natalias eisblondes Haar ist ganz ähnlich frisiert, vielleicht zum Zeichen ihrer Solidarität. »Königin Hadly war keine Giftmischerin, sie hatte die Gabe des Krieges. Das ist etwas anderes.«

Katharine nickt und lässt sich stumm nach links und rechts drehen, mehr Kleiderpuppe als Mensch, wie ein Stück Ton, das Natalia mit ihrer Giftmischergabe bearbeiten kann.

»Du bist ein wenig dünn«, stellt Natalia fest. »Camille war nie dünn, sie war eher stämmig. Sie hat sich immer auf das *Gave Noir* gefreut wie ein Kind auf den Sonntagsbraten.«

Bei der Erwähnung von Königin Camille spitzt Katharine die Ohren. Obwohl die frühere Königin als Natalias Ziehschwester aufwuchs, spricht sie fast nie über Camille. Über Katharines Mutter, auch wenn das Mädchen das nicht so empfindet. Die Tempeldoktrin besagt, dass Königinnen weder Mutter noch Vater haben, sie sind einzig und allein Kinder der Göttin. Außerdem hat Königin Camille die Insel gemeinsam mit ihrem Prinzgemahl verlassen, sobald sie sich von der Geburt der Drillinge erholt hatte, wie alle Königinnen es tun. Die Göttin entsandte die neuen Königinnen, und damit war die Herrschaft der alten Königin beendet.

Trotzdem hört Katharine gerne etwas über jene, die vor ihr kamen. Natalia scheint nur eine Geschichte über Camille gerne zu erzählen, und zwar, wie sie sich ihre Krone geholt hat. Wie sie ihre Schwestern so verstohlen und schlau vergiftet hat, dass es Tage dauerte, bis sie starben. Und dass sie, als es vorüber war, so friedlich ausgesehen hätten, dass man hätte glauben können, sie seien im Schlaf gestorben – wäre da nicht der Schaum auf ihren Lippen gewesen.

Natalia hat die friedlichen Gesichter der Vergifteten mit eigenen Augen gesehen. Falls Katharine Erfolg hat, wird sie noch zwei von ihnen sehen.

»Doch in anderer Hinsicht bist du Camille ähnlich«, fährt Natalia mit einem Seufzen fort. »Sie war auch ganz vernarrt in die staubigen Wälzer in der Bibliothek. Und sie wirkte immer so jung. Sie *war* so jung. Nach ihrer Krönung hat sie nur sechzehn Jahre regiert. Die Göttin hat ihr sehr früh die Drillinge geschickt.«

Königin Camille empfing ihre Drillinge so früh, weil sie schwach war. Zumindest sagen die Leute das hinter vorgehaltener Hand. Manchmal fragt Katharine sich, wie viel Zeit ihr bleiben wird. Wie viele Jahre sie ihr Volk führen wird, bevor die Göttin es für angebracht hält, sie zu ersetzen. Den Arrons ist das vermutlich gleichgültig. In der Übergangszeit herrscht der Schwarze Rat, und solange sie die Krone trägt, behält der auch weiterhin die Kontrolle.

»In gewisser Weise war Camille wie eine kleine Schwester für mich«, stellt Natalia fest.

»Macht mich das dann zu deiner Nichte?«

Natalia packt Katharine am Kinn.

»Sei nicht so sentimental«, befiehlt sie ihr, bevor sie loslässt. »Dafür, dass sie so jung wirkte, hat Camille ihre Schwestern mit erstaunlich viel Selbstvertrauen getötet. Sie war immer eine exzellente Giftmischerin. Ihre Gabe ist schon früh erwacht.«

Katharine runzelt irritiert die Stirn. Bei einer ihrer Drillingsschwestern ist die Gabe ebenfalls schon früh erwacht. Mirabella, die große Elementwandlerin.

»Ich werde meine Schwestern genauso problemlos töten, Natalia«, erwidert Katharine. »Das verspreche ich dir. Aber wenn ich mit ihnen fertig bin, sehen sie vermutlich nicht so aus, als würden sie schlafen.«

Der Ballsaal im Nordflügel ist gesteckt voll mit Giftmischern. Anscheinend hat jeder, der auch nur im Entferntesten zur Familie Arron gehört, die Reise nach Indridskamm auf sich genommen, und dazu noch der Großteil aller Giftmischer aus Prynn. Katharine steht oben an der Freitreppe und mustert das Geschehen im Erdgeschoss. Alles funkelt und glänzt, von den Kristallgläsern über den Silberschmuck und die Edelsteine bis hin zu den glasierten roten Tollkirschen, die in Zuckergittern zu wahren Türmen aufgestapelt sind.

Die Gäste sind fast schon zu fein herausgeputzt: die Damen mit ihren schwarzen Perlen und schwarzen Diamantcolliers, die Herren mit schwarzen Seidenkrawatten. Und sie alle haben zu viel Fleisch auf den Rippen. Zu viel Kraft in den Armen. Sie werden sie beurteilen und für ärmlich befinden. Sie werden lachen.

Während Katharine sie beobachtet, wirft eine Frau mit dunkelroter Haarpracht lachend den Kopf in den Nacken. Für einen Moment kann man ihre Backenzähne aufblitzen sehen, und ihr Kiefer öffnet sich so weit, als wäre er ausgerenkt. In Katharines Ohren wird das höfliche Geplauder zu einem schrillen Heulen, und der Ballsaal ist plötzlich mit funkelnden Monstern gefüllt.

»Giselle, ich schaffe das nicht«, flüstert sie. Die Zofe hört auf, an den voluminösen Röcken des Kleides herumzuzupfen, und packt von hinten ihre Schultern.

»Doch, du schaffst das«, sagt sie.

»Die Treppe hat auf einmal viel mehr Stufen.«

»Hat sie nicht«, versichert Giselle lachend. »Königin Katharine: Du wirst perfekt sein.«

Unten im Ballsaal verstummt die Musik. Natalia hat die Hand gehoben.

»Du bist bereit«, behauptet Giselle und prüft noch ein letztes Mal den Faltenwurf des Kleides.

»Ich danke euch allen«, wendet sich Natalia mit ihrer tiefen, melodischen Stimme an ihre Gäste, »dass ihr an diesem bedeutenden Tag hier bei uns seid. Dies ist in jedem Jahr ein wichtiger Tag, doch dieses Mal kommt ihm noch eine besondere Bedeutung zu. In diesem Jahr wird unsere Katharine sechzehn!« Die Gäste applaudieren. »Und wenn der Frühling kommt, und mit ihm Beltane, werden wir mehr als nur irgendein Fest feiern. Mit ihm wird das Jahr des Aufstiegs beginnen. An Beltane, bei der Erwachenszeremonie, werden wir der Insel die volle Kraft der Giftmischer vor Augen führen! Und wenn Beltane vorüber ist, werden wir das Privileg genießen, unserer Königin dabei zuzusehen, wie sie genüsslich ihre Schwestern vergiftet.«

Natalia deutet mit ausgestreckter Hand auf die Freitreppe.

»Dieses Jahr feiern wir den Beginn, und nächstes Jahr feiern wir die Krone.« Noch mehr Applaus ertönt, durchsetzt mit Gelächter und zustimmenden Kommentaren. Sie glauben, dass es so einfach wird. Ein Jahr Zeit, um zwei Königinnen zu vergiften. Eine starke Königin würde es innerhalb eines Monats schaffen, aber Katharine ist keine starke Königin.

»Doch heute Abend«, fährt Natalia fort, »dürft ihr euch einfach nur an ihrer Gesellschaft erfreuen.«

Natalia wendet sich der mit burgunderrotem Teppich

ausgelegten Treppe zu. Zur Feier des Tages wurde sogar noch ein glänzender schwarzer Läufer hinzugefügt. Vielleicht soll der aber auch nur dafür sorgen, dass Katharine den Halt verliert.

»Dieses Kleid ist schwerer, als es in meinem Kleiderschrank aussah«, sagt Katharine leise, woraufhin Giselle verhalten kichert.

Als sie sich aus den Schatten löst und die erste Stufe hinabsteigt, spürt Katharine jedes einzelne Augenpaar auf sich ruhen. Giftmischer haben von Natur aus ein ernstes Gemüt, und sie sind intelligent. Sie können mit einem Blick ebenso viel Schaden anrichten wie mit einem Messer. Die Bevölkerung der Insel Fennbirn gewinnt an Kraft, je nachdem, welche Königin über sie herrscht: Unter einer Naturbegabten werden die Naturbegabten gestärkt, unter einer Elementwandlerin die Elementwandler. Nach drei Giftmischerköniginnen sind die Giftmischer bis zum letzten Mann erstarkt, und die Arrons ganz besonders.

Katharine weiß nicht, ob sie lächeln soll. Sie weiß nur, dass sie nicht zittern darf. Oder stolpern. Das Atmen vergisst sie fast ganz. Dann erblickt sie Genevieve, die rechts hinter Natalia steht. Genevieves fliederfarbene Augen sind hart wie Glas. Sie scheint wütend und ängstlich zugleich zu sein, als warte sie nur darauf, dass Katharine einen Fehler macht. Als freue sie sich schon auf das Gefühl, wie ihre Hand mit voller Wucht in Katharines Gesicht landet.

Als Katharine von der letzten Stufe in den Ballsaal hinuntertritt, werden Gläser erhoben, weiße Zähne funkeln. Die schlimmste Angst fällt von Katharine ab; es wird schon gut gehen, zumindest vorerst.

Ein Diener bietet ihr ein Glas Champagner an. Sie nimmt es und riecht kurz daran: leicht holzig mit einem Hauch von Apfel. Falls etwas beigemischt wurde, dann zumindest nicht die Stechpalmenbeeren, von denen Giselle gesprochen hat. Trotzdem nippt Katharine nur verhalten, sodass gerade mal ihre Lippen benetzt werden.

Nachdem ihr Auftritt vorüber ist, setzt die Musik wieder ein, und die Gespräche werden fortgeführt. Giftmischer in schwarzer Galamontur flattern wie Krähen auf sie zu und ebenso schnell wieder von dannen. Es sind unglaublich viele, und sie alle verbeugen sich oder knicksen höflich und lassen irgendwelche Namen fallen, doch nur einer davon ist wirklich von Bedeutung, der Name Arron. Minuten später ist Katharine so angespannt, dass ihr fast die Luft wegbleibt. Plötzlich scheint ihr Kleid viel zu eng zu sein und der Saal überhitzt. Sie sucht nach Natalia, kann sie aber nicht finden.

»Ist alles in Ordnung, Königin Katharine?«

Verwirrt blinzelt Katharine ihr Gegenüber an. Sie kann sich nicht mehr daran erinnern, was die Frau gerade gesagt hat.

»Ja«, antwortet sie, »natürlich.«

»Also was denkst du? Sind die Feierlichkeiten deiner Schwestern ebenso prunkvoll wie das hier?«

»Aber nicht doch!«, sagt Katharine abwehrend. »Die Naturbegabten werden wahrscheinlich ein Lagerfeuer machen und ein paar Fische braten.« Die Giftmischer lachen. »Und Mirabella … Mirabella …«

»… springt barfuß in schlammigen Pfützen herum.«

Katharine dreht sich um. Hinter ihr steht ein attraktiver junger Giftmischer und lächelt sie an. Er hat Natalias blaue Augen und eisblonde Haare. Und er streckt ihr die Hand entgegen.

»Immerhin ist es das, was Elementwandler unter Spaß verstehen, oder?«, fügt er hinzu. »Meine Königin, möchtest du tanzen?«

Katharine lässt sich auf die Tanzfläche führen und gestattet ihm, sie an sich zu ziehen. An seinem Revers ist ein prächtiger Gelber Mittelmeerskorpion befestigt. Das Tier ist sogar noch halbwegs lebendig. Es zuckt träge mit den Beinen – ein Schmuckstück von grotesker Schönheit. Katharine lehnt sich vorsichtshalber ein Stück zurück. Das Gift des Gelben Mittelmeerskorpions ist äußerst schmerzhaft. Bisher wurde sie sieben Mal gestochen und wieder geheilt, zeigt aber noch immer kaum Resistenzen gegen seine Wirkung.

»Du hast mich gerettet«, sagt sie nun. »Hätte ich noch eine Sekunde länger nach einer Antwort suchen müssen, wäre ich wohl weggerannt.«

In seinem Lächeln liegt genau jenes Maß an Intensität, dass Katharine rot wird. Während sie auf der Tanzfläche ihre Runden drehen, mustert sie sein kantiges Gesicht.

»Wie heißt du?«, fragt sie schließlich. »Sicherlich bist du ein Arron, schließlich hast du ihr typisches Aussehen. Und ihre Haarfarbe. Es sei denn, du hast sie für diesen Anlass gefärbt.«

Lachend erwidert er: »So wie die Dienstboten, meinst du? Ach ja, Tante Natalia und der schöne Schein.«

»*Tante* Natalia? Dann bist du tatsächlich ein Arron.«

»Jawohl«, bestätigt er. »Mein Name ist Pietyr Renard. Meine Mutter war Paulina Renard, und mein Vater ist Natalias Bruder Christophe.« Er führt sie in eine Drehung. »Du bist eine hervorragende Tänzerin.«

Seine Hand gleitet über ihren Rücken. Als sie sich ihrer Schulter nähert, verkrampft sich Katharine etwas; dort ist ihre Haut nach einer Vergiftung rau und schuppig geblieben.

»Wenn man bedenkt, wie schwer dieses Kleid ist, grenzt das an ein Wunder«, sagt sie schnell. »Die Träger schneiden so tief ein, dass ich befürchte, ich könnte anfangen zu bluten.«

»Nun, das darfst du auf keinen Fall zulassen. Man sagt, das Blut einer starken Giftmischerkönigin sei selbst ein Gift. Und ich fände es schrecklich, wenn einer dieser Aasgeier hier dich für eine Kostprobe entführen würde.«

Giftiges Blut. Wenn sie ihres probierten, würden sie eine schwere Enttäuschung erleben.

»Aasgeier? Gehören nicht einige dieser Leute zu deiner Familie?«

»Ganz genau.«

Katharine lacht ausgelassen, bis ihr Gesicht dabei dem Skorpion ein wenig zu nahe kommt. Pietyr ist ziemlich groß, er überragt sie fast um einen ganzen Kopf. So tanzt sie praktisch auf Augenhöhe mit dem Skorpion.

»Du hast ein sehr schönes Lachen«, stellt Pietyr fest, »und doch bin ich überrascht. Ich hätte erwartet, du wärst nervös.«

»Das bin ich auch«, gibt Katharine zu. »Das *Gave* …«

»Nicht wegen des *Gave*, wegen des ganzen Jahres, wegen der Erwachenszeremonie an Beltane. Damit beginnt schließlich alles.«

»Ja, damit beginnt alles«, wiederholt sie leise.

Immer wieder hat Natalia ihr geraten, die Ereignisse auf sich zukommen zu lassen. Sich nicht von ihnen überwältigen zu lassen. Bisher war das nicht sonderlich schwer. Aber andererseits klingt bei Natalia immer alles ganz einfach.

»Dem werde ich mich stellen, wie es meine Pflicht ist«, fügt Katharine schließlich hinzu, was Pietyr ein leises Lachen entlockt.

»Sprach sie mit Furcht in der Stimme. Hoffentlich schaffst du es, bei der Begegnung mit deinen Freiern ein wenig mehr Begeisterung aufzubringen.«

»Das spielt keine Rolle. Wen auch immer ich als Prinzgemahl wähle – wenn ich erst Königin bin, wird er mich lieben.«

»Würdest du es nicht bevorzugen, wenn sie dich auch schon davor lieben? So wünscht es sich doch eigentlich jeder: Um seiner selbst willen geliebt zu werden und nicht aufgrund seines Amtes.«

Katharine liegt die angemessene Antwort bereits auf den Lippen: Die Königinnenwürde ist mehr als nur ein Amt. Nicht jeder kann Königin werden. Nur sie oder eine ihrer Schwestern sind auf diese Art mit der Göttin verbunden. Nur sie können die Drillinge der nächsten Generation empfangen. Aber sie weiß, was Pietyr damit sagen will.

»Und was hältst du von der Idee, wenn sie dich *alle* lieben, statt nur einer von ihnen?«

»Du musst wirklich weitab vom Schuss leben, Pietyr Renard, wenn du die Gerüchte nicht gehört hast. Jeder auf dieser Insel weiß, wen die Freier favorisieren werden. Meine Schwester Mirabella ist so schön wie das Licht der Sterne. Über mich wurde noch nie etwas auch nur annähernd so Schmeichelhaftes gesagt.«

»Vielleicht ist es auch nicht mehr als das«, erwidert er. »Schmeichelei. Außerdem sagen die Leute auch, dass Mirabella bereits fast dem Wahnsinn verfallen ist. Angeblich neigt sie zu Anfällen und Wutausbrüchen. Und sie soll eine Fanatikerin sein, eine Sklavin des Tempels.«

»Und sie ist stark genug, um ganze Gebäude zum Einsturz zu bringen.«

Als Pietyrs Blick automatisch Richtung Decke wandert, kann sich Katharine ein Lächeln nicht verkneifen. Greavesdrake hat sie damit nicht gemeint. Nichts auf dieser Welt wäre stark genug, um Greavesdrake in seinem Fundament zu erschüttern. Das würde Natalia niemals gestatten.

»Und was ist mit deiner Schwester Arsinoe, der Naturbegabten?«, fragt Pietyr gelassen. Beide fangen an zu lachen. Niemand sagt je irgendetwas über Arsinoe.

Noch einmal führt Pietyr Katharine über die Tanzfläche. Sie tanzen nun schon ziemlich lange miteinander. Einige der Umstehenden haben es bemerkt.

Der Tanz endet. Es war ihr dritter oder vielleicht sogar der vierte. Pietyr bleibt stehen und haucht einen Kuss auf Katharines behandschuhte Fingerspitzen.

»Hoffentlich sehen wir uns bald wieder, Königin Katharine«, sagt er.

Katharine nickt wortlos. Erst als er fort ist und das allgemeine Gemurmel wieder einsetzt, wird ihr bewusst, wie still es im Ballsaal geworden war. Nun wirft die Spiegelwand an der Südseite des Saals die vielen Stimmen zurück und lässt ihren Widerhall bis zur geschnitzten Deckenverkleidung aufsteigen.

Natalia, die in einer Ansammlung schwarzer Prachtroben steht, wirft Katharine einen auffordernden Blick zu. Sie sollte jetzt mit einem anderen Partner tanzen. Aber an der langen, schwarz verhüllten Tafel sind die Dienstboten bereits wie fleißige Ameisen damit beschäftigt, die silbernen Tabletts für das Festessen aufzutragen.

Das *Gave Noir.* Manchmal wird es auch »das Schwarze Fressen« genannt. Ein rituelles Giftgelage, das Giftmischerköniginnen an fast jedem der höheren Feiertage zelebrieren. Und deshalb muss Katharine es ebenfalls vollziehen, ganz egal, wie schwach ihre Gabe auch sein mag. Sie muss das Gift bis über das Ende des Mahls hinaus im Körper behalten, bis die Tür ihres Zimmers sicher hinter ihr verriegelt ist. Keiner der illustren Gäste darf sehen, was danach geschieht – den Schweiß, die Krämpfe, das Blut.

Als das Cello einsetzt, muss sie sich davon abhalten, einfach aus dem Saal zu rennen. Es ist doch noch viel zu früh, oder? Sie hätte mehr Zeit haben sollen.

Heute Abend befindet sich jeder Giftmischer von Rang und Namen in diesem Ballsaal. Jeder Arron aus dem Schwarzen Rat: Lucian und Genevieve, Allegra und Antonin. Natalia. Sie könnte es nicht ertragen, Natalia zu enttäuschen.

Die Gäste wenden sich der gedeckten Tafel zu. Dieses eine Mal ist die dichte Menge Katharine eine Hilfe, denn die schwarze Woge schiebt sie automatisch voran.

Natalia befiehlt den Dienstboten, die silbernen Servierhauben zu lüften, und die darunter verborgenen Speisen werden enthüllt: haufenweise glitzernde Beeren, Hühner mit Schierlingsfüllung, kandierte Skorpione und süßer Saft, der mit Oleandersirup versetzt wurde. In einem pikanten Eintopf blitzt das kräftige Rot von Paternostererbsen auf. Bei diesem Anblick wird Katharines Mund ganz trocken. Plötzlich scheinen sowohl ihr Mieder als auch die Schlange an ihrem Handgelenk immer fester zuzudrücken.

»Bist du hungrig, Königin Katharine?«, fragt Natalia laut.

Katharine lässt einen Finger über Herzliebchens warme Schuppenhaut gleiten. Sie weiß, wie ihre Antwort lauten muss. Der Text ist vorgeschrieben. Alles einstudiert.

»Ich bin geradezu ausgehungert.«

»Was anderen den Tod bringt, wird dich nähren«, fährt Natalia fort. »Die Göttin sorgt für dich. Stellt es dich zufrieden?«

Katharine schluckt angestrengt.

»Das Angebot ist angemessen.«

Die Tradition verlangt, dass Natalia sich vor ihr verneigt. Als sie es tut, wirkt es unnatürlich, als wäre sie eine bröckelnde Tonstatue.

Katharine legt beide Hände flach auf den Tisch. Das Festmahl selbst bleibt ihr überlassen: Verlauf, Dauer, Geschwindigkeit. Sie kann sitzen oder stehen, ganz wie es ihr gefällt. Zwar muss sie nicht alles aufessen, doch je mehr sie zu sich nimmt, desto beeindruckender erscheint sie. Natalia hat ihr geraten, das Besteck liegen zu lassen und mit den Händen zu essen. Die Säfte sollen ihr übers Kinn laufen. Wenn Katharine als Giftmischer so stark wäre wie Mirabella als Elementwandler, würde sie das komplette Mahl verschlingen.

Das Essen riecht köstlich. Aber Katharines Magen lässt sich nicht hinters Licht führen. Er versucht, sich mit schmerzhaften Krämpfen von selbst zu verschließen.

»Das Huhn«, befiehlt Katharine. Ein Diener stellt das Tablett vor sie hin. Drückende Stille liegt über dem Saal, und viel zu viele Augen starren sie erwartungsvoll an. Wenn es sein muss, werden sie ihr Gesicht in das Essen drücken.

Katharine strafft die Schultern. Ganz vorne in der Menge stehen sieben der neun Ratsmitglieder: die fünf Arrons, natürlich, außerdem Lucian Marlowe und Paola Vend. Die beiden verbliebenen Mitglieder wurden aus Höflichkeit zu den Feiern ihrer Schwestern entsandt.

Es sind nur drei Priesterinnen gekommen, aber Natalia sagt, dass Priesterinnen nicht zählen. Hohepriesterin Luca steht schon seit Ewigkeiten auf Mirabellas Seite. Da sie glaubt, in Mirabella die Faust gefunden zu haben, die dem Schwarzen Rat die Macht entreißen wird, hat sie die traditionelle Neutralität des Tempels aufgehoben. Doch heutzutage zählt auf der Insel nur noch der Schwarze Rat; Priesterinnen sind nichts weiter als Kinderfrauen und Relikte aus alter Zeit.

Katharine reißt einen Brocken weißes Fleisch aus der üppigen Brust des Huhns – dieser Teil ist am weitesten von der giftigen Füllung entfernt. Sie schiebt sich das Fleisch zwischen die Lippen und kaut. Für den Bruchteil einer Sekunde fürchtet sie, es nicht schlucken zu können, doch der Bissen rutscht ihre Kehle hinunter. Ein Aufatmen geht durch die Menge.

Als Nächstes lässt sie sich die kandierten Skorpione bringen. Die sind einfach: hübsche glänzende Naschereien im goldenen Zuckermantel. Das gesamte Gift steckt im Schwanz. Katharine isst vier Paar Scheren und bestellt dann das Wildragout mit den Paternostererbsen.

Eigentlich hätte sie sich das Ragout besser bis zum Schluss aufgehoben. Hier kommt sie nicht um das Gift herum. Die Paternostererbsen haben alles durchdrungen, jeden Bissen Fleisch, jeden Tropfen Soße.

Katharines Herz beginnt zu rasen. Irgendwo hier im Saal steht Genevieve und verflucht ihre Dummheit. Doch nun lässt es sich nicht mehr ändern. Sie muss einen Happen essen und sich danach noch die Finger ablecken. Anschließend nippt sie an dem vergifteten Saft und spült sich mit einem Schluck klarem kaltem Wasser den Mund aus. Ihr Kopf schmerzt, und ihre Sicht verschwimmt kurz, als ihre Pupillen sich ruckartig weiten.

Jetzt bleibt ihr nicht mehr viel Zeit, bis die Übelkeit einsetzt. Bis sie versagen wird. Sie spürt die bohrenden Blicke. Die Last der Erwartung. Die Menge verlangt, dass sie es zu Ende bringt. Ein Wille, so stark, dass er fast hörbar ist.

Der nächste Gang besteht aus einer Pilzpastete, die sie in kürzester Zeit hinunterschlingt. Schon jetzt geht ihr Puls unregelmäßig, obwohl Katharine nicht sicher ist, ob das nun am Gift liegt oder an der Nervosität. Ihr gesteigertes Tempo wirkt wie Begeisterung, und die Arrons applaudieren. Sie feuern sie an. Das lässt sie unachtsam werden, weshalb sie mehr Pilze erwischt als beabsichtigt. Eines der letzten Stücke brennt im Mund wie ein scharfer Täubling, aber das kann nicht sein. Die sind zu gefährlich. Ihr Magen rebelliert. Dieses Gift wirkt schnell und heftig.

»Die Beeren.«

Sie steckt sich zwei davon in den Mund und schiebt sie in ihre Wange, bevor sie nach dem versetzten Wein greift. Das meiste davon lässt sie aus ihrem Mund und über ihr Kleid laufen, aber das spielt zum Glück keine

Rolle mehr. Das *Gave Noir* ist beendet. Sie schlägt mit beiden Händen auf den Tisch.

Die Giftmischer jubeln.

»Das ist nur ein Vorgeschmack«, verkündet Natalia. »Das *Gave Noir* der Erwachenszeremonie wird in die Geschichte eingehen.«

»Natalia, ich muss gehen«, sagt Katharine gepresst und klammert sich an Natalias Ärmel.

Der Jubel verstummt. Diskret löst Natalia sich aus Katharines Griff.

»Was?«

»Ich muss gehen!«, ruft Katharine laut, doch es ist bereits zu spät.

Ihr Magen hebt sich. Es geschieht so schnell, dass sie sich nicht einmal mehr abwenden kann. Sie beugt sich vor und erbricht das *Gave* direkt auf das Tischtuch.

»Es geht gleich wieder«, ächzt sie, während sie gegen die Übelkeit ankämpft. »Ich muss wohl krank sein.«

Ihr Magen gluckert laut, doch noch lauter ist das angewiderte Keuchen der Menge. Mit rauschenden Kleidern weichen die Giftmischer vor der Schweinerei zurück.

Katharines Augen sind gerötet, doch selbst durch den Tränenschleier hindurch sieht sie die finsteren Mienen der Gäste. In jedem einzelnen Gesicht steht ihre Schande geschrieben.

»Würde mich bitte jemand …«, es tut so weh, dass ihr kurz die Luft wegbleibt, »… auf mein Zimmer bringen?«

Niemand kommt. Hart schlagen ihre Knie auf dem Marmorboden auf. Sie hat nicht allein gegen die Übelkeit zu kämpfen, sie ist in Schweiß gebadet. Die Blutgefäße in ihren Wangen platzen.

»Natalia«, stöhnt sie, »es tut mir leid.«

Natalia sagt nichts. Katharine kann nur ihre geballten Fäuste erkennen und wie sie die Gäste mit wortlosen, wütenden Gesten dazu auffordert, den Saal zu verlassen. Überall werden hastige Schritte laut, sie beeilen sich alle, möglichst schnell von Katharine fortzukommen. Der wird wieder übel, und sie zieht das Tischtuch zu sich herunter, um sich damit zu bedecken.

Das Licht im Ballsaal erlischt. Während Katharines schmaler Körper von neuen Krämpfen geschüttelt wird, beginnen die Dienstboten damit, die Tafel abzuräumen.

Die Schande ist so groß, dass nicht einmal sie der Königin zu Hilfe kommen.

Wolfsquell

Camden belauert eine Maus im Schnee. Das kleine braune Tier hat sich auf eine Lichtung verirrt, und egal wie flink es nun über die weiße Fläche huscht, Camden ist auf ihren großen Pfoten schneller, selbst wenn sie bis zu den Knien einsinkt.

Jules beobachtet das makabre Spiel mit Vergnügen. Die Maus ist verängstigt, aber zu allem entschlossen. Und Camden baut sich so begeistert über ihr auf, als wäre sie ein Reh oder eine Lammkeule, nicht nur ein halber Bissen. Camden ist eine Berglöwin und hat mit ihren drei Jahren ihre volle, beachtliche Größe erreicht. Kaum etwas an ihr erinnert noch an das kleine Kätzchen mit den milchigen Augen, das Jules aus den Wäldern nach Hause gefolgt war. Damals war sie so klein, dass ihr schwarz gepunktetes Fell wie ein Flaum wirkte. Jetzt hat ihr kurzer Pelz die Farbe von goldenem Honig, und nur noch ganz vereinzelt blitzt ein bisschen Schwarz auf: an den Ohren, den Zehen und der Schwanzspitze.

Nun katapultiert Camden im Sprung zwei Schneefontänen in die Höhe, was die Maus noch hektischer auf einen kahlen Busch zu rennen lässt. Trotz ihrer Verbindung zu ihrem Familiaris weiß Jules nicht, ob die Maus gefressen oder verschont werden wird. Hoffentlich gefressen, aber vor allem hofft Jules, dass es bald vorbei ist. Die arme Maus trennt noch ein weiter Weg vom nächsten Versteck, und inzwischen hat die Jagd eher den Charakter einer Folter.

»Das funktioniert nicht, Jules.«

Königin Arsinoe steht mitten auf der Lichtung. Im traditionellen Schwarz der Königinnen sieht sie vor dem weißen Schnee aus wie ein Tintenklecks. Sie hat versucht, eine Rosenknospe erblühen zu lassen, doch das grüne Ding auf ihrer Handfläche bleibt fest geschlossen.

»Bete«, empfiehlt Jules.

Im Laufe der Jahre haben die beiden diese Szene schon tausende Male durchgespielt. Jules weiß genau, was als Nächstes kommt.

Arsinoe streckt ihr die Hand entgegen.

»Warum hilfst du mir nicht?«

Für Jules ist die Rosenknospe ein Bündel voller Energie und Möglichkeiten. Sie kann jeden einzelnen Tropfen Duftöl riechen, der sich darin verbirgt. Sie weiß, welchen Rotton die Blüte haben wird.

Eine solche Aufgabe sollte für einen Naturbegabten ein Kinderspiel sein. Und für eine Königin ganz besonders. Arsinoe müsste in der Lage sein, ganze Rosenbüsche erblühen und ganze Felder reifen zu lassen. Doch ihre Gabe ist nicht erwacht. Aufgrund dieses Makels rechnet niemand damit, dass Arsinoe das Jahr des Aufstiegs überleben wird. Aber Jules gibt nicht auf. Nicht einmal, wenn bereits der sechzehnte Geburtstag der Königinnen gefeiert wird und nur noch vier Monate bis Beltane bleiben, das jetzt schon seinen Schatten vorauswirft.

Arsinoe wackelt mit den Fingern, und die Knospe rollt hin und her.

»Nur ein kleiner Schubser«, bittet sie, »zum Warmwerden.«

Jules seufzt schwer. Am liebsten würde sie sich weigern. Sie sollte sich weigern. Aber die geschlossene Knospe wirkt auf sie wie eine juckende Stelle, die man unbedingt kratzen will. Das arme Ding ist sowieso dem Tode geweiht, seit sie es im Gewächshaus vom Ast geschnitten hat. Sie kann nicht zulassen, dass es vertrocknet und stirbt, ohne je geblüht zu haben.

»Konzentriere dich«, befiehlt sie, »mit mir zusammen.«

»Mhm.« Arsinoe nickt.

Es braucht nicht viel. Kaum mehr als einen Gedanken, einen Hauch. Die Rosenknospe bricht auf wie eine Bohne in heißem Öl, und eine dicke Blüte entfaltet ihre filigranen roten Blätter in Arsinoes Hand. Sie leuchtet wie ein frischer Blutstropfen und riecht nach Sommer.

»Geschafft«, erklärt Arsinoe und legt die Rose im Schnee ab. »Und gar nicht mal schlecht. Ich denke, die Blätter in der Mitte habe fast alle ich gemacht.«

»Versuchen wir noch eine«, schlägt Jules vor. Sie ist sich ziemlich sicher, dass dies alles ihr Werk war. Vielleicht sollten sie etwas anderes probieren. Auf dem Weg hierher hat sie Stare gehört. Sie könnten sie herbeirufen, damit sie sich auf den kahlen Ästen rund um die Lichtung niederließen. Tausende von ihnen, bis nirgendwo in Wolfsquell noch einer übrig blieb und die Bäume sich unter der Last ihrer weiß gesprenkelten Körper bogen.

Arsinoes Schneeball trifft zwar Camdens Gesicht, doch Jules spürt ebenfalls etwas davon: die Überraschung und die leichte Gereiztheit, mit der die Wildkatze sich das kalte Nass aus dem Fell schüttelt. Das zweite Geschoss knallt gegen Jules' Schulter, und das in einer Höhe, durch die der aufplatzende Schnee zum Teil in den wärmenden Mantelkragen rieselt. Arsinoe lacht schadenfroh.

»Du bist so kindisch!«, ruft Jules wütend, während Camden fauchend losrennt.

Arsinoe kann dem Angriff nur knapp ausweichen. Sie duckt sich weg und hält schützend die Hände vors Gesicht, als die Krallen des Pumas ihren Rücken streifen. »Arsinoe!«

Camden schleicht beschämt davon. Doch es ist nicht ihre Schuld – sie fühlt, was Jules fühlt; ihre Taten sind Jules' Taten.

Jules rennt zu der Königin und untersucht sie hastig. Kein Blut, keine Krallenspuren oder Risse in Arsinoes Mantel.

»Es tut mir leid!«

»Ist schon gut, Jules.« Arsinoe legt Jules beruhigend die Hand auf den Arm, doch ihre Finger zittern. »Ist doch nichts passiert. Wie oft haben wir uns gegenseitig vom Baum geschubst, als wir noch klein waren?«

»Das ist etwas anderes, da haben wir nur gespielt.« Zerknirscht mustert Jules ihren Puma. »Cam ist kein kleines Kätzchen mehr. Ihre Krallen und ihre Zähne sind scharf, und sie ist verdammt schnell. Von nun an muss ich vorsichtiger sein. *Werde* ich vorsichtiger sein.« Entsetzt reißt sie die Augen auf. »Ist das da Blut an deinem Ohr?«

Arsinoe nimmt ihre schwarze Mütze ab und streicht die kurzen schwarzen Haare zurück. »Nein. Siehst du? Sie hat mich nicht mal berührt. Ich weiß doch, dass du mir niemals etwas tun würdest, Jules. Ihr beide nicht.«

Sie streckt die Hand aus, und Cam schiebt sich unter ihre Finger. Das laute, tiefe Schnurren des Pumas ist seine Art, sich zu entschuldigen.

»Das war wirklich keine Absicht«, beteuert Jules.

»Ich weiß. Wir stehen alle unter Druck. Denk nicht mehr dran.« Arsinoe setzt ihre Mütze wieder auf. »Und erzähl es bloß nicht Oma Cait. Sie macht sich auch so schon genug Sorgen.«

Jules nickt. Sie muss es Oma Cait gar nicht sagen, sie weiß auch so, wie sie reagieren würde. Wie enttäuscht und besorgt sie aussehen würde.

Nachdem sie den Wald verlassen haben, wandern Jules und Arsinoe erst am Hafen entlang und dann über den Dorfplatz Richtung Wintermarkt. In der Bucht winkt Arsinoe grüßend zu Shad Millner hinüber, der am Heck seines Bootes steht. Offenbar ist er gerade erst mit seinem Fang zurückgekehrt, denn nachdem er ihnen zugenickt hat, präsentiert er ihnen eine fette braune Seezunge. Sein Familiaris, eine Seemöwe, flattert stolz mit den Flügeln, auch wenn es äußerst fraglich ist, dass sie den Fisch gefangen hat.

»Hoffentlich kriege ich nicht so einen«, meint Arsinoe mit Blick auf die Möwe. Heute Morgen hat sie ihren Familiaris gerufen. So wie jeden Morgen, seit sie als kleines Kind die Schwarze Kate verlassen hat. Doch kein Tier ist gekommen.

Sie überqueren den Dorfplatz, und Arsinoe trampelt durch die Schlammpfützen, während Camden schmollend hinter ihnen her trottet. Es passt ihr nicht, die schneebedeckten Weiten gegen die kalte Steinsiedlung eintauschen zu müssen. Die Hässlichkeit des Winters hält Wolfsquell in fester Umklammerung. Durch monatelangen Frost, der zwischendurch immer wieder dem Tauwetter weichen musste, ist das Kopfsteinpflaster mit schmierigem Matsch überzogen. Sämtliche Fenster sind beschlagen, und nachdem unzählige matschverkrustete Schuhe über ihn hinweggelaufen sind, ist der Schnee fleckig braun geworden. Unter der tief hängenden Wolkendecke hat es den Anschein, als würde man den ganzen Ort durch eine schmutzige Scheibe betrachten.

»Pass auf«, murmelt Jules, als sie am Lebensmittelgeschäft der Martinson-Schwestern vorbeigehen. Mit dem Kopf deutet sie auf einige leere Gemüsekisten. Hinter ihnen drängen sich drei kleine Unruhestifter zusammen: Polly Nichols, mit der alten Tweedmütze ihres Vaters auf dem Kopf, und zwei Jungen, die sie nicht kennt. Aber sie weiß, was die drei vorhaben.

Jedes der Kinder hält einen Stein in der Hand.

Camden baut sich an Jules' Seite auf und knurrt laut. Die Kinder hören es. Sie schauen zu Jules rüber und ducken sich noch tiefer hinter die Kisten. Die beiden Jungs wirken eingeschüchtert, aber Polly Nichols kneift abschätzend die Augen zusammen. Dieses Mädchen hat so viele Missetaten begangen wie es Sommersprossen im Gesicht hat; sogar seine Mutter weiß das.

»Du wirst ihn nicht werfen, Polly«, befiehlt Arsinoe, doch das scheint das Mädchen nur weiter herauszufordern. Polly presst die kleinen Lippen so fest zusammen, dass sie nicht mehr zu sehen sind. Dann springt sie hinter den Kisten hervor und wirft mit voller Kraft. Arsinoe wehrt den Stein mit der ausgestreckten Hand ab, trotzdem prallt er gegen ihre Schläfe.

»Aua!«

Schnell drückt Arsinoe die Hand gegen die Stelle, wo sie getroffen wurde. Jules ballt die Fäuste und schickt die fauchende Camden hinter den Kindern her. Sie will Polly Nichols wehrlos am Boden sehen.

»Pfeif sie zurück, mir fehlt nichts«, protestiert Arsinoe. Sie wischt sich das Blut ab, das als feines Rinnsal über ihre Wange läuft. »So etwas Freches.«

»Frech? Das sind Mistblagen!«, zischt Jules aufgebracht. »Man sollte sie auspeitschen! Lass Cam wenigstens Pollys dämliche Mütze zerfetzen!«

Arsinoe lacht leise.

»Ruf sie zurück«, wiederholt sie. Camden bleibt an der Ecke stehen und faucht noch einmal hinter Polly her, die längst die Beine in die Hand genommen hat.

»Juillenne Milone!«

Jules und Arsinoe drehen sich um. Es ist Luke, der Eigentümer und Betreiber von Gillespies Buchladen. Er trägt eine schicke braune Jacke und hat sich das helle Haar aus dem überaus attraktiven Gesicht gebürstet.

»Kleine Frau mit großem Löwen«, stellt er lachend fest. »Kommt auf einen Tee zu mir rein.«

Als sie den Laden betreten, stellt Jules sich auf die Zehenspitzen und bringt die Glocke zum Schweigen, die über der Tür hängt. Dann geht sie hinter Luke und Arsinoe her, vorbei an den blau-grün gestrichenen Bücherregalen und eine kurze Treppe hinauf. Auf der Empore wartet ein gedeckter Tisch mit Sandwiches und dicken, gelben Kuchenstücken auf sie.

»Nehmt Platz«, sagt Luke, bevor er in die Küche geht, um die Teekanne zu holen.

»Woher wusstest du, dass wir kommen?«, fragt Arsinoe.

»Von hier aus hat man einen guten Ausblick über den Hügel. Passt auf die Federn auf, Hank ist in der Mauser.«

Hank ist Lukes Familiaris, ein prächtiger schwarz-grüner Hahn. Arsinoe pustet eine Feder vom Tisch und zieht einen Teller mit kleinen Küchlein zu sich heran. Sie nimmt eines davon in die Hand und mustert es eingehend.

»Sind diese glänzenden schwarzen Stückchen etwa Beine?«, fragt Jules.

»Und Panzerstücke«, nickt Arsinoe. Käferkuchen, damit Hanks neue Federn besser wachsen. »Vögel«, murmelt sie abfällig und legt das Küchlein zurück auf den Teller.

»Früher wolltest du mal eine Krähe, eine wie Eva«, ruft Jules ihr in Erinnerung.

Eva ist der Familiaris von Jules' Großmutter Cait, eine große, wunderschöne schwarze Krähe. Jules' Mutter Madrigal hat ebenfalls eine Krähe. Ihr Name ist Aria. Sie ist feingliedriger und zickiger als Eva, worin sie große Ähnlichkeit mit Madrigal hat. Lange Zeit dachte Jules, sie würde ebenfalls eine Krähe bekommen. Sie behielt die Nester im Auge und rechnete ständig damit, dass ihr ein flaumiges schwarzes Küken in die ausgestreckten Hände fallen würde. Insgeheim hatte sie sich allerdings einen Hund gewünscht, so einen wie den kleinen weißen Spaniel Jake, der zu ihrem Großvater Ellis gehörte. Oder wie den hübschen schokobraunen Jagdhund ihrer Tante Caragh. Heute würde sie Camden natürlich gegen nichts in der Welt eintauschen.

»Ich denke, ich hätte gerne einen schnellen Hasen«, überlegt Arsinoe. »Oder einen cleveren maskierten Waschbären. Der könnte mir dann dabei helfen, Madge ein paar frittierte Muscheln zu klauen.«

»Du wirst etwas wesentlich Imposanteres bekommen als einen Hasen oder einen Waschbären«, prophezeit Luke. »Schließlich bist du eine Königin.«

Automatisch schauen er und Arsinoe zu Camden hinüber. Sie ist so groß, dass ihr Kopf und ihre Schultern über die Tischplatte ragen. Königin hin oder her, kein Familiaris könnte imposanter sein als ein Berglöwe.

»Vielleicht einen Wolf, wie Königin Bernadine«, fügt Luke hinzu. Er gießt Tee in Jules' Tasse und gibt Sahne und vier Zuckerstücke hinein. Süß wie Kindertee – so mag sie ihn am liebsten, doch zu Hause erlaubt man ihn ihr so nicht.

»Noch ein Wolf in Wolfsquell«, grübelt Arsinoe, während sie in ein Stück Kuchen beißt. »Wenn es so weitergeht, bin ich schon froh, wenn ich … einen der Käfer aus Hanks Küchlein kriege.«

»Sei nicht so pessimistisch. Mein Vater hat seinen auch erst mit zwanzig bekommen.«

»Luke.« Arsinoe stößt ein Lachen aus. »Königinnen ohne Gabe erleben ihren zwanzigsten Geburtstag nicht.« Sie streckt die Hand über den Tisch, um sich ein Sandwich zu nehmen. »Vielleicht hat mein Familiaris sich ja deshalb nicht die Mühe gemacht«, fährt sie fort. »Er weiß, dass ich nächstes Jahr sowieso tot sein werde. Autsch!«

Blut ist auf ihren Teller getropft. Pollys Stein hat irgendwo unter ihren Haaren eine Schnittwunde hinterlassen. Der nächste Tropfen landet auf Lukes schickem Tischtuch. Hank hüpft heran und pickt danach.

»Ich kümmere mich darum«, stellt Arsinoe fest. »Tut mir leid, Luke. Ich ersetze es dir.«

»Mach dir keine Gedanken«, ruft Luke ihr hinterher, als sie im Badezimmer verschwindet. Dann stützt er traurig das Kinn auf die Hand. »Sie wird diejenige sein, die nächstes Frühjahr gekrönt wird, Jules. Du wirst schon sehen.«

Jules starrt in ihre Tasse. Durch die viele Sahne ist der Tee fast weiß geworden.

»Erst einmal müssen wir das Beltanefest in *diesem* Frühling überstehen«, erwidert sie.

Luke lächelt nur. Er ist sich seiner Sache sicher. Trotzdem wurden in den letzten drei Generationen schon stärkere Naturbegabtenköniginnen als Arsinoe getötet. Die Arrons sind stark. Ihr Gift setzt sich immer durch. Und selbst wenn nicht, müssen sie mit Mirabella fertigwerden. Jedes Schiff, das den Nordosten der Insel ansteuert, bringt bei seiner Rückkehr Geschichten über die grausamen Shannonstürme mit, die die Stadt Rolanth umtosen, in der die Elementwandler zu Hause sind.

»Natürlich hoffst du auf das Beste«, sagt Jules schließlich. »So wie ich es tue. Denn schließlich will niemand, dass Arsinoe stirbt. Weil wir sie lieben.«

»Natürlich liebe ich sie. Aber ich bin auch voller Glauben. Ich glaube fest daran, dass Arsinoe die auserwählte Königin ist.«

»Woher willst du das wissen?«

»Ich weiß es einfach. Warum sonst sollte die Göttin eine so starke Naturbegabte wie dich zum Schutz an ihre Seite stellen?«

Arsinoes Geburtstagsfeier findet auf dem Dorfplatz statt, in mehreren großen schwarz-weißen Zelten. Jedes Jahr heizen sich die Zelte durch das Essen und die zu zahlreichen Besucher so sehr auf, dass man irgendwann die Seitenwände öffnen und die Winterluft hereinlassen muss. Und jedes Jahr sind die meisten Gäste schon vor Sonnenuntergang betrunken.

Während Arsinoe ihre Runden dreht, bleiben Jules und Camden ihr dicht auf den Fersen. Momentan ist die Stimmung heiter, aber der Whiskey kann das von einem Moment auf den anderen ändern.

»Es war ein langer Winter«, hört Jules jemanden sagen. »Aber statt wie verrückt zu toben, ist er diesmal mild ausgefallen. Eigentlich erstaunlich, dass nicht mehr Fischer über Bord gegangen sind, nachdem sie ein Gaff gegen den Schädel bekommen haben.«

Jules schiebt Arsinoe an der Gruppe vorbei. Sie muss sich noch bei vielen Leuten blicken lassen, bevor sie sich selbst zum Essen hinsetzen können.

»Die sind gut gelungen«, stellt Arsinoe fest und beugt sich über eine Vase voller Wildblumen, um an ihnen zu riechen. Das Arrangement besteht aus rosafarbenen und violetten Schichten von Ackerziest und prachtvollem Orchis. Es erinnert an eine hübsche Hochzeitstorte, Blüte für Blüte vorzeitig von einem Naturbegabten zum Leben erweckt. Jede Familie hat eigene Gestecke mitgebracht und einige noch zusätzliche Blumen, um die Tische der Gäste ohne Gabe zu schmücken.

»Die hat dieses Jahr unsere Betty gemacht«, erklärt der Mann, der direkt neben Arsinoe steht. Strahlend zwinkert er einem ungefähr achtjährigen Mädchen zu, das prompt rot anläuft. Es trägt eine neu aussehende schwarze Strickjacke und eine geflochtene Lederkordel um den Hals.

»Wirklich, Betty? Nun, dieses Jahr sind deine Blumen eindeutig die schönsten«, versichert Arsinoe lächelnd, wofür Betty sich artig bedankt. Falls irgendjemandem aufgefallen ist, dass ein kleines Mädchen so filigrane Blüten erschaffen kann, während es der Königin nicht einmal gelingt, eine Rosenknospe zu öffnen, lässt er es sich nicht anmerken.

Beim Anblick von Camden beginnen Bettys Augen zu leuchten, vor allem als der Berglöwe zu dem Mädchen hinübergeht und sich den Rücken streicheln lässt. Ihr Vater beobachtet das Ganze und schenkt Jules ein respektvolles Nicken, als sie an ihm vorbeigehen.

Die Milones sind die wohlhabendsten Naturbegabten in ganz Wolfsquell: Ihre Felder sind immer ertragreich, ihre Gärten üppig, in ihren Wäldern tummelt sich das Wild. Und nun haben sie auch noch Jules, die stärkste Naturbegabte seit über sechzig Jahren, so sagt man. Dies alles sind Gründe, warum die Familie auserwählt wurde, um die Naturbegabtenkönigin aufzuziehen und all die Pflichten zu übernehmen, die damit einhergehen – unter anderem, für die Ratsmitglieder den Gastgeber zu spielen, wenn sie zu Besuch sind. Was den Milones nicht gerade leichtfällt.

Im Hauptzelt sitzen Jules' Großeltern rechts und links vom Ehrengast des Abends: Ratsmitglied Renata Hargrove, die den weiten Weg aus der Hauptstadt Indridskamm auf sich genommen hat. Madrigal sollte ebenfalls anwesend sein, aber ihr Stuhl ist leer. Sie ist verschwunden, wie üblich. Arme Cait, armer Ellis, die auf ihren Plätzen gefangen sind. Opa Ellis' Wangen werden ihm später furchtbar wehtun, weil er die ganze Zeit ein falsches Lächeln zur Schau trägt. Auf seinem Schoß sitzt sein Spaniel Jake und verzieht die Lefzen zu einem Grinsen, das allerdings mehr wie ein Zähnefletschen wirkt.

»Dieses Jahr haben sie nur einen Vertreter geschickt«, stellt Arsinoe gedämpft fest. »Einen von neun. Und noch dazu die ohne Gabe. Was uns der Rat damit wohl sagen will?«

Sie lacht leise und schiebt sich dann eine in Kräuterbutter gebratene Krebsschere in den Mund. Arsinoe verbirgt immer alles hinter einem unbekümmerten Grinsen. Nun lenkt sie Renatas Blick auf sich, die daraufhin gemessen den Kopf neigt. Keine sonderlich freundliche Begrüßung. Falls man es überhaupt so nennen kann. Jules fühlt sich auf den Schlips getreten.

»Dabei weiß doch jeder, dass ihre Familie ihr den Sitz im Rat gekauft hat – kein Einziger in ihrer Sippschaft hat eine Gabe«, grollt sie. »Die würde Natalia Arron das Gift von den Stiefeln lecken, wenn sie es verlangen würde.«

Jules mustert die wenigen Priesterinnen aus dem Tempel von Wolfsquell, die sich dazu entschlossen haben, an den Feierlichkeiten teilzunehmen. Nur ein Ratsmitglied zu schicken ist eine klare Beleidigung, aber immer noch besser als die Art, wie Arsinoe vom Tempel behandelt wird. Hohepriesterin Luca ist noch kein einziges Mal zu ihrem Geburtstag erschienen. Früher ist sie hin und wieder zu Katharines Feier gegangen. Heute heißt es nur noch: Mirabella, Mirabella, Mirabella.

»Diese Priesterinnen bräuchten sich auch nicht blicken zu lassen«, meckert Jules weiter. »Der Tempel sollte sich nicht auf eine Seite schlagen.«

»Reg dich nicht auf, Jules«, versucht Arsinoe sie zu beruhigen. Sie tätschelt ihrer Freundin den Arm und wechselt dann das Thema: »Der Fang ist wirklich beeindruckend.«

Jules wirft kaum einen Blick auf die große Tafel, die üppig mit Fisch und Meeresfrüchten beladen ist. Ihr eigener Fang bildet das Zentrum des Ganzen: ein riesiger Schwarzer Zackenbarsch, der von zwei ebenso großen Felsenbarschen flankiert wird. Schon früh am Morgen hat sie die Fische aus den Tiefen gerufen, noch bevor Arsinoe überhaupt aufgestanden war. Nun liegen sie auf einem Bett aus Kartoffeln, Zwiebeln und blassem Winterkohl. Die saftigen Filetstücke sind schon fast restlos verspeist worden.

»Du solltest das nicht einfach so abtun«, warnt Jules die Königin. »Das ist wichtig.«

»Ihr Mangel an Respekt?« Arsinoe schnaubt durch die Nase. »Nein, ist er nicht.« Sie isst eine zweite Krebsschere. »Weißt du, falls ich das Jahr des Aufstiegs überstehe, wünsche ich mir einen Hai als Büfett-Highlight.«

»Einen Hai?«

»Einen Großen Weißen. Wenn es um meine Krönung geht, wird nicht gespart, Jules.«

Jules lacht laut auf. »*Wenn* du das Jahr des Aufstiegs überstehst, kannst du selbst einen Großen Weißen beschwören.«

Sie grinsen sich an. Wenn man von der strengen Farbgebung einmal absieht, hat Arsinoe nicht viel von einer Königin an sich. Ihre Haare sind widerspenstig, und trotz aller Proteste schneidet sie sie immer wieder kurz. Die schwarze Hose und die leichte schwarze Jacke sind ihre normale Alltagskleidung. Um dem Anlass gerecht zu werden, hat sie sich zu einem einzigen Accessoire überreden lassen, einem neuen Schal, den Madrigal bei Pearsons aufgetan hat. Er besteht aus der flauschigen Wolle ihrer Edelhasen. Aber vermutlich ist es am besten so. Wolfsquell ist nicht gerade ein schickes Dorf. Hier leben Fischer, Bauern und Hafenarbeiter, und die guten schwarzen Sachen zieht man nur zu Beltane an.

Stirnrunzelnd betrachtet Arsinoe den Wandteppich, der hinter der großen Tafel hängt. Normalerweise ziert er das Rathaus, doch zu Arsinoes Geburtstag wird er jedes Mal hervorgeholt. Er zeigt die Krönung der letzten großen Naturbegabtenkönigin, die es auf der Insel gab: Bernadine, die im Vorbeigehen ganze Obstgärten reifen ließ und einen großen grauen Wolf als Familiaris hatte. Die gewebte Bernadine steht unter einem schwer beladenen Apfelbaum, ihr Wolf sitzt an ihrer Seite. Zwischen den Kiefern des Tieres hängt die zerfetzte Kehle von Bernadines einer Schwester, die tot zu ihren Füßen liegt.

»Ich hasse dieses Ding«, stellt Arsinoe fest.

»Wieso?«

»Weil es mir vor Augen führt, was ich nicht bin.«

Jules rempelt die Königin spielerisch mit der Schulter an. »Im Dessertzelt gibt es Mohnkuchen«, sagt sie. »Und Kürbiskuchen. Und Biskuittorte mit Erdbeerglasur. Suchen wir Luke und holen wir uns etwas.«

»Also schön.«

Auf dem Weg dorthin bleibt Arsinoe immer wieder stehen, um sich mit den Leuten zu unterhalten und den ein oder anderen Familiaris zu streicheln. Meist sind es Hunde oder Vögel, die üblichen Vertrauten von Naturbegabten. Thomas Mintz, der beste Fischer der ganzen Insel, bringt seinen Seelöwen dazu, Arsinoe einen Apfel zu überreichen, indem er ihn auf seiner Nase balanciert.

»Geht ihr schon?«, hören sie Renata Hargrove fragen.

Jules und Arsinoe drehen sich um. Es überrascht sie,

dass Renata sich die Mühe gemacht hat, die große Tafel zu verlassen.

»Nur rüber ins Dessertzelt«, erklärt Arsinoe. »Sollen wir … dir etwas mitbringen?«

Verunsichert schaut sie zu Jules. Bisher hat noch nie ein Mitglied des Schwarzen Rates Interesse für sie gezeigt, obwohl sie jedes Jahr auf ihrer Geburtstagsfeier zu Gast waren. Sie essen, betreiben Konversation mit den Milones und verschwinden wieder, nachdem sie sich über die Qualität der Speisen und die Größe der Zimmer im örtlichen Gasthaus beschwert haben. Doch Renata scheint sich regelrecht darüber zu freuen, die beiden zu sehen.

»Wenn ihr jetzt geht, werdet ihr meine Ankündigung verpassen«, erklärt sie lächelnd.

»Was für eine Ankündigung?«, will Jules wissen.

»Ich werde gleich verkünden, dass die Verbannung von Joseph Sandrin aufgehoben wurde. Er ist bereits auf dem Weg zurück zur Insel und müsste in zwei Tagen eintreffen.«

Ein langer hölzerner Landungssteg ragt bis weit in die Robbenkopfbucht hinaus. Die verwitterten grauen Planken knarzen in der steifen Brise, und die kleinen, vom Mond beschienenen Wellen der See sind ebenso aufgewühlt wie Jules' Atem.

Joseph Sandrin wird nach Hause kommen.

»Jules, warte doch.« Arsinoes Schritte dröhnen hohl auf dem Steg, als sie Jules bis ganz nach draußen folgt. Camden trottet widerwillig neben ihr her. Die Wildkatze hat sich nie viel aus Wasser gemacht, und ein paar dünne, krumme Holzbretter stellen ihrer Meinung nach keine vertrauenswürdige Barriere dar.

»Geht es dir gut?«, fragt Jules ganz automatisch.

»Das fragst du *mich?*«, gibt Arsinoe zurück. Sie drückt das Kinn tief in ihren Schal, um sich vor dem kalten Wind zu schützen.

»Ich hätte dich nicht allein lassen dürfen.«

»Doch, hättest du. Er kommt zurück, nach all den Jahren.«

»Glaubst du wirklich, es ist wahr?«

»Eine solche Lüge zu verbreiten, noch dazu auf meiner Geburtstagsfeier … so kaltblütig sind nicht einmal die Arrons.«

Gemeinsam blicken sie auf die dunkle Wasserfläche hinaus, über die überspülte Sandbank hinweg, der die Bucht es verdankt, von hohen Wellen und tückischen Strömungen verschont zu bleiben.

Es ist jetzt über fünf Jahre her, dass sie von der Insel fliehen wollten. Fünf Jahre, seit Joseph einen der Jollenkreuzer seines Vaters gestohlen und versucht hat, ihnen bei ihrer Flucht zu helfen.

Jules lehnt sich gegen Arsinoes Schulter. Auf diese Art haben sie sich schon als Kinder gegenseitig Halt gegeben. Auch wenn dieser Fluchtversuch sie eine Menge gekostet hat, so hat Jules ihn doch nie bereut. Gäbe es nur den kleinsten Hoffnungsschimmer, würde Jules es wieder versuchen.

Aber es gibt keine Hoffnung. Das Meer schwappt leise gegen den Steg, wie es damals gegen die Bootsseiten geschwappt ist, als es sie in dem dichten Nebel gefangen hielt, der die Insel umschließt. Egal wie sie die Segel gesetzt, egal wie stark sie gerudert hatten, das Meer war kalt und gleichgültig geblieben. Schließlich hatte man sie durchgefroren und verängstigt aufgefunden, als sie wieder in den Hafen trieben. Die Fischer meinten, sie hätten es besser wissen müssen. Dass Jules und Joseph es hätten schaffen können, dass sie wohl ziellos über das Meer getrieben wären oder vielleicht sogar das Festland erreicht hätten. Aber Arsinoe war eine Königin. Die Insel würde sie niemals gehen lassen.

»Was meinst du, wie er jetzt so ist?«, überlegt Arsinoe.

Vermutlich nicht mehr klein, mit Dreck am Kinn und unter den Fingernägeln. Er wird kein Kind mehr sein. Er wird erwachsen sein. Sie sind alle erwachsen geworden.

»Ich fürchte mich davor, ihn wiederzusehen«, gibt Jules zu.

»Du fürchtest dich vor gar nichts.«

»Was, wenn er sich verändert hat?«

»Was, wenn nicht?« Arsinoe zieht einen flachen Stein aus der Tasche und will ihn über das Wasser hüpfen lassen, aber die Wellen sind zu groß.

»Es fühlt sich richtig an, dass er zurückkommt«, sagt sie. »Gerade jetzt. Für unser letztes Jahr. Es fühlt sich an, als wäre es so vorherbestimmt.«

»Als wäre es der Wille der Göttin?«

»Das habe ich nicht gesagt.«

Arsinoe senkt den Blick und beginnt lächelnd, Camden zwischen den Ohren zu kraulen.

»Gehen wir«, beschließt Jules. »Eine Erkältung macht die Sache nicht besser.«

»Sicher nicht, denn dann kriegst du rote Augen und eine dicke Triefnase.«

Jules versetzt Arsinoe einen Stoß, sodass sie Richtung Hafen stolpert, wo der lange, gewundene Weg zum Haus der Milones abzweigt.

Camden trottet hinterher und rammt Arsinoe den Kopf in die Kniekehle. Weder Jules noch der Puma werden heute Nacht viel Schlaf abbekommen. Dank Renata Hargrove zieht vor ihrem inneren Auge nun jede einzelne Erinnerung vorbei, in der Joseph auftaucht.

Als sie am letzten Dock vorbeikommen, wird Camden immer langsamer und wendet den Kopf mit gespitzten Ohren zurück Richtung Dorf.

Arsinoe, die ein paar Schritte vorausgegangen ist, beschwert sich gerade darüber, dass ihr armer Magen keinen Erdbeerkuchen bekommen hat. Sie hört also nichts. Jules ebenfalls nicht, aber Camdens gelbe Augen verraten ihr, dass irgendetwas nicht stimmt.

»Was ist los?«, will Arsinoe wissen, als sie es mitbekommt.

»Keine Ahnung. Eine Schlägerei, denke ich.«

»Bestimmt ein paar Betrunkene, die gerade von meiner Feier kommen.«

Schnell laufen sie zurück zum Dorfplatz. Je näher sie ihm kommen, desto eiliger hat es der Berglöwe. Als sie an Gillespies Buchladen vorbeikommen, befiehlt Jules ihrer Freundin, anzuklopfen und drinnen auf sie zu warten.

»Aber Jules!«, will Arsinoe protestieren, doch die ist mit Cam bereits weitergerannt, hetzt durch die Straßen, vorbei an den nun leeren Zelten, die im Wind flattern. Die beiden halten auf die kleine Gasse zu, in der sich der Kücheneingang des Gasthauses *Zur steinigen Heide* befindet.

Jules erkennt die Stimmen nicht. Aber sie erkennt das Geräusch von prügelnden Fäusten.

»Aufhören!«, brüllt sie, bevor sie sich mitten ins Getümmel stürzt. »Sofort aufhören!«

Da sie Camden an ihrer Seite hat, springen die Kämpfenden sofort auseinander; zwei Männer und eine Frau. Streiten sich um was auch immer. Wenn das Bier am nächsten Morgen seine Wirkung verliert, wird der Zwist sowieso nicht mehr wichtig sein.

»Milone«, raunzt einer der Männer abfällig. »Dieser Berglöwe macht aus dir einen waschechten Tyrannen. Aber du bist nicht das Gesetz.«

»Stimmt«, gibt Jules zurück. »Aber der Schwarze Rat ist das Gesetz, und wenn ihr nicht aufhört, werde ich dafür sorgen, dass er euch holt. Dann werdet ihr auf dem Marktplatz von Indridskamm so lange mit Gift vollgestopft, bis ihr den Verstand verliert. Oder euer Leben.«

»Jules?« Arsinoe tritt aus den Schatten. »Ist alles in Ordnung?«

»Alles gut. Nur eine kleine Schlägerei.«

Schlägerei ja, aber eine, die aus dem Ruder hätte laufen können. Die betrunkene Frau hält eine kleine Keule in der Hand.

»Warum kümmerst du dich nicht um die Königin und verschwindest von hier?«

Dann holt sie mit ihrer Keule aus. Jules weicht zurück, wird aber trotzdem mit voller Wucht an der Schulter getroffen. Camden beginnt zu fauchen, während Jules wehrhaft die Fäuste ballt.

»Idiotin!«, brüllt Arsinoe und tritt zwischen Jules und die Frau. »Provozier sie nicht. Provozier mich nicht.«

»Dich?«, höhnt einer der beiden Männer lachend. »Wenn die richtige Königin kommt, werden wir ihr deinen Kopf auf einer Pike präsentieren.«

Jules fletscht die Zähne und greift an. Sie verpasst ihm einen sauberen Schlag gegen das Kinn, bevor Arsinoe ihren Arm packt.

»Schick ihn nach Indridskamm!«, schreit Jules. »Er hat dir gedroht!«

»Lass ihn doch.« Arsinoe dreht sich um und versetzt dem Mann einen Stoß vor die Brust, der gerade dabei ist, sich das Blut vom Kinn zu wischen. Als Camden faucht, weichen die beiden anderen ebenfalls zurück. »Verschwindet!«, brüllt Arsinoe sie an. »Wenn ihr es auf mich abgesehen habt, werdet ihr eure Chance bekommen. Alle werden ihre Chance bekommen, wenn Beltane vorüber ist.«

Rolanth

Die Pilger haben sich unter der nördlichen Kuppel des Tempels von Rolanth versammelt. An ihren Lippen kleben noch Reste von Karamellkeksen oder den süßen Hühnerspießen mit Zitrone. Um ihre Schultern sind schwarze Mäntel geschlungen, die sich im Wind bauschen.

Königin Mirabella steht am Altar der Göttin. Sie schwitzt, aber nicht, weil es heiß wäre. Elementwandler leiden eigentlich nie unter den Temperaturen, und selbst wenn doch, kann niemand behaupten, dass es im Inneren des Tempels zu warm wäre. Der Tempel von Rolanth gehört den Wetterköniginnen, er ist nach Osten und Westen hin offen, sein Dach wird von Holzträgern und dicken Marmorsäulen gehalten. Zu jeder Jahreszeit weht der Wind hindurch, und niemand hier schaudert auch nur, niemand bis auf die Priesterinnen.

Mirabella hat die Luft mit Blitzen angereichert. Mit spektakulären, grellen Lichtstößen, die über den Himmel flackern und überall mit Wucht einschlagen. Wieder und wieder zucken sie herab und lassen das Innere des Tempels taghell werden. Das Hochgefühl macht Mirabella fast schwindelig. Blitze sind ihr am liebsten. Blitze und Stürme, wenn die Elektrizität ihr Blut erzittern lässt und sich bis in ihre Knochen brennt.

Doch betrachtet man die Mienen ihres Volkes, könnte man meinen, sie hätte rein gar nichts vollbracht. Selbst im flackernden Licht der Fackeln spiegelt sich ihre Erwartung klar in den weit aufgerissenen Augen wider. Sie haben Gerede gehört, Gerüchte darüber, wozu sie fähig ist. Und sie wollen alles sehen: Feuer, Wind und Wasser. Ihnen wäre es am liebsten, wenn sie die Erde beben ließe, bis die Tempelsäulen einstürzen. Vielleicht erwarten sie sogar von ihr, dass sie die gesamte schwarze Klippe abreißt und ins Meer hinausschleudert, sodass der Tempel in die Bucht hinabgleitet.

Mirabella schnaubt leise. Eines Tages vielleicht. Aber momentan wäre das doch etwas viel verlangt.

Sie ruft den Wind. Er bläst die Hälfte aller Fackeln aus und lässt in den Feuerbecken wahre Funkenregen explodieren. Mit schrillen Freudenschreien weicht die Menge den glühenden Geschossen aus.

Mirabella wartet gar nicht erst, bis der Wind sich gelegt hat, sondern lässt die verbliebenen Fackeln hoch aufflackern, so hoch, dass sie das Wandgemälde von Königin Elo versengen, der Feuerspuckerin. Es zeigt sie in einem vergoldeten Kahn, wie sie im Hafen von Bardon eine angreifende Flotte vom Festland zu Asche verbrennt.

Und immer noch wollen sie mehr. So dicht gedrängt sind sie ungeduldig wie kleine Kinder. Berauscht von ihrer Vorfreude. Es sind mehr gekommen als je zuvor, der Tempel ist gesteckt voll, und auch im Vorhof stehen sie dicht an dicht. Hohepriesterin Luca hat ihr vor Beginn der Zeremonie gesagt, dass die Straße zum Tempel das reinste Lichtermeer sei – durch die Kerzen ihrer zahllosen Anhänger.

Nicht alle der hier Versammelten sind Elementwandler. Mirabellas Gabe hat auch andere auf ihre Seite gelockt, einige Naturbegabte und sogar Träger der seltenen Gabe des Krieges. Viele haben überhaupt keine Gabe. Sie kommen, weil sie sich mit eigenen Augen davon überzeugen wollen, ob die Gerüchte der Wahrheit entsprechen, ob Mirabella tatsächlich die zukünftige Königin von Fennbirn ist und der langen Herrschaft der Giftmischer ein Ende machen wird.

Mirabellas Arme beginnen zu zittern. Es ist lange her, dass sie ihre Gabe so weit ausgereizt hat. Vielleicht ist es sogar das erste Mal, seit sie nach Rolanth und in die Westlichen Wälder gekommen ist. Damals war sie sechs Jahre alt und gerade von ihren Schwestern getrennt worden, woraufhin sie versucht hatte, Westwood Haus mithilfe von Wind und Blitzen dem Erdboden gleichzumachen. Nun wirft sie einen kurzen Blick auf den flachen Spiegelteich zu ihrer Rechten. Hübsche kleine Kerzen schwimmen auf dem Wasser.

Nein. Nicht Wasser. Wasser ist ihr schlechtestes Element. Es ist am schwierigsten unter Kontrolle zu halten. Das hätte sie zuerst machen sollen. Wäre ihr Verstand durch die Nervosität nicht so vernebelt gewesen, hätte sie vorher daran gedacht.

Mirabella blickt über die Menge hinweg zur Südmauer, wo Hohepriesterin Luca in ihrer dicken Robe Schutz vor dem ständigen kalten Luftzug gesucht hat. Obwohl ihr der Schweiß von der Stirn rinnt, deutet Mirabella ein Nicken an, und die Hohepriesterin begreift.

Lucas klare, von Autorität geprägte Stimme übertönt den Lärm der Menge.

»Noch eines.«

Das Publikum ist wankelmütig, und schon bald werden zwischen den Anfeuerungsrufen Stimmen laut, die »noch eines« fordern.

Eines. Nur noch ein Element mehr. Alle wollen es sehen.

Mirabella zieht sich tief in ihr Inneres zurück, ruft lautlos die Göttin an und dankt ihr für ihre Gabe. Doch das fordern nur die Lehren des Tempels. Mirabella braucht keine Gebete. Die Gabe des Elementwandlers ist fest in ihr verankert. Sie atmet tief ein und lässt los. Ein heftiger Ruck geht durch das Erdreich. Der Tempel und alles, was sich darin befindet, wankt. Irgendwo fällt eine Vase herunter und zerbricht. Die Leute im Vorhof spüren das Beben und keuchen begeistert.

Und drinnen im Tempel brechen endlich Begeisterungsstürme los.

Mit einer silbernen Schere lässt sie ihre Schwester bluten. Was eigentlich nur ihre Haare stutzen sollte, hat stattdessen ein Ohr abgeschnitten.

»Ist das ein Kinderlied, Schwester?«, fragt die Schwester sie. »Ist es ein Märchen?«

»Ich habe es schon einmal gehört«, erwidert Mirabella und mustert den roten Fleck. Sie lässt das Ohr in den Schoß ihrer Schwester fallen und streicht mit dem Finger über die scharfe Schneide der Schere.

»Pass auf, dass du dich nicht verletzt. Unsere königliche Haut ist zart. Außerdem wollen meine Vögel dich unversehrt haben, mit den Augen im Schädel und den Ohren am Kopf. Nicht trinken. Sie hat unseren Wein in Blut verwandelt.«

»Wer?«, fragt Mirabella, obwohl sie es sehr wohl weiß.

»Wein zu Blut, zurück ist gut, in unseren Adern, in unseren Kelch.«

Irgendwo im Turm singt ein kleines Mädchen. Seine Stimme dringt die Stufen hinauf und legt sich wie eine Schlinge um ihren Hals.

»Sie ist nicht meine Schwester.«

Ihre Schwester zuckt mit den Schultern. Das Blut strömt wie ein Wasserfall aus dem Loch an der Seite ihres Schädels.

»Sie ist es, ich bin es. Wir sind es.«

Die Schere öffnet sich, die Schere schließt sich. Das zweite Ohr fällt in den Schoß ihrer Schwester.

Als Mirabella aufwacht, hat sie den Geschmack von Blut im Mund. Es war nur ein Traum, aber ein sehr lebensechter. Sie rechnet fast damit, Stücke ihrer Schwestern zwischen ihren verkrampften Fingern zu finden.

Arsinoes Ohr ist so sanft in ihrem Schoß gelandet. Aber es war nicht wirklich Arsinoe. Inzwischen sind so viele Jahre vergangen, dass Mirabella nicht einmal mehr weiß, wie Arsinoe aussieht. Die Leute sagen, Arsinoe sei hässlich, mit kurzen, strohigen Haaren und einem reizlosen Gesicht. Doch das glaubt Mirabella nicht. Sie behaupten das nur, weil sie denken, dass sie das hören will.

Mirabella schiebt mit den Füßen die Decke beiseite und nimmt einen großen Schluck aus dem Wasserglas auf ihrem Nachttisch. Auf dem weitläufigen Anwesen von Westwood Haus ist alles ruhig. Sie stellt sich vor, dass es überall in Rolanth so still ist, auch wenn der Stand der Sonne ihr verrät, dass die Mittagsstunde naht. Ihre Geburtstagsfeier hat bis tief in die Nacht gedauert.

»Du bist wach.«

Mirabella dreht sich zur offenen Zimmertür um und schenkt der zierlichen Priesterin, die hereingekommen ist, ein schwaches Lächeln. Sie ist klein und sehr jung. Die schwarzen Armbänder an ihren Handgelenken sind noch genau das: Armbänder, keine Tätowierungen.

»Ja«, sagt Mirabella, »gerade aufgewacht.«

Das Mädchen nickt und tritt näher, um ihr beim Ankleiden zu helfen. Eine zweite Novizin, die ihr dicht auf den Fersen folgt, schließt sich an.

»Hast du gut geschlafen?«

»Ziemlich gut«, flunkert Mirabella. Die Träume sind in letzter Zeit schlimmer geworden. Luca sagt, dass das zu erwarten gewesen sei. So sei es nun einmal bei Königinnen, und wenn ihre Schwestern erst tot wären, würden die Träume aufhören.

Mirabella lässt sich reglos von den Priesterinnen die Haare bürsten und ein bequemes Kleid anlegen, eine Erholung nach der wilden Feier. Dann, endlich, ziehen sich die beiden in die Schatten zurück. Die Priesterinnen sind stets bei ihr. Selbst hier in Westwood Haus. Seit die Hohepriesterin erkannt hat, wie stark Mirabellas Gabe ist, steht sie unter Bewachung des Tempels. Manchmal wünscht sie sich, sie würden alle verschwinden.

Auf dem Weg zur Küche begegnet sie Onkel Miles, der sich eine kalte Kompresse an die Stirn drückt.

»Zu viel Wein?«

»Zu viel von allem«, entgegnet er, dann verbeugt er sich ungeschickt und steuert weiter auf sein Zimmer zu.

»Wo ist Sara?«

»Im Salon«, ruft er über die Schulter. »Sie ist da seit dem Frühstück nicht mehr rausgekommen.«

Sara Westwood, ihre Pflegemutter. Eine liebenswerte, gläubige Frau mit der Tendenz, sich zu viele Sorgen zu machen. Sie hat sich gut um Mirabella gekümmert und verfügt auch selbst über eine ziemlich starke Gabe. Ihre Spezialität ist das Element Wasser. Als Mirabella es sich mit einer Tasse Tee im Wohnzimmer gemütlich macht, dringt hin und wieder leises Stöhnen zu ihr herauf. Vermutlich hat Sara sich unten im Salon auf dem Sofa eingerichtet. Maßlosigkeit hat ihren Preis.

Aber der Abend war ein Erfolg. Hat Luca gesagt. Haben alle Priesterinnen gesagt. Das Volk von Fennbirn wird noch Jahre davon sprechen. Sie werden sagen, sie seien dabei gewesen, als die neue Königin sich erhoben hat.

Mirabella legt die Füße auf den grünen Samtbezug des Sessels gegenüber der Couch und streckt sich genüsslich aus. Sie ist erschöpft. Ihre Gabe drückt wie ein Gummiball in ihrem Bauch, unangenehm wabbelig. Doch sie wird sich erholen.

»Das war eine ziemlich gute Vorstellung, meine Königin.«

Bree lehnt am Türrahmen und betritt dann mit einer lässigen Drehung den Raum. Sie lässt sich neben Mirabella auf das lange, mit Satin bezogene Sofa fallen. Aus ihrem kastanienbraunen Zopf haben sich einige golden schimmernde Strähnen gelöst, und an ihr sieht selbst die Erschöpfung noch gut aus.

»Ich hasse es, wenn du mich so nennst«, erwidert Mirabella, aber mit einem Lächeln. »Wo hast du gesteckt?«

»Fenn Wexton hat mir die Stallungen seiner Mutter gezeigt.«

»Fenn Wexton.« Mirabella schnaubt abfällig. »Diese Pappnase.«

»Aber hast du seine Arme gesehen?«, gibt Bree zurück. »Und von Pappe konnte letzte Nacht keine Rede sein. Tilda und Annabeth waren auch eine Zeit lang da. Wir haben uns mit einem Krug Honigwein auf das Scheunendach gelegt und in die Sterne geschaut. Das Ding war so modrig, dass wir fast abgestürzt wären!«

Mirabella verdreht die Augen zur Decke.

»Vielleicht hätten wir dich ja rausschmuggeln können«, überlegt Bree, woraufhin Mirabella nur leise lacht.

»Die binden mir Glöckchen an die Füße, Bree. Schrill bimmelnde Glöckchen, wie bei einer Katze. Als würden sie ernsthaft glauben, dass ich mich davonschleiche.«

»Ist ja nicht so, als wärst du nicht schon verschwunden«, gibt Bree grinsend zu bedenken.

»Aber nie bei einer so wichtigen Sache!«, protestiert Mirabella. »Wenn es darauf ankam, habe ich immer meine Pflicht erfüllt. Aber sie wollen trotzdem ständig wissen, wo ich mich aufhalte. Was ich tue. Was ich denke.«

»Und jetzt werden sie dich noch schärfer kontrollieren, Rho und diese Wächterpriesterinnen.« Bree rollt sich auf den Bauch. »Wirst du jemals frei sein, Mira?«

Mirabella wirft ihr einen Seitenblick zu und lacht leise. »Sei nicht so melodramatisch. Und jetzt solltest du dich frischmachen gehen. Wir müssen heute Nachmittag zur Anprobe.«

Die lose Diele auf der Treppe quietscht sechs Mal, und wenig später betreten sechs groß gewachsene Priesterinnen den Raum. Bree verzieht das Gesicht und streckt sich ausgiebig.

»Meine Königin«, beginnt die Novizin, die am dichtesten zum Sofa vorgerückt ist. »Hohepriesterin Luca wünscht dich zu sehen.«

»Also schön.« Mirabella steht auf. Sie hatte mit Schlimmerem gerechnet, doch Luca besucht sie immer gerne.

»Sorgt ja dafür, dass sie zur Anprobe am Nachmittag wieder da ist«, fordert Bree und winkt träge zum Abschied.

Mirabella bezweifelt stark, dass sie Bree heute noch einmal zu Gesicht bekommen wird. Anprobe hin oder her, kaum etwas oder jemand kann Bree davon abhalten, exakt das zu tun, worauf sie Lust hat. Und da sie die heiß geliebte einzige Tochter von Sara Westwood ist, hat es auch nie jemand ernsthaft versucht. Aber Mirabella liebt sie viel zu sehr, um sie ernsthaft um diese Freiheit zu beneiden.

Draußen schlägt Mirabella ein zügiges Tempo an, in subtilem Protest gegen die Priesterinnen, die sie aufs Schärfste bewachen. Die meisten von ihnen sind nach der Geburtstagsfeier ebenso verkatert wie Sara, und durch den strammen Marsch werden sie leicht grün um die Nase.

Doch allzu grausam ist das nicht. Westwood Haus liegt ganz in der Nähe des Tempels. Als Mirabella noch jünger war und ihren Bewachern leichter entkommen konnte, hatte sie sich manchmal heimlich rausgeschlichen, um Luca allein zu besuchen oder um über das Tempelgelände bis zu den dunklen Basaltklippen von Shannons Dämmerpforte zu laufen. Heute vermisst sie diesen Freiraum. Die Zeit für sich. Als sie noch dahinschlurfen oder Steine gegen Bäume kicken konnte. Als sie so wild und ungezähmt sein konnte, wie es einer Elementwandlerkönigin bestimmt ist.

Jetzt ist sie ständig von weißen Roben umgeben. Wenn sie auch nur einen kurzen Blick auf die Stadt hinunter erhaschen will, muss sie sich den Hals verrenken, um über die Schulter der Priesterin zu schauen, die neben ihr geht. Rolanth, die Metropole der Elementwandler, deren weitläufiges Zentrum aus festem Stein von dem schnell dahinfließenden Wasser eingefasst ist, das aus den grünen Hügeln herabströmt. Wie breite Lebensadern erstrecken sich Kanäle zwischen den Häusern, über die durch ein ausgeklügeltes Schleusensystem Menschen und Güter vom Meer ins Binnenland befördert werden. Aus dieser Höhe leuchten die prunkvollen Gebäude fast weiß, die Kanäle schimmern blau. Es fällt leicht, sich vorzustellen, wie die Stadt einmal gestrahlt haben muss, als sie noch reich und mächtig war. Bevor die Giftmischer sich den Thron unter den Nagel rissen und der Rat sich weigerte, ihn wieder herzugeben.

»Ein wirklich schöner Tag«, sagt Mirabella schließlich, um der Monotonie zu entgehen.

»Oh ja, meine Königin«, antwortet eine der Priesterinnen. »Die Göttin sorgt für uns.«

Mehr sagen sie nicht. Mirabella kennt keine der Frauen aus ihrer Eskorte beim Namen. In letzter Zeit sind so viele Priesterinnen in den Tempel von Rolanth gekommen, dass sie den Überblick über die Neuzugänge verloren hat. Luca sagt, dass die Tempel auf der gesamten Insel solch einen Ansturm erleben. Die Stärke von Mirabellas Gabe hat den Glauben auf der Insel wieder erstarken lassen. Manchmal wünscht sich Mirabella, Luca würde ihrer starken Gabe nicht ganz so viele Dinge zuschreiben.

Luca empfängt sie ganz offiziell im Tempel, nicht oben in ihren eigenen Räumlichkeiten. Die alte Frau breitet die Arme aus, als sie Mirabella von den Priesterinnen in Empfang nimmt, und küsst die Königin auf die Wange.

»Du siehst nicht sonderlich müde aus«, stellt sie dabei fest. »Vielleicht hätte ich dich gestern Abend doch noch das Wasser beschwören lassen sollen.«

»Hättest du es versucht, hätte es nichts zu sehen gegeben«, erwidert Mirabella. »Oder ich hätte vielleicht aus Versehen jemanden durchnässt.«

»Aus Versehen?«, gibt Luca trocken zurück. Bei ihrer ersten Begegnung hatte Mirabella versucht, die Hohepriesterin zu ertränken, indem sie einen Wasserelementar aus dem Sternschnuppensee beschwor und ihn in Lucas Hals schickte. Doch das war lange her.

Lucas Hand verschwindet wieder zwischen den vielen Lagen der Roben und Pelze. Welche Gabe Luca vor ihrer Zeit als Priesterin hatte, weiß Mirabella zwar nicht, aber eine Elementwandlerin war sie sicherlich nicht. Dafür ist sie viel zu verfroren.

Eine junge Priesterin geht an ihnen vorbei und gerät ins Stolpern. Blitzschnell greift Luca zu und verhindert, dass sie fällt.

»Sei vorsichtig, Kind«, mahnt die Hohepriesterin, und das Mädchen nickt. »Diese Robe ist viel zu lang. Du wirst dir noch wehtun. Jemand soll sie für dich kürzen.«

»Jawohl, Luca«, flüstert die Kleine.

Das Mädchen ist eine Initiandin. Noch kann sie im Dienst für den Tempel versagen. Oder ihre Meinung ändern und nach Hause zurückkehren.

Mit vorsichtigeren Schritten geht das Mädchen zur Südmauer hinüber, wo bereits drei andere Priesterinnen damit beschäftigt sind, das Wandbild von Königin Shannon zu restaurieren. Der Maler hat die Königin außergewöhnlich gut getroffen: Obwohl die untere Gesichtshälfte durch Regen und Sturm nur noch verschwommen sichtbar ist, blicken die dunklen Augen den Betrachter konzentriert und entschlossen an.

»Sie war mir immer die Liebste«, gibt Mirabella zu. »Königin Shannon mit ihren Stürmen.«

»Eine der Stärksten. Bis du kamst. Eines Tages wird dein Gesicht das ihre an dieser Wand noch überstrahlen.«

»Das wollen wir nicht hoffen. Keines dieser Wandbilder spiegelt friedliche Zeiten wider.«

Luca seufzt schwer. »Die heutige Zeit ist auch nicht so friedvoll, nachdem die Giftmischer jahrzehntelang die Hauptstadt gehalten haben. Und die Göttin hätte dich nicht mit einer solch starken Gabe ausgestattet, wenn diese Stärke nicht gebraucht würde.« Die Hohepriesterin nimmt sie am Arm und führt sie durch die südliche Kuppelhalle. »Eines Tages, vielleicht nach deiner Krönung, werde ich mit dir den Tempel der Kriegerkönigin in Bastiansburg besuchen. Dort gibt es keine Wandbilder, sondern eine Statue von Emmeline – sie schwenkt einen blutigen Speer über dem Kopf, und überall sind Pfeile –, die unter der Decke schwebt.«

»Sie schwebt frei unter der Decke?«, staunt Mirabella.

»Vor langer Zeit, als die Gabe des Krieges noch stark war, konnte eine Kriegerkönigin allein durch ihre Willenskraft Dinge durch die Luft bewegen.«

Als Mirabella die Augen aufreißt, lacht die Hohepriesterin leise. »Zumindest erzählt man sich das.«

»Warum wolltest du mich sehen, Hohepriesterin?«

»Weil ich eine Aufgabe für dich habe.« Luca wendet sich von dem Wandbild ab und verschränkt die Hände hinter dem Rücken. Sie geht auf den nördlich gelegenen Altar der Göttin zu. Mirabella schließt zu ihr auf.

»Eigentlich wollte ich damit noch warten«, fährt Luca fort. »Mir war bewusst, dass du am Tag nach einem solchen Spektakel müde sein würdest. Doch sosehr ich mich auch bemühe, dich weiter als Kind zu sehen und an meiner Seite, an diesem ruhigen Ort, zu behalten – ich kann es nicht. Du bist erwachsen geworden. Du bist eine Königin, und falls deine Gabe inzwischen nicht auch die Fähigkeit umfasst, die Zeit anzuhalten, steht dir bald die Erwachenszeremonie bevor. Wir können nicht länger aufschieben, was dringend vonnöten ist.«

Ihre weiche Hand streicht über Mirabellas Wange. »Doch wenn du noch nicht bereit dafür bist, werde ich es weiterhin aufschieben.«

Mirabella legt sanft ihre Hand auf die Finger der alten Frau. Wären da nicht die Priesterinnen, die alles beobachten, hätte sie ihr auch einen Kuss auf die Stirn gedrückt. Niemals zuvor hat eine Hohepriesterin sich so eindeutig für eine Königin eingesetzt wie Luca es für sie tut. Oder einen solchen Skandal verursacht, indem sie ihre Gemächer im Tempel von Indridskamm aufgab und sich in der Nähe ihres Günstlings niederließ.

»Ich bin bereit«, versichert Mirabella. »Was du auch verlangst, ich werde es mit Freuden tun.«

»Gut.« Luca tätschelt noch einmal ihre Wange. »Gut.«

Die Priesterinnen führen Mirabella über die Grenzen des Tempelgeländes hinaus durch den immergrünen Wald bis an den Rand der Basaltklippen, die an diesem Punkt weit ins Meer hineinragen. Schon immer hat Mirabella die salzige Luft und den leichten Wind hier geliebt, und ihre Schritte werden beschwingter.

Als man sie im Tempel abgeholt hat, wollte niemand ihr verraten, was von ihr verlangt wird. Da Priesterin Rho die Eskorte anführt, vermutet Mirabella, dass sie vielleicht auf die Jagd gehen. Rho ist bei jeder Jagd die Anführerin. Die Initiandinnen des Tempels leben alle in Angst vor ihr. Angeblich schlägt sie Mädchen, mit denen sie nicht zufrieden ist. Als Priesterin hat man zwar keine Vergangenheit, doch bei Rho ist Mirabella sich sicher, dass sie die Gabe des Krieges besitzt.

Heute zeigt sich Rho grimmig und beherrscht. Die Priesterinnen haben ihre Jagdspeere dabei, aber keine Hunde. Das Wild findet man auch eher in der anderen Richtung, tiefer im Wald.

Als die Gruppe die Klippen erreicht, wendet sie sich nach Norden und dringt damit weiter zwischen die Felsen vor, als Mirabella jemals gekommen ist.

»Wo gehen wir hin?«, fragt sie.

»Es ist nicht mehr weit, meine Königin«, antwortet Rho. »Gar nicht mehr weit.« Sie tippt der Priesterin zu ihrer Linken auf die Schulter. »Geh vor und sorge dafür, dass alles bereit ist«, befiehlt sie ihr.

Die Priesterin nickt stumm und läuft los. Schnell ist sie hinter der nächsten Ecke verschwunden.

»Rho? Was haben wir vor? Was wird von mir verlangt?«

»Den Wunsch der Göttin und die Pflicht einer Königin zu erfüllen. Gibt es denn je etwas anderes?« Sie wirft Mirabella über die Schulter hinweg einen Blick zu und grinst bösartig. Unter ihrer Haube ragen ein paar blutrote Haarsträhnen hervor.

Ihre Stiefel knirschen laut auf dem felsigen Geröll, aber in gleichmäßigem Klang. Außer der erwählten Vorhut beschleunigt niemand seine Schritte, auch wenn Mirabella mehrmals ein schnelleres Tempo anschlagen will. Schon bald stellt sie ihre Versuche ein, denn sie kommt sich dumm dabei vor – wie ein Vogel in einem Käfig aus Roben, der immer wieder gegen die Gitter flattert.

Der Pfad macht eine Biegung, und hinter der Ecke werden sie endgültig von den hohen, dunklen Felswänden eingeschlossen. Schließlich kann Mirabella einen ersten Blick auf das erhaschen, was vor ihr liegt. Zu welchem Zweck auch immer man sie hergebracht hat, es sieht nicht nach Aufregung aus: einige Priesterinnen in schwarz-weißen Roben, ein großes Feuerbecken, in dem etwas verbrennt, was kaum Rauch erzeugt. Und ein Fass. Als die Gruppe die Schritte der Herannahenden hört, dreht sie sich um, und die Frauen stellen sich in einer Reihe auf.

Unter ihnen keine Initiandinnen, nur zwei Novizinnen. Eine von ihnen trägt im Unterschied zu den anderen einen schwarzen Kittel und eine Decke um die Schultern. Ihre braunen Haare hängen offen herab, und trotz der Decke ist ihre Haut blass vor Kälte. In ihren weit aufgerissenen Augen spiegelt sich so viel Dankbarkeit, als wäre Mirabella gekommen, um sie zu retten.

»Du hättest es mir sagen müssen«, protestiert Mirabella. »Du hättest es mir sagen müssen, Rho!«

»Wozu?«, gibt Rho zurück. »Hätte es denn einen Unterschied gemacht?« Mit einer Kopfbewegung signalisiert sie dem Mädchen vorzutreten, das daraufhin die Decke abstreift, um barfuß und zitternd auf die Königin zuzugehen.

»Sie bringt dieses Opfer für dich allein«, zischt Rho. »Entehre sie nicht.«

Die Novizin fällt vor Mirabella auf die Knie und sieht zu ihr auf. Ihr Blick ist klar. Sie haben ihr nicht einmal etwas gegeben, um die Schmerzen zu mildern. Als das Mädchen die Hand ausstreckt, ergreift Mirabella sie und steht wie betäubt daneben, während die Kleine betet. Danach steht das Mädchen auf und tritt an den Rand der Klippe.

Alles ist da: Wasser im Fass, Feuer in der Schale, Wind und Blitze, die ihr immer zur Verfügung stehen. Sie könnte auch die Erde beben lassen, bis die Novizin verschüttet wird. Vielleicht wäre das wenigstens schmerzlos.

Das Mädchen, das zum Opfer auserkoren ist, lächelt Mirabella an und schließt dann die Augen, um es ihr leichter zu machen. Doch es wird nicht leichter.

Voller Ungeduld nickt Rho der Priesterin neben der Feuerschale zu, die daraufhin eine Fackel entzündet.

»Wenn du es nicht tust, meine Königin, werden wir es tun. Und unsere Methode wird langwieriger sein als deine.«

Greavesdrake Haus

Giselle lässt warmes Wasser über die dicken Blasen auf Königin Katharines Haut rinnen. Die prall gefüllten Quaddeln ziehen sich in glänzenden roten Reihen über ihren Rücken, die Schultern und die Oberarme – das Resultat einer Behandlung mit Nesselbaumtinktur. An diesem Morgen erst hat Natalia einen Wattebausch damit getränkt und Katharine anschließend damit eingerieben.

»Sie hat nicht aufgepasst«, murmelt Giselle. »Das wird Narben hinterlassen. Nicht bewegen, Katharine.« Obwohl sie die Königin nur ganz sanft berührt, läuft der eine Träne über die Wange.

Natalia hätte die Tinktur niemals so stark gemacht. Aber sie war nicht diejenige, die sie aufgesetzt hat. Das war Genevieve.

»Wenn sie sieht, was das Zeug angerichtet hat, wie dick die Blasen geworden sind, wird sie ihre Schwester auf dem Marktplatz auspeitschen lassen.«

Das entlockt Katharine ein gequältes Lachen. Zu gern würde sie sich das ansehen. Doch das wird nicht geschehen. Ja, Natalia wird nicht erfreut sein, wenn sie die Quaddeln sieht. Aber auch wenn Genevieve ihre wohlverdiente Strafe bekommt, so wird diese doch in aller Stille vollzogen werden.

Katharine stößt gequält die Luft aus, als Giselle noch mehr Wasser über ihre Schultern laufen lässt. Die Zofe hat das Badewasser mit Kamille angereichert, um die Schwellung zu lindern, aber auch so wird es Tage dauern, bis Katharine wieder normale Kleidung tragen kann, ohne befürchten zu müssen, dass die Blasen platzen könnten.

»Beuge dich nach vorne, Kat.«

Während die Königin gehorcht, beginnt sie wieder zu weinen. Durch die offene Badezimmertür kann sie in ihr Schlafzimmer sehen, genau auf das leere Terrarium auf ihrem Nachttisch. Ihr kleines Herzliebchen musste sich bei Katharines Sturz beim *Gave Noir* wohl erschreckt haben, war von ihrem Handgelenk gekrochen und verschwunden. Nun ist die kleine Schlange vermutlich tot, für immer irgendwo in den kalten Mauern von Greavesdrake Haus verschollen.

Die Nesselvergiftung sollte keine Bestrafung darstellen. Zumindest hat Natalia ihr das ganz ruhig und gelassen erklärt, während sie den Wattebausch wieder und wieder über ihre Haut gleiten ließ. Aber Katharine weiß es besser. Niemand enttäuscht ungestraft einen Arron – nicht einmal eine Königin.

Es hätte schlimmer kommen können. Genevieve hätte sie es auch zugetraut, ihr ein Spinnengift zu spritzen, das eine so starke Nekrose hervorrief, dass die Narben nie wieder verschwanden.

»Wie kann sie dir das nur antun?«, fragt Giselle, während sie ihr einen warmen Waschlappen in den Nacken drückt.

»Du kennst den Grund«, antwortet Katharine. »Sie tut es, um mich stark zu machen. Um mein Leben zu retten.«

In den Fluren und Räumen von Greavesdrake Haus herrscht wundervolle Stille. Endlich, nach den endlosen An- und Abreiseturbulenzen der vergangenen Tage, ist es wieder ruhig im Haus, und Natalia kann sich in die Abgeschiedenheit ihres Arbeitszimmers zurückziehen, wo sie sich in ihrem bevorzugten ledernen Ohrensessel entspannt. Bis zu dem Moment, als jemand an die Tür klopft.

Der Butler tritt mit leeren Händen ein, was Natalias Stimmung nicht gerade hebt.

»Ich hatte gehofft, du bringst mir eine Kanne Alraunentee.«

»Gewiss doch, Mistress«, erwidert er. »Und soll ich für deinen Gast auch eine Tasse bringen?«

Sie dreht sich ein Stück weiter in ihrem Sessel, um die Gestalt zu mustern, die im Halbdunkel des Korridors wartet. Nachdem sie gereizt genickt hat, wird der Gast hereingebeten.

»Nach über dreißig Jahren Dienst sollte man meinen, dass mein Butler weiß, wie ungern ich Besucher empfange, wenn das Haus sich gerade erst wieder geleert hat«, verkündet Natalia, während sie sich erhebt.

»Ich hatte mich schon gefragt, wo sie alle hin sind. Selbst die Dienstboten scheinen sich in Luft aufgelöst zu haben.«

»Ich habe sie heute Morgen alle weggeschickt.« Sie hatte ihre Gesichter nicht mehr sehen können; diese selbstgefälligen, vorwurfsvollen Blicke. »Wie geht es dir, Pietyr?«

Ihr Neffe tritt vor und küsst sie auf die Wange. Bis zu dem Ball hatte sie ihn seit Jahren nicht mehr zu Gesicht bekommen, den einzigen Sohn ihres Bruders

Christophe. Er war noch ein Kind, als sein Vater seinen Sitz im Rat aufgab, weil er ein Leben auf dem Lande bevorzugte. Nun allerdings ist Pietyr kein Kind mehr, er ist zu einem attraktiven Mann herangereift.

»Mir geht es gut, Tante Natalia.«

»Und welchem Umstand verdanke ich deinen Besuch? Ich dachte, du wärst längst auf euren Landsitz zurückgekehrt, zusammen mit meinem Bruder und Marguerite.«

Als er den Namen seiner Stiefmutter hört, verzieht er kurz das Gesicht. Natalia kann es ihm nicht verübeln. Christophes erste Frau hatte in einer ganz anderen Liga gespielt. Sie hätte ihn niemals in die Arme des Tempels getrieben.

»Ebendiesem Umstand«, antwortet Pietyr. »Ich bin voller Hoffnung, dass du mir erlauben wirst, niemals dorthin zurückkehren zu müssen.«

Ohne auf eine Einladung zu warten, geht er an Natalia vorbei und schenkt sich eine großzügige Portion ihres vergifteten Brandys ein. Als er ihre fassungslose Miene bemerkt, fragt er: »Verzeihung, wolltest du auch einen? Ich dachte, du hast dir Tee bestellt.«

Natalia verschränkt die Arme vor der Brust. Jetzt fällt ihr auch wieder ein, warum Pietyr von all ihren Neffen ihr immer der liebste war; sogar ihren Nichten hatte sie ihn vorgezogen. Er ist der Einzige unter ihnen, mit dem Natalia die hohen Wangenknochen und die eisblauen Augen teilt. Ihren schmalen Mund und ihre Unverfrorenheit.

»Wenn du nicht vorhast, aufs Land zurückzukehren, was gedenkst du stattdessen zu tun? Soll ich dir dabei helfen, deine Talente in der Hauptstadt zum Einsatz zu bringen?«

»Nein«, erwidert er lächelnd. »Ich hatte gehofft, hier bei dir bleiben zu können. Um dir mit der Königin zu helfen.«

»Das warst *du*, der so lange mit ihr getanzt hat«, erinnert sich Natalia.

»Das war ich, ja.«

»Und nun glaubst du zu wissen, welche Art von Hilfe sie braucht.«

»Ich weiß, *dass* sie etwas braucht«, behauptet er. »Als du sie heute Morgen vergiftet hast, habe ich draußen die Schreie gehört.«

»Ihre Gabe zeigt sich penetrant schwach, aber sie entwickelt sich.«

»Tatsächlich? Dann steigert sich ihre Immunität also? Doch liegt das nun an ihrer Gabe oder an deinen …«, er senkt die Stimme, »… Übungen?«

»Das spielt keine Rolle. Sie hat ein hervorragendes Händchen beim Einsatz von Gift.«

»Es freut mich, das zu hören.«

Doch Natalia weiß, dass Katharine mehr brauchen wird als das. Keine Königin aus dem Hause Arron musste sich je einer Gegnerin stellen, deren Gabe so ausgeprägt war wie die von Mirabella. Mehrere Generationen sind herangewachsen, seit es auf der Insel eine Königin gegeben hat, die auch nur halb so stark war. Selbst in Indridskamm munkeln die Leute, dass jede der Arron-Königinnen schwächer war als ihre Vorgängerin. Sie behaupten, dass Nicola von Pilzen krank geworden sei und Camille kein Schlangengift vertrug. Und sie sagen, Camille habe ihre Gifte so schlecht gehandhabt, dass Natalia ihre Schwestern für sie getötet habe.

Doch was macht das schon? Die Gabe verliert mehr und mehr an Bedeutung. Die Krone wird nicht länger errungen, sie wird durch politische Ränkespiele und Allianzen vergeben. Und in diesen Gewässern navigiert keine andere Familie auf der Insel so sicher wie die Arrons.

»Natürlich sitzen uns immer noch die Westwoods im Nacken«, fährt Pietyr fort. »Sie halten Mirabella für die Auserwählte. Für unantastbar. Aber wir beide wissen doch, wenn Mirabella an die Macht kommt, wird nicht sie herrschen, sondern der Tempel.«

»Allerdings«, nickt Natalia. »Seit Luca angefangen hat, die Westwoods derartig zu bevorzugen, haben sie sich alle von der Hohepriesterin um den Finger wickeln lassen.«

Diese Narren. Doch dass sie Narren sind, bedeutet noch lange nicht, dass sie keine Bedrohung darstellen. Falls Mirabella die Krone erringt, wird sie ihr königliches Recht geltend machen, um sämtliche Giftmischer des Rates durch Elementwandler aus dem Hause Westwood zu ersetzen. Und wird die Insel durch einen Westwood-geführten Rat regiert, ist sie so schwach, dass dies ihr Untergang sein kann.

»Falls du einen Vorschlag zu machen hast, Neffe, immer raus damit.«

»Katharine hat andere Qualitäten«, beginnt Pietyr. »Andere Stärken.« Er hebt seinen Kognakschwenker ins Licht und bewundert die Farbe des Getränks. In Marguerites Haus gibt es sicherlich keinen so feinen Brandy.

»Nach dem Beltanefest werden die Freier der verschiedenen Delegationen den anderen Königinnen ziemlich nahe kommen«, führt er aus. »Sie könnten ihnen problemlos etwas Gift unterjubeln, und unsere Weste bliebe unbefleckt.«

»Die Freier der Delegationen kennen die Regeln. Von denen wird keiner das Risiko eingehen, erwischt zu werden.«

»Vielleicht doch, wenn sie in Katharine verliebt sind.«

»Das ist wahr«, muss Natalia zugeben. Junge Männer tun sehr viel für ein Mädchen, wenn sie es zu lieben glauben. Unglücklicherweise ist Katharine nicht besonders gut gerüstet, um diese Art von Loyalität hervorzurufen. Sie ist zwar ganz niedlich, aber viel zu ergeben. Außerdem hat Genevieve recht, wenn sie das Mädchen als zu dünn bezeichnet.

»Und du meinst, du könntest sie in der Kürze der Zeit aufpäppeln?«

»Das kann ich«, behauptet Pietyr. »Wenn ich mit ihr fertig bin, wird sie ein solches Juwel sein, dass die Freier den ganzen Politikkram und ihre Allianzen vergessen. Sie werden nur noch mit ihren Herzen denken.«

Natalia schnaubt abfällig. »Es wäre schon ausreichend, wenn sie mit dem Ding zwischen ihren Beinen denken.«

»Das auch.«

Der Butler tritt mit einer Kanne Alraunentee ein, doch Natalia winkt ab. Nun will sie doch einen Brandy nehmen, um ihren Handel zu besiegeln. Und selbst wenn die Freier ihr mit dem Gift nicht behilflich sein können, wird es die Sache wert sein, um Mirabella die Demütigung einer Zurückweisung zuzufügen.

»Und was erwartest du als Gegenleistung für deine Hilfe?«

»Nicht viel«, versichert Pietyr. »Nie wieder zu meinem schwächlichen Vater und seinem dummen Weib zurückzumüssen. Und …« Seine blauen Augen funkeln gefährlich. »Nach Katharines Krönung will ich einen Sitz im Schwarzen Rat.«

Reglos steht Katharine im Zimmer, nur in einen federleichten schwarzen Morgenmantel gehüllt, während Giselle und Louise ihr Bett neu beziehen. Nach dem Abend des *Gave* und dem Morgen voller Schmerzen sind die Laken ruiniert, voller dunkler Schweißflecken und Blutspritzer. Doch vielleicht kann man sie noch retten. Seit Louise eine ihrer Zofen geworden ist, hat sie ziemlich viele Tricks gelernt, was die Wäsche angeht. Sie ist es bereits gewöhnt, nach schweren Vergiftungen alles sauber zu machen.

Katharine will sich fester in ihren Morgenmantel wickeln, zuckt aber sofort zusammen, als der Stoff auf ihre Blasen drückt. Sie hat sich mit einer Hand auf Herzliebchens leeres Terrarium gestützt. Es steht offen. Ihre arme verloren gegangene kleine Schlange. Katharine hätte bei ihrem Sturz besser auf sie aufpassen müssen. Oder sie vor Beginn des Festmahls einem der Bediensteten übergeben müssen. Dass Herzliebchen überhaupt verschwunden war, hatte sie angesichts ihres Zustands erst am Morgen bemerkt. Viel zu spät. Doch am meisten berührte sie, dass Herzliebchen – obwohl sie vollkommen verängstigt gewesen sein musste – sie nicht gebissen hatte.

Plötzlich stößt Louise einen Schrei aus, der Katharine zusammenfahren lässt und der Zofe einen strafenden Knuff gegen die Schulter von Giselle einbringt. Louise war schon immer etwas übersensibel. Obwohl ihr überraschtes Starren diesmal seine Berechtigung hat, denn mit einem Mal steht ein junger Mann im Schlafzimmer der Königin.

»Pietyr«, stellt Katharine fest, während er sich verbeugt.

»Ist deinem Tierchen etwas zugestoßen?«, fragt er und zeigt auf ihre Hand, die noch immer auf dem Terrarium ruht.

»Meiner Schlange, ja«, murmelt sie. »Sie ist verschwunden, seit … seit …«

»Hat Natalia den Dienstboten aufgetragen, den Ballsaal nach ihr abzusuchen?«

»Ich wollte sie nicht damit behelligen.«

»Es würde ihr bestimmt keine Umstände machen.« Pietyr nickt Louise auffordernd zu, die sofort in einen Knicks sinkt und anschließend losrennt, um es Natalia auszurichten. Kaum ist sie weg, entlässt Pietyr auch noch Giselle.

Trotz der Quaddeln wickelt Katharine den Morgenmantel fester um ihren Körper. Das ist wohl kaum der passende Aufzug, um Gäste zu empfangen.

»Es tut mir leid, dass ich hier so unangekündigt auftauche«, entschuldigt sich Pietyr, »aber ich bin noch nicht ganz an das Regelwerk des Protokolls gewöhnt. Bei uns auf dem Land nimmt man sich diverse Freiheiten heraus. Ich hoffe, du kannst mir verzeihen.«

»Natürlich. Aber was … Warum bist du überhaupt hier? Die anderen Ballgäste sind alle schon wieder weg.«

»Ich nicht.« Er zieht beide Augenbrauen hoch. »Ich habe mich gerade mit meiner Tante unterhalten, und so wie es aussieht, werde ich wohl hierbleiben.«

Pietyr macht einen Schritt auf sie zu, ändert dann aber im letzten Moment die Richtung und inspiziert die Parfumflaschen auf ihrem Schminktisch. Ein freches Lächeln huscht über sein Gesicht, so als würden Katharine und er ein Geheimnis miteinander teilen. Oder vielleicht auch erst gemeinsame Geheimnisse entdecken.

»Du bleibst? Hier?«

»Ja, hier bei dir. Ich soll dein allerbester Freund werden, Königin Katharine.«

Verdutzt neigt Katharine den Kopf. Das muss irgendein ausgeklügelter Scherz von Natalia sein. Ihren Sinn für Humor hat sie noch nie verstanden.

»Oh. Und was werden wir da so tun?«

»Nun ja, all die Dinge, die Freunde eben so tun, nehme ich an.« Pietyr schlingt einen Arm um ihre Taille. »Zumindest, wenn du dich ausreichend erholt hast.«

»Wie man tanzt, weiß ich schon.«

»Es gibt aber noch mehr als den Tanz.«

Er beugt sich vor, um sie zu küssen, und automatisch weicht sie ihm aus. Anschließend entschuldigt sie sich stammelnd, obwohl sie eigentlich gar nicht weiß, wofür. Doch er scheint sowieso nicht wütend zu sein.

»Siehst du?«, fragt er lächelnd. »Du hast viel zu viel Zeit mit meiner Tante und deinen Zofen verbracht. Sie haben dich genauso unzureichend auf die Werbungsphase mit deinen Freiern vorbereitet wie auf dein vergiftetes Festmahl.«

Katharine läuft dunkelrot an. »Für wen hältst du dich eigentlich, dass du so etwas behauptest?«

»Ich bin dein ergebener Diener«, antwortet Pietyr und streicht sanft über ihre Wange. »Ich bin dein Sklave. Ich bin hier, um dafür zu sorgen, dass keiner der Freier auch nur einen Gedanken an deine Schwestern verschwendet, sondern einzig und allein an dich.«

Wolfsquell

Am Morgen von Josephs Heimkehr ist der Himmel mit drückenden Wolken bedeckt. Jules hat schon von ihrem Bett aus in das triste Grau hinausgestarrt. Sie konnte kaum schlafen.

»Die wussten schon seit Wochen, dass er kommen wird«, sagt sie.

»Aber natürlich«, nickt Madrigal. Jetzt sitzt Jules in dem Zimmer, das sie sich mit Arsinoe teilt, vor der Frisierkommode. Madrigal steht hinter ihr und bürstet ihr die braunen Locken.

»Und warum schicken sie ihn ausgerechnet jetzt nach Hause? Zwei Tage nach Arsinoes Geburtstag? Die Feierlichkeiten hat er verpasst, kommt aber gerade noch rechtzeitig, um den Müll in den Straßen zu bewundern und dabei zuzusehen, wie die Möwen mit den Krähen um die Reste kämpfen.«

»Genau das wird der Grund sein«, behauptet Madrigal. »Sie können genüsslich zusehen, wie wir wie aufgescheuchte Hühner um ihn herumtanzen. Die arme Annie Sandrin muss ja vollkommen aus dem Häuschen sein.«

Stimmt.

Unten in ihrem Haus am Hafen wird Josephs Mutter halb von Sinnen alles vorbereiten und ihren Mann anschnauzen, genau wie Matthew und Jonah. Glücklich anschnauzen, aber trotzdem anschnauzen.

»Und wenn er nicht kommt?«, fragt Jules weiter.

»Warum sollte er nicht kommen?« Madrigal versucht noch einmal, Jules' Haare aufzustecken. »Hier ist doch sein Zuhause.«

»Was meinst du, wie wird er wohl sein?«

»Wenn er auch nur ein kleines bisschen so ist wie sein Bruder Matthew, sind sämtliche Mädchen von Wolfsquell in großer Gefahr«, antwortet Madrigal grinsend. »Als Matthew in Josephs Alter war, ist das halbe Dorf hinter seinem Boot hergeschwommen.«

Jules zuckt heftig zusammen.

»Matthew hat sich immer nur für Tante Caragh interessiert.«

»Ja, ja«, murmelt Madrigal. »Er war meiner ach so ernsthaften Schwester ergeben wie ein Hund. So wie Joseph zweifelsohne dir ergeben sein wird.« Frustriert reißt sie die Arme hoch, sodass Jules' Haare durch die Luft wirbeln. »Mit dieser Wolle lässt sich aber auch gar nichts anfangen!«

Traurig schaut Jules in den Spiegel. Madrigal ist immer schön mit ihrem kastanienbraunen Haar mit dem Goldschimmer und ihrer grazilen Figur. Von allein wäre nie jemand darauf gekommen, dass sie und Jules Mutter und Tochter sind. Manchmal hegt Jules den Verdacht, dass es Madrigal so ganz recht ist.

»Du hättest mehr schlafen sollen«, rügt Madrigal sie nun. »Du hast dunkle Ringe unter den Augen.«

»Ich konnte nicht – Camden ist alle paar Minuten aufgesprungen oder hat sich rumgerollt.«

»Und was meinst du wohl, warum sie nicht schlafen

konnte? Deine Nervosität hat sie wachgehalten. Wenn sie heute gegen den Tisch rennt und etwas kaputt macht, ist das deine Schuld.« Madrigal schiebt sich hinter ihre Tochter und mustert sich selbst im Spiegel. Prüfend berührt sie ihre weichen, wie Honig schimmernden Locken, dann tupft sie ein wenig Parfum auf ihren langen Hals.

»Ich habe getan, was ich konnte«, verkündet sie. »Er wird dich so lieben müssen, wie du bist.«

Arsinoe kommt die Treppe herauf und lehnt sich gegen den Türrahmen. »Du siehst großartig aus, Jules.«

»Du solltest warten, bis er zu dir kommt«, befindet Madrigal.

»Warum? Wir sind Freunde. Das ist doch kein Spiel.« Entschlossen wendet Jules sich vom Spiegel ab und eilt nach unten. Erst als sie schon zur Tür raus und ein Stück weit den Pfad hinuntergelaufen ist, bemerkt sie, dass Arsinoe beim Haus zurückgeblieben ist.

»Kommst du nicht mit?«

Die Königin schiebt beide Hände in die Taschen. »Ich glaube nicht. Das solltest du allein machen.«

»Er wird dich sehen wollen.«

»Ja, aber erst später.«

»Na, dann begleite mich wenigstens ein Stück!«

Arsinoe lacht auf. »Also schön.«

Gemeinsam gehen sie den schmalen Pfad entlang, der sich vom Anwesen der Milones den Hügel hinunterwindet, hinein in den Ort, am Hafen vorbei, bis zum Dorfplatz und dem Wintermarkt. Als sie den letzten Hügel vor der Bucht erklommen haben, bleibt Arsinoe stehen.

»Hast du dich jemals gefragt, was wir heute wohl tun würden, wenn es anders gelaufen wäre?«, fragt sie.

»Inwiefern anders? Wenn wir nie versucht hätten wegzulaufen? Wenn wir es geschafft hätten? Oder wenn man uns auch verbannt hätte?«

Doch sie hatten nur Joseph verbannt. Jules war dazu verurteilt worden, als Dienerin der Krone in der Schwarzen Kate zu leben. Ganz allein. Als Hebamme und Pflegerin der zukünftigen Königinnen – während der Zeit der Schwangerschaft nur die Königin und den Prinzgemahl zur Gesellschaft und danach die Drillinge, bis die das Alter erreichten, in dem sie geholt wurden. Hätte ihre Tante Caragh sich nicht freiwillig gemeldet und ihren Platz eingenommen, säße Jules jetzt in der Schwarzen Kate.

»Sie hätten mich töten sollen«, flüstert Arsinoe. »Ich hätte es anbieten müssen, wenn Joseph im Gegenzug hätte bleiben dürfen. Und wenn Caragh im Gegenzug nicht in dieser Kate gelandet wäre.«

»Sie wollten uns alle töten«, ruft Jules ihr in Erinnerung. »Natalia Arron hätte uns so viel Gift verabreicht, dass wir zuckend auf dem Boden des Ratssaals gelegen hätten, bis uns der Schaum vor den Mund tritt. Mitten im Volroy.«

Wenn sie geglaubt hätte, damit durchzukommen, hätte sie ihre Leichen auch noch öffentlich ausgestellt, auf dem Markplatz von Indridskamm. Damals waren sie gerade mal elf gewesen.

»Wenn wir uns nicht an die Regeln halten, könnte das immer noch zu unserem Schicksal werden«, nickt Arsinoe. »Und das wäre übel. Die würden ein Gift zusammenmischen, bei dem sich unser Tod über Tage hinzieht. Sodass uns das Blut aus Mund und Nase läuft.« Sie spuckt unfein auf den Kiesweg. »Giftmischer!«

Mit einem schweren Seufzer lässt Jules den Blick über das Städtchen wandern, in dem sie aufgewachsen ist. Wie Seepocken klammern sich die grauen Holzhäuser dicht an dicht an das Ufer der Bucht. Heute sieht Wolfsquell wirklich hässlich aus. Keinesfalls würdig genug, damit Joseph – oder irgendjemand – hierher zurückkehrt.

»Meinst du, er hat eine Gabe?«, fragt Arsinoe neugierig.

»Falls er eine hat, wird sie vermutlich nicht sonderlich stark sein. Das ist bei allen Sandrins so. Bis auf Matthew, den Fischflüsterer.«

»Ich glaube, das hat Matthew deiner Tante Caragh nur gesagt, um sie zu beeindrucken«, behauptet Arsinoe. »Seine wahre Gabe besteht darin, die Mädchen zu verzaubern, und diese Gabe haben alle Sandrin-Jungs. Inzwischen hat sogar Jonah angefangen, ihnen nachzusteigen.«

Jules stößt einen leisen Fluch aus. Genau das hat Madrigal auch gesagt.

»Hast du deswegen Angst?«, bohrt Arsinoe weiter.

»Ich habe keine Angst«, protestiert Jules automatisch. Aber sie hat sehr wohl Angst. Sie hat sogar große Angst davor, dass Joseph sich verändert haben könnte, dass es nicht *ihr* Joseph sein könnte, der zurückkommt. Dass der sich in den fünf Jahren ihrer Trennung in Luft aufgelöst haben könnte.

Camden trottet gähnend am Wegrand vor ihnen her.

»Ich weiß einfach nicht, was ich mit ihm anfangen soll. Wir können schließlich nicht mehr losziehen und im Weldenbach Frösche und Schnecken fangen.«

»Zumindest nicht bei diesem Wetter.«

»Was meinst du, wie die Mädchen auf dem Festland sind?«, fragt Jules unvermittelt.

»Festlandmädchen? Oh, die sind schrecklich. Der absolute Horror.«

»Natürlich. Deshalb hat meine wunderschöne Mutter ja auch so gut zu ihnen gepasst.«

Arsinoe schnaubt abfällig. »Wenn sie so sind wie Madrigal, hast du absolut nichts zu befürchten.«

»Aber vielleicht hatte sie ja recht. Vielleicht hätte ich nicht herkommen sollen.«

Da versetzt Arsinoe ihr einen heftigen Stoß.

»Beweg deinen Hintern da runter«, befiehlt sie ihrer Freundin. »Sonst kommst du noch zu spät.«

Also geht Jules runter zum Hafen, wo Josephs Familie bereits in der besten Feiertagskluft versammelt ist. Sein Schiff ist noch nicht einmal am Horizont aufgetaucht, und trotzdem hat seine Mutter Annie sich auf eine Kiste gestellt, um besser sehen zu können. Jules könnte mit ihnen gemeinsam warten. Seit ihrer Kindheit war sie bei den Sandrins immer herzlich willkommen, sogar noch bevor ihre Tante Caragh und Josephs Bruder Matthew geheiratet hatten. Doch stattdessen wandert sie weiter bis zum Dorfplatz, um sich das Ganze aus der Ferne anzusehen.

Auf dem Platz stehen immer noch die Festzelte. Teilweise sind sie schon leergeräumt, aber nicht vollständig. Seit den Feierlichkeiten leidet Wolfsquell unter einem kollektiven Kater. Überall herrscht Stillstand. Jules späht durch eine offene Zeltklappe und entdeckt auf der großen Tafel noch einige Platten, halb verdeckt von flatternden schwarzen Flügeln. Die Krähen haben also die Überreste ihrer Barsche gefunden. Wenn sie sich vollgefressen haben, wird irgendjemand die Gräten im Meer entsorgen.

Die Menschenmenge am Hafen ist größer geworden, jetzt stehen die Leute nicht mehr nur am Pier. Überall wurden Vorhänge und Fensterläden geöffnet, und manch einer ist vor sein Haus getreten und tut so, als würde er den Vorhof fegen.

Als sie eine sanfte Berührung an der Hüfte spürt, schaut Jules runter, direkt in Camdens hungrige gelbgrüne Augen. Jetzt meldet sich auch ihr eigener Magen. Auf dem Sekretär in Jules' Zimmer steht ein Tablett mit Tee und gebuttertem Brot, das sie nicht angerührt hat. Da konnte sie nicht ans Essen denken. Aber jetzt fühlt sie sich so ausgehungert wie noch nie.

Sie kauft auf dem Wintermarkt einen Fisch, einen schönen Seebarsch mit klaren Augen, dessen gebogener Schwanz aussieht, als wäre er mitten in der Schwimmbewegung eingefroren. Für sich selbst erwirbt sie ein paar Austern aus Madges Morgenfang, die sie sofort mit ihrem breiten Messer aufstemmt.

»Hier.« Madge reicht ihr ein Töpfchen mit Essig. Dann deutet sie mit dem Kopf Richtung Bucht. »Solltest du nicht da unten sein, in heller Aufregung wie der Rest?«

»Ich habe es nicht so mit Menschenmengen«, erwidert Jules.

»Kann ich dir nicht verübeln.« Madge drückt ihr noch eine Muschel in die Hand. »Für den Puma«, erklärt sie mit einem Zwinkern.

»Danke, Madge.«

Unten am Hafen ist Bewegung in die Menge gekommen, die sich wellenartig über den Hügel bis auf den Markt fortsetzt. Madge reckt den Hals.

»Ah ja, da ist es«, verkündet sie.

Josephs Schiff ist in den Hafen eingelaufen. Irgendwie hat es sich unbemerkt angeschlichen; jetzt ist es schon so nah, dass Jules die Besatzung an Deck erkennen kann.

»Komplett schwarze Segel«, stellt Madge fest. »Na, wenn sich da nicht mal jemand vom Festland so richtig bei uns einschleimen will.«

Jules richtet sich so hoch auf, wie es nur geht. Dort ist das Schiff. Und mit ihm nähert sich der Moment, den sie die letzten fünf Jahre herbeigesehnt – und gefürchtet – hat.

»Du solltest jetzt besser da runtergehen, Jules Milone. Wir wissen doch alle, dass er sich auf dein Gesicht am meisten freut.«

Jules schenkt Madge ein kurzes Lächeln, dann rennt sie mit Camden los. Lässt den Wintermarkt hinter sich, läuft über den Platz, vorbei an den schlaffen Zelten.

So viele Leute haben sich versammelt, sie alle konnten ihre Neugier nicht bezähmen und sind nun doch zum Hafen gekommen. Da kommt sie niemals durch. Nicht einmal, wenn Camden ihr einen Weg bahnt, es sei denn vielleicht, sie verlegt sich aufs Knurren und Kratzen. Aber das würde Großmama Cait niemals gutheißen, und natürlich würde sie davon erfahren.

Beklommen wandert Jules auf dem kleinen Hügel hin und her, den sie als Aussichtspunkt gewählt hat. Zuerst werden einige Kisten ausgeladen: persönliche Habe und vielleicht ein paar Handelsgüter. Geschenke. Angestrengt starrt Jules auf das Schiff vom Festland. Irgendwie wirkt es in der Robbenkopfbucht fehl am Platz, in seinem strahlenden Weiß und mit dem ganzen Gold und Silber an Luken und Takelage. Unter dem grauen Himmel von Wolfsquell leuchtet es geradezu.

Und dann betritt Joseph das Fallreep.

Auch ohne den Aufschrei seiner Mutter hätte sie ihn sofort erkannt. Auch wenn er jetzt größer ist, und älter, und die Weichheit des kleinen Jungen aus seinen Zügen verschwunden ist … sie hätte ihn erkannt.

Die Sandrins schließen ihn in die Arme. Matthew hebt ihn von den Füßen, während der Vater beiden Söhnen auf den Rücken klopft. Joseph fährt Jonah durch die Haare. Annie klammert sich noch immer an Josephs Jacke fest.

Jules weicht unwillkürlich zurück. Fünf Jahre sind eine lange Zeit. Lang genug, um jemanden zu vergessen. Was soll sie tun, wenn er sie auf dem Hügel entdeckt und nur höflich lächelt? Wenn er ihr beiläufig zunickt, während er mit seiner Familie an ihr vorübergeht?

Gerade will sie sich umdrehen, da ruft er ihren Namen. Dann noch einmal, so laut, dass er alle übertönt: »Jules!«

»Joseph!«

Sie laufen aufeinander zu, er kämpft sich durch die Menge, sie rutscht halb den Hügel hinunter. Seine schwarze Jacke flattert so wild, dass ein weißes Hemd darunter sichtbar wird – dann prallen sie aufeinander.

Es ist kein Wiedersehen wie im Märchen, kein bisschen so wie sie es sich während seiner Abwesenheit immer wieder ausgemalt hat: Ihr Kinn kollidiert mit seiner Brust. Sie weiß nicht, was sie mit ihren Armen machen soll. Aber er ist da, wirklich und wahrhaftig, ganz anders und doch völlig unverändert.

Als sie sich voneinander lösen, packt er sie an den Schultern, sie umklammert seinen Ellbogen. Sie hat leise angefangen zu weinen, aber nicht, weil sie traurig ist.

»Du bist so …«, setzt sie an.

»Genau wie du.« Er wischt ihr mit dem Daumen die Tränen von der Wange. »Meine Güte, Jules, ich hatte schon Angst, ich würde dich nicht erkennen. Aber du hast dich fast gar nicht verändert!«

»Habe ich nicht?« Plötzlich ist es ihr unangenehm, dass sie so klein ist. Er wird sie für ein Kind halten.

»So habe ich das nicht gemeint«, rudert er zurück. »Natürlich bist du gewachsen. Aber wie konnte ich nur jemals glauben, ich würde diese Augen nicht wiedererkennen?«

Er streicht über ihre Schläfen, erst über die neben ihrem blauen Auge, dann über die neben dem grünen. »Lange Zeit war ich mir sicher, ich würde dir begegnen, wenn ich nur gründlich suche.«

Doch das war nicht möglich gewesen. Der Rat hatte jeglichen Kontakt verboten. Jules und seiner Familie war nur bekannt gewesen, dass er auf dem Festland bei einer Familie untergebracht war und dass er lebte. Seine Verbannung war allumfassend gewesen.

Camden streicht schnurrend an Jules' Bein entlang. Die Bewegung wirkt fast schüchtern, trotzdem macht Joseph einen Satz.

»Was hast du?«, fragt Jules sofort.

»W-was ich …«, stammelt er, dann lacht er laut. »Aber natürlich. Vermutlich war ich einfach zu lange fort. Ich hatte ganz vergessen, wie merkwürdig Fennbirn sein kann.«

»Was soll das heißen, *merkwürdig*?«

»Wenn du weg gewesen wärst, würdest du es verstehen.« Joseph streckt Cam die Hand entgegen, damit sie daran schnüffeln kann, woraufhin sie prompt seine Finger ableckt. »Er ist ein Familiaris.«

»*Sie* ist ein Familiaris«, korrigiert Jules. »Das ist Camden.«

»Aber sie gehört doch nicht etwa …?«

»Doch.« Jules nickt bestätigend. »Sie gehört zu mir.«

Sein Blick wandert zwischen Mädchen und Berglöwe hin und her. »Aber sollte sie nicht zu Arsinoe gehören?«, fragt er dann. »Ein solcher Familiaris macht aus dir ja den stärksten Naturbegabten seit fünfzig Jahren.«

»Ungefähr sechzig, schätzt man«, gibt Jules achselzuckend zu. »Wenn eine Naturbegabtenkönigin den Thron besteigen wird, wächst mit ihr die Gabe. Oder hast du das ebenfalls vergessen?«

Grinsend krault Joseph Camden hinter den Ohren. »Und was für einen Familiaris hat dann Arsinoe? Wo steckt sie überhaupt? Ich habe ein paar Leute mitgebracht, die ich ihr gerne vorstellen würde. Einen ganz besonders.«

»Wen denn?«

»Meinen Pflegebruder, William Chatworth junior. Und seinen Vater. Sie stellen dieses Jahr eine Delegation.«

Spitzbübisch grinst er sie an. Dem Tempel wird es gar nicht gefallen, dass sie hier sind.

Die Delegationen dürfen erst zum Beltanefest auf der Insel eintreffen und die Freier erst nach der Erwachenszeremonie Kontakt zu den Königinnen haben. Wer sind diese Männer, dass sie die Regeln einfach so umgehen können?

Joseph deutet mit dem Kinn auf etwas, das sich hinter Jules befindet, weshalb sie sich umdreht. Autumn, eine Priesterin des Tempels von Wolfsquell, kommt mit ernster Miene auf sie zu.

»Juillenne Milone«, beginnt sie sanft, »bitte verzeih die Störung. Der Tempel möchte Joseph Sandrin in seiner Heimat willkommen heißen. Wir würden ihn und seine Familie gerne vor den Altar führen, damit sie den Segen empfangen können.«

»Natürlich.« Jules nickt.

»Kann das nicht warten?«, fragt Joseph und zieht ein finsteres Gesicht, als die Priesterin nicht antwortet.

Der Tempel von Wolfsquell, ein runder, weißer Ziegelbau, liegt etwas abgelegen auf einem Hügel östlich des Dorfes, umgeben von den Hütten der Priesterinnen. Autumn ist eine der zwölf Frauen, die dort leben. Wann immer Jules zum Beten dorthin gegangen ist, schien es ihr ein einsamer Ort zu sein. Außerhalb der Festtage ist der Tempel fast immer leer, es gibt nur Autumn, die das Gelände verwaltet, und die anderen, die sich um die Tempelgärten kümmern.

»Und wie immer«, fährt Autumn übergangslos fort, »gilt unsere Einladung auch Königin Arsinoe, auf dass sie ebenfalls gesegnet werde.«

Jules nickt wortlos. Arsinoe setzt nie einen Fuß in den Tempel. Sie sagt, sie werde nicht zu einer Göttin beten, die sich von ihr abgewandt hat.

»Hör mir zu«, versucht Joseph es noch einmal bei der Priesterin, »ich werde zu euch kommen, wenn ich dazu bereit bin. Falls ich überhaupt komme.«

Autumns sowieso schon ernstes Gesicht verfinstert sich. Abrupt dreht sie sich um und geht.

»Das war keine so tolle Begrüßung«, stellt Jules fest. »Tut mir leid.«

»Eine bessere Begrüßung gibt es für mich nicht.« Joseph legt ihr den Arm um die Schultern. »Hier zu sein.

Bei dir. Und meiner Familie. Komm und sag ihnen Hallo. Ich will euch alle um mich haben, solange ich dich für mich beanspruchen kann.«

Madrigal erklärt Arsinoe, dass sie zusammen in den Hügeln Fasane jagen gehen. Sie wird sie anlocken, und Arsinoe wird sie schießen.

»Du bist in deinem ganzen Leben noch nicht auf die Jagd gegangen«, stellt Arsinoe fest, während sie ihre kleine Armbrust und einen Beutel mit Bolzen schultert. »Also was haben wir wirklich vor?«

»Ich habe keine Ahnung, was du meinst.« Madrigal streicht sich die glänzenden hellbraunen Haare über die Schulter, doch die Art und Weise, wie sie durch das Küchenfenster zu Cait hineinschaut, die gerade einen Eintopf vorbereitet, verrät Arsinoe, dass sie auf der richtigen Spur ist.

Sie wandern den Pfad in nördlicher Richtung entlang, weg vom Haus und an der Lichtung und dem Hartriegelteich vorbei, bis sie tief im Wald sind. Arsinoe versinkt bis über die Knöchel im Schnee. Madrigal hingegen summt vor sich hin und bewegt sich trotz der weißen Pracht leichtfüßig wie immer. Aria, ihr Familiaris, fliegt über den Baumwipfeln vor ihnen her. Sie sitzt nie auf Madrigals Schulter, wie Eva es bei Cait tut. Fast hat es den Anschein, als bestünde zwischen den beiden gar keine Verbindung. Aber vielleicht liegt es auch nur daran, dass Aria nie zu den Kleidern passt, die Madrigal anziehen möchte.

»Wo gehen wir hin, Madrigal?«

»Es ist nicht mehr weit.«

Bis hierher war es ja auch schon weit genug. Sie sind hoch hinaufgestiegen, wo große graue Felsbrocken aus der Erde ragen. Manche sind einfach nur Steine, andere die aus der Erde ragenden Überreste jener Monolithen, die aus einer Zeit stammen, als die Insel noch jung war und einen anderen Namen trug.

Im Winter liegen sie allerdings unter dem Schnee verborgen, und sie sind rutschig. Schon zwei Mal wäre Arsinoe fast gestürzt.

Madrigal ändert die Richtung und wandert über eine Anhöhe zur windabgewandten Seite des Berges, wo der Schnee nicht ganz so tief ist. Es ist ein merkwürdiger Ort, der dicke Stamm und die tief hängenden Äste eines Baumes bilden hier eine Art Höhle. Am Fuß der Anhöhe holt Madrigal trockenes Holz und zwei kleine Schemel aus einem Versteck. Nachdem sie Arsinoe einen der Hocker in die Hand gedrückt hat, beginnt sie, die Scheite für ein Lagerfeuer aufzuschichten und Zunder dazwischenzuschieben. Anschließend übergießt sie das Ganze mit Öl aus einer silbernen Taschenflasche und entzündet es mit einem langen Streichholz.

Heiße Flammen schießen in die Höhe. Das Holz fängt schnell Feuer.

»Gar nicht schlecht für eine Naturbegabte«, stellt Madrigal fest. »Obwohl es einfacher wäre, wenn ich die Gabe der Elementwandler hätte. Manchmal denke ich, dass ich alles lieber wäre als eine Naturbegabte.«

»Sogar Giftmischer?«, hakt Arsinoe nach.

»Wäre ich ein Giftmischer, würde ich immerhin in einem prächtigen Stadthaus in Indridskamm leben und nicht mit meiner Mutter in einer zugigen Kate am Meer. Aber – nein. Ich dachte da eher an die Gabe des Krieges. Das Leben eines Kriegers wäre so viel aufregender als das hier. Oder die Gabe der Propheten, um immer zu wissen, was geschehen wird.«

Arsinoe stellt ihren Schemel neben das Feuer. Sie verkneift sich den Hinweis, dass man das Haus der Familie Milone wohl kaum als zugige Kate am Meer bezeichnen kann. Madrigal wird sowieso nie besser davon denken.

»Warum bist du dann zurückgekommen?«, will sie stattdessen wissen. »Wenn du hier so unzufrieden bist? Du warst sechs Jahre auf dem Festland, du hättest doch einfach dort bleiben können.«

Madrigal schürt mit einem langen Stock die Flammen. »Wegen Jules natürlich. Ich konnte doch nicht einfach wegbleiben und zulassen, dass sie von meiner langweiligen Schwester aufgezogen wird.« Sie unterbricht sich. Anscheinend ist ihr bewusst, dass sie sich im Ton vergriffen hat. Niemand in der Familie darf auch nur ein schlechtes Wort über Caragh verlieren. Nicht, seit sie an Jules' Stelle in die Schwarze Kate gezogen ist. Das muss Madrigal ganz schön gegen den Strich gehen, die sowieso nur äußerst selten etwas Nettes über andere sagt.

»Und deinetwegen«, fährt Madrigal achselzuckend fort. »Als die letzte Königin gekrönt wurde, war ich noch nicht einmal geboren. Die nächste Krönung darf ich also auf keinen Fall verpassen. Du bist das einzig Spannende, was diese Insel zu bieten hat.«

»Ja, spannend«, wiederholt Arsinoe trocken. »Ich wette, dass auch mein Tod unglaublich spannend werden wird.«

»Sei doch nicht so mürrisch«, erwidert Madrigal. »Ich stehe auf deiner Seite, was man nicht einmal von der Hälfte dieser Leute da unten sagen kann. Was meinst du denn, warum ich dich den ganzen weiten Weg hier rausgeschleift habe?«

Arsinoe legt Armbrust und Bolzen auf dem Boden ab und stopft ihre kalten Hände in die Jackentaschen. Sie hätte nicht mitkommen sollen. Aber da Jules bei Joseph in Wolfsquell ist, blieb ihr nur dieser Ausflug oder Hausarbeit.

»Was meine Juillenne da unten im Ort wohl gerade macht?«, überlegt Madrigal laut, während sie in ihrer Manteltasche herumkramt. Schließlich zieht sie einen kleinen Beutel hervor und legt ihn sich in den Schoß.

»Sie begrüßt einen alten Freund«, sagt Arsinoe. »Ihren besten Freund.«

»*Du* bist ihre beste Freundin«, erklärt Madrigal verschmitzt. »Joseph Sandrin war schon immer … etwas anderes.«

Nun holt sie vier Dinge aus dem Beutel hervor: eine geflochtene Haarsträhne, einen grauen Stofffetzen, ein schwarzes Satinband und ein scharfes silbernes Messer.

»Niedere Magie«, schlussfolgert Arsinoe.

»Nenn es nicht so, so reden nur die Tempeldiener. Das hier ist das Herzblut der Insel. Das Einzige, was von der Göttin in der Außenwelt noch geblieben ist.«

Arsinoe sieht zu, wie Madrigal die Sachen sorgfältig aufreiht, und kann eine gewisse Faszination nicht leugnen. Irgendetwas liegt in der Luft, der Boden fühlt sich hier anders an, fast wie ein pulsierendes Herz. Schon merkwürdig, dass sie noch nie auf diesen Ort – oder auf diesen höhlenartigen Baum – gestoßen ist. Doch das ist sie tatsächlich nicht. Falls doch, hätte sie ihn sofort wiedererkannt.

»Wie dem auch sei«, nimmt Arsinoe den Faden wieder auf, »niedere Magie gehört nicht zur Gabe einer Königin.

Wir sind anders als gewöhnliche Menschen. Unsere Abstammung ist …« Sie hält inne. *Heilig* hätte sie fast gesagt. Ein Geschenk der Göttin. Doch die Worte verursachen einen bitteren Geschmack in ihrem Mund. »Ich sollte mich ihrer nicht bedienen«, fasst sie zusammen. »Stattdessen sollte ich runter ans Meer gehen und eine Krabbe anschreien, bis sie vor mir auf die Knie fällt.«

»Wie lange versuchst du das jetzt schon?«, gibt Madrigal zurück. »Wie oft hast du nach einem Familiaris gerufen, der nie gekommen ist?«

»Er wird kommen.«

»Das wird er. Indem wir deine Stimme verstärken.«

Madrigal lächelt. Im Gegensatz zu vielen anderen Leuten hält Arsinoe sie nicht für schön. Dieser Begriff ist viel zu sanft für das, was sie ist.

»Jules wird mir dabei helfen, sie zu verstärken.«

»Sei doch nicht so stur. Vielleicht kann Jules das gar nicht. Ihr fliegen diese Dinge einfach so zu. Die Gabe steht ihr ständig zur Verfügung, ohne jede Anstrengung. Darin erinnert sie mich an meine Schwester.«

»Tatsächlich?«

»Allerdings. Caragh hat eines Morgens die Augen aufgemacht und hatte die Gabe. Vollständig entwickelt. Genau wie Jules. Sie war zwar nicht von einer solchen Kraft wie die von Jules, aber doch stark genug, um meinen Eltern den Kopf zu verdrehen. Und das alles ohne auch nur einen Finger zu rühren.« Madrigals Mund verzieht sich zu einem bitteren Lächeln. Sie stochert so heftig in den Flammen, dass Funken auffliegen. »Hin und wieder habe ich mich gefragt, ob Caragh nicht Jules' richtige Mutter sein könnte. Obwohl ich mich daran erinnere, wie ich sie zur Welt gebracht habe. Nach meiner Rückkehr auf die Insel waren die beiden sich so nahe. Jules sieht sogar aus wie sie.«

»Hässlicher als du, meinst du«, wirft Arsinoe stirnrunzelnd ein.

»Das habe ich nicht gesagt.«

»Was solltest du denn sonst meinen? Caragh und du, ihr seht euch ähnlich. Und Jules hat mit keiner von euch beiden große Ähnlichkeit. Caragh und sie haben was das angeht nur eines gemeinsam: Sie sind beide weniger hübsch als du. Natürlich ist Caragh Jules' Vorbild – was hast du denn erwartet? Du warst ja nicht da. Caragh hat sie großgezogen.«

»Großgezogen«, schnaubt Madrigal. »Sie war gerade mal neun, als ich zurückgekommen bin.«

Sie greift nach dem Stofffetzen und zieht die losen Fäden heraus, bis sämtliche Kanten glatt sind.

»Ja, vielleicht habe ich ja Schuldgefühle, weil ich gegangen bin«, gibt sie zu, ohne den Blick zu heben. »Und vielleicht ist das der Grund, warum ich das hier tue.«

Arsinoe mustert den grauen Fetzen. Mustert die braune Haarlocke und fragt sich, von wessen Kopf sie wohl stammt. Im Schutz des Baumes weht kein Wind mehr, und das Feuer brennt ruhig und stetig. Was auch immer Madrigal vorhat, sie sollten es nicht tun. Niedere Magie ist etwas für schlichte Gemüter oder für Verzweifelte. Selbst wenn es funktioniert, fordert sie immer einen Preis.

»Ist dir eigentlich aufgefallen, dass es niemanden groß beunruhigt, dass deine Gabe nicht erwacht ist?«, fragt Madrigal nun. »Cait nicht, Ellis nicht, Jules auch nicht sonderlich. Niemand glaubt, dass du überleben wirst, Arsinoe. Weil die Naturbegabtenköniginnen nie überleben. Es sei denn, sie sind wahre Bestien, so wie Bernadine und ihr

Wolf.« Sie knüpft einen Knoten in das Tuch und befestigt es dann mit einem zweiten Knoten an der Haarsträhne.

»Die große Königin Bernadine«, murmelt Arsinoe. »Ich kann ihren Namen langsam nicht mehr hören, weißt du das? Sie ist die einzige Naturbegabtenkönigin, die den Leuten im Gedächtnis geblieben ist.«

»Sie ist die einzige, die es wert ist, dass man sich an sie erinnert«, erklärt Madrigal. »Die Leute aus Wolfsquell sind grausam. Sie haben deinen Tod akzeptiert. Aber ich nicht.«

»Warum?«

Wieder zuckt Madrigal mit den Schultern. »Vielleicht, weil ich mit angesehen habe, wie du im Schatten von Jules' übermächtiger Gabe aufgewachsen bist, so wie ich in Caraghs Schatten stand. Oder vielleicht, weil ich möchte, dass meine Tochter mich liebt, was sie vielleicht wieder lernt, wenn ich dich rette.«

Sie hält den Stofffetzen und die Haarsträhne hoch, aber Arsinoe schüttelt ablehnend den Kopf. »Es wird schiefgehen. Wenn ich ins Spiel komme, geht immer etwas schief. Jemand könnte verletzt werden.«

»Du wirst verletzt werden, wenn deine Schwestern versuchen, dich zu töten.« Madrigal drückt Arsinoe das Gebilde in die Hand.

Es sieht aus wie Müll. Aber es fühlt sich nicht so an. Irgendwie ist es wesentlich schwerer, als ein paar Haare und ein bisschen Stoff sein sollten. Und lebendiger als jede Rosenknospe.

»Die Göttin ist hier, hier an diesem Ort«, behauptet Madrigal. »Die Priesterinnen beten zu ihr, als wäre sie irgendein weit entferntes, entrücktes Wesen, aber wir beide wissen es besser. Wir spüren ihre Anwesenheit tief im Herzen der Insel. Überall. Du hast sie in jener Nacht im Nebel gespürt, auf dem Boot, als sie dich nicht gehen ließ. Sie ist die Insel, und die Insel ist sie.«

Arsinoe schluckt. Sie spürt die Wahrheit hinter den Worten. Früher einmal war die Göttin vielleicht überall, erstreckte sich weit über den Himmel bis hinüber zum Festland. Doch jetzt hat sie sich zurückgezogen, verborgen wie ein Tier in seiner Höhle. Ebenso mächtig, ebenso gefährlich.

»Sind das Jules' Haare?«, will Arsinoe wissen.

»Ja. Ich habe sie genommen, als ich heute Morgen versucht habe, ihr einen Dutt zu machen. Es hat ewig gedauert, sie zu glätten und zu flechten.«

»Und was ist das für ein Fetzen?« Er sieht alt aus, zerknittert und schmutzig.

»Ein Stück von einem Hemd, das Joseph als Junge getragen hat. Behauptet zumindest meine Mutter. Angeblich ist er draußen bei der Scheune an einem Nagel hängen geblieben, und Jules hat das zerrissene Ding behalten, nachdem er ein neues von ihr bekommen hatte. Keine Ahnung, wie Mutter sich solche Sachen merken kann.« Madrigal schnaubt abfällig. »Natürlich gäbe es noch andere Sachen von Joseph, die wir benutzen könnten, aber wir wollen ja nicht, dass er wie ein brünstiger Hirsch auf Jules losgeht.«

»Das ist ein Liebeszauber«, begreift Arsinoe. »Du führst mich in die niedere Magie ein, um einen Liebeszauber für Jules zu wirken?«

»Könnte es einen reineren Beweggrund geben als diesen?« Madrigal reicht ihr das schwarze Satinband. »Schlinge beides umeinander und wickele anschließend das Band drum.«

»Woher weißt du, wie man das macht?«, hakt Arsinoe nach, obwohl sie in Wahrheit fast schon das Gefühl hat, sie wüsste es ebenfalls. Mühelos führen ihre Finger die Haare und den Stoff umeinander, und auch ohne Madrigals Anweisungen hätte sie gewusst, dass sie danach das Band benutzen muss.

»Jenseits der Insel gibt es nichts anderes«, flüstert Madrigal. »Schließe die Augen, dann blicke ins Feuer.«

»Jules will das bestimmt selbst machen«, überlegt Arsinoe. »Nein, sie würde so etwas überhaupt nicht machen. Sie braucht das nicht.«

Madrigal spitzt nur mitleidig die Lippen. Jedes Mädchen in Wolfsquell weiß, wie die Sandrin-Jungs sind: mit ihrem frechen Grinsen, diesen Augen wie Sturmwolken über dem offenen Meer. Und ständig fährt der Wind durch ihre dunklen Haare. Joseph wird immer noch so sein. Und auch wenn Arsinoe Jules aufrichtig liebt und sie für eine wahre Schönheit hält, weiß sie doch, dass Jules nicht auf die Art schön ist, die einen solchen Mann in ihren Bann schlägt.

Arsinoe blickt auf den Talisman herab, der zwischen ihren Fingern entsteht. Gerade eben noch war er nur ein Gegenstand, den man in den Abfall wirft oder den Vögeln überlässt, damit sie ihr Nest damit bauen können. Aber durch die Knoten, die Madrigal geknüpft hat, und durch die Art, wie Jules' Haare und Josephs Hemd sich eng umschlungen aneinanderschmiegen, ist etwas anderes daraus geworden.

Sie wickelt das Ende des Bandes ab und steckt es am Talisman fest. Madrigal nimmt das silberne Messer und lässt es so schnell über Arsinoes Unterarm gleiten, dass es ein paar Sekunden dauert, bis das Blut hervorquillt.

»Aua«, beschwert sich Arsinoe.

»Das hat nicht wehgetan.«

»Hat es wohl, und du hättest mich ruhig warnen können.«

Madrigal befiehlt ihr, still zu sein, und presst den Talisman auf die blutende Wunde. Gleichzeitig drückt sie Arsinoes Arm zusammen, quetscht das Blut heraus, sodass es in den Talisman tropft wie Milch in einen Eimer.

»Das Blut einer Königin«, verkündet sie, »das Blut der Insel. Dank dir werden Jules und Joseph nie wieder getrennt werden.«

Arsinoe schließt die Augen. Jules und Joseph – von Geburt an waren sie unzertrennlich, bis sie dazukam. Bis die beiden versucht haben, sie zu retten, und als Dank für ihre Mühen getrennt wurden. Der Schwarze Rat hat Arsinoe keine Strafe auferlegt für ihre Beteiligung an der Sache. Ihr blieben nur die Schuldgefühle. Jahr für Jahr hat sie sich schlecht gefühlt, weil Jules ihren Joseph verloren hat, was an sich schon Strafe genug war.

Madrigal lässt ihren Arm los, und Arsinoe beugt den Ellbogen. Jetzt, wo die Blutung nachlässt, beginnt die Wunde zu pochen. Madrigal hat nicht so weit vorausgedacht, etwas mitzunehmen, womit man sie reinigen oder verbinden könnte. Vielleicht wird die Magie als Preis den Arm der Königin fordern.

Madrigal schiebt den Talisman in einen kleinen schwarzen Beutel. Mit rot verschmierten Fingern reicht sie ihn an Arsinoe weiter. Sein Inhalt fühlt sich an wie ein schlagendes Herz.

»Lass ihn trocknen«, weist Madrigal sie an, »und verwahre ihn dann an einem sicheren Ort. Unter deinem Kopfkissen zum Beispiel. Oder, falls du dich dazu durchringen kannst, sie nicht ständig abzuschneiden, kannst du dir das Ding auch in die Haare flechten.«

Arsinoe schließt die Finger um den Talisman. Jetzt, wo die Magie gewirkt ist, fühlt es sich falsch an. Er scheint irgendwie verdorben, auch wenn gute Absichten ihn schufen. Arsinoe weiß kaum mehr, warum sie es überhaupt getan hat. Nicht einmal eine gute Ausrede fällt ihr ein, außer dass es leicht war, und bisher ist ihr noch nie etwas leichtgefallen.

»Ich kann Jules das nicht antun«, beschließt sie. »Ich kann ihr nicht einfach so ihren freien Willen rauben. Aus welchem Grund auch immer, das würde sie nicht wollen.«

Bevor sie es sich anders überlegen kann, wirft Arsinoe den Talisman ins Feuer. Der Beutel geht sofort in Flammen auf, dann schrumpfen Jules' Haare und Josephs Hemdfetzen ein, verfärben sich schwarz und rollen sich zusammen wie die Beine eines sterbenden Käfers. Der aufsteigende Qualm stinkt bestialisch. Mit einem Aufschrei springt Madrigal von ihrem Schemel.

»Lösche das Feuer und lass uns nach Hause gehen«, sagt Arsinoe. Sie versucht, wie eine Königin zu klingen, aber ihre Stimme ist zittrig und schwach, so als hätte sie einen ganzen Liter Blut verloren und nicht nur ein paar Tropfen.

»Was hast du getan?«, fragt Madrigal traurig. »Was hast du unserer armen Jules damit angetan?«

Rolanth

In dem abgeschlossenen Innenhof auf der Westseite des Tempels kann Mirabella allein sein. Es ist einer der wenigen Orte, den die Priesterinnen sie ohne Eskorte aufsuchen lassen. Einer der wenigen Orte, die sie für sicher erachten. Selbst wenn Mirabella am Altar betet, stehen immer ein oder zwei von ihnen in den Schatten. Nur in diesem Hof und in ihrem Schlafzimmer in Westwood Haus kann sie vollkommen allein sein. Frei, um nachzudenken, zu entspannen und sogar zu weinen.

Seit Rhos Prüfung auf den Klippen hat sie oft geweint. Den Großteil ihrer Tränen hat sie im Verborgenen vergossen. Aber nicht alle. Es hat sich schnell herumgesprochen, wie aufgewühlt sie war, und die Priesterinnen haben begonnen, ihr misstrauische Blicke zuzuwerfen. Offenbar sind sie nicht ganz sicher, ob Mirabellas Tränen ein Zeichen von Schwäche sind oder eine Gnade der Göttin. So oder so würden sie es vorziehen, wenn die Königin nicht weinen würde.

Mirabella zieht die Beine an. Gerade als sie die kalte Steinbank berühren, landet ein kleiner schwarz-weißer Specht in dem Abdruck, den ihr Fuß hinterlassen hat, und hüpft eifrig hin und her.

»Oh.« Was für ein flinkes Kerlchen. In seinen schwarzen Augen schimmert Intelligenz. Mirabella klopft sich die Rocktaschen ab und schüttelt vorsichtig die Falten ihres Mantels aus. »Es tut mir leid, ich habe keine Körner für dich.«

Sie hätte etwas mitnehmen sollen. Gurrende Tauben wären eine nette Ablenkung gewesen.

»Ihm geht es nicht ums Futter.«

Überrascht dreht Mirabella sich um. Unter dem Durchlass in der schneebedeckten Hecke, der den Eingang zum Hof bildet, steht eine junge Initiandin. Sie hält sorgfältig ihre weiße Kapuze fest, denn es weht ein kalter Wind.

Mirabella räuspert sich. »Worum geht es ihm dann?«

Lächelnd tritt das Mädchen in den Hof. »Er möchte dich aufmuntern«, erklärt es.

Als sie die Kapuze loslässt, hebt der Specht vom Boden ab und verschwindet in ihrem Kragen.

Die Königin macht große Augen. »Du bist eine Naturbegabte.«

Das Mädchen nickt.

»Mein Name ist Elizabeth, ich bin aufgewachsen in Bernadinesbruck. Hoffentlich stört es dich nicht, dass ich hier so hereinplatze. Aber du hast so traurig ausgesehen. Und mir kann Pepper eigentlich immer ein Lächeln entlocken.«

Für einen Moment späht der kleine Vogel aus ihrer Kapuze hervor, doch genauso schnell verschwindet das Köpfchen auch wieder. Interessiert beobachtet Mirabella das Tier. Es ist das erste Mal, dass sie einen Familiaris zu Gesicht bekommt. Wenn eine Priesterin in den Tempel eintritt, muss sie ihre Gabe aufgeben; hat sie einen Familiaris, ist es ihr nicht gestattet, ihn weiter bei sich zu haben.

»Wie ist es dir gelungen, ihn zu behalten?«, fragt Mirabella deshalb.

Elizabeth schmiegt ihre gebräunte Wange an die Federn des Vogels. »Bitte verrate es niemandem. Sie würden ihn ohne zu zögern töten. Ich habe ja versucht, ihn zu vertreiben, aber er will einfach nicht gehen. Vermutlich habe ich noch Glück gehabt, denn es ist leicht, ihn zu verstecken. Es ist grausam, von uns zu verlangen, dass wir unsere Familiaris wegschicken, bevor wir die Armbänder anlegen. Was wäre, wenn ich meine Meinung ändere und den Tempel verlasse? Wo wäre Pepper dann? Irgendwo in der Nähe im Wald? Oder vielleicht hoch oben in den Bergen, wo er mein Rufen nicht hören könnte?«

»Es ist an sich schon grausam, dass sie euch zwingen, sie aufzugeben«, stimmt Mirabella ihr zu.

Elizabeth zuckt mit den Schultern. »Meine Mutter sagt, dass es früher nicht so war. Aber heute ist die Insel gespalten: Naturbegabte gegen Giftmischer, Giftmischer gegen Elementwandler und so weiter. Selbst die wenigen, die über die Gabe des Krieges oder die noch seltenere Gabe der Prophezeiung verfügen, verabscheuen einander.« Seufzend späht sie zu Pepper hinunter. »Unsere Gaben aufzugeben ist das Einzige, das uns eint. Und das Opfer bindet uns an unseren Glauben. Trotzdem hast du recht – es ist grausam.«

»Darf ich?« Fragend streckt Mirabella die Hand aus. Elizabeth lächelt wieder, und der kleine Vogel flattert eifrig zur Königin hinüber und setzt sich auf ihre Finger.

»Er mag dich«, stellt Elizabeth fest.

Mit einem leisen Lachen erwidert Mirabella: »Nett von dir. Aber du bist eine Naturbegabte, dieser Vogel wird alles tun, was du ihm aufträgst.«

»Ganz so funktioniert die Verbindung zu einem Familiaris auch wieder nicht. Außerdem würdest du den Unterschied bemerken. Er wäre zögerlich, und seine Augen würden nicht so strahlen. Eventuell würde er sogar etwas Unerwünschtes auf deiner Hand hinterlassen.«

»Dann habe ich ja wirklich Glück, dass er mich mag«, gibt Mirabella zu.

Pepper blinzelt sie an und kehrt dann schnell in die Sicherheit von Elizabeths Kapuze zurück.

»Als ich dich so ganz allein und so traurig hier habe sitzen sehen, musste ich einfach fragen, ob wir dir helfen können.« Die Initiandin lässt sich neben Mirabella auf der Bank nieder. »Ich weiß, warum du weinst.«

»Das weiß inzwischen vermutlich jede Priesterin im gesamten Tempel.«

Elizabeth nickt. »Aber für mich ist es von besonderer Bedeutung«, erklärt sie. »Denn fast wäre ich das Mädchen gewesen, das geopfert wurde.«

»Du?«

»Sie verkaufen es einem ganz geschickt, sie reden von einer großen Aufgabe und der Vereinigung mit der Göttin. Fast hätte ich zugestimmt. Ich dachte, es wäre meine Pflicht. Sie hieß Lora. Also, die Freiwillige. Sie ist in dem Glauben gestorben, ihren Dienst an der Göttin verrichtet zu haben. Und es gibt schlimmere Arten zu gehen.«

Schlimmere Arten, wie etwa von den Schwesterpriesterinnen bei lebendigem Leib verbrannt zu werden. Mirabella hat versucht, es so zu sehen. Hat versucht, sich einzureden, dass sie das Mädchen ja vor dem Feuertod bewahrt hat. Es hat nicht funktioniert. Ganz egal wie es geschehen musste, es war einfach nicht richtig.

»Jede Gabe hat eine helle und eine dunkle Seite, Königin Mirabella. Und wir alle tragen beide in uns. Wir Naturbegabten können Dinge wachsen lassen, aber wir können auch Hummer in Töpfe locken, und manch ein Familiaris reißt kleine Häschen.«

»Ja, ich weiß.«

Elementwandler brennen ebenso leicht ganze Wälder nieder wie sie ihnen den lebenspendenden Regen schicken. Die Gabe des Krieges beinhaltet den Schutz ebenso wie das Gemetzel. Selbst Propheten sind oft mit Wahnsinn und Paranoia geschlagen. Aus diesem Grund werden Königinnen, die mit dieser Gabe geboren werden, sofort ertränkt.

»Selbst die Giftmischer sind auch Heiler«, fährt Elizabeth fort.

»Also davon habe ich aber noch nichts gehört«, wendet Mirabella ein. Giftmischer sind bekannt für ihre Grausamkeit. Hinrichtungen, die von ihnen durchgeführt werden, laufen stets äußerst unschön ab: Immer werden den Verurteilten möglichst extravagante Gifte verabreicht, die ihnen das Blut in die Augen treiben und so heftige Krämpfe auslösen, dass manch einem das Rückgrat bricht.

»Es ist wahr«, beharrt Elizabeth. »Sie kennen viele Heilmethoden. Doch über ihrer Gier nach den Plätzen im Schwarzen Rat haben sie sie vergessen.«

Ein schmales Lächeln huscht über Mirabellas Gesicht, dann schüttelt sie den Kopf. »Aber das ist nicht dasselbe, Elizabeth. Bei Königinnen ist es anders.«

»Das weiß ich doch. Und ich bin ja auch erst seit Kurzem hier in Rolanth. Aber schon jetzt kann ich sehen, dass du ein guter Mensch bist, Mirabella. Ob du auch eine gute Königin sein wirst, weiß ich nicht, doch es scheint mir ein vielversprechender Anfang zu sein.«

Ein dicker schwarzer Zopf gleitet aus der Kapuze der Priesterin. Ihre Haare sind fast so dunkel wie die der Königin. Die Art, wie er geflochten ist, erinnert Mirabella an Bree. Pepper der Specht sträubt die Federn; er scheint kein Vogel vieler Worte zu sein.

»Du bist die einzige Priesterin hier, die sich je richtig mit mir unterhalten hat«, stellt Mirabella fest. »Also außer Luca natürlich.«

»Tatsächlich? Oje«, seufzt Elizabeth. »Wieder einmal ein Zeichen dafür, dass ich keine besonders gute Priesterin abgebe. Zumindest sagt Rho das immer. Vielleicht hat sie ja recht.«

Die blutrünstige Rho. Der wandelnde Schrecken des Tempels. Mirabella kann sich nicht erinnern, je eine nette Geste oder auch nur ein sanftes Wort von ihr gehört zu haben. Doch wenn das Beltanefest vorüber ist und das Jahr des Aufstiegs beginnt, wird sie eine gute Beschützerin sein. Damit hat Luca sicherlich recht.

Fragend sieht Elizabeth sie an. »Fühlst du dich jetzt etwas besser?«

»Ja«, nickt Mirabella.

»Das ist gut. Dieser Ritus, das Opferungsritual – du kannst dir sicher sein, dass das Rhos Idee war. Sie will die alten Sitten wiederbeleben und den Tempel an die Stelle des Rates setzen. Dabei glaubt sie, das mit Gewalt erzwingen zu können, als wäre sie allein die Hand der Göttin. Doch das ist sie nicht.« Elizabeth lächelt strahlend. »Das bist du.«

»Du hast selbst gesagt, dass sie es getan hat«, erklärt die Hohepriesterin. »Damit ist die Angelegenheit erledigt.«

»Ich habe aber nicht gesagt, dass sie es gut gemacht hat«, erwidert Rho.

Sie nimmt etwas von Lucas Mahagonischreibtisch – eine glänzende Kugel aus bunt schimmerndem Opal – und verzieht abfällig das Gesicht. Ihr gefallen die Gemächer der Hohepriesterin nicht, die das oberste Stockwerk des Tempels einnehmen und einen guten Blick auf die Klippen von Shannons Dämmerpforte bieten. Alles hier ist viel zu weich mit den ganzen Kissen und Decken, die den kalten Wind abhalten sollen. Und überall steht dekoratives Zeug ohne Sinn und Zweck herum, wie mit Mosaiksteinchen besetzte Vasen oder fein geschnitzte und mit Blattgold überzogene Holzeier. Oder dieser kleine Opal.

Luca sieht zu, wie Rho ausholt, um den Stein aus dem Fenster zu schleudern.

»Tu das nicht«, warnt die Hohepriesterin. »Das war ein Geschenk.«

»Ist doch bloß ein Stein.«

»Trotzdem war es ein Geschenk. Und schließe bitte das Fenster. Der Wind ist heute ziemlich kalt. Ich kann es kaum erwarten, dass endlich der Frühling beginnt. Die Feuer von Beltane läuten warme Sommernächte ein. Möchtest du etwas Suppe? In der Küche sagte man mir, heute gäbe es einen Rahmeintopf mit Kaninchenfleisch und Kohl.«

»Du hörst mir nicht zu, Luca«, beschwert sich Rho. »Das Ritual war die reinste Farce. Unsere Königin wurde in die Ecke gedrängt, und selbst dann hat sie erst gehandelt, als wir dem Mädchen eine erste Kostprobe des Feuers verabreicht haben.«

Luca seufzt schwer. »Das Opfer liegt unter einem Haufen Steine begraben. Mirabella hat das Ritual vollzogen. Du kannst nicht von ihr verlangen, dass sie Freude daran hat.«

Luca selbst hatte ebenfalls keine Freude daran. Sie hat auf jene gehört, die sie davor gewarnt haben, zu weichherzig zu sein. Hat ihnen geglaubt, als sie sagten, dadurch würde Mirabella am Ende nur verletzt werden. Und jetzt ist eine Unschuldige tot. Zerschmettert von Felsbrocken, die bequemerweise auch gleich eine Gebetsstätte formen.

»Wir werden ihr nicht noch einmal etwas Derartiges abverlangen«, fährt Luca bestimmt fort. »Du kennst sie nicht so gut wie ich. Wenn wir zu viel Druck auf sie ausüben, wird sie sich uns widersetzen. Und wenn sie lernt, sich zu widersetzen … wenn sie sich daran erinnert, wie …«

Luca blickt aus dem Fenster Richtung Westen, wo das Dach von Westwood Haus zwischen den Bäumen hindurchschimmert. Selbst aus dieser Entfernung sind die kupfernen Blitzableiter gut zu erkennen, wie borstige Haare ragen sie steif zwischen den Ziegeln hervor. Die Westwoods waren ebenfalls schlau genug, um sie nicht abzumontieren.

»Du warst nicht dabei, als man Mirabella von der Schwarzen Kate hierhergebracht hat. Ich ebenfalls nicht. Damals war ich noch in Indridskamm und habe mit den Arrons um jedes kleine bisschen Macht gerungen. Und als Sara Westwood zu mir kam und mir berichtet hat, dass unsere sechs Jahre alte Königin ihr bald das Haus über dem Kopf einstürzen lassen würde, hätte ich ihr kein Wort geglaubt – wäre da nicht dieser Ausdruck auf ihrem Gesicht gewesen. Seit Hunderten von Jahren hat die Insel keine solch starke Gabe mehr gesehen, seit Shannon und den Königinnen der alten Zeit nicht mehr. Wir beschützen Mirabella, doch wir beherrschen sie nicht.«

»Das mag ja sein«, gibt Rho zu. »Aber wenn sie ihrer Pflicht nicht nachkommt, dann wird der Schwarze Rat seinen Würgegriff eine weitere Generation lang aufrechterhalten.«

Mit einer heftigen Bewegung reibt Luca sich das Gesicht. Vielleicht ist sie zu alt für diese Dinge. Zu ausgelaugt durch die lebenslangen Machtkämpfe mit den Arrons. Doch Rho hat recht. Falls wieder eine Giftmischerkönigin den Thron besteigt, werden die Arrons und der Schwarze Rat weiterregieren, bis die nächsten Drillinge mündig werden. Und wenn das geschieht, weilt Luca nicht mehr unter den Lebenden.

»Mirabella wird aufsteigen«, versichert die Hohepriesterin. »Und der Tempel wird den Rat wieder in seine Schranken weisen. Sitzen erst überwiegend Westwoods im Rat, wird er wesentlich leichter zu kontrollieren sein.«

Einige Tage später hat Mirabella beim Aufwachen wieder den Geschmack von Blut im Mund; wieder einer dieser Träume. Diesmal waren Arsinoe, Katharine und sie noch Kinder. Sie erinnert sich an schwarzes Haar, das auf dem Wasser treibt, und an einen Schmutzfleck auf Arsinoes Nase. Erinnert sich daran, wie ihre Finger sich in Klauen verwandelt und Arsinoe und Katharine zerfetzt haben.

Mühsam hebt sie das Gesicht aus den Kissen und stützt sich auf die Ellbogen. Es ist Mittag, und sie ist allein im Zimmer. Vielleicht lauern nicht einmal vor ihrer Tür Priesterinnen auf sie, immerhin sind Sara, Bree und die anderen Westwoods im Haus.

Inzwischen kommen die Träume immer häufiger. Zwei, manchmal sogar drei Mal pro Nacht wird sie von ihnen aus dem Schlaf gerissen. Luca hat ihr gesagt, dass sie damit rechnen müsse. Dass die Träume ihr den Weg weisen würden. Doch vor der überwältigenden Furcht, die mit ihnen einhergeht, hat die Hohepriesterin sie nicht gewarnt.

Mirabella schließt noch einmal die Augen. Aber statt Dunkelheit sieht sie das Gesicht der geopferten Priesterin in den Klippen vor sich. Sieht Arsinoes verschmierte Nase. Hört Katharines Lachen.

Königinnen dürfen ihre Schwestern nicht lieben. Das hat sie immer gewusst, selbst als sie noch zusammen in der Schwarzen Kate gelebt hatten, und trotzdem hatte sie die beiden geliebt.

»Sie sind heute nicht mehr diese Kinder«, flüstert sie sich selbst zu.

Sie sind Königinnen. Sie müssen sterben.

Bree klopft kurz an und streckt dann den Kopf ins Zimmer. Ihr langer brauner Zopf schwingt hin und her.

»Ist es schon so weit?«, fragt Mirabella sie. Heute werden sie in die Stadt fahren, wo die besten Kunsthandwerker von Rolanth darauf warten, ihnen die schönsten Kleider und Juwelen für die Beltaneriten zu präsentieren.

»Fast«, nickt Bree. »Aber das ist kein Grund, niedergeschlagen zu sein. Schau mal, wer aus dem Tempel gekommen ist.«

Bree zieht die Tür weiter auf, bis Elizabeth dahinter zum Vorschein kommt. Unwillkürlich muss Mirabella lächeln.

»Das ist ganz schlecht«, sagt sie. »Die Leute werden noch glauben, dass ich ein Mädchen nur zu meiner Freundin mache, wenn es einen Zopf trägt.«

Nachdem Mirabella sich angezogen hat, besteigt sie gemeinsam mit Bree und Elizabeth die Kutsche, die vor dem Portal von Westwood Haus bereitsteht. Sara sitzt bereits darin.

»Sehr schön«, stellt sie fest und klopft gegen das Dach, damit der Kutscher losfährt. »Es ist wirklich reizend, dass du uns begleitest, Priesterin.« Sie schenkt Elizabeth ein Lächeln. »Sicherlich wird dem Tempel zusagen, was wir heute auswählen.«

»Oh, ich bin nicht gekommen, um die Wünsche des Tempels zu vertreten.« Mit einem fröhlichen Grinsen beobachtet Elizabeth, wie die Häuser der Stadt an ihnen vorüberziehen. »Ich wollte nur meinen Pflichten entgehen.«

Sara presst die Lippen zusammen, während Bree leise kichert.

»So oder so freuen wir uns über deine Begleitung«, betont Sara. »Geht es dir gut, Mira? Du siehst etwas blass aus.«

»Es ist alles in Ordnung, Sara.«

Wieder klopft Sara gegen das Dach, diesmal fester, woraufhin der Kutscher die Pferde stärker antreibt.

»Vielleicht musst du eine Kleinigkeit essen. Wenn wir erst einmal im Park sind, wird es davon reichlich geben.«

Der Moorgraspark befindet sich in der Stadtmitte, direkt am Kanal. Im Frühling ist es dort wirklich hübsch, es gibt viele Bäume und helle Felsen, sogar einen marmornen Springbrunnen. Um diese Jahreszeit allerdings sind die Bäume kahl, und niemand nutzt die Rasenflächen.

Umso mehr Raum bleibt den Juwelieren und Schneidern, um ihre Waren zu präsentieren.

»Hoffentlich hat der Juwelier aus dem dritten Bezirk seinen hübschen Sohn dabei«, überlegt Bree.

»Ich dachte, du triffst dich mit dem jungen Wexton«, staunt Sara.

Bree kuschelt sich genüsslich in die weichen Samtpolster der Kutsche.

»Nicht mehr. Seit Miras Geburtstag weiß er irgendwie nicht mehr, wie man anständig küsst. Zu viel Zunge!« Schaudernd stößt sie ein paar Würgelaute aus und lehnt sich Trost suchend an die Königin. Mirabella und Elizabeth lachen laut. Sara schweigt, doch ihre Augen scheinen aus den Höhlen zu treten, und sie presst die Lippen so fest zusammen, dass sie fast unsichtbar werden.

Mirabella sieht aus dem Fenster. Sie haben ihr Ziel fast erreicht. Hier in der Stadtmitte stehen überwiegend große, weiße Gebäude. Ihre Risse hat man sorgfältig mit Farbe übermalt. Ja, in dieser Gegend sieht man noch, wie prachtvoll die Stadt Rolanth einst gewesen sein muss. Und wie prachtvoll sie wieder sein wird, wenn Mirabella erst den Thron bestiegen hat.

»Da wären wir«, stellt Sara fest, als die Kutsche mit einem Ruck anhält. Sie streicht glättend über den Rock ihres langen schwarzen Kleides und bereitet sich darauf vor auszusteigen. »Bree, bitte versuche, bei der Gruppe zu bleiben«, mahnt sie leise.

»Jawohl, Mutter«, antwortet Bree und verdreht die Augen.

Mirabella steigt hinter Sara aus der Kutsche. Das Tor

zum Park steht offen, und dahinter kann sie bereits die Juweliere und Schneidermeister sehen, die in einer ordentlichen Reihe auf sie warten. Und natürlich die Priesterinnen. Wachsam wie immer.

Bree verrenkt sich fast den Hals.

»Er ist da«, stellt sie grinsend fest.

Es ist nicht schwierig zu erkennen, wen sie damit meint. Neben einem Juwelier, der fast am Ende der Reihe steht, wartet ein hübscher Junge mit hellbraunem Haar. Er hat Bree ebenfalls gesehen.

»Du lässt dir nie unnötig viel Zeit«, merkt Mirabella gedämpft an.

»Das wäre auch schlimm, immerhin übe ich schon seit Jahren.« Mit einer Hand greift Bree nach Mirabellas Arm, mit der anderen nach dem von Elizabeth. »Wir müssen seinen Namen rauskriegen.«

»Genug jetzt«, schaltet Sara sich ein. Sie löst die Mädchen voneinander und nimmt dann ihren Platz hinter der Königin ein.

»Ach, Mutter«, stöhnt Bree. »Wir suchen hier nur ein bisschen Schmuck aus. Da musst du doch keine Staatsaffäre draus machen.«

»Wenn Mirabella erst gekrönt ist, wird jeder öffentliche Auftritt formell sein«, behauptet Sara. »Ihr solltet euch besser daran gewöhnen.«

Als sie den Park betreten, winkt Sara eine der Novizinnen heran.

»Die Königin hat heute noch nichts gegessen. Würdet ihr bitte etwas für sie bringen?«

Das Mädchen nickt und wieselt davon. Eigentlich hat Mirabella gar keinen großen Hunger. Wenn sie von ihren Schwestern träumt, fehlt ihr meist bis zum Abend jeglicher Appetit. Doch es ist einfacher, eine Kleinigkeit zu sich zu nehmen, als sich mit Sara herumzustreiten.

Die Händler verbeugen sich, wann immer sie an einen der Stände treten. Die Westwoods werden bei jedem von ihnen etwas kaufen, etwa einen Ring, einen Armreif oder einen Schal. Doch nur sehr wenige werden mit Aufträgen für Kleider oder ganze Schmuckensembles bedacht werden.

»Auch ohne hinzusehen kann ich dir sagen, dass wir am ersten Stand lediglich ein Taschentuch erstehen werden«, flüstert Sara Mirabella ins Ohr. »Diese Frau hat keinerlei Verständnis für die Bewegungsfreiheit, die ein Elementwandler braucht. Ihre Sachen sind alle eng und streng geschnitten. Passen eher zu einem Giftmischer.«

Als sie den Stand der Frau erreichen, sieht Mirabella, wie richtig Saras Einschätzung ist. Nur glänzende Stoffe, und sämtliche Kleider sind eng. Doch die Schneiderin ist so nervös. Und so voller Hoffnung.

»Das sind sehr schöne Handschuhe«, sagt Mirabella, bevor Sara den Mund aufmachen kann. »Arbeitest du auch mit Leder?« Sie dreht sich halb zu Sara um. »Bree bräuchte ein neues Paar zum Bogenschießen. Und der kleine Nico wächst aus seinen doch auch gerade heraus.«

»Jawohl, Königin Mirabella«, antwortet die Händlerin. »Mit Leder arbeite ich besonders gern.«

Mirabella überlässt es Sara, die Preise auszuhandeln, und tritt vom Verkaufstisch weg, um nicht mit ansehen zu müssen, wie diese mit den Zähnen knirscht. Am nächsten Stand sucht sie sich einen gewundenen Silberring aus und an dem darauf einen aus glänzendem Gold.

Dann zerrt Bree sie weiter; sie hat es eilig, zu dem braunhaarigen Jungen zu kommen.

Inzwischen kehrt die Novizin mit einem Tablett voller Käse und Brot zurück, auf dem auch ein kleiner Krug mit eingelegten Tomaten steht. Elizabeth nimmt ihr die Last ab.

»Mach langsam, Bree«, sagt sie lachend. »Nimm dir einen Moment Zeit zum Essen.«

Sie gehorcht, allerdings sind sie nun nur noch einen Stand von besagtem Jungen entfernt, und Bree knabbert auf ziemlich zweideutige Weise an ihren Käsehäppchen herum.

»Wir müssen etwas finden, um sie abzulenken«, schlägt Elizabeth der Königin leise vor. »Was ist mit diesen Kleidern? Sie sind wundervoll!«

»Ich denke nicht, dass irgendein Kleid Bree ablenken könnte«, zweifelt Mirabella. »Ganz egal, wie schön es ist.«

Der Maßschneider beobachtet Bree eine Weile, dann greift er unter seinen Verkaufstisch.

»Dieses hier vielleicht schon«, behauptet er und breitet etwas vor ihnen aus.

Mirabella und Elizabeth fehlen die Worte. Bree lässt ihren Käse fallen.

Es ist kein Kleid für eine Königin, denn die müssen vollkommen schwarz sein. Bei diesem hier ist das Mieder mit blauen Wellen bestickt, und der geteilte schwarze Rock ist mit blauem Satin unterlegt, der zu einer gerafften Schleppe ausläuft. Es ist umwerfend.

»Das ist es«, verkündet Mirabella. Sie dreht sich zu Bree um und zieht spielerisch an ihrem Zopf. »Darin wirst du mich locker überstrahlen. Die Freier werden nur Augen für dich haben.«

»Nein«, protestiert Elizabeth, »das ist nicht wahr, Mira!«

Vielleicht nicht. Das rabenschwarze Haar und die unheimlichen schwarzen Augen einer Königin wecken immer Interesse. Doch Elizabeth hat sie falsch verstanden, Mirabella ist nicht eifersüchtig. Auf Bree könnte sie niemals eifersüchtig sein.

Sara tritt zu ihnen und nickt anerkennend.

»Wir benötigen drei Kleider«, erklärt sie dem Schneider, »dieses hier soll an die Maße meiner Tochter angepasst werden. Falls wir niemanden finden, der es mit deinen Fertigkeiten aufnehmen kann, benötigen wir noch mehr Kleider. Ich werde mich mit deinem Geschäft in Verbindung setzen, um die Einzelheiten zu besprechen.«

»Endlich«, flüstert Bree Mirabella ins Ohr. Sie haben besagten Juwelier und den Jungen erreicht.

»Wir werden mit seinem Vater sprechen, nicht mit ihm«, gibt Mirabella zu bedenken. »Wie willst du das hinkriegen?«

Diskret reckt Bree das Kinn. Der Händler hat hinter seinem Tisch eine kleine, robuste Feuerschale aufgestellt, an der er und sein Sohn sich während der Wartezeit gewärmt haben. Demnach sind sie vielleicht keine Elementwandler, oder ihre Gabe ist nur schwach ausgeprägt.

Bree legt Elizabeth einen Arm um die Schultern.

»Liebste Elizabeth!«, ruft sie. »Du zitterst ja!« Sie wendet sich an den Jungen: »Dürften wir vielleicht nach hinten kommen und uns ein wenig ans Feuer stellen?«

»Selbstverständlich«, beteuert er schnell.

Mirabellas Lippen zucken verdächtig, als er Bree

und Elizabeth zu der Feuerschale führt. Mit einem lässigen Zucken der Hand lässt Bree aus den glühenden Kohlen neue Flammen schießen. Dann schaut sie über die Schulter zu Mirabella hinüber und zwinkert ihr zu.

»Sehr gut«, sagt Sara leise. »Ich dachte schon, wir müssten die gesamte Auslage kaufen, um ihr mehr Zeit zum Flirten zu verschaffen.«

Was sie vielleicht sowieso tun werden, denn der Juwelier hat exquisite Stücke im Angebot. Überall auf dem Tisch sind sorgfältig geschliffene Steine in kunstvollen Fassungen arrangiert. Wie von allein gleitet Mirabellas Hand auf eine Halskette zu: drei Steine in leuchtendem Orange an einem kurzen Silberband. Selbst im fahlen Winterlicht scheinen sie regelrecht zu brennen.

»Die hätte ich gerne für die Erwachenszeremonie.«

Als sie später ihre Einkäufe abgeschlossen haben, kehren sie zu ihrer Kutsche zurück. Mirabella legt das samtbezogene Kästchen mit der Feuerkette in ihren Schoß. Sie kann es kaum erwarten, Luca das Schmuckstück zu zeigen. Mit Sicherheit wird es der Hohepriesterin gefallen. Vielleicht wird Mirabella es ihr nach der Erwachenszeremonie zum Geschenk machen.

»Also?«, fragt sie schließlich. »Wie heißt er?«

Bree und Elizabeth sitzen ihr gegenüber und haben die Köpfe zusammengesteckt, um den restlichen Schmuck zu begutachten. Nun schaut Bree hoch und grinst.

»Samuel«, verkündet sie triumphierend. »Und ich werde ihn bald wiedersehen.«

Skeptisch zieht Sara eine Augenbraue hoch.

»Nachdem das nun geklärt ist«, beginnt sie, »habe ich überraschende Neuigkeiten für euch. Aus Wolfsquell.«

»Neuigkeiten?«, hakt Bree nach. »Was für Neuigkeiten?«

»Anscheinend haben sie einen Freier bei sich aufgenommen. Seine Delegation ist verfrüht eingetroffen.«

»Aber das ist nicht gestattet«, wirft Mirabella ein. »Weiß der Tempel davon?« Fragend schaut sie zu Elizabeth hinüber, doch die Initiandin zuckt nur mit den Schultern.

»Jawohl«, nickt Sara. »Es ist das erste Mal, dass diese Familie eine Delegation entsendet. Da das als Nachteil angesehen wird, lässt man ihnen eine Sonderbehandlung zuteilwerden. Damit sie sich auf dem ungewohnten Terrain zurechtfinden können. Und um sie dafür zu entschädigen, dass sie Joseph Sandrin während seiner Verbannung bei sich aufgenommen haben.«

»Diesen Namen habe ich lange nicht mehr gehört.« Doch in Mirabellas Gedanken ist er oft aufgetaucht. Jedes Mal, wenn sie an Arsinoe gedacht hat. Der Junge, der versucht hat, gemeinsam mit ihr fortzugehen. Der ihr bei ihrem Fluchtversuch geholfen hat. Und als sie erwischt wurden, hat er Natalia Arron angeblich vor die Füße gespuckt.

Jetzt bringt er Arsinoe also einen Freier. Das war bestimmt nicht leicht, wo er doch selbst so viel für sie empfunden hat.

»Du wirst ihm sicherlich begegnen«, fährt Sara fort.

»Joseph?«

»Nein, dem Freier. Noch vor Beltane. Wir werden es so einrichten, dass er hierherkommt. Unter dem wachsamen Blick des Tempels natürlich.«

»Was für eine Schande«, schimpft Bree. »So viele Freier, und du darfst nur einen einzigen wählen.« Sie schaudert genüsslich. »Manchmal wünschte ich, ich wäre eine Königin.«

Mirabella runzelt die Stirn.

»Sag das niemals wieder.«

Der Ton ihrer Stimme lässt alle verstummen.

»Das war nur ein Witz, Mira«, sagt Bree schließlich leise. »Natürlich wünsche ich mir das nicht. Niemand wünscht sich ernsthaft, eine Königin zu sein.«

Greavesdrake Haus

Die große, von tiefen Schatten durchzogene Bibliothek von Greavesdrake ist einer von Katharines Lieblingsorten. Die Wärme des wuchtigen Kamins dringt in fast jeden Winkel, und als sie noch kleiner war, konnte sie sich zwischen den hohen Regalen und den wuchtigen Ledersesseln gut vor Genevieves strafender Hand oder den Giftbehandlungen verstecken. Heute allerdings brennt nur ein kleines Feuer im Kamin, und Pietyr und sie verstecken sich nicht. Sie haben die Vorhänge der drei nach Osten gehenden Fenster zurückgezogen und baden nun in dem hellen Licht. Sonnenwärme fühlt sich irgendwie besser als Feuer an. Sanfter, nicht so schwer verdient.

Pietyr reicht ihr ein Stück Brot, bestrichen mit cremig geschlagenem Schafmilchkäse. Er hat ein Picknick zusammengestellt, das aus köstlichstem, nicht mit Gift versetztem Essen besteht, und alles auf dem Teppich ausgebreitet. Eine reizende Geste, auch wenn sie hauptsächlich dazu dient, dass Katharine etwas Fleisch auf die Rippen bekommt.

»Du musst das Krabbensoufflé probieren«, sagt er nun. »Bevor es kalt wird.«

»Werde ich«, verspricht Katharine.

Sie beißt von ihrem Brot ab, doch es ist nicht einfach. Selbst das feinste Essen schmeckt kaum besser als

Schlamm, wenn einem während der Mahlzeit übel ist. Fast unbewusst berührt sie den schmalen Verband an ihrem Handgelenk.

»Was war es diesmal?«, will Pietyr wissen.

»Irgendein Schlangengift.«

Dabei war sie diesem Gift schon früher ausgesetzt. Aber der Schnitt, der gemacht werden muss, um es zu verabreichen, ist diesmal tiefer als nötig; das hat sie Genevieves anhaltendem Zorn nach dem *Gave Noir* zu verdanken. Pietyr hat die Wunde bereits inspiziert, und ihr Anblick hat ihm überhaupt nicht gefallen.

»Wenn du erst gekrönt bist, wird das nicht mehr notwendig sein.«

Er streckt ihr einen kleinen Teller voller Rührei mit Kaviar und saurer Sahne entgegen. Sie nimmt einen Bissen und versucht zu lächeln.

»Das ist kein Lächeln, Kat, sondern eine Grimasse.«

»Vielleicht sollten wir das hier besser verschieben«, schlägt sie vor. »Auf das Abendessen?«

»Damit du noch zwei Mahlzeiten auslassen kannst?« Entschieden schüttelt er den Kopf. »Wir müssen deinen Giftmischerappetit wiederbeleben. Versuch eine von den Pasteten. Oder wenigstens etwas Saft.«

Das bringt Katharine zum Lachen. »Du bist der beste Bedienstete, den ich je hatte. Sogar besser als Giselle.«

»Tatsächlich?« Er zieht eine Augenbraue hoch. »Dabei fehlt mir jegliche Übung. Mein Landsitz ist bestens ausgestattet und wird von Marguerite geführt, auch wenn ich das nur ungern zugebe. Ich bin mein Leben lang nur bedient *worden*.«

»Dann hast du offenbar ein gutes Vorbild gehabt«, sagt Katharine. »Es scheint dir wirklich wichtig zu sein, dass ich den Thron besteige. Dasselbe gilt natürlich auch für alle anderen Arrons. Aber bist du tatsächlich nur hierhergekommen, um dem Landleben zu entfliehen? Was hat Natalia dir versprochen?«

»Einen Sitz im Rat nach deiner Krönung. Doch das ist nicht der einzige Grund.«

Als er sie vielsagend ansieht, wird Katharine rot. Es gefällt ihm, wenn sie errötet. Er hat ihr erzählt, dass Mirabella angeblich viel zu stolz ist, um sich ihre Freude über gezeigtes Interesse anmerken zu lassen.

»Giftmischerköniginnen tun der Insel gut.« Er füttert sie mit einem weiteren Stück Brot. »Wir haben sie seit hundert Jahren gut regiert. Die Westwoods müssen ziemlich arrogant sein, wenn sie glauben, es besser machen zu können.«

»Die Westwoods«, wiederholt Katharine, »und der Tempel.«

»Stimmt, der Tempel. Ich habe keine Ahnung, warum der Tempel sich für so benachteiligt hält. Warum müssen sie denn die Herzen der Menschen ganz allein für sich haben? Doch genau das fordern sie.«

Pietyr beißt in ein Stück Brot mit Apfelgelee. Er lehnt unvergiftetes Essen nicht ab wie die anderen Arrons. Bei ihm fühlt sich Katharine nicht minderwertig wegen ihrer Schwäche.

»Hier drinnen stinkt es nach Staub, Kat. Ich begreife nicht, warum du so gerne hier bist.«

Katharine mustert die hohen Regale mit den ledergebundenen Büchern. »Königin Camille mochte sie«, erklärt sie. »Sie hat gerne Bücher über die Königinnen vom Festland gelesen. Weißt du, woher Arsinoe ihren Namen hat?«

»Nein.«

»Auf dem Festland gab es einmal eine Königin, die von ihrer Schwester ermordet wurde. Die hieß ebenfalls Arsinoe. Und als Arsinoe bei der Geburt so schwach war, hat unsere Mutter sie nach ihr benannt. Arsinoe die Naturbegabte.«

»Ganz schön gemeine Namensgebung für ein Neugeborenes. Fast könnte sie einem leidtun.«

»Die Königin weiß von Geburt an, was wir sind. Sie kennt unsere Gaben. Und unsere Schwächen.«

»Dir hat sie jedenfalls einen guten Namen gegeben: Katharine, die Giftmischerin. Sie muss schon damals gewusst haben, dass du zu einem süßen, aufmerksamen Mädchen heranwachsen würdest.« Er streichelt mit einem Finger ihre Wange. »Und zu einem sehr schönen.«

»Aber schön genug, um die Blicke sämtlicher Freier auf mich zu ziehen? Muss das wirklich sein?«

»Ja. Stell dir doch nur mal Mirabellas Gesicht vor, wenn sie von ihnen allen ignoriert wird. Vielleicht bringt sie das so in Rage, dass sie sich in Rolanth von den Klippen stürzt.«

Das wäre tatsächlich sehr praktisch. Allerdings könnte Katharine ihr dann nicht dabei zusehen, wie sie hektisch nach Luft ringt, während das Gift ihr die Kehle zuschnürt.

Katharine lacht laut auf.

»Was ist los?«, fragt Pietyr.

»Ich musste nur gerade an Arsinoe denken. Daran, wie traurig und zugleich einfach es werden wird, sie umzubringen, wenn Mirabella erst einmal tot ist.«

Pietyr lacht leise, dann zieht er sie in seine Arme. »Küss mich«, befiehlt er, und sie gehorcht. Inzwischen macht Katharine ihre Sache sehr viel besser, sie wird immer mutiger. Zum Abschluss knabbert sie sanft an seiner Lippe.

Er sieht so gut aus. Sie könnte ihn den ganzen Tag lang küssen, ohne dessen überdrüssig zu werden.

»Du lernst schnell«, stellt er fest.

»War das bei dir denn auch so? Mit wie vielen Mädchen hast du schon geübt, Pietyr?«

»Sehr vielen. Mit so ziemlich jedem Dienstmädchen, das sich in unseren Haushalt verirrt hat, und dann noch mit dem Großteil der Dorfmädchen. Außerdem mit ein paar der anspruchsvolleren Freundinnen meiner Stiefmutter.«

»Ich hätte nicht fragen sollen.« Katharine zieht einen Schmollmund.

Als er ihr Bein streichelt, muss Katharine lachen. So viele Mädchen, so viele Frauen – aber nun gehört er ihr allein. Vorerst.

»Findest du mich nach all den erfahreneren Exemplaren nicht langweilig?«

»Nein.« Er sieht ihr tief in die Augen. »Niemals. Tatsächlich wird der schwierigste Teil des Ganzen etwas sein, woran ich bislang keinen Gedanken verschwendet habe.«

»Was denn?«

»Mir in Erinnerung zu rufen, warum ich hier bin. Um aus dir eine Königin zu machen, der die Herzen zufliegen. Dir dabei zu helfen, dir an Beltane die Unterstützung der Inselbewohner zu sichern.«

»Was spielt es schon für eine Rolle, ob sie mich unterstützen? Sie können mir nicht dabei helfen, meine Schwestern zu töten.«

»Eine beliebte Königin hat viele Augen und Ohren. Und zumindest nach deiner Krönung wird die Unterstützung deiner Untertanen von großer Bedeutung sein.«

Katharines Magen krampft sich zusammen, und sie schiebt ihren Teller fort.

»Immer nur Druck und Erwartungen. Und ich werde versagen. Genauso, wie ich an meinem Geburtstag versagt habe.«

»Du wirst nicht versagen«, widerspricht Pietyr. »Wenn du bei der Erwachenszeremonie deine Bühne betrittst, wird sich niemand auch nur nach den Bühnen deiner Schwestern umdrehen. Sobald die Freier dich bei der Anlandung sehen, werden sie vergessen, dass es noch andere Königinnen gibt.«

»Aber Mirabella ...«

»Vergiss Mirabella. Sie wird steif und hochmütig sein. Du hingegen wirst lächeln, flirten, die Königin sein, die sie wollen. Zumindest, wenn ich dich endlich dazu bringen kann, gerade zu stehen.«

»Gerade zu stehen?«

»Du bewegst dich zu unterwürfig, Kat. Ich möchte, dass du durch einen Raum schreitest, als würde er dir allein gehören. Manchmal wirkt es fast so, als würdest du huschen.«

»Huschen?!«

Lachend stößt sie ihn von sich. Er stützt sich mit den Ellbogen auf den Teppich und lacht ebenfalls.

»Doch, du hast recht. Manchmal husche ich tatsächlich. Wie eine Ratte.« Grinsend fügt sie hinzu: »Aber das ist jetzt vorbei. Du wirst mir alles beibringen, und ich werde dafür sorgen, dass die Freier ihre eigenen Namen vergessen. Mit nur einem Blick.«

»Mit einem Blick? Ein gewagtes Versprechen.«

»Aber ich werde es schaffen. Und ich werde auch dich etwas vergessen lassen.« Verführerisch schlägt Katharine die Augen nieder.

»Was denn?«

Unter gesenkten Wimpern hervor sieht sie ihn an.

»Dass ich nicht für dich bestimmt bin.«

Wenn Natalia wünscht, dass Katharine sie in den Volroy begleitet, kann das nur einen Grund haben – um einen Gefangenen zu vergiften. Noch nie hat Katharine den Palast wegen etwas anderem aufgesucht. Noch nie hat sie einer Sitzung des Schwarzen Rates beigewohnt und zugehört, wie über die Besteuerung des Obstes der Naturbegabten oder der gläsernen Fensterscheiben aus Rolanth diskutiert wurde. Und sie ist auch noch nie den Abgesandten des vorherigen Prinzgemahls begegnet, die vom Festland auf die Insel kommen, um ihre Interessen durchzusetzen. Aber das hat so seine Richtigkeit, sagt Natalia. Eines Tages, wenn sie gekrönt ist, wird sie all diese Dinge tun.

»Er wurde in Kenora angeklagt«, erklärt Natalia ihr, während ihre Kutsche auf Indridskamm und die schwarzen Türme des Volroy zuhält. »Wegen Mordes. Er hat jemanden erstochen, und das ziemlich brutal. Der Rat hat nicht lange gebraucht, um sein Urteil zu fällen.«

Die Kutsche hält für einen Moment vor einem Nebeneingang zum Palastgelände. Katharine legt den Kopf in den Nacken, um an den dunklen Mauern emporzublicken, doch sie sind zu nahe, um die Spitzen der Türme sehen zu können. Nach ihrer Krönung wird sie hier leben, allerdings hat sie sich nie sonderlich viel aus dem

Volroy gemacht. Trotz der prachtvollen Türme mit dem filigranen Strebewerk ist er ein unpersönliches und formgewaltiges Gebäude. Und obwohl es hier mehr Fenster und Licht gibt als in Greavesdrake, wirkt der Ort kalt. Durch die unzähligen Korridore pfeift der Wind wie auf einer Flöte.

Als sich das Mauerwerk über ihre Köpfe schiebt, zieht Katharine sich wieder in die Kutsche zurück.

»Sind Genevieve und Lucian heute auch hier?«, fragt sie.

»Ja. Vielleicht treffen wir sie anschließend zum Mittagessen. Ich kann ja dafür sorgen, dass Genevieve an einen anderen Tisch gesetzt wird.«

Das entlockt Katharine ein Lächeln. Genevieve wurde noch immer nicht gestattet, wieder nach Greavesdrake zu ziehen – Natalia wünscht, dass im Haus Ruhe herrscht. Mit etwas Glück wird ihr die Rückkehr bis nach dem Beltanefest verweigert.

Die Kutsche bleibt stehen, sie steigen aus und betreten den Palast. Die Menschen auf den Fluren grüßen respektvoll die zwei Frauen in den hochgeschlossenen, schlichten Wollmänteln und den warmen schwarzen Hüten. Katharine achtet sorgsam darauf, ihre Ärmel herunterzuziehen, damit niemand den Verband sieht, der die letzten verschorften Blasen bedeckt, die Genevieve ihr verpasst hat. Inzwischen sind sie fast vollständig abgeheilt; wesentlich schneller als erwartet. Dank Pietyr sieht sie jetzt gesünder und kräftiger aus. Und unter dem abgefallenen Schorf kommt zarte rosa Haut zum Vorschein. Es werden keine Narben bleiben.

Auf der Treppe, die zu den Zellen hinunterführt, hält Katharine kurz inne. In unterirdischen Räumen hat sie sich noch nie wohlgefühlt, außerdem verströmen die Gefängniszellen einen ganz eigenen, unangenehmen Geruch. Hier riecht es nach Kälte und verschmutztem Eis. Zugluft, die es nicht schafft, durch eines der vielen Fenster in den Obergeschossen zu entkommen, gleitet hinab in die Zellen und verrottet dort.

»Ist der eine Mord sein einziges Vergehen?«, fragt Katharine, als sie vorsichtig die Stufen hinabsteigen. Normalerweise sind die Zellen des Volroy Gefangenen mit besonders schwerwiegender Schuld vorbehalten; etwa bei Verbrechen gegen die Königin.

»Vermutlich hätte man ihn nach dem Prozess auch in Kenora hinrichten können«, gibt Natalia zu. »Aber ich fand, du könntest etwas Übung gebrauchen.«

Am Fuß der Treppe wird der Kältegeruch vom wahren Gestank der Zellen verdrängt: menschliche Exkremente, Schweiß und Angst. Durch die Enge und die Hitze der vielen Fackeln wird er noch stechender.

Natalia legt ihren Mantel ab, der von einem Wächter entgegengenommen wird, bevor sie durch die niedrige Zugangstür treten. Ein zweiter Wächter schließt die letzte Schiebetür auf und öffnet sie mit so viel Wucht, dass der schwere Stahl in den Schienen scheppert.

Von den vielen Zellen hier im Untergeschoss ist nur eine belegt. Der Gefangene sitzt in einer Ecke und hat die Knie an die Brust gezogen. Er wirkt verdreckt und müde, und er scheint fast noch ein Kind zu sein.

Katharine umklammert die Gitter. Er wurde verurteilt. Wegen Mordes. Aber so verängstigt, wie er jetzt aussieht, kann sie sich kaum vorstellen, dass er zu so einer Tat fähig ist.

»Wen hat er umgebracht?«, fragt sie Natalia.

»Einen anderen Jungen, nur wenige Jahre älter als er.«

Sie haben ihm eine Decke und etwas Stroh gewährt. Neben ihm stehen die Überreste seines mageren Frühstücks: ein kleiner Blechkrug und ein Teller, den er mit den Fingern leergekratzt haben muss. Die Gitterstangen zwischen ihnen sind solide, aber selbst Stoffbahnen hätten ein ernstzunehmendes Hindernis für den Jungen dargestellt. Was auch immer an Kampfgeist einst in ihm gewesen sein mag, die wenigen Tage im Gefängnis haben ihn ausgelöscht.

»Wie heißt du?«, fragt Katharine ihn. Aus dem Augenwinkel bemerkt sie, wie Natalia die Stirn runzelt. Sein Name ist unwichtig. Trotzdem möchte sie ihn erfahren.

»Walter Mills.«

Sein Blick ist unstet. Er weiß, weshalb sie gekommen ist.

»Walter Mills«, wiederholt sie sanft. »Warum hast du diesen Jungen getötet?«

»Er hat meine Schwester umgebracht.«

»Warum sitzt dann jetzt nicht er in dieser Zelle, sondern du?«

»Weil die nichts davon wissen. Die glauben, sie wäre fortgelaufen.«

»Und woher willst *du* wissen, dass dem nicht so ist?«, fragt Natalia skeptisch.

»Ich weiß es einfach. Sie wäre niemals fortgegangen.«

Natalia beugt sich zu Katharine hinüber. »Wir wissen nicht, ob seine Behauptungen wahr sind«, flüstert sie. »Er wurde verurteilt. Er ist schuldig. Und so oder so können wir schlecht den toten Jungen befragen.« Sie seufzt schwer. »Hast du genug gesehen?«

Katharine nickt. Nein, da kann man nichts mehr machen. Der Rat hat über sein Schicksal entschieden. Und nun weiß sie alles, was sie wissen muss: sein Vergehen, seine Beweggründe, seine ungefähre Größe, Alter und Gewicht.

»Bitte«, flüstert der Junge. »Gnade.«

Natalia legt Katharine einen Arm um die Schultern und führt sie hinaus. Streng genommen ist es nicht legal, dass Katharine vor ihrer Krönung an Exekutionen beteiligt ist. Doch Natalia kann unzählige Strippen ziehen. Katharine hat sie schon in die Giftkammer begleitet, kaum dass sie die Schwarze Kate verlassen hatte.

In der Kammer, die sich hoch oben im Nordturm befindet, knöpft Katharine ihren Mantel auf und wirft ihn über einen von Natalias geliebten Ohrensesseln. Die engen Handschuhe behält sie an. Sie sind gefüttert und bieten einen gewissen Schutz, falls etwas verschüttet wird.

»Kennt man die Details des Verbrechens?«, will sie wissen.

»Das Opfer wurde mit einem Messer mit kurzer Klinge erstochen«, erklärt Natalia, »laut Bericht des Heilers waren es sechzehn Stiche.«

Sechzehn Stiche. Eine so hohe Zahl zeugt von enormer Wut. Hinweise auf solche Wut würden Walter Mills' Behauptung stützen, dass die Tat ein Racheakt war. Aber wissen kann Katharine es nicht. Das macht die Sache so schwierig.

Die Giftschränke nehmen zwei komplette Wände ein. Im Laufe der Jahre ist die Sammlung immer weiter angewachsen, unzählige von den Arrons geleitete Expeditionen auf der Insel und dem Festland haben sie erweitert und gut gefüllt. Hier gibt es Kräuter, Gifte und getrocknete Beeren von jedem Kontinent und aus jeder Klimazone, alles sorgfältig konserviert und katalogisiert. Katharines Finger gleiten über die kleinen Schubfächer, während sie leise die Namen der Gifte murmelt. Eines Tages wird sie einige davon verwenden, um Mirabella und Arsinoe loszuwerden. Dazu wird sie wahrhaft meisterhafte Mischungen zusammenstellen. Doch bei Walter Mills braucht sie nicht allzu kreativ werden.

An einem Schubfach hält sie inne: Ampullen mit dem Extrakt der Rizinussamenschale. Dieses Gift allein bewirkt einen sehr langsamen Tod, bei dem sämtliche Organe ausbluten.

»Das Opfer«, fragt sie weiter, »ist es schnell gestorben? Oder musste es leiden?«

»Eine lange Nacht und einen ganzen Tag hindurch.«

»Dann also keine Gnade.«

»Findest du?«, hakt Natalia nach. »Auch wenn der Täter noch so jung ist?«

Katharine wirft Natalia einen kurzen Blick zu. Es kommt nicht oft vor, dass sie für Gnade plädiert. Aber gut, dann also keine Rizinussamen. Stattdessen öffnet Katharine eine andere Lade und zeigt auf die Behältnisse mit der getrockneten Brechnussbaumrinde.

»Gute Wahl.«

Die Brechnuss wird in einem Schraubglas ordentlich aufbewahrt, so wie auch alles andere hier sorgfältig verpackt ist. Selbst die Schubladen und Arbeitsflächen der Schränke sind isoliert, damit das Gift nicht in das Holz einziehen kann, falls einmal etwas danebengeht. Derlei Vorsichtsmaßnahmen haben vermutlich schon viele unachtsame Putzkräfte vor einem unerwarteten und schmerzhaften Tod bewahrt.

Katharine stellt das Gift auf einen der langen Arbeitstische und holt sich Mörser und Stößel. Wasser und Öl stehen schon bereit, um aus der Mischung eine Emulsion herzustellen. Außer der Brechnuss gibt sie noch Weidenrindenpulver gegen die Schmerzen und etwas Baldrian hinzu, um dem Jungen die Angst zu nehmen. Die Dosis ist hoch genug, um unausweichlich den Tod zu bringen, doch Katharine sorgt dafür, dass er wirklich gnädig ist.

»Würdest du bitte einen Krug mit gutem, süßem Wein bringen lassen, Natalia?«

Sie ist immer dabei, wenn das Gift verabreicht wird. In dieser Hinsicht war Natalia unerbittlich. Als Königin muss Katharine vor Augen geführt werden, was sie tut. Sie muss sehen, wie die Verurteilten gegen ihre Fesseln ankämpfen oder sich gegen die Hände zur Wehr setzen, die ihnen das Gift einflößen. Und sie muss sehen, wie die Menge auf dem Gerichtsplatz die Totgeweihten ängstigt. Anfangs ist es ihr schwergefallen, das alles mit anzusehen. Aber inzwischen ist es Jahre her, dass eine Hinrichtung Katharine zum Weinen gebracht hat, und sie hat gelernt, ihre Augen weit offen zu halten.

In den Tiefen des Volroy sitzt Walter Mills an die Wand seiner Zelle gelehnt und hat die Hände auf die Knie gelegt.

»Ihr seid aber schnell zurück«, stellt er fest. »Werdet ihr mich nun hinausbringen, nach draußen in den Hof, damit die Leute zusehen können?«

»Die Königin hat dir Gnade gewährt«, antwortet Natalia. »Du wirst hier sterben, unter Ausschluss der Öffentlichkeit.«

Er wirft einen Blick auf den Krug in Katharines Händen und fängt still an zu weinen.

»Wache?« Katharine winkt einen Wächter heran. »Bring einen Tisch und Stühle. Und zwei Becher.«

»Was hast du vor, Königin Katharine?«, fragt Natalia leise. Doch sie greift nicht ein.

»Öffne die Zellentür«, befiehlt Katharine dem Wachmann, als er den Tisch heranschleppt. »Drei Stühle.«

Einen Moment lang starrt Walter auf die offene Tür, aber selbst in seiner Angst weiß er, dass Flucht zwecklos wäre. Katharine und Natalia nehmen Platz, und Katharine gießt Wein in die beiden Becher. Walter beobachtet die Flüssigkeit, als müsste sie zischen oder qualmen. Natürlich geschieht nichts davon. Eigentlich verströmt sie sogar einen angenehmen, süßen Duft.

»Er hat meine Schwester ermordet«, beteuert der Gefangene.

»Dann hättest du ihn zu uns bringen sollen«, erwidert Natalia. »Wir hätten uns um ihn gekümmert, glaube mir.«

Katharine versucht es mit einem freundlichen Lächeln.

»Denkt ihr wirklich, ich werde das einfach so trinken?«, fragt er.

»Ich denke, es ist eine große Ehre für dich«, behauptet Katharine. »Immerhin trinkst du deinen letzten Schluck mit dem Familienoberhaupt der Arrons. Und ich denke, es ist wesentlich angenehmer, sich zu unterhalten und zu trinken, bis du einschläfst, als festgehalten zu werden und fast daran zu ersticken.«

Sie streckt ihm den Becher entgegen. Walter zögert und vergießt noch ein paar Tränen. Doch letzten Endes setzt er sich an den Tisch.

Natalia nimmt den ersten Schluck. Es dauert eine ganze Weile, aber schließlich fasst Walter sich ein Herz. Er trinkt. Es gelingt ihm sogar, anschließend nicht wieder zu weinen.

»Das …« Er zögert. »Das schmeckt richtig gut. Wirst du nichts trinken, Königin Katharine?«

»Ich nehme nie meine eigenen Gifte ein.«

Ein Schatten huscht über sein Gesicht. Nun glaubt er zu wissen, dass all die Gerüchte wahr sind und sie über keinerlei Gabe verfügt. Doch das spielt keine Rolle mehr. Das Gift befindet sich bereits in seinem Magen.

Walter Mills trinkt und trinkt, und Natalia hält Becher um Becher mit ihm Schritt, bis seine Wangen sich röten und er sichtlich angetrunken ist. Sie reden nur über angenehme Dinge: seine Familie, seine Kindheit. Irgendwann geht sein Atem angestrengt, dann fallen ihm die Augen zu, und er bricht über dem Tisch zusammen. Es wird keine Stunde mehr vergehen, bis sein Herz aufhört zu schlagen.

Lächelnd betrachtet Natalia ihren Schützling. Ihre Giftmischergabe mag schwach sein, vielleicht ist sie auch gar nicht erwacht. Doch im Umgang mit Gift ist Katharine äußerst geschickt.

Wolfsquell

Jules hat gewusst, dass die Dinge nach Josephs Heimkehr anders sein würden. Sie hat nicht erwartet, dass er sich nahtlos wieder in ihr Leben einfügen würde. Nachdem er so lange fort war, wusste sie nicht einmal mit Sicherheit, ob er hier überhaupt noch einen Platz für sich sehen würde. Manch einem mögen fünf Jahre nicht als lange Zeit erscheinen, aber sie hatten ausgereicht, um aus Joseph einen jungen Mann zu machen. Einen jungen Mann, der ein wesentlich umfangreicheres Verständnis dieser Welt gewonnen hat, als Jules es sich je erhoffen könnte, eingeschränkt auf den südwestlichen Zipfel von Fennbirn.

Aber nun ist er wieder zu Hause. Seine Familie ist erleichtert. Und er und Jules haben genug Höflichkeiten unter den Augen der anderen ausgetauscht.

»Ist dir kalt?«, fragt er, als sie am Gasthaus *Zum Löwen* vorbeigehen.

»Nein.«

»Und ob. Du hast den Kopf so weit eingezogen, dass dein Hals verschwunden ist.« Er sieht sich auf der Straße um. Hier wollen sie eigentlich nirgendwo einkehren. Sie haben es satt, dass langjährige Pärchen ihnen grinsend zuzwinkern oder all jene, die das Festland verabscheuen, ihm misstrauische Blicke zuwerfen.

Es beginnt zu schneien, woraufhin Camden sich knurrend die Flocken aus dem Fell schüttelt. Der Tag neigt sich dem Ende zu. Sie sollten es sich eingestehen und sich eine gute Nacht wünschen, aber keiner will sich vom anderen trennen.

»Ich wüsste da was«, sagt Joseph grinsend.

Er nimmt Jules an der Hand und führt sie schnell Richtung Bucht, zu der Ecke des Hafens, in der das Schiff vom Festland liegt.

»Heute Abend wird nur eine Notbesatzung an Bord sein. Mr. Chatworth übernachtet mit Billy im Wolfshaus, bis er wieder abreist.«

»Er?«, hakt Jules nach. »Du meinst wohl ›sie‹, oder?«

»Billy wird nicht abreisen. Er bleibt bis zum Beltanefest hier. Um Arsinoe besser kennenzulernen. Ich dachte, wir könnten die beiden demnächst miteinander bekannt machen. Vielleicht am Teich, bei einem Picknick. Wir könnten ein Feuer machen.«

Wieder packt er ihre Hand, und sie laufen zur Mole hinunter. Das große Schiff schaukelt sanft im Wasser. Luken und Takelage schimmern im Mondlicht. Selbst nachts ist es noch zu strahlend für Wolfsquell.

»Du willst, dass er Prinzgemahl wird«, folgert Jules.

»Natürlich will ich das. Mein Pflegebruder und Arsinoe auf dem Thron, du und ich im Rat – da wären doch alle Enden nett verknüpft.«

»Ich als Ratsmitglied?«, spottet Jules. »Viel eher führe ich ihre persönliche Garde an. Du hast ja alles voll durchgeplant, Joseph.«

»Na ja, ich hatte ja auch fünf Jahre Zeit, um mir das auszudenken.«

Sie überqueren das Fallreep, und Jules streckt die Hand aus, um Camden an Bord zu locken.

»Fürchtet sie sich vor Schiffen?«

»Nein, aber sie mag sie nicht sonderlich. Hin und wieder fahren wir mit Matthew raus und helfen ihm beim Fischen.«

»Es freut mich so, dass du den Kontakt zu ihm gehalten hast«, gibt Joseph zu. »Auch nach der Sache mit Caragh. Ich glaube, indem du in seiner Nähe bist, kann er ein Stückchen von ihr behalten. Etwas, das diese Mistkerle ihm nicht nehmen können.«

»Ja.« Jules nickt. Matthew liebt ihre Tante Caragh noch immer, und sie hofft, dass sich daran nie etwas ändern wird.

Sie schaut sich um. Das Deck wurde sauber geschrubbt, alles ist an seinem Platz. Nicht einmal Fischgeruch liegt in der Luft. Die schwarzen Segel sind ordentlich festgezurrt. Logisch, dass Chatworth mit seinem besten Schiff auf die Insel kommt. In ihrer Heimat müssen die Chatworths eine bedeutende Familie sein – wie sonst könnte ihr Sohn ein Freier werden?

»Hier entlang, Jules.«

Joseph führt sie leise und verstohlen hinunter zu den Kajüten. Sie treten durch eine kleine Tür in tiefste Dunkelheit, bis Joseph eine Lampe anmacht. Der Raum ist ebenfalls klein und beherbergt lediglich eine Koje, einen Schreibtisch und einen Schrank mit ein paar Kleidungsstücken. Cam stellt sich auf die Hinterpfoten und schnüffelt an der Tür herum.

Hier unten im Schiffsbauch ist es warm, sodass Jules' Hals wieder zum Vorschein kommt. Trotzdem hätte sie gern eine Ausrede gehabt, um ihr Gesicht zu verbergen.

»Ich weiß nicht, was ich zu dir sagen soll«, gibt sie schließlich zu. »Mir wäre es am liebsten, wenn alles wieder so wäre wie früher.«

»Ich weiß«, nickt Joseph. »Aber heute können wir wohl nicht mehr Raubritter spielen, oder?«

»Zumindest nicht ohne Arsinoe als Drache.«

Bei der Erinnerung daran müssen beide lachen.

»Ach, Jules«, stöhnt Joseph dann. »Warum musste meine Rückkehr ausgerechnet in ein Aufstiegsjahr fallen? Schon jetzt kommt es mir so vor, als würde ich mir jeden Moment mit dir erschleichen.«

Jules schluckt schwer. Ihn so reden zu hören ist wie ein Schock. Als sie noch Kinder waren, haben sie nie so etwas gesagt. Nicht einmal bei ihren großartigsten Treueschwüren.

»Ich habe etwas für dich«, fährt Joseph fort. »Aber jetzt kommt es mir irgendwie dumm vor.«

Er geht zum Tisch und zieht eine Schublade auf. Darin liegt eine kleine weiße Schachtel mit einer grünen Schleife.

»Es ist ein Geburtstagsgeschenk.«

Jules' Geburtstag wird nie gefeiert. Sie ist ein Beltanekind, also ein Kind, das während des Beltanefestes gezeugt wurde, genau wie die Königinnen. Das gilt als besonders gutes Omen, und angeblich stehen Kinder wie sie unter einem guten Stern, aber in Bezug auf Geburtstage bedeutet das lediglich, im Schatten zu stehen und vergessen zu werden.

»Mach es auf.«

Jules löst die Schleife. In der Schachtel liegt ein filigraner Silberring, der mit dunkelgrünen Steinen besetzt ist. Joseph nimmt ihn heraus und streift ihn ihr über den Finger.

»Ihn zu tragen würde auf dem Festland bedeuten, dass du mich heiraten wirst«, erklärt er leise.

Ein Ring im Austausch gegen eine Ehe. Das muss wohl ein Witz sein, doch seine Miene ist ernst.

»Es ist ein sehr schöner Ring.«

»Das stimmt«, nickt er. »Aber dir passt er nicht. Ich hätte es wissen müssen.«

»Ist er zu hübsch für mich?«

»Nein«, protestiert er hastig. »Ich wollte damit sagen, dass du nicht vorgeben musst, ihn zu mögen. Du musst ihn nicht tragen.«

»Ich will ihn aber tragen.«

Joseph neigt den Kopf und drückt zwei sanfte Küsse auf ihre Hände. Obwohl seine Lippen warm sind, läuft Jules ein Schauer über den Rücken. Er sieht sie auf eine Art an, wie er es früher nie getan hat, und die Erkenntnis trifft sie voller Hoffnung und zugleich voller Furcht: Es ist wahr. Sie sind erwachsen geworden.

»Ich wünsche mir, dass alles so wird, wie es geworden wäre, wenn sie mich nie verbannt hätten«, erklärt er ihr. »Ich lasse mir nichts mehr von ihnen nehmen, Jules. Und vor allem nicht dich.«

»Luke, dieser Kuchen ist trocken.«

Mit einem Schluck Tee spült Arsinoe ihn herunter. Normalerweise gibt es auf der ganzen Insel kein Gebäck, das ihr besser schmeckt als das von Luke. Er probiert ständig neue Rezepte aus den diversen Backbüchern aus, die zwar im Laden stehen, die er aber nicht verkauft bekommt.

»Ich weiß.« Luke seufzt frustriert. »Ich hatte ein Ei zu wenig. Manchmal wünschte ich, Hank wäre eine Henne.«

Arsinoe schiebt ihren Teller über den Tresen, sodass der schwarz-grüne Hahn an die Krümel herankommt.

Bald wird Jules hier im Laden auftauchen, zusammen mit Joseph. Und dann wird auch Arsinoe endlich Wiedersehen mit ihm feiern können. Jules sagt, dass er sie nicht für seine Verbannung verantwortlich macht. Wahrscheinlich stimmt das sogar. Was aber nichts an der Tatsache ändert, dass er es tun sollte.

Aber Jules und Joseph geht es gut, sie sind wieder unzertrennlich, und das reicht Arsinoe. Jules wirkt in der letzten Zeit so glücklich, dass sie nur schwer zu ertragen ist. Anscheinend hatte es doch keine negativen Folgen, dass Madrigals Talisman verbrannt wurde.

Arsinoe hat weder Jules noch sonst jemandem von ihrem Ausflug zu jenem seltsamen Baum erzählt. Und auch nicht von diesem merkwürdigen und immer stärker werdenden Drang, wieder dorthin zu gehen. Es würde nur Streit geben. Jeder mit einer Gabe verachtet die niedere Magie. Als Königin sollte sie sich erst recht nicht damit abgeben. Das weiß sie. Aber sie will es nicht hören, schon gar nicht von Jules.

Auf der Holzplanke vor dem Eingang ertönen Schritte, dann bimmelt das Messingglöckchen über der Ladentür. Etwas zittrig holt Arsinoe Luft. Das Wiedersehen mit Joseph macht sie fast so nervös wie es bei Jules der Fall war, und sie ist fast ebenso gespannt. Auch wenn Joseph in erster Linie mit Jules befreundet war, so ist er doch auch ihr Freund geworden. Einer der wenigen, die sie jemals hatte.

Mit Kuchenkrümeln auf dem Mantel dreht sie sich um und verzieht vor Anspannung das Gesicht …

Jules und Joseph sind nicht allein. Sie haben einen Jungen mitgebracht. Arsinoe knirscht mit den Zähnen. Sie weiß ja schon kaum, was sie zu Joseph sagen soll.

Jetzt muss sie auch noch mit einem Fremden höfliche Konversation betreiben.

Jules, Joseph und der Junge betreten lachend den Laden, offenbar beenden sie gerade ein urkomisches Gespräch, an dem Arsinoe keinen Anteil hat. Als Joseph sie sieht, breitet sich ein fröhliches Grinsen auf seinem Gesicht aus. Arsinoe verschränkt die Arme vor der Brust.

»Du siehst genauso aus wie ich es mir vorgestellt habe«, stellt sie fest.

»Du auch«, gibt Joseph zurück. »Du hast ja noch nie wie eine Königin ausgesehen.«

Jules grinst nur, aber Arsinoe lacht laut auf und zieht ihn in ihre Arme. Sie ist nicht ganz so groß wie er, aber fast. Der Größenunterschied ist jedenfalls deutlich geringer als bei Jules.

»Jetzt bin ich aber auch mal dran.« Luke schiebt sich vor und klopft Joseph auf den Rücken, bevor er seine Hand schüttelt. »Joseph Sandrin. Hast dir ja ganz schön viel Zeit gelassen.«

»Luke Gillespie«, erwidert Joseph, »ja, es ist lange her. Hallo, Hank.«

Der Hahn auf dem Verkaufstisch neigt einmal kurz den Kopf, dann wird es still im Laden. Krampfhaft überlegt Arsinoe, was sie sagen soll. Wenn sich das Schweigen noch einen Moment länger hinzieht, wird sie den Fremden nicht mehr ignorieren können. Doch sie ist nicht schnell genug.

»Ich möchte dir jemanden vorstellen«, sagt Joseph. Widerwillig lässt sie sich von ihm zu dem Fremden hindrehen, einem Jungen, der ungefähr so groß ist wie Joseph, mit dunkelblonden Haaren und einer Miene, die für ihren Geschmack etwas zu selbstgefällig ist.

»Das ist William Chatworth junior. Seine Familie stellt dieses Jahr eine Delegation. Er ist einer der Freier.«

»Habe ich schon gehört«, murmelt Arsinoe.

Der Junge streckt ihr die Hand hin, sie ergreift sie und schüttelt sie kurz.

»Du kannst mich Billy nennen, das machen alle«, erklärt er. »Alle außer meinem Vater.«

Arsinoe kneift die Augen zusammen. Am liebsten hätte sie Jules den Hals umgedreht, aber dann würde Camden ihr die Augen auskratzen. Sie hatte gedacht, das hier wäre ein Treffen mit alten Freunden. Stattdessen wird ihr gegen ihren Willen ein neuer aufgedrängt.

»Also, Junior«, beginnt sie. »Wie viele Ärsche musstet ihr denn im Schwarzen Rat küssen, um so früh auf die Insel kommen zu dürfen?« Sie begleitet ihre Worte mit einem süßlichen Lächeln.

»Keine Ahnung.« Der Junge grinst zurück. »Für das Ärscheküssen ist in unserer Familie mein Vater zuständig. Wollen wir los?«

Jules und Joseph haben den perfiden Plan entwickelt, am Hartriegelteich ein Picknick zu veranstalten. Mit Lagerfeuer und gegrilltem Fleisch am Stock. Arsinoe hofft, dass Billy Chatworth enttäuscht ist. Schockiert über die fehlende Pracht hier in Wolfsquell. Entsetzt über Arsinoes Mangel an Etikette. Doch falls es so ist, lässt er es sich nicht anmerken. Fröhlich marschiert er mit ihnen zum Teich, sogar als er bis zu den Knien im Schnee versinkt.

»Versuch doch wenigstens, ein freundliches Gesicht zu machen, Arsinoe«, zischt Jules.

»Sicher nicht. Das hättest du nicht tun sollen. Du hättest mich warnen müssen.«

»Hätte ich dich vorgewarnt, wärst du nicht gekommen. Außerdem musste es ja irgendwann mal sein. Immerhin bist du der Grund, warum er hier ist.«

Doch das stimmt nur zum Teil. Die Freier werden allen Königinnen vorgestellt, doch nur bei der richtigen versuchen sie eine Brautwerbung. Bei der Königin, die auch gekrönt wird. Also nicht bei ihr. Falls Billy die Begegnung mit ihr spannend findet, dann nur als eine Art Übung, bevor er Mirabella und Katharine begegnet.

»Es hätte auch später passieren können. Ich dachte, heute wären wir drei unter uns. So wie früher.«

Jules stößt einen Seufzer aus, als hätten sie dafür noch jede Menge Zeit. Aber wenn es eines gibt, wovon Arsinoe nie viel hatte, dann ist es Zeit.

Als sie sich dem Teich nähern, laufen die Jungs voraus, um Feuer zu machen. Für Ende Dezember ist es nicht übermäßig kalt. Wenn die Sonne hinter den Wolken hervorkommen würde, könnte es sogar etwas tauen. Camden tobt im Schnee herum und wirbelt ihn zu wahren Fontänen auf. Es ist ein schöner Tag, das muss Arsinoe zugeben. Selbst mit dem Störenfried.

»Also?«, fragt Jules, sobald Joseph und Billy außer Hörweite sind. »Was hältst du von ihm?«

Arsinoe kneift angestrengt die Augen zusammen. Billy Chatworth trägt zwar die Kleidung eines Inselbewohners, aber irgendwie sieht sie an ihm merkwürdig aus. Er ist nur ein oder zwei Zentimeter kleiner als Joseph, und seine sandfarbenen Haare sind so kurz, dass sie flach am Kopf anliegen.

»Er ist nicht einmal annähernd so attraktiv wie Joseph«, stichelt Arsinoe, woraufhin Jules dunkelrot anläuft. »Ich wusste, dass er einmal das typische Sandrin-Kinn kriegen wird. Und diese Augen.« Sie piekst Jules in die Rippen, bis die lachend ihre Hand wegschlägt. »Und überhaupt, was hältst *du* denn von dem Festlandkerl?«

»Ich weiß nicht«, antwortet Jules. »Er meinte, als er noch klein war, hätte er eine Katze gehabt, die so aussah wie ich – mit einem blauen und einem grünen Auge. Und dass sie taub geboren worden sei.«

»Wie charmant.«

Sie erreichen das Ufer. Joseph ist gerade dabei, das Fleisch auszupacken, und prompt stößt Camden ihn fast um, um daran zu schnüffeln. Das Feuer prasselt schon fröhlich. Die Flammen leuchten vor dem Hintergrund aus Eis und schneebedeckten Bäumen besonders bunt.

Arsinoe tritt an einen Baum heran und reißt zwei schlanke Äste ab, einen für sich und einen für Jules. Dann holt jede ihr Messer raus, und sie spitzen das Holz an. Der Festlandkerl sieht ihnen dabei zu, weshalb Arsinoe ihr Messer betont lang und gefährlich aussehen lässt.

»Soll ich …«, setzt Billy an und räuspert sich dann. »Soll ich das für dich machen?«

»Nein«, erwidert Arsinoe knapp. »Genau genommen mache ich das hier für dich.«

Sie nimmt ein Stück Fleisch. Wie Butter gleitet es über die Spitze des Astes. Dann hält sie es direkt in die Flammen und lauscht auf das feine Zischen.

»Danke«, sagt Billy artig. »Ich bin noch nie einem Mädchen begegnet, das so gut mit einem Messer umgehen kann. Aber ich bin ja bisher auch noch nie einem Mädchen mit einem Tiger begegnet.«

»Sie ist ein Berglöwe«, korrigiert Jules ihn, während sie Cam ein Stück rohes Fleisch zuwirft. »Es gibt hier keine Tiger.«

»Aber könntet ihr welche haben?«, fragt Billy. »Wäre das theoretisch möglich?«

»Wie meinst du das?«

»Könnte einer von euch so stark werden, dass er von jenseits des Meeres einen herbeirufen könnte?«

»Vielleicht bin ich das ja«, überlegt Arsinoe. »Und vielleicht dauert es deshalb so lange.«

Sie grinst zu Jules hinüber, bevor sie den nächsten Ast bearbeitet.

»Ich kann mir nicht vorstellen, dass die Gabe derart stark werden könnte«, antwortet Jules. »Ich bin eine der mächtigsten Naturbegabten auf der Insel, und mein Ruf dringt nicht viel weiter als bis in das tiefe Wasser vor der Küste.«

»Das weißt du doch gar nicht«, widerspricht Arsinoe. »Ich wette, du könntest es, wenn du es versuchst. Ich wette, du könntest alles herbeirufen, Jules.«

»Das glaube ich auch«, nickt Joseph. »Jules ist viel grimmiger geworden, seit ich weggegangen bin.«

Das Fleisch ist fertig, und sie essen schweigend. Es ist gut durchwachsen und zart. Arsinoe überlegt, ob sie den Saft über ihr Kinn tropfen lassen soll, entscheidet sich dann aber dagegen; das würde zu weit gehen.

Trotzdem sagt sie erst wieder etwas, als Jules ihr demonstrativ auf den Fuß tritt. »Wie gefällt dir unsere Insel, Junior?«

»Ich bin ganz verliebt in sie«, erwidert er. »Absolut. Joseph hat mir von dem Moment an, als er bei uns eingezogen ist, Geschichten über Fennbirn erzählt. Es freut mich wirklich, das alles nun zu sehen, und dich und Jules, über die ich sogar noch mehr gehört habe.«

Arsinoe verzieht den Mund. Eine gute Antwort. Und so schön vorgetragen.

»Ich schätze, ich sollte dir danken«, sagt sie schließlich. »Weil ihr euch um Joseph gekümmert habt. Hat er dir eigentlich gesagt, dass ich der Grund für seine Verbannung war?«

»Hör auf, Arsinoe«, schaltet Joseph sich ein. »Wenn ich die Zeit zurückdrehen könnte, würde ich es wieder tun.«

»Aber ich nicht«, erwidert sie. »Du hast mir gefehlt.«

»Du hast mir auch gefehlt.« Er greift nach Jules' Hand. »Ihr beide.«

Diese zwei sollten eigentlich allein sein. Auch wenn Arsinoe Joseph vermisst hat, hat er Jules auf eine ganz andere Art gefehlt.

Arsinoe schiebt sich das letzte Fleischstück in den Mund und steht auf.

»Wo willst du hin?«, fragt Jules sofort.

»Ich zeige Junior den Ausblick. Wir bleiben nicht lange weg.« Mit einem Zwinkern in Josephs Richtung fügt sie hinzu: »Na ja, nicht zu lange.«

Arsinoe führt den Festlandkerl zwischen den Bäumen hindurch bis zu dem schmalen, steinigen Pfad, der sich oberhalb der Robbenkopfbucht über die Hügel zieht. Im Winter ist er nur sicher begehbar, wenn man das Gelände kennt. Billy hier entlangzuführen löst fast schon Schuldgefühle in ihr aus. Aber wenn er Prinzgemahl werden will, steht ihm Schlimmeres bevor.

»Ist das ein Weg?«, fragt er prompt von hinten.

»Ja. Erkennbar an den fehlenden Büschen und Bäumen.«

Die Felsen sind spitz und fast alle mit Eis überzogen. Rutscht man hier aus, schlägt man sich garantiert den Ellbogen oder das Knie auf. Ein falscher Schritt kann tödlich enden. Arsinoe läuft so schnell wie ihr Gewissen es zulässt, aber Billy beschwert sich nicht. Und er versucht auch nicht, ihr seinen Arm anzubieten. Lernt schnell, der Junge.

»Ist es wahr, dass ihr auf dem Festland keine Gaben habt?«, will sie wissen.

»Gaben? Oh, du meinst Magie. Ja, das stimmt.«

Eigentlich hatte sie das nicht gemeint. Und es stimmt auch nicht, denn obwohl es ihm vielleicht nicht bewusst ist, gibt es im Rest der Welt noch immer niedere Magie. Das weiß sie von Madrigal.

»Man sagt, dass ihr früher welche hattet und dass ihr sie scheinbar verloren habt«, fährt sie fort.

»Da hat man dir Märchen erzählt.«

»Das Festland muss ein merkwürdiger Ort sein, so ganz ohne Gaben.«

»Gaben zu haben ist wesentlich seltsamer, das kannst du mir glauben. Und du solltest es nicht so nennen, das *Festland*. Dort gibt es viele verschiedene Länder, weißt du?«

Arsinoe antwortet nicht. Auf der Insel gilt alles, was nicht die Insel ist, als das Festland. So war es schon immer. Und für sie wird es auch immer so sein, denn sie wird die Insel niemals verlassen und sich vom Gegenteil überzeugen können.

»Du wirst es schon sehen«, behauptet Billy. »Irgendwann.«

»Nein, werde ich nicht. Die Königin vielleicht.«

»Na ja, aber bist du nicht eine Königin? Du siehst zumindest wie eine aus: Haare schwarz wie die Nacht, umwerfende schwarze Augen.«

»Umwerfend«, wiederholt Arsinoe leise und grinst spöttisch. So leicht lässt sie sich nicht rumkriegen.

Sie erreichen den letzten Hügelkamm, und die Bucht breitet sich unter ihnen aus.

»Bitteschön.« Arsinoe zeigt nach unten. »Einen besseren Ausblick auf Wolfsquell gibt es auf der ganzen Insel nicht. Da ist das Haus der Sandrins, dort der Wintermarkt. Und euer Schiff, wie es fröhlich im Hafen schaukelt.«

»Wirklich schön«, nickt er und dreht sich halb herum. »Was ist das dort für ein Gipfel?«

»Das ist der Hornberg. An seinem Fuß wurde ich geboren, direkt in seinem Schatten, unten im Tal in der Schwarzen Kate. Aber die kannst du von hier aus nicht sehen.«

Billy ist außer Atem. Das findet sie gut. Ihr ist nur etwas warm geworden unter ihrem Schal. Als er nach ihrer Hand greift, ist sie so überrascht, dass sie nicht einmal versucht, sie ihm zu entziehen.

»Danke, dass du mir das gezeigt hast. Und sicherlich wirst du mir noch viel mehr zeigen, bevor du gekrönt wirst und ich mit dir. Oder werden Prinzgemahle gar nicht gekrönt? Dieser Teil war mir nie ganz klar.«

»Du bist wirklich stur.« Sie zieht ihre Hand zurück. »Aber dumm bist du nicht, und ich ebenfalls nicht.«

Sein zerknirschtes Lächeln erinnert stark an das von Joseph: schief und dabei irgendwie frech. Vielleicht hat er es ja von ihm gelernt.

»Schon gut, schon gut«, rudert er zurück. »Mein Gott, das ist aber auch schwierig.«

»Und es wird noch schlimmer werden. Vielleicht solltest du nach Hause zurückkehren.«

»Kann ich nicht.«

»Wieso nicht?«

»Wegen der Krone natürlich, und allem, was da dranhängt. Wie die Handelsrechte mit Fennbirn. Das Prestige. Mein Vater will das ganze Paket.«

»Und ihr denkt, ich kann euch dabei helfen, es zu bekommen?«

Billy zuckt mit den Schultern. Nachdenklich lässt er den Blick über die Bucht wandern.

»Joseph denkt das. Und ich hoffe es. Es würde ihn so glücklich machen. Wenn du stirbst und ich eine andere Königin heirate, würde ihm das gar nicht gefallen.«

Irritiert runzelt Arsinoe die Stirn. Joseph würde das gar nicht gefallen. Doch er würde darüber hinwegkommen. Sie alle würden darüber hinwegkommen. Sogar Jules.

»Weißt du, was merkwürdig ist?«, fährt Billy fort. »Um hierherzukommen, habe ich ein Schiff bestiegen, bin durch irgendwelchen Nebel gefahren, und plötzlich tauchte Fennbirn vor uns auf, obwohl die Insel früher nie da war, wenn ich in diese Richtung gesegelt bin. Und nun stehe ich hier und bin Teil dieses ganzen Wahnsinns.«

»Soll ich dich etwa bemitleiden?«, fragt Arsinoe.

»Nein, auf keinen Fall. Ich weiß, dass dir etwas viel Schlimmeres abverlangt wird. Übrigens hat es mir gefallen, wie du gerade deine Hand weggezogen hast. Mich gezwungen hast, ehrlich zu sein. Da wo ich herkomme, würden das nicht viele Mädchen tun.«

»Hier gibt es eine Menge Mädchen wie mich«, versichert ihm Arsinoe. »So viele, dass du bald die Schnauze voll haben wirst von uns. Verschwende deine Zeit einfach nicht mit mir, okay? Ich bin nicht … ich bin nicht zur Brautwerbung bestimmt.«

»Alles klar.« Er streckt ihr die Hand entgegen. »Aber wir werden für einige Zeit Nachbarn sein. Wie wäre es also, wenn wir uns die Hände schütteln und du mich anschließend vorsichtig über diesen fiesen Pfad zurückführst?«

Grinsend ergreift Arsinoe Billys Hand. Jetzt, wo sie beide wissen, was sie voneinander zu halten haben, gefällt er ihr schon wesentlich besser.

»Was meinst du, was machen die beiden gerade?«, fragt Jules und stochert im Feuer herum.

»Ich denke, es läuft alles nach Plan«, antwortet Joseph.

Gelassen schiebt er sich auf dem angetauten Baumstamm näher an sie heran. Er ist warm, und das Feuer ist warm. Nervös spielt Jules mit dem grünen Ring an ihrem Finger. Ihn zu tragen wäre auf dem Festland ein Heiratsversprechen gewesen, hat er gesagt. Doch hier auf der Insel ist es nur ein Ring. Und bisher hat sie noch nicht den Mut gehabt, ihn zu fragen, welche der beiden Deutungen er eigentlich darin sieht.

»Das lässt sich jetzt noch nicht sagen«, wendet sie ein. »Vielleicht mag Arsinoe ihn ja gar nicht. Außerdem muss Billy auch noch die anderen Königinnen kennenlernen.«

»Das muss er und das wird er, aber er wird es nicht wollen. Nach den ganzen Geschichten, die er von mir über Arsinoe gehört hat, ist er wahrscheinlich schon jetzt halb in sie verliebt.«

Jules hat keine Ahnung, was für Geschichten Joseph über Arsinoe erzählen könnte, aufgrund derer sich jemand in sie verlieben sollte. Immerhin waren sie bei ihrer Trennung noch Kinder. Aber wenn es Lügenmärchen oder Beschönigungen waren, wird Billy das schnell genug herausfinden.

»Es wird seltsam sein, wenn sie erst gekrönt ist«, überlegt Joseph. »Dann muss ich ehrfürchtig das Haupt neigen, wenn sie spricht.«

»Das wird nur notwendig sein, wenn andere dabei sind«, schränkt Jules ein.

»Stimmt. Aber nachdem ich so lange fort war, wird es so oder so schwer für mich werden, ehrfürchtig das Haupt zu neigen. Vermutlich werde ich auch vergessen, mich vor der Hohepriesterin zu verneigen, und werde dann sofort wieder verbannt.«

»Ach, Joseph.« Jules lacht laut auf. »Deswegen werden sie dich nicht verbannen.«

»Nein, aber dort draußen ist alles ganz anders, Jules. Dort draußen beginnen die Männer nicht zu zittern, sobald eine Frau das Wort ergreift.«

»Niemand sollte wegen irgendetwas zittern. Deshalb braucht die Insel ja so dringend eine Veränderung im Schwarzen Rat.«

»Ich weiß. Und sie wird kommen.«

Er legt den Arm um sie und streicht erst über den Ring, den er ihr geschenkt hat, dann über ihre Haare.

»Jules.« Ganz langsam beugt er sich zu ihr.

Als ihre Lippen sich berühren, zuckt sie heftig zusammen. Verwirrt weicht Joseph zurück.

»Es tut mir leid«, entschuldigt sie sich. »Ich weiß nicht, warum ich das getan habe.«

»Ist schon gut.«

Aber es fühlt sich überhaupt nicht gut an. Trotzdem rückt Joseph nicht von ihr ab. Er bleibt sitzen und drückt sie sogar noch fester an sich.

»Hat es jemanden gegeben, Jules? Seit ich gegangen bin?«

Sie schüttelt den Kopf. Dafür hat sie sich bisher nie geschämt, doch jetzt plötzlich ist es ihr peinlich.

»Überhaupt niemanden?«

»Nein.«

Niemand hat sie jemals so angesehen wie Joseph es tut. Nicht einmal Joseph selbst, in der Zeit vor seiner Verbannung. Sie ist nicht schön, nicht wie ihre Mutter oder ihre Tante Caragh. Neben ihnen ist Jules sich immer klein, reizlos und eigenartig vorgekommen. Doch das wird sie Joseph mit Sicherheit nicht verraten.

Stattdessen sagt sie: »Ich glaube, die anderen Jungs hatten immer Angst vor mir.«

»Daran besteht kein Zweifel«, behauptet Joseph grinsend. »Als wir noch Kinder waren, haben sie dich wegen deines Temperaments gefürchtet, und der Puma hat die Sache bestimmt nicht besser gemacht.«

Lächelnd sieht Jules zu Camden hinüber.

»Eigentlich sollte ich es bedauern«, fährt Joseph fort, »aber die Vorstellung, dass dich ein anderer angefasst haben könnte, gefällt mir ganz und gar nicht. Während ich fort war, hatte ich hin und wieder solche Gedanken. Dann hat Billy mich immer aus dem Haus geschleift, und wir haben uns einen hinter die Binde gekippt.«

Lachend drückt Jules ihre Stirn gegen seine. Hier am Teich ist er wieder ganz der Junge, den sie schon seit Ewigkeiten kennt. Ihr Joseph. Natürlich sieht er jetzt anders aus, mit den ganzen dunklen Haaren und den neuen Zügen in seinem Gesicht. Mit der breiten Brust und den ausladenden Schultern.

»Wir haben uns verändert«, sagt Jules, »aber ich wünschte, es wäre nicht passiert.«

»Das musste es, Jules«, erwidert Joseph sanft. »Wir sind erwachsen geworden. Schon als Kind habe ich dich geliebt, so wie Kinder eben ihre Freunde lieben. Aber richtig in dich verliebt habe ich mich in der Zeit, als ich fort war. Die Dinge können nicht immer so bleiben, wie sie einmal waren.«

Wieder beugt er sich zu ihr, und ihre Lippen berühren sich. Sanft fängt er an und langsam. Jede Bewegung birgt die Möglichkeit, sofort aufzuhören, selbst als sein Arm sich noch fester um ihre Taille legt. Wenn sie es nicht will, wird er aufhören.

Jules schlingt die Arme um seinen Hals und erwidert den Kuss mit aller Kraft. Genau das will sie. Genau das hat sie schon immer gewollt.

Rolanth

»Bald werden sie kommen und uns trennen«, sagt Arsinoe. Sie hat sich wieder durch die Büsche geschlagen und Beeren gesammelt. Leuchtend roter Saft klebt an ihrer Wange. Oder vielleicht hat sie sich auch an einer Dornenranke blutig gekratzt.

»Willa wird uns nicht gehen lassen«, behauptet Katharine. »Ich will nicht gehen. Ich will hierbleiben.«

Mirabella würde auch gerne bleiben. Es ist ein warmer Frühlingstag. Wenn ihnen zu heiß wird, ruft sie den Wind, damit er prickelnd über ihre Haut fährt. Das bringt Katharine immer zum Lachen.

Sie haben den Bach überquert und sind dadurch so gut wie von der Kate abgeschnitten, denn Willa watet nicht mehr durch das Wasser, um sie zu holen. Es ist zu kalt, sagt sie. Danach tun ihr die alten Gelenke weh.

»Willa wird dich nicht beschützen«, erwidert Arsinoe.

»Wird sie wohl«, beharrt Katharine. »Weil ich nämlich ihr Liebling bin. Dich wird sie nicht beschützen.«

»Ich werde euch beide beschützen«, verspricht Mirabella, während sie ihre Finger durch Katharines langes, schwarzes Haar gleiten lässt. Es ist so weich und glänzend wie Satin. Die kleine Katharine. Der jüngste Drilling. Schon seit sie alt genug waren, um

ihr Händchen zu halten, ist sie Mirabellas und Arsinoes größter Schatz.

»Und wie?«, will Arsinoe wissen. Sie lässt sich im Schneidersitz ins Gras fallen. Dann pflückt sie eine Blume und reibt die Blüte an Katharines Nase, bis der Pollen die Haut gelb färbt.

»Ich werde Donner rufen, der sie verscheucht.« Mirabella flicht Katharines Haare zu einem dicken Zopf. »Und einen Wind, der stark genug ist, um uns hoch in die Berge zu tragen.«

Stirnrunzelnd denkt Arsinoe über diese Möglichkeit nach. Schließlich schüttelt sie den Kopf. »Das wird nie funktionieren«, erklärt sie. »Wir werden uns etwas anderes ausdenken müssen.«

»Es war nur ein Traum«, betont Luca. Sie befinden sich hoch oben im Tempel, in den mit Kissen und Andenken vollgestopften Gemächern der Hohepriesterin.

»Nein«, widerspricht Mirabella, »es war eine Erinnerung.«

Luca tappt eingehüllt in eine dicke Pelzstola durch den Raum und versucht, nicht allzu gereizt zu sein, weil man sie noch vor dem Morgengrauen aus den Federn geholt hat. Als Mirabella in ihrem Bett in Westwood Haus die Augen aufgeschlagen hat, war es noch dunkel. Sie hat so lange gewartet, wie sie es aushalten konnte, bevor sie zum Tempel kam und Luca wecken ließ, trotzdem sind die vereinzelten Lichtstrahlen, die durch die Fensterläden dringen, noch sehr fahl.

»Lass uns runter in die Küche gehen«, schlägt Luca vor. »Um diese Zeit ist noch niemand auf, der uns Tee bringen könnte. Wir werden ihn uns selbst machen müssen.«

Mirabella holt tief Luft. Als sie den Atem wieder ausstößt, zittert sie noch immer. Die Erinnerung – oder der Traum, falls es denn tatsächlich einer war – lässt sie einfach nicht los, genauso wenig wie die Gefühle, die dadurch ausgelöst wurden.

»Gib acht«, ermahnt sie die Hohepriesterin, als sie ihr die steile Treppe hinunterhilft. Vorsichtshalber lässt sie die Flamme ihrer Lampe heller brennen. Luca sollte wirklich Räumlichkeiten in einem der unteren Stockwerke beziehen. Vielleicht ein schönes, warmes Zimmer in der Nähe der Küche. Aber Luca will einfach nicht zugeben, dass sie alt wird. Das wird sie wohl erst tun, wenn es mit ihr zu Ende geht.

In der Küche entzündet Mirabella das Herdfeuer und erhitzt in einem Kessel etwas Wasser, während Luca in den Schränken nach ihrem Lieblingstee sucht. Sie führen ihr Gespräch erst fort, als sie vor zwei dampfenden Tassen sitzen und deren Inhalt großzügig mit Honig gesüßt haben.

»Das alles hat dein Geist aus der Anspannung heraus geboren. Was ja nicht weiter verwunderlich ist, jetzt, wo die Erwachenszeremonie immer näher rückt. Und nachdem dir der Tod des Sakralopfers so nahegegangen ist. Rho hätte dich niemals zu diesem Ritual zwingen sollen.«

»Das war kein Hirngespinst«, beharrt Mirabella.

»Als du deine Schwestern das letzte Mal gesehen hast, warst du noch ein Kind«, erklärt Luca sanft. »Vielleicht hast du Geschichten über sie gehört. Vielleicht kannst du dich sogar an ein paar Kleinigkeiten erinnern, etwa daran, wie die Kate oder das Gelände ringsum ausgesehen haben.«

»Ich habe ein hervorragendes Gedächtnis.«

»Königinnen erinnern sich nicht an diese Dinge.« Luca nippt an ihrem Tee.

»Nur weil du es sagst, muss es nicht wahr sein.«

Finster starrt Luca in ihre Tasse. Im zuckenden Licht der Tischlampe wird jede Falte und jede Linie im Gesicht der alten Frau sichtbar.

»Für dich wird es wahr sein müssen«, sagt die Hohepriesterin schließlich. »Denn sonst wäre es einfach zu grausam, eine Königin dazu zu zwingen, jene zu töten, die sie liebt. Ihre eigenen Schwestern. Oder sie miterleben zu lassen, wie jene, die sie liebt, wie hungrige Wölfe vor ihrer Tür stehen und ihren Kopf fordern.«

Als Mirabella nichts darauf erwidert, legt Luca ihr tröstend die Hand auf den Arm.

Lucas Worte hallen so laut in Mirabellas Ohren nach, dass Elizabeth sie schon fast eingeholt hat, bevor sie auf ihr Rufen reagiert.

»Hast du mich nicht gehört?«, fragt Elizabeth atemlos.

»Tut mir leid. Es ist noch so früh. Ich hatte einfach nicht damit gerechnet, dass schon jemand wach sein könnte.«

Mit ausgestrecktem Arm deutet Elizabeth auf einen der Nadelbäume. »Pepper steht mit der Sonne auf. Und ich deshalb ebenfalls.«

Beim Anblick der jungen Priesterin muss Mirabella unwillkürlich lächeln. Elizabeth hat etwas an sich, das jede Form von Traurigkeit vertreibt. Heute trägt sie keine Kapuze, und ihre dunklen Haare sind noch nicht geflochten. Der fluffige Specht landet auf ihrer Schulter, und sie streckt ihm die hohle Hand entgegen, in der ein paar Körner liegen.

»Außerdem«, fährt sie fort, »müssen wir uns keine Sorgen machen, dass uns jemand sehen könnte, wenn wir so früh aufstehen.«

Sanft packt Mirabella Elizabeths Handgelenk. Die Armbänder der Priesterin sind noch tatsächliche Bänder, schwarze Schnur und Perlen, keine Tinte unter der Haut. Noch ist sie eine Initiandin und könnte sich umentscheiden.

»Warum bleibst du hier?«, will Mirabella von ihr wissen. »Als wir uns das erste Mal begegnet sind, hast du mir erklärt, dass sie dir Pepper wegnehmen und ihn töten würden, wenn sie von ihm wüssten. Wenn eure Verbindung so stark ist, warum gehst du nicht einfach?«

Achselzuckend erwidert Elizabeth: »Und wohin? Ich bin ein Kind des Tempels, Mirabella. Habe ich dir das nicht erzählt?«

»Nein.«

»Meine Mutter war Priesterin im Tempel von Kenora. Mein Vater war ein Heiler, mit dem sie oft zusammengearbeitet hat. Als ich geboren wurde, hat meine Mutter mich nicht in eine Pflegefamilie gegeben. Ich bin im Tempel aufgewachsen. Ich kenne nichts anderes. Außerdem hoffe ich …«

»Was hoffst du?«

»Dass du mich nach deiner Krönung mitnehmen wirst in den Tempel von Indridskamm.«

Mirabella nickt verstehend. »Ja, viele Menschen in Rolanth erhoffen sich etwas in der Art.«

»Es tut mir leid«, sagt Elizabeth sofort. »Ich wollte dich nicht noch zusätzlich belasten!«

»Aber nein.« Mirabella drückt die Freundin fest an sich. »Das hast du nicht. Natürlich werde ich dich mitnehmen. Aber über die solltest du noch einmal nachdenken.« Sie zupft vielsagend an Elizabeths Armbändern. »Du musst dich ja nicht zwangsläufig dem Tempel anschließen. Du hast viele Möglichkeiten. Du hast alle Möglichkeiten auf der Welt.«

Rho gefällt es nicht, wenn Luca sie in ihre Gemächer bestellt. Jedes Mal bleibt sie mit steifem Rücken am Fenster stehen. Nie unternimmt sie einen Versuch, es sich gemütlich zu machen. Überhaupt erweckt sie nie den Eindruck, sich irgendwo wohlzufühlen, außer vielleicht, wenn sie die jüngeren Priesterinnen in ihren Pflichten unterweist.

Luca kann verstehen, warum Mirabella sie nicht mag. Rho ist hart und kompromisslos, und ihr Lächeln erreicht nie die Augen. Doch sie ist auch eine der besten Priesterinnen, die Luca je kennengelernt hat. Mag sein, dass die Königin sich nichts aus Rho macht und Rho sich nichts aus der Königin, doch mit Sicherheit wird die Priesterin sich noch als nützlich erweisen.

»Sie behauptet also«, fasst Rho zusammen, nachdem Luca ihr von Mirabellas morgendlichem Besuch erzählt hat, »dass sie sich an ihre Schwestern erinnern kann.«

»Ich weiß nicht, ob es wahr ist. Vielleicht sind es auch nur die Träume, die ihr etwas vorgaukeln. Oder es sind die Nerven.«

Rho senkt den Blick. Sie ist eindeutig anderer Meinung.

»Und nun?«, fragt sie. »Was willst du unternehmen?«

Luca lehnt sich in ihrem Sessel zurück. Gar nichts.

Vielleicht muss man gar nichts unternehmen. Oder vielleicht hat sie sich auch die ganze Zeit geirrt, und Mirabella ist nicht die auserwählte Königin. Angespannt fährt sie sich mit dem Handrücken über den Mund.

»Das könnte schlecht für dich ausgehen«, prophezeit ihr Rho. »Nachdem du sie so offenkundig unterstützt hast. Es ist zu spät für einen Kurswechsel.«

»Ich habe nicht vor, den Kurs zu wechseln«, erwidert Luca gereizt. »Königin Mirabella ist die Auserwählte. Sie muss es sein.«

Über Rhos Schulter hinweg mustert sie das große Mosaik an der Wand – eine Darstellung der Hauptstadt Indridskamm mit der sechseckigen Tempelkuppel und den hohen schwarzen Türmen des Volroy.

»Wie viel Zeit muss vergehen, bis wir darin wieder nur unsere Hauptstadt sehen?«, sinniert die Hohepriesterin. »Und nicht mehr die Stadt der Giftmischer?«

Rho folgt ihrem Blick, dann zuckt sie mit den Schultern.

»Früher war es anders«, fährt Luca fort. »Früher gehörte die Stadt uns. Uns und der Königin. Nun gehört sie ihnen. Genau wie der Rat ihnen gehört. Sie sind zu stark geworden, um auf andere zu hören, und für uns gibt es keinen Platz mehr.«

Rho antwortet nicht. Wenn Luca auf Mitleid aus ist, hätte sie eine andere Priesterin rufen sollen.

»Du hast sie gesehen, Rho. Du hast sie ständig im Blick wie der Habicht die Maus. Was denkst du?«

»Ob ich denke, dass sie die beiden töten kann?« Rho verschränkt die Arme vor der Brust. »Selbstverständlich kann sie das. Mit einer solchen Gabe könnte sie eine ganze Flotte versenken. Sie könnte wahrhaft groß werden. Wie die Königinnen der alten Zeit.«

»Aber?«

»Aber an sie ist diese Gabe verschwendet«, erklärt Rho finster. »Sie kann ihre Schwestern töten, Hohepriesterin. Doch sie wird es nicht tun.«

Luca seufzt schwer. Es schockiert sie nicht, das endlich einmal zu hören. In Wahrheit hat sie selbst es schon lange vermutet oder besser gesagt befürchtet – schon seit ihrer ersten Begegnung mit Mirabella am Sternschnuppensee, bei der das Mädchen sie fast ertränkt hätte. Das Kind war so voller Zorn. Fast ein ganzes Jahr lang hat sie den Verlust von Arsinoe und Katharine betrauert. Wäre sie damals schon so stark gewesen wie heute, wären Luca und die gesamte Familie Westwood bereits tot.

»Wenn es nur eine Möglichkeit gäbe, diesen Zorn zu steuern«, murmelt sie nachdenklich.

»Vielleicht fällt dir ja eine ein«, erwidert Rho, »ich habe mir allerdings etwas anderes überlegt.«

»Und was?«

»Das Gesetz der Unschuldigen Königin.«

Verwirrt legt Luca den Kopf schief. Unschuldige Königinnen besteigen den Thron, ohne zuvor das Blut ihrer Schwestern vergossen zu haben. Ohne Schuld auf sich geladen zu haben.

»Was redest du denn da? Mirabella wurde ganz regulär als Drilling geboren.«

»Ich spreche ja auch nicht von einer Blauen Königin.« Womit Rho sich auf den seltenen Fall bezieht, dass eine vierte Königin zur Welt kommt, die als ein solches Geschenk der Göttin angesehen wird, dass die Hebamme ihre drei Schwestern kurz nach der Geburt ertränkt.

»Was meinst du denn dann?«

»In den alten Erzählungen gibt es noch andere Unschuldige Königinnen«, behauptet Rho.

»Königin Andira, deren Schwestern beide mit der Gabe der Prophezeiung geboren wurden«, nickt Luca. Da Prophetenköniginnen oft dem Wahnsinn verfallen, werden sie getötet. Doch weder Arsinoe noch Katharine ist eine Prophetin.

»Es gibt noch eine andere«, sagt Rho. »Ich spreche von der Unschuldigen Königin im Jahr der Opferung.«

Nachdenklich kneift Luca die Augen zusammen. Rho hat darüber offensichtlich lange nachgedacht. Ein Jahr der Opferung kann eintreten, wenn in einer Generation zwei Königinnen geboren werden, deren Gaben so gut wie nicht vorhanden sind. Wenn diese beiden so schwach sind, dass sie mehr rituellen Opfern gleichen als normalen Todeskandidaten.

Rho hat wirklich tief gegraben. Selbst die vagen Hinweise oder Geschichten über das Jahr der Opferung sind eigentlich nur den Tempelgelehrten bekannt.

»Wir könnten ein solches Jahr haben«, gibt Luca zu. »Aber ich sehe nicht ganz, wie uns das helfen soll, wenn Mirabella die Opferungen nicht vollzieht.«

»Manchmal vollzieht im Jahr der Opferungen das Volk das eigentliche Ritual«, erklärt Rho. »In der Nacht der Erwachenszeremonie, wenn die Menschen sich am heiligsten aller Orte versammelt haben, erhebt sich das Volk und übergibt die beiden anderen Königinnen dem Feuer.«

Luca wirft Rho einen skeptischen Blick zu. Diese Variante ist ihr bei ihren Studien niemals untergekommen. »Das ist nicht wahr«, stellt sie fest.

Rho zuckt wieder mit den Schultern. »Raunen es sich nur genug Leute zu, wird es wahr. Und es wäre eine schnelle, saubere Lösung, durch die das weiche Herz der Königin geschont wird.«

»Wir sollen also …« Mit einem hastigen Blick zur Tür senkt Luca die Stimme. »… Arsinoe und Katharine an Beltane opfern?«

»Jawohl. Am dritten Tag. Nach der Erwachenszeremonie.«

Die blutrünstige Rho, immer auf der Suche nach endgültigen Lösungen. Doch Luca hätte nie gedacht, dass sie etwas Derartiges ausknobeln würde.

»Der Rat würde unseren Tod fordern.«

»Doch zuvor säße Mirabella auf dem Thron. Außerdem würden sie das nicht wagen, wenn wir das Inselvolk hinter uns hätten. Nicht, wenn wir die richtigen Gerüchte streuen. Dazu brauchen wir Sara Westwood.«

Entschieden schüttelt Luca den Kopf. »So etwas würde Sara nicht tun.«

»Sara ist zu einer gläubigen Frau geworden. Sie wird tun, was der Tempel ihr aufträgt. Genau wie die Priesterinnen. Außerdem kann es der Insel nur helfen, wenn man den Menschen die alten Legenden in Erinnerung ruft.«

Alte Legenden. Legenden, die sie frei erfinden werden.

»Noch möchte ich Mirabella nicht aufgeben«, beschließt die Hohepriesterin. »Aber dies ist eine Möglichkeit, die wir nicht außer Acht lassen sollten.«

Greavesdrake Haus

Katharine und Pietyr sitzen mit Natalia an einem Tisch mit leeren Tellern. Ihr Mittagessen bestand aus Lende vom vergifteten Schwein mit einer Buttersoße, deren Milch von Kühen stammt, die ausschließlich mit Bilsenkraut ernährt werden. Haferbrot zum Tunken dazu. Außerdem gab es ein Pilzsoufflé vom Dunklen Ölbaumtrichterling. Natalia selbst lässt sich zwar nicht dazu herab, giftloses Essen zu sich zu nehmen, aber alles, was serviert wurde, enthielt Toxine, gegen die Katharine inzwischen fast immun ist.

Nun verlangt Natalia nach mehr Wein. In ihrem Speisezimmer ist es angenehm warm. Im Kamin brennt ein Feuer, und die dicken roten Vorhänge halten die Wärme im Raum.

»Hat Halbmond heute gelahmt?«, fragt Natalia. »Einer der Stallknechte war in Sorge, weil sein Fesselgelenk hinten rechts leicht geschwollen schien.«

»Nein, hat er nicht«, antwortet Katharine, »und das Bein war auch nicht heiß.«

Halbmond ist ihr Lieblingswallach, benannt nach der weißen Sichel auf seiner Stirn. Hätte er auch nur die geringsten Anzeichen einer Lahmheit gezeigt, hätte Katharine ihn niemals aus dem Stall geholt. Unter dem Tisch drückt sie ihr Bein gegen das von Pietyr.

»Oder ist dir irgendetwas aufgefallen, Pietyr?«

»Ganz und gar nicht. Es schien ihm bestens zu gehen.«

Er räuspert sich und zieht sein Bein weg, fast als hätte er Angst, dass Natalia ihren Körperkontakt erahnen könnte. In ihrem Beisein achtet er immer sorgfältig darauf, Abstand zu halten, obwohl Natalia auf jeden Fall weiß, was sie tun. Schließlich ist er ja auf Natalias Betreiben hin hier.

»Ich habe aufregende Neuigkeiten«, sagt das Oberhaupt der Arrons nun. »Eine Delegation vom Festland ist frühzeitig eingetroffen. Und der Freier wünscht ein Treffen mit Katharine.«

Abrupt richtet Katharine sich auf. Ihr Blick huscht zu Pietyr.

»Er wird natürlich nicht der Einzige bleiben«, fährt Natalia fort, »aber es ist ein vielversprechender Anfang. Wir unterhalten schon seit einigen Jahren Geschäftsbeziehungen zu seiner Familie. Außerdem haben sie Joseph Sandrin während seiner Verbannung bei sich aufgenommen.«

»Dann werde ich ihm freundlich begegnen«, beschließt Katharine.

»Nicht freundlicher als allen anderen«, mahnt Natalia, obwohl sie das Gegenteil meint. »Sein Name ist William Chatworth junior. Ich weiß noch nicht, wann wir ein Treffen arrangieren können. Zurzeit hält er sich in Wolfsquell auf, wo er Audienzen bei Arsinoe über sich ergehen lassen muss, der arme Junge. Doch wenn es so weit ist, wirst du dann bereit sein?«

»Das werde ich.«

»Ich glaube dir«, stellt Natalia fest. »Du siehst in den letzten Wochen viel besser aus. Stärker.«

Das ist wahr. Seit Pietyr da ist, hat Katharine sich verändert. Genevieve würde zwar sagen, sie sei noch immer zu dünn und zu klein. Nach den vielen Jahren voller Gift ist es auch höchst unwahrscheinlich, dass Katharine sich je vollständig erholen oder an Wachstum aufholen wird. Aber ihr Haar, ihr Teint und die Art, wie sie sich bewegt, sehen wesentlich besser aus.

»Ich habe ein Geschenk für dich«, verkündet Natalia. Ihr Butler Edmund tritt mit einem Glaskasten in der Hand ein. Darin reckt eine kleine rot-gelb-schwarze Korallenotter den Kopf in die Höhe.

»Sieh mal, wen ich in einer der Fensterschluchten beim Sonnenbad überrascht habe.«

»Herzliebchen?«, ruft Katharine begeistert. Sie schiebt ihren Stuhl so heftig zurück, dass er fast umkippt, und rennt zu Edmund, wo sie sofort die Hand in den Glaskasten steckt. Die Schlange schreckt kurz zurück, bevor sie sich um Katharines Handgelenk windet.

»Ich dachte, ich hätte sie getötet«, flüstert die Königin.

»Nicht ganz«, erwidert Natalia. »Aber sicherlich sehnt sie sich nach ihrem vertrauten Terrarium und der Wärmelampe. Außerdem muss ich unter vier Augen mit Pietyr sprechen.«

»Ja, Natalia.« Katharine strahlt die beiden noch einmal an, dann geht sie fast hüpfend aus dem Zimmer.

»Ein kleines Geschenk, und sie wird wieder zum Kind«, stellt Natalia fest.

»Katharine liebt diese Schlange«, erklärt Pietyr. »Ich hätte gedacht, sie wäre längst tot.«

»Ist sie auch. Man hat sie drei Tage nach dem *Gave Noir* steif und kalt in der Küche in einer Ecke gefunden.«

»Und was ist das dann?«

Achselzuckend erwidert Natalia: »Sie wird den Unterschied nicht bemerken. Diese hier ist genauso abgerichtet wie die erste.«

Sie gibt Edmund ein Zeichen, der daraufhin ein Silbertablett mit zwei Kognakschwenkern an den Tisch bringt, in denen Natalias bevorzugter Brandy schimmert.

»Du machst also Fortschritte«, stellt sie fest.

»Einige. Doch in Bezug auf Kleidung geht es der Königin weiterhin hauptsächlich darum, irgendwelchen Schorf oder ihre mageren Rippen zu bedecken. Und wenn sie sich fürchtet, verbirgt sie sich noch immer wie eine Ratte im Dunklen.«

»Also wirklich, Pietyr. So schlecht haben wir sie nun auch nicht behandelt.«

»Du vielleicht nicht. Aber Genevieve ist und bleibt ein Biest.«

»Meine Schwester ist nur in dem Maße streng, das ich ihr gestatte. Und Katharines Immunisierungstraining ist für dich nicht von Belang.«

»Nicht einmal, wenn es mir meine Aufgabe erschwert?«

Er pustet sich eine blonde Strähne aus der Stirn und sackt in seinem Stuhl zusammen. Natalia hebt ihr Brandyglas vor das Gesicht, um ihr Schmunzeln zu verbergen. Pietyr ähnelt ihr in so vielen Dingen. Eines Tages könnte er sogar zum Clanoberhaupt aufsteigen, falls keines der Mädchen in der Familie das Erwachsenenalter erreicht.

»Und nun sag mir, ist die Königin für das Treffen mit der Delegation *wirklich* bereit?«

»Vermutlich schon. Nach der Begegnung in Wolfsquell wird der Junge sowieso leicht zu beeindrucken sein. Es weiß schließlich jeder, dass Arsinoe ungefähr so reizvoll ist wie eine Schale Haferschleim.«

»Das mag sein«, nickt Natalia, »aber das gilt nicht für Mirabella. Glaubt man den Westwoods, dann überstrahlt ihre Schönheit das nächtliche Firmament.«

»Und sie selbst ist ebenso distanziert und kalt. Katharine weiß wenigstens, wie man Spaß hat. Und sie ist niedlich. Das konntet ihr noch nicht aus ihr rausprügeln.«

Irgendetwas an Pietyrs Tonfall stört Natalia. Er klingt schützend. Fast schon besitzergreifend, und das darf nicht sein.

»Wie weit bist du gegangen?«, hakt sie deshalb nach.

»Was meinst du damit?«

»Du weißt genau, was ich meine. Bring ihr meinetwegen sämtliche Tricks bei, aber du darfst dabei nicht zu weit gehen, Pietyr. Die Festlandbewohner sind merkwürdige Leute. Sie werden erwarten, dass sie als Jungfrau in die Ehe geht.«

Natalia behält ihren Neffen scharf im Auge, sie will sehen, ob er sich unwohl fühlt. Er scheint enttäuscht zu sein – vielleicht sogar frustriert –, aber Furcht zeigt er keine. Also hat er es noch nicht gewagt, diesen letzten Schritt zu machen.

»Bist du sicher, dass sie es nicht eher zu schätzen wüssten, wenn Katharine gewisse Fertigkeiten im Schlafzimmer mitbrächte?«, fragt er, fügt dann aber schulterzuckend hinzu: »Notfalls kann ich ihr die ja auch noch nach der Eheschließung beibringen.«

Er trinkt mit einem großen Schluck seinen Brandy aus und stellt das Glas vor sich auf den Tisch. Anscheinend wartet er nur darauf, entlassen zu werden, damit er Katharine hinterherlaufen und sie an- und ausziehen kann wie eine Puppe.

»Es ist besser so, Neffe«, befindet Natalia. »Wenn du mit ihr ins Bett gehst, fürchte ich, sie könnte sich in dich verlieben. Sie scheint sowieso schon auf dem besten Weg dazu zu sein, und das entspricht schließlich nicht unseren Absichten.«

Pietyr schiebt das leere Glas hin und her.

»Nicht wahr?«, fügt sie nachdrücklich hinzu.

»Mach dir keine Sorgen, Tante Natalia«, sagt er schließlich. »Nur ein Prinzgemahl ist so dumm, sich in eine Königin zu verlieben.«

Als Pietyr zu ihr kommt, hält Katharine die Schlange immer noch am Körper. Sie hat das Tier so vermisst, dass sie es einfach nicht über sich bringt, sich wieder von ihm zu trennen. Also sitzt sie nun mit Herzliebchen auf der Hand vor ihrer Frisierkommode und drückt fast schon ihre Nase gegen das kleine, mit Giftzähnen bewehrte Köpfchen.

»Leg sie weg, Katharine«, befiehlt er. »Sie muss sich ausruhen.«

Sie folgt seiner Anweisung, steht auf und lässt die Schlange sanft in das angewärmte Terrarium gleiten. Doch anstatt den Deckel zu schließen, streicht sie weiter über die glatte Schuppenhaut.

»Ich kann kaum fassen, dass sie überlebt hat. Natalia muss sämtliche Dienstboten zur Suche abkommandiert haben.«

»Scheint so.«

»Also.« Katharine nimmt die Hand aus dem Glaskasten und verschränkt die Finger vor dem Bauch. »Ich soll tatsächlich den ersten Freier kennenlernen?«

»Jawohl.«

Pietyr und sie stehen sich dicht gegenüber, ohne sich zu berühren, ohne einander anzusehen. Seine Finger gleiten fahrig über die Lehne eines brokatbezogenen Stuhls, dann zupft er an einem losen Fädchen herum.

»Bist du sicher, dass ich meine Schwestern nicht einfach vorher vergiften darf?«

Lächelnd erwidert Pietyr: »Ich bin mir sicher. Es muss nun einmal sein, Kat.«

Er blickt zwischen den halb zugezogenen Vorhängen hindurch nach draußen auf den bewölkten Himmel und die dunklen Schatten im Hof. Südöstlich davon liegt der kleine See, an dem sie morgens geritten sind. Von hier aus sieht er aus wie eine bleigraue Pfütze. Bald wird er in leuchtendem Blau erstrahlen, und auf dem grünen Gras im Innenhof werden Narzissen blühen. Schon jetzt ist es etwas wärmer geworden. Im Morgengrauen überwiegt der Nebel den Frost.

»Mirabella wird ein harter Brocken«, fährt Pietyr fort. »Sie ist groß, stark und schön. In Rolanth werden bereits Lieder über ihr Haar gedichtet.«

»Lieder über ihr Haar?« Katharine schnaubt abfällig. Dabei sollte sie das ernst nehmen. Doch in Wahrheit wäre es ihr egal, wenn sämtliche Freier sich Mirabella zuwenden. Nicht einer von ihnen würde sie so küssen wie Pietyr es tut. Wenn er sie in seinen Armen hält, spürt sie sein überwältigendes Verlangen, das ihr den Atem raubt.

»Meinst du, die Freier werden mich genauso küssen wie du, Pietyr?«, fragt sie, woraufhin er einen Schmollmund macht.

»Natürlich nicht. Es sind Festlandkerle. Nur wildes Gefummel und jede Menge Sabber. Es wird dir nicht leichtfallen, da Begeisterung vorzutäuschen.«

»Sie können ja nicht alle schlecht sein. Bestimmt finde ich einen, der mir gefällt.«

Pietyr zieht skeptisch eine Augenbraue hoch. Seine Finger bohren sich krampfhaft in die Stuhllehne, zumindest bis er ihren Gesichtsausdruck bemerkt.

»Willst du mich etwa verschaukeln, Kat?«

»Ja.« Sie lacht fröhlich. »Ich will dich verschaukeln. Hast du mir denn nicht genau das beigebracht? Der königlichen Steifheit meiner Schwester ein Lächeln und ein leidenschaftliches Herz entgegenzusetzen?«

Sie stößt ihn spielerisch gegen die Brust, doch er hält ihre Hand fest.

»Du bist viel zu gut darin geworden«, flüstert er und zieht sie an sich. »Du wirst über ihre Witze lachen müssen, auch wenn sie nicht lustig sind«, fährt er fort.

»Jawohl, Pietyr.«

»Und bring sie dazu, über sich selbst zu reden. Sorge dafür, dass sie dich im Gedächtnis behalten. Du musst ein Juwel sein, Kat. Du musst dich von den anderen abheben.« Widerwillig lässt er ihre Hand los. »Egal was du tust, die Freier werden trotzdem alle drei Königinnen ausprobieren wollen. Selbst die nichtssagende Arsinoe. Und Mirabella …« Er holt tief Luft. »Wie auch immer ihr Kleid bei der Erwachenszeremonie aussehen mag, sie werden sich darum prügeln, es ihr vom Leib zu reißen.

Stirnrunzelnd überlegt Katharine: »Vermutlich wird man sie als den Hauptgewinn präsentieren.«

»Und was für einer«, seufzt Pietyr, was ihm einen Schlag gegen die Brust einbringt. Er lacht Katharine an.

»Jetzt verschaukele ich dich.« Wieder zieht er sie an sich. »Ich würde diese Elementwandlerin nicht einmal anfassen, wenn sie mich auf Knien darum anflehen würde. Sie tut gerade so, als wäre sie bereits gekrönt worden. Aber das ist sie nicht. Du bist unsere Königin, Kat. Vergiss das nicht.«

»Niemals«, verspricht sie. »Wir werden der Insel so viel Gutes tun, Pietyr, wenn ich erst gekrönt bin und du den Vorsitz über den Schwarzen Rat führst.«

»Den Vorsitz?«, fragt er mit funkelnden Augen. »Ich denke, da hat Natalia auch noch ein Wörtchen mitzureden.«

»Natürlich soll Natalia so lange auf ihrem Posten bleiben, wie sie das möchte«, korrigiert sich Katharine. »Aber selbst sie kann nicht ewig im Amt bleiben.«

Hinter ihnen schiebt sich die Korallenotter an der Wand des Terrariums hinauf. Der schuppige Kopf gleitet aus der offenen Klappe und verharrt dort, während die flinke Zunge die Luft prüft. Ohne etwas davon zu ahnen, stützt Katharine sich mit ihrem Arm auf dem Tisch ab. Diese Bewegung missfällt der Schlange. Sie krümmt sich zusammen, um zuzubeißen.

»Katharine!«

Pietyrs Arm schießt vor. Die Giftzähne der Schlange bohren sich in sein Handgelenk. Ganz sanft hält er das Reptil fest, bis es wieder loslässt, obwohl er ihm besser das Genick gebrochen hätte. Katharine wird in der Nähe des Tieres niemals sicher sein, und so kurz vor der Erwachenszeremonie darf ihr auf keinen Fall etwas zustoßen.

»Oh, das tut mir so leid, Pietyr! Offenbar ist sie immer noch etwas durch den Wind.«

»Vermutlich.« Er lässt die Schlange in das Terrarium gleiten und achtet sorgfältig darauf, den Deckel diesmal fest zu verschließen. »Aber von nun an solltest du im Umgang mit ihr vorsichtiger sein. Gewöhne sie erst einmal wieder an dich. Selbst die wenigen Wochen, die sie allein war, können ausreichen, um sie verwildern zu lassen.«

Auf Pietyrs Unterarm sind zwei kleine Blutstropfen erschienen. Es ist keine schlimme Wunde. Bei einem so starken Giftmischer wie einem Arron wird das Gift höchstens eine kleine Rötung hervorrufen.

»Ich habe eine Salbe, die dir hilft«, verspricht Katharine und geht in das Nebenzimmer, um sie zu holen.

Reumütig mustert Pietyr die Schlange, während er sein Handgelenk umklammert. Seine Reaktion war vollkommen richtig. Selbst nach entsprechender Behandlung hätte Katharine noch tagelang unter der Wirkung des Giftes gelitten. Doch er hatte sich vollkommen automatisch vor sie gestellt, ohne vorher darüber nachzudenken. Und er hatte Angst gehabt, dass Katharine verletzt werden könnte. Große Angst.

»Nur ein Prinzgemahl ist dumm genug, sich in eine Königin zu verlieben«, wiederholt er leise.

Wolfsquell

Arsinoe und Billy schlendern Seite an Seite über den Wintermarkt. Seit ihrer ersten Begegnung und dem gemeinsamen Nachmittag am Hartriegelteich ist es für Arsinoe ziemlich schwierig geworden, ihm aus dem Weg zu gehen, aber hier auf dem Markt stört es sie nicht. Jules ist jetzt oft mit Joseph unterwegs, und ohne sie fühlt Arsinoe sich in großen Menschenansammlungen irgendwie schutzlos. Das gilt für die belebteren Teile des Ortes ebenso wie für den Markt; die boshaften Blicke der Leute schmerzen wie Bienenstiche. Und jeder in der Menge könnte plötzlich den Mut aufbringen, sich umzudrehen und ihr die Kehle durchzuschneiden.

»Arsinoe?«, fragt Billy besorgt. »Was ist mit dir?«

Sie mustert die muffigen Wintermienen der Fischhändler, die sie schon kennt, seit sie als Kind nach Wolfsquell gekommen ist. Viele von ihnen halten ihre Schwäche für eine Schande und würden sie lieber tot sehen.

»Gar nichts.«

Billy seufzt schwer. »Irgendwie habe ich heute keine Lust auf den Markt«, stellt er dann fest. »Holen wir uns etwas zu essen und gehen hoch in die Gärten. So kalt ist es ja nicht.«

Also machen sie sich auf den Weg und bleiben nur noch kurz an Madges Stand mit den Meeresfrüchten stehen, wo Billy ihnen zwei gefüllte Muscheln kauft. Diesmal findet er schon wesentlich schneller die richtigen Münzen. Er lernt dazu.

Sie essen, während sie weitergehen, damit die frittierten Muscheln nicht kalt werden. Madge füllt sie mit kleingehackten Krabben und buttrigen Brotkrümeln; wenn sie besonders spendabel ist, schneidet sie auch noch etwas fetten Speck mit hinein.

Als sie den Hafen passieren und auf den Weg zusteuern, der über die Hügel zu den Apfelgärten hinaufführt, starrt Billy traurig auf seine leere Muschelschale. Immer wieder dreht er sie hin und her.

»Vom Gucken allein wird sie sich nicht noch mal füllen«, stellt Arsinoe fest. »Du hättest drei kaufen sollen.«

Grinsend holt er aus und schleudert die Schale mit voller Kraft in die Bucht hinaus.

Arsinoe wirft ihre hinterher.

»Meine ist weiter geflogen«, behauptet sie.

»Stimmt gar nicht.«

Arsinoe muss lachen. Um ehrlich zu sein, hat sie keinen Unterschied gesehen.

»Was ist mit deiner Hand passiert?«, will Billy wissen.

Automatisch zieht Arsinoe den Ärmel über den Schorf, der sich auf der frischen Rune in ihrer Handfläche gebildet hat.

»Habe ich mir an einem Hühnerkorb aufgerissen.«

»Oh.«

Er glaubt ihr nicht. Sie hätte sich etwas anderes ausdenken sollen. Kein Hühnerkorb auf der ganzen Welt hätte ein so filigranes Muster hinterlassen. Und Jules hat sie auch noch nicht eingeweiht, was Madrigal und sie da treiben.

»Junior?« Ihr Blick bleibt an der Hafenmole hängen. »Wo ist euer Schiff?«

Der Liegeplatz, an dem es seit Josephs Rückkehr vertäut war, ist leer, und plötzlich wirkt die ganze Bucht irgendwie düsterer.

»Mein Vater ist nach Hause gesegelt. Er kann ja problemlos kommen und gehen. Eine kurze Reise durch den Nebel, und schon ist er zurück. Mein Gott, es kommt mir total irre vor, wenn ich es laut ausspreche. Und noch irrer, weil ich weiß, dass es wahr ist.«

»Problemlos kommen und gehen«, wiederholt Arsinoe leise. Problemlos für jeden, nur für sie nicht.

»Und wenn er wiederkommt …«

»Ja?«

»Er will, dass ich deine Schwestern kennenlerne. Wir fahren dann nach Indridskamm zu den Arrons. Und zu Königin Katharine.«

Natürlich. Er ist darauf aus, dass sein Sohn die Krone trägt. Seine Loyalität gilt nicht zwangsläufig den Naturbegabten, ganz egal wie sehr ihm Joseph während seiner Verbannung ans Herz gewachsen sein mag.

»Du sprichst mich gar nicht mehr mit *Königin* Arsinoe an«, stellt sie fest.

»Soll ich das denn?«

Sie schüttelt den Kopf. Die Bezeichnung Königin fühlt sich eher an wie ein Spitzname. Wie etwas, das nur Luke zu ihr sagen würde. Schweigend marschieren sie weiter den Weg hinauf und winken Mattie Pace zu, als sie auf ihrem Ochsenkarren an ihnen vorbeirumpelt. Arsinoe muss sich nicht umdrehen, um zu wissen, dass Mattie sich fast den Hals verrenkt, um ihnen hinterherzuschauen. Der gesamte Ort nimmt regen Anteil an ihrer Werbungsphase.

»Ich weiß nicht, ob ich die beiden anderen überhaupt kennenlernen will«, überlegt Billy weiter. »Irgendwie kommt es mir so vor, als würde ich Freundschaft schließen mit einer Kuh, die bereits auf dem Weg zur Schlachtbank ist.«

Arsinoe lacht leise. »Vergiss nicht, das meinen Schwestern zu sagen, am besten gleich bei eurer ersten Begegnung«, stichelt sie. »Aber wenn du dich nicht mit ihnen treffen willst, lass es doch einfach.«

»Meinem Vater widersetzt man sich nicht. Er bekommt immer, was er will. Schließlich hat er keinen Versager großgezogen.«

»Und wen hat deine Mutter großgezogen?«, erwidert sie, was ihr einen überraschten Blick beschert.

»Das spielt keine Rolle«, erklärt er dann. »Sie wollte das alles nicht. Du weißt doch, wie Mütter sind: Wenn sie könnten, würden sie uns auf ewig an ihrem Rockzipfel festbinden.«

»Damit kenne ich mich nicht aus«, sagt Arsinoe. »Aber mit was ich mich auskenne, sind deine nach unten hängenden Mundwinkel. Vergiss bitte nicht den feinen Unterschied zwischen dem, was der Verlust der Krone für dich bedeutet und was er für mich bedeutet.«

»Stimmt, du hast recht. Tut mir leid.«

Sie wirft ihm einen Seitenblick zu. Vermutlich ist es nicht ganz einfach, als Fremder auf diese Insel zu kommen und für eine Krone alles aufzugeben, was man bisher kannte. Zumindest bemüht sich Billy um Fairness, und das sollte sie auch tun. Und sie sollte auf Distanz bleiben. Wenn sie Freundschaft schließen, wird es schwer für ihn werden, sie sterben zu sehen. Aber sie hat so wenige Freunde. Da kann sie auf keinen einzigen verzichten.

Arsinoe bleibt stehen. Ganz automatisch hat sie den Weg eingeschlagen, der in den Wald, zu den Felsen und zu dem krummen Baum führt.

»Nein.« Sie dreht sich um. »Lass uns einen anderen Weg nehmen.«

»Was meinst du, wie sind deine Schwestern so?«, fragt Billy.

»Ich weiß es nicht, und es interessiert mich auch nicht. Wahrscheinlich bereiten sich die beiden gerade eifrig auf die Erwachenszeremonie vor. Es sind nicht einmal mehr drei Monate bis dahin.«

»Beltane«, nickt Billy. »Das wird jedes Jahr gefeiert, richtig?«

»Ja, aber dieses Jahr ist es anders. Diesmal beginnt mit Beltane das Jahr des Aufstiegs.«

»Ich weiß, aber was genau passiert da?«

Arsinoe legt nachdenklich den Kopf schief. Sie kann ihm nur berichten, was sie selbst darüber gehört hat. Weder sie noch Jules haben jemals an einer Beltanefeier teilgenommen. Um mitfeiern zu dürfen, muss man mindestens sechzehn sein.

»Na ja. Normalerweise findet immer die große Jagd statt, ein Ritual, durch das genügend Fleisch für die verschiedenen Feiern zusammengetragen wird. Und dann noch tägliche Segnungen und Tempelriten. Aber dieses Jahr wird es nicht so viele kleine Zeremonien geben, sondern nur drei große: die Jagd, am nächsten Abend die Anlandung und am Abend danach die Erwachenszeremonie.«

»Und bei der Anlandung werdet ihr den Freiern vorgeführt.«

»Nein, die Freier werden uns vorgeführt.« Sie boxt ihn gegen den Arm.

»Also schön. Aua. Und bei der Erwachenszeremonie stellt ihr eure jeweilige Gabe zur Schau. Wie willst du das hinkriegen?« Schon während er die Frage stellt, wappnet er sich gegen den nächsten Schlag.

Doch Arsinoe lacht nur. »Ich dachte, ich studiere eine Jongleurnummer mit drei Heringen ein. Katharine wird Gift fressen, und Mirabella ... Selbst wenn Mirabella Wirbelstürme furzt, wird das Inselvolk sie vergöttern.«

»Wirbelstürme furzen«, wiederholt Billy grinsend.

»Das würde dir gefallen, stimmt's?«

Kopfschüttelnd kehrt er zum eigentlichen Thema zurück: »Und nach Beltane beginnt die offizielle Werbungszeit. Und die Zeit, in der ...«

»... in der wir einander umbringen dürfen«, beendet Arsinoe den Satz für ihn. »Wir haben ein ganzes Jahr dafür Zeit. Bis zum nächsten Beltanefest. Wenn Mirabella allerdings wie ein wütender Stier hier angestürmt kommt, bin ich vermutlich schon nach einer Woche tot.«

Sie stapfen durch den Schnee, der durch das kurze Tauwetter mit einer feinen Eiskruste überzogen ist, und betreten dann den schlafenden Garten. Immer tiefer wandern sie in das Tal hinein, bis schließlich keine Vögel mehr singen und der Wind abflaut.

»Hast du dich je gefragt, was aus deiner Mutter geworden ist?«, fragt Billy irgendwann. »Nachdem sie mit ihrem König die Insel verlassen hat?«

»Prinzgemahl«, korrigiert sie ihn. »Und nein, habe ich nicht.«

Natürlich erzählt man sich so einiges. Geschichten von großen Königinnen, die nach ihrem Rückzug von der Insel auf dem Festland noch einmal zu großen Königinnen wurden. Andere berichten von Königinnen, die den Rest ihres Lebens mit ihren Gefährten in Frieden und Abgeschiedenheit verbrachten. Doch Arsinoe hat das alles nie geglaubt. In ihrer Vorstellung liegt jede dieser Königinnen auf dem Grund des Meeres – ertränkt durch die Hand der Göttin, sobald die mit ihnen fertig war.

Jules fährt sanft durch das dunkle Haar an Josephs Schläfe. Es ist ganz weich und so lang, dass sie es sich um den Finger wickeln kann. Heute haben sie das Haus der Sandrins ganz für sich allein. Josephs Vater ist zusammen mit Matthew mit der *Dickkopf* rausgefahren, und seine Mutter und Jonah sind mit der Kutsche nach Torberg unterwegs, um neues Bootszubehör zu besorgen. Das ist ziemlich praktisch, denn seit Billys Vater zum Festland zurückgesegelt ist, können sie Josephs Kajüte nicht mehr benutzen.

»Es ist hier genauso unbequem wie auf dem Schiff«, stellt Joseph fest. Er liegt halb auf ihr, während sich Camden quer über ihre Unterschenkel gelegt hat.

»Ist mir nicht aufgefallen.« Jules zieht ihn zu sich herunter und küsst ihn leidenschaftlich. An der Art, wie er sie umschlungen hält, erkennt sie, dass ihn der Platzmangel eigentlich auch nicht stört.

»Aber irgendwann in nicht allzu ferner Zukunft werden wir ein Bett finden müssen, das groß genug ist für uns beide und deinen Berglöwen.«

»Irgendwann bestimmt«, nickt sie. Aber vorerst ist sie ganz glücklich mit der Beengtheit und dem Mangel an Privatsphäre. Sosehr sie Joseph auch liebt – sie ist noch nicht bereit dazu, den nächsten Schritt zu machen. Und solange Camden sie in ihrer Beweglichkeit derart einschränkt, kann sie Joseph einfach nur küssen, ohne sich verpflichtet zu fühlen weiterzugehen.

Joseph beugt sich runter und haucht einen Kuss auf Jules' Schlüsselbein, das unter dem verrutschten Ausschnitt hervorblitzt. Dann stützt er das Kinn auf ihr Brustbein und seufzt schwer.

»Was ist los?«, will sie von ihm wissen. »Irgendwie bist du heute mit dem Kopf ganz woanders.«

»Mein Kopf ist ganz und gar bei dir«, behauptet er. »Aber da ist diese eine Sache.«

»Welche Sache?«

»Erinnerst du dich noch an das Boot auf unserem westlichen Liegeplatz? Die kleine Segeljacht, der ein neues Deck und ein blauer Streifen verpasst wurde?«

»Eigentlich nicht.«

Die Werft der Sandrins hat in den vergangenen Monaten Dutzende solcher Aufträge erledigt. Überall an der Küste wollten die Leute Schönheitsreparaturen ausführen lassen. Schließlich werden bald die Delegationen vom Festland eintreffen, da möchte die Insel ihr hübsches Gesicht präsentieren. Selbst die Fischer von Wolfsquell haben einiges in Auftrag gegeben, obwohl sie das Wort »Festland« nur zwischen abfällig verzogenen Lippen hervorpressen. Mag sein, dass sie dem Festlandvolk vor die Füße spucken, aber die gleiche Spucke benutzen sie immerhin auch als Schuhwichse.

»Was ist denn mit der Jacht?«, erkundigt sich Jules.

»Ich soll damit nach Trignor segeln und sie dort ihrem Besitzer übergeben. Sobald meine Mutter und Jonah aus Torberg zurück sind, breche ich auf.«

»Aha. Und warum bereitet dir das solche Sorgen?«

Mit einem verlegenen Lächeln gesteht Joseph: »Wenn ich es laut sage, klingt es blöd, aber ich will mich einfach nicht von dir trennen, nicht einmal für kurze Zeit.«

»Oh, Joseph.« Jules lacht fröhlich. »Seit deiner Rückkehr haben wir doch fast jede Minute zusammen verbracht.«

»Ich weiß. Und ich werde ja auch nicht lange weg sein. Bei gutem Wind bin ich bis zum Einbruch der Dunkelheit in Trignor. Zurück nehme ich die Kutsche, es dürfte also höchstens ein paar Tage dauern, bis ich wieder in Wolfsquell bin. Aber trotzdem …« Er schiebt sich noch weiter auf sie drauf. »Vielleicht könntest du mich ja begleiten?«

Eine Segelpartie in einem kleinen Boot mit Camden und eine mehrtägige Reise in einer rumpelnden Kutsche – das klingt nicht besonders angenehm. Aber mit Joseph allein wäre es das. Während sie ihm den Arm um den Hals schlingt, glaubt sie Arsinoes Stimme zu hören: *Jules und Joseph, unzertrennlich seit ihrer Geburt.*

»Ich kann nicht«, seufzt sie dann. »Ich habe Arsinoe sowieso schon sträflich vernachlässigt. Sie musste mit meiner Mutter an ihrer Gabe arbeiten, und ich kann sie auch nicht bitten, noch mehr von meinen Haushaltspflichten zu übernehmen. Immerhin ist sie eine Königin.«

»Richtig gute Königinnen scheuen nicht vor zusätzlichen Aufgaben zurück.«

»Trotzdem sollte ich sie nicht allein lassen. Und du solltest mich nicht darum bitten. Du liebst sie doch auch, schon vergessen? Ebenso wie du mich liebst.«

»Nur fast so sehr wie dich, Jules. Nur fast.«

Er legt den Kopf an ihre Schulter.

»Wir werden ja nicht lange getrennt sein, Joseph. Mach dir keine Sorgen.«

Rolanth

Dieser Traum ist schlimm. Mirabella erwacht durch ihren eigenen Schrei. So abrupt reißt er sie aus dem Schlaf, dass der Traum bis in ihr vertrautes Schlafzimmer zu dringen scheint, ihr Körper ist halb in beiden Bewusstseinszuständen gefangen, und die feuchte Bettdecke hat sich fest um ihre Beine geschlungen. Während sie sich aufsetzt, berührt sie prüfend ihre Wangen. In dem Traum hat sie geweint. Geweint und gelacht.

Mit einem leisen Klicken öffnet sich die Zimmertür, und Elizabeth späht zu ihr herein. Inzwischen hat sie den Großteil von Mirabellas persönlicher Eskorte übernommen, die nun erleichtert aufatmet, weil in dieser Nacht keine andere Priesterin vor ihrer Tür Wache gehalten hat.

»Geht es dir gut?«, fragt Elizabeth. »Ich habe dich schreien gehört.«

Pepper der Specht hebt von ihrer Schulter ab und fliegt einmal um die Königin herum, von der Hüfte bis hinauf zum Kopf, um sicherzustellen, dass ihr nichts fehlt.

Die Tür schiebt sich weiter auf, und Bree tritt ein. »Ich habe es auch gehört.« Sofort schließt sie die Tür wieder hinter sich. Mirabella zieht die Knie an die Brust, während Bree und Elizabeth zu ihr ins Bett klettern. Ein kurzer Wink von Bree reicht aus, um die Kerzen auf der Kommode zu entzünden.

»Es tut mir leid«, entschuldigt sich Mirabella. »Habe ich sonst noch jemanden geweckt?«

Bree schüttelt den Kopf. »Onkel Miles hätte selbst die Schlacht im Hafen von Bardon verschlafen.«

Und die Zimmer, die Sara und der kleine Nico bewohnen, sind zu weit weg. Ebenso wie die Dienstbotenquartiere im Erdgeschoss. Sie drei sind als Einzige im ganzen Westwood-Haus wach.

»Du zitterst ja, Mira«, stellt Bree fest.

»Ich hole dir etwas Wasser«, bietet Elizabeth an, woraufhin Pepper sofort zu dem Krug fliegt und leise zwitschert, um ihr den Weg zu weisen.

»Nein, kein Wasser«, widerspricht Mirabella.

Sie steht auf und wandert unruhig durch den Raum. Die Träume von ihren Schwestern lassen sie manchmal tagelang nicht los. Andere Träume verblassen – diese nicht.

»Was hast du denn geträumt?«, fragt Bree.

Mirabella schließt die Augen. Dieses Mal war es keine Erinnerung, sondern eine wahllose Abfolge von Bildern.

»Das kann man nicht beschreiben.«

»Ging es um …«, Elizabeth zögert. »Um die anderen Königinnen?«

Die anderen Königinnen, ja. Ihre süßen Schwestern, tot und ausgestopft, aufrecht in Sesseln positioniert, mit grünlicher Haut und zugenähten Lippen. Dann ein Bild von Katharine, flach auf dem Rücken, mit aufgerissenem Brustkorb, doch er ist leer, nur ein trockenes rotes Loch. Und schließlich Arsinoe, die sie anschreit, doch es kommt kein Ton heraus, weil dickflüssiges dunkles Blut ihre Kehle verschließt.

Mirabella, haben sie gesagt. *Mirabella, Mirabella.*

»Ich habe sie unter Wasser gedrückt«, flüstert sie. »In dem Fluss neben der Kate. Das Wasser war so kalt. Aus ihren Mündern quoll Tinte. Sie waren noch so klein.«

»Oh, Mira«, seufzt Bree. »Das ist schrecklich, aber es war nur ein Traum. Sie sind keine kleinen Kinder mehr.«

»Für mich werden sie immer Kinder sein.«

Sie glaubt noch immer zu spüren, wie Arsinoe und Katharine unter ihren Fingern erschlaffen, und reibt die Handflächen aneinander, als wären sie schmutzig.

»Ich kann das nicht mehr.«

Luca wird enttäuscht sein. Sie hat all ihren Glauben in sie gesetzt und sie zur Herrscherin erzogen. Ebenso wie die Westwoods, die gesamte Stadt und die Göttin selbst. Sie wurde erschaffen, um eine Herrscherin zu sein. Um die Königin zu werden, die die Insel braucht. Wenn sie Luca im Tempel aufsucht, wird die ihr genau das sagen. Dass die Träume und diese Gefühle ihr aus gutem Grund in den Weg gelegt wurden. Um sie zu prüfen.

»Ich muss weg«, beschließt Mirabella. »Ich muss hier weg.«

»Beruhige dich, Mirabella«, bittet Elizabeth sie. »Trink etwas Wasser.«

Um ihrer Freundin den Gefallen zu tun, nimmt sie das Glas und trinkt. Doch sie kann die Flüssigkeit kaum schlucken. Das Wasser schmeckt, als wäre etwas darin gestorben.

»Nein, ich muss gehen. Ich muss hier weg.« Sie bleibt vor ihrem Schrank stehen und reißt die Türen auf.

Durchwühlt die Mäntel und Kleider – alles schwarz, schwarz, schwarz.

Bree und Elizabeth erheben sich vom Bett. Beide strecken die Arme aus, als wollten sie die Königin aufhalten, sie beruhigen.

»Du kannst nicht gehen«, wendet Elizabeth ein. »Es ist mitten in der Nacht!«

»Mira, du bist da draußen nicht sicher«, fügt Bree hinzu.

Mirabella entscheidet sich für ein gefüttertes Wollkleid. Schnell zieht sie es über ihr Nachthemd und sucht in einer Schublade nach warmen Strümpfen.

»Ich gehe Richtung Süden. Mich wird schon niemand sehen.«

»Und ob sie das werden!«, widerspricht Elizabeth. »Und sie werden dir einen Suchtrupp hinterherschicken.«

Immer noch zitternd hält Mirabella inne. Sie haben recht. Natürlich haben sie recht. Aber sie muss es versuchen.

»Ich muss gehen«, wiederholt sie. »Bitte. Ich kann nicht länger hierbleiben und davon träumen, wie meine toten Schwestern zu mir sprechen. Ich kann sie nicht töten. Ich weiß ja, dass ich es tun muss, für euch alle. Ich weiß, dass es meine Bestimmung ist …«

»Mira«, unterbricht Bree sie, »du kannst das.«

»Aber ich werde es nicht tun«, erwidert die Königin heftig.

Elizabeth und Bree sind unauffällig vor die Tür getreten und versperren ihr den Weg. Sie sind traurig und besorgt, und gleich werden sie Sara aufwecken und den Tempel alarmieren. Dann wird Mirabella die verbleibende Zeit bis Beltane eingesperrt in Lucas Gemächern verbringen, unter ständiger Bewachung.

Mirabella schlüpft in ihre Stiefel und schnürt sie. Wen auch immer sie ihr hinterherschicken, man wird sie mit Sicherheit einfangen. Doch sie wird es ihnen nicht leichtmachen. Entschlossen baut sie sich vor ihren Freundinnen auf, bereit, sie mit Gewalt beiseitezuschieben.

»Warte.« Elizabeth hebt die Hand und tritt aus der Tür. Wenn sie draußen im Korridor losbrüllt, bleibt Mirabella wahrscheinlich nicht mehr genug Zeit für ihre Flucht. Aber Elizabeth gibt keinen Laut von sich. Stattdessen kehrt sie mit ihrem weißen Priesterinnenmantel über dem Arm ins Zimmer zurück.

»Nimm ihn«, befiehlt sie. »Behalte immer die Kapuze auf und die Haare darunter verborgen.« Mit einem liebevollen Lächeln erklärt sie: »Einer Priesterin sieht man nicht ins Gesicht. Die Leute verbeugen sich nur und gehen ihr aus dem Weg.«

Voller Dankbarkeit fällt Mirabella ihr um den Hals. Der Mantel ist ihr etwas zu kurz, aber dafür schön weit, da er an Elizabeths üppige Kurven angepasst ist. So wird Mirabellas Kleid vollständig bedeckt.

»Elizabeth …«, setzt Bree an, verstummt dann aber. Sie packt Mirabellas Arm. »Lass uns wenigstens mit dir kommen.«

»Nein, Bree«, lehnt Mirabella sanft ab. »Eigentlich dürftet ihr gar nichts davon wissen. Wenn sie herausfinden, dass ich weg bin, werden sie einen Schuldigen suchen. Jemanden, den sie bestrafen können. Und das sollen nicht du oder Elizabeth sein.«

»Ich verspreche dir, dass wir aufeinander aufpassen werden«, nickt Bree.

Mit einem traurigen Lächeln streicht Mirabella ihr über die Wange.

»Noch nie habe ich eine solche Angst in deinen Augen gesehen.« Sie drückt ihre Pflegeschwester fest an sich. »Du musst mich verstehen, Bree, bitte. Ich liebe sie. Genauso wie ich euch liebe. Und ich kann nicht einfach hierbleiben und zulassen, dass der Tempel mich dazu zwingt, sie umzubringen.«

Sie löst sich von Bree und streckt eine Hand nach Elizabeth aus. Wie glücklich sie sich doch schätzen kann, die beiden zu haben.

Als Mirabella schließlich das Anwesen der Westwoods in südlicher Richtung verlässt, zeigt sich im Osten ein rosa Schimmer am Horizont. Offenbar war es doch später als gedacht, als der Traum sie geweckt hat. In der Stadt brennen bereits die ersten Herdfeuer und Lampen, die Händler und Schmiede bereiten sich auf den Tag vor. Sie zieht die weiße Kapuze möglichst tief herunter, um ihr Gesicht zu verbergen.

Über die Hauptstraße geht sie nach Rolanth hinein. Vermutlich wäre es klüger, sich an die Seitengassen zu halten, aber diese Route kennt sie von ihren Kutschfahrten, und lieber geht sie das Risiko ein, gesehen zu werden, statt sich zu verlaufen.

Als die Straße zu den Schleusen und zur Stadtmitte hin abbiegt, stockt Mirabella kurz der Atem, da sie Menschen hört. Vor ihr steigt eine Frau auf den Bürgersteig und klopft einen Läufer aus, während sie ihrem Nachbarn einen Morgengruß zuruft, der gerade einen Eimer in den Rinnstein leert. Automatisch zieht Mirabella den Kopf ein, doch wie sich herausstellt, hatte Elizabeth recht. Die Frau nickt ihr nur kurz zu, bevor sie Platz macht. Mag sein, dass manch einer sich fragt, was eine Priesterin um diese Uhrzeit in der

Stadt zu tun hat, doch niemand hält sie auf und hakt nach.

Nachdem sie Rolanth hinter sich gelassen hat, bleibt Mirabella auf einem Hügel stehen und blickt noch einmal zurück auf die Dächer mit ihren rauchenden Schornsteinen, auf ihre Stadt im blassen Morgenlicht. Ganz weit hinten, zwischen den hohen Nadelbäumen, stehen Sara und der Rest des Westwoodhaushaltes vermutlich gerade erst auf. Luca trinkt im Tempel hingegen wahrscheinlich bereits ihren Tee.

Es fällt ihr nicht leicht, sie alle zu verlassen. Aber es war einfacher als gedacht, sich von ihnen wegzustehlen.

Wolfsquell

Arsinoe sitzt dicht am Feuer unter dem krummen Baum. Ihr ist schwindelig. Dieses Mal hat Madrigal sehr tief in ihren Arm geschnitten und genug Blut hinausgepresst, um drei Kordeln damit zu tränken. Die Schnüre werden das Blut speichern, bis es benötigt wird. Und damit die niedere Magie stark genug wird, um eine der anderen Königinnen zu töten, werden sie restlos alles brauchen, was Arsinoe entbehren kann.

Welche Form diese Magie annehmen soll, haben sie noch nicht besprochen. Vielleicht die eines Fluchs. Oder eines Talismans, der Unglück bringt. Es spielt keine Rolle. Arsinoe weiß nur, dass sie selbst von Tag zu Tag stärker wird.

»Das ist genug«, bestimmt Madrigal. Vorsichtig legt sie die Kordeln in ein Glas. »Sie werden nicht ewig halten. Wir sollten sie direkt nach Beltane zum Einsatz bringen.«

Madrigal schiebt das verschlossene Glas in einen schwarzen Stoffbeutel, den sie sich anschließend umhängt. »Hier.« Sie drückt Arsinoe einen Becher an die Lippen. »Apfelwein. Nimm einen Schluck.«

»Hast du auch ein paar Nüsse mitgebracht? Brot? Irgendwas zu essen?«

Mit zitternden Fingern ergreift sie den Becher und

nippt daran. Er ist klebrig und mit roten Fingerabdrücken bedeckt; Madrigals Finger, Arsinoes Blut.

»Jules hat recht«, murmelt Madrigal, »du denkst immer mit dem Magen.«

Sie reicht der Königin ein kleines Päckchen mit Käse und ungefähr einem Dutzend Brombeeren, alle durch die Hände von Naturbegabten gereift.

»Danke«, sagt Arsinoe artig. Ihr Arm pocht, und die Wunde brennt, als Madrigal sie reinigt und einen Verband darum macht, doch es ist ein guter Schmerz.

»Ich hätte niemals gedacht, dass ausgerechnet du mir einmal helfen würdest. Egal wobei«, stellt sie fest.

Madrigal rümpft die Nase. Bei ihr sieht sogar das hübsch aus. »Ja, ich weiß.«

Dann setzt sie sich hin, wickelt sich in einen warmen Pelz und schmollt, weil sie nie die gebührende Anerkennung bekommt. Doch daraus kann man Cait und Ellis wirklich keinen Vorwurf machen. Schon seit ihrer Kindheit hat Madrigal die Bequemlichkeit stets der Arbeit vorgezogen. Caragh hat einmal erzählt, wie Madrigal ein berauschendes Blumenmuster erblühen ließ, nur um sie dann alle auszureißen und ihr Haar damit zu schmücken. Und das zu einer Zeit, als im Garten die Gurken verwelkten.

»Wo steckt meine Juillenne heute?«, erkundigt sich Madrigal schließlich.

»Sie verabschiedet sich von Joseph. Er segelt die Küste hoch nach Trignor.«

Gedankenverloren starrt Madrigal in die Flammen. »Jules hat wirklich Glück, einen solchen Kerl zu haben. Hätte nie gedacht, dass ihr das mal gelingt, mit ihren merkwürdigen Augen. Und wo sie doch aussieht wie ihr Vater.«

»Wie ihr Vater?«, hakt Arsinoe nach. »Ich dachte immer, du erinnerst dich nicht mehr an Jules' Vater.«

»Tue ich auch nicht. Nicht so richtig. Ich erinnere mich an die Beltanefeuer. Und dass ich gedacht habe, wie wundervoll es wäre, in dieser geheiligten Nacht ein Kind zu empfangen. Wie stark meine Tochter wäre. Und wie sehr sie mich lieben würde.« Madrigal schnaubt abfällig. »An ihren Vater habe ich keine Erinnerung. Aber da sie mir ja kein bisschen ähnelt, muss sie wohl so aussehen wie er.«

»Meinst du, er weiß es?«

»Weiß was?«

»Dass er eine Tochter hat, und dass sie die stärkste Naturbegabte der gesamten Insel ist.«

Madrigal zuckt mit den Schultern. Sehr wahrscheinlich ist es nicht. Und selbst wenn, spielt es keine Rolle. Nach Ansicht der Priesterinnen sind Beltanekinder heilig. Und ähnlich wie Königinnen haben Beltanekinder nach Ansicht der Priesterinnen keine Väter.

Arsinoe lehnt sich zurück. Der Käse und die Beeren füllen ihren Magen so weit, dass ihr wieder warm wird und sie aufgehört hat zu zittern. Sie streckt die Beine aus und wärmt ihre Fußsohlen an der Glut.

»Joseph ist so attraktiv«, bemerkt Madrigal wehmütig.

»Das stimmt«, nickt Arsinoe.

»Wenn ich ihn mit Jules zusammen sehe, macht mir das bewusst, wie lange ich jetzt schon allein bin. Vielleicht sollte ich einen Zauber wirken, der mir einen solchen Liebhaber schenkt.«

»Hmpf.« Unter halb geschlossenen Lidern hervor wirft Arsinoe Madrigal einen Blick zu. »Als ob *du* dafür niedere Magie bräuchtest.«

»Vielleicht nicht. Aber wenn ich auch nur ein Zentimeterchen von einer dieser Kordeln dafür verwenden würde«, sie klopft auf den Beutel an ihrer Hüfte, »könnte ich den attraktivsten Kerl der gesamten Insel haben.«

Mit einem Seitenblick vergewissert sich Arsinoe, dass Madrigal wirklich nur gescherzt hat, dann beginnt sie zu kichern. Schnell wird aus dem Kichern ein Lachen, und dann kriegen sich die beiden Frauen fast nicht wieder ein. Doch selbst wenn sie still gewesen wären, hätten sie wohl nicht gehört, wie Jules und Camden sich an sie heranschleichen.

Der Berglöwe erreicht das Feuer als Erster, doch auch so ist es zu spät, um noch eine Unschuldsmiene aufzusetzen.

Jules blickt zwischen ihrer Mutter und Arsinoe hin und her.

»Was ist hier los?«, verlangt sie zu wissen.

Arsinoe verzieht das Gesicht. Sie sitzen am Fuß der heiligen Steine, umgeben von Tüchern, die mit dem Blut einer Königin getränkt sind. Außerdem hat Arsinoe den Ärmel bis über den Ellbogen hochgezogen, sodass ihr Verband deutlich zu sehen ist.

»Das machst du mit ihr?«, wendet sich Jules aufgebracht an ihre Mutter. »Sobald ich euch den Rücken kehre? Du bringst sie hierher und schlitzt sie auf? Unterweist sie in niederer Magie?«

»Jules …« Arsinoe steht auf und streckt den Arm aus, als wollte sie Madrigal abschirmen, doch das facht Jules' Zorn nur weiter an. Camden fängt an zu knurren.

»Ich helfe ihr«, sagt Madrigal schlicht.

»Helfen?« Jules packt Arsinoes Mantel und zieht sie mit solcher Wucht zu sich herüber, dass die Königin fast über den Holzblock stolpert, auf dem sie gesessen hat. »Das darfst du nicht machen. Es ist gefährlich.«

Kopfschüttelnd verteidigt sich Madrigal: »Du verstehst davon nichts. Du hast von dem Ganzen nicht die geringste Ahnung.«

»Zumindest weiß ich, dass diese Art Magie immer einen Preis fordert«, erwidert Jules. »Ich weiß, dass sie für die Einfältigen gedacht ist und für die Verzweifelten und für die Schwachen.«

»Dann also für mich.« Arsinoe zieht ihren Ärmel herunter, um den Verband und die eingeritzten Runen auf ihrer Handfläche zu verbergen.

»Das ist nicht wahr, Arsinoe.«

»Es ist wahr. Und ich werde sie nutzen. Die niedere Magie ist alles, was ich habe.«

»Aber du weißt doch gar nicht, was sie dir abverlangen wird.«

»Das funktioniert schon, Jules. Madrigal hat sie benutzt, als sie auf dem Festland war, und ihr geht es prima.«

»Wer sich gegen Magie ausspricht, plappert doch nur abergläubische Tempelsprüche nach«, stimmt Madrigal ihr zu, während sie das Feuer löscht.

Schweigend steigen sie und Arsinoe den Hügel hinab, um Jules möglichst schnell von ihrem geheiligten Ort wegzuführen. Die folgt ihnen wütend.

So lange Arsinoe zurückdenken kann, hat sie sich mit Jules nie ernsthaft gestritten, es gab höchstens mal Zank, wenn beide das größte Stück Kuchen haben wollten. Traurig lässt sie die Schultern hängen.

»Es wird ein Weilchen dauern«, prophezeit Madrigal ihr leise, »aber sie wird sich irgendwann beruhigen.«

An der Westküste

Wenn keine Kutschen oder Fuhrwerke zu sehen sind, riskiert sie es, am Straßenrand zu laufen. Dort ist wenigstens die Luft etwas frischer, und sie kann ein Stückchen freien Himmel sehen. Mirabella blickt hinauf; das Licht schwindet bereits. Seit ihrer Flucht aus Rolanth ist sie zwei Tage durchgewandert, nur unterbrochen von ein paar Stunden unruhigen Schlafes, in denen sie sich wenig bequem an breite Baumstämme gelehnt hat. Im Süden besteht das Land nicht aus sanften Wiesen und steil anfallenden Klippen. Hier beherrschen dichte Wälder und hohe Hügel das Bild. So viele Bäume. Selbst jetzt im Winter, wo sie kahl sind, scheinen sie Mirabella zu bedrängen. Sie kann absolut nicht verstehen, warum die Naturbegabten so versessen auf Wälder sind.

Um über eine noch halb gefrorene Pfütze steigen zu können, hebt sie ihren Rocksaum. Er soll nicht schmutzig werden, auch wenn der von Elizabeth geborgte Priesterinnenmantel inzwischen dunkle Wasserränder und Matschflecken aufweist. Es war keine einfache Reise. Ihre Beine schmerzen, ihr Magen ist leer. Gestern hat sie mithilfe eines kleinen Blitzes eine Forelle erlegt, doch ohne die Priesterinnen und ihre Hundemeute ist sie keine sonderlich geschickte Jägerin.

Sie vermisst Bree und Elizabeth. Und Luca und Sara. Selbst Onkel Miles und den quirligen kleinen Nico. Aber sie wird es aushalten. Jetzt darf sie nie zu lange an einem Ort haltmachen, und sie kann auch nicht oft in die Dörfer und Städte gehen. Bald wird sie sich neue Kleidung und eine Mahlzeit mit Gemüse besorgen müssen, damit ihr die Zähne nicht ausfallen.

Als sich auf der Straße etwas nähert, springt Mirabella hastig über den Graben. Was auch immer es ist, es scheint groß zu sein. Vielleicht eine Wagenkolonne. Ein Suchtrupp aus Rolanth?

Sie wird sich tief zwischen den Bäumen verstecken müssen, um nicht gesehen zu werden und selbst nichts zu sehen. Der Anblick der armen Luca, die verzweifelt aus einem Kutschenfenster starrt, würde ihr das Herz brechen.

Als sie weit genug in den Wald hineingelaufen ist, bleibt sie stehen und lauscht. Nur ein einzelner Wagen fährt vorbei. Wahrscheinlich ein klappriges Gefährt auf dem Weg nach Indridskamm, vielleicht mit einer Ladung Wolle, Schafsmilch oder Käse. Erst vor Kurzem ist ihr der Geruch von Schafweiden in die Nase gestiegen, was die Vermutung in ihr geweckt hat, dass sie sich gerade in der Region Waring befindet, wo es viele Farmen gibt.

Doch ganz sicher ist sie sich nicht. Zwar hat sie schon seit ihrer Kindheit die Landkarten studiert, aber auf dem Papier sieht die Insel so viel kleiner aus. Und seit dem Wegweiser, den sie am frühen Morgen passiert hat, ist sie auf keinerlei Schild mehr gestoßen. Jetzt, kurz vor Sonnenuntergang, müsste sie zumindest auf der Höhe von Trignor sein. Vielleicht sogar Linwald. Ein paar Tage noch, dann dürfte sie die Außenbezirke von Indridskamm erreichen.

Wo sie dich schnappen werden, kleines Dummchen, hört sie Lucas Stimme in ihrem Kopf.

Mirabella streicht sich die schwarzen Strähnen aus dem Gesicht. Irgendwo östlich von ihr grollt leiser Donner. Sie ist so müde, dass sie nicht einmal mehr weiß, ob sie ihn herbeigerufen hat. Aber so oder so sehnt sie sich danach, und so entfernt sie sich immer weiter von der Straße, um dem Geruch des Gewitters zu folgen.

Als die Klippen und der weite Himmel in Sichtweite kommen, beschleunigt sie ihre Schritte. Über den Bäumen türmen sich so viele schwarze Wolken auf, dass sich nicht mehr sagen lässt, wie weit der Tag fortgeschritten oder ob bereits die Nacht hereingebrochen ist.

Sie tritt aus dem Wald. Im ersten Moment befürchtet sie, die ganze Zeit im Kreis gelaufen zu sein, so sehr ähneln diese Klippen der Dämmerpforte daheim. Doch der erste Blitz zeigt ihr, dass die Klippen hier teils weiß sind, teils in einem hellen Goldton schimmern, und sie wirken viel weicher als ihr geliebter schwarzer Basalt.

»Ein wenig mehr«, befiehlt sie dem Wind, der sofort um sie herumfegt und sie kräftig schüttelt. Der verdreckte Mantel wird ihr fast von den Schultern gerissen.

Mirabella geht bis an die Felskante, unter der sich das Meer ausbreitet. Durch die Blitze leuchtet das Wasser grün und blau. Es muss einen Pfad nach unten geben. Sie möchte so weit hinauswaten, dass ihr das Wasser bis zum Bauch reicht.

Der einzige Weg nach unten ist sehr steil und voller nasser Felsen. Sie sind glitschig, aber Mirabella lässt sich Zeit, genießt den Wind und den Regen. Morgen werden die Bewohner der Gegend das Gewitter als *Shannonsturm* bezeichnen, benannt nach jener Königin, deren Wandbild einen Großteil des Tempels von Rolanth ziert. Am Frühstückstisch werden sie sich darüber unterhalten. Er wird Dächer abdecken und Bäume entwurzeln, die dann fortgeschafft werden müssen. Die Leute werden das Lied von Königin Shannon singen und sich Geschichten darüber erzählen, dass sie Wirbelstürme herbeirufen und diese wie Brieftauben über das Land schicken konnte.

Und vielleicht werden die Leute eines Tages einen großen Brand als *Mirabellafeuer* bezeichnen und sich erzählen, diese Königin habe die Sonne verbrennen können. Vorausgesetzt, sie wäre nicht fortgelaufen und verschwunden.

Mirabella lässt den Blick über die Wellen wandern und nimmt die Kapuze ab, damit der Regen ihr Haar durchtränken kann. Dann leuchtet der nächste Blitz auf, und sie sieht das kenternde Boot.

»Nicht!«

Es ist ein kleines Gefährt, und die Wellen sind tückisch. Vielleicht hat der Sturm es von seinem Liegeplatz losgerissen. Niemand kann solches Pech haben, dass er in einem so winzigen Boot in einen derartigen Monstersturm gerät.

Das Boot rollt herum und richtet sich wieder auf. Die durchnässten Segel haben sich gelöst und flattern im Wind. Und es ist nicht unbemannt auf die See hinausgetrieben – ein einsamer Segler klammert sich an den Mast.

Hastig sieht Mirabella sich um, doch da ist nichts: niemand am Strand, keine Ortschaft, kein freundlicher Feuerschein. Nach Hilfe rufend dreht sie sich Richtung Straße, aber die ist zu weit weg.

Das Boot wird wieder kentern, und dann kommt es nicht mehr hoch. Es wird in die Tiefe sinken und zum Spielball der rastlosen Strömung werden, bis nichts mehr von ihm übrig ist.

Mirabella hebt die Hand. Sie kann nicht hier stehen und tatenlos zusehen, wie der Segler ertrinkt. Auch wenn sie erschöpft ist und Wasser immer das für sie schwierigste Element war.

»Nutze den Wind«, rät sie sich selbst, doch bisher hat sie ihn nie zu etwas anderem eingesetzt, als ihren eigenen Körper oder kleinere Gegenstände zu bewegen wie Lucas Schal oder Saras Hut.

Mirabella beobachtet das Wasser. Sie könnte versuchen, das Boot weiter rauszuschieben, so weit aufs Meer, dass es dem Sturm vielleicht entkommt.

Oder sie könnte versuchen, es an Land zu holen.

Beide Möglichkeiten sind riskant. Vielleicht lenkt sie das Boot auf die Klippen, wo es zerschellt. Oder sie verliert die Kontrolle über das Wasser und versenkt es. Oder der Bug setzt auf einem unsichtbaren Felsen unter der Oberfläche auf.

Sie ballt die Fäuste. Ihr bleibt keine Zeit mehr. Also konzentriert sie ihre Gabe auf das Wasser rund um das Boot, drückt es und verändert seine Strömung, um das kleine Gefährt Richtung Ufer gleiten zu lassen. Dann ruft sie den Wind, doch er ist zu stark, und das Boot bricht aus wie ein verschrecktes Pferd.

»Göttin, lenke meine Hand«, presst Mirabella zwischen den Zähnen hervor.

Nun hüpft das Boot unkontrolliert über die Wellen. Der Baum wackelt wie der Schwanz eines aufgeregten Hundes, und der Segler versucht, ihn zu packen. Doch er greift daneben, und die schwere Holzstange erwischt ihn mit voller Wucht am Rücken. Der Mann stürzt kopfüber ins Meer.

»Nein!«

Mithilfe ihrer Gabe durchsiebt Mirabella das Wasser, teilt es bis in seine Tiefen. Etwas Derartiges hat sie noch nie versucht. Die wogenden Wasserschichten des Meeres, seine gewaltigen Strömungen, der kalte, aufgewühlte Sand am Grund folgen ihren Befehlen. Es ist nicht leicht, aber das Wasser gehorcht ihr.

Der Segler kommt zurück an die Oberfläche, gehalten von einer Strömung, die sie für ihn erschafft. Weil er kleiner ist als das Boot, kann sie ihn leichter manövrieren.

Als er am Ufer landet, rollt sein Körper mit schmerzhafter Wucht über den nassen Sand. Sie wusste nicht, wie man so etwas abmildert. Vermutlich hat sie ihm sämtliche Knochen gebrochen.

Hastig klettert Mirabella über den steilen Pfad nach unten. Dabei rutscht sie immer wieder aus, schürft sich die Haut auf, reißt sich an scharfkantigen Felsen die Hände auf, bis sie bluten. Am Strand angekommen, rennt sie zu dem Segler und stemmt ihre geschundenen Handflächen auf seine Brust.

Wasser quillt aus seinem Mund. Leichenblass liegt er da, nur knapp hinter der Wasserlinie. Wie irgendein Meeresgetier, das die Wellen ausgespuckt haben.

»Atme!«, schreit sie ihn an, doch es gelingt ihr einfach nicht, den Wind in seine Lunge fahren zu lassen. Sie ist keine Heilerin. Sie weiß nicht, was zu tun ist.

Er hustet. Beginnt unkontrolliert zu zittern, aber das ist besser als der Tod.

»Wo bin ich?«, fragt er schwach.

»Ich weiß es nicht. Irgendwo in der Nähe von Trignor, glaube ich.«

Sie streift ihren Mantel ab und deckt ihn damit zu. Das wird nicht ausreichen. Irgendwie muss sie ihn aufwärmen, aber sie kann weit und breit keinerlei Unterschlupf entdecken.

»Das hier …« Schnell packt sie ihn an den Schultern, da er wieder ohnmächtig zu werden droht. »Das hier war nicht gerade der beste Platz für einen Landgang.«

Vollkommen überraschend fängt der Junge an zu lachen. Er ist ungefähr in ihrem Alter und hat dickes, dunkles Haar. Nun sieht er sie direkt an, und in seinen Augen tobt der Sturm. Vielleicht ist er ja gar kein Mensch, sondern ein Elementarwesen, erschaffen durch das anbrandende Wasser und den ewigen Donner.

»Kannst du laufen?«, fragt sie, doch er ist schon wieder weggetreten, zittert so heftig, dass seine Zähne aufeinanderschlagen. Sie kann ihn nicht tragen. Weder den Pfad hinauf noch den endlosen Strand entlang, bis irgendwann eine Ortschaft auftaucht.

An der Stelle, wo die Klippen sich zur Landseite einbuchten, bilden sie einen Spalt, der oben enger ist als unten. Eine Höhle kann man es nicht nennen, es ist gerade mal eine Felsnase, aber es muss reichen.

Mirabella schiebt einen Arm unter seinen Brustkorb und lädt ihn sich halb auf die Schultern, dann schleift sie seinen schlaffen Körper mit sich. Der nasse Sand saugt an ihren Stiefeln. Ihre Beine, die sowieso schon müde sind, protestieren schmerzhaft, aber sie schafft es, den Schutz der Klippen zu erreichen.

»Ich muss Feuerholz suchen«, erklärt sie. Er liegt auf der Seite und zittert. Selbst wenn sie es schafft, ihn zu wärmen, wird er die Nacht vielleicht nicht überleben. Möglicherweise hat er zu viel Meerwasser geschluckt.

Überall auf dem Strand liegen dunkles, nasses Treibholz und abgerissene Äste herum. Mirabella sammelt einiges davon ein und stapelt das Holz unter dem Felsvorsprung zu einem wirren Haufen auf, in dem noch Seetang, Muscheln und Steinchen hängen.

Inzwischen zittert sie ebenfalls. Ihre Gabe ist so gut wie erschöpft.

Als sie Feuer in das Holz schicken will, geschieht nichts.

Mirabella sinkt auf die Knie und reibt die Hände aneinander. Neben den Blitzen ist ihr das Feuer am liebsten. Dass es jetzt nicht auf ihren Ruf reagiert, ist ungefähr so, als würde ein geliebtes Haustier den Schwanz einziehen und davonlaufen.

Die Lippen des Jungen sind blau angelaufen.

»Bitte.« Sie reizt ihre Gabe bis zum Letzten aus.

Zuerst rührt sich nichts. Dann steigt eine winzige, träge Rauchsäule aus dem Haufen auf. Bald streicht die Wärme der Flammen über ihre Wangen und beginnt, ihre Kleidung zu trocknen. Das Feuer zischt und faucht, wenn es von den Regentropfen des Shannonsturms getroffen wird, aber dagegen kann man nichts tun. Da ihre Gabe restlos erschöpft ist, kann Mirabella den Wolken nicht befehlen, sich zurückzuziehen. Der Sturm wird abziehen, wenn er so weit ist.

Der Junge liegt reglos neben ihr, doch nun zittert er nicht mehr ganz so stark. Mühsam zieht sie ihm Jacke und Hemd aus und breitet beides so nah am Feuer aus, wie es geht, ohne dass sie verbrennen. Elizabeths Mantel legt sie ebenfalls dazu. Falls es ihr gelingt, ihn zu trocknen, wird er den Jungen gut warmhalten.

Ein leises Stöhnen kommt über seine Lippen. Wenn doch nur Luca hier wäre. Sie wüsste, was zu tun ist.

»Kalt«, murmelt der Junge.

Mirabella hat ihn gewiss nicht aus den Tiefen des Meeres geholt und dann über den Strand geschleift, um ihm jetzt beim Sterben zuzusehen. Ihr fällt nur noch eine Möglichkeit ein.

Sie knöpft ihr Kleid auf und zieht es aus. Dann legt sie sich hinter den Jungen, schmiegt sich an ihn und schlingt beide Arme um seinen Brustkorb, damit er möglichst viel von ihrer Körperwärme abbekommt. Wenn der Mantel trocken ist, wird sie ihn und sich damit zudecken.

Mirabella erwacht mit einem Ruck. Nachdem sie Elizabeths getrockneten Mantel zu einer Decke umfunktioniert hat, hat sie so lange ins Feuer gestarrt, bis sie eingeschlafen ist und wieder von Arsinoe und Katharine geträumt hat. Das Treibholz in den Flammen wurde zu den Fingerknochen ihrer Schwestern, der nasse, dampfende Seetang zu ihren Haaren. Sie sind zu Kohle verbrannt und zerfallen, als sie versuchten, wie Krabben aus der Glut zu kriechen.

Der Junge liegt in ihren Armen. Auf seiner Stirn haben sich Schweißtropfen gebildet, und er wehrt sich gegen ihren Griff, aber sie lässt ihn nicht los. Er darf nicht wieder auskühlen. Am Morgen wird er etwas zu trinken brauchen. Wenn sie über den steilen Pfad zum Wald hinaufgeht, findet sie bestimmt Wasser. Auch nach dem Regen hängt sicher noch Eis an den Zweigen der Bäume.

Mirabella rückt sich zurecht, und plötzlich schlingt der Junge einen Arm um ihre Taille. Seine Augen öffnen sich einen Spalt weit.

»Das Boot?«

»Liegt auf dem Grund des Meeres.« Bedenkt man die Kraft der Shannonbrandung, höchstwahrscheinlich in seinen Einzelteilen.

»Meine Familie wird es ersetzen müssen«, flüstert er.

»Mach dir darüber jetzt keine Gedanken. Wie fühlst du dich? Tut dir irgendetwas weh?«

»Nein.« Seine Lider fallen wieder zu. »Mir ist kalt. So kalt.«

Suchend wandert seine Hand über ihren Rücken und unter den Mantel. Mirabella bekommt Herzklopfen. Selbst in seinem Zustand ist er noch der attraktivste Junge, den sie je gesehen hat.

»Bin ich tot?«, fragt er. »Bin ich gestorben?«

Sein Bein schiebt sich zwischen ihre Schenkel.

»Du bist nicht gestorben«, antwortet sie atemlos. »Aber ich muss dich aufwärmen.«

»Dann wärme mich.«

Er zieht sie an sich und drückt seine Lippen auf ihre. Salzig schmeckt er. Langsam gleiten seine Hände über ihre Haut.

»Du bist nicht real«, haucht er dicht an ihrem Mund.

Wer auch immer diesem Jungen das Küssen beigebracht hat, hat ganze Arbeit geleistet. Er zieht Mirabella auf seine Brust und küsst ihren Hals. Wieder sagt er ihr, sie sei nicht real.

Aber vielleicht ist er es ja, der nicht real ist. Dieser Junge mit dem Sturm in den Augen.

Mirabella schlingt die Beine um seinen Körper. Diesmal stöhnt er nicht wegen der Kälte.

»Ich habe dich gerettet«, sagt sie. »Ich werde dich nicht sterben lassen.«

Hungrig erwidert sie seine Küsse, und ihre Berührungen wecken ihn auf, ziehen ihn aus der Dunkelheit empor. Für ihn fühlt es sich an, als wäre er dazu bestimmt, in ihren Armen zu liegen. Sie wird ihn nicht sterben lassen. Sie wird ihnen beiden Wärme spenden.

Sie wird sie beide in Flammen aufgehen lassen.

Wolfsquell

Josephs Mutter hatte einen Traum. Einen Traum, in dem ihr Sohn von den Wellen verschlungen wurde. Sie sagte, es war mehr als ein Albtraum, und Jules glaubte ihr. Als kleiner Junge hatte Joseph eine ganz schwach ausgeprägte Sehergabe. Irgendwo muss die ja hergekommen sein. Aber alle anderen waren skeptisch, bis die Nachricht aus Trignor kam, dass er nie dort angekommen sei.

Luke drückt Jules einen Becher Tee in die Hand. Er hat eine ganze Kanne voll mit zum Pier gebracht, außerdem hat er sich einige Becher unter den Arm geklemmt.

»Entschuldige«, sagt er schnell, als etwas von der heißen Flüssigkeit über den Rand schwappt und ihre Finger verbrüht. »Und ich entschuldige mich auch dafür, dass ich nicht genug Hände hatte, um noch die Sahne mitzunehmen. Immerhin …« Er greift in seine Jackentasche und lässt eine Handvoll Zuckerwürfel in den Becher fallen.

»Danke, Luke.«

Hank der Hahn sitzt gackernd auf seiner Schulter, als Luke sich zwischen den besorgten Wartenden und den Gaffern hindurchschiebt und Becher austeilt.

Jules ist zu besorgt, um zu trinken. In der Nachricht hieß es, vor der Küste habe es einen Sturm gegeben, ein wahres Monster, das vom offenen Meer über die Insel hereingebrochen sei und von Linwald bis zum Hafen der Grubenbucht schwere Verwüstungen angerichtet habe.

Billy taucht neben ihr auf und drückt ihre Schulter.

»Joseph ist ein erfahrener Segler, Jules«, versichert er ihr. »Höchstwahrscheinlich hat er in irgendeiner Bucht angelegt, um die Sache auszusitzen, und ist danach einfach weitergefahren. Wir werden bald etwas von ihm hören. Da bin ich mir sicher.«

Jules nickt und spürt, wie Arsinoe sich an ihre andere Seite schmiegt. Camden drückt sich an ihre Beine. Trotz all der beruhigenden Worte haben schon einige Boote die Robbenkopfbucht verlassen und sich auf die Suche gemacht, darunter Matthew mit der *Dickkopf*. Auch Miss Baxter hat versprochen, mit der *Edna* rauszufahren.

Jules lässt den Blick über die Bucht schweifen. Hier vom Pier aus wirkt das Meer unendlich weit und verschlagen. Zum ersten Mal in ihrem Leben empfindet Jules es als hässlich. Gleichgültig, träge, voller gieriger Wellen und sein Grund übersät mit Gebeinen.

Nur ein einziges Mal hat sie das Meer bislang gehasst – in jener Nacht, als sie von der Insel fliehen wollten und es sich weigerte, Arsinoe freizugeben. Während sie in diesem dichten Netz aus Nebelschwaden herumtrieben, hat Jules das Meer so sehr gehasst, dass sie in die Fluten gespuckt hat.

Aber damals war sie noch ein Kind. Sicherlich würde die Göttin ihr diesen Anflug von Bitterkeit nicht derart lange nachtragen und so grausam viele Jahre später Vergeltung üben.

»Keine Ahnung, warum wir so einen Aufwand betreiben für einen Möchtegern, der nach Festland stinkt«, murmelt jemand in der Menge.

Jules fährt herum. »Wie war das?«, zischt sie. Sie ballt die Fäuste, bis ihr Teebecher zerbricht.

»Ganz ruhig, Jules.« Arsinoe zieht ihren Arm wieder runter. »Wir werden Joseph finden.«

»Ich werde kein böses Wort über ihn dulden«, knurrt Jules. »Nicht, bis er wieder hier ist. Bis ihr den Mut aufbringen müsst, ihm eure Worte ins Gesicht zu sagen.«

»Komm, Jules, wir gehen«, mahnt Arsinoe, als die Leute vor Jules' erhobenen Fäusten zurückweichen. »Wir werden ihn finden.«

»Und wie?«, will Jules von ihr wissen. Doch sie lässt sich vom Pier runterziehen. »Ich hatte noch nie eine solche Angst, Arsinoe.«

»Das musst du nicht«, erwidert die Königin. »Ich habe einen Plan.«

»Das wiederum macht *mir* plötzlich Angst«, murmelt Billy, während er hinter den beiden den Hafen verlässt.

Keine Stunde später reiten Arsinoe, Jules und Billy auf drei von Reed Andersons Pferden aus Wolfsquell hinaus. Die von Arsinoe und Billy sind langbeinige, feingliedrige Geschöpfe, das von Jules etwas dicker und stärker, sodass es das zusätzliche Gewicht eines ausgewachsenen Berglöwen verkraften kann.

Zudem hat Arsinoe einen Satz von Josephs Kleidung unter ihren Sattel gestopft – und ein scharfes Silbermesser.

An der Westküste

Als Mirabella aufwacht, liegt sie allein unter Elizabeths Mantel. Der Sturm hat sich gelegt, und das Feuer ist heruntergebrannt, trotzdem weckt die Erinnerung an die Zärtlichkeiten des Jungen genügend Wärme in ihr. Er war ihr Erster. Wie begeistert Bree sein wird, wenn sie das herausfindet … falls Mirabella jemals nach Rolanth zurückkehren und es ihr erzählen kann.

Sie streckt den Kopf aus ihrem Unterschlupf. Es ist früh am Morgen. Noch liegt kein Glanz auf dem Wasser, allerdings ist der Strand in trübes graues Licht getaucht. Der Junge hat sich Hose und Hemd übergestreift, sitzt mit dem Rücken zu ihr und stützt den Kopf in die Hände.

Mirabella stemmt sich auf einen Ellbogen hoch. Offenbar liegt sie auf ihrem Kleid. Vielleicht schafft sie es ja hineinzuschlüpfen, ohne dass er es bemerkt.

»Geht es dir gut?«, fragt sie leise.

Er dreht sich halb zu ihr um.

»Ja.« Er schließt die Augen. »Danke.«

Mirabella wird rot. Bei Tageslicht ist er genauso gut aussehend wie im Feuerschein. Sie fände es schön, wenn er zu ihr kommen und sich wieder neben sie legen würde. Doch irgendwie scheint er weit weg zu sein.

Noch immer halb abgewandt fragt er: »Was … was ist passiert?«

»Du erinnerst dich nicht?«

»Ich erinnere mich an den Sturm und an uns beide.« Er zögert. »Ich begreife nur nicht, wie das … wie ich das tun konnte.«

Mirabella setzt sich auf und wickelt sich in den Mantel. »Du wolltest es nicht«, stellt sie beunruhigt fest. »Es hat dir nicht gefallen.«

»Doch, es hat mir gefallen. Es war wundervoll. Nichts von alldem … Du trägst keinerlei Schuld an alldem.«

Sie seufzt erleichtert und krabbelt zu ihm hinüber, um den Mantel wieder um sie beide zu legen. Sanft küsst sie erst seine Schulter, dann seinen Hals. »Dann komm doch noch einmal zu mir«, flüstert sie. »Der Tag ist noch nicht ganz angebrochen.«

Als ihre Lippen seine Schläfe streifen, schließt er die Augen. Einen Moment lang glaubt sie, er werde sich ihr entziehen, doch dann dreht er sich zu ihr und schließt sie in seine Arme. Voller Wildheit küsst er ihren Mund und drückt sie neben dem erloschenen Feuer in den Sand.

»Ich weiß nicht, was ich hier tue«, flüstert er.

»Du scheinst sehr *gut* zu wissen, was du tust«, erwidert Mirabella lächelnd. »Und du kannst es gerne noch einmal tun.«

»Das will ich. Gott verdammt, das will ich.«

Er zieht sich ein Stück zurück und sieht ihr in die Augen.

Auf diese Weise kann sie beobachten, wie seine ungläubige Miene der Verzweiflung weicht.

»Nein«, ächzt er. »Oh nein.«

»Was ist denn? Was ist los?«

»Du bist eine Königin«, presst er hervor. »Du bist Mirabella.« Hastig weicht er vor ihr zurück.

Dann hat er sie in der vergangenen Nacht also nicht erkannt. Ein Teil von ihr hatte es befürchtet und sich gefragt, ob er sie wohl nach Rolanth zurückbringen würde. Aber dem wesentlich größeren Teil war es egal gewesen.

»Nein«, sagt er wieder, was ihr ein leises Lachen entlockt.

»Ist schon gut. Es ist nicht verboten, mit einer Königin zu schlafen. Man wird dich nicht bestrafen. Du wirst nicht sterben.«

»Was tust du hier?«, fragt er. »Warum bist du nicht in Rolanth? Und warum trägst du einen weißen Mantel?«

Jetzt mustert sie ihn mit Vorsicht. Offenbar besteht sein Problem nicht darin, dass sie eine Königin ist.

»Wie heißt du?«, will sie von ihm wissen.

Er ist kein Arron; dann hätte er einen anderen Teint. Außerdem trägt er die Kleidung eines Handwerkers, etwas abgetragen und mehrfach geflickt. Er muss von weither gekommen sein. Einen Akzent wie seinen hat sie noch nie gehört.

»Mein Name ist Joseph Sandrin.«

Mirabella wird schlagartig kalt. Sie kennt diesen Namen. Er ist der Junge, der Arsinoe liebt. Der verbannt wurde, weil er ihr dabei helfen wollte, von der Insel zu fliehen.

Sie hebt ihr Kleid vom Boden auf und streift es über, ohne Elizabeths Mantel abzulegen. Sie hat mit dem Jungen geschlafen, in den ihre Schwester verliebt ist. Ihr wird übel.

»Dachtest du, ich wäre sie?«, fragt sie, während sie hastig ihr Kleid zuknöpft. »Dachtest du, ich wäre Arsinoe?«

Nach dem Unfall, dem Sturm und der Kälte könnte seine Verwirrung so groß gewesen sein, dass dieser Fehler verzeihlich wäre – zumindest von seiner Seite.

»Was? Nein!« Dann lacht er verblüfft auf. »Wenn ich Arsinoe auf die Art angefasst hätte, wie ich dich berührt habe …« Schlagartig wird er wieder ernst. »Dann hätte sie mich verprügelt.«

Ihn verprügelt. Ja, das passt. Als sie noch Kinder waren, hat Arsinoe immer zuerst zugeschlagen. Insbesondere bei Menschen, die ihr wichtig waren.

Joseph starrt aufs Meer hinaus. Jetzt ist das Wasser ruhig. Schimmernd und träge spielt es das Unschuldslamm, als hätte es in der letzten Nacht nicht so bösartig gewütet.

»Warum musste das geschehen?«, fragt er leise. »Nachdem ich so lange auf sie gewartet habe.«

»Auf wen?«

»Auf das Mädchen, das ich schon mein ganzes Leben lang liebe.« Ihren Namen verrät er Mirabella nicht. Auch gut. Soll er ihn ruhig geheim halten.

»Sie muss es ja nicht erfahren«, stellt Mirabella fest. »Du bist unverletzt, du bist am Leben. Du kannst nach Hause zurückkehren.«

Sofort schüttelt Joseph den Kopf. »Und ich soll es vergessen?« Er sieht sie an und streicht über ihre Wange. »Der Schaden ist bereits angerichtet.«

»Sag das nicht – Schaden. Als wäre etwas Furchtbares passiert. Wir wussten es doch nicht!«

Joseph weicht ihrem Blick aus. Stattdessen blickt er traurig aufs Meer hinaus. »Ach, Mirabella. Vielleicht wäre es besser gewesen, wenn du zugelassen hättest, dass ich ertrinke.«

Sie können nicht ewig am Strand bleiben. Als die Ebbe einsetzt, graben sie nach essbaren Muscheln und trocknen anschließend ihre wieder nasse Kleidung an einem neu entzündeten Feuer, aber sie zögern es nur hinaus. Ihre Zeit ist abgelaufen.

»Wohin wirst du von hier aus gehen?«, fragt Mirabella.

»Landeinwärts, zur Straße. Ursprünglich sollte ich mit der Kutsche nach Wolfsquell zurückfahren. Das werde ich jetzt wohl nachholen.«

Joseph mustert die Königin neben sich. Sie ist so ganz anders als Arsinoe. Und so ganz anders, als er es erwartet hätte. Er hat immer gehört, Mirabella führe ein Leben, als wäre sie bereits gekrönt worden, und dass man auf die Knie fallen müsse, wenn sie an einem vorbeigeht. Dass sie wahlweise wie eine Gefangene auf dem Anwesen der Westwoods lebe oder sorgsam im Tempel versteckt werde. In seiner Vorstellung war sie eine Art Festtagsschmuck, der nur zu besonderen Anlässen hervorgeholt wird und den man auf keinen Fall anfassen darf.

Diese Mirabella ist anders. Sie ist wild und mutig. Ihre schwarzen Haare sind nicht kunstvoll geflochten oder aufgesteckt. Er fragt sich, ob die Leute in Rolanth ihre Königin ebenfalls so wahrnehmen. Ob die Gerüchte alle falsch sind. Oder ob diese Mirabella vielleicht nur an einsamen Stränden auftaucht, nach einem Sturm. Falls es so ist, gehört sie ihm ganz allein.

Sie bedecken die erloschene Feuerstelle mit Sand, und Mirabella führt Joseph über den Pfad die Klippen hinauf.

»Hoch geht es leichter als runter«, stellt sie fest und zeigt ihm ihre verwundeten Handflächen.

Als sie oben ankommen, gehen sie gemeinsam durch den Wald Richtung Straße.

»Vermutlich wirst du bis zur nächsten Ortschaft laufen müssen, um eine Kutsche zu finden«, erklärt Mirabella.

»Ich war mehr als einen Tag lang auf dieser Straße unterwegs, und es sind nur sehr wenige Menschen an mir vorbeigefahren.«

Abrupt bleibt Joseph stehen. »Warum bist du nicht in Rolanth bei deinem zukünftigen Hofstaat?«

So wie er das sagt, klingt es irgendwie gehässig. Aber er meint es nicht so. Er nimmt ihre Hand. »Ganz allein hier draußen bist du nicht sicher.«

»Du klingst schon wie meine Freundin Bree. Ich komme zurecht.«

»Erst dachte ich, dass du vielleicht nach Süden willst, weil Katharine und Arsinoe im Süden leben. Aber das kann es nicht sein. Schließlich dürft ihr erst nach Beltane gegen die anderen Königinnen vorgehen – es sei denn, die Regeln haben sich geändert. Ist das so? Ich war sehr lange fort.«

»Nein, es hat sich nichts geändert. Hin und wieder stehle ich mich davon. Um allein zu sein. Was dein Glück war!«

»Das stimmt«, nickt Joseph mit einem Lächeln. »Ich schätze, ich schulde dir etwas.«

»Das sehe ich auch so.«

Sie haben die Straße fast erreicht, wollen sich aber nicht trennen. Ihre Schritte werden immer langsamer, beinahe schleppend. Als Joseph schließlich vorschlägt, sie noch ein Stück Richtung Süden zu begleiten, drückt Mirabella ihm einen Kuss auf die Wange.

Dieser eine Kuss führt zu mehr. Sie werden so wenig voneinander haben, dass sie alles mitnehmen müssen, was sich bietet. Als die Sonne untergeht, sind sie zwar nicht weit gekommen, aber zumindest ist es zwischen den Bäumen einfacher, Holz für ein Feuer zu finden.

Auf der Straße nach Wolfsquell

Jules benutzt ihre Gabe dazu, die Pferde anzutreiben. Noch nie in ihrem Leben sind sie so schnell gelaufen. Dennoch müssen die Tiere und ihre Reiter in Torberg übernachten, und als sie die Außenbezirke von Indridskamm erreichen, schwatzt Arsinoe mithilfe des Geldes von Billys Vater einem Händler neue Pferde und den Rücktransport nach Wolfsquell für die geliehenen Tiere ab.

Jules klopft ihre alten Reittiere liebevoll und drückt ihnen einen Kuss auf die Wange. Sie haben sich tapfer gehalten, und von dem hohen Tempo ihres Ritts werden sie bestimmt Muskelkater bekommen.

»Also los«, sagt Arsinoe. »Weiter geht's.«

»Jetzt warte doch mal eine Minute«, fordert Billy und streckt gequält den Rücken durch. Als verhätscheltes Stadtkind ist er eine solche Eile nicht gewöhnt, außerdem weiß er nicht, wie man im Sattel dösen kann. »Ich habe noch nicht mal meine Steigbügel angepasst.«

»Du kannst auch ohne sie reiten.«

»Aber nicht so gut wie mit ihnen.«

Als er nach den Riemen greift, geben die Mädchen nach und nutzen den Moment, um ebenfalls ihre Bügel anzupassen. Sie kontrollieren zweimal die Sattelgurte, und Jules gibt Camden ein Stück getrockneten Räucherfisch.

Am liebsten wäre Arsinoe schon wieder unterwegs. Jedes Mal, wenn sie anhalten, sieht Jules ganz elend aus. Aber sie haben es fast geschafft. Bald werden sie die Stelle erreichen, an der Joseph das Kap umsegelt und der Sturm ihn erwischt haben muss.

»Von jetzt an bleiben wir im Wald«, verkündet Arsinoe.

»Warum das?«, will Billy wissen.

»Wirst du schon sehen.«

Sie schwingt sich in den Sattel und wendet ihr Pferd, sodass sie direkt auf die schwarzen Türme des Volroy blickt. Vorerst ist Indridskamm noch die Stadt ihrer Schwester, weshalb Arsinoe sie eigentlich nicht ohne Einladung betreten darf. Doch nach dem Beltanefest wird sich das ändern, und falls sie aufsteigt, werden diese Türme ihr gehören – auch wenn ihr schon bei ihrem Anblick schwindelig wird.

In zügigem Tempo reiten sie durch die verworrenen, mit Kopfsteinpflaster bedeckten Straßen, dann hinaus auf die Kieswege und weiter über Trampelpfade, bis sie schließlich über den Straßengraben springen und zwischen den Bäumen verschwinden. Im Wald kommen sie nur langsam voran, und den Pferden aus Indridskamm gefällt die Umgebung nicht – es sind eben schicke, rabenschwarze Renner –, trotzdem gelingt es Jules, sie in Bewegung zu halten. Camden ist müde und liegt quer über Jules' Sattel. Schnurrend hält sich der massige Berglöwe am Hals des Reittiers fest. Dass ihr Pferd nicht vor Angst tot umfällt, ist ein weiterer Beweis dafür, wie unglaublich stark Jules' Gabe ist.

»Wir hätten auf der Straße bleiben sollen«, stellt Billy irgendwann fest. Als niemand antwortet, verfällt er wieder in Schweigen. Seit sie in Wolfsquell losgeritten sind, hat niemand das Offensichtliche ausgesprochen: Sollte Joseph in das eiskalte Wasser gefallen sein, ist es um ihn geschehen. Dann hat der Tod ihn innerhalb weniger Minuten geholt, und keine noch so gründliche Suche wird ihn zurückbringen. Bald werden sie es wissen. Wenn Arsinoes Zauber sie ans Wasser führt, haben sie Gewissheit.

Als sie eine Lichtung erreichen, die groß genug für die Reiter, die Pferde und ein Lagerfeuer ist, pariert Arsinoe ihr Tier durch.

»Also dann, lasst uns Feuerholz sammeln.«

»Feuerholz? Wir haben doch gerade erst die Pferde gewechselt«, protestiert Billy.

Arsinoe ist bereits dabei, herabgefallene Äste aufzulesen. Das Feuer muss nicht lange brennen. Jules schält mit ihrem Messer etwas Rinde von den Bäumen und lässt die rötlich-weißen Streifen wie dicke Locken auf den Haufen fallen.

Während Arsinoe ein Streichholz anreißt, kniet Jules sich neben sie. »Wirst du dazu Haare von mir brauchen?«

Überrascht blickt Arsinoe hoch. Natürlich, sie weiß es. Jules hat sie schon immer besser durchschaut als irgendjemand sonst.

Sie greift in ihren Lederbeutel und holt das kleine Silbermesser hervor. Zieht es aus der Scheide. Die scharfe Klinge ist leicht gebogen und ungefähr eineinhalb Mal so lang wie bei einem gewöhnlichen Messer. Sie sieht gefährlich aus. Dann nimmt Arsinoe die mitgebrachte Kleidung von Joseph und legt das Messer obendrauf.

»Was ist hier los?«, fragt Billy. »Was macht ihr da?«

Mit ein wenig trockenem Gras und kleinen Zweigen facht Arsinoe die Flammen an. Außer ihnen ist in weitem Umkreis keine Menschenseele hier. Auf dem Weg sind sie an keinerlei Gattern oder Zäunen vorbeigekommen, haben nicht einen Hund bellen hören. Kein Lüftchen rührt sich, die Kälte hat nachgelassen, und abgesehen vom Zischen und Knacken des Feuers hängt eine drückende Stille über dem Wald.

Jules krempelt ihren Ärmel hoch.

»Ich dachte, ihr Naturbegabten lasst bloß Blumen erblühen und zwingt Berglöwen dazu, Bücher auf dem Kopf zu balancieren«, flüstert Billy.

»Jules zwingt diese Raubkatze zu rein gar nichts.« Arsinoe greift nach dem Messer und stochert suchend in dem Kleiderbündel herum. »Und, ja, sie kann Blumen erblühen lassen. Im Gegensatz zu mir. Ich habe nur das hier.«

»Niedere Magie«, erklärt Jules.

»Magie für jene ohne Gabe.« Arsinoe entscheidet sich für Josephs Hemd und reißt mit den Zähnen einen Streifen vom unteren Saum ab.

»Das klingt nicht gut«, fährt Billy fort. »Warum habe ich das Gefühl, du hättest ein Geheimnis daraus gemacht?«

»Weil es so ist«, gibt Arsinoe zu.

»Weil diese Magie hinterhältig ist«, fügt Jules hinzu. »Weil sie zurückschlägt.«

»Und warum setzt ihr sie dann jetzt ein?«

Arsinoe hält das Messer vor sein Gesicht. »Willst du Joseph finden? Ja oder nein?«

Besorgt sieht Jules zu, wie die Klinge in Arsinoes Hand zittert. Sie selbst hat nie mit niederer Magie herumgespielt, nicht einmal in dem Alter, in dem die meisten Kinder auf der Insel eine gewisse Neugier entwickeln. Niedere Magie darf man nicht auf die leichte Schulter nehmen. Sie lässt sich nicht besitzen wie eine Gabe, lässt sich nicht an die Leine legen. Die Tempelpriesterinnen bezeichnen sie manchmal auch als Gebet mit Fallstricken: Vielleicht wird es erhört, vielleicht nicht, doch es hat immer einen Preis.

»Alles klar.« Jules streckt den Arm aus.

»Warte, Jules!«, ruft Billy, bevor Arsinoe den ersten Schnitt machen kann. »Joseph würde nicht wollen, dass ihr das tut. Er wäre dagegen!«

»Ich weiß. Aber er würde es auch für mich tun, wenn ich verschollen wäre.«

»Schließ die Augen«, befiehlt Arsinoe ihrer Freundin. »Und denke an Joseph. Denke an nichts anderes außer an Joseph.«

Jules nickt stumm. Arsinoe atmet noch einmal tief durch, dann schneidet sie in das weiche Fleisch von Jules' Handballen, direkt neben dem Daumen. Feine rote Linien bilden sich, fließen ineinander, und das Blut tropft auf den Boden. Vorsichtig schneidet Arsinoe weiter, ritzt die filigranen Symbole ein, die Madrigal ihr gezeigt hat, verbindet sie miteinander.

Dann positioniert sie Jules' Hand direkt über Josephs Hemd. »Zudrücken.«

Jules presst die Finger zusammen. Tropfen für Tropfen fällt das Blut auf den Stoff. Als genug geflossen ist, lässt Arsinoe das Hemd in die Flammen fallen und verbindet Jules' Wunden geschickt mit dem abgerissenen Stoffstreifen.

»Atme den Rauch ein.«

»Hast du vielleicht zu viel Blut genommen?«, fragt Jules unsicher. »Ich fühle mich irgendwie komisch. Meine Augen …«

»Hab keine Angst. Denke immer nur an Joseph.«

Durch das brennende Blut hat der Rauch eine stechende Note bekommen. Arsinoe und Billy sehen mit morbider Faszination zu, wie Jules die Schwaden einatmet und der Zauber ihr Innerstes aushöhlt. So wird sie zu einem leeren Gefäß, das bereit ist, das Verlangen des Rauches aufzunehmen. Wenn Arsinoe alles richtig gemacht hat, richtet sich dieses Verlangen ganz auf Joseph.

»Geht es ihr gut?«, fragt Billy.

»Bald wieder«, behauptet Arsinoe, obwohl sie es in Wahrheit nicht weiß. Doch das spielt auch keine Rolle. Jetzt gibt es kein Zurück mehr.

Arsinoe und Billy führen die Pferde hinter Jules her, die unbeholfen durch den Wald torkelt. Leicht ist das nicht; da ihre Gabe die Tiere nicht länger besänftigt, sind sie nervös und fahrig, haben eindeutig Angst vor dem, was aus Jules geworden ist: Magie in fleischlicher Hülle, die keinerlei Persönlichkeit mehr hat.

»Was machst du mit ihr?«, flüstert Billy beunruhigt.

»Ich mache gar nichts. Sie sucht nach Joseph.«

Es sucht nach Joseph. Das ist nicht Jules. Doch sobald er gefunden ist, wird es Jules wieder freigeben. Zumindest hofft Arsinoe das.

Camden prallt gegen Arsinoes Beine und grunzt angespannt. Der Zauber scheint den Berglöwen krank gemacht zu haben. Er weigert sich, dieser Hülle, die Jules ist und doch wieder nicht, zu nahe zu kommen. Stattdessen bleibt er dicht bei Arsinoe und den Pferden.

Billys Blick wandert zwischen der Raubkatze und Arsinoe hin und her.

»Wie lange machst du … so etwas schon?« Er deutet mit dem Kopf nach hinten, in Richtung der verlassenen Feuerstelle.

»Wieso?«

»Weil ich nicht glaube, dass du besonders gut darin bist.« Voller Enttäuschung verzieht er den Mund, woraufhin Arsinoe ihm einen Schlag gegen den Oberarm verpasst.

»Es funktioniert doch, oder? Und außerdem denke ich nicht, dass du sonderlich gut geeignet bist, um das zu beurteilen.«

Laut Jules hat Joseph behauptet, dass Billy auf dem besten Weg sei, sich in sie zu verlieben. Aber das stimmt nicht. Arsinoe durchschaut ihn, erkennt tief in seinem Inneren die finsteren Pläne seines Vaters. Er wird die Königin heiraten. *Die* Königin, um an *die* Krone heranzukommen. Trotzdem hat es ihr gefallen, sich mit ihm anzufreunden. Zudem kann sie seine Beweggründe ja auch verstehen.

Vor ihnen gibt Jules ein tiefes Stöhnen von sich. Es verwandelt sich in eine Art Schrei, als sie Richtung Küste rennt. Richtung Wasser. Arsinoe wirft Billy einen nervösen Blick zu, der beruhigend ihre Schulter drückt.

Im nächsten Moment ändert Jules die Richtung und läuft wieder geradeaus.

Hastig drückt Arsinoe Billy die Zügel in die Hand.

»Bleib hier«, presst sie hervor. »Cam, du kommst mit!«

Mehr Ermutigung braucht der Puma nicht. Irgendwie scheint er zu spüren, dass Jules langsam wieder sie selbst wird. Mit aufmerksam aufgestellten Ohren und laut schnurrend rennt Camden los, gemeinsam mit Arsinoe hinter Jules her.

Joseph und Mirabella halten sich an der Hand. Selbst nach einem langen Vormittag am Lagerfeuer kommen sie der Hauptstadt immer näher. Egal wie langsam sie auch gehen, bald werden sie sich trennen müssen. Es lässt sich nicht länger aufschieben.

Joseph wird nach Wolfsquell zurückkehren. Zu seinem Mädchen, wo er hingehört, und dieses seltsame Intermezzo wird ein Ende haben.

Doch es wird nicht vergessen sein.

»Es ist vollkommen sinnlos, traurig zu sein«, hatte Mirabella am Vorabend gesagt, als sie am Feuer lagen. »Die Dinge sind nun einmal, wie sie sind. Selbst wenn du frei wärst, könnte ich niemals mit dir zusammen sein.«

Zwischen den Bäumen bewegt sich etwas, und Mirabella erstarrt. Sofort schiebt Joseph sich schützend vor sie. Vielleicht ist es ein Suchtrupp aus Rolanth. Fast hofft sie es. Dann wird man sie fortschleifen, und sie wird sich nicht aus eigener Kraft von ihm abwenden müssen.

Eine helle Frauenstimme schallt durch den Wald. Josephs Finger lösen sich von ihr.

»Jules?«, ruft er. »Jules!«

Er dreht sich kurz zu Mirabella um, vielleicht mit Bedauern in seinem Blick. Dann rennt er in den Wald hinein.

Mirabella folgt ihm in sicherer Entfernung. Sie ist nahe genug, um das Mädchen zu sehen, das gebückt wie ein Tier durch das Unterholz bricht.

»Joseph!«

Ohne jede Grazie wirft sie sich an seine Brust und schlingt beide Arme um ihn. Sie schluchzt; erstaunlich laut für eine so kleine Person.

»Deine Mutter hatte einen Traum«, sagt sie atemlos. »Ich hatte solche Angst!«

»Es geht mir gut, Jules.« Er drückt ihr einen Kuss auf den Scheitel. Ruckartig streckt sie sich und küsst ihn auf den Mund.

Mirabella hat plötzlich das Gefühl, ihr Herz würde ihren Brustkorb verlassen. Schnell tritt sie in den Schatten der Bäume zurück, während Joseph das Mädchen küsst, das er sein Leben lang geliebt hat.

Dann zittern die Büsche noch einmal, und eine große goldgelbe Raubkatze springt das Paar an.

Mirabella beobachtet, wie die beiden den Berglöwen streicheln. Sie sind also Naturbegabte. Und ein so starker Familiaris ist einer Königin würdig. Arsinoe muss in der Nähe sein. Arsinoe, ihre Schwester.

Dann sieht sie sie. Mit einem breiten Grinsen, das Mirabella jederzeit wiedererkannt hätte, rennt sie auf die beiden zu. Die kurzen Haare tanzen über ihren Schultern.

Mirabella möchte nach ihr rufen. Möchte die Arme ausbreiten. Doch die Angst lässt sie erstarren. Obwohl es so lange her ist, dass sie Arsinoe gesehen hat, ist sie doch unverändert. Sie glaubt sogar Dreckspritzer auf dem spitzbübischen Gesicht zu erkennen.

Zwischen den Bäumen taucht ein zweiter Junge mit drei Pferden auf. Vielleicht ein Diener.

»Wir dachten schon, du wärst tot«, sagt Arsinoe.

»Das sehe ich. Ihr habt euch nicht einmal die Mühe gemacht, ein viertes Pferd mitzubringen.«

Alle außer dem Mädchen Jules beginnen zu lachen.

»Das ist nicht lustig«, protestiert sie. »Noch nicht.«

Keiner von ihnen sieht Mirabella, die ihre Umarmungen beobachtet, ihr Gelächter hört. Und wie oft sie auch den Mund öffnet, ihr fehlt jedes Mal der Mut zu sprechen. Stattdessen versteckt sie sich hinter einem Baum und leidet im Stillen. Es wird ja nicht lange dauern, bis sie fortgehen.

Als Jules und Joseph sich in die Arme fallen, atmet Arsinoe erleichtert auf. Jules ist wieder ganz sie selbst. Bei Josephs Anblick hat der Zauber sie sofort freigegeben.

»Bist du verletzt?«, ruft Billy von hinten. Die Pferde sind immer noch nervös, und er hat alle Hände voll zu tun, um sie zu halten.

»Nein«, antwortet Joseph. »Aber das Boot ist futsch. Der Sturm hat mich voll erwischt, und es ist gesunken. Ich habe es selbst nur mit Mühe ans Ufer geschafft.«

»Und da dachte ich, ich hätte einen anständigen Segler aus dir gemacht«, spottet Billy lachend.

»Du hast gar keinen Segler aus ihm gemacht«, ruft Arsinoe ihm über die Schulter zu. »Joseph war schon an Deck unterwegs, bevor er laufen konnte.«

»Jules?« Joseph hat das blutige Tuch an ihrer Hand entdeckt. »Was ist passiert?«

»Später«, fällt Arsinoe ihm ins Wort. »Reicht es nicht, dass du nicht ertrunken bist? Außerdem sollten wir dich aus diesem Wald rausschaffen und dir eine warme Mahlzeit besorgen.«

»Du hast recht.« Joseph drückt Jules an sich, doch währenddessen wirft er einen Blick über die Schulter, als würde er zwischen den Bäumen etwas suchen. Arsinoe sieht kurz einen schwarzen Rock aufblitzen. Während sie gemeinsam die Lichtung verlassen, lässt sie unauffällig ihr Messer fallen. So kann sie einen Moment später sein Fehlen bemerken und problemlos allein umkehren, um es zu suchen.

Mirabella vernimmt nicht den kleinsten Laut, bis Arsinoe hinter dem Stamm hervortritt. Nicht einmal ein Rascheln.

»Arsinoe!«

»Du kannst dich nicht besonders gut verstecken. Diese hübschen schwarzen Röcke ragen überall hervor.«

Bei Arsinoes Tonfall verkrampft sich Mirabella. Ihr Blick huscht zur Hand ihrer Schwester, in der ein Messer funkelt. Alle haben ihr immer gesagt, ihre Schwestern seien schwach. Dass es einfach werden würde, sie zu töten. Doch ihr kommt das gar nicht einfach vor. Bisher beherrscht Arsinoe dieses Spiel um einiges besser.

»Was machst du hier?«, will Arsinoe wissen.

»Ich weiß es nicht.« Selbst in Mirabellas Ohren klingt das dumm. Als sie Rolanth verlassen hat, wäre sie nie auf die Idee gekommen, dass sie einer ihrer Schwestern begegnen oder auch nur ihre Stimme hören würde. Doch nun stehen sie sich gegenüber. Als hätte man sie zusammengeführt.

»Du bist groß geworden«, stellt Mirabella fest.

»Groß?« Arsinoe schnaubt abfällig.

»Erinnerst du dich noch an mich?«

»Ich weiß, wer du bist.«

»Das war nicht meine Frage.« Mirabella wird fast überwältigt von dem Drang, Arsinoe in die Arme zu schließen. Bis zu diesem Moment war ihr nicht bewusst, wie sehr sie ihre Schwester vermisst hat.

Zögernd tritt sie einen Schritt vor. Sofort weicht Arsinoe zurück und packt ihr Messer fester.

»Deshalb bin ich nicht hier«, versichert Mirabella.

»Das ist mir egal.«

»Dann erinnerst du dich also nicht«, stellt Mirabella fest. »Das ist in Ordnung. Meine Erinnerungen reichen für uns beide. Und wenn du zuhörst, werde ich sie mit dir teilen.«

»Dir zuhören?« Misstrauisch suchen Arsinoes Augen die Bäume ringsum ab. Die Naturbegabten haben sie Furcht gelehrt. Haben sie gelehrt zu hassen, wie der Tempel es bei Mirabella versucht hat. Doch das waren alles nur Lügen.

Mirabella streckt die Hand aus. Sie weiß zwar nicht, was sie tun soll, wenn Arsinoe sie ergreift, aber versuchen muss sie es.

Dumpfes Hufgetrappel hallt durch den Wald. Viele Hufe, mindestens ein Dutzend Pferde. Als die bewaffneten Priesterinnen sie umkreisen, wirbelt Arsinoe mit wildem Blick herum.

»Was wird das?«, knurrt sie. »Ein Hinterhalt?« Kurz schaut Arsinoe auf das Messer in ihrer Hand, als würde sie überlegen, Mirabella als Geisel zu nehmen. Doch stattdessen brüllt sie: »Jules! Jules!«

Sekunden später stürmen das Mädchen und der Puma auf die Lichtung, dicht gefolgt von Joseph. Doch sie dringen gar nicht bis zu ihnen durch. Mithilfe ihrer Pferde drängen die Priesterinnen die Schwestern dicht zusammen.

»Arsinoe, nicht«, setzt Mirabella an.

»Königin Mirabella!«

Gereizt runzelt Mirabella die Stirn. Es ist Rho, auf einem großen weißen Pferd. In der einen Hand hält sie die Zügel, in der anderen eines der langen, gezackten Tempelmesser.

»Bist du verletzt?«

»Nein, es geht mir gut. Mir droht keinerlei Gefahr. Mach diesem Theater ein Ende!«

Rho lässt ihr Pferd mit einem Satz zwischen die beiden Schwestern springen, sodass Arsinoe rückwärts im Unterholz landet.

»Rho, hör auf damit!«

»Nein.« Die Priesterin zieht Mirabella so mühelos vor sich in den Sattel, als wöge sie nicht mehr als eine Feder. »Es ist zu früh dafür«, erklärt sie laut. »Nicht einmal du darfst die Regeln brechen. Hebt euch die tödlichen Kämpfe für die Zeit nach der Erwachenszeremonie auf!«

Vom Boden aus blickt Arsinoe finster zu ihr hoch. Mirabella schüttelt heftig den Kopf, doch es ist sinnlos. Rho gibt den Priesterinnen ein Zeichen, die daraufhin geschlossen in nördlicher Richtung davongaloppieren. Schnell bleiben Arsinoe und Joseph weit hinter ihnen zurück.

»Die Hohepriesterin ist nicht begeistert, meine Königin«, raunt Rho Mirabella ins Ohr. »Du hättest nicht weglaufen sollen.«

Am Sternschnuppensee

Luca und Sara Westwood treffen sich am Ufer des Sternschnuppensees. Der große, tiefe See, der sich in der Breite wesentlich weiter erstreckt als in der Länge, liegt ein ganzes Stück landeinwärts. Hier entspringt der Blaureiherfluss, und hierher wurde Mirabella gebracht, bevor Luca ihr das erste Mal begegnete. Von Rolanth aus ist es ein ziemlich weiter Weg für eine Tasse Tee und ein nicht mehr ganz heißes Mittagessen, doch zumindest drängen sich hier weniger Lauscher vor der Tür, um ihr Gespräch mitzuhören.

Sara begrüßt die Hohepriesterin mit einer Verbeugung. Das vergangene Jahr hat mehr Grau in ihr Haar gezaubert, und in den Augenwinkeln zeichnen sich erste Fältchen ab. Bis zum Ende des Aufstiegsjahres könnte aus Sara eine alte Frau geworden sein.

»Keine Nachricht?«, fragt sie.

»Bis jetzt nicht. Aber Rho wird sie finden.«

Sara blickt auf den stahlgrauen See hinaus. »Unsere Mira«, seufzt sie traurig. »Mir war nicht bewusst, dass sie unglücklich ist. Ich wäre nie auf die Idee gekommen, dass sie irgendwann ihre Gefühle vor uns verbergen würde. Was, wenn ihr etwas zugestoßen ist?«

»Ihr ist nichts zugestoßen. Die Göttin wird sie beschützen.«

»Aber was sollen wir jetzt tun?«, fragt Sara weiter. »Ich weiß nicht, wie lange wir ihre Flucht noch geheim halten können. Die Dienstboten werden bereits misstrauisch.«

»Ist Mirabella erst einmal zurück, wird es keinerlei Beweis geben. Mach dir keine Sorgen. Niemand wird je erfahren, dass sie fort war.«

»Und was passiert, wenn nicht *Rho* sie entdeckt? Was, wenn …?«

Luca packt ihren Arm. Schon immer war eine Berührung durch die Hohepriesterin ein sicheres Mittel gegen aufsteigende Panik. Und heute hat Luca keine Zeit für Panikanfälle. Schließlich hat sie Sara nicht den weiten Weg hierher machen lassen, nur um ihre Ängste zu zerstreuen.

Sie führt Sara am Ufer entlang zu einem kleinen Tannengehölz und einem großen, dunklen Felsen, den die Witterung zu einem flachen Tisch geformt hat. Ihre Priesterinnen haben Tee und Brot aufgetragen und halten die Suppe über einem kleinen Kochfeuer warm.

Luca spannt ihren alten Körper an und klettert auf den Felsen. Es fällt ihr überraschend leicht, und zu ihrer Freude liegen oben ein Sitzkissen und eine weiche Decke für sie bereit.

»Setzt du dich zu mir und isst einen Happen mit mir?«

»Essen werde ich«, gesteht Sara ihr mit einem ernsten Blick auf den Felsen zu, »doch falls es dir nichts ausmacht, Hohepriesterin, werde ich mich nicht setzen.«

»Warum denn nicht?«

»Dieser Felsen ist heilig«, erklärt ihr Sara. »Früher haben die Priesterinnen der Elementwandler hier Hasen geopfert und ihre Herzen in den See geworfen.«

Luca streicht über den Stein. Nun, da sie weiß, wie viel Blut er in sich aufgenommen hat, scheint er mehr zu sein als nur ein Felsen. Und mit Sicherheit war es nicht ausschließlich Hasenblut. Hinter so vielen Dingen auf der Insel verbirgt sich mehr, als der erste Blick vermuten lässt. Es gibt so viele Orte, an denen die Göttin stets wacht. Da passt es gut, dass Luca gerade diesen hier gewählt hat, um die Königsopferung zu erörtern.

Luca teilt das Brot und reicht Sara eine Hälfte. Es ist gutes, weiches Brot mit einer schönen Hafermehlkruste, doch Sara nimmt nicht einen Bissen davon. Stattdessen zerbröselt sie es zwischen den Fingern.

»Niemals hätte ich gedacht, dass Mira so etwas tun würde«, sagt sie. »Sie war immer so pflichtbewusst.«

»Nicht immer«, merkt Luca an, bevor sie in ihr Brot beißt. Es gab eine Zeit, in der Mirabella auf nichts und niemanden hörte. Doch das ist lange her, und seitdem hat sie sich zu einer würdevollen jungen Königin entwickelt.

»Was sollen wir tun?«

Luca trinkt einen Schluck Tee. Am liebsten hätte sie Sara eine Ohrfeige verpasst. Sara ist eine gute Frau, und sie sind seit vielen Jahren befreundet. Doch sie ist einfach zu weich. Wird der Schwarze Rat einmal von ihr angeführt, braucht es ein eisernes Rückgrat, um ihn zusammenzuhalten. Manchmal hat Luca fast Mitleid mit der Hohepriesterin, die ihre Nachfolge antreten wird, denn das wird dann deren Aufgabe sein.

»Nun«, erwidert sie ruhig, »das werde ich dir sagen. Verrate mir, Sara, was du über Unschuldige Königinnen weißt.«

»Sie sind gesegnet.« Sara zögert. »Viertgeborene.«

»Stimmt, doch es ist mehr als das. Eine Königin gilt immer dann als unschuldig, wenn ihre Schwestern durch etwas anderes sterben als durch ihre eigene Hand. Dies kann der Fall sein, wenn sie nach der Geburt von der Hebamme ertränkt werden oder durch einen unglückseligen Fluch zu Tode kommen oder …«, Luca unterbricht sich kurz, »… wenn das Inselvolk sie der einen, wahren Königin zuliebe opfert.«

»Davon habe ich noch nie gehört.«

»Eine sehr alte Legende. Zumindest dachte ich immer, es sei nur eine Legende. Kaum mehr als ein Gerücht, das sich um das Jahr der Opferung rankt. Und so alt, dass es nicht verwunderlich ist, dass wir die Zeichen übersehen haben.«

»Welche Zeichen?«

»Die Schwäche von Arsinoe und Katharine. Die grenzenlose Kraft unserer Mira. Und natürlich Mirabellas Abneigung gegen das Töten.« Luca drückt eine Hand gegen die Stirn. »Beschämenderweise muss ich zugeben, dass ich darin schon immer ihren einzigen Makel gesehen habe.«

»Ich verstehe nicht ganz. Du denkst also, dass Mirabella sich so gegen die Tötung ihrer Schwestern sträubt, weil sie dazu bestimmt ist, als Unschuldige Königin zu herrschen? Und dass Arsinoe und Katharine … geopfert werden sollen?«

»Dazu bestimmt, am Abend der Erwachenszeremonie zum geheiligten Opfer zu werden.«

Luca trommelt mit den Fingern auf den Felsen. Tief in seinem Inneren scheint es einen Widerhall zu geben, wie ein Herzschlag.

»Das sind alte Geschichten«, räumt sie ein. »Geschichten von einer Königin, deren Stärke von Geburt an die ihrer Schwestern überstrahlt. Die einzig wahre Königin ihrer Generation. Am Abend der Erwachenszeremonie wird das vom Volk erkannt, und die Menschen übergeben die beiden anderen Königinnen den Flammen.«

Luca wartet gespannt. Lange Zeit sagt Sara nichts. Reglos steht sie da, die Hände fromm vor dem Bauch gefaltet.

»Das wäre natürlich wesentlich leichter«, sagt sie schließlich, und Luca atmet auf. Sara hat die Augen niedergeschlagen, doch es spielt keine Rolle, ob sie die Geschichte tatsächlich glaubt. Rho hatte recht. Sara wird tun, was der Tempel von ihr verlangt.

»Belaste dich nicht damit«, sagt Luca schnell. »Es wird geschehen, was geschehen soll. Mir wäre es nur lieber, wenn das Inselvolk vorbereitet wäre. Du warst immer ein angesehenes Sprachrohr des Tempels, Sara. Und es wäre doch besser, wenn die Menschen davon erfahren, bevor sie es mit ansehen müssen.«

Sara nickt. Diese Geschichte wird sie ebenso sorgfältig verbreiten wie sie Mirabellas Ruhm gemehrt hat. In der Nacht der Erwachenszeremonie wird das Volk gespannt abwarten. Vielleicht werden die Menschen sogar selbst zum Messer greifen.

Eine Novizin tritt zu ihnen, um heißen Tee nachzuschenken. Zwischen den Falten ihrer Robe erspäht Luca eine der langen, gezackten Tempelklingen. Bis zum Beltanefest wird jede gläubige Priesterin eine bei sich tragen.

Es ist keine Lüge, hat Rho gesagt. Es steckt Wahrheit darin. Und es dient dem Wohl der Insel. Jemand muss die Dinge in die Hand nehmen, wenn ihre auserwählte Königin es nicht tut.

Nach der Erwachenszeremonie, wenn die Menge durch die Beltanefeierlichkeiten angetrunken und durch Mirabellas Darbietung aufgepeitscht ist, werden die Priesterinnen vortreten und Arsinoes und Katharines Kopf fordern. Werden sie enthaupten und ihnen die Arme an den Schultern abtrennen. Und wenn alles vorbei ist, werden sie eine neue Königin haben.

Greavesdrake Haus

Die Arrons heißen die Delegation der Familie Chatworth auf die einzige Art willkommen, die ihnen vertraut ist: mit einem Fest. Allerdings ist es kein großes, prachtvolles Fest im Ballsaal des Nordflügels. Obwohl auch hier viel Prunk im Spiel ist, soll die Feier zu Ehren des Chatworth-Jungen vor allem dazu dienen, eine erste Begegnung zwischen der Königin und ihrem möglichen Prinzgemahl zu arrangieren. Deshalb wird diese Zusammenkunft im Speisesaal im ersten Stock stattfinden, wo es etwas intimer zugeht. Und wo Katharine wie ein Schmuckstück in der Mitte der Tafel platziert werden kann.

Es ist aufregend, dass das Haus sich wieder für eine Feier rüstet und sich mit Menschen füllt. Cousin Lucian ist mit seinen Dienstboten zurückgekehrt und verneigt sich bei jeder Begegnung vor Katharine, selbst wenn sie nur im Flur aufeinandertreffen. Dabei huscht immer ein merkwürdiges Lächeln über sein Gesicht. Katharine ist sich nicht sicher, ob er sie damit an- oder auslacht.

Unglücklicherweise ist mit dem allgemeinen Zustrom auch Genevieve nach Greavesdrake zurückgekehrt, die ihr Exil sehr persönlich genommen hat. Als Jüngere ist es ihr zuwider, wenn ihre ältere Schwester Natalia sie ausschließt, sodass sie seit ihrer Rückkehr darauf besteht, in jeden Aspekt der Planungen eingebunden zu werden.

»Meine Kopfhaut tut immer noch weh, nachdem sie mich so oft umfrisiert haben«, stöhnt Katharine und lehnt sich gegen Pietyr. Sie haben sich zwischen die Regale der Bibliothek verkrochen, an einem der wenigen Orte, wo sie seit Genevieves Rückkehr noch allein sein können.

»Der armen Giselle tun bestimmt die Finger weh«, überlegt sie weiter. »Genevieve ist einfach nie zufrieden mit meinen Haaren.«

»Deine Haare sind wunderschön«, erwidert Pietyr. »Perfekt.«

Eine Flechtfrisur nach der anderen hat Genevieve gefordert, einen Dutt nach dem anderen. Schwarze Steinperlen wurden eingeflochten, dann echte Perlen, nur um alles wieder rauszureißen. Und anschließend verkündete sie, dass Katharines Hals zu dünn sei und sie die Haare am besten offen tragen solle, um das zu kaschieren.

»Manchmal denke ich, Genevieve will, dass ich versage«, flüstert Katharine.

»Hör nicht auf sie.« Pietyr küsst eine verschorfte Stelle an ihrer Schläfe. »Wenn der Freier weg ist, wird Natalia ihr befehlen, wieder in ihr Stadthaus umzusiedeln. Dann musst du Genevieve erst an Beltane wieder begegnen.«

Katharine dreht sich in seinen Armen und küsst ihn.

»Genau so musst du den Chatworth-Bengel küssen«, erklärt er ihr anschließend. »Es wird allerdings nicht leicht werden, bei diesem mickrigen, schlecht durchdachten Festmahl den richtigen Moment abzupassen. Doch irgendwann werdet ihr euch schon davonstehlen können.«

»Was ist, wenn ich ihn nicht leiden kann?«

»Dann gewöhnst du dich einfach an ihn. Und wenn nicht, ist das auch nicht weiter schlimm. Du bist die Königin und darfst einen Begleiter auswählen.«

Sanft streicht Pietyr über ihre Wange und hebt ihr Kinn an. Er wird zu verhindern wissen, dass die Delegationen sich von Mirabella bezirzen lassen. Und Katharine ebenfalls.

Immerhin ist William Chatworth junior ein recht gut aussehender Junge. Er ist nicht so umwerfend attraktiv wie Pietyr, hat aber breite Schultern, ein klar geschnittenes Gesicht und sehr kurzes Haar, dessen Farbe an nassen Sand erinnert. Die Augen sind von einem nichtssagenden Braun, doch sein Blick ist fest, selbst bei diesem Festmahl, umgeben von Giftmischern.

Er ist allein gekommen, ohne seine Eltern, lediglich in Begleitung zweier Diener. Allerdings verrät seine angespannte Miene, dass dies wohl nicht seine Idee war. Man hat ihn den Wölfen zum Fraß vorgeworfen. Andererseits kann ein Festlandbewohner auch in wesentlich unpassendere Gesellschaft geraten. Viele Vertreter des Hauses Arron pflegten engen Kontakt zum letzten Prinzgemahl. Von allen Familien auf der Insel verfügen sie über das größte Wissen in Bezug auf das Festland und seine Gebräuche.

Abgesehen von einer förmlichen Verbeugung und den Begrüßungsfloskeln haben Katharine und er noch kein Wort miteinander gewechselt. Er hat sich den Großteil des Abends mit Cousin Lucian unterhalten, doch hin und wieder ertappt Katharine ihn dabei, wie er sie aufmerksam mustert.

Das Essen wird serviert: magere zartrosa Fleischscheiben mit einem Stück goldbraunem Kartoffelkuchen.

Alles vollkommen giftfrei, versteht sich. Die Arrons geben sich alle Mühe, Begeisterung zu zeigen, allerdings nehmen nur jene, die wirklich hungrig sind, mehr als ein paar Bissen.

Genevieve bohrt ihre Finger in Katharines Arm. »Fang jetzt bloß nicht an, zu fressen wie ein Schwein«, zischt sie. »Nur weil die Speisen nicht mit Gift versetzt sind.«

Um noch deutlicher zu werden, zwickt sie Katharine in die Armbeuge. Es tut so weh, dass Katharine fast aufgeschrien hätte. Morgen wird sie an der Stelle einen dunklen Bluterguss haben, der dann wieder mit Handschuhen und Ärmeln kaschiert werden muss.

Auf der anderen Seite der Tafel beißt Pietyr krampfhaft die Zähne zusammen. Er sieht so aus, als wäre er am liebsten quer über den gedeckten Tisch gehechtet, um Genevieve zu würgen. Erst als Katharine seinen Blick sucht, scheint er sich zu entspannen. Immerhin hat er es selbst gesagt – nur so lange, wie der Chatworth-Junge hier ist; danach wird Genevieve wieder verbannt werden.

Nachdem die Speisen lange genug auf den Tellern herumgeschoben wurden, um den Eindruck zu erwecken, man habe gegessen, verlagert Natalia die Gesellschaft in den Salon. Edmund schenkt den Digestif aus, der offenbar mit Gift versetzt ist, da die Arrons sich darauf stürzen wie ein Vogelschwarm auf einen Brotkanten. Gleichzeitig taucht ein Dienstmädchen mit einem Silbertablett in der Hand auf; darauf stehen eine grüne Flasche und zwei Gläser. Offenbar eine besondere Kleinigkeit für die Königin und ihren Freier.

»Lass mich das machen.« Katharine nimmt die Flasche und klemmt sich die Gläserstiele zwischen die Finger. Als Cousin Lucian bemerkt, wie sie auf ihn zukommt, verabschiedet er sich mit einer Verbeugung von dem Chatworth-Jungen.

»Trinkst du einen Schluck mit mir, William junior?«

»Selbstverständlich, Königin Katharine.«

Sie füllt die beiden Gläser mit prickelndem, perlendem Champagner.

»Du kannst mich gerne Katharine nennen, wenn du möchtest«, sagt sie dabei. »Oder einfach Kat. Mir ist bewusst, wie umständlich das mit dem vollständigen Titel sein kann.«

»Er ist ungewohnt für mich«, gibt er zu. »Vielleicht hätte ich es üben sollen.«

»Dafür bleibt noch jede Menge Zeit.«

»Und bitte, nenn mich Billy. Oder William. Gewisse Leute hier haben es sich angewöhnt, mich Junior zu nennen, aber es wäre mir lieber, wenn das nicht weiter um sich greifen würde.«

»Welch merkwürdige Sitte, ein Kind genauso zu nennen wie seine Eltern. Es erweckt fast den Anschein, als würde der Elternteil hoffen, eines Tages seinen Körper erben zu können.«

Sie lachen zusammen.

»Mein Vater sagt immer, der Name sei gut genug, um ihn ein zweites Mal zu verwenden«, erklärt er.

Wieder muss Katharine lachen. Dann sieht sie sich im Raum um. »Wie sie uns alle belauern und dabei so tun, als wären sie völlig unbeteiligt. Ich hätte es vorgezogen, wenn wir uns auf eine andere Art kennengelernt hätten.«

»Tatsächlich? Wie denn?«

»Irgendwo draußen, an einem schönen Frühlingstag. Im Sattel, damit du gleich Rückgrat beweisen und mich beim Wettrennen schlagen könntest.«

»Findest du nicht, dass ich Rückgrat bewiesen habe, indem ich allein hierherkam?«

»Das ist wahr, das hast du allerdings.«

Er ist nervös, sein Glas leert sich schnell. Katharine füllt es wieder auf.

»Die Arrons leben schon sehr lange hier«, stellt er fest, und Katharine nickt bestätigend.

Die Arrons sind mit Greavesdrake verschmolzen. Und das liegt nicht nur an ihren Giften und ihren morbiden Kunstwerken, die überall an den Wänden hängen: Stillleben mit rohem Fleisch und Blumen oder schwarze Schlangen, die sich um nackte Körper winden. Sie haben das Gebäude durchtränkt. Inzwischen ist jedes Stückchen Holz und jede dunkle Ecke ein Teil von ihnen.

»Nun, der eigentliche Familiensitz der Arrons befindet sich in Prynn«, erklärt Katharine, »Greavesdrake Haus ist der Wohnsitz der königlichen Verwalter, das heißt, seine Bewohner wechseln, wenn die Königin wechselt.«

»Du meinst also, falls Arsinoe Königin wird, werden die Milones hier einziehen?« Billy verstummt ruckartig, fast so als hätte man ihm eingeschärft, die Namen ihrer Schwestern nicht zu erwähnen.

»Genau«, antwortet Katharine. »Meinst du, es würde ihnen gefallen? Würde es zu ihnen passen?«

»Nein.« Sein Blick wandert über die hohen Decken und die großen Fenster, die halb von Samtvorhängen verdeckt sind. »Vermutlich würden sie lieber im Hof ein paar Zelte aufschlagen.«

Katharine lacht laut auf. Es ist ein echtes Lachen, und sofort schaut sie sich schuldbewusst nach Pietyr um. Er hat sich in eine Ecke verzogen und gibt vor, sich die schwierigen Ratsangelegenheiten von Renata Hargrove und Margaret Beaulin anzuhören, doch in Wahrheit behält er Katharine eifersüchtig im Auge. Widerwillig gesteht sie sich ein, dass es vermutlich einfacher wäre, wenn Pietyr nicht an dem Fest teilnehmen würde.

»Möchtest du vielleicht noch mehr vom Haus sehen, Billy?«

»Sehr gern sogar.«

Niemand erhebt Einspruch dagegen, dass sie gemeinsam in den Flur hinausgehen, doch für einen Moment verstummen sämtliche Gespräche, die schon vorher sehr gedämpft waren. Sobald sie den Salon verlassen haben, atmet Katharine befreit auf. Als der Festlandjunge ihr einen seltsamen Blick zuwirft, läuft sie rot an.

»Manchmal habe ich das Gefühl, unter der ganzen Förmlichkeit zu ersticken. Dann würde ich am liebsten schreien«, gibt sie zu.

Lächelnd erwidert er: »Ich weiß genau, was du meinst.«

Das kann sie sich nicht vorstellen. Aber bald wird er es am eigenen Leib erfahren. Das gesamte Beltanefest ist eine Aneinanderreihung von Ritualen: die Jagd, die Anlandung und die Erwachenszeremonie. Sein armes Festlandgehirn wird sich ganz schön krummlegen müssen, um all die Regeln und den Pomp zu verarbeiten.

»Und vermutlich gönnt man dir kaum mal eine Pause«, fährt er fort. »Nicht einmal von Treffen wie diesen. Wie viele Freier wird es geben, Königin Katharine?«

»Das weiß ich nicht. Früher waren es viele. Aber momentan geht Natalia davon aus, dass es lediglich sechs oder sieben werden.«

Und beim Gedanken an Pietyr wird selbst diese Anzahl für sie zur Last. Wie kann sie von ihm verlangen, danebenzustehen und ihr zuzusehen? Natürlich behauptet er, es genau so zu wollen, aber sie weiß, dass er lügt.

»Du wirkst überhaupt nicht aufgeregt«, stellt Chatworth fest. »Anscheinend wollt ihr Königinnen gar nicht umworben werden. Die Mädchen bei mir zu Hause würden durchdrehen, wenn sie so viele Bewerber hätten.«

Katharine ringt sich ein Lächeln ab. Sie hat die Zügel schleifen lassen – so wird er noch empfänglich werden für Mirabella, sodass die Westwoods sich ihn schnappen können. Also zwingt sie sich, auf ihn zuzugehen und ihm das Gesicht entgegenzustrecken.

Seine Lippen sind warm. Als er ihren Kuss erwidert, weicht sie fast zurück. Bei ihm wird sie sich nie so in einem Kuss verlieren können wie bei Pietyr. Es hat keinen Sinn, auch nur darauf zu hoffen. Wenn sie erst Königin ist, wird sie noch viele solche Momente erleben: leidenschaftslose Momente, in denen sie innerlich schreit, bis sie endlich zu Pietyr zurückkehren kann.

»Das war schön«, sagt Chatworth schließlich.

»Ja, war es.«

Verlegen lächeln sie sich an. Seine Worte klingen kein bisschen aufrichtiger als ihre Gedanken. Trotzdem beugen sie sich vor, um das Ganze zu wiederholen.

Wolfsquell

»Du hasst sie, stimmt's?«, fragt Joseph, der mit Arsinoe am Küchentisch der Milones sitzt, während Madrigal die frisch eingeritzten Runen auf der Hand der Königin säubert. Inzwischen ziehen sich die Symbole bis über ihre Handgelenke, und auf den Innenseiten ihrer Arme heilen die Schnittwunden, durch die sie ihr Blut gibt.

»Mirabella, meinst du? Natürlich hasse ich sie.«

»Aber warum?«, will Joseph wissen. »Du kennst sie doch gar nicht.«

Mag sein. Dort im Wald, als Mirabella ihr die Hand entgegenstreckte, hätte Arsinoe auch fast etwas anderes glauben können. Aber dann kamen die Priesterinnen – die eigentlich eher wie Soldaten aussahen und nicht wie Tempeldienerinnen –, und was auch immer an Gefühlen in Arsinoe kurz aufgeflackert war, verschwand. Ihre Schwester ist gerissen und stark. Sie ist ihr sehr nahe gekommen. Offenbar braucht es so viele Soldaten, um sie im Zaum zu halten. Um sie daran zu hindern, sich davonzuschleichen und ihre Schwestern vor der Zeit umzubringen.

»Ich finde das nicht weiter verwunderlich«, erwidert Arsinoe. »Begreifst du es nicht? Eine von uns wird es werden. *Sie* wird es werden. Mein Leben lang habe ich zu hören bekommen, dass sie es werden wird. Dass ich sterben muss, damit sie herrschen kann. Dass ich belanglos bin, weil es sie gibt.«

Am anderen Ende der Küche wedelt Oma Cait mit einem Geschirrtuch, um ihre Krähe von ihrer Schulter zu scheuchen. Der Vogel fliegt ins Nebenzimmer und kehrt mit einem Salbentiegel zurück. Er landet auf dem Tisch und lässt das Töpfchen klappernd auf das Holz fallen.

»Das rühre ich bestimmt nicht an«, protestiert Madrigal. »Das Zeug ist ölig und stinkt.«

»Dann mache ich es eben«, antwortet Cait ruppig und benutzt das Tuch diesmal dazu, ihre Tochter vom Stuhl zu scheuchen.

Nicht gerade sanft verreibt Cait die Salbe auf Arsinoes Schnittwunden. Die Sanftheit fehlt, weil sie sich Sorgen macht, aber sie sagt nichts. Niemand hat irgendetwas dazu gesagt, dass Arsinoe sich der niederen Magie zugewandt hat. Seit sie dadurch Joseph nach Hause geholt hat, verkneift selbst Jules sich jeden Kommentar.

Eigentlich ist es nicht Caits Art, mit ihrer Meinung hinterm Berg zu halten. Aber es hätte keinen Sinn, Arsinoe zu maßregeln. Dazu ist sie zu lange verhätschelt worden, sodass das Mädchen sich angewöhnt hat, stets ihren Willen durchzusetzen.

»Da muss etwas Luft drankommen, bevor du einen neuen Verband anlegst.«

Cait hält Arsinoes Hand noch einen Moment fest, dann tätschelt sie kurz ihren Arm und lässt ihn auf die Tischplatte sinken. Irritiert runzelt Arsinoe die Stirn. Die Milones haben sie immer geliebt, aber eben so, wie man jemanden liebt, der dem Untergang geweiht ist. Nur Jules hat immer etwas anderes in ihr gesehen. Und jetzt Madrigal.

»Vermutlich spielt es keine Rolle, dass nichts davon Mirabellas Schuld ist, oder?«, kehrt Joseph zum Thema zurück, woraufhin Cait ihm einen Schlag mit ihrem Geschirrtuch verpasst.

»Hör auf, diese Königin zu verteidigen, Joseph Sandrin«, faucht sie.

»Aber sie hat mir das Leben gerettet.«

»Und mehr braucht es nicht, um sich deine Loyalität zu erkaufen?«, erwidert Cait. Da müssen Joseph und Arsinoe grinsen.

Jules tritt durch die Haustür, und Joseph erhebt sich. Er beugt sich über Arsinoe und drückt ihr einen Kuss auf die Stirn.

»Du hast mich auch gerettet«, sagt er, »indem du mich gefunden hast.« Fest drückt er Arsinoes Schulter. »Aber ich will keine neuen Schnitte an Jules entdecken müssen, hast du verstanden?«

»Nicht einmal, wenn du wieder verschwindest?«

»Nicht einmal dann.«

Arsinoe räuspert sich gereizt. »Du klingst schon wie ein Tempeldiener.«

»Mag sein. Es gibt Schlimmeres.«

Arsinoe sieht Jules erst spät am Abend wieder, als sie sich, gefolgt von Camden, in ihr gemeinsames Zimmer schleicht. Hätte der Puma nicht so traurig den Schwanz hängen lassen, wäre ihr vermutlich gar nicht aufgefallen, dass etwas nicht stimmt.

»Jules? Du bist spät dran.«

»Stimmt. Habe ich dich geweckt?«

Arsinoe setzt sich auf und sucht auf dem Nachttisch herum, bis sie die Streichhölzer findet. Nachdem sie eine

Kerze angezündet hat, registriert sie die Sorgen in Jules' Gesicht.

»Ich habe sowieso schlecht geschlafen.« Arsinoe streckt Camden die Hand hin, aber der Berglöwe ächzt nur. »Was ist los? Ist etwas passiert?«

»Nein. Ich weiß nicht.« Ohne sich auszuziehen, steigt Jules in ihr Bett. »Ich glaube, dass irgendetwas mit Joseph passiert sein könnte.«

»Wie meinst du das?«

»Seit dem Unglück ist er so anders.«

Jules lässt sich in die Kissen sinken. Camden legt sich dicht neben sie und drückt die Pranken an ihre Schulter.

»Meinst du …« Jules zögert. »Meinst du, da könnte etwas gewesen sein … mit deiner Schwester?«

»Meiner Schwester?«, wiederholt Arsinoe überrascht. So bezeichnet Jules die anderen Königinnen eigentlich nie. Es klingt fast vorwurfsvoll, auch wenn Arsinoe nicht glaubt, dass Jules das wirklich so meint. »Nein, nie im Leben. Das bildest du dir ein.«

»Er redet ständig von ihr.«

»Aber doch nur, weil sie ihn gerettet hat.«

»Sie haben zwei Nächte miteinander verbracht.«

In Arsinoes Bauch bildet sich ein drückender Knoten. Wenn Jules doch nur aufhören würde, darüber zu reden. Sie will es gar nicht wissen.

»Das muss nichts heißen. Wahrscheinlich … wahrscheinlich hat sie ihn dazu benutzt, mich aufzuspüren. Vielleicht hat sie den Sturm sogar herbeigerufen.«

»Kann sein«, gibt Jules zu.

»Hast du ihn danach gefragt?«, will Arsinoe wissen, und Jules schüttelt den Kopf. »Dann tu das. Ganz bestimmt wird er dir sagen, dass da nichts war. Joseph hat jahrelang auf dich gewartet. Er würde nie …«

Arsinoe verstummt, und ihr Blick wandert in die Richtung von Madrigals Zimmer, dessen Tür ihrer genau gegenüberliegt. Bei Josephs Rückkehr hatten sie diesen Zauber gewirkt. Den Talisman mit ihrem Blut getränkt und verknotet. Aber bevor er vollendet war, hat sie ihn zerstört. Zumindest dachte sie das …

»Schlaf jetzt, Jules.« Arsinoe löscht das Licht. »Morgen früh sieht alles besser aus.«

In dieser Nacht schläft keines der Mädchen besonders gut. Jules und Camden machen sich gegenseitig den Platz im Bett streitig, schieben sich grunzend mit Knien und Pfoten hin und her. Lange lauscht Arsinoe auf das Rascheln ihrer Bettdecke. Als sie selbst endlich die Augen schließt, träumt sie von Joseph; er ertrinkt in einem blutroten Meer.

Am Morgen schickt Cait Jules und Arsinoe in den Ort hinunter, damit sie sich etwas Anständiges zum Anziehen für das Beltanefest besorgen. Ballkleider, betont sie mit einer gequälten Grimasse. Genau wie Arsinoe hat Cait nicht viel übrig für Ballkleider. Sie braucht nichts weiter als die braunen und grünen Wollkleider, die sie bei der Hausarbeit trägt. Aber auch sie wird diesmal eines anziehen müssen. Es ist das erste Mal seit Jules' Geburt, dass die Milones dieses Jahr wieder Beltane feiern. Und da sie als Arsinoes königliche Verwalter fungieren, müssen sämtliche Familienmitglieder teilnehmen. Doch Cait sagt immer, Beltane feiert man nur, wenn man jung ist oder sich dazu verpflichtet hat.

»Schauen wir erst bei Joseph vorbei?«, fragt Arsinoe.

»Und zwingen ihn, mit uns einkaufen zu gehen?«

»Warum sollen wir allein leiden? Außerdem könnten er und ich Jacken anprobieren und bei Murrows Krabbenscheren essen, bis sie uns rausschmeißen. Das wird bestimmt toll.«

»Also schön«, seufzt Jules. »Mit dem Boot wird er sowieso nicht rausfahren.«

Tatsächlich wird Joseph ziemlich lange nicht mit dem Boot rausfahren. Da sie ihn gerade erst zurückbekommen haben, war es für alle ein Schock, ihn fast wieder zu verlieren. Vor allem für seine Mutter. Also hat sie ihm und Jonah indirekt Hausarrest verpasst, indem sie beide in der Werft arbeiten lässt. Selbst Matthew darf mit der *Dickkopf* nicht mehr weit rausfahren, obwohl ihm dadurch die besten Fänge entgehen.

Arsinoe atmet die warme Morgenluft tief ein. In Wolfsquell hat Tauwetter eingesetzt. Schon bald werden die Bäume ausschlagen, und alle werden wieder bessere Laune haben.

»Wartet mal! Jules, Arsinoe!«

Eine feingliedrige schwarze Krähe taucht über ihnen auf und schlägt einen scharfen Bogen, um dann dicht vor Jules' Gesicht zu flattern.

»Aria!«, ruft Jules empört. Camden erhebt sich auf die Hinterpfoten und schlägt halbherzig nach dem Vogel, aber die Krähe ist zu schnell für sie und landet schließlich vor Madrigals Füßen.

»Ich werde euch begleiten«, verkündet Jules' Mutter. Sie sieht sehr hübsch aus in ihrem hellblauen Kleid und den hohen braunen Stiefeln. Die Haare wippen in kunstvollen Locken über ihre Schultern. Außerdem trägt sie einen Korb über dem Arm, der mit einem weißen Tuch abgedeckt ist. Arsinoe steigt der Geruch von frischem Brot in die Nase.

»Wozu das denn?«, will Jules wissen.

»Ich habe mehr Ahnung von edlen Kleidern als ihr beide zusammen«, versetzt Madrigal. »Außerdem ist es heute viel zu schön, um drinnen zu versauern.«

Jules und Arsinoe sehen sich an und seufzen. Nach der unruhigen Nacht fehlt beiden die Energie für eine lange Diskussion.

Sie finden Joseph an Deck der *Dickkopf*, wo er mit seinem Bruder zusammensteht.

»Sieh mal einer an«, ruft Matthew mit einem breiten Grinsen. »Da kommen unsere drei Lieblingsmädchen.«

»Matthew Sandrin«, erwidert Jules mit einem Seitenblick zu ihrer Mutter, »du bist zu freundlich.« Aber sie grinst, als Joseph auf den Kai springt und sie an sich zieht.

»Sind die beiden nicht süß?«, zwitschert Madrigal.

»Allerdings. Obwohl ich mir das auch nicht ständig anschauen muss.« Matthew wirft Joseph ein Tau an den Kopf.

»Wir sind gekommen, um ihn dir wegzunehmen«, erklärt Arsinoe.

»Und was bekomme ich dafür? Dich als hübsche Gesellschafterin, während ich die Hummerkörbe einhole?«

Arsinoe wird rot. Matthew Sandrin ist der einzige Mann, dem es je gelungen ist, sie erröten zu lassen. Wie sehr sie Tante Caragh beneidet hat, selbst als Kind schon.

»Vielleicht reicht *das* ja als Tauschmittel.« Madrigal hält ihren Korb hoch. »Frisches Roggenbrot mit Räucherschinken. Dazu zwei saftige Gewächshaustomaten, unsere besten. Ich habe sie höchstpersönlich reifen lassen.«

Matthew beugt sich runter und nimmt den Korb entgegen.

»Danke. Welch unerwartete Gabe.«

»Ich hole den Korb später wieder ab«, sagt Madrigal nur. »Wirst du lange draußen bleiben?«

»Unter den strengen Blicken meiner Mutter? Wohl kaum.«

»Komm jetzt.« Jules winkt ungeduldig. »Wenn wir es schnell hinter uns bringen, schaffen wir es noch, rechtzeitig zum Tee bei Luke zu sein.«

Sie steuern Murrows Bekleidungsgeschäft an, den einzigen Ort in Wolfsquell, wo man möglicherweise eine Festtagsrobe für eine Königin finden kann.

»Vielleicht so eines mit Spitze?«, schlägt Joseph drinnen vor, woraufhin Arsinoe prüfend einen Ärmel anfasst.

»Spitze«, trällert sie, »Spitze, Spitze, mit der ich dich aufschlitze.«

»Also keine Spitze.« Doch die Auswahl ist nicht sonderlich groß. Es gibt hauptsächlich schlichte Baumwollkleider in Blau- und Grüntönen.

»Brauchst du eigentlich auch etwas?«, Arsinoe hält ihm eine Jacke vor die Brust. »Für die Jagd vielleicht?«

»Wohl eher für das Festmahl«, schaltet sich Madrigal ein. »Naturbegabte Männer gehen ohne Hemd auf die Jagd. Mit nackter Brust, auf die wir unsere Zeichen malen. Da dies dein erstes Beltane wird, Jules, solltest du dir ein hübsches Muster für Joseph überlegen.« Lächelnd streckt sie Jules ein Kleid entgegen, dem diese aber nur einen Schlag versetzt – nicht viel anders als ihr Puma es getan hätte. »Wird Matthew dieses Jahr an der Jagd teilnehmen?«, erkundigt sich Madrigal.

»Ich weiß nicht«, erwidert Joseph. »Könnte sein. Oder auch nicht. Er sagt, das sei etwas für die Jugend.«

»Aber Matthew ist doch nicht alt! Er kann kaum älter sein als dreißig!«

Joseph drückt stumm Jules' Hand. Matthew ist gerade mal siebenundzwanzig. Genauso alt wie Luke. Aber Luke wirkt viel jünger. Er hat nicht solche Trauer durchlitten wie Matthew. Solch einen Verlust erfahren. Für Matthew müssen die Jahre unerträglich lang geworden sein, nachdem man ihm Caragh genommen hat.

»Ich rede mal mit dem Verkäufer«, verkündet Joseph. »Vielleicht können sie ja noch was aus Indridskamm kommen lassen, falls die Angst vor vergifteten Kleidern noch nicht um sich gegriffen hat.«

Sobald er weg ist, raunt Arsinoe Jules zu: »Auf mich wirkt Joseph nicht verändert.«

»Vielleicht hast du recht«, antwortet Jules.

»Warum schnappst du ihn dir nicht, und ihr verschwindet für eine Weile? Wir haben in diesem Laden ja doch kein Glück.«

»Bist du sicher?« Jules wirft einen vielsagenden Blick zu ihrer Mutter hinüber. »Ich kann auch bleiben.«

»Geh«, beharrt Arsinoe und verzieht das Gesicht beim Anblick eines Kleides, das nur aus schwarzer Spitze und jeder Menge Schleifen besteht. »Damit wirst du erst bei der Anlandung Zeuge meiner Schande, wie alle anderen auch.«

Jules boxt ihr noch einmal gegen die Schulter, bevor sie zu Joseph hinübergeht. Arsinoe sieht zu, wie sie ihm etwas ins Ohr flüstert; bestimmt irgendein dummes

Liebesgeplänkel, das ihr selbst wohl nie über die Lippen kommen wird.

Natürlich hat Jules sich geirrt. Selbst wenn Joseph sich ein wenig umgesehen haben mag, war in seinem Herzen immer nur Platz für ein einziges Mädchen. Doch als die beiden das Geschäft verlassen, sieht Arsinoe kurz Josephs Spiegelbild im Fenster aufblitzen. Er wirkt schuldbewusst.

»Arsinoe?« Madrigal taucht neben ihr auf. »Was ist los?«

»Gar nichts«, behauptet sie, doch dann packt sie Madrigals Handgelenk. »Dieser erste Zauber unter dem Baum, bei Josephs Rückkehr … der hatte doch keinerlei Wirkung. Er wurde zerstört, richtig?«

»Ich weiß es nicht. Aber ich hatte dich ja davor gewarnt, ihn zu verbrennen.«

Doch als sie zusammen Richtung Marktplatz und damit zu Gillespies Buchladen gehen, fällt es Arsinoe wieder ein: Madrigal hatte sie keineswegs davor gewarnt, den Talisman zu verbrennen. Erst als er bereits in den Flammen lag, hatte Madrigal sie darauf hingewiesen, dass sie das nicht hätte tun sollen.

Niedere Magie schlägt immer zurück. Wie oft hat sie das schon gehört? Von Jules, von Cait. Und vor langer Zeit auch von Caragh.

»Und wenn wir damit Schaden angerichtet haben?«, bohrt sie weiter. »Wenn bei Joseph und Jules irgendetwas schiefgeht?«

»Falls du etwas Derartiges bewirkt hast, lässt sich daran jetzt auch nichts mehr ändern«, erwidert Madrigal. »Der Zauber wird nach Gutdünken wirken. Was du auch ausgelöst hast, muss nun ausgestanden werden.« Sie versetzt Arsinoe einen spielerischen Stoß. »Aber meine Jules ist glücklich und schwer verliebt. Du machst dir zu viele Gedanken.«

Doch auch während der Teestunde bei Luke, der hervorragenden Mohnkuchen und Sandwiches mit fein gewürfelter Hähnchenbrust auftischt, kann sie an nichts anderes denken. Als Madrigal sich mit der Erklärung verabschiedet, dass sie im Hafen Matthews Nachmittagsfang begutachten will, hört Arsinoe kaum hin.

»Weißt du, diese Sucherei bei Murrows ist die reinste Zeitverschwendung«, erklärt Luke. Die Art, wie er Hanks Schwanzfedern zwischen den Fingern dreht, verrät Arsinoe, dass er das Gespräch bewusst in diese Richtung lenkt. »Immerhin könnte ich dir etwas zaubern, das dreimal so gut ist wie die Fabrikate seiner Schneider.«

Breit grinsend sieht Arsinoe ihn an.

»Das ist brillant, Luke«, ruft sie. »Du musst mir das schönste Kleid entwerfen, das man je gesehen hat. Allerdings muss es Jules passen.«

Jules und Joseph sitzen auf einem breiten Baumstamm am Ufer des Hartriegelteiches, während Camden mit den schmelzenden Eisschollen spielt und sich immer wieder das Wasser von den Pfoten leckt. Jetzt, wo das Tauwetter eingesetzt hat, ist der Teich nicht mehr so hübsch wie während des Winters. Er ist schlammig und trüb und stinkt nach verrottenden Pflanzen. Trotzdem ist und bleibt das hier ihr Platz, der Ort, an den sie sich schon heimlich verdrückt haben, als sie noch Kinder waren.

»Ich glaube nicht, dass Arsinoe je ein Kleid finden wird«, sagt Joseph. Er wirft einen nassen Stock in die

Mitte des Teiches hinaus. »Und falls doch, wird Cait sie nicht zwingen können, es auch anzuziehen.«

»Was Arsinoe anhat, wird keine Rolle spielen, sobald sie bei der Erwachenszeremonie keine Gabe zur Schau stellen kann. Neulich habe ich sie gefragt, was sie denn vorführen will, und sie meinte, sie würde wohl einen Fisch ausnehmen. Und ihn filetieren.«

Joseph lacht leise. »Das ist unsere Arsinoe.«

»Manchmal ist sie einfach unerträglich.«

Joseph greift nach Jules' Hand und küsst sie. Inzwischen braucht sie keinen Verband mehr. Die Wunden von Arsinoes Zauber sind fast verheilt. Trotzdem trägt sie immer etwas drüber, so wie auch Arsinoe ihre Hand und ihren Arm bedeckt, wenn sie in den Ort geht.

»Man sollte Madrigal dafür aufknüpfen, dass sie ihr diese Zauberei gezeigt hat«, findet Joseph.

»Ja, das stimmt. Obwohl es mich weniger stört, seit die Magie dich zurückgebracht hat. Und auch, weil sie Arsinoe Hoffnung geschenkt hat. Soll diese Magie sie ruhig beschützen, bis ihre wahre Gabe sich einstellt.«

»Ist das nicht eigentlich deine Aufgabe und die deines Berglöwen?«

Das sagen alle. Jules und Camden sind schon so lange die Beschützer der Königin. Und sie werden es auch weiterhin sein, bis alles vorbei ist – so oder so.

»Trotzdem bleibt ihr nicht mehr viel Zeit. Sie sollte sich besser etwas überlegen, und zwar etwas Spektakuläres. Bis Beltane sind es nur noch ein paar Wochen.«

Joseph blickt zu Boden.

Sie haben geplant, dass es in der ersten Nacht des großen Festes passieren soll. In seinem Zimmer und auch in der Koje im Bauch des Festlandschiffes sind sie schon sehr weit gegangen, aber Jules wollte warten. Sie ist ein Beltanekind, und irgendwie war da immer diese Vorstellung in ihrem Kopf, dass ihr erstes Mal mit Joseph ebenfalls an Beltane sein sollte.

»Ich weiß, dass du nicht gerne darüber nachdenkst«, sagt Joseph jetzt, »aber hast du dich je gefragt, was passiert, falls Arsinoe verliert? Wie wird dein Leben dann weitergehen?«

Jules rupft ein paar tote Grashalme aus, die neben dem Stamm wachsen, und zwirbelt sie zwischen den Fingern. Er hat nicht gesagt *getötet wird*. Aber genau das heißt es. Und insgeheim hat ein Teil von Jules sich überlegt, auf welche Art sie mit ihr zusammen sterben könnte. Dass sie bei ihr sein wird im Kampf.

»Ich habe nicht viel darüber nachgedacht«, antwortet sie. »Aber hin und wieder schon. Irgendwie kommt es einem so vor, als wäre es nicht vorgesehen, dass wir danach weitermachen. Aber das werden wir. Vermutlich werde ich das Haus übernehmen. Die Felder und den Garten. Die Göttin weiß, dass Madrigal es bestimmt nicht tun wird.«

»Vielleicht doch, das kannst du nicht wissen. Und dann wärst du frei für andere Optionen.«

»Welche anderen Optionen?«

»Dort draußen wartet eine ganze Welt, Jules.«

»Du meinst das Festland.«

»Es ist gar nicht so übel. Manche Teile davon sind wirklich verblüffend.«

»Willst du denn … dorthin zurück?«

»Nein.« Joseph greift wieder nach ihrer Hand. »Ich würde nicht zurückgehen. Es sei denn, du willst es auch. Ich will damit nur sagen … wenn unsere Welt hier untergeht, könnten wir dort draußen neu anfangen.« Er lässt den Kopf hängen. »Keine Ahnung, warum ich überhaupt davon spreche. Warum ich darüber nachdenke.«

»Joseph …« Sie haucht einen Kuss auf sein Ohr. »Was ist los?«

»Ich will dich nicht anlügen, Jules. Aber ich will dir auch nicht wehtun.«

Abrupt steht er auf und tritt ans Ufer.

»In der Nacht, als Mirabella mich gerettet hat, ist etwas passiert.« Mit einer heftigen Bewegung schiebt er die Hände in die Taschen und blickt aufs Wasser hinaus. »Ich war halb ertrunken. Unterkühlt. Weggetreten.« Er unterbricht sich, flucht leise. »Ach, Jules, das soll jetzt nicht so klingen, als würde ich nach einer Ausrede suchen!«

»Ausrede wofür?«, fragt Jules leise.

Er dreht sich zu ihr um. »Zuerst war ich völlig weggetreten, vielleicht sogar noch, als es anfing. Aber dann nicht mehr. Sie war da, und ich war da, und wir haben …«

»Ihr habt was?«

»Ich wollte nicht, dass das passiert, Jules.«

Vielleicht nicht. Aber passiert ist es.

»Jules? Bei Gott, Jules, bitte sag etwas.«

»Was willst du denn von mir hören?« Sie kann kaum denken. Ihr Körper ist taub, leblos wie das Holz, auf dem sie sitzt. Etwas Warmes drückt sich in ihren Schoß – Camdens schwerer Kopf. In ihrer Kehle steigt ein Knurren auf, das eindeutig an Joseph gerichtet ist.

»Beschimpfe mich«, fleht Joseph, »sag mir, was für ein Idiot ich bin. Sag mir … sag mir, dass du mich hasst.«

»Ich könnte dich niemals hassen. Aber wenn du jetzt nicht gehst, wird mein Berglöwe dir die Kehle aufreißen.«

Rolanth

»Komm vom Fenster weg, Mira, und probier das hier mal an.«

Mirabella starrt noch ein paar Sekunden länger auf die Klippen der Dämmerpforte hinunter, auf denen sie als Kind oft mit Bree um die Wette gelaufen ist. Irgendwann hatte Bree keine Lust mehr auf solche Spiele, doch Mirabella wurde nie zu alt dafür. Immer wieder trieb ihre Liebe zum Wind und zu weiten, offenen Landschaften sie auf diese Klippen hinaus. Zumindest früher, bevor sämtliche Türen abgeschlossen wurden.

»Wozu denn?« Mirabella dreht sich zu Luca um. »Viel Stoff ist es sowieso nicht, und man kann es enger schnüren. Es wird also passen.«

Luca legt die Gewänder hin, die Mirabella am Abend der Erwachenszeremonie tragen soll: zwei geraffte schwarze Stoffbänder, die mehrmals mit speziell abgekochten Kräuterextrakten getränkt werden, damit sie nicht in Flammen aufgehen. Denn bei der Erwachenszeremonie wird sie einen Feuertanz aufführen.

»Welche Instrumente wird es geben?«, fragt Mirabella nun. »Streicher? Flöten?«

»Trommeln«, antwortet Luca. »Viele große Kesseltrommeln, die dir einen herzschlagartigen Rhythmus vorgeben.«

Mirabella nickt.

»Es wird wundervoll werden«, fährt Luca fort. Mithilfe einer langen Kerze entzündet sie eine Lampe, deren Verschluss sie offen lässt. »Die nächtliche Zeremonie und die leuchtenden Farben des Feuers – sämtliche Blicke werden auf dich gerichtet sein.«

»Ja.«

»Mira.« Luca seufzt schwer. »Was ist los mit dir?«

In der Stimme der Hohepriesterin liegt Mitgefühl, aber auch Frustration, als könne sie einfach nicht begreifen, warum Mirabella unglücklich ist. Als müsste Mirabella froh darüber sein, gefangen genommen und nach Hause gebracht worden zu sein. Dankbar, dass man sie nicht öffentlich ausgepeitscht hatte.

Aber obwohl Luca weiß, was auf der Straße geschehen ist – dass sie ihre Schwester gesehen hat und ihr die Hand reichen wollte –, ist sie nicht über alles im Bilde. Sie ahnt nicht, dass Mirabella außerdem einem Jungen begegnet ist und ihr Herz gebrochen wurde. Und sie ahnt nichts von jenem kurzen Moment, in dem echtes Vertrauen in Arsinoes Blick aufgeblitzt war.

»Wo ist Elizabeth?«, will Mira wissen. »Du hast mir versprochen, sie nicht fortzuschicken.«

»Was ich auch nicht getan habe. Zumindest nicht auf Dauer. Ihre Strafe wird bald vollzogen sein, und dann kommt sie zurück.«

»Sobald sie wieder hier ist, will ich sie sehen.«

»Natürlich, Mira. Sie wird dich ebenfalls sehen wollen. Das Mädchen hat sich große Sorgen gemacht.«

Betroffen beißt sich Mirabella auf die Lippe. Oh ja, Bree und Elizabeth waren sehr besorgt um sie. Und sie haben treu zu ihr gestanden. Selbst nach einem Dutzend Stockschlägen haben sie nichts verraten. Dabei hätte sie wissen müssen, dass so etwas passieren würde. Genauso wie sie hätte wissen müssen, dass man Elizabeth im Tempel als Mitverschwörer verurteilen würde, wenn man Mirabella in deren weißem Mantel entdeckte. Mirabella hat zwar behauptet, ihn gestohlen zu haben, als Elizabeth nicht aufpasste, aber niemand hat ihr geglaubt.

Sie hätte einen Weg finden müssen, um die beiden zu schützen. Es wird nicht leicht werden, Elizabeth ins Gesicht zu sehen. Oder Arsinoe an Beltane wieder zu begegnen, denn wie soll sie ihr erklären, dass alles schiefgelaufen ist? Frustriert verzieht Mirabella das Gesicht. Beim Gedanken daran, was alles vor ihr liegt, schnürt es ihr die Luft ab. Trost findet sie nur, wenn sie sich wieder in die gemeinsamen Nächte mit Joseph zurückträumt, doch selbst das wird ihr vergällt, denn er liebt ja eine andere.

»Er ist zu ihr gelaufen, als hätte er sie seit hundert Jahren nicht gesehen«, flüstert sie, ohne sich dessen bewusst zu sein.

»Was?« Luca hebt den Kopf. »Was hast du gesagt, Mira?«

»Gar nichts.« Ohne zu zögern, streckt sie ihre Hand nach der Lampe aus. Ein kurzes Fingerzucken, und schon springt die Flamme vom Docht auf ihren Handrücken. Zufriedenheit breitet sich auf Lucas Gesicht aus, als das Feuer an Mirabellas Handgelenk entlanggleitet und dann, fast wie ein neugieriger Wurm, ihren Arm hinaufkriecht. Genau so wird es anfangen, langsam und angenehm warm. Die Trommeln werden in ihren Ohren dröhnen. Das Feuer wird sich nach ihr ausstrecken, und sie selbst wird es freudig annehmen, wird es frei über ihre Haut tanzen lassen, während sie sich mit weit ausgebreiteten Armen im Kreis dreht. Wie Ketten wird sie die Flammen um ihren Körper wickeln und sie brennen lassen. Und vielleicht wird dabei auch die Liebe zu ihren Schwestern zu Asche verbrannt.

Einige Tage später macht Mirabella einen Spaziergang in den Wäldern des Westwood-Anwesens, als sie plötzlich das Klopfen eines Spechts hört. Suchend blickt sie hoch, bis sie den kleinen schwarz-weißen Vogel entdeckt. Vielleicht ist das ja Pepper. Ihr kommt es so vor, allerdings sieht für sie ein Specht aus wie der andere.

»Bleib auf dem Weg, Königin Mirabella.«

Eine Priesterin aus ihrer Eskorte schiebt sie zurück in die Mitte des Pfades. Als ob sie tatsächlich einen Fluchtversuch unternehmen würde, während sie derart eingekesselt ist. Inzwischen sind es sechs Frauen, alle jung und körperlich fit. Wenn der Wind unter ihre Mäntel fährt, blitzen ihre großen, gezahnten Klingen auf. Haben Priesterinnen schon immer diese Waffen getragen? Mirabella bezweifelt es. Zumindest nicht so viele von ihnen und nicht ständig. Inzwischen scheint allerdings jede geweihte Priesterin damit ausgerüstet zu sein.

»Wie sehr sich doch alles verändert hat«, stellt Mirabella fest.

»Allerdings«, erwidert die Priesterin. »Und wessen Schuld ist das?«

Vor ihnen taucht das spitze Giebeldach des Westwoodhauses zwischen den Bäumen auf. Wie feine Haare ragen die Blitzableiter zwischen den Schindeln auf. Mirabella kann es kaum erwarten, wieder hineinzugehen.

Dort darf sie wenigstens allein durch die Gänge wandern. Vielleicht serviert sie Sara etwas Tee, sozusagen als Friedensangebot. Während ihrer Flucht hat Sara sich schreckliche Sorgen um sie gemacht. In ihrem strengen Dutt sind plötzlich so viele weiße Strähnen. Und bei ihrer Rückkehr wollte sie Mirabella gar nicht mehr loslassen.

»Mira!«

Bree kommt ihnen mit schwingenden Zöpfen und geröteten Wangen entgegengelaufen, sie sieht aus, als hätte sie geweint.

»Bree? Was ist denn los?«

Mit aller Kraft schiebt Bree sich zwischen den Priesterinnen hindurch und greift nach Mirabellas Händen.

»Gar nichts«, behauptet sie, kann es dann aber doch nicht verbergen. Ihr Gesicht verzieht sich.

»Was ist passiert, Bree?«

»Es geht um Elizabeth.« Wütend fährt sie zu den Priesterinnen herum. »Am liebsten würde ich eure Roben in Flammen aufgehen lassen!«, schreit sie. »Und euch alle im Schlaf ermorden!«

»Bree!«

Mirabella zieht die Freundin an sich.

»Wir haben euch doch gesagt, dass sie nichts damit zu tun hatte«, schluchzt Bree. »Wir haben euch gesagt, dass der Mantel geklaut war!«

»Was habt ihr getan?«, will Mirabella von den Priesterinnen wissen, doch die scheinen genauso beunruhigt zu sein wie sie selbst.

Mirabella und Bree rennen los, bahnen sich einen Weg durch den Kreis der Bewacherinnen.

»Nicht weglaufen, Königin Mirabella!«

Einige von ihnen versuchen, sie am Arm festzuhalten, allerdings so halbherzig, dass sie sich leicht losreißen kann. Immerhin wissen sie ja, wo Mirabella hinwill. Gemeinsam mit Bree hetzt sie den Pfad hinauf, raus aus dem Wald und ums Haus herum.

Elizabeth steht mit dem Rücken zu ihnen auf dem Vorplatz, direkt neben dem leeren Brunnen. Auch sie wird von Priesterinnen begleitet, die hastig den Blick senken, als Mirabella sich nähert.

Erleichtert atmet die Königin auf. Elizabeth ist wieder zu Hause. Ihre Haltung ist etwas steif, aber sie lebt.

»Elizabeth?« Langsam geht Mirabella auf ihre Freundin zu.

Die junge Priesterin wendet ihr den Kopf zu.

»Ich bin in Ordnung«, versichert sie. »Es ist nicht so schlimm.«

»Was ist nicht so schlimm?«, hakt Mirabella nach, und erst da hebt Elizabeth den Arm, sodass der Ärmel ihres Gewandes verrutscht.

Sie haben ihr die linke Hand abgehackt.

Der Stumpf ist mit einem groben weißen Verband umwickelt, der an mehreren Stellen eingetrocknete braune Blutflecken aufweist.

Benommen taumelt Mirabella zu ihrer Freundin, sinkt auf die Knie und umklammert ihren Rock. »Nein«, stöhnt sie gequält.

»Sie haben mich festgehalten«, erzählt Elizabeth tonlos. »Aber das war auch besser so. Schließlich haben sie meine Hand mit ihren Messern abgeschnitten, und das hat länger gedauert als mit einer Axt. Deshalb war es besser, dass sie mich festgehalten haben. Es hat gutgetan, gegen sie ankämpfen zu können.«

»Nein!« Mirabella spürt Brees Hand auf ihrem Rücken, dann streicht Elizabeth über ihren Scheitel.

»Weine nicht, Mira«, sagt sie leise. »Es war nicht deine Schuld.«

Doch es war ihre Schuld. Selbstverständlich war es das.

Wolfsquell

»Sie wird ihm schon bald verzeihen«, behauptet Madrigal. Natürlich meint sie damit Jules und Joseph. »Egal wie wütend und verletzt sie ist, ihre Sehnsucht nach ihm ist größer. Und ich glaube ihm, wenn er seine Liebe zu ihr beteuert. Seit sie ihn fortgeschickt hat, hat er kein einziges Mal gelächelt.«

»Woher willst du das wissen?«

Madrigal reagiert auf Arsinoes Frage mit einem Schulterzucken. »Weil ich unten am Hafen war. Ich habe ihm bei der Arbeit zugesehen. Eine ständige Schlechtwettermiene. Nicht einmal dein Billy konnte ihn zum Lachen bringen.«

Gegen ihren Willen muss Arsinoe bei diesen Worten grinsen. *Ihr* Billy. Das ist er zwar nicht, trotzdem ist die Vorstellung lustig. Ansonsten hat Madrigal allerdings recht – Jules wird Joseph sicherlich bald verzeihen. Und Arsinoe wird ihm ebenfalls vergeben. Für sie war es auch nicht einfach, ihn sich mit Mirabella vorzustellen. Auf gewisse Weise hat er sie damit auch betrogen.

»Das passt gar nicht zu ihm«, seufzt Madrigal. »Die Sandrins sind nicht für Ernsthaftigkeit gemacht. Oder für Traurigkeit. Sie sind für Gelächter und Sorglosigkeit geschaffen.«

»Er hat es verdient zu leiden«, erwidert Arsinoe. »Jedes böse Wort von Jules hat seine Berechtigung, und von mir auch. Wer soll sich denn um Jules kümmern, wenn ich versage und nicht mehr da bin? Ich hatte mich darauf verlassen, dass Joseph das übernimmt.«

»Ich werde mich um Jules kümmern«, behauptet Madrigal, kann Arsinoe dabei aber nicht in die Augen sehen. Sich um andere zu kümmern war noch nie ihre Stärke. Und ihre Tochter würde es auch gar nicht zulassen.

»Vermutlich ist unsere Jules ganz gut in der Lage, allein auf sich aufzupassen.« Arsinoes Zorn ist bereits verraucht. »Und vielleicht muss sie das ja auch gar nicht unter Beweis stellen. Ich kann immer noch Königin werden.«

»Allerdings«, nickt Madrigal. Sie greift nach ihrem kleinen Silbermesser und hält es in die Flammen. »Doch die Zeit des Wartens ist vorbei. Jetzt werden wir ein paar Dinge in Bewegung setzen.«

Neben ihr steht ein Glasgefäß mit einer dunklen Flüssigkeit – Arsinoes Blut, sowohl frisches als auch die in den Schnüren gespeicherten Vorräte, die mit Wasser aus der Bucht befeuchtet wurden. Madrigal nimmt das Glas und geht damit zum Stamm des krummen Baumes.

»Was hast du vor?«, will Arsinoe wissen.

Ohne zu antworten, lässt Madrigal den Inhalt des Glases auf den Hügel tropfen, auf die heiligen Felsen, auf den Stamm und die Wurzeln des Baumes, die ihn mit ihrem dichten Netz im Boden verankern. Dann haucht sie leise Worte auf die Borke, und plötzlich scheint der Baum tief Luft zu holen. Verblüfft beobachtet Arsinoe, wie zahllose kaffeebraune Knospen aus den Zweigen hervorbrechen. Es sieht aus, als hätte der Baum eine Gänsehaut bekommen.

»Ich wusste gar nicht, dass er blühen kann.«

»Tut er auch nicht, oder zumindest nicht oft. Aber heute Abend muss er. Gib mir deine Hand.«

Arsinoe geht zum Baum und streckt den Arm aus; sie weiß, dass es jetzt unangenehm wird. Allerdings hätte sie nie damit gerechnet, dass Madrigal ihre Hand mit einem Ruck gegen den Baumstamm drückt und anschließend ihr Messer hineinrammt.

»Aah! Madrigal!« Der Schmerz schießt durch ihren Arm direkt in die Brust. Sie kann sich nicht bewegen, ist hilflos an den Stamm gefesselt, während Madrigal leise anfängt zu singen.

Arsinoe versteht kein einziges Wort, aber vielleicht ist der Gesang auch einfach zu schnell. Der Schmerz von der Klinge in ihrer Hand macht es schwer, genau hinzuhören. Dann kehrt Madrigal zum Feuer zurück, und Arsinoe sinkt auf ein Knie. Angestrengt unterdrückt sie den Drang, sich loszureißen. Die Klinge steckt tief im Holz. Vorsichtig zieht ihre freie Hand am Griff, dann ein wenig fester, aber nichts rührt sich.

»Madrigal!«, presst sie zwischen den Zähnen hervor. »Madrigal!«

Die entzündet inzwischen eine Fackel.

»Nein!«, schreit Arsinoe. »Lass mich in Ruhe!«

Auf Madrigals Gesicht zeigt sich eine so wilde Entschlossenheit, wie Arsinoe sie noch nie an ihr gesehen hat. Kurz fragt sie sich, ob Madrigal ihre Hand mit dem Baumstamm verschmelzen lassen will, aber eigentlich möchte sie das gar nicht erst herausfinden. Sie nimmt einen tiefen Atemzug, kurz bevor sie sich mit Gewalt losreißen will, auch wenn der Ruck ein Loch in ihren Handrücken reißen wird.

Blitzschnell streckt Madrigal die Hand aus und zieht das Messer aus dem Stamm. Arsinoe weicht hastig zurück und drückt die Hand an ihre Brust, während Madrigal die Fackel an den Baumstamm hält. Grelle gelbe Flammen erfassen die Rinde; es stinkt nach kochendem Blut.

Arsinoe bricht zusammen, alles wird schwarz.

In dieser Nacht liegt Arsinoe – ohne zu wissen, wie sie dort hingekommen ist – in ihrem Bett und träumt von einem Bären. Von einem großen Braunbären mit langen, gebogenen Krallen und einem rot leuchtenden Schlund. In ihrem Traum steht er brüllend vor einem verbrannten, krummen Baum.

Der Morgen dämmert noch kaum, als Arsinoe Jules vorsichtig wach rüttelt, was sowohl ihrer Freundin als auch dem Puma neben ihr ein Knurren entlockt.

»Arsinoe? Was ist denn? Alles in Ordnung?«

»Sogar mehr als in Ordnung.«

Blinzelnd schaut Jules zum Fenster, hinter dem es bläulich schimmert. »Und warum weckst du mich dann in aller Frühe?«

»Für etwas wirklich Großes«, grinst Arsinoe. »Jetzt steh auf und zieh dich an. Ich will auch noch Joseph und Billy holen.«

Jules braucht nicht lange, um sich zu waschen, anzuziehen und ihre wilden Locken mit einem breiten Band im Nacken zu bändigen. Lange bevor irgendjemand wach wird, haben sie das Haus verlassen und machen sich auf den Weg ins Dorf. Nicht einmal Oma Cait ist schon auf.

Jules hat nicht dagegen protestiert, dass Arsinoe Joseph mitnehmen will, doch als sie an seinem Haus ankommen, weigert sie sich, an die Tür zu klopfen.

Was Arsinoe auch nicht tun möchte. Obwohl sie so schnell wie möglich zum krummen Baum gehen will, hat sie ein schlechtes Gewissen und scheut davor zurück, die Sandrins zu früh am Morgen zu stören. Aber während sie noch Kieselsteine sammelt, um sie an Josephs Fenster zu werfen, tritt Matthew aus der Haustür.

Als er die Mädchen entdeckt, bleibt er überrascht stehen. Dann grinst er breit. »Was habt ihr beiden denn um diese Uhrzeit hier verloren?«

»Gar nichts«, erwidert Arsinoe. »Wir wollen zu Joseph, ist er schon auf?«

»Seit ungefähr einer Minute. Ich werde ihm sagen, dass er sich beeilen soll.«

»Und dem Festlandjungen auch«, ruft Arsinoe ihm hinterher, als er wieder im Haus verschwindet.

»Wenn die beiden rauskommen, wirst du uns dann endlich verraten, was wir hier machen?« Jules lehnt sich an ihren Berglöwen.

»Vielleicht ist es ja eine Überraschung«, wehrt Arsinoe ab. Unruhig streift sie um Jules herum. Sie steht so sehr unter Strom, dass nicht einmal die nachlässig verbundene Verletzung an ihrer Hand schmerzt. Gleichzeitig zögert sie, mit der Sprache rauszurücken. Sie hat Angst, dass Jules sagen wird, es sei nur ein Traum gewesen. Und sie hat Angst, dass Jules damit recht haben könnte.

Eine gefühlte Ewigkeit später treten die Jungs aus der Tür, beide etwas verwirrt und zerzaust. Sobald Joseph Jules sieht, hellt sich seine Miene auf. Billy hingegen fährt sich glättend über die Haare, als er Arsinoe entdeckt.

Die täuscht einen Hustenanfall vor, damit er ihr Grinsen nicht bemerkt. Seit seinem Treffen mit Katharine haben sie sich noch nicht gesehen, und auch wenn Arsinoe es niemals zugeben würde, hatte sie Angst, dass er als ergebener Giftmischerfreund zurückkehren könnte.

»Welch willkommener Anblick«, begrüßt Billy sie. »Hast du mich so sehr vermisst, dass du mich auf der Stelle wiedersehen musstest, sobald ich wieder in Wolfsquell bin?«

»Ich dachte, du wärst schon seit einigen Tagen wieder hier«, lügt Arsinoe schamlos. »Und außerdem bin ich nicht deinetwegen gekommen, sondern wegen Joseph.«

»Du hast nach mir verlangt: *dem Festlandjungen auch*. Ich bin nicht taub.«

Darauf erwidert Arsinoe nichts. Sie ist viel zu sehr damit beschäftigt, Joseph zu beobachten, der angestrengt zu Jules hinüberstarrt, die wiederum angestrengt auf ihren Berglöwen starrt.

»Hörst du mir überhaupt zu, Arsinoe? Wo gehen wir hin, will ich wissen.«

»Richtung Norden«, antwortet sie beiläufig. »In den Wald.«

»Dann kommen wir ja am Gasthaus *Zum Löwen* vorbei. Da werde ich uns etwas zu essen besorgen.«

»Eigentlich will ich keine Pause machen.«

»Das wirst du wohl müssen«, befiehlt Billy, »zumindest, wenn du Wert auf meine Gesellschaft legst. Immerhin hast du uns vor dem Frühstück aus dem Haus gezerrt.«

Den Küchenjungen des Gasthauses zerren sie ebenfalls vor seinem Frühstück aus dem Haus, weshalb es auch länger dauert als gewöhnlich, bis sie ihre Spiegeleier mit Speck und Bohnen bekommen. Arsinoe sitzt während der gesamten Mahlzeit wie auf glühenden Kohlen, schafft es allerdings trotzdem, ihren Teller leer zu essen und danach noch die Hälfte von Jules' Portion zu verdrücken.

Anschließend hetzt sie die Gruppe durch die Straßen von Wolfsquell, um auf schnellstem Weg zum krummen Baum zu gelangen. Immer wieder knickt sie ihren Arm ab, um die Wunde an der Hand zu entlasten. Die hat inzwischen angefangen zu pochen.

Vielleicht ist das ein gutes Zeichen. Oder vielleicht hätte sie besser Madrigal mitnehmen sollen. Immerhin könnte es ja doch nur ein Traum gewesen sein, dann würde sie die anderen für nichts und wieder nichts durch den schmelzenden Schnee jagen.

Erst als sie schon tief in den Wald eingedrungen sind, erkennt Jules, in welche Richtung es geht. Abrupt bleibt sie stehen.

»Spuck's aus, Arsinoe. Jetzt gleich.«

»Was?« Fragend sieht Joseph sie an. »Was ist denn los? Wo bringt sie uns hin?«

»Da steckt doch wieder niedere Magie dahinter.« Vielsagend mustert Jules die frische Verletzung an Arsinoes Hand. »Oder etwa nicht?«

»Ich begreife immer noch nicht, wo der Unterschied sein soll zwischen dieser niederen Magie«, Billy wendet sich direkt an Jules, »und dir und deinem Berglöwen.«

»Es gibt einen Unterschied«, erklärt ihm Joseph. »Jules' Gabe ist ein Teil von ihr. Niedere Magie steht jedem zur Verfügung. Dir, mir … selbst bei dir zu Hause könnten wir sie anwenden. Aber sie ist gefährlich. Und sie ist nichts für Königinnen.«

»Moment mal«, unterbricht Billy ihn. »Du behauptest also, bei uns zu Hause hättest du …« Er macht eine kreiselnde Bewegung mit der Hand, die Arsinoe überhaupt nicht gefällt. Joseph nickt, woraufhin Billy nach kurzem Zögern mit den Achseln zuckt. »Das ist unmöglich«, behauptet er dann. »Außerdem kann ich mir nicht vorstellen, wie du irgendwelche Zaubersprüche murmelst. Du bist wie ein Bruder für mich.«

»Was hat das denn damit zu tun?«, wendet Arsinoe ein.

»Gar nichts«, sagt Billy schnell. »Irgendwie … ich meine … ich habe Luke kennengelernt und Ellis und einen Haufen anderer Männer, aber … Zauberei? Irgendwie habe ich wohl trotzdem immer noch geglaubt, das sei nur etwas für Frauen.«

»Warum das denn?«, erwidert Arsinoe, obwohl sie ihm seine Unwissenheit nicht wirklich übelnehmen kann.

»Das ist doch jetzt egal«, schaltet Jules sich wieder ein. »Beantworte meine Frage, Arsinoe. Warum bringst du uns an diesen Ort?«

»Weil ich meinen Familiaris gesehen habe.«

Ruckartig richten Jules und Joseph sich auf. Sogar Camden spitzt die pelzigen Ohren. Arsinoe hebt die Hand und entfernt den Verband von der geröteten und verschorften Wunde, die ihre Handfläche in zwei Hälften teilt.

»Wir haben mein Blut benutzt. Ich wurde an den Baum gekettet, und wir haben meine Gabe erweckt. Madrigal … Irgendwie muss sie gewusst haben, dass man uns an diesem heiligen Ort erhören würde, solange mein Blut nur die Wurzeln durchtränkt.«

Es klingt wie totaler Irrsinn. Aber sie war ja dabei. Und sie hat gespürt, wie etwas durch ihren Körper in den Baum eingedrungen ist. In die Felsen, in das Land. Dort, wo der krumme Baum steht, ist die Insel wie so oft mehr als nur ein Ort. Dort ist sie lebendig, und sie hört dich.

»Was hast du gesehen?«, fragt Jules. »Und wo?«

»Letzte Nacht im Traum, es war ein Bär. Ein großer Braunbär.«

Jules stößt einen überraschten Laut aus. Mit einem Braunbären als Familiaris wäre Arsinoe die stärkste Naturbegabtenkönigin, die es auf der Insel je gegeben hat. Sogar stärker als Bernadine und ihr Wolf. Vielleicht sogar stärker als Mirabella mit ihren Blitzen.

»Bist du sicher?«, hakt Jules noch einmal nach.

»Ich bin mir ganz und gar nicht sicher. Aber was ich gesehen habe, habe ich gesehen. Zumindest im Traum.«

»Könnte es wahr sein?«, überlegt Joseph.

Arsinoe ballt die Fäuste, und der dünne Schorf auf ihrer Wunde bricht auf und lässt frisches Blut fließen, als könnte ihr Traum dadurch wahr werden.

»Dann würde der Tempel seine Unterstützung von Mirabella eventuell überdenken«, fügt Joseph hinzu.

»Würde dir das Sorgen bereiten?«, ätzt Jules. Dann wendet sie sich an Arsinoe: »Vielleicht sollte er besser nicht dabei sein. Er sollte nicht mitkommen.«

»Ich wollte damit doch nur sagen, dass es letztendlich niemanden interessiert, ob die neue Königin eine Elementwandlerin oder eine Naturbegabte ist«, sagt Joseph leise. »Solange sie keine Giftmischerin ist.«

Jules runzelt finster die Stirn. Sie rührt sich nicht vom Fleck, obwohl Arsinoe angefangen hat, in großen Kreisen um sie herumzulaufen, die sich nach und nach Richtung Baum ausweiten.

»Es kann ja nicht schaden, oder?«, behauptet Billy und geht ein paar Schritte, bis er Arsinoe eingeholt hat. »Einfach mal nachzusehen?«

Zufrieden klopft Arsinoe ihm auf die Schulter. »Ganz genau, Junior! Gehen wir!«

Eilig läuft sie zwischen den Bäumen hindurch, sucht sich einen Weg durch die verbliebenen Schneefelder und über schmelzendes Eis. Kein einziges Mal dreht sie sich um, doch obwohl sie die lautlosen Schritte von Jules und Camden nicht hören kann, weiß sie, dass die beiden ihr folgen. Was auch immer sie davon halten mag – Jules würde sie niemals allein gehen lassen.

Je näher sie dem Baum kommen, desto deutlicher zeichnet sich das Bild des Bären vor Arsinoes innerem Auge ab. In ihrem Traum schien er riesig. Er überdeckte alles andere, sodass es nun in ihrem Bewusstsein nur noch glänzenden braunen Pelz und lautes Brüllen gibt sowie weiße Reißzähne und gebogene schwarze Krallen, die einen springenden Hirsch zerfetzen können.

»Der Bär wird doch zahm sein, oder?«, versichert sich Billy.

»Ungefähr so zahm wie Camden zahm ist«, antwortet Joseph.

»Also überhaupt nicht zahm«, wendet Jules ein, »aber ungefährlich für Freunde.«

»Dieser Puma ist zahmer als die Hälfte der Cockerspaniels meiner Mutter«, behauptet Billy. »Aber irgendwie kann ich mir nicht vorstellen, dass ein Bär sich genauso verhalten würde.«

Sie überqueren den Hügelkamm und steigen dahinter in die Senke hinunter, wo schließlich der krumme Baum und die heiligen Steine vor ihnen auftauchen.

Der Baum ist unversehrt. Am Abend hatte es den Anschein gehabt, als würden die gelben Flammen ihn restlos aufzehren, aber in Wirklichkeit ist lediglich ein verkohlter Fleck übrig geblieben, der sich vom Boden bis zu den untersten Ästen erstreckt. Die Knospen, die Madrigal herbeigerufen hatte, sind verschwunden, und sämtliche Blutspritzer sind fort, als hätte es sie nie gegeben. Oder als wären sie aufgesogen worden.

»Was ist hier passiert?« Jules verzieht das Gesicht. Vorsichtig steigt sie über das erloschene Lagerfeuer hinweg und lässt die Hand über dem verrußten Stamm schweben. Obwohl sie ihn nicht berührt, wischt sie sich anschließend die Finger an der Jacke ab.

»Ich glaube …« Billy zögert. »Ich glaube, selbst ich spüre etwas. Fast wie eine Schwingung oder so.«

»Dieser Ort wirkt erschöpft«, stellt Joseph fest. »Als hätte man ihn verbraucht.«

»Nein«, widerspricht Jules. »Er wirkt wie das, was er ist: anders. Er ist anders als die übrigen Wälder hier. Anders als das restliche Land.«

»Ja«, haucht Arsinoe, »ganz genau.«

Ihre Nackenhaare stellen sich auf. So hat sie sich noch nie gefühlt. Fast kommt es ihr so vor, als würden Jules' Besorgnis und Billys Nervosität sich mit der Luft ausbreiten.

»Sollte er hier sein?«, hakt Joseph nach. »Hast du ihn hier gesehen?«

»Ja.«

Genau dort, vor dem Baum. Brüllend, mit den brennenden Zweigen im Hintergrund.

Aber die Zweige sind nicht verbrannt.

Sie hat die anderen für nichts und wieder nichts hierhergeschleppt.

»Sollen wir warten?«, fragt Billy. »Müssen wir vielleicht … pfeifen oder so?«

»Er ist kein Hund«, faucht Arsinoe ihn an. »Er ist kein Haustier. Nur … nur noch ein bisschen. Bitte.«

Sie dreht sich zum Wald um und sucht die Bäume ab – kein Laut, kein Lüftchen oder auch nur Vogelgesang. Alles ist genauso still und ruhig wie immer.

»Arsinoe«, mahnt Jules sanft, »wir sollten nicht hier sein. Es war eine Fehlinterpretation.«

»Nein, war es nicht«, beharrt Arsinoe.

Jules war nicht dabei. Sie war nicht an diesen Baum gekettet und hat ihm ihr Blut gegeben. Sie hat nicht die Spannung in der Luft gespürt. Madrigal hat gesagt, das Blut einer Königin sei kostbar, und sie hatte recht. Arsinoes niedere Magie ist stark.

»Der Bär wird kommen«, murmelt sie. »Er wird kommen.«

Sie läuft los Richtung Norden.

»Arsinoe?« Jules will ihr folgen, aber Billy hält sie zurück.

»Lass ihr einen Moment Zeit«, bittet er. Dann geht er selbst hinterher, hält aber Abstand zu ihr, während sie weitersucht.

Als er dann kommt, ist er nur schwer zu übersehen. Der Bär ist riesig und tappt müde den Hügel hinunter. Seine Schulterblätter schaukeln traurig auf und ab, während er sich zwischen den dichten Bäumen den Weg zu ihr bahnt.

Fast hätte Arsinoe ihn gerufen, doch irgendetwas hält sie davon ab. Der Bär sieht ganz anders aus als in ihrem Traum. Seine Tatzen schleifen durch den Schlamm, und sein Kopf wackelt bei jedem Schritt hin und her – als hätte ihn jemand tot aus dem Graben gezogen und gezwungen, sich auf seine verwesenden Pfoten zu stellen.

»Er wird mich erkennen«, flüstert Arsinoe und zwingt sich weiterzugehen. Schritt für Schritt.

Ein modriger Geruch steigt ihr in die Nase. Die Haare im Pelz des Bären bewegen sich wie bei einem toten Tier, das von Maden und Ameisen heimgesucht wird.

»Jules?«, flüstert sie und wirft hastig einen Blick über die Schulter. Aber Jules ist zu weit weg. Sie kann es nicht sehen.

»Geh weg von ihm, Arsinoe«, sagt Billy. »Das ist doch Wahnsinn!«

Aber sie kann nicht. Sie hat ihn gerufen, und er gehört zu ihr. Zögernd streckt sie die Hand aus.

Anfangs scheint der Bär sie gar nicht zu bemerken. Er trottet einfach weiter, und zusätzlich zu all seinen anderen Fehlern scheint auch mit seinem Gang etwas nicht zu stimmen: mit der linken Vorderpfote tritt er härter auf als mit der rechten. Arsinoe entdeckt rote Flecken in seinen Pfotenspuren. Er hat eine eingewachsene Kralle an der Tatze, was bei sehr alten oder kranken Bären häufig vorkommt.

»Ist er es?«, fragt Billy. »Ist das dein Familiaris?«

»Nein«, antwortet sie, und genau in diesem Moment richten sich die trüben Augen des Tieres auf sie. In ihnen spiegelt sich blinde Wut.

»Lauf!«, ruft sie und wirbelt herum, während der Bär ein wildes Brüllen ausstößt. Der Boden bebt unter seinem Gewicht, als er zum Angriff übergeht.

Sie rennen den Hügel hinunter, und plötzlich scheint die Zeit stillzustehen. Vor einigen Jahren, als Arsinoe und Jules noch Kinder waren, hat ein Bauer seine toten Hunde mit ins Dorf gebracht, um die Leute vor einem wilden Bären zu warnen. Wenige Tage später hat ein Jagdtrupp das Tier aufgespürt und getötet. Es stellte sich heraus, dass es nur ein gewöhnlicher Schwarzbär war, aber trotzdem hatte man die Hunde kaum noch als solche erkannt. Seine Klauen hatten sie von der Nase bis zum Schwanz aufgeschlitzt. Und nun, Jahre später, hat Arsinoe wieder den Schädel des einen Hundes vor Augen, dessen Unterkiefer nur noch an einem schmalen Hautfetzen hing.

Der von dem Bären aufgewirbelte Schlamm klatscht gegen ihre Schulter. Sie wird es nicht schaffen.

Jules rennt schreiend auf sie zu, aber Joseph hält sie am Handgelenk fest.

Guter Junge. Er darf nicht zulassen, dass sie sich in Gefahr bringt. Jetzt muss er auf Jules aufpassen, wie Arsinoe es schon immer vorhergesehen hat.

Arsinoe rutscht aus und landet kopfüber im Schlamm. Krampfhaft schließt sie die Augen. Jeden Moment wird sie die Klauen spüren, die ihre Beine zerfetzen. Das wenige verbliebene Blut in ihr wird im Boden versickern.

»Hey!«, brüllt Billy plötzlich. »Hey! Hey!«

Der Idiot ist genau in das Blickfeld des Bären gelaufen. Er wedelt mit den Armen, rafft Eis und Schlamm vom Boden auf und bewirft das Tier damit. Die Geschosse prallen zwar wirkungslos von dem dicken Pelz ab, verschaffen Arsinoe aber genug Zeit, um sich aufzurappeln.

»Lauf«, schreit Billy sie an. »Lauf weg, Arsinoe!«

Aber damit hat Billy sein Leben für ihres eingetauscht. Gleich wird der Bär über ihn herfallen. Billy mag es für einen guten Tausch halten, aber sie nicht.

Arsinoe wirft sich zwischen Billy und den Bären, der genau in diesem Moment mit der Pranke zuschlägt. Den

Großteil des wuchtigen Angriffs fängt sie mit der Schulter ab, die sofort ausgekugelt wird, doch am Schluss erwischt er sie im Gesicht.

Feine rote Linien ziehen sich durch den Schnee.

Da hetzt eine fauchende Camden den Hügel hinauf, rammt den Bären und verschmilzt mit ihm zu einer braun-goldenen Fellkugel.

Billy schlingt einen Arm um Arsinoes Brustkorb und stützt sie.

»Es ist heiß und kalt«, murmelt sie, aber irgendwie funktioniert ihr Mund nicht richtig.

»Reiß dich zusammen«, ruft Billy, als Jules plötzlich aufschreit. Camden jault kläglich. Das Geräusch endet abrupt, als der Puma hart gegen einen Baum prallt.

»Nein!«, kreischt Arsinoe, was aber völlig in Jules' Gebrüll untergeht, das immer lauter und lauter wird, bis ihre Stimme kaum noch zu erkennen ist. Der Bär fängt an, den Kopf zu schütteln und sich mit den Pfoten über die Brust zu fahren, als wollte er sich selbst das Herz rausreißen.

Einen Moment lang sieht es so aus, als würde das Tier durch Jules' Schreie in die Luft gehoben.

Dann bricht es tot zusammen.

Jules ist so durchgeschwitzt wie an einem heißen Sommertag, und sie sinkt erschöpft auf die Knie. Der Bär ist tot, hat alle viere von sich gestreckt. So still liegt er da, dass er nun fast friedlich aussieht, nicht mehr alt und krank, sondern frei von allem Leid.

»Jules?« Joseph hockt neben ihr, legt ihr den Arm um die Schultern und zwingt sie sanft, ihn anzusehen. »Geht es dir gut?«

»Ja«, antwortet sie zögernd und atmet einmal tief durch. Ihr fehlt nichts. Und welche Macht auch immer sie eingesetzt hat, um das Herz des Bären in seiner Brust zu zerreißen, ist verschwunden. Vielleicht steckt sie nun wieder im Inneren des knorrigen, krummen Baumes.

»Cam?«, fragt sie hastig. »Arsinoe?«

»Ich schau nach.« Joseph springt auf und rennt den Hügel hinauf zu der Stelle, wo Arsinoe und Camden liegen. Billy hat aus den Ärmeln seines Hemdes eine Schlinge für Arsinoes Arm geknüpft und den restlichen Stoff als Druckverband auf ihr Gesicht gedrückt.

»Sie hatte vorher schon nicht sonderlich viel Blut in sich«, knurrt er wütend. »Wir müssen sie so schnell wie möglich zu einem Arzt schaffen.«

»Die gibt es hier nicht«, antwortet Joseph. »Wir haben nur Heiler.«

»Wie auch immer, sie braucht einen.«

»Dann müssen wir entweder zum Tempel«, erklärt Jules, »oder einen im Dorf aufsuchen. Oh Göttin … so viel Blut …«

»Das Dorf ist näher, oder?«, fragt Billy. »Du darfst jetzt nicht in Panik ausbrechen, Jules. Hör mir zu: Die Wunde an der Wange blutet wie verrückt, und durch den Schnee sieht alles noch schlimmer aus. Kannst du uns helfen, oder fällst du in Ohnmacht?«

»Ich werde nicht ohnmächtig.«

»Ist es denn nicht riskant, sie zu bewegen?«, überlegt Joseph.

»Uns bleibt keine andere Wahl«, erwidert Billy. »Die Blutung ist zu stark, ich kann sie nicht stoppen.«

Über Arsinoes reglosen Körper hinweg werfen sich die Jungs einen ernsten Blick zu. Jules kann kaum noch etwas sehen, da ihr Tränen in die Augen steigen. Billy hat zwar gesagt, sie dürfe nicht panisch werden, aber sie kommt nicht dagegen an. Arsinoe ist so schrecklich blass.

»Also gut, du hältst ihre Hüfte und Beine«, weist Billy sie an, »ich nehme ihre Schultern und drücke den Verband weiter auf ihr Gesicht.«

Jules gehorcht, und sofort überzieht warmes Blut ihre Finger.

»Joseph? Denk an Camden«, bittet sie ihn. »Lass Camden nicht hier zurück.«

»Bestimmt nicht«, versichert er und gibt ihr einen hastigen Kuss. »Versprochen.«

Jules und Billy tragen Arsinoe zwischen den Bäumen hindurch und den Pfad hinunter. Joseph folgt ihnen mit Camden auf den Schultern. Die Raubkatze stöhnt leise. Bei einem kurzen Blick nach hinten sieht Jules, wie Camden ihm das Ohr ableckt.

Als sie Wolfsquell erreichen, sind sie alle vollkommen erschöpft. Der nächste Heiler ist nur vier Straßen entfernt, doch nun ist sogar das zu weit.

»Zum Wolfshaus«, entscheidet Billy und zeigt mit dem Kopf auf das Gasthaus. Er tritt so lange gegen die Tür, bis jemand öffnet, dann brüllt er Mrs. Castell so lange an, bis alle kopflos durch die Gegend laufen.

»Gibt es in diesem Dorf denn niemanden, der auch nur annähernd nützlich ist?«, schnauzt Billy.

Sie legen Arsinoe auf das Sofa am Eingang und warten. Als der Heiler schließlich mit zwei Priesterinnen im Schlepptau erscheint, werden Jules und Billy grob beiseitegeschoben.

»Was ist passiert?«, fragt die eine Priesterin. »Woher hat sie diese Verletzungen? War das ein erneuter Angriff aus Rolanth? Ist Mirabella etwa wieder im Wald aufgetaucht?«

»Nein«, antwortet Jules, »das war ein Bär.«

»Ein Bär?«

»Wir …« Jules verstummt. Es ging alles so schnell. Aber sie hätte es besser wissen müssen. Sie hätte Arsinoe beschützen müssen.

»Wir haben eine Wanderung gemacht«, springt Joseph ein, »und sind vom Weg abgekommen. Ganz plötzlich tauchte dieser Bär auf.«

»Wo genau?« Unwillkürlich berührt die Priesterin das Messer an ihrer Hüfte. »Ich werde einen Jagdtrupp hinschicken.«

»Das ist nicht nötig«, sagt Jules. »Ich habe ihn getötet.«

»Du?«

»Ja, sie«, beendet Joseph die Diskussion. »Na ja, zusammen mit ihrem Berglöwen.« Er legt einen Arm um Jules' Hüfte und zieht sie mit sich, um sie vor weiteren Fragen abzuschirmen. Langsam gehen sie zu Billy hinüber, der neben Camden kniet und ihr den Kopf krault. Die Raubkatze kann noch immer nicht wieder laufen, aber sie schnurrt.

»Joseph?« Flehend sieht Jules zu ihm hoch. »Die beiden werden es doch schaffen, oder?«

»Camden ist durch dich sehr stark geworden«, antwortet er und drückt sie fest an sich. »Und du und ich wissen doch, dass Arsinoe zäher ist als jeder Bär.«

Greavesdrake Haus

In Greavesdrake gibt es Gift im Überfluss. Wer wahllos einen Schrank oder eine Schublade öffnet, wird dort wahrscheinlich irgendein Pülverchen, eine Tinktur oder ein Gefäß mit einer giftigen Pflanze finden. In Indridskamm munkelt man sogar, dass die Westwoods das Haus nach dem Auszug der Arrons komplett entkernen werden; angeblich befürchten sie, dass auch sämtliche Wände voller Gift sein könnten. Diese Narren. Als ob die Arrons so sorglos mit ihrem Handwerk verfahren würden. Als ob sie überhaupt jemals sorglos verfahren würden.

Natalia und Genevieve trinken ihren Vormittagstee in der Giftküche vor dem Kamin. Hinter ihnen arbeitet Katharine an den Werktischen und kreiert, gut geschützt durch ihre schwarzen Handschuhe, verschiedene Mixturen.

»Endlich ist es geschehen«, sagt Genevieve. »Das Wetter ist umgeschlagen, und das Kaminfeuer ist überflüssig. Bald wirst du die Fenster öffnen müssen.«

»Nicht hier drinnen«, erwidert Natalia. Niemals hier drinnen. In diesem Raum muss nur eine leichte Brise über das falsche Pulver streichen, und schon endet es mit einer toten Königin.

Stirnrunzelnd dreht Genevieve sich in ihrem Sessel um. »Was treibt sie dahinten?«

»Sie arbeitet.« In der Zubereitung der Gifte war Katharine schon immer gut. Bereits als Kind hat sie sich mit solcher Begeisterung auf die Arbeitstische mit den Fläschchen gestürzt, dass Genevieve sie oft davon weggezerrt und geohrfeigt hat, um ihr mehr Ernsthaftigkeit einzuprügeln. Dem hat Natalia allerdings ein Ende gemacht. Dass Katharine so viel Freude an der Zubereitung der Gifte hat, gehört zu den Eigenschaften, die Natalia am meisten an ihr liebt.

Genevieve seufzt schwer, bevor sie fragt: »Hast du es schon gehört?«

»Ja. Ich nehme an, deshalb bist du nach Hause zurückgekehrt? Um sicherzugehen, dass ich es erfahre?«

»Aber es ist doch interessant, oder nicht?« Genevieve stellt ihre Tasse ab und wischt sich sorgfältig die Kekskrümel von den Fingern, sodass sie auf ihren Teller rieseln. »Erst der Versuch in den Wäldern, und nun liegt Arsinoe halb tot darnieder?«

Hinter ihnen verstummt das Geklapper der Gefäße, als Katharine innehält, um zu lauschen.

»Man sagt, sie wurde von einem Bären angefallen«, stellt Natalia fest.

»Eine Naturbegabtenkönigin, die von einem Bären zerfleischt wird?« Misstrauisch kneift Genevieve die Augen zusammen. »Oder ist Mirabella vielleicht einfach gewiefter, als wir vermutet haben? Ein solcher *Unfalltod* sähe immerhin nicht aus wie ein Regelverstoß ihrerseits.«

»Als sie Rolanth verlassen hat, um Arsinoe in den Wäldern aufzulauern, hat sie sich auch nicht um mögliche Regelverstöße gekümmert«, gibt Natalia zu bedenken. Dabei wirft sie einen kurzen Blick zu Katharine hinüber.

Dieser Angriff hat sie alle erschüttert, immerhin fand er nur einen halben Tagesritt von Indridskamm entfernt statt. Diese arrogante Elementwandlerkönigin war ihnen eindeutig zu nah gekommen.

Natalia geht zu Katharine hinüber und legt ihr eine Hand auf die Schulter. Auf dem Tisch herrscht das reinste Chaos. Anscheinend hat sie sich an jedem Regalbrett und aus jeder Schublade bedient.

»Was hast du hier, Kat?«

»Bisher noch nichts«, antwortet die junge Königin. »Die Mixtur muss erst noch gekocht und reduziert werden. Und anschließend getestet.«

Natalia mustert die bernsteinfarbene Flüssigkeit in dem Glas, sie steht kaum mehr als zwei Zentimeter hoch. In diesem Raum gibt es unendlich viele Kombinationsmöglichkeiten. In mancher Hinsicht ist die Giftküche von Greavesdrake sogar der Giftkammer des Volroy überlegen: Zum einen ist sie besser strukturiert, zum anderen beherbergt sie viele Spezialmischungen, die Natalia selbst kreiert hat.

Das Familienoberhaupt der Arrons streicht liebevoll über das glatte Holz. Wie viele Leben hat sie von diesem Tisch aus beendet? Wie viele lästige Ehemänner und unbequeme Geliebte beseitigt? Nicht wenige Probleme ihrer Verbündeten vom Festland wurden hier gelöst, um die Allianzen und die Interessen des Prinzgemahls zu stärken.

Als sie nach dem Glasbehälter greift, verkrampft Katharine sich – als hätte Natalia tatsächlich etwas zu befürchten.

»Pass auf, dass nichts davon auf den Tisch tropft«, erklärt sie verlegen. »Es ist ätzend.«

»Ätzend?«, wiederholt Natalia überrascht. »Gegen wen sollte man ein solches Gift einsetzen?«

»Gegen Arsinoe wohl nicht«, räumt Katharine ein, »bei ihr könnte man noch Gnade walten lassen.«

»Gnade«, brummt Genevieve in ihrem Sessel am Feuer.

»Dann also für Mirabella?«, hakt Natalia nach.

»Alle sagen immer, sie sei wunderschön. Aber das gilt nur für ihr Äußeres.« Katharine blickt so schüchtern zu der Herrin der Arrons auf, dass diese ihr lachend einen Kuss auf den Scheitel drückt.

»Natalia?«

Ihr Butler Edmund hat neben der Tür Stellung bezogen, kerzengerade wie immer. »Da möchte dich jemand sprechen.«

»Jetzt?«

»Jawohl.«

Katharine schaut beunruhigt erst auf ihr Gift, dann zu Genevieve hinüber. Es ist noch nicht fertig, aber sie möchte auch nicht mit Genevieve allein hier zurückbleiben, wenn Natalia fort ist.

»Für heute ist es genug«, entscheidet Natalia. Geschickt schüttet sie das Gift in ein Glasfläschchen und verkorkt es, dann wirft sie es in die Luft und fängt es wieder auf. Als sie Katharine anschließend beide Hände entgegenstreckt, sind sie leer; das Gift ist in ihrem Ärmel verschwunden. Ein simpler Trick, den ein Giftmischer stets beherrschen sollte. Nur schade, dass Katharine ihn nie ganz gemeistert hat.

»Ich werde es für dich aufbewahren, dann kannst du es später vollenden.«

Natalias Besucher wartet in ihrem Arbeitszimmer. Sein Gesicht ist ihr durchaus vertraut, allerdings hatte sie nicht damit gerechnet, es heute zu sehen. William Chatworth, der Vater des ersten Freiers, hat es sich bereits in einem der Ohrensessel bequem gemacht – auf ihrem Lieblingsplatz.

»Darf ich dir etwas zu trinken anbieten?«, fragt sie.

»Ich habe mir selbst etwas mitgebracht.« Er zieht eine silberne Taschenflasche hervor und schwenkt sie, während er angewidert ihre Bar mustert. Sein Blick bleibt an der Karaffe mit dem schierlingsversetzten Brandy hängen, in der ein hübscher schwarzer Skorpion schwimmt.

»Das wäre nicht nötig gewesen. Wir halten immer giftfreie Vorräte für unsere Gäste bereit.«

»Und wie viele dieser Gäste habt ihr aus Versehen vergiftet?«

»Zumindest niemanden, der von Belang gewesen wäre«, gibt sie lächelnd zurück. »Wir unterhalten seit drei Generationen Beziehungen zu unseren Verbündeten vom Festland, und wir haben während dieser Zeit niemanden vergiftet, der es nicht auch verdient hätte. Sei nicht so paranoid.«

Chatworth fläzt sich in den Sessel, als wäre es seiner. Er ist heute noch ebenso attraktiv und arrogant wie bei ihrer ersten Begegnung, die inzwischen viele Jahre zurückliegt. Mit einer fließenden Bewegung beugt Natalia sich vor und lässt die Hand über seine Schulter gleiten, bis sie seine Brust erreicht.

»Lass das«, sagt er knapp. »Heute nicht.«

»Du bist also rein geschäftlich hier. Was für eine Enttäuschung.« Sie nimmt in dem Sessel ihm gegenüber Platz. William ist ein sehr guter Liebhaber. Aber jedes

Mal, wenn sie mit ihm ins Bett geht, scheint er hinterher weniger von ihr zu halten. Als würde sie ihm in den Kissen etwas geben, das sie anschließend nicht zurückbekommt.

»Mir gefällt deine Art zu reden«, stellt er fest.

Nachdenklich nippt sie an ihrem Glas. Ihre Art zu reden gefällt ihm, und ihr Aussehen gefällt ihm ebenfalls. Ständig lässt er den Blick über ihren Körper wandern, sogar jetzt, wo er sich aufs Geschäftliche konzentrieren sollte. Für die Männer vom Festland enden letztlich alle Beziehungen zu Frauen irgendwann zwischen ihren Beinen.

»Wie findest du meinen Sohn?«, fragt er.

»Er ist ein netter junger Mann, charmant, ganz wie sein Vater. Allerdings scheint es ihm in Wolfsquell ausnehmend gut zu gefallen.«

»Keine Sorge. Er wird tun, was man ihm sagt. Unsere Vereinbarung hat nach wie vor Bestand.«

Ihre Vereinbarung, die bereits vor langer Zeit geschlossen wurde, als Natalia einen Ort suchte, an den sie Joseph Sandrin verbannen konnte. Ihr Freund und Bettgefährte war die einfachste Lösung. Zwar konnte sie den Sandrin-Jungen nicht töten, was sie vorgezogen hätte, aber alles ließ sie sich nicht nehmen. Man kann aus jeder Situation einen Vorteil ziehen, solange man nur gründlich danach sucht.

»Sehr schön«, nickt sie nun. »Sein Gehorsam wird sich auszahlen. Schon allein durch die Handelsverträge wird deine Familie erheblich aufsteigen.«

»Das stimmt. Und der Rest?«

Natalia trinkt ihren Brandy aus und steht auf, um sich einen zweiten zu holen.

»Stell dich nicht so an«, lacht sie leise. »Sprich es aus: Meuchelmorde, Tötungen, Giftanschläge.«

»Sei nicht so vulgär.«

Das ist nicht vulgär. Doch sie seufzt nur.

»Jawohl, du bekommst auch den Rest.«

Solange ihr Bündnis Bestand hat, wird sie töten, wann immer es nötig ist – diskret und aus so großer Entfernung, dass sich ihre Taten nie zurückverfolgen lassen. Genauso, wie sie und die Arrons es bislang für jeden Prinzgemahl und seine Familie getan haben.

»Aber warum musstest du so unerwartet hier auftauchen? Dir geht es doch sicher nicht darum, alte Absprachen abzusichern.«

»Nein«, gibt er ihr recht. »Ich bin hier, weil ich von einem Geheimnis erfahren habe, das mir überhaupt nicht gefällt. Das könnte unsere sorgfältige Planung komplett zunichtemachen.«

»Und das wäre?«

»Ich komme direkt aus Rolanth, wo ich ein Treffen meines Sohnes mit Königin Mirabella arrangiert habe. Dort hat Sara Westwood mir ein Geheimnis anvertraut, von dem du vermutlich noch nichts gehört hast.«

Natalia schnaubt ungläubig – das ist nicht sehr wahrscheinlich. Die Insel selbst kann sich zwar gut verbergen, doch was auf ihr geschieht, bleibt vor dem Familienoberhaupt der Arrons niemals verborgen.

»Wenn dieses geheime Wissen von Sara Westwood kommt, hast du dein Pferd umsonst angetrieben«, erwidert Natalia. »Sie ist nichts weiter als eine nette Frau. Nett und fromm. Vermutlich verdient sie noch ein, zwei weitere nutzlose Attribute, von denen ich noch nie etwas gehört habe.«

»Der Großteil von Fennbirn ist fromm«, behauptet Chatworth. »Wenn du deine Ohren mal Richtung Tempel ausstrecken würdest, müsste ich dir jetzt keine Neuigkeiten überbringen.«

In Natalias Augen tritt ein gefährliches Funkeln. Einmal kurz den Brieföffner in ihren Brandy getaucht, dann könnte sie ihm einen Stich in den Hals verpassen. Bliebe die spannende Frage, was ihn zuerst umbringt: das Gift oder der Blutverlust.

»Sie wollen die Königinnen töten.«

Einen Moment lang klingt seine große Enthüllung so lächerlich, dass Natalia wie erstarrt ist. Sie begreift einfach nicht, was er ihr damit sagen will.

»Was? Natürlich wollen sie das. Wir alle wollen das.«

»Nein, ich meine den Tempel«, widerspricht Chatworth. »Die Priesterinnen. Nach eurer komischen Zeremonie auf dem Fest. Sie wollen uns eine Falle stellen und unsere Königin sowie die aus Wolfsquell umbringen. Sara nannte das ein *Jahr der Opferung*.«

»Ein Jahr der Opferung«, wiederholt Natalia leise. Eine Generation mit zwei schwachen Königinnen und einer starken – dass dem so ist, wird niemand bestreiten. Aber sie hat noch nie etwas davon gehört, dass die beiden schwachen Königinnen während der Erwachenszeremonie von den Priesterinnen abgeschlachtet würden. »Wie ungemein raffiniert du doch bist, Luca«, flüstert sie.

»Also?« Chatworth beugt sich in seinem Sessel vor. »Was werden wir dagegen unternehmen?«

Schnell schüttelt Natalia den Kopf und zaubert ein strahlendes Lächeln auf ihr Gesicht.

»*Wir* werden gar nichts unternehmen. Du hast deinen

Teil bereits erfüllt. Den Tempel kannst du getrost der Familie Arron überlassen.«

»Bist du sicher? Und wie kommst du darauf, dass ihr ihn in seine Schranken weisen könnt?«

»Weil wir das bereits seit gut hundert Jahren tun.«

Wolfsquell

Sobald Arsinoe aufwacht, ist ihr klar, dass mit ihrem Gesicht etwas nicht stimmt. Zuerst glaubt sie noch, sie habe einfach falsch gelegen und es vielleicht zu stark ins Kissen gedrückt. Allerdings liegt sie auf dem Rücken.

Es ist still im Zimmer und so hell wie zur Mittagsstunde – wie lange sie wohl geschlafen hat? Die blauweiß gemusterten Vorhänge sind zugezogen. Auf dem Schreibtisch stehen mehrere Teller mit unberührtem Essen.

»Der Bär«, flüstert sie.

Neben ihr taucht eine übernächtigte Jules auf, deren braune Locken ein wirres Nest bilden.

»Nicht bewegen«, befiehlt sie, aber Arsinoe stemmt sich bereits auf die Ellbogen hoch. Sobald sie ihre Schulter belastet, setzt der Schmerz ein.

»Dann lass dir wenigstens helfen.« Jules zieht sie hoch und stopft ihr mehrere Kissen in den Rücken.

»Warum bin ich nicht tot?«, fragt Arsinoe. »Wo ist Camden?«

»Da drüben. Es geht ihr gut«, versichert Jules.

Mit dem Kopf deutet sie auf ihr eigenes Bett, in dem der Puma liegt. Die Raubkatze wirkt relativ entspannt. Sie hat ein paar Risswunden, und eine Vorderpfote ist mit einem Verband umwickelt und wird durch eine Art Schlinge fixiert, aber es könnte schlimmer sein.

»Ihre Schulter ist gebrochen«, erklärt Jules leise. »Es hat lange gedauert, bis jemand dazu kam, sich um sie zu kümmern … Es wird wohl nie mehr ganz verheilen.«

»Das ist meine Schuld«, stellt Arsinoe fest, und Jules weicht ihrem Blick aus.

»Du hättest umkommen können«, sagt sie dann. »Madrigal hätte dir diese Zauberei niemals beibringen dürfen.«

»Sie wollte mir bloß helfen. Es ist nicht ihre Schuld, dass etwas schiefgelaufen ist. Wir wissen doch alle, dass niedere Magie so etwas bewirken kann. Wir alle kennen das Risiko.«

»Das klingt so, als würdest du es trotz allem wieder tun.«

Arsinoe verzieht das Gesicht, oder sie versucht es zumindest. Ihr Mund funktioniert nicht richtig, und ihre Wange fühlt sich seltsam schwer an. Einen Teil ihres Gesichts spürt sie überhaupt nicht, als wäre ein großer Stein auf ihrer Haut gewachsen.

»Könntest du das Fenster aufmachen, Jules?«

»Natürlich.«

Sie geht hinüber und zieht die Vorhänge zurück. Die frische Luft bringt sofort Erleichterung. Das Zimmer stinkt nach Blut und abgestandener Luft.

»Luke war hier«, berichtet Jules. »Er hat dir Kekse gebracht.«

Arsinoe hebt eine Hand ans Gesicht und löst die Verbände.

»Nein, Arsinoe, nicht!«

»Besorg mir einen Spiegel.«

»Du musst im Bett bleiben«, beharrt Jules.

»Stell dich nicht so an. Bring mir einen von Madrigal.«

Einen Augenblick lang hat es den Anschein, als würde Jules sich weigern. Da bekommt Arsinoe zum ersten Mal richtig Angst. Aber dann durchwühlt die Freundin Madrigals Kommode, bis sie einen hübschen Handspiegel mit Perlmuttgriff findet.

Arsinoe streicht sich mit der gesunden Hand die schwarzen Haare nach hinten, drückt die Strähnen an den Kopf, die vom Kissen umgebogen wurden. Dann hebt sie den Spiegel vors Gesicht und sieht hinein.

Ihr Blick ist starr, selbst als Jules hinter vorgehaltener Hand zu weinen beginnt. Sie muss sich zwingen, genau hinzusehen, jeden Zentimeter der geröteten, vernähten Haut zu mustern, jeden tiefschwarzen Knoten, der zusammenhält, was von ihrem Gesicht noch übrig ist.

Ihre rechte Wange ist zum größten Teil verschwunden, ihre Form wirkt eingefallen statt rund. Vom Mundwinkel bis zum äußeren Augenwinkel zieht sich eine lange Naht. Eine zweite, noch längere verläuft unter ihrem Wangenknochen entlang bis hinunter zum Kinn.

»Tja. Ein kleines Stückchen höher, und ich müsste eine Augenklappe tragen.« Sie beginnt zu lachen.

»Arsinoe, hör auf.«

Sie beobachtet im Spiegel, wie die Nähte sich spannen, bis ihr das Blut übers Kinn läuft. Jules versucht sie zu beruhigen und ruft nach Cait und Ellis, aber Arsinoe lacht immer lauter.

Die Wunden klaffen auf. Das Salz ihrer Tränen brennt. Was für ein Glück, dass sie sich nie für ihr Aussehen interessiert hat.

Jules entdeckt Joseph in der Werft seiner Familie, wo er verknotete Taue und Leinen entwirrt. Heute ist es so warm, dass er seine Jacke ausgezogen und die Hemdsärmel hochgekrempelt hat. Trübselig sieht sie zu, wie er sich den Schweiß von der Stirn wischt. Mit seinem guten Aussehen zieht er sämtliche Blicke auf sich.

»Jules.« Er hat sie entdeckt und legt das Tauwerk beiseite. »Wie geht es ihr?«

»Sie ist eben Arsinoe: Sie hat ihre Nähte aufgerissen. Im Moment flicken sie sie wieder zusammen. Ich konnte nicht bleiben. Ich habe es einfach nicht mehr ausgehalten.«

Er wischt seine Hände an einem Taschentuch ab. Wenn er wüsste, dass sie es zulässt, würde er ihre Hand nehmen.

»Ich wollte ihr eigentlich Blumen vorbeibringen«, erklärt er verlegen. »Ich möchte sie besuchen, weiß aber nicht, ob sie mich überhaupt sehen will. Ob sie so gesehen werden will.«

»Sie wird dich sehen wollen«, versichert ihm Jules. »Arsinoe versteckt sich nie, vor niemandem.«

Jules dreht sich Richtung Wasser, auch wenn das Meer hinter den vielen Booten im Trockendock und dem langen Pier kaum zu sehen ist.

»Es fühlt sich merkwürdig an«, sagt sie. »So ganz ohne Camden, ohne Arsinoe. Als hätte ich meinen zweifachen Schatten verloren.«

»Du bekommst die beiden ja zurück.«

»Aber nicht so, wie sie waren.«

Vorsichtig legt Joseph ihr einen Arm um die Schultern und wartet ab, bis sie sich an ihn lehnt. In diesem Augenblick fühlt es sich an, als könne er Jules mühelos aufheben, all ihr Gewicht mit nur einer Hand tragen.

»Ich liebe sie doch auch, Jules«, sagt er. »Fast so sehr wie ich dich liebe.«

Gemeinsam blicken sie auf die Bucht hinaus. Das Wasser ist ruhig, der Wind streicht nur über kleine Wellen. Es sieht so aus, als könnte man unendlich weit hinaussegeln.

»Ich wünschte, wir hätten sie vor fünf Jahren von dieser Insel fortgeschafft, Joseph …«

Billy trägt kein Lächeln im Gesicht, als er das Zimmer betritt, und das tut gut. Zumindest ist sein Ausdruck besser als das schuldbewusste, zittrige, gezwungene Lächeln, das die Heiler und die Milones jetzt ständig aufsetzen. Er hebt die Hand – Blumen hat er mitgebracht, mit leuchtend gelben und orangen Blüten, die nicht aus einem der Gewächshäuser von Wolfsquell stammen.

»Mein Vater hat sie kommen lassen, vom Lieblingsfloristen meiner Mutter«, erklärt er. »Sobald er es erfahren hat, gab er die Bestellung auf. Da wussten wir noch gar nicht, ob du überleben würdest. Er meinte nur, man könne sie so oder so gebrauchen: entweder zur Brautwerbung oder als Beileidsbekundung. Soll ich ein bisschen auf ihnen herumtrampeln?«

»Im Haus eines Naturbegabten lieber nicht.«

Sie nimmt sie. Die kleinen Blütenblätter sind samtweich, und die Blumen verströmen einen Duft, der Arsinoe an die Orangen erinnert, die im Sommer importiert werden.

»Sie sind schön«, stellt sie fest. »Jules wird sie lange am Leben erhalten können.«

»Aber du nicht.«

»Nein, ich nicht.«

Arsinoe stellt die Blumen auf ihren Nachttisch, nah am Fenster, wo auch die vertrockneten Überreste ihres Winterfarns stehen. Billy hängt inzwischen seine Jacke über einen Stuhl, nimmt dann aber am Fußende ihres Bettes Platz.

»Wie bist du eigentlich hier gelandet?«, fragt er. »Wenn du wirklich über keinerlei … Gabe verfügst, warum wurdest du dann überhaupt zu den Milones gegeben? Haben sie in der Lotterie gewonnen? Oder verloren?«

Obwohl sie nur schmunzelt, flammt der Schmerz in Arsinoes Wange wieder auf. Als sie sich gequält das Gesicht hält, beugt Billy sich besorgt vor, aber er kann nichts tun. Außerdem ist das Lachen die Schmerzen wert.

»Niemand hat je gesagt, dass ich keine Gabe hätte«, erklärt sie. »Zumindest damals nicht. Keine von uns wurde derartig gebrandmarkt.«

»Gebrandmarkt?«

»Jede Königin weiß, welche Gaben ihren Kindern geschenkt wurden. Nach der Geburt werden wir der Hebamme übergeben, die uns aufzieht. Sind wir alt genug, kommen unsere Familien und holen uns. Mich hat Jules in Empfang genommen. Sie war der Grund, warum ich mich nicht gefürchtet habe. Wie sie da stand, mit Tante Caragh an der einen Hand und Matthew an der anderen.«

»Ah.« Billy lehnt sich zurück. »Tante Caragh und Josephs Bruder Matthew. Soweit ich das mitgekriegt habe, war das eine ziemlich ernste Sache mit den beiden.«

»Das stimmt«, nickt Arsinoe. »Manche sagten sogar, das mit Caragh wäre zu ernst für ihn gewesen. Dass er noch zu jung gewesen sei. Aber ich werde nie sein Gesicht vergessen, als man sie geholt hat.«

Sie räuspert sich verlegen. Wie lächerlich das aussehen muss: Da liegt sie im Bett, eingewickelt in Verbände, und redet über verlorene Liebe.

»Du hast dich für mich vor den Bären geworfen«, stellt Billy abrupt fest.

»Du hast dich zuerst davorgeworfen, für mich.«

Das entlockt ihm ein kleines Lächeln. »Und dann hat Jules ihn getötet. Ich habe immer gedacht, ihre überwältigende Kraft müsse mehr schaden als nützen, aber wir können von Glück reden, dass sie da war.«

»Allerdings. Ich werde auf jeden Fall dafür sorgen, dass sie beim nächsten Versuch von vornherein dabei ist.«

»Beim nächsten Versuch? Du wärst dabei fast draufgegangen, Arsinoe!«

»Und wenn ich es nicht wieder versuche, gehe ich auf jeden Fall drauf.«

Die beiden starren sich an. Billy senkt als Erster den Blick.

»Jede Königin weiß also, was ihre Kinder sind.« Er schüttelt den Kopf. »In mancher Hinsicht seid ihr wirklich seltsam.«

»Königinnen sind im Grunde keine Menschen – den Spruch hast du doch bestimmt schon mal gehört«, erklärt Arsinoe ihm. »Wenn wir einander umbringen, töten wir also niemanden.« Nun senkt auch sie den Blick. »So sagt man zumindest. Inzwischen bin ich mir nicht mehr sicher, ob es wahr ist.«

Wahr oder nicht wahr, es spielt keine Rolle. Das ist der Weg der Insel. Und langsam wird es Zeit, ihn zu beschreiten. Setzt die Schneeschmelze ein, rückt Beltane in greifbare Nähe. Bald wird die Inselbevölkerung sich in Bewegung setzen und auf das Herz der Insel zustreben. Drei Nächte lang werden die hohen Häuser gemeinsam eingepfercht sein im Tal von Innisfuil.

»Gestern kam ein Brief von meinem Vater«, erzählt Billy. »Aber ich habe ihn nicht aufgemacht. Ich weiß auch so, was drinsteht – dass ich mich mit Mirabella treffen soll, und darauf habe ich keine Lust.«

»Du willst, dass ich gewinne«, stellt Arsinoe fest. »Du willst *mich* heiraten.«

Billy grinst breit. »Ich will dich nicht heiraten. Dir mangelt es an allem, was eine anständige Ehefrau ausmacht. Aber ich will nicht, dass du stirbst. Du bist für mich zu einer guten Freundin geworden, Arsinoe.«

Er greift nach ihrer Hand und hält sie fest. Überrascht erkennt Arsinoe, wie viel ihr das bedeutet. Seine Worte sind aufrichtig, auch wenn er letztendlich doch zu dem Treffen mit Mirabella gehen wird.

»Willst du es sehen?« Sie berührt vorsichtig ihr Gesicht unter dem Verband.

»Was sind wir? Kleine Jungs, die mit ihren Narben prahlen?«

»Wenn es so wäre, würde ich gewinnen.«

Sie neigt den Kopf und zieht die Verbände herunter. Die Nähte spannen, doch es quillt kein Blut hervor.

Billy lässt sich Zeit, er sieht sich alles genau an.

»Soll ich lügen und behaupten, ich hätte schon Schlimmeres gesehen?«, fragt er schließlich, woraufhin sie den Kopf schüttelt. »Weißt du, bei mir zu Hause gibt es ein Kinderlied über euch«, spricht er weiter. »Die kleinen Mädchen singen es beim Seilspringen:

Drei schwarze Hexen, unschuldig, klein
einem Schoß entsprungen,
können niemals Freundinnen sein.

Drei schwarze Hexen, jede so schön,
zwei werden verschlungen,
nur eine gekrönt.

So nennen sie euch auf dem Festland: Hexen. Mein Vater sagt das auch über euch. Dass ihr Monster wärt, wilde Bestien. Aber du bist kein Monster.«

»Nein«, sagt Arsinoe leise. »Genauso wenig wie die beiden anderen. Aber das ändert nichts an dem, was wir tun müssen.« Sie drückt sanft seine Hand. »Geh zurück zu den Sandrins, Junior. Geh zurück und lies deinen Brief.«

Indridskamm

Pietyr Renard hat bisher nie eine Einladung in den Volroy erhalten, aber schon immer davon geträumt – schon seit Kindertagen, als sein Vater ihm Geschichten über diesen Ort erzählt hat. In seinen langen Fluren ist kein Geräusch zu hören, sagte er. Der Volroy widersetzt sich jedem Dekor, als wären in seinem Inneren so viel wichtigere Dinge untergebracht, dass er nicht mit Tapeten belästigt werden dürfe. Lediglich im Versammlungsraum des Rates gibt es noch etwas anderes als glatte schwarze Flächen, nämlich ein Halbrelief, auf dem die Blütenpracht der Naturbegabten, die Feuersbrunst der Elementwandler, die Kunst der Giftmischer und die Verwüstung der Krieger gemeinsam abgebildet sind. Den Teil, der sich den Giftmischern widmet, hat er für Pietyr sogar aufgezeichnet, als Kohleskizze auf weißem Papier: ein Vipernknäuel auf einem Bett aus Oleanderblüten.

Und er hat Pietyr versprochen, ihn mitzunehmen, sobald er mündig ist. Doch das war vor dem Haus auf dem Lande und der neuen Ehefrau.

»Hier entlang«, erklärt der Diener, der Pietyr die Treppe im Ostturm hinaufführt, an deren Ende Natalia wartet.

Eigentlich bräuchte er keinen Führer. In seiner Vorstellung ist er schon tausend Mal durch den Volroy gewandert.

Als sie an einem Fenster vorbeikommen, sieht er kurz zum Westturm hinüber, der mit seiner massigen Breite alles andere verdeckt. Aus der Nähe wirkt er nicht mehr so imposant wie von fern, nicht wie ein graviertes Messer, das in den Himmel hinaufsticht. Nein, von hier aus ist er einfach nur schwarz und bedrohlich; und bis zur Ankunft der neuen Königin fest verschlossen.

Der Diener bleibt vor einer schmalen Tür stehen und verbeugt sich knapp. Pietyr klopft an und geht hinein.

Das kleine, runde Arbeitszimmer erinnert an das Domizil einer Priesterin, das direkt aus dem Stein gehauen wurde. Natalia, die neben dem einzigen Fenster steht, scheint fast zu groß für den Raum zu sein.

»Komm rein«, befiehlt sie.

»Ich war überrascht, dass du mich hierherbestellst«, gibt er zu.

»Als hättest du nicht schon lange darauf gewartet, einen ersten Blick auf deinen Lohn werfen zu können. Und? Ist es so, wie du es dir vorgestellt hast?«

Pietyr sieht aus dem Fenster und stößt einen leisen Pfiff aus. »Ich muss zugeben, dass ich immer gedacht habe, es sollte eigentlich drei Türme geben, einen für jede Königin. Aber diese Konstruktionsweise ist einfach verblüffend! Selbst nur zwei Türme sind eine enorme Leistung.«

Natalia geht zu einem kleinen Schränkchen hinüber. Ihre Schritte hallen auf dem harten Boden wie Hufschläge auf Kopfsteinpflaster. In diesem Palast gibt es so gut wie keine Teppiche. Sicherlich tun den Bediensteten abends die Beine weh.

Natalia füllt zwei Gläser mit einer strohgelben Flüssigkeit: Maiwein, das riecht Pietyr sogar vom Fenster aus. Eine seltsame Wahl. Ein Kindergetränk. Als er sein Glas entgegennimmt, riecht er daran, kann aber keinerlei zugesetztes Gift ausmachen.

»Gibt es einen besonderen Anlass?«, fragt er. »Ich habe seit Jahren keinen Maiwein mehr getrunken. Früher hat meine Stiefmutter im Sommer immer welchen für mich und meine Cousins gemacht. Sie hat ihn mit Honig und Erdbeersaft gesüßt.«

»Genauso habe ich ihn auch für Katharine gemacht«, nickt Natalia. »Sie war immer ganz verrückt danach. Obwohl ihr anfangs furchtbar übel davon wurde, der armen Kleinen.«

Pietyr nippt an seinem Glas. Selbst ungesüßt ist der Wein köstlich.

»Er stammt von einem Weingut in Wolfsquell«, erklärt Natalia weiter. »Die Naturbegabten mögen ja ein schäbiges Pack sein, aber sie wissen, wie man eine gute Rebe züchtet. Jede Traube trägt die Sonne in sich, sagen sie.« Diese Behauptung quittiert sie mit einem abfälligen Schnauben.

»Tante Natalia? Was ist los?«

Sie schüttelt den Kopf. »Bist du ein frommer Bursche, Pietyr? Kennst du dich mit den Gepflogenheiten des Tempels aus?«

»Nicht sonderlich gut. Marguerite hat nach der Hochzeit mit meinem Vater versucht, es mir näherzubringen, aber da war es bereits zu spät.«

»Es ist nie zu spät. Sie hat deinen Vater dazu überredet, aus dem Rat auszuscheiden, oder nicht? Das Leben in der Hauptstadt und seine Familie aufzugeben.« Sie seufzt schwer. »Ich wünschte, Paulina wäre nicht gestorben. Christophes Eheschließung mit Marguerite war eine grobe Beleidigung ihres Andenkens.«

»Das stimmt«, nickt Pietyr. »Aber deshalb hast du mich nicht herbestellt.«

Natalia lacht leise. »Du bist mir so ähnlich. So direkt. Und du hast recht. Ich habe dich herbestellt, weil der Tempel gegen uns intrigiert. Sind dir Gerüchte über das *Jahr der Opferung* zu Ohren gekommen?«

»Nein.«

»Das überrascht mich nicht. Schließlich hast du dich mit Katharine ziemlich zurückgezogen. Zu einem Jahr der Opferung kann es kommen, wenn es in einer Generation eine sehr starke und zwei schwache Königinnen gibt.«

»Also wie in dieser Generation.«

»Jawohl. Dieser Teil der Legende entspricht noch der Wahrheit. Sogar meine eigene Großmutter hat mir diese Geschichte erzählt, die sie von ihrer Großmutter gehört hat, und so weiter, und so fort. Doch nun hat der Tempel beschlossen, davon abzuweichen.«

»Inwiefern?«

»Sie behaupten, in einem Jahr der Opferung würden die beiden schwachen Königinnen nach der Erwachenszeremonie von einem Mob in Stücke gerissen.«

»Wie bitte?« Pietyr stellt sein Glas so abrupt ab, dass der Wein auf das Fensterbrett schwappt.

»Sie sagen, in alter Zeit habe die Menge sich erhoben und den beiden anderen Königinnen die Arme und die Köpfe abgerissen und ins Feuer geworfen. Und genau das wollen sie auch mit Katharine und Arsinoe machen. Sie wollen Mirabella als Unschuldige Königin inthronisieren.«

Pietyr hält den Atem an. Unschuldige Königinnen werden vom Volk verehrt. Über ihnen steht nur noch die Blaue Königin, der seltene vierte Mehrling. Doch eine solche hat es seit zweihundert Jahren nicht mehr gegeben.

»Dieser Teil der Legende um das Jahr der Opferung ist erfunden«, fährt Natalia fort. »Zumindest habe ich noch nie etwas davon gehört.«

»Ist die alte Luca schon so verzweifelt? Dann muss mit ihrer Elementwandlerin ja wohl etwas nicht stimmen.«

»Mag sein. Vielleicht sieht der Tempel aber auch nur eine günstige Gelegenheit, die es zu ergreifen gilt. Das spielt keine Rolle. Entscheidend ist, dass wir davon wissen.«

»Woher wissen wir es?«, hakt Pietyr nach.

»Ein dummes kleines Vögelchen vom Festland hat es mir ins Ohr gezwitschert.«

Pietyr fährt sich mit der Hand über das Gesicht. Katharine, die süße kleine Katharine. Sie wollen ihr die Arme und den Kopf abreißen. Wollen sie verbrennen.

»Warum bin nur ich hier, Natalia? Wo sind Genevieve und Lucian und Allegra?«

»Ich habe es ihnen nicht gesagt. Es gibt nichts, was sie tun könnten.« Sie dreht sich zum Fenster und blickt über die Dächer der Stadt hinweg in die Ferne. »Auf dieser Insel geschieht nichts, ohne dass ich davon erfahre. Zumindest dachte ich das. Aber nun weiß ich, dass jeder einzelne Zeremoniendolch, über den der Tempel verfügt, auf dem Weg nach Innisfuil sein wird. Alle Priesterinnen werden bewaffnet sein.«

»Dann werden wir uns eben genauso ausrüsten!«

»Wir sind keine Soldaten, Neffe. Und selbst wenn es so wäre, bliebe uns nicht mehr genug Zeit. Wir müssten jeden Giftmischer aufbieten, den es in dieser Stadt gibt.

In Innisfuil werden die Elementwandler und die Priesterinnen uns allerdings drei zu eins überlegen sein.«

Pietyr packt seine Tante fest an den Armen. Mag sein, dass er sie während seiner Kindheit kaum zu Gesicht bekommen hat, aber die Geschichten seines Vaters haben ihm genug über Natalia verraten, um zu erkennen, wenn sie nicht sie selbst ist. Die Matriarchin der Familie Arron akzeptiert nicht einfach kampflos eine Niederlage.

»Wir werden nicht tatenlos zusehen, wie sie unsere Königin enthaupten«, sagt Pietyr drängend, dann lockert er seinen Griff und fügt mit sanfter Stimme hinzu: »Nicht unsere Katharine. Nicht unsere Kat.«

»Was sollen wir denn tun, um sie zu retten, Pietyr?«, will Natalia von ihm wissen. »An Beltane sind wir machtlos. Schließlich führen die Priesterinnen die Aufsicht über so ziemlich alles – von der Jagd bis hin zur Erwachenszeremonie. Es wird so gut wie unmöglich sein, gegen sie vorzugehen.«

»So gut wie«, betont er, »aber nicht vollkommen unmöglich. Und ich werde tun, was auch immer nötig ist. Ich würde alles tun.«

Natalia verzieht die Lippen. »Du liebst sie.«

»Ja«, gibt er zu. »Genau wie du.«

Wolfsquell

Ellis schnitzt Arsinoe eine Maske, mit der sie die abheilenden Wunden verdecken kann. Sie ist so dünn und so perfekt angepasst, dass sie auch ohne weitere Befestigung auf ihrer Nase halten würde, trotzdem bohrt er Löcher in die Seiten und bringt ein schmales schwarzes Band an, das sie am Hinterkopf verknoten kann. Die Maske ist schwarz lackiert und setzt an ihrer gesunden Wange an, zieht sich über ihre Nasenwurzel und verjüngt sich auf der rechten Seite zum Kinn hin. Auf Arsinoes Bitte hin malt Ellis unter dem Auge und auf der Wangenpartie noch leuchtend rote Streifen darauf.

»Das wird Eindruck auf die Freier machen«, stellt er anschließend fest. »Sobald sie von ihren Schiffen kommen, werden sie sich fragen, wer du bist. Und was sich hinter der Maske verbirgt.«

»Und wenn sie es herausfinden, wird sie das Grausen packen«, ergänzt Arsinoe. Als Ellis ihr einen bösen Blick zuwirft, legt sie ihm die Hand auf den Arm. »Die Maske ist wundervoll, vielen Dank.«

»Ich helfe dir dabei, sie gleich anzulegen«, schlägt Jules vor.

»Nein, das spare ich mir lieber auf«, widerspricht Arsinoe. »Für die Anlandung, wie Ellis gesagt hat.«

Cait nickt ernst. »Eine gute Idee. So ein hübsches Ding sollte man nicht ohne einen besonderen Anlass tragen.«

Dann klatscht sie einmal in die Hände, dass das Mehl staubt. Sie war gerade dabei, den Teig für einen Kuchen auszurollen, für den sie die letzten eingelegten Äpfel des vergangenen Sommers aufgehoben hat. Die Teigstreifen für das Gitter hat Jules bereits zurechtgeschnitten. Eigentlich sollte Madrigal ebenfalls beim Backen helfen, aber die war an diesem Morgen nirgendwo zu finden. Draußen an der Hausecke, wo der Hühnerstall steht, ertönt ein lautes Rascheln. Jules wirft einen Blick aus dem Fenster.

»Es ist Billy«, stellt sie fest. »Er hat sich im Sauerdornbusch verfangen. Offenbar ist er durch den Garten gekommen.«

»Ich gehe schon«, bietet Arsinoe an und steht auf. Es ist eine wahre Erleichterung, wieder auf den Beinen zu sein und nicht mehr das Bett hüten zu müssen. Vielleicht macht sie mit Billy einen Spaziergang über die Hügel. Oder besser nicht. Der Pfad führt dicht an dem krummen Baum vorbei, und die Milones möchten nicht, dass sie dorthin geht. Obwohl es sie in den Fingern juckt, genau das zu tun.

Draußen versetzt Billy dem Busch gerade einen wütenden Tritt. »Was ist das für eine teuflische Pflanze?«, fragt er Arsinoe.

»Sauerdorn. Cait pflanzt ihn rings um den Hühnerstall an, um die Füchse abzuschrecken. Was machst du hier?«

Er gibt den Kampf auf. »Das ist ja mal eine nette Begrüßung. Ich wollte dich besuchen. Es sei denn, du bist heute miesepetrig.«

»Miesepetrig?«

»Mies drauf«, erklärt Billy, »schlecht gelaunt, deprimiert, fies.« Mit einem leisen Lachen stellt er fest: »Manchmal seid ihr Inselleute wirklich seltsam.«

Auffordernd streckt er ihr die Hand entgegen, und sie zieht ihn aus dem Busch.

»Ich dachte mir, du willst vielleicht hier raus, fort von deinem Krankenbett.«

»Na, das ist doch mal eine tolle Idee.«

Er führt sie in die Bucht hinunter zu einem der Liegeplätze der Sandrins, wo eine hübsche kleine Jacht mit hellblauen Segeln und gelbem Rumpf auf sie wartet. Es wird nicht gern gesehen, dass Arsinoe hinaussegelt, nicht mehr seit ihrem Fluchtversuch. Aber ausdrücklich verboten ist es nicht.

Und der Tag ist wirklich gut, um rauszufahren: Die Bucht scheint so ruhig wie schon lange nicht mehr, und draußen bei den Felsen sieht man sogar ein paar der Robben herumtollen, denen sie ihren Namen verdankt.

»Komm schon«, drängelt er. »Mrs. Sandrin hat uns sogar ein Picknick eingepackt.« Stolz zeigt er ihr den mit einem Tuch abgedeckten Korb. »Brathuhn mit gebackenen Kartoffelecken und Sauerrahmdip. Sie meinte, das wäre eine deiner Leibspeisen.«

Während Arsinoe den Korb mustert, registriert sie die schlecht kaschierten neugierigen Blicke von Mr. Bukovy, der vorgeblich gerade mit zwei Händlern um die Preise feilscht. Was erzählen sich die Leute wohl heute über sie? Die gezeichnete Königin – erst wird sie im Wald von ihrer Schwester überfallen, dann erledigt ein Bär um Haaresbreite den Rest. Selbst jene, die bisher treu zu ihr gestanden haben, werden nun zweifeln. Sogar Luke.

»Brathuhn?«, vergewissert sie sich, dann klettert sie ins Boot.

Billy legt ab. Schon bald gleiten sie an den Robben vorbei aus der Bucht und segeln nach Norden, an der Westküste der Insel entlang.

»Wenn wir weiter rausfahren, sehen wir vielleicht Schaumspritzer«, erklärt Arsinoe. »Wale, meine ich. Wir hätten Jules mitnehmen sollen – sie hätte sie dazu gebracht, dass sie das Boot ziehen, dann hätten wir die Segel einholen können.«

Billy lacht. »Das klingt fast etwas verbittert.«

Nicht nur fast. Sie ist verbittert. Wie oft hat sie sich gewünscht, nur einen kleinen Teil von Jules' Gabe zu besitzen? Unwillkürlich streicht sie über den Verband an ihrer Wange. Bis Beltane werden die Wunden noch nicht einmal vernarbt sein, sondern immer noch gerötet, verschorft und hässlich.

»Wann brichst du zur Anlandung auf?«, will sie wissen.

»Demnächst irgendwann. Es ist ja nicht weit bis zur Morgentaubucht. Mein Vater plant, nachts durchzufahren, und wenn der Wind stabil bleibt, kommen wir sogar etwas früher an. Außerdem müssen wir es ja sowieso nur bis Sandhafen schaffen, von da aus geht es in einer langsamen Prozession weiter in die Bucht. Das hat Joseph mir mal so erklärt.«

»Dann hat er dir alles richtig erklärt.«

»Ich hätte besser aufpassen sollen«, gibt Billy zu. »Aber das alles kam mir so unwirklich vor, bis wir durch den Nebel gesegelt sind und ich gesehen habe, wie Fennbirn vor uns auftauchte.«

Arsinoe wendet sich der Insel zu. Vom Meer aus wirkt sie ganz anders, irgendwie harmlos. So als wäre sie kein lebendiges Wesen, das ständig nach Blut lechzt.

»Aber dass die Freier nicht an der Jagd teilnehmen können, ist eine echte Enttäuschung«, fährt Billy fort. »Das ist der einzige Teil des Festes, der Spaß zu machen scheint.«

»Nimm es nicht zu schwer. Wenn du erst Prinzgemahl bist, darfst du jedes Jahr die Jagd anführen. Und selbst wenn du es nicht zum Prinzgemahl bringst, kannst du mit den übrigen Freiern nächstes Jahr an der Hirschjagd vor der Hochzeit teilnehmen.«

»Warst du eigentlich schon mal dort, in Innisfuil?«

»Nein. Obwohl es ganz in der Nähe der Schwarzen Kate liegt, wo ich zur Welt gekommen bin.«

»Und wo jetzt Jules' Tante Caragh lebt«, rekapituliert Billy. »Das wird ganz schön hart, wenn sie so nah ist. Meinst du, Jules und Madrigal werden versuchen, sich mit ihr zu treffen?«

»Jules ist vielleicht ein Hitzkopf, aber sie würde nie gegen den Beschluss des Rates verstoßen. Auch wenn er noch so unfair ist. Und was Madrigal angeht … sie und Caragh standen sich nie sonderlich nahe.«

»Auf dieser Insel sind Schwestern allgemein nicht so dicke miteinander, oder?« Diese Frage beantwortet Arsinoe mit einem Schnauben, bevor sie das Thema wechselt: »Apropos Schwestern, solltest du nicht eigentlich meine umgarnen? Warum bist du nicht in Rolanth bei Mirabella?«

»Nach deinem Unfall wollte ich nicht mehr hin. Ich werde ihr auf dem Beltanefest begegnen, wie die anderen Freier auch.«

Seine Worte lassen ein warmes Kribbeln in Arsinoe aufsteigen. Ziemlich gut, dieser Festlandkerl. Und auch wenn sie, wie er ganz richtig festgestellt hat, keine sonderlich gute Ehefrau abgeben würde, so wird er einer ihrer Schwestern doch ein hervorragender Prinzgemahl sein. Den Gedanken, dass er *ihr* ein guter Prinzgemahl sein könnte, lässt sie gar nicht erst zu. Solche Hoffnungen sind gefährlich.

Billy wendet sich den Segeln zu und lenkt das Boot von der Insel weg, auf das offene Meer hinaus.

»Wir sollten nicht zu weit rausfahren«, sagt Arsinoe, »sonst wird es dunkel, bevor wir nach Hause kommen.«

»Wir fahren nicht zurück nach Wolfsquell.«

»Was? Wohin denn dann?«

»Ich tue das, was jeder zivilisierte Mensch tun sollte: Ich bringe dich von dieser Insel weg und auf direktem Weg in meine Heimat. Dort kannst du dann verschwinden, wenn du das willst. Oder du kannst bei mir bleiben. Ich werde dich mit allem versorgen, was du brauchst. Aber du kannst nicht hierbleiben.«

»Bei dir bleiben?«

»Na ja, nicht wirklich bei mir, ich werde ja für das Beltanefest wieder herkommen müssen. Wenn ich das sausen lasse, macht mein Vater mir die Hölle heiß. Aber wenn ich nicht der König werde, komme ich zu dir nach Hause. Außerdem werden meine Mutter und meine Schwestern dir in der Zwischenzeit unter die Arme greifen.«

Das berührt Arsinoe so sehr, dass sie rot wird. Er versucht, sie zu retten, sie mit Gewalt aus der Gefahrenzone zu schaffen. So etwas würde auch nur ein Festlandkerl tun. Und ein wahrhaft mutiger Freund.

»Das kann ich nicht zulassen. Wenn ich verschwinde, werden sie dich dafür bestrafen«, protestiert sie.

»Ich lasse es so aussehen, als hättest du mich über Bord geschubst und im Wasser treiben lassen«, hält er dagegen. »Du hast es schließlich schon einmal versucht, da wird niemand meine Geschichte anzweifeln.«

»Junior …« Sie lässt den Blick über das Wasser schweifen und erwartet fast, den Nebel aufsteigen zu sehen, der sie an die Insel fesselt. »Sie wird mich nicht gehen lassen. Hat Joseph es dir nicht erzählt?«

»Diesmal ist es anders«, beharrt er. »Das Boot hier stammt nicht aus Fennbirn, es gehört mir, und es kann kommen und gehen, wie es ihm gefällt.« Er streichelt den Mast wie den Hals eines braven Pferdes. »Ich habe es extra kommen lassen. Als mein Vater das letzte Mal nach Hause gesegelt ist, habe ich ihn überredet, es für mich herzuschleppen. Habe behauptet, ich wolle es Joseph schenken. Damit wir zusammen segeln gehen können.«

In Arsinoe steigt Hoffnung auf. Bei ihm klingt das so, als wäre ihre Flucht tatsächlich möglich.

»Du warst mir ein wirklich guter Freund, Billy. Einen besseren habe ich nie gehabt. Aber ich kann nicht gehen. Außerdem könntest du etwas mehr Vertrauen in mich haben. Auch mit dem zerfetzten Gesicht kann ich noch gewinnen.«

»Aber das wirst du nicht, Arsinoe«, faucht er. »Sie werden dich töten. Und zwar nicht erst kurz vor dem Beltanefest nächstes Jahr, sondern schon jetzt. Mein Vater hat mir von ihren Plänen berichtet, deshalb hat er mir diesen Brief geschickt. Die Priesterinnen dieser gottverfluchten Insel wollen dich und Katharine in Stücke reißen. Sie werden eure Einzelteile ins Beltanefeuer werfen und Mirabella noch in derselben Nacht zur Königin krönen.«

»Das ist nicht wahr«, protestiert sie, hört sich dann aber doch an, was er über das Komplott und die Geschichte vom Jahr der Opferung erfahren hat.

»Glaubst du mir das, Arsinoe? Ich lüge dich nicht an. So etwas könnte ich mir gar nicht ausdenken.«

Reglos sitzt Arsinoe da. Rechts von ihr liegt die Insel, beständig und unbeeindruckt von den Wellen. Fest verankert in den Tiefen. Könnte man sie doch nur losreißen und forttreiben lassen. Wäre sie doch einfach nur eine Insel und kein niedlicher schlafender Hund mit Sand an den Pfoten und Klippen auf den Schultern, der nur darauf wartet, aufzuwachen und sie zu zerfleischen.

»Dein Vater könnte sich irren«, sagt sie leise.

Doch er irrt sich nicht. Billy hat ihr die Wahrheit gesagt.

Arsinoe muss an Luke denken und an die Milones. An Joseph, an Jules.

»Wir hatten vor zu kämpfen«, flüstert sie. »Auch wenn die Schlacht schon verloren war. Ich dachte, ich hätte mehr Zeit. Ich will nicht sterben, Junior.«

»Keine Sorge, Arsinoe, ich lasse dich nicht sterben. Und jetzt schnapp dir die Leine dort, damit wir schneller vorankommen.«

Das Tal von Innisfuil

Beltane

Lager der Westwoods

»Sie haben nichts gefunden, nicht die kleinste Spur von ihr. Kein Versteck auf irgendeinem Dachboden in Wolfsquell, und die Boote hatten nichts in ihren Netzen außer Fischen. Arsinoe ist verschwunden.«

»Sie kann nicht verschwinden«, widerspricht Mirabella, woraufhin Bree den Mund verzieht.

»Mag sein, mag nicht sein. Aber sie ist weg.«

»Das ist doch gut«, befindet Elizabeth. »Wenn sie geflohen ist, kann niemand dich zwingen, ihr etwas anzutun. Und sie wird dir ebenfalls nichts tun können.«

Eine äußerst milde Umschreibung für das, was von ihnen verlangt wird. Aber von Elizabeth hätte Mirabella auch keine härteren Worte erwartet.

Die Königin steht vor dem großen Spiegel und sieht zu, wie Bree sie in ihr langes schwarzes Kleid wickelt. Es ist recht bequem, weit und nicht zu schwer. Genau richtig für einen entspannten Tag, an dem sie niemand zu sehen bekommt. Elizabeth kniet auf dem Boden und durchwühlt auf der Suche nach einer weichen Bürste die vielen Truhen. Sie ist so auf ihre Aufgabe konzentriert, dass sie ihre Verletzung vergisst und mit dem Stumpf gegen einen Deckel schlägt. Sofort umklammert sie ihren Arm und presst die Lippen zusammen. Blitzartig landet Pepper der Specht auf ihrer Schulter.

»Du musst das nicht machen, Elizabeth«, sagt Mirabella leise.

»Doch muss ich. Sonst lerne ich ja nie, wie ich ihn benutzen kann.«

Draußen gleiten Schatten vorbei. Die Priesterinnen sind immer in ihrer Nähe, halten ständig Wache. Mirabellas großzügiges schwarz-weißes Zelt ist mit dicken Teppichen, einem Bett, Tischen, Stühlen und jeder Menge weicher Kissen ausgestattet; da vergisst man leicht, dass es sich nicht um einen Raum mit dicken Mauern handelt und dass sie durch die Wände aus Leinwand und Seide leicht belauscht werden können.

Bree ist fertig mit dem Kleid und stellt sich neben Mirabella.

»Hast du dir die Jungs hier mal angeschaut?«, fragt sie laut. »Wenn sie in der heißen Sonne Zelte aufbauen und dazu ihre Hemden ausziehen? Ob diese Naturbegabtenjungs wirklich so wild sind, wie man es sich erzählt?«

Mirabella stockt der Atem. Naturbegabte, so wie Joseph. Sie hat Bree und Elizabeth nicht erzählt, was zwischen ihnen war. Einerseits würde sie es gerne tun, andererseits fürchtet sie sich davor, es laut auszusprechen. Joseph wird auch am Beltanefest teilnehmen. Sie könnte ihn hier wiedersehen. Aber er wird mit Juillenne Milone zusammen sein. Und es spielt keine Rolle, was am Strand und später im Wald zwischen Mirabella und Joseph geschehen ist; es spielt keine Rolle, dass sie sich so sehr ineinander verloren haben, dass sie nicht einmal den Sturm gehört haben – Mirabella weiß, dass sie in dieser Geschichte der Störenfried ist.

»Vermutlich nicht«, sagt sie genauso laut wie Bree.

»Aber du wirst es sicherlich herausfinden und mir davon erzählen.«

Die Schatten verschwinden, und Bree drückt aufmunternd Mirabellas Schulter. Nach zwei langen Reisetagen wird der heutige Tag im Zelt nicht schneller vergehen. Das Geruckel der Kutschen auf dem Weg von Rolanth hierher hat bei allen ein flaues Gefühl im Magen hinterlassen, vor allem die Strecke rund um Sandhafen, wo es überall nach Salz und Fisch gestunken hat.

Mirabella lugt zwischen den Zeltbahnen hindurch nach draußen: so viele Menschen, die fröhlich im Sonnenschein arbeiten. Bisher hat sie kaum etwas vom Tal gesehen. Bis ihr Zelt errichtet war, hatte man sie in der Kutsche versteckt, und dann wurde sie direkt hier reingebracht. Ein kurzer Blick auf Felsen im Morgengrauen und dunkle Bäume, die eine große Lichtung umgeben – mehr war ihr nicht vergönnt gewesen.

Die Priesterinnen sagen, hier müsse sie sich ganz in ihrem Element fühlen, noch mehr als Königin, denn dies sei das Herz der Insel, und in der unergründlich tiefen Brecciaspalte könne man den Pulsschlag der Göttin spüren. Aber sie fühlt sich nicht besser. Ja, Mirabella spürt die Kraft der Insel wie ein Summen unter ihren Füßen, aber es gefällt ihr nicht.

»Wo ist Luca?«, fragt sie nun. »Ich habe sie noch gar nicht gesehen.«

»Die ist noch mit der Suche beschäftigt«, erklärt ihr Elizabeth. »Noch nie zuvor habe ich sie so aufgebracht und wütend erlebt. Sie kann nicht fassen, dass deine Schwester so rebellisch ist.«

Doch so ist Arsinoe nun einmal. So war sie schon immer, und anscheinend hat die Kindheit in Wolfsquell sie noch wilder gemacht. Das hat Mirabella in ihrem Blick gesehen, an jenem Tag im Wald. In Josephs Blick war es ebenfalls zu erkennen. Wolfsquell bringt rebellische Kinder hervor.

»Außerdem muss Luca den Transport dieser seltsamen Kisten überwachen, was auch immer da drinnen sein mag«, ergänzt Bree. »Kisten über Kisten über Kisten, und niemand weiß, was sich darin verbirgt. Oder weißt du es vielleicht, Elizabeth?«

Die Priesterin schüttelt stumm den Kopf, was keine große Überraschung ist. Im Tempel vertraut man ihr nicht mehr, und mit nur einer Hand wäre sie beim Auf- und Abladen der Kisten ohnehin keine große Hilfe.

»Meint ihr, sie finden sie noch?«, fragt Elizabeth nachdenklich. »Kann sie tatsächlich geflohen sein und noch leben?«

»Daran glaubt niemand«, sagt Bree sanft. »Aber es wäre besser, wenn Arsinoe so stirbt als auf die andere Art.«

Lager der Arrons

Die Giftmischer treffen in der Nacht ein, und ihr Clan fällt über das Festgelände her wie ein Ameisenschwarm. Im Mondlicht und nur mit minimaler zusätzlicher Beleuchtung bauen sie ihre Zelte auf, so leise, dass manch eine Priesterin mit festem Schlaf bei Tagesanbruch verblüfft auf das fertige Lager starrt.

In einem der Zelte wandert Katharine ruhelos auf und ab. Pietyr sollte ihr Frühstück bringen, doch er ist schon zu lange fort. Es ist einfach ungerecht, dass er frei im Tal herumspazieren darf, während sie bis zur Anlandung hier drinnen bleiben muss. Wenn es ihr gelingt, Natalia ausfindig zu machen, könnten sie vielleicht zusammen spazieren gehen. Sie verlässt das Zelt auf eigene Faust und läuft dabei Bertrand Roman in die Arme.

»Es ist besser, wenn du drinnen bleibst, meine Königin«, sagt er und legt ihr seine dicken Pratzen auf die Schultern, um sie wieder ins Zelt zu schieben.

»Nimm die Pfoten von ihr.« Pietyr zwängt sich zwischen die beiden und versetzt Bertrand einen Stoß, was den wuchtigen Grobian allerdings nicht lange aus dem Gleichgewicht bringt.

»Es ist zu ihrer eigenen Sicherheit.«

»Das interessiert mich nicht. Du wirst sie niemals wieder anfassen.«

Damit legt er Katharine einen Arm um die Taille und führt sie wieder hinein.

»Ich kann ihn nicht ausstehen.«

»Ich auch nicht«, gibt Katharine zu. »Als ich ihn das letzte Mal gesehen habe, war ich noch ein Kind. Damals hat er mir gezeigt, wie man Oleandermilch einsetzt. Und schon damals dachte ich mir, dass er das nicht an einem ganzen Wurf kleiner Kätzchen hätte demonstrieren müssen!«

»Andererseits ist er der perfekte Anführer für deine bewaffnete Eskorte«, räumt Pietyr leise ein. »In Bezug auf deine Sicherheit dürfen wir nicht nachlässig werden.«

Doch es gab andere, die genauso geeignet gewesen wären. Den brutalen Bertrand Roman einzusetzen muss Genevieves Idee gewesen sein – daran hat Katharine keinerlei Zweifel.

Pietyr klettert auf das provisorische Bett und breitet aus, was er an Essen gefunden hat. Ein Großteil der Lebensmittel wurde noch nicht ausgepackt oder wird sorgsam für das Festmahl gehortet. Trotzdem ist es ihm gelungen, etwas Brot mit Butter aufzutreiben und dazu ein paar hart gekochte Eier.

»Pietyr … du hast eine Blume im Haar.«

Er zupft sich die Blüte vom Kopf, ein gewöhnliches Gänseblümchen.

»Wo hast du die her?«

»Von irgendeiner Priesterin«, antwortet er beiläufig, woraufhin Katharine die Arme vor der Brust verschränkt. »Kat.« Er steht auf und nimmt sie in den Arm, haucht Küsse auf ihr Gesicht, bis sie kichern muss. Dann lässt er seine Lippen über ihren Mund und ihren Hals wandern. Sie schiebt die Hände unter sein Hemd.

»Es ist nicht fair von mir, eifersüchtig zu sein«, gibt sie zu.

»Nicht weiter schlimm«, antwortet er. »Das ist unser Schicksal: Wir treiben einander durch unsere Eifersucht in den Wahnsinn. Du küsst einen Freier, ich küsse eine Priesterin, und all das wird das Feuer, das in deiner Brust für mich brennt, nur umso heißer werden lassen.«

»Das ist nicht lustig«, rügt sie ihn, aber er grinst.

Vor dem Zelt sind die Giftmischer damit beschäftigt, ihre Kisten auszupacken; leise Gesprächsfetzen dringen durch die dünne Wand. Die Vorbereitungen für die große Jagd am Abend haben bereits begonnen. Bald werden sämtliche Giftmischer im Tal von Innisfuil ihre Bogen bespannen und ihre Armbrüste laden sowie ihre Pfeilspitzen und Bolzen mit dem Gift der Schneerose präparieren.

»Ich wünschte, ich könnte an der Jagd teilnehmen«, beschwert sich Katharine. Sie kniet sich auf das Bett und schmiert etwas Butter auf eine Brotscheibe. »Es macht bestimmt Spaß, über die Hügel zu reiten und Wachteln und Fasane aufzuscheuchen. Wirst du reiten oder zu Fuß unterwegs sein?«

»Weder noch, ich werde bei dir bleiben.«

»Das musst du nicht, Pietyr. Ich werde eine furchtbare Nervensäge sein und mich nur verrückt machen wegen des *Gave Noir* und der Anlandung.«

»Nein, darüber musst du dir nicht den Kopf zerbrechen.«

»Es wird schwer werden, an etwas anderes zu denken.«

»Dann helfe ich dir eben dabei.«

Pietyr zieht sie an sich und küsst sie, bis beiden der Atem stockt.

»Denk einfach nicht dran, Kat. Mach dir keine Sorgen.« Er lässt sie sanft auf das Bett gleiten. »Hab keine Angst.«

Vorsichtig legt er sich auf sie, sein warmer Atem streift ihr Ohr. Etwas an ihm hat sich verändert; seine Berührungen tragen Trauer und Verzweiflung in sich. Katharine erklärt es sich damit, dass bald einer der Freier sie voneinander trennen wird, was auch Pietyr bewusst sein muss. Doch sie sagt kein Wort, aus Angst, dass er aufhören könnte. Seine Küsse machen sie ganz benommen, auch wenn sie nicht begreift, warum er seinen Finger so gezielt über ihre Haut gleiten lässt: erst an der Stelle, wo ihr Arm in die Schulter übergeht, und dann in einer unsichtbaren Linie quer über ihre Kehle.

Lager der Milones

Jules hebt den Hammer über den Hering und schlägt zu. Doch die Wucht ihres Hiebes spaltet den kleinen Holzpflock komplett in zwei Hälften. Die reinste Verschwendung, aber wenigstens schreckt es die Zuschauer ab. Seit Arsinoe verschwunden ist, hat Jules keine ruhige Minute mehr. Jeder denkt, sie sei eingeweiht, wohin die Königin gegangen ist.

Sogar Billys Vater. Am Tag nachdem das Boot verschwunden war, hat William Chatworth den Milones einen Besuch abgestattet, wenn auch nur, um lautstark nach Antworten zu verlangen. Und Bestrafung. Doch es gab niemanden, den man hätte bestrafen können. Die Königin ist verschwunden – und Billy mit ihr.

Ellis und sein weißer Spaniel Jake beugen sich über den Pflock.

»Ich wollte ihn nicht kaputtmachen«, entschuldigt sich Jules.

»Das weiß ich doch. Mach dir keine Gedanken, Jake kann ihn ausbuddeln, und im Wagen gibt es noch genügend andere Heringe.«

Jules wischt sich den Schweiß von der Stirn und sieht dem Hund beim Graben zu. Das Hauptzelt der Familie liegt auf dem Rasen wie eine tote Fledermaus und verströmt auch einen ähnlich säuerlichen Geruch. Kein Vergleich zu den feinen Behausungen von Mirabella und Katharine. Was jetzt ja auch keine Rolle mehr spielt. Eigentlich bräuchten sie ihr Zelt gar nicht aufbauen. Ohne Arsinoe hätten sie gar nicht nach Innisfuil kommen müssen.

Mit dem Zeh bohrt Jules in einem Loch am Saum der Zeltplane herum, das dringend geflickt werden müsste.

»Es ist eine Schande«, stellt sie fest. »Vielleicht hätten wir uns mehr Mühe geben müssen. Wir hätten sie wie eine echte Königin behandeln müssen.«

»Das haben wir«, erwidert Ellis. »Wir haben sie wie eine Naturbegabtenkönigin behandelt: haben sie im Dreck wühlen, herumrennen und mit uns fischen lassen. Naturbegabtenköniginnen sind die Königinnen des Volkes; deshalb sind sie so gute Herrscher, wenn sie stark genug sind, um sich durchzusetzen.«

»Verschwinde!«

Jules und Ellis drehen sich um und sehen gerade noch, wie Cait Camden aus ihrem Zelt scheucht. Eva umkreist wild kreischend den Kopf des Berglöwen.

»Was ist passiert?«, will Jules wissen.

»Noch nichts«, gibt Cait zu, »aber sie hat es auf den Speck abgesehen.« Mit einem ruppigen Nicken fügt sie hinzu: »Da kommt Joseph.«

Er winkt kurz zur Begrüßung. Auch seine Schultern hängen leicht herab. Seit Billy und Arsinoe verschwunden sind, ruht auf ihm ebenfalls die geballte Aufmerksamkeit des Inselvolkes.

»Hallo, Joseph«, begrüßt Ellis ihn. »Hat deine Familie sich gut eingerichtet? Wo habt ihr euer Lager aufgeschlagen?«

»Irgendwo dort drüben.« Er zeigt Richtung Osten. »Allerdings haben meine Eltern beschlossen, doch lieber mit Jonah zu Hause zu bleiben, deshalb sind nur Matthew und ich angereist.«

»Hast du dir das Jagdgebiet schon angesehen?«, ruft Cait herüber.

»Nein, noch nicht.«

»Dann solltest du dich besser ranhalten, und du übrigens auch, Juillenne. Wenn ihr nicht zu schnell geht, könnt ihr das Vieh hier mitnehmen.«

Obwohl ihr Name nicht genannt wird, wirft Camden Jules einen hoffnungsvollen Blick zu. Ihr linkes Vorderbein und die Schulter verheilen eher schlecht als recht, aber der Glanz ist in ihre grün-gelben Augen zurückgekehrt. *Ich bin nicht nutzlos,* scheinen sie zu sagen. *Ich bin noch am Leben, und ich bin zu allem bereit.*

»Gehen wir«, sagt Jules leise, woraufhin die Raubkatze sich humpelnd in Bewegung setzt.

»Seid sorgfältig«, gibt Cait ihnen mit auf den Weg. »Dieses Jahr wird es mehr Tote geben, schon allein weil so viele Füße mitlaufen.« Sie lässt den Blick über das weite Tal schweifen. »Es dauert nicht mehr lange, dann müssen die Ersten ihre Zelte am Strand aufschlagen.«

Und es werden noch mehr kommen, sogar Teilnehmer ganz ohne Zelt, die unter den Sternen schlafen.

»Jules?«, fragt Joseph, als sie in den Wald eintauchen.

»Das Unterholz ist nicht sonderlich dicht«, stellt sie fest. Dadurch werden sie leichter vorankommen, andererseits ist die Jagd im Schatten der Bäume immer gefährlich; die Leute stolpern schneller und werden zertrampelt. Oder sie brechen sich in unebenem Gelände die Knochen. Oder sie werden von einem schlecht geführten Schwert oder einem verirrten Pfeil getroffen.

»Jules.« Er berührt sie sanft an der Schulter. »Wie geht es dir? Ich meine nach allem, was vorgefallen ist.«

»Sollten wir nicht eigentlich glücklich darüber sein?« Sie schüttelt seine Hand ab. »Wollten wir nicht immer, dass sie irgendwie von der Insel runterkommt?«

»Stimmt. Aber ich hätte nicht gedacht, dass es so plötzlich passiert. Und ohne ein Wort. Ich hätte nicht gedacht, dass sie ohne uns geht.«

Tränen brennen in Jules' Augen. »Ja, das tut weh. Aber ich mache ihr keine Vorwürfe – sie hat eine Chance gesehen und sie ergriffen.«

Camden ist ein Stück vorausgelaufen und bleibt nun maulend am rutschigen Ufer eines ausgewaschenen Bachbetts stehen. Während der Jagd wird Cam im Lager bleiben müssen, das ist für jeden Familiaris vorgeschrieben. Sie würde natürlich gerne mitmachen, aber all die Hunde und Vögel sollten angesichts ihrer zerbrechlichen Knochen dankbar sein; noch dazu könnten sie jederzeit für Beute gehalten werden.

»Mirabella ist hier.« Aus dem Augenwinkel beobachtet Jules, wie Joseph sich verkrampft. »Hast du die Kutschen gesehen, mit denen sie angereist ist? Makellos und voller Blattgold. Kein einziges weißes Haar an den Gäulen. Wäre ihr Zaum nicht so mit Silber behangen, könnte man sie für Schatten halten.«

»Habe ich nicht gesehen«, antwortet Joseph. »Und sie habe ich auch nicht gesehen, Jules.«

»Ich finde es gut, dass Arsinoe weg ist. Sie hätte niemals gewonnen. Mit den Westwoods oder den Arrons im Rücken hätte sie es vielleicht schaffen können, aber nicht mit uns. Hätten wir ihr doch mehr geben können … irgendetwas …«

»Arsinoe war glücklich«, unterbricht Joseph sie. »Sie war unsere Freundin, und sie konnte fliehen. Durch dich ist sie stark genug geworden, um das zu wagen.«

Irgendwo bricht ein Zweig, und Camden spitzt die Ohren. Andere Jäger gehen ebenfalls den Wald ab. Joseph hebt grüßend die Hand, obwohl sie die Fremden nicht kennen. Vermutlich sind es Naturbegabte, doch sie könnten auch jede andere Gabe besitzen. An Beltane vermischen sich die Fraktionen gerne, auch wenn die Anordnung der Lager es nicht vermuten lässt – Naturbegabte kampieren bei Naturbegabten, und die Zelte aus Indridskamm und Prynn stehen geschlossen beieinander. Selbst bei der Jagd brechen nur diejenigen mit der Gabe des Krieges aus den eigenen Reihen aus, was lediglich daran liegt, dass es so wenige von ihnen gibt und sie genau wissen, wie viel besser ihre Chancen auf Beute sind, wenn die Naturbegabten ihre Gabe einsetzen.

»Bald wird es Zeit«, sagt Joseph mit leuchtenden Augen. Trotz seiner Trauer um Arsinoe ist und bleibt er ein junger Wolf, der zum ersten Mal mit dem Rudel laufen darf.

»Auf dem Festland gab es bestimmt keine Jagd wie diese«, vermutet Jules.

»Nein. Wir sind zwar jagen gegangen, aber mit dem hier war das nicht zu vergleichen. Allein schon, weil die Jagd tagsüber stattfand, weil dann die Sicht besser ist.«

Aus dem Lager dringt der Lärm einer Trommel herüber. Langsam wird es spät. Bald werden die Feuer brennen und die Menschen über die Flammen springen. Die Naturbegabten tauschen dazu ihre Kleidung gegen Rehhäute ein und bemalen sich mit schwarzer und weißer Farbe.

Als sie auf die Lichtung zurückkehren, ist die Sonne hinter den Bäumen verschwunden und legt einen trüben gelben Schein über das Tal. Und Cait hat recht behalten: Während ihrer Abwesenheit hat sich Innisfuil bis zum Bersten gefüllt. Zwischen den einzelnen Zelten ist nun kaum noch ein Schritt freier Raum, und auf den Pfaden und an den Feuergruben sieht man zahllose aufgeregte, fröhliche Gesichter.

Sobald sie Josephs Zelt erreichen, zieht er sich sein Hemd über den Kopf.

»Willst du die anbehalten?«, fragt Jules und zeigt auf seine braune Hose, die noch vom Festland stammt.

»Warum nicht?«, erwidert er. »Sie denken doch sowieso alle, dass ich ein Festlandbewohner geworden bin.«

Dann hilft er ihr dabei, ihre Bluse auszuziehen, sodass sie nur noch ihre weiche Ledertunika und die Leggings trägt. Eigentlich ist Jules nicht in der Stimmung für eine Jagd, aber ihre Gabe lässt nicht zu, dass sie zurückbleibt. Schon jetzt drängt es sie Richtung Wald.

»Bemalst du mich?«, fragt Joseph und streckt ihr einen Tiegel mit schwarzer Farbe entgegen.

Erst weiß sie nicht, was sie malen soll. Doch dann fällt es ihr ein.

Sie taucht vier Finger in die Farbe und zieht sie über seine Schulter. Noch einmal taucht sie ein und malt vier Linien auf seine rechte Wange, bevor sie sich selbst das gleiche Zeichen verpasst.

»Für Arsinoe.«

»Das ist perfekt«, findet er. »Aber eins fehlt noch.«

»Was denn?«

Er packt ihren Unterarm.

»Ich möchte deinen Handabdruck über dem Herzen tragen.«

Einen Moment lang schwebt Jules' Hand über seiner Brust, dann verteilt sie die Farbe auf ihrer Handfläche und drückt sie auf Höhe des Herzens gegen seine Haut. Gleichzeitig presst sie ihre Lippen auf seinen Mund.

Sie hat es vermisst, ihn zu spüren. Seine Wärme, seine starken Arme. Seit dem Vorfall mit Mirabella hat es sich manchmal angefühlt, als wäre Joseph nie auf die Insel zurückgekehrt. Aber er ist hier, auch wenn Arsinoe fehlt und auch wenn ihr Versprechen, an Beltane gemeinsam ihr erstes Mal zu erleben, geplatzt ist.

Joseph hält Jules fest an sich gedrückt und küsst sie mit einer Dringlichkeit, als fürchte er sich vor dem Moment, wenn der Kuss endet.

Schließlich hebt sie die Hand und schiebt ihn weg.

»Joseph … das war falsch von mir.«

»Nein«, erwidert er atemlos, »war es nicht. Wir können die ganze Nacht hierbleiben, Jules. Wir müssen nicht zur Jagd gehen.«

»Nein.«

Er streicht über ihre Wange, aber sie weicht seinem Blick aus. Sieht sie in seine Augen, würde sie vielleicht ins Wanken geraten.

»Wirst du mir denn niemals verzeihen?«

»Zumindest nicht heute«, erklärt sie. »Ich will das Gefühl haben, dass alles, was zwischen uns war, nicht gänzlich zerstört ist. Es soll sich wieder richtig anfühlen, ich will, dass es wieder so ist wie früher.«

»Und wenn das nicht geht?«

»Dann wissen wir, dass es nie für uns bestimmt war.«

Brecciaspalte

»Sie ist rabenschwarz«, stellt Katharine fest.

»Stimmt. Aber als Königin solltest du dich mit Schwärze doch auskennen.«

Pietyrs Stimme ertönt irgendwo hinter ihr, ein ganzes Stück weit entfernt; er hat sich geweigert, so nah an die Kante zu gehen. Katharine hingegen hat sich auf den Bauch gelegt und ist herangerobbt, kaum dass sie die Brecciaspalte erspäht hat.

Die dunkle Erdspalte wird auch als »das Herz der Insel« bezeichnet, ein heiliger Ort. Angeblich ist sie bodenlos tief – was natürlich nicht möglich ist –, doch selbst jetzt, wo Katharine sie direkt vor Augen hat, findet sie keine Worte, um diese Finsternis zu beschreiben. Die Schwärze ist so absolut, dass sie fast blau wirkt.

Pietyr hat sie aus dem Lager geschmuggelt, sobald Natalia und Genevieve mit der Vorbereitung der Jagd begonnen hatten. Heimlich, still und leise haben sie sich in die südlichen Wälder von Innisfuil verdrückt, wo nicht gejagt werden darf, und sind dann so lange gelaufen, bis die Bäume scharfen dunklen Felsen gewichen sind – und jenem schwarzen Riss in der Landschaft, der aussieht, als wäre die Insel mit einem schartigen Messer verletzt worden.

»Komm her zu mir«, fordert Katharine.

»Nein, danke.«

Lachend lässt sie den Kopf über die Kante hängen. Pietyr kann nicht spüren, was sie als Königin hier empfindet. Dieser Ort ist für ihresgleichen bestimmt.

Wieder atmet sie tief ein, bis ihr fast die Lunge platzt.

Die Brecciaspalte spürt sie. Die Brecciaspalte hat ein Bewusstsein, wie auch viele andere heilige Orte auf Fennbirn, aber gleichzeitig ist sie der Punkt, an dem sich all diese Orte verbinden. Sie ist die Quelle. Wäre Katharine wie Mirabella im Tempel aufgewachsen, hätte sie vielleicht bessere Worte für diese Spannung gefunden, die hier in der Luft liegt und dieses Kribbeln im Nacken auslöst.

Die kalte Luft, die aus der Brecciaspalte aufsteigt, dringt direkt in Katharines Blut und benebelt ihre Sinne derart, dass sie laut auflacht.

»Komm jetzt da weg, Kat«, bittet Pietyr sie.

»Müssen wir etwa schon wieder gehen? Mir gefällt es hier.«

»Was mir absolut unverständlich ist: an diesem morbiden Plätzchen mitten im Nirgendwo.«

Katharine stützt den Kopf in die Hand und späht weiter in die Finsternis hinab. Sicher hat Pietyr recht, eigentlich dürfte sie sich hier nicht so wohlfühlen, denn in früheren Zeiten wurden die Leichen jener Königinnen, die das Jahr des Aufstieges nicht überlebten, in diese Erdspalte geworfen. Genevieve behauptet, auf dem Grund der Spalte läge ein großer Haufen zerschmetterter Körper.

Aber das glaubt Katharine jetzt nicht mehr; die Brecciaspalte ist so tief und breit, dass die toten Königinnen unmöglich auf dem Grund liegen können. Sicherlich stürzen sie noch immer ins Bodenlose.

»Wir können nicht die ganze Nacht hierbleiben, Katharine. Bevor die Jagd vorbei ist, müssen wir wieder im Lager sein.«

Mit einem Seufzer wirft sie noch einen letzten langen Blick in den Abgrund. Dann steht sie auf und klopft sich den Staub vom Kleid.

Morgen müssen sie sich auf die Anlandung vorbereiten, die bei Sonnenuntergang stattfindet. Dann werden Mirabella und sie ihre Freier zum ersten Mal zu Gesicht bekommen – und einander. Ob die schöne Elementwandlerkönigin wohl überrascht sein wird, dass ihre schwache Giftmischerschwester so gesund aussieht?

»Es war die reinste Verschwendung, diesen Billy Chatworth vom Festland zu küssen, jetzt, wo er mit Arsinoe durchgebrannt ist«, stellt sie übergangslos fest.

»Ihn zu küssen? Was soll das heißen?«, hakt Pietyr nach. »Du hast ihn geküsst?«

»Selbstverständlich. Was glaubst du denn, warum ich mit ihm aus dem Salon gegangen bin? Damit du das nicht mit ansehen musstest.«

»Sehr nett von dir, aber bald wird sich das wohl nicht mehr vermeiden lassen. Du wirst so tun müssen, als wäre ich nicht da, Kat. Als gäbe es mich gar nicht.«

»Ja, aber ich werde nur so tun als ob. Und hier beim Beltanefest wird mich keiner von denen anfassen. Ich werde erst nach der Erwachenszeremonie mit ihnen allein sein.«

Pietyr weicht ihrem Blick aus, woraufhin Katharine zu ihm hinübergeht und ihm schnell einen Kuss gibt. Heute und morgen Nacht will sie sich von ihm noch so viele Küsse stehlen wie möglich, wann immer sie Genevieves missbilligenden Blicken entfliehen können.

»Niemand wird uns trennen«, flüstert sie, »auch wenn wir uns immer verstecken werden müssen.«

»Ich weiß, Kat.« Pietyr schlingt die Arme um sie, und sie legt den Kopf an seine Brust.

Schwer wird es werden, aber nicht unmöglich. Immerhin sind sie inzwischen sehr gut darin, sich zu verstecken.

Die Jagd

Am Anfang der Jagd, als die Trommelschläge zum Startschuss runterzählten, war Jules so dicht neben Joseph, dass sie sich fast berührten, ganz vorne in der Horde der Naturbegabten. Dann blies die Hohepriesterin das Horn, und sie liefen zusammen mit den anderen los. In ihren Ohren dröhnten die Schreie der anderen Jäger und das Geräusch der zahllosen Füße im Gras.

Eine Zeit lang liefen sie zusammen, während die Naturbegabten die willige Beute mithilfe ihrer Gabe zwischen den Bäumen hervorlockten. Dann schaute Jules irgendwann nach rechts, und Joseph war fort.

Überall hat sie nach ihm gesucht, an jedem Ort, der ihr nur einfallen wollte. Irgendwann hat sie sich sogar eine Fackel geholt und den Boden abgesucht, falls er gestürzt war. Doch gefunden hat sie ihn nicht, und nun ist es still geworden im Wald.

»Joseph?«, ruft sie. Die anderen Naturbegabten und die wenigen Jäger mit der Gabe des Krieges sind inzwischen weit voraus. Zuerst hat sie noch deren triumphierendes Geschrei gehört, aber jetzt ist sogar das verklungen. Die Giftmischer mit ihren präparierten Pfeilen und Klingen haben ihr Jagdgebiet in den Hügeln unterhalb der Klippen abgesteckt, während die leichtfüßigen Elementwandler sicher die nördlichen Wälder hinter dem Zelt ihrer heiß geliebten Königin erobert haben.

»Joseph!«, schreit sie wieder, dann wartet sie.

Bestimmt geht es ihm gut. Er ist fit und ein geschickter Jäger. In einer dahinstürmenden Menschenmenge verliert man seinen Partner leicht aus den Augen; vermutlich war es von vornherein dumm, zusammenbleiben zu wollen.

Jules hebt die Fackel etwas höher und starrt in die Dunkelheit. Da sie nicht mehr läuft, spürt sie die Kälte der Nachtluft auf der Haut. Schließlich setzt sie sich wieder in Bewegung, allerdings entgegengesetzt zur Marschrichtung der Horde. Nachdem sie bereits so weit gekommen ist, kann sie sich genauso gut allein auf die Suche nach Beute machen.

Mirabella starrt auf das Obst und den Käse auf ihrem Teller. Plötzlich hört sie einen dumpfen Schlag vor ihrem Zelt, dann noch einen. Sekunden später schleifen Bree und Elizabeth zwei bewusstlose Wächterpriesterinnen herein.

»Was soll das werden?«, fragt sie verblüfft.

Bree sieht fantastisch aus in ihrer schwarzen, mit silbernen Nähten abgesetzten Tunika und dem breiten Gürtel. Dazu trägt sie hohe, weiche Stiefel und – genau wie Elizabeth – einen dunkelgrauen Wollmantel. Mäntel, wie sie zur Jagd getragen werden.

Mirabella sieht sich die bewusstlosen Priesterinnen genauer an; zumindest geht sie davon aus, dass sie bewusstlos sind. Beide sind vollkommen reglos …

»Was habt ihr getan?«

»Wir haben sie nicht getötet«, beruhigt Bree sie in einem Tonfall, der verrät, dass es sie auch nicht gestört hätte, wenn es anders wäre. »Sie haben nur ein Schlafmittel bekommen. Ja, so etwas machen eigentlich nur Giftmischer, aber wenn wir schon mit so vielen von ihnen in diesem Tal hocken, können wir uns doch wenigstens einen einfachen Schlaftrunk von ihnen besorgen, oder etwa nicht?«

Elizabeth streckt Mirabella einen gefalteten Mantel entgegen.

»Sie werden uns erwischen«, wehrt die Königin ab. Vielsagend schaut sie auf Elizabeths Arm und die fehlende Hand. »Das können wir nicht riskieren.«

»Schieb mich bloß nicht als Ausrede vor«, widerspricht ihr die Freundin. »Mag sein, dass ich dem Tempel angehöre, aber kontrollieren lasse ich mich von ihnen nicht.« Die dunklen Wangen unter ihrer Kapuze sind vor Aufregung gerötet.

»Du wirst mal eine lausige Priesterin«, stellt Bree mit einem dreckigen Lachen fest. »Warum bleibst du überhaupt bei ihnen? Du könntest bei uns wohnen. Eigentlich gehörst du doch gar nicht zu dieser Truppe.«

Entschlossen drückt Elizabeth Mirabella den Mantel in die Arme. »Als Ausgestoßene ist es gar nicht so schlimm«, erklärt sie. »Und dass die Priesterinnen sich von mir abgewandt haben, heißt noch lange nicht, dass die Göttin es ebenfalls tut. Kommt jetzt, wir müssen ja nicht lange wegbleiben. Nur, bis wir die Naturbegabten gesehen haben, die echten Jäger mit Federn im Haar und Knochenketten am Hals.«

»Du meinst ihre nackten Oberkörper«, betont Bree.

»Und sobald wir zurückkommen, stellen wir diese beiden einfach wieder auf ihren Posten«, fügt Elizabeth mit einem Blick auf die Priesterinnen hinzu. »Wenn sie aufwachen, schämen sie sich sicher dafür, eingeschlafen zu sein, und geben es später gar nicht zu.«

An Brees Gürtel hängen ein Dolch und eine Schleuder, und Elizabeth trägt eine Armbrust über der Schulter, die jedoch dem Schutz der Königin dient, nicht der Jagd. Automatisch huscht Mirabellas Blick zum Armstumpf ihrer Freundin. Beim Nachladen wird sie Hilfe brauchen.

»Also schön.« Sie schlüpft in den Mantel. »Aber nur kurz.«

Jules hört den Bären, bevor sie den Hügel mit seiner Höhle entdeckt. Als sie das Licht der Fackel in die dunkle Öffnung fallen lässt, funkeln ihr seine Augen entgegen.

Es ist ein großer Braunbär. Sie hat ihn nicht bewusst aufgespürt, sondern war eigentlich einem Hirsch auf der Spur, den sie hinter dem nächsten Hügel wohl auch eingeholt hätte.

Der Bär sucht keinen Ärger. Vermutlich hat er sich in sein Winterquartier zurückgezogen, um den Jägern aus dem Weg zu gehen.

Jules zieht ihr Messer. Die Klinge ist lang und scharf genug, um einen Bärenpelz zu durchdringen. Allerdings wird das Tier sie trotzdem töten, falls es sich zum Kampf entschließt.

Schnüffelnd hebt der Bär die Schnauze und mustert das Messer. Ein Teil von ihr wünscht sich, dass er sie angreift. Sie ist überrascht, wie heiß die Wut in ihr brennt, wie sehr die Verzweiflung sie niederdrückt.

»Falls du nach der Königin suchst«, sagt sie, »kommst du zu spät.«

Man muss sich die Beute der Elementwandler und Giftmischer gar nicht erst ansehen, um zu wissen, dass die Naturbegabten das meiste Fleisch mitbringen werden. Unzählige Jäger laufen zwischen den Bäumen herum, und ständig ertönt irgendwo triumphierendes Gebrüll. Die meisten Jäger, die Mirabella zu Gesicht bekommt, tragen bereits erlegte Beute am Gürtel: Hasen oder fette Fasane. Wer am Festmahl der Naturbegabten teilnimmt, wird kein Zuchtfleisch vorgesetzt bekommen, das ist sicher.

Gemeinsam mit Elizabeth und Bree ist sie den Jägern gefolgt, vielleicht weiter, als sie beabsichtigt hatten. Aber die Gruppen bewegen sich so schnell, es ist fast unmöglich, nicht von ihnen mitgerissen zu werden.

»Die Naturbegabten sind stark«, stellt Mirabella fest und denkt dabei an Juillenne Milone und ihren Berglöwen.

»Ich habe Gerüchte gehört über ein Mädchen, das einen Puma als Familiaris hat«, erzählt Elizabeth.

»Das sind nicht nur Gerüchte«, bestätigt Mirabella, »ich habe sie selbst gesehen. Damals im Wald bei meiner Schwester.«

»Tatsächlich?« Bree klingt beunruhigt, doch im fahlen Mondlicht erkennt man kaum mehr als ihre Silhouette.

»Was denn?«, hakt Mirabella nach. »Was ist?«

»Hast du dich nicht mal gefragt, ob die Naturbegabten nicht nur stärker geworden sind, sondern auch gerissener? Ob sie vielleicht die ganze Zeit Arsinoes Stärke vor uns allen verborgen haben und der Puma in Wahrheit ihr gehört?«

»Das glaube ich nicht.«

»Außerdem, Berglöwe hin oder her, Arsinoe ist fort«, fügt Elizabeth hinzu.

Mirabella nickt bestätigend. Sie sollten jetzt besser ins Lager zurückkehren, denn bald werden die betäubten Priesterinnen sicher wieder aufwachen. Doch bevor sie etwas sagen kann, taucht die nächste Gruppe auf, und sie werden von den Jägern mitgerissen.

»Jules?«

Über den Schreien der Jäger und dem Gelächter von Bree und Elizabeth ist seine raue Stimme kaum mehr als ein Flüstern.

»Jules?«

Mirabella wird langsamer, bleibt stehen. Bree und Elizabeth laufen ohne sie weiter.

»Joseph?«

Er ist allein und hat eine Fackel in der Hand, die bereits weit heruntergebrannt ist. Auf seinem Gesicht und an seiner Schulter sieht sie schwarze Malereien. Doch er ist es, eindeutig.

Als er sie erkennt, erstarrt er.

»Königin Mirabella. Warum bist du hier?«

»Ich weiß es nicht. Vermutlich sollte ich es nicht sein.«

Nach kurzem Zögern packt er ihre Hand und zieht sie hinter einen breiten Baumstamm, wo sie nicht so leicht entdeckt werden.

Sie wissen nicht, was sie sagen sollen, klammern sich nur an die Hand des anderen. Obwohl das Licht der Fackel fast erloschen ist, bemerkt Mirabella das Blut an seinem Unterkiefer.

»Du bist verletzt«, stellt sie fest.

»Nur ein Kratzer. Ich bin zu Beginn der Jagd über einen Ast gestolpert und habe dadurch meine Gruppe verloren.«

Juillenne verloren, will er damit sagen. Mit einem schmalen Lächeln bemerkt Mirabella: »Anscheinend verletzt du dich ziemlich oft. Vielleicht sollte man dich gar nicht allein aus dem Haus lassen.«

Joseph lacht leise. »Vermutlich nicht. Seit ich wieder hier bin, habe ich eine gewisse Neigung zu … Unfällen entwickelt.«

Vorsichtig streicht sie über den blutigen Riss an seinem Kinn. Es ist nichts Ernstes. Zusammen mit den schwarzen Streifen in seinem Gesicht und auf seiner nackten Schulter verleiht die Wunde ihm etwas Wildes. Kurz fragt sie sich, wer ihm die Muster wohl aufgemalt hat, sieht vor ihrem inneren Auge, wie Jules' Finger über Josephs Haut gleiten.

»Ich wusste, dass du hier sein würdest«, sagt sie leise. »Trotz Arsinoes Flucht. Ich wusste es. Ich habe es gehofft.«

»Ich hatte nicht damit gerechnet, dich zu sehen. Eigentlich solltest du doch unter Verschluss bleiben.«

Unter Verschluss. Wie eine schwer bewachte Gefangene. Aber gemeinsam mit Bree hat sie schon von Kindesbeinen an fast jeden Versuch des Tempels, sie wegzusperren, zunichtegemacht. Eigentlich ist es erstaunlich, dass die Priesterinnen nicht längst aufgegeben haben. Oder zumindest besser geworden sind.

Mirabella streicht mit der Hand an Josephs Brust hinauf und packt seine Schulter. Seine Haut ist durch die Rennerei erhitzt, und unter ihrer Berührung beschleunigt sich sein Puls rasant. Sie schiebt sich so dicht an ihn heran, dass ihre Lippen sich fast berühren.

»Du kennst mich nicht so gut wie du Jules kennst«, räumt Mirabella ein, »aber willst du mich ebenso? Was in jener Nacht im Sturm passiert ist – hat es eine Bedeutung für dich?«

Josephs Atem geht schwer. Mit gerunzelter Stirn sieht er sie an. Sein Widerstand ist fast gebrochen; sonderlich stark war er von Anfang an nicht.

Als sie die freie Hand in seinen Nacken legt, küsst er sie stürmisch und presst sie mit dem Rücken gegen den Baumstamm.

»Es hat eine Bedeutung«, flüstert er ihr ins Ohr. »Doch ich wünschte bei Gott, es wäre nicht so.«

Lager der Arrons

Die Jagdbeute der Giftmischer besteht hauptsächlich aus Vögeln und ein paar Kaninchen. Verglichen mit der Ausbeute der Naturbegabten ist das gar nichts, doch das war zu erwarten gewesen. Die Jagd ist bei jedem Beltanefest die große Bühne der Naturbegabten.

Katharine entdeckt Natalia in dem langen, weißen Küchenzelt, wo sie bis zum Unterarm in Federn steckt und einen Fasan rupft.

»Hätte ich die Dienstboten mitbringen sollen?«

»Nein«, winkt Natalia ab. »Die wenigen, die wir mitgenommen haben, sind mit anderen Dingen beschäftigt. Trotzdem müssen die Vögel gerupft werden. Beltane macht uns alle zu Dienstboten.«

Katharine krempelt ihre Ärmel auf und greift nach einem der Vögel, was ihr ein anerkennendes Nicken von Natalia einbringt. »Pietyr hat einen guten Einfluss auf dich«, stellt sie fest.

»Er hat mir allerdings nicht beigebracht, wie man die Federn richtig ausrupft. Bestimmt ruiniere ich das Tier.«

»Aber du bist selbstsicherer geworden, charmant. Seit er bei uns ist, bist du erwachsen geworden.«

Katharine erwidert Natalias Lächeln und pustet sich dann eine Feder von der Nase. Der Großteil der Vögel ist für das Festmahl bestimmt, doch die besten wird man für das *Gave Noir* der Erwachenszeremonie zurücklegen.

»Hast du ihn nicht genau deswegen nach Greavesdrake geholt?«

»Doch«, nickt Natalia. »Es war seine Aufgabe, eine anziehende junge Dame aus dir zu machen, und das ist ihm gelungen.« Auf ihren Fingern glänzt Blut. Sie hat zu fest gezogen und die Haut des Tieres verletzt. »So wie ich versucht habe, deine Gabe auszubauen und für deine Sicherheit zu sorgen. Eine Königin aus dir zu machen.«

»Was ist los, Natalia?«, bohrt Katharine nach. »Das klingt fast so, als wärst du der Meinung, du hättest versagt.«

»Vielleicht habe ich das«, erwidert diese fast unhörbar leise, obwohl sie allein im Zelt sind und sich auch hinter der dünnen Stoffbahn keinerlei Schatten abzeichnet. »Ich hatte gehofft, durch Arsinoes Flucht würden sich ihre Pläne ändern«, fährt Natalia fort. »Dass die Suche nach diesem grauenhaften Balg sie zu sehr beschäftigen würde. Oder dass sie es nicht mehr für nötig hielten. Aber ich habe ihre Kisten gesehen, und ich weiß, was sich darin verbirgt. All ihre gezahnten Klingen.«

Katharine arbeitet weiter auf ihrer Seite des Tisches. Der leere Blick in Natalias eisblauen Augen und die Angst in ihrer Stimme jagen ihr kalte Schauer über den Rücken.

»Arsinoe war schlau; feige, aber schlau. Diesen Jungen vom Festland einzuspannen, damit er sie heimlich fortbringt … Wer hätte gedacht, dass es überhaupt möglich ist?«

»Ich glaube ja nicht, dass sie es geschafft haben«, wirft Katharine ein. »Meiner Meinung nach liegen sie beide auf dem Grund des Meeres, wo die Fische an ihren Wangen knabbern.«

Natalia lacht auf. »Vielleicht. Doch auch wenn deine Schwester auf dem Meeresgrund liegt, ist sie nicht hier. Und damit werden sie nur noch *ein* Ziel haben.«

»*Sie?* Wovon redest du überhaupt, Natalia? Stimmt etwas nicht? Glaubst du etwa, ich werde beim *Gave Noir* versagen?«

»Nein, sicherlich nicht. Es wird ein spektakulärer Triumph.«

Katharine spürt, wie sie rot anläuft vor Scham. Vor dem *Gave* fürchtet sie sich wirklich. Das war schon immer so, auch lange vor der Demütigung an ihrem Geburtstag. Vor den Augen von Natalia und Genevieve zu versagen ist schlimm genug. Vor den Augen des gesamten Inselvolkes zu versagen wird viel, viel schlimmer.

»Spektakulär? Wohl kaum«, räumt sie ein.

Natalia schiebt die toten Vögel beiseite. Dann mustert sie Katharine, als würde sie das Mädchen gerade zum ersten Mal sehen.

»Vertraust du mir, Kat?«

»Natürlich.«

»Dann labe dich an dem *Gave,* bis dir der Bauch platzt.« Ihre Hand schießt vor wie eine zubeißende Schlange und umklammert die Finger der jungen Königin. »Iss ohne Furcht. *Und vertraue darauf, dass es kein Gift enthalten wird.*«

»Was? Wie denn?«

»Die Priesterinnen halten sich vielleicht für schlau«, fährt Natalia kryptisch fort, »aber wenn es um Taschenspielertricks geht, ist niemand besser als ich. Und ich werde alles tun, damit du stark erscheinst. Damit niemand behaupten kann, dies wäre ein Jahr der Opferung.«

Lager der Milones

»Früher haben wir das Fleisch miteinander geteilt, anstatt getrennte Feste zu feiern«, erklärt Ellis. »Giftmischer, Naturbegabte, Krieger, Elementwandler, sogar jene ohne Gabe: Als ich noch jung war, waren wir während der Festtage alle vereint.«

»Und wann genau war das, Opa?«, fragt Jules. »Vor ein- oder doch vor zweihundert Jahren?«

Mit einem breiten Grinsen schickt Ellis Jake über den Tisch, damit er sie in die Finger zwickt.

Der Vormittag nach der Jagd verläuft ruhig. Alle im Tal Versammelten sind entweder mit ihrer Arbeit beschäftigt, oder sie schlafen. Oder pflegen ihre Verletzten. Wie vorhergesehen wurden im Hauptfeld viele Jäger verwundet, doch niemand hat Todesfälle gemeldet. Inzwischen beginnt man bereits zu munkeln, dass dieses Beltanefest gesegnet sei.

Aber ohne Arsinoe kann es nicht gesegnet sein.

Camden klettert unbeholfen auf Jules' Schoß und beschnüffelt den Verband an ihrer Schulter. Die Verletzung stammt nicht von dem Bären. Den großen Braunen hat sie so zurückgelassen, wie sie ihn vorgefunden hat: eingekuschelt in seiner Höhle. Stattdessen hat sie die Spur des Hirsches wieder aufgenommen und ihn mit einem schnellen Schnitt durch die Kehle zur Strecke gebracht. Doch als sie ihn im Todeskampf festhielt, hat er sie mit einem Huf erwischt.

Jules streckt den Arm über den Tisch und schneidet für Cam ein dickes Stück aus dem Herzen ihrer Beute.

»Dieser Hirsch ist das Prunkstück der Jagdbeute«, wendet Cait ein. »Eigentlich sollte das Herz in den Eintopf für die Königinnen wandern.«

»Dann schick ihnen eben den Rest. Schließlich sind nicht alle Königinnen hier. Und Arsinoe würde wollen, dass Cam ihren Anteil bekommt.«

Die Wand von Madrigals Zelt, das jenseits des Tisches steht, bewegt sich. Stirnrunzelnd drückt Jules ihren Puma an sich. In diesem Zelt herrscht ständig Bewegung, seit sie aufgestanden ist – und Kichern. Madrigal ist nicht allein dort drinnen.

»Steh auf und komm raus«, befiehlt Cait ihrer Tochter mit einem Tritt gegen die Zeltwand. »Es gibt Arbeit.«

Die Zeltklappe hebt sich. Matthew erscheint und hält sie hoch, damit Madrigal unter seinem Arm nach draußen schlüpfen kann.

Cait und Ellis erstarren. Madrigal war mit Matthew dort zusammen … aber das ergibt einfach keinen Sinn. Er liebt doch Tante Caragh. Oder zumindest hat er das einmal. Madrigal lässt die Finger über den Ausschnitt seines Hemdes gleiten, und er lächelt. Nein, er grinst sie an wie ein argloser Hund, dem man ein Stöckchen zugeworfen hat.

Jules springt so heftig auf, dass Camden von ihrem Schoß rutscht.

»Was hast du getan?«, schreit sie und schlägt so wütend auf den Tisch, dass alles darauf wackelt. »Lass deine Pfoten von ihm!«

»Jules, nicht!« Ellis schlingt die Arme um Camdens Hals, gerade als die Raubkatze zum Sprung ansetzt. Matthew stellt sich schützend vor Madrigal, während ein leises Knurren aus Jules' Kehle aufsteigt.

»Ich«, setzt Madrigal an, »ich …«

»Mir egal, ob du meine Mutter bist! Halt dein Maul!«

»Juillenne Milone.«

Jules ballt die Fäuste und wendet sich zähneknirschend von Matthew und Madrigal ab, um ihre Großmutter ansehen zu können.

»Du gehst jetzt besser«, befiehlt Cait ihr ruhig. »Sofort.«

Angestrengt holt Jules Luft, atmet mehrmals tief durch. Doch dann beruhigt sie sich ein wenig, und Ellis lässt Camden los. Abrupt wirbelt Jules herum und geht.

»Jules, warte«, ruft ihre Mutter ihr hinterher.

»Madrigal«, schaltet Cait sich erneut ein. »Sei still.«

Aufgebracht stapft Jules durch die Menge. Schon nach wenigen Sekunden ist sie zwischen den Menschen untergetaucht.

Eine Zeit lang läuft sie ziellos umher, wobei jedermann einen großen Bogen um das wütende Mädchen und den Berglöwen macht. Matthew und Madrigal wirkten so vertraut miteinander. So gar nicht wie frisch Verliebte. Und da Madrigal sowieso ständig verschwindet, lässt sich unmöglich sagen, wann es angefangen hat.

»Ich hasse sie«, erklärt sie Cam leise. Die selbstsüchtige Madrigal, die ständig handelt, ohne nachzudenken. Ihretwegen ist Jules' gesamtes Leben ein Chaos, und nie hat sie versucht, etwas wiedergutzumachen, stattdessen immer nur geschmollt. Und nun hat sie Matthew. Schon immer hat sie Caragh alles weggenommen. Selbst dieses Letzte, das Einzige, was Caragh noch geblieben ist.

»Jules!«

Sie dreht sich um und sieht Luke, der ihr durch die Menge entgegenkommt.

Bis jetzt war sie nicht sicher gewesen, ob er zum Fest kommen würde. Luke der Loyale. Von Anfang an hat er immer an Arsinoe geglaubt. Er war der Einzige, der nie gezweifelt hat.

Sobald er Jules erreicht, schließt er sie in seine Arme. Hank der Hahn flattert von seiner Schulter herunter und begrüßt Camden mit einem sanften Picken.

»Bin ich froh, dass du da bist«, seufzt Jules. »Zumindest darf ich *einen* schönen Moment auf diesem Fest erleben.«

Kommentarlos streckt er ihr ein großes braunes Paket entgegen.

»Was ist das?«

»Das Kleid, das ich für Arsinoe angefertigt habe.«

Jules betastet den Stoff unter dem Papier.

»Warum hast du es mitgebracht? Sie kann es ja doch nicht tragen.«

»Es war nie für sie gedacht. Sie hat mich gebeten, es für dich zu schneidern. Schön sollte ich es machen, damit es dich zum Strahlen bringt. Dich und die Augen deines Liebsten.«

Jules drückt das Paket an ihre Brust. Liebe, dumme Arsinoe, denkt an sie statt an sich selbst. Oder vielleicht auch nicht. Vielleicht hatte sie es nur getan, weil sie schon wusste, dass sie weglaufen würde.

»Hat sie uns wirklich verlassen, Jules?«, fragt Luke. »Oder hat der Junge vom Festland sie etwa entführt?«

Niemals könnte Jules sich vorstellen, dass Arsinoe etwas gegen ihren Willen tut. Aber möglich ist es. Und vielleicht spendet dieser Gedanke Luke etwas Trost.

»Ich weiß es nicht«, antwortet sie deshalb. »Vielleicht.«

Luke seufzt schwer. Um die beiden herum sieht man nur fröhliche, unbeschwerte Gesichter; alle in Feierlaune. Die meisten von ihnen sind wahrscheinlich froh darüber, dass Arsinoe verschwunden ist – ein Stolperstein weniger auf Mirabellas Weg. Nun bleibt nur noch Katharine, die angeblich schwache und kränkliche Giftmischerin.

»Vermutlich sollten wir jetzt Mirabella unterstützen«, sagt Luke schließlich. »Wir werden uns an sie gewöhnen müssen. Nachdem sie nun nicht unsere Arsinoe abschlachten muss, fällt es uns vielleicht leichter, sie zu mögen.«

Jules nickt grimmig. Sie wird Mirabella niemals mögen, dafür hat sie ganz eigene Gründe. Doch das muss nicht zwingend heißen, dass die Elementwandlerin eine schlechte Königin sein wird.

»Als ich durch Sandhafen kam, habe ich die Schiffe der Freier gesehen. Es sind insgesamt fünf, auch wenn das von Billy nicht wirklich zählt.«

Immer noch nickend hört Jules sich an, wie Luke die Flaggen der einzelnen Schiffe beschreibt: Zwei kommen aus dem Land, aus dem Bernadines Prinzgemahl stammte, eines aus der Heimat von Camilles Gatten. Und das Ursprungsland des letzten konnte er nicht identifizieren. Aber Jules ist mit den Gedanken woanders. Das Schiff von Billys Vater steuert also Innisfuil an. Ist Billy an Bord? Irgendwie bezweifelt sie das. Sie glaubt nicht, dass Chatworth mehr über das Schicksal von Billy und Arsinoe weiß als der Rest von ihnen.

»Schon komisch, oder?«, überlegt Luke. »Einerseits binden wir uns an die Festlandfamilien, und dann schließen wir sie doch wieder aus.«

Südöstlich des Tals warten die Schiffe der Delegationen auf den Sonnenuntergang, um dann in einer langsamen Prozession in die Morgentaubucht einzulaufen. Dort werden sie vor Anker gehen, und die Anlandung beginnt. Wäre Arsinoe bei ihr gewesen, wäre Jules vielleicht mit Camden zu den Klippen gewandert, um etwas herumzuschnüffeln. Jetzt spielt das keine Rolle mehr. Soll Mirabella sich doch aussuchen, wen sie will. Er wird auf der Insel sowieso keine Macht haben. Der Prinzgemahl ist nichts weiter als eine Repräsentationsfigur – das Symbol für die friedlichen Beziehungen zum Festland.

»Was ist das?« Luke streckt den Arm aus.

Unzählige Priesterinnen eilen den Pfad, der zu den Klippen führt, hinauf. Jules und Luke drängen sich vor, um besser sehen zu können, doch das wollen auch viele andere. Klein wie sie ist, muss Jules hochspringen, um über die Schultern der Leute schauen zu können.

Bei den Zelten der Westwoods herrscht Unruhe, oder vielleicht ist es auch das Zelt der Hohepriesterin. Da sie so nah beieinanderstehen, lässt sich das nur schwer sagen. Luke piekt einen großen Kerl, der direkt vor ihm steht, in den Rücken.

»Hey, weißt du, was da los ist?«

»Bin mir nicht sicher«, antwortet der. »Aber es klingt so, als hätten sie die Verräterkönigin geschnappt.«

»Kann nicht sein«, erwidert Luke.

»Ich glaube doch. Da kommen noch mehr Priesterinnen.«

»Lasst uns durch!«, brüllt Jules, aber die Menge ist zu dicht. Sie beginnt zu knurren, und Camden springt dem Mann vor ihr fauchend in den Rücken. Sein Hemd zerreißt, der Stoff färbt sich rot, und er schreit auf.

Nun teilt sich die Menge. Einige schimpfen wüst gegen Naturbegabte allgemein oder beleidigen sie und ihr Untier ganz direkt, aber das ist Jules egal. Luke hat sich schon auf den Weg gemacht, um Cait und Ellis zu holen. Falls das wirklich Arsinoe ist – was Jules genauso hofft wie sie es befürchtet –, dann wird sie jeden einzelnen von ihnen an ihrer Seite brauchen.

Lager der Hohepriesterin

Es dauert nicht lange, bis der Schwarze Rat sich in dem Zelt einfindet, das Luca für die Versammlung bestimmt hat. Es ist klein und bis auf ein paar Teppiche und Kistenstapel völlig leer – eigentlich eine wackelige Konstruktion ohne Zweck, doch die unter seiner Plane versammelten Persönlichkeiten verleihen ihm die Substanz eines Felsblocks:

Die Giftmischer Paola Vend und Lucian Marlowe stehen mit der Kriegerin Margaret Beaulin und Renata Hargrove auf der einen Seite, wobei Natalia Arron den Kopf der Gruppe bildet. Den Kopf der Schlange, wie Luca manchmal sagt. Hinter Natalia sind die restlichen Arrons des Rates aufgereiht: Allegra, Antonin, Lucian und Genevieve, die sich dicht bei ihrer Schwester hält. Manche sagen, sie sei Natalias lauschendes Ohr im Rat. Ihr verborgener Dolch. Mirabella ist sie auf Anhieb unsympathisch.

Dabei ist es reiner Zufall, dass Mirabella überhaupt anwesend ist. Als die Priesterinnen die Nachricht von Arsinoes Gefangennahme überbrachten, war sie gerade bei Luca, der daraufhin keine Zeit mehr blieb, sich mit der Königin darüber zu streiten, ob sie bleiben darf.

Für eine Sekunde sehen sich Mirabella und Jules, die am entgegengesetzten Ende des Zeltes steht, in die

Augen. Ein spannungsgeladener Moment unter vielen, der schnell verflogen ist. Doch noch lange danach wird Mirabella sich an die Wildheit erinnern, die sich in Jules' Miene widerspiegelte, und daran, wie sehr sie dadurch dem Berglöwen an ihrer Seite glich.

»Königin Mirabella sollte nicht hier sein«, stellt Natalia in ihrem üblichen kühlen Tonfall fest. Offenbar ist sie die Einzige in diesem Zelt, deren Herz nicht unkontrolliert rast. »Sie ist kein Mitglied des Rates.«

»Das trifft auch auf einige der Anwesenden zu«, erwidert Cait spitz.

»Aber Cait, du darfst selbstverständlich bleiben«, räumt Natalia ein. »Als ihre Pflegefamilie dürfen alle Milones bleiben.«

»Na, vielen Dank auch.« Caits Stimme trieft vor Sarkasmus. »Aber ist es denn wahr? Hat man sie gefunden?«

»Das werden wir bald wissen«, sagt Luca. »Ich habe meine Priesterinnen zur Küste geschickt, damit sie diese Reisenden einsammeln – wer auch immer sie sein mögen.«

Bei dem Wort *Reisende* regt sich Unmut unter den Ratsmitgliedern, doch Natalia bringt sie zum Schweigen, als wären sie kleine Kinder. »Falls es sich bei einem jener Reisenden tatsächlich um Arsinoe handelt, muss Königin Mirabella gehen. Du solltest doch am besten wissen, dass sie sich vor der Anlandung nicht begegnen dürfen.«

»Sie sind sich bereits einmal begegnet«, gibt Luca zurück, »da wird ein zweites Mal auch nicht schaden. Die Königin bleibt. Sie wird bleiben, sich aber nicht äußern. Dasselbe gilt für dich, Fräulein Milone.«

Der Berglöwe spitzt die Ohren, während die älteren Milones jeweils eine Hand auf Jules' Schulter legen.

Schwere Schritte erklingen, und man hört, wie jemand vorangetrieben wird; die Priesterinnen sind vom Strand zurückgekehrt. Angespannt lauscht Mirabella auf das leise Murmeln der Menge draußen, dann öffnet sich die Zeltklappe, und die Priesterinnen schubsen Arsinoe hindurch.

Mirabella muss sich auf die Wange beißen, um nicht aufzuschreien. Auf den ersten Blick ist Arsinoe kaum zu erkennen: Vollkommen durchnässt und zitternd bricht sie auf dem dünnen Teppich zusammen. Tiefe, von Nähten zusammengehaltene Wunden entstellen ihr Gesicht.

Die Wächterpriesterinnen haben eine Hand an ihren Klingen, doch das ist lächerlich. Dieses Mädchen kann kaum stehen, geschweige denn fliehen.

»Was ist mit ihrem Gesicht passiert?«, fragt Renata angewidert.

»Diesen Bären gab es also tatsächlich«, murmelt Genevieve zeitgleich.

Die Wunden sind dunkelrot, offenbar hat das Salzwasser das Gewebe gereizt.

Vor dem Zelt entsteht erneut Unruhe, bevor zwei weitere Priesterinnen mit einem jungen Mann eintreten, der sich heftig gegen ihren Griff wehrt. Trotz seiner nassen, mit Sand verklebten Kleidung erkennt Mirabella in ihm den Jungen wieder, der im Wald aufgetaucht war, als Arsinoe und Jules Joseph entdeckt hatten. Er war der mit den Pferden gewesen. Damals dachte sie, er sei ein Diener, aber er muss wohl der Freier sein, William Chatworth junior.

Der Junge reißt sich los und lässt sich zitternd neben Arsinoe auf die Knie fallen.

»Alles wird gut, Arsinoe«, versichert er ihr.

»Arsinoe, ich bin hier!«, ruft Jules, wird aber von Cait und Ellis zurückgehalten.

Lucian beugt sich runter und zieht Chatworth am Kragen in die Höhe. »Der Junge muss sterben«, verkündet er.

»Mag sein.« Natalia neigt den Kopf. »Aber er gehört einer Delegation an.« Sie baut sich vor ihm auf und packt sein Kinn. »Hast du Königin Arsinoe wissentlich mitgenommen? Wolltest du ihr dabei helfen, von der Insel zu fliehen? Oder hat sie die Kontrolle über dein Boot an sich gerissen und es selbst getan?«

Ihre Stimme klingt absolut neutral. Für sämtliche Zuhörer hat es den Anschein, als wäre es ihr vollkommen gleichgültig, wie seine Antwort ausfällt.

»Wir sind in einen Sturm geraten«, berichtet er. »Haben es nur mit Mühe und Not hierhergeschafft. Wir wollten die Insel nicht verlassen.«

Margaret lacht laut auf. Genevieve Arron schüttelt den Kopf.

»Er wusste von nichts«, meldet sich Arsinoe vom Boden aus leise zu Wort. »Ich habe ihn dazu gezwungen. Es war meine Schuld.«

»Sehr schön.« Natalia wedelt kurz mit der Hand, woraufhin zwei Priesterinnen Billys Arme packen.

»Nein!«, protestiert er. »Sie lügt!«

»Warum sollten wir einem Festlandbewohner mehr Glauben schenken als einer unserer Königinnen?«, will Natalia von ihm wissen. »Bringt ihn zum Hafen und benachrichtigt seinen Vater«, befiehlt sie dann. »Richtet ihm aus, wie erleichtert wir darüber sind, dass der Junge unbeschadet zurückgekehrt ist. Und beeilt euch. Bis zur Anlandung bleibt ihm nicht mehr viel Zeit, um sich zu erholen.«

»Ihr seid doch alle irre«, faucht Billy wütend. »Rührt sie nicht an! Wagt es ja nicht, ihr etwas anzutun!«

Wieder wehrt er sich gegen die Priesterinnen, doch da auch er am Ende seiner Kräfte ist, gelingt es ihnen problemlos, ihn abzuführen.

Sobald er weg ist, richten sich alle Blicke auf Arsinoe.

»Höchst bedauerlich«, stellt Renata fest.

»Und unangenehm«, pflichtet Paola ihr bei. »Es wäre besser gewesen, wenn sie verschollen geblieben wäre. Oder wenn sie ertrunken wäre. Nun wird alles verkompliziert.«

Genevieve verlässt ihren Posten hinter Natalia und beugt sich zu Arsinoe hinunter. »Wie dumm sie doch ist«, sagt sie. »Wieder mit dem Boot, wieder mit einem Jungen. Sie hat sich nicht einmal einen neuen Plan zurechtgelegt.«

»Bleib weg von ihr.« Jules Milone knurrt eher, als dass sie spricht. Genevieve wirft dem Berglöwen einen irritierten Blick zu, als wäre sie sich nicht ganz sicher, von wem die Worte kamen.

»Ruhe«, befiehlt die Hohepriesterin. »Und du, Genevieve, tritt zurück.«

Empört knirscht Genevieve mit den Zähnen und blickt fragend zu Natalia, doch die bleibt stumm. An Beltane hat der Tempel das Sagen. Der Wille der Göttin ist Gesetz, ob es dem Rat nun gefällt oder nicht.

Luca sinkt vor Arsinoe auf die Knie, greift nach den Händen der Königin und reibt sie zwischen ihren Fingern.

»Du bist kalt wie Eis«, stellt sie fest. »Und du siehst aus wie ein toter Fisch.« Sie winkt eine Priesterin heran. »Bringt ihr Wasser.«

»Ich will kein Wasser.«

Luca seufzt, schenkt Arsinoe aber ein freundliches Lächeln. »Was willst du dann? Weißt du, wo du hier bist?«

»Ich wollte weg von euch«, fährt Arsinoe fort. »Weglaufen wollte ich, aber der Nebel ließ mich nicht gehen. Wir haben gekämpft, gerudert, aber er hat uns festgehalten wie ein Netz.«

»Sag jetzt nichts mehr, Arsinoe«, schaltet sich Cait ein.

»Es spielt keine Rolle mehr, Cait, weil ich es ja doch nicht geschafft habe. Sie hat uns im Nebel festgehalten, bis sie uns direkt in diesem verfluchten Hafen wieder ausgespuckt hat.«

Arsinoes Arme zittern, aber ihr Blick ist fest. Mit geröteten, müden Augen, in denen sich Hass und Verzweiflung spiegeln, fixiert sie das Gesicht der Hohepriesterin.

»Weiß sie es?«, fragt sie. »Weiß eure hochverehrte Königin, was ihr vorhabt?«

Abrupt holt Luca Luft. Sie will sich von Arsinoe lösen, aber die lässt sie nicht gehen. Mehrere Priesterinnen eilen herbei und packen die Königin an den Schultern.

»Weiß Mirabella, dass ihr mich umbringen wollt?«

Jetzt pressen die Priesterinnen Arsinoe mit dem Gesicht voran auf den Teppich. Jules schreit auf, und Ellis muss Camden am Nackenfell packen, damit sie nicht zum Angriff übergeht.

»Weiß sie es?«, kreischt Arsinoe.

»Tötet sie«, befiehlt Luca ruhig. »Ein zweiter Fluchtversuch ist unentschuldbar.« Auf ihr Zeichen hin ziehen die Priesterinnen ihre Waffen. »Trennt Kopf und Arme ab und schneidet ihr das Herz aus dem Leib. Dann werft alles in die Brecciaspalte.«

Arsinoe kämpft, als die Priesterinnen sie auf dem Boden fixieren und ihre Klingen heben. Der Schwarze Rat beobachtet schockiert das Geschehen. Damit hatten nicht einmal die Giftmischer gerechnet. Sie alle werden leicht grün im Gesicht, alle außer der Kriegerin Margaret Beaulin.

»Nein!«, brüllt Jules.

»Schafft sie hier raus«, befiehlt Natalia Cait. »Es ist besser so für dein Mädchen. Sie sollte das nicht mitansehen.«

Cait und Ellis ziehen die wild um sich schlagende Jules aus dem Zelt. Mirabella huscht zu Luca hinüber und packt sie am Arm.

»Das kannst du nicht tun«, flüstert sie aufgebracht. »Nicht hier, nicht jetzt. Sie ist eine Königin!«

»Und ihr werden die Begräbnisriten einer Königin zuteil, auch wenn sie in Schande stirbt.«

»Hör auf Luca. Beende es, sofort!«

Mit sanftem Druck schiebt die Hohepriesterin Mirabella von sich.

»Du musst auch nicht bleiben«, rät sie ihr. »Vielleicht wäre es besser, wenn man dich hinausbegleitet.«

Arsinoe kniet auf dem dünnen Teppich und schreit, während die Priesterinnen an ihr zerren, sie niederdrücken und ihre Gliedmaßen auf den Boden pressen. Es sieht so aus, als weine sie blutige Tränen, doch es sind nur die Nähte in ihrem Gesicht, die wieder aufreißen.

Mirabella flüstert den Namen ihrer Schwester. Früher hat Arsinoe sich oft als Monster ausgegeben und Katharine am schlammigen Flussufer entlanggejagt. Sie war immer schmutzig. Immer wütend. Hat immer gelacht.

Eine der Priesterinnen stellt ihren Fuß auf Arsinoes Rücken und reißt ruckartig an ihrem Arm, um ihn aus dem Gelenk zu lösen. Arsinoe schreit auf, doch ihr Kampfgeist ist so gut wie gebrochen. Es wird nicht schwer werden, ihr Arme und Kopf abzuschneiden.

»Nein!«, brüllt Mirabella los. »Das werdet ihr nicht tun!«

Dann ruft sie den Sturm. Heftige Böen drücken die Zeltwände ein und zerren an der Eingangsklappe. Die Priesterinnen bei Arsinoe sind so auf ihr Werk fokussiert, dass sie erst etwas bemerken, als der erste Blitz einschlägt.

Der Schwarze Rat springt auseinander wie verängstigte Rattenbrut, bevor Mirabella das Feuer der Kerzen auf sie hetzen oder einen Blitz auf ihre Köpfe lenken kann. Luca und die Priesterinnen reden auf sie ein, aber Mirabella legt nur noch mehr Kraft in den Sturm. Unter dem Druck des Windes stürzt die halbe Zeltkonstruktion ein.

Letztlich fliehen sie alle.

Mirabella zieht Arsinoe auf ihren Schoß und streicht ihr die salzverklebten Haare aus dem Gesicht. Der Sturm beruhigt sich etwas.

»Alles ist gut«, verspricht Mirabella sanft. »Es wird alles wieder gut.«

Arsinoe schlägt die dunklen Augen auf und blinzelt erschöpft zu ihr hoch. »Dafür werden sie dich büßen lassen.«

»Ist mir egal. Sollen sie uns doch beide hinrichten.«

»Hm.« Arsinoe schnaubt abfällig. »Das will ich erst mal sehen.«

Mirabella drückt ihrer Schwester einen Kuss auf die Stirn. Schwach ist sie und fiebrig. Die dicken Nähte auf ihren Wangen sind angeschwollen und an einigen Stellen aufgeplatzt. Vermutlich schreit jeder Zentimeter ihres Körpers vor Schmerz, doch Arsinoe zuckt nicht einmal mit der Wimper.

»Du bist hart wie der Fels«, stellt Mirabella fest und berührt vorsichtig Arsinoes vernähte Wange. »Eigentlich ein Wunder, dass dich überhaupt etwas verletzen kann.«

Mühsam versucht Arsinoe, sich aus der Umarmung zu befreien. Auch darin ist sie ganz wie die Schwester, an die Mirabella sich erinnert: immer ein Wildfang, kein Schmusekätzchen.

»Gibt es hier Wasser? Oder hast du es in einen Dolch verwandelt und Natalia Arron ins Herz gerammt?«

Mirabella hebt den Krug auf, der vom Sturm auf den Boden geschleudert worden ist. Das meiste Wasser wurde verschüttet, aber ungefähr eine Tasse voll schwappt noch am Boden des Gefäßes. »Viel ist nicht mehr übrig. Ich habe mich nicht richtig konzentriert. Es ging mir nur darum, sie zu vertreiben. So wie damals in der Schwarzen Kate.«

»Ich kann mich nicht daran erinnern.« Arsinoe setzt den Krug an die Lippen und trinkt viel zu gierig. Sobald sie aufsteht, muss sie sich wahrscheinlich übergeben.

»Dann versuch es. Versuch, dich zu erinnern.«

»Das will ich nicht.« Entschlossen stellt Arsinoe den Krug ab und möchte aufstehen. Es dauert etwas, aber schließlich gelingt es ihr.

»Deine Schulter«, mahnt Mirabella. »Sei vorsichtig!«

»Die soll Jules mir wieder einrenken. Ich muss jetzt gehen.«

»Aber der Rat und Luca!«, protestiert Mirabella. »Sie werden auf dich warten.«

»Oh.« Nach dem ersten Schritt hält Arsinoe kurz die Luft an, bevor sie den zweiten wagt. »Das denke ich nicht. Du hast deinen Standpunkt mehr als deutlich zum Ausdruck gebracht.«

»Aber soll ich nicht …«

»Sollst du nicht was? Klar, du glaubst, du hättest gerade wer weiß was bewirkt. Aber ich bin hier, und ich sitze in der Falle. So wie wir alle.«

»Also hasst du mich?«, will Mirabella wissen. »Und du willst mich umbringen?«

»Ja, ich hasse dich. Ich habe dich schon immer gehasst. Und ich bin ganz sicher nicht geflohen, um dich verschonen zu können. Das hatte rein gar nichts mit dir zu tun.«

Wortlos sieht Mirabella zu, wie ihre Schwester Richtung Ausgang humpelt. Dann sagt sie: »Ich bin wohl wirklich dumm gewesen. Wahrscheinlich …«

»Spar dir diesen leidenden Ton. Und hör auf, mich so anzusehen. Wir sind, was wir sind. Und es interessiert niemanden, dass wir uns das nicht ausgesucht haben.«

Krampfhaft umklammert Arsinoe die Zeltklappe. Sie zögert, als wollte sie noch etwas sagen. Als würde es ihr leidtun.

»Immerhin hasse ich dich jetzt ein bisschen weniger«, sagt sie leise, dann geht sie hinaus.

Lager der Milones

Jules wartet direkt neben dem halb eingestürzten Zelt auf Arsinoe. Die weigert sich zwar, sich auf Jules' Schulter zu stützen, nimmt aber immerhin ihren Arm und zieht sich den Hemdkragen ins Gesicht. Ein minimaler Schutz gegen die Spucke und die faulen Obstschalen, mit denen die Menge sie bewirft.

»Alle zurücktreten!«, brüllt Jules. »Und kein Wort mehr!«

Dank Camden halten sie Abstand, aber sie sagen und werfen eine Menge.

»Fast wie zu Hause, was?«, stellt Arsinoe grimmig fest.

In ihrem Zelt im Lager der Milones, wo sie vor neugierigen Blicken geschützt sind, kümmern sich Cait und Ellis um ihre Verletzungen. Luke und Joseph sind ebenfalls da. Als Ellis Arsinoes Schulter einrenkt, vergießt Luke Tränen.

»Königin Mirabella ist ja fast schon fanatisch, was die Regeln betrifft«, stellt Ellis fest. »Bei ihr dürfen nicht einmal Priesterinnen vor der Zeit Hand an eine Königin legen.«

»Ist das wirklich der Grund, warum sie sie aufgehalten hat?«, zweifelt Jules. »Oder will sie es einfach nur selbst erledigen?«

»Was auch immer der Grund dafür gewesen sein mag,

es wird dem Tempel jedenfalls schwerer fallen als gedacht, ihre Königin unter Kontrolle zu halten«, resümiert Ellis.

»Geht es Billy gut?«, will Arsinoe wissen. »Hat jemand etwas von ihm gehört?«

»Als sie ihn nach Sandhafen gebracht haben, schien er in Ordnung«, berichtet Joseph. »Bestimmt bereitet er sich dort auf die Anlandung vor.«

»Ach ja«, sagt Madrigal, »die Anlandung. Uns bleibt nicht mehr viel Zeit bis zum Sonnenuntergang.«

»Sei still«, murrt Jules. »Darüber muss sie sich jetzt wirklich nicht den Kopf zerbrechen.«

»Oh doch«, widerspricht Arsinoe. »Ich bin hier, und ich werde euch ganz bestimmt nicht noch mehr Ärger aufhalsen.«

»Aber …«

»Jules, mir ist es lieber, auf meinen eigenen Füßen diese Klippen hinaufzusteigen, als von den Priesterinnen hochgeschleift zu werden.«

Cait und Ellis wechseln einen ernsten Blick.

»Dann sollten wir besser die letzten Vorbereitungen für das Festmahl treffen«, entscheidet Cait, »und unsere schwarzen Sachen aus der Mottenkiste holen.«

»Ich kann euch helfen«, bietet Luke an. In seinem Festgewand sieht er unglaublich attraktiv und weltgewandt aus. Aber Luke ist sowieso immer besser gekleidet als der Rest von Wolfsquell. »Wenn ich schon zum Essen bleibe, sollte ich auch meinen Beitrag leisten.« Er drückt Arsinoes Hand. »Ich bin so froh, dass du wieder da bist«, sagt er leise, dann folgt er Cait und Ellis nach draußen.

Arsinoe lässt sich auf der provisorischen mit Kissen und Decken versehenen Schlafstätte nieder. Am liebsten würde sie mehrere Tage lang durchschlafen, auch wenn das Zelt irgendwie muffig riecht und seine Ausstattung lediglich aus einer Holzkiste und einem Tisch besteht, auf dem ein cremefarbener Wasserkrug steht.

»Ich sollte dir den Hals umdrehen«, verkündet Jules.

»Sei nett zu mir. Immerhin ist es noch keine Stunde her, dass sie mir den Hals fast durchgeschnitten hätten.«

Jules gießt Arsinoe etwas Wasser ein und setzt sich anschließend auf die Kiste.

»Ich muss euch etwas sagen«, erklärt Arsinoe. »Euch allen.«

Sie rücken dicht zusammen, Jules, Joseph und Madrigal, und hören sich an, was Arsinoe von Billy erfahren hat. Die Geschichte vom Jahr der Opferung und der geplanten Ermordung der beiden Königinnen durch die Priesterinnen.

»Das kann nicht wahr sein«, haucht Jules, als Arsinoe fertig ist.

»Ist es aber. Ich habe es in den Augen der alten Luca gesehen.« Arsinoe seufzt schwer. »Luke sollte verschwinden. Irgendjemand muss ihn hier rausschaffen. Er wird sich auch dann noch vor mich werfen, wenn tausend Priesterinnen mit ihren Messern auf mich losgehen, und ich will nicht, dass ihm etwas passiert.«

»Halt«, protestiert Joseph. »Wir können doch jetzt nicht einfach aufgeben, nach allem, was war. Es muss eine Möglichkeit geben … irgendetwas, um sie aufzuhalten.«

»Die Hohepriesterin? An Beltane?«, betont Arsinoe. »Wohl kaum. Du solltest …« Sie hält kurz inne. »Du solltest auch Jules von hier wegbringen, Joseph. Aus demselben Grund wie Luke.«

»Ich werde nirgendwo hingehen.« Wütend funkelt Jules Joseph an, als würde er sie jetzt gleich fortschleifen.

»Ich will nicht, dass du das mit ansiehst, Jules. Keiner von euch soll das mit ansehen.«

»Dann werden wir es verhindern«, beschließt Madrigal.

Geschlossen drehen die drei sich zu ihr um. Sie scheint sich ihrer Sache absolut sicher zu sein.

»Du hast gesagt, der Tempel will die Legende vom Jahr der Opferung als Tarnung verwenden«, rekapituliert Madrigal, »in der es eine starke und zwei schwache Königinnen gibt.«

»Stimmt«, nickt Arsinoe.

»Dann werden wir dich eben stark machen. Sie können nach der Erwachenszeremonie nicht zuschlagen, wenn das Inselvolk keine Schwäche erkennt. Dann bricht ihr Lügengebäude zusammen.«

Skeptisch sieht Arsinoe Jules und Joseph an, bevor sie müde erklärt: »Das könnte funktionieren. Aber es ist unmöglich, mich stark zu machen.«

»Augenblick mal.« Jules' leerer Blick schweift in die Ferne. Was auch immer ihr gerade durch den Kopf geht, nimmt sie so sehr in Anspruch, dass sie nicht einmal bemerkt, wie Camden die Krallen in ihr Hosenbein gräbt.

»Und wenn es nun eine Möglichkeit gäbe, dich stark *aussehen* zu lassen?« Durchdringend sieht sie Arsinoe an. »Was, wenn du morgen Abend auf der Bühne nach deinem Familiaris rufst, und er würde in Form eines großen Bären auftauchen?«

Unwillkürlich berührt Arsinoe die Nähte in ihrem Gesicht. »Was redest du denn da?«

»In den westlichen Wäldern habe ich einen riesigen

Braunbären gefunden«, erklärt Jules. »Was, wenn ich ihn zu dir bringe? Ich könnte ihn auf der Bühne festhalten.«

»Das wäre selbst für dich zu viel. Ein ausgewachsener Bär in einer lärmenden Menschenmenge … Du könntest ihn nie unter Kontrolle halten. Er würde mich vor aller Augen in Stücke reißen.« Arsinoe legt den Kopf schief. »Obwohl es mir immer noch lieber wäre, von einem Bären zerfetzt zu werden als von einer Priesterin.«

»Jules schafft das«, behauptet Madrigal. »Doch es wird nicht ausreichen, den Bären nur auf der Bühne festzuhalten. Er muss dir auch gehorchen, sonst wird uns das niemand abkaufen. Wir werden ihn mithilfe deines Blutes an dich binden müssen.«

Mit einer heftigen Bewegung packt Jules ihre Mutter am Handgelenk. »Nein, nie wieder.«

Madrigal zuckt kurz mit dem Arm und schüttelt nachlässig ihren Griff ab. »Uns bleibt keine andere Wahl, Juillenne. Dein Einsatz wird sehr riskant sein, schließlich ist das keine Bindung wie zu einem Familiaris. Du wirst nicht mit dem Bären kommunizieren können. Er wird eher wie ein Haustier sein.«

Automatisch schaut Arsinoe zu Camden hinüber. Sie ist kein Haustier, sondern eine Erweiterung von Jules' Ich. Doch sie zieht ein Haustier einer durchschnittenen Kehle und ausgerissenen Gliedmaßen durchaus vor.

»Was brauchen wir für den Zauber?«, erkundigt sie sich.

»Sein Blut und deines.«

Zitternd atmet Jules ein. Joseph greift stützend nach ihrem Ellbogen.

»Das geht nicht«, wehrt er ab. »Einen Bären unter

Kontrolle zu halten ist eine Sache. Aber ihm Blut abzuzapfen? Es muss eine andere Möglichkeit geben.«

»Gibt es aber nicht.«

»Es ist zu gefährlich, Jules.«

»Du warst lange fort«, schaltet Madrigal sich wieder ein. »Du weißt nicht, wozu sie in der Lage ist.«

Jules drückt Josephs Hand.

»Vertrau mir«, sagt sie. »Wie du es immer getan hast.«

Joseph beißt die Zähne zusammen. Er ist so angespannt, dass seine Muskeln zu reißen drohen, aber er ringt sich ein Nicken ab. »Wie kann ich helfen?«

»Bleib weg«, sagt Jules prompt.

»Wie bitte?«

»Es tut mir leid, aber das ist mein Ernst. So viel habe ich meiner Gabe noch nie abverlangt, da kann ich keine Ablenkung gebrauchen. Und mir bleibt nicht viel Zeit. Es wird eine Weile dauern, den Bären aus dem Wald zu locken. Dann muss ich ihn um das Tal herumführen, damit er nicht entdeckt wird. Selbst wenn ich mich heute Abend noch aus dem Lager schleiche, während die anderen schlafen, könnte es sein, dass ich es nicht rechtzeitig schaffe. Und falls die Jäger ihn vertrieben haben …«

»Es ist unsere einzige Chance«, bringt Arsinoe es auf den Punkt. »Wenn du dazu bereit bist, Jules, werde ich es versuchen.«

Jules wirft Madrigal einen kurzen Blick zu, dann nickt sie.

»Ich breche noch heute Nacht auf.«

Die Anlandung

Arsinoe wird als letzte der drei Königinnen ihren Platz auf den Klippen einnehmen. Als sie den Pfad hinaufsteigt, hat sich das Tal bereits geleert. Alle haben sich im Licht der großen Fackeln am Strand versammelt und warten auf die Ankunft der Schiffe.

Vorsichtig rückt Arsinoe ihre Maske zurecht. Die entzündeten Nähte schmerzen selbst bei der sanftesten Berührung. Trotzdem wird sie die Maske tragen. Sie will es tun, nachdem Ellis sich so viel Mühe gemacht hat. Außerdem werden die aufgemalten roten Streifen im Licht der Fackeln schön wild aussehen. Wenn auch nicht ganz so wild wie die echten Verletzungen.

Nachdem sie die letzten Stufen zu ihrem provisorischen Holzpavillon oben auf den Klippen erklommen hat, mustert sie die Menschen am Strand. Sie wird sich ihnen zeigen, wie sie ist: schwarze Hose, schwarzes Hemd, schwarze Weste – Arsinoe hat nicht vor, sich zu verstellen.

In dem Pavillon, der am weitesten von Arsinoe entfernt ist, steht Katharine, still wie eine Statue, umringt von Vertretern des Hauses Arron. Die junge Königin ist in ein enges schwarzes Kleid gehüllt und trägt ein funkelndes schwarzes Collier um den Hals. Um ihr Handgelenk windet sich eine lebendige Schlange.

Auf der mittleren Plattform steht Mirabella in einer weiten, bauschigen Robe. Das Haar fällt ihr offen über den Rücken. Ohne Arsinoe eines Blickes zu würdigen, starrt sie steif geradeaus. Mirabellas Haltung verkündet der Welt, dass sie die wahrhaftige Königin ist und es keinerlei Grund gäbe, noch eine andere überhaupt anzusehen.

Dann verlassen die Arrons und die Westwoods ihren jeweiligen Pavillon. Panisch greift Arsinoe nach Jules' Hand.

»Warte! Was muss ich jetzt machen?«

»Genau dasselbe wie immer«, erklärt Jules mit einem Zwinkern.

Arsinoe drückt noch einmal ihre Finger. Eigentlich sollte Jules hier oben im Schein der Fackeln stehen, so wunderschön in dem Kleid, das Luke für sie gemacht hat. Vorhin im Zelt hat Madrigal ihr einen Hauch Rot auf die Lippen gezaubert und kupferfarbene und dunkelgrüne Bänder in ihr Haar geflochten, die perfekt zu den dezenten Spitzen an ihrem Kleid passen. Stünde Jules hier auf dieser Plattform, würde das Inselvolk eine atemberaubende Naturbegabte mit ihrem Berglöwen zu sehen bekommen, und alle Zweifel wären ausgeräumt.

Als Arsinoe noch einmal zum Strand hinunterspäht, wird ihr schwindelig.

»Ich fürchte mich«, flüstert sie.

»Du fürchtest dich doch vor gar nichts«, ruft Jules ihr in Erinnerung, bevor sie den Pfad hinuntergeht, um unten bei ihrer Familie zu warten.

Die Trommeln setzen ein, und Arsinoes Magen macht einen Satz. Sie hat sich noch nicht ganz von ihrem Fluchtversuch erholt und jede Menge Salzwasser im Bauch.

Entschlossen stemmt sie die Beine in den Boden. Sie wird nicht umfallen und sich auch nicht übergeben. Oder zur Freude ihrer Schwestern von der Klippe stürzen.

Wieder wirft sie einen Blick zu Mirabella hinüber, die so mühelos in königlichem Glanz erstrahlt, und zu Katharine, die so makellos und gefährlich aussieht wie eine schwarze Glasscherbe. Im Vergleich zu ihnen ist Arsinoe ein Nichts. Eine Verräterin, ein Feigling. Ohne Gabe, widernatürlich und entstellt. Im Vergleich zu ihnen ist sie überhaupt keine Königin.

In der Bucht sind fünf Schiffe vom Festland vor Anker gegangen. Arsinoe sieht zu, wie sie ihre Beiboote losschicken; in jedem von ihnen sitzt ein junger Mann, der hofft, König einer ganzen Insel zu werden. Hübsch dekoriert sind sie und von Fackeln erleuchtet. Welches wohl zu Billy gehört? Hoffentlich war sein Vater bei seiner Rückkehr gnädig mit ihm.

Der Rhythmus der Trommeln beschleunigt sich, und nun wendet sich die Menge von den Königinnen ab, um die Ankunft der Boote zu beobachten. All die schwarz gekleideten Menschen müssen auf die Freier ziemlich beängstigend wirken, aber nur einer zeigt Anzeichen von Panik: ein dunkelhaariger Junge mit gebräunter Haut und einer roten Blüte im Knopfloch.

Für Worte oder genauere Eindrücke sind die Freier allerdings zu weit entfernt. Das alles kommt später, immerhin folgt die Anlandung einem strengen Zeremoniell; erste Blicke, erstes Annähern.

Als einer der Freier sich vor Katharine verbeugt, reckt Arsinoe trotzig das Kinn. Lächelnd sinkt Katharine in einen angedeuteten Knicks. Mirabella reagiert mit einem Nicken auf seine Verbeugung. Schließlich wendet er sich Arsinoe zu, leicht überrascht; als hätte er sie zuvor überhaupt nicht bemerkt. Viel zu lange glotzt er auf ihre Maske. Dann verbeugt er sich halbherzig.

Arsinoe bleibt stocksteif stehen, starrt sie alle nieder und lässt ihre Maske für sich sprechen – bis schließlich Billy an Land kommt.

Wärme breitet sich in ihr aus. Er scheint weder geschwächt noch verletzt zu sein.

Billy bleibt am Fuß der Klippen stehen und sieht zu ihr hinauf. Dann versinkt er in eine lange, tiefe Verbeugung. Ein Raunen geht durch die Menge, und Arsinoe hält den Atem an.

Er verbeugt sich einzig und allein vor ihr.

Lager der Arrons

Giftmischer dürfen keinerlei Gift in die Speisen ihres Beltanefestmahls mischen. So schreiben es die vom Tempel auferlegten Regeln vor, damit jeder der Feiernden sich an ihren Gaben erfreuen kann. Natalia empfindet das als höchst ungerecht, immerhin dürfen die Elementwandler ja auch Wind durch das Tal schicken, und die Naturbegabten lassen überall ihre schmutzigen Tiergefährten herumlaufen.

Auf ihrem Teller liegt ein gebratener Vogel ohne Kopf, vollkommen frei von Giftstoffen. Sie wird sich nicht dazu herablassen, ihn zu essen. Gestern hat er noch fröhlich im Unterholz gesungen; welch eine Verschwendung.

Angewidert steht sie auf und geht in ihr Zelt. Als die Klappe hinter ihr in Bewegung gerät, dreht sie sich um. Es ist Pietyr.

»Sie sollten uns mit unserem eigenen Festmahl so verfahren lassen, wie wir es wollen.« Er scheint ihre Gedanken gelesen zu haben. »Es traut sich ja doch keiner, unser Essen zu probieren.«

Durch die offene Klappe blickt Natalia in die Nacht hinaus, mustert die Freudenfeuer und die herumwandernden Menschen. Natürlich hat er recht. Nicht einmal die Betrunkenen wären so tollkühn, eine Speise anzurühren, die ein Giftmischer zubereitet hat. Die Angst ist zu groß, das Vertrauen zu gering.

»Zumindest die Vertreter der Delegationen vom Festland könnten sich nahe genug an uns herantrauen, um etwas zu essen«, gibt sie zu bedenken. »Und die wollen wir ja wirklich nicht vergiften. Es wäre zudem ein ziemlicher Skandal, wenn sich die Freier auf unseren Teppichen krümmen.«

Und sie können es sich nicht leisten, auch nur einen von ihnen zu verlieren. Mit jeder Generation kommen weniger Freier. Die Zahl der Festlandfamilien, die um das Geheimnis der Insel wissen, schrumpft. Eines Tages ist Fennbirn vielleicht nicht mehr als eine Legende, eine Geschichte zur Unterhaltung der Festlandkinder.

Natalia seufzt schwer. Ein paar der Freier hat sie bereits vor Katharines angerichtetem Festmahl stehen sehen: Als Erstes kam der attraktive, breitschultrige Junge mit den goldblonden Haaren. Ihm schien sie sehr gut zu gefallen.

»Ich hoffe, du hast unserer Königin auch die Kunst des Flirtens auf Distanz beigebracht.«

»Katharine weiß, wie sie ihre Augen einzusetzen hat«, behauptet Pietyr. »Und ihren Körper. Mach dir keine Sorgen.«

Aber *er* macht sich Sorgen, das erkennt sie an seinen hängenden Schultern.

»Wie dumm, dass der Chatworth-Junge Arsinoe so treu ergeben ist«, fährt er fort.

»Ist er das? Davon würde ich nicht ausgehen. Mir wurde versichert, dass er auf unseren Kurs einschwenken wird.«

»Am Strand hat das aber ganz anders ausgesehen. Im Moment treibt er sich wahrscheinlich bei Arsinoes

Festmahl herum wie ein Hund, der auf einen Knochen hofft.«

Natalia schließt für einen Moment die Augen.

»Geht es dir gut, Tante? Du wirkst erschöpft.«

»Es ist alles in Ordnung.«

Doch sie ist erschöpft. Katharines Jahr des Aufstieges ist bereits das zweite in Natalias Leben. Und wahrscheinlich wird es das letzte sein. Mit Camille war alles so viel einfacher – damals war Natalia noch ein Mädchen, während ihre Mutter am Leben war und die Rolle des Familienoberhaupts innehatte.

Pietyr starrt durch die offene Zeltklappe nach draußen.

»Diese dämlichen Landeier machen eine Mutprobe daraus, wie nahe sie sich an uns heranwagen«, stellt er fest. »So mächtig ist unser Einfluss auf sie. Schwer zu glauben, dass das morgen alles vorbei sein soll. Und dass die Priesterinnen den Sieg davontragen werden.«

»Wer behauptet denn so etwas?«, empört sich Natalia, woraufhin Pietyr seine Tante überrascht ansieht. »Ich wirke womöglich erschöpft, aber hast du dich mal gefragt, warum? Immerhin warst du es, der mich gebeten hat, einen Weg zu finden, um unsere Kat zu retten. Und das habe ich, indem ich den ganzen Tag Speisen für ein *Gave Noir* präpariert habe, die frei von Gift sind.«

»Wie das?«, will Pietyr wissen. »Die Priesterinnen überwachen doch alles.«

Triumphierend legt Natalia den Kopf schief. Kein Giftmischer kann es mit ihren Taschenspielertricks aufnehmen. »Sie werden die Speisen testen, Natalia.«

Sie antwortet nicht. Der Junge tut gerade so, als ob sie nicht schon ihr ganzes Leben lang unbemerkt Gift gestreut hätte.

Lager der Hohepriesterin

»Ich kann nicht fassen, dass dieses kleine Biest wieder aufgetaucht ist«, wütet Rho. Sie steht gemeinsam mit der Hohepriesterin vor deren Zelt und überwacht die Ankunft der letzten Kisten.

»Eine merkwürdige Sache«, nickt Luca. »Ich hätte nicht damit gerechnet, dass Königin Arsinoe hier an unserem Strand angespült wird. Aber das hat ja nicht sie entschieden.«

»Wie es aussieht, ist ihr Teil der Geschichte noch nicht vorüber«, stellt Rho fest. »Oder aber die Göttin nimmt die Tradition ebenso ernst wie unsere Mirabella und lässt Königinnen nur gehen, wenn sie durch die Hand ihrer Schwester sterben.«

»Was ist dir zu Ohren gekommen, Rho?« Luca lässt die Kisten nicht aus den Augen. »Über das heutige Debakel? Was sagt die Gerüchteküche?«

»Ich habe nur Gemunkel über Arsinoes Rückkehr gehört. Wenn es um Mirabellas Sturm geht, reden die Leute lediglich darüber, wie wütend sie war. Niemand hegt einen Verdacht, warum ihr Sturm in Wahrheit gerufen wurde.«

Rho geht ein paar Schritte beiseite und schnauzt eine Priesterin an, weil die Kiste in deren Armen beschädigt ist. Mit einem Ruck reißt sie der Initiandin die Truhe aus der Hand und versetzt ihr einen Schlag auf den Hinterkopf. Das Mädchen, das höchstens dreizehn Jahre alt sein kann, läuft weinend davon.

»Das wäre nicht nötig gewesen«, mahnt Luca. »Der Riss im Holz ist nicht mal besonders groß.«

»Sie sollte mir dankbar sein. Wäre die Kiste aufgebrochen, hätte sie vielleicht mehrere Finger verloren.«

Rho zerrt an der Holzlatte, bis das Seitenteil der Kiste aufbricht. Drei Dutzend der gezahnten Tempelklingen kommen zum Vorschein.

Luca nimmt eines der Messer aus der Kiste. Im Licht der Freudenfeuer funkelt die lange, leicht geschwungene Klinge unheilvoll. Sie kann nicht genau sagen, wie alt die Waffe ist, doch ihr Griff ist abgenutzt und schmiegt sich weich in ihre Hand. Wer weiß schon, aus welchem Tempel sie kam, bevor sie ihren Weg nach Innisfuil fand? Vielleicht von den Naturalisten, wo sie hauptsächlich dazu benutzt wurde, Korn zu schneiden. Doch wo auch immer sie herkommt, es gibt keinen Zweifel daran, dass sie bereits Blut gekostet hat.

Die Hohepriesterin dreht die Klinge hin und her. Aufgrund ihres Amtes hat sie seit Jahren keine Waffe mehr in den Händen gehalten.

»Du wirst sie morgen anführen müssen«, erklärt Luca schließlich. »Und zwar direkt nach Mirabellas Feuertanz, wenn sich Stille über die Menge senkt. Noch bevor ich das Wort ergreife. Überrennt die Arrons und holt euch Katharine. Das darf nicht zu lange dauern. Und ich will, dass du an der Spitze stehst, wenn wir Arsinoe erreichen.«

»Jawohl, ich werde da sein. Wenn mir überhaupt jemand Schwierigkeiten macht, wird das wohl das Milone-

Mädchen mit seinem Berglöwen sein. Ich schnappe mir zuerst die Katze, falls sie uns aufhalten will.«

Luca fährt mit dem Daumen über die Klinge und bemerkt erst, dass sie sich geschnitten hat, als Blut aus der Wunde quillt.

»Sie müssen alle so scharf sein«, befiehlt sie. »Damit es schnell geht und sie nichts spüren.«

Lager der Milones

Das Festmahl der Familie Milone ist das beliebteste von allen, was nicht nur an dem frisch gegrillten Fleisch von Jules' Hirsch liegt. Denn ohne es zu wollen, hat Arsinoe bei der Anlandung Eindruck gemacht. In dichten Trauben schieben sich die Menschen um das Buffet und die Zelte herum, um sie und ihre schwarze Maske eingehender zu studieren. Arsinoe war so ganz anders als die beiden anderen Königinnen, dort oben auf den Klippen. Und nun fragt sich die Menge, ob an ihr vielleicht mehr dran ist, als man auf den ersten Blick erkennen kann. Ob ihnen irgendetwas entgangen ist.

»Da kommt der Letzte«, verkündet Joseph, ohne vorher seinen Eintopf runterzuschlucken. Er deutet mit dem Kopf in die wogende Menge, und da erkennt auch Arsinoe einen der Freier. Über die Tische hinweg starrt sie der Junge mit den goldblonden Haaren an. Ein schmales Lächeln huscht über ihr Gesicht, und ihr Blick wandert zu Billy, der ganz in der Nähe steht und sie wachsam im Auge behält.

»Das wären dann alle«, nickt Luke.

Arsinoe hatte nicht damit gerechnet, auch nur einen von ihnen hier zu sehen. Es ist seltsam, so im Fokus der Aufmerksamkeit zu stehen.

»Wenn ich gewusst hätte, dass die Jungs vom Festland

es toll finden, wenn man sie ignoriert, hätte ich mir vorher nicht solche Sorgen gemacht.« Wieder schaut sie zu Billy hinüber. »Ich wünschte nur, Junior dürfte sich uns nähern. Irgendjemand soll ihn herholen. Sollen die vom Tempel sich doch das Maul zerreißen!«

Jules lacht fröhlich. »Na, wenn da nicht mal jemand seinen Triumph auskostet. Aber nein, Arsinoe, du hast bereits mehr als genug Regeln gebrochen.« Sie tippt Joseph auf den Arm. »Joseph und ich werden ihm Gesellschaft leisten.«

»Bevor er noch im Namen deiner Ehre eine Prügelei mit einem der anderen Freier vom Zaun bricht«, fügt Joseph grinsend hinzu.

Bevor sie gehen, versetzt Jules Arsinoe noch einen vielsagenden Stups gegen die Schulter. Es ist spät geworden. Bald werden die Feuer heruntergebrannt sein, und dann wird Jules in den Wald aufbrechen und sich auf die Suche nach dem großen Bären begeben.

Arsinoe sieht ihre Freundin eindringlich an. Tapferes Mädchen. Ihre Gabe ist so stark, aber ein großer Brauner könnte noch stärker sein.

»Ich wünschte, ich wäre nicht auf dich angewiesen«, sagt sie leise. »Oder dass ich mit dir gehen könnte.«

»Ich werde vorsichtig sein«, verspricht Jules. »Mach dir keine Sorgen.«

Billys Laune ist auf dem Tiefpunkt, als Jules und Joseph sich am Rand der Menge zu ihm gesellen. Er hat die Arme vor der Brust verschränkt und beobachtet feindselig die anderen Freier.

»Wir haben dir eine Portion von Ellis' Eintopf mitgebracht.« Joseph drückt ihm die Schale in die Hand. »Da du ja einen so großen Bogen um uns gemacht hast, dass du dir keinen holen konntest.«

»Ich wusste nicht, wie nah ich rankommen darf«, erklärt Billy. »Und nachdem sie uns gemeinsam aufgefunden haben, hielt ich es für besser, etwas Abstand zu Arsinoe zu halten.«

»Aber sich nur vor ihr zu verbeugen fandest du schlau? Dein Vater wird dir dafür den Kopf abreißen.«

»Glaub mir, das weiß ich. Keine Ahnung, was ich mir dabei gedacht habe.« Er setzt die Schale mit dem Eintopf an die Lippen.

»Ihr hast du jedenfalls geholfen«, stellt Jules fest. »Sieh dir nur die ganzen Leute an. Deine Verbeugung hat das bewirkt. Und das, was du vorher getan hast. Als du sie fortbringen wolltest.«

Billy lässt den Kopf hängen. »Das tut mir ehrlich leid. Ich meine, dass ich euch nichts gesagt habe. Nachdem ich erfahren hatte, was diese Priesterinnen vorhaben, musste ich es einfach tun. Und jetzt ist sie wieder hier. Verdammt!«

»Mach dir keine Sorgen, denn auch wir haben einen Plan.«

»Und wie sieht der aus?«

Jules flüstert ihm etwas ins Ohr, woraufhin seine Miene sich sofort aufhellt. »Joseph hat schon immer gesagt, dass du der Hammer bist. Und dann noch dieses Kleid … Darin siehst du einfach atemberaubend aus.«

»Atemberaubend? Was für ein schönes Wort.«

»Es ist die Wahrheit.«

Jules wird rot und schiebt sich dichter an Joseph heran, um sich hinter seinem Arm zu verstecken.

»Nun ja.« Billy seufzt. »Ihr müsst mir jedenfalls nicht

extra Gesellschaft leisten. Mein Plan sieht vor, die ganze Nacht hier stehen zu bleiben, bis diese Priesterinnen mich zu meinem Boot zurücktreiben.«

»Bist du sicher?«, hakt Joseph nach, aber Jules zieht bereits an seinem Arm. Die beiden winken Billy noch einmal zu und schieben sich dann durch die Menschenmenge.

»Was haben wir vor?«, erkundigt sich Joseph, als sie nach seiner Hand greift.

»Ich hielt es für schlau, wenn möglichst viele Leute uns zusammen sehen«, erklärt Jules. »Damit neugierige Schnüffelnasen sich morgen früh nicht wundern, wenn ich nicht zu finden bin. Dann denken alle, ich liege irgendwo mit dir in einem Zelt.«

Das Licht der Feuer und fröhliches Gelächter erfüllen die Nacht. Zarte Mädchen ziehen mit erhitzten Wangen ihre Jungen zu den Tänzen, und in Lukes Kleid kommt Jules sich genauso hübsch vor wie sie alle.

»So habe ich dich noch nie gesehen.« Die Art, wie Joseph den Blick über ihren gesamten Körper gleiten lässt, gefällt ihr. »Luke wird seinen Buchladen schließen und stattdessen eine Schneiderwerkstatt eröffnen müssen.«

Jules lacht unbeschwert. Die Last, die zu Beginn des Beltanefestes noch auf ihren Schultern ruhte, hat sich aufgelöst. Arsinoe ist wieder da, und sie werden nicht tatenlos zusehen müssen, wie man sie umbringt. Allein der Gedanke, etwas tun zu können, verleiht ihr einen solchen Auftrieb, dass Camden wie ein fröhliches Kätzchen herumtollt.

Aus dem Augenwinkel sieht sie, wie ein Mädchen seine Hände über die nackte Brust eines Jungen gleiten lässt. Heute Nacht werden viele Paare in den Zelten verschwinden oder sich ein weiches Plätzchen unter den Bäumen suchen.

»Wie sind wir denn hierhergekommen?«, wundert sich Joseph.

Jules hat sie langsam im Kreis um die Feuer herummanövriert, sodass sie nun direkt neben ihrem Zelt stehen.

Entschlossen zieht sie Joseph hinein. »Ich denke, ich muss mich dafür entschuldigen, dass wir meinetwegen so viel Zeit vergeudet haben.«

»Nein«, protestiert Joseph, »keine Entschuldigungen!«

Sie zündet eine Lampe an und verschließt die Zeltklappe. Groß ist ihr Zelt nicht, und das Bett besteht lediglich aus Decken. Aber es wird reichen müssen.

Ganz langsam schiebt sie die Finger unter seinen Hemdkragen. Schon bevor sie sich auf die Zehenspitzen stellt und ihm einen Kuss auf den Hals haucht, beginnt sein Herz zu rasen. Er riecht nach den Gewürzen, die sie für das Festmahl benutzt haben. Warm legen sich seine Arme um sie.

»Ich habe dich vermisst«, gibt sie zu.

»Vor der Jagd wolltest du mich nicht …«, setzt er an, aber Jules schüttelt den Kopf. Bis jetzt gab es nur den Schmerz. Nun ist alles anders.

Sie zieht seinen Kopf zu sich herunter und drängt sich mit dem ganzen Körper an ihn. Heute Nacht ist sie mutig. Vielleicht liegt es an dem Kleid oder an der Macht der Beltanefeuer.

Sie küssen sich gierig, und Joseph umfasst fordernd Jules' Hinterteil.

»Es tut mir so leid«, sagt er leise.

Sie knöpft sein Hemd auf, hilft ihm dabei, ihr Kleid aufzuschnüren.

»Jules, warte.«

»Wir haben lange genug gewartet.«

Sie drängt ihn rückwärts zu ihrem Schlafplatz, wo sie auf die Knie sinken.

»Ich muss dir etwas sagen«, beharrt er, aber Jules unterbricht ihn mit ihren Lippen, mit ihrer Zunge. Sie will nichts mehr hören … über Mirabella. Das ist vorbei. Erledigt. Mirabella ist nicht wichtig.

Sie legen sich gemeinsam auf die Decken, und Jules' Hände gleiten unter Josephs Hemd. Heute Nacht will sie ihn vollständig erkunden, jeden Zentimeter seiner nackten Haut.

Joseph stützt sich vorsichtig auf die Ellbogen, um sie nicht zu erdrücken, und küsst ihre Schultern, ihren Hals. »Ich liebe dich«, haucht er. »Ich liebe dich, ich liebe dich.«

Dann presst er plötzlich die Lider zusammen, und sein Gesicht verzerrt sich. Er schiebt sich von ihr herunter und rollt sich auf den Rücken.

»Joseph? Was ist denn los?«

»Es tut mir leid.« Er drückt die Hand auf die Augen.

»Habe ich etwas falsch gemacht?«, fragt Jules, woraufhin Joseph sie ganz fest an sich drückt.

»Darf ich dich festhalten?«, fragt er. »Ich will dich einfach nur festhalten.«

Lager der Arrons

Das Festmahl ist beendet, die Feuer sind heruntergebrannt, und Katharine und Pietyr liegen Seite an Seite in ihrem Zelt – er auf dem Rücken, sie auf dem Bauch. Beide lauschen auf den abklingenden Lärm der Feiernden. Es riecht nach dem Rauch der verschiedenen Hölzer und nach den unterschiedlichen Fleischsorten, die heute zubereitet wurden. Untermalt werden diese warmen Gerüche von dem Duft der Tannennadeln und der salzigen Luft, die vom Meer herüberweht.

»Glaubst du, was Natalia sagt?«, fragt Pietyr. »Dass es ihr gelingen wird, das *Gave Noir* zu manipulieren?«

Katharine trommelt mit den Fingerspitzen auf seiner Brust herum. »Sie hat mir nie Grund gegeben, an ihr zu zweifeln.«

Pietyr antwortet nicht. Schon während des Festmahls war er sehr still. Katharine klettert auf seinen Bauch und versucht, ihn mit Küssen aufzuheitern.

»Was ist los?«, will sie wissen. »Du bist anders als sonst. So nachgiebig.« Demonstrativ nimmt sie seine Hand und legt sie an ihre Hüfte. »Wo ist dein üblicher zupackender Griff?«

»War ich wirklich so ein Grobian?« Er lächelt kurz, schließt dann aber die Augen. »Oh, Katharine. Süße, törichte Katharine. Ich weiß nicht mehr, was ich tue.«

Plötzlich richtet er sich halb auf und packt ihr Kinn. »Weißt du noch, wie man von hier zur Brecciaspalte kommt?«

»Ich glaube schon.«

»Sie liegt in dieser Richtung.« Er zeigt nach Süden. »In dem Waldstück hinter dem fünfseitigen Zelt mit den weißen Leinen. Von dort aus immer geradeaus, bis du das felsige Land mit der Erdspalte erreichst. Du musst den Fluss überqueren. Erinnerst du dich?«

»Ja, ich erinnere mich, Pietyr. Du hast mich durch das Wasser getragen.«

»Aber morgen Abend werde ich das nicht tun. Es wird mir nicht möglich sein.«

»Was soll das heißen?«

»Hör mir zu, Kat«, bittet er sie eindringlich. »Natalia denkt, dass sie alles im Griff hat. Aber falls nicht …«

»Was?«

»Ich werde morgen nicht an der Erwachenszeremonie teilnehmen. Falls etwas schiefgeht, könnte ich es nicht ertragen, es mit anzusehen.«

»Du glaubst nicht an mich«, stellt sie betroffen fest.

»Das ist es nicht. Du musst mir etwas versprechen, Katharine: Falls morgen irgendetwas passiert, möchte ich, dass du wegläufst. Und zwar direkt zu mir, zur Brecciaspalte. Hast du das verstanden?«

»Ja«, sagt sie leise. »Aber, Pietyr, warum …«

»*Egal was,* Kat. Falls irgendetwas schiefgeht. Hör nur auf mich und komm einfach dorthin. Versprochen?«

»Ja, Pietyr. Versprochen.«

Die Erwachenszeremonie

Lager der Westwoods

Elizabeth legt Mirabella den schwarzen Mantel um die Schultern, und Bree bindet ihn vorne zu. So bedeckt er die nassen, in Kräuterlösung getränkten Stoffbänder, die man der Königin um die Hüften und die Brust gewickelt hat. Mehr wird sie bei der Erwachenszeremonie nicht am Leib tragen, mal abgesehen von dem Feuer.

»Dein Liebhaber wird den Blick nicht von dir lassen können«, prophezeit Bree.

Mirabella schnalzt abwehrend mit der Zunge. »Es gibt keinen Liebhaber, Bree.«

Ihre beiden Freundinnen grinsen sich verschwörerisch an. Seit sie Mirabella nach der Jagd erhitzt und atemlos am Waldrand gefunden haben, glauben sie ihr das einfach nicht mehr. Aber Mirabella kann sich auch nicht dazu durchringen, ihnen von Joseph zu erzählen. Immerhin ist er ein Naturbegabter und treuer Anhänger ihrer Schwester. Die Kombination wäre vermutlich selbst für Bree zu viel, die in Bezug auf Männer für fast alles Verständnis hat.

Das Licht vor dem Zelt erlangt langsam seine orange Färbung und wandelt sich dann zu bläulichem Rosa. Die Zeremonie beginnt bei Sonnenuntergang direkt am Strand.

»Habt ihr Luca gesehen?«, fragt Mirabella.

»Ja, heute Nachmittag, da war sie gerade auf dem Weg zum Strand. Wahrscheinlich hat sie alle Hände voll zu tun. Hoffentlich findet sie die Zeit, um noch einmal zu dir zu kommen, bevor es losgeht …« Elizabeth schenkt ihr ein beruhigendes Lächeln. Ja, die Hohepriesterin ist bestimmt sehr beschäftigt. Sicher liegt es nicht daran, dass sie wütend auf Mirabella ist, weil die Arsinoes Hinrichtung verhindert hat.

»Eigentlich solltest *du* auf *sie* sauer sein«, befindet Bree.

»Das bin ich auch«, behauptet Mirabella. Was einerseits stimmt, andererseits aber auch nicht. Luca hat ihr all die Jahre über so nahegestanden. Das Zerwürfnis zwischen ihnen, das sich in den vergangenen Monaten immer weiter verschärft hat, ist da nicht leicht zu ertragen.

»Was haben die Priesterinnen vor, Elizabeth?« Bree späht zwischen den Zeltklappen hindurch. »Die benehmen sich alle so komisch. Glucken ständig zusammen und tuscheln.«

»Keine Ahnung. Da sie wissen, dass ich zu euch gehöre, sagen sie mir nichts mehr.«

Mirabella reckt den Kopf, um ebenfalls einen Blick nach draußen zu werfen. Bree hat recht. Die Priesterinnen verhalten sich schon den ganzen Tag merkwürdig. Sie sind noch kälter und unzugänglicher als sonst. Und einige von ihnen scheinen sich regelrecht zu fürchten.

»Es liegt etwas in der Luft«, behauptet Bree. »Und das gefällt mir nicht.«

Lager der Milones

Arsinoe knöpft die nächste Weste über dem nächsten schwarzen Hemd zu und zieht das Band an ihrer Maske zurecht. Neben ihr steht eine nervöse Madrigal in einem weich fließenden schwarzen Kleid.

»Hat Jules es dir erzählt?«, will sie wissen. »Dass sie mich mit Matthew erwischt hat?«

Abrupt hält Arsinoe in der Bewegung inne, dann dreht sie sich zu Madrigal um. Überrascht ist sie und enttäuscht. »Matthew?«, hakt sie nach. »Du meinst Caraghs Matthew?«

»Nenn ihn nicht so.«

»Für dich und für uns alle ist er genau das. Jules war bestimmt nicht gerade erfreut darüber.«

Madrigal versetzt einem der Sitzkissen einen Tritt und wirft mit einer heftigen Kopfbewegung ihr wunderschönes honigblondes Haar zurück.

»Niemand war erfreut. Mir war klar, wie ihr reagieren würdet. Und ich wusste, was ihr sagen würdet.«

Arsinoe dreht sich wieder zum Spiegel. »Wenn du wusstest, was wir sagen würden, können unsere Worte für dich ja nicht von so großer Bedeutung sein. Schließlich hast du es trotzdem getan.«

»Du solltest heute nicht mit mir streiten! Du brauchst mich.«

»Hast du es mir deswegen gerade jetzt erzählt? Damit ich dich nicht so runterputzen kann wie du es verdient hast?«

Aber sie braucht Madrigal tatsächlich. Auf einem runden Tischchen warten die vorbereiteten Zauberutensilien: eine kleine steinerne Schale mit abgekochtem Wasser, in dem diverse Kräuter und rote Rosenblütenblätter schwimmen. Nun zündet Madrigal schmollend eine Kerze an und erhitzt ihre Messerklinge in der Flamme.

»Ich habe Jules noch gar nicht gesehen«, wechselt Arsinoe bewusst das Thema. »Wenn sie es nicht rechtzeitig schafft …«

Madrigal nimmt die Schale und das Messer und geht zu Arsinoe hinüber, die bereits ihren Ärmel hochkrempelt.

»So darfst du nicht denken.« Sie macht einen tiefen Schnitt in Arsinoes Arm. »Sie wird kommen.«

Das Blut der Königin rinnt in die Schale wie Honig aus einer Wabe. Rote Schlieren bilden sich im Wasser und bringen Bewegung in die schwimmenden Kräuter und Blütenblätter. Kommt das Blut des Bären noch zu ihrem hinzu, besteht die Mischung halb aus Wasser, halb aus Blut. Und das wird sie trinken müssen …

»Wirkt die Magie auch noch, wenn ich das hier auf die Bühne kotze?«

»Still«, befiehlt Madrigal. »Und hör zu: Diesmal kannst du das Zeichen nicht in deine Handfläche *ritzen*. Dort gibt es schon zu viele vernarbte Runen, und dieses hier muss ganz ebenmäßig sein. Du wirst die Rune auf deine Handfläche *aufzeichnen* müssen. Während du dann den Trank zu dir nimmst, musst du daran denken, etwas Flüssigkeit übrig zu lassen. Denn damit benetzt du die

Zeichnung in deiner Hand und drückst sie dem Bären auf die Stirn …«

»Bist du sicher, dass ich das Zeug allein trinken muss? Können der Bär und ich es uns nicht teilen?«

Madrigal presst einen Lappen auf die Wunde und packt mit schmerzhaftem Druck Arsinoes Arm. »Hör auf mit den Witzen! Das ist kein leichter Zauber. Er wird den Bären nicht zu deinem Familiaris machen, vielleicht nicht einmal zu deinem Freund. Falls Jules nach dem Weg durch das Tal nicht mehr genug Kraft hat, um ihn unter Kontrolle zu halten, könnte es immer noch sein, dass er dich vor aller Augen in Stücke reißt.«

Das lässt Arsinoe verstummen. Sie hätten Jules gar nicht darum bitten dürfen. Joseph hatte recht, es ist zu viel. Den Bären im stillen Wald zu kontrollieren ist schon schwer. Ihn vor einer tobenden Menge und den vielen brennenden Fackeln zu halten scheint nahezu unmöglich zu sein.

»Was hältst du davon, wenn wir Jules die Haare schwarz färben und sie zur Königin machen?«, schlägt Arsinoe voller Sarkasmus vor.

»Ja, wenn das mal ginge.«

Vor dem Zelt ertönt ein aufforderndes Bellen von Jake.

»Arsinoe?«, ruft Ellis. »Es wird Zeit.«

Madrigal hält die junge Königin an den Schultern und schüttelt sie aufmunternd. »Sobald Jules zurückkommt, wird sie das Blut zu mir bringen, und ich schicke sie dann mit dem Trank auf die Bühne. Alles gut, uns bleibt noch genug Zeit.«

Als Arsinoe aus dem Zelt tritt, bildet sich ein dicker Kloß in ihrer Kehle. Draußen warten nicht nur die

Familie Sandrin, Luke und die Milones auf sie, sondern ungefähr die Hälfte aller Naturbegabten, die zum Fest gekommen sind.

»Was machen die alle hier?«, raunt Arsinoe Joseph zu.

»Die?« Joseph grinst breit. »Anscheinend hat sich herumgesprochen, welche Vorstellung heute geboten wird: Königin Arsinoe und ihr mächtiger Braunbär.«

»Und wie konnte das passieren?«

»Nachdem Luke es mitgekriegt hatte, hat es keine Stunde gedauert, bis das gesamte Tal Bescheid wusste.«

Arsinoe mustert die Menge. Im Licht der Fackeln sieht sie einige lächelnde Gesichter. Ihr Leben lang haben diese Menschen sie für eine Versagerin gehalten, doch kaum zeigt sich ein kleiner Hoffnungsschimmer, werden sie zu ihren Anhängern, als hätten sie niemals etwas anderes gewollt.

Und vielleicht war es ja auch so.

Bühne von Königin Katharine

Der Tempel hat die Reihenfolge der Darbietungen festgelegt – Katharine ist als Erste dran. Auf einer langen Tafel aus edlem Mahagoniholz haben die Priesterinnen das Giftmischermahl anrichten lassen. Die Fackeln brennen, sie muss nur noch ihre Bühne betreten und beginnen.

Katharine reckt den Kopf und wirft einen Blick auf die Menge. Vor den drei Bühnen und noch ein ganzes Stück den Strand entlang erstreckt sich ein Meer aus Gesichtern und schwarz gewandeten Gestalten. Katharine gehört die mittlere Bühne. Direkt davor befindet sich eine Art Empore, auf der die Freier mit Hohepriesterin Luca Platz genommen haben.

»So viele Priesterinnen«, murmelt Natalia neben ihr.

»Ja.« Katharines Magen verkrampft sich. Obwohl Natalia ihr eine echte Stütze ist, wünscht sie sich, Pietyr hätte seine Meinung geändert und wäre gekommen.

»Also gut, Kat. Gehen wir.«

Gemeinsam betreten sie die Bühne. Katharine setzt ihr strahlendstes Lächeln auf, tut alles, um nicht so steif und förmlich zu wirken wie die Elementwandlerkönigin. Trotzdem erwidert die Menge ihren Blick mit ernsten Mienen. Wenn Mirabella ihren Auftritt hat, grinsen sie bestimmt wie die Blöden.

In der ersten Reihe entdeckt sie Genevieve und Cousin Lucian. Sie begrüßt sie mit einem Nicken, und dieses eine Mal verzieht Genevieve bei ihrem Anblick nicht das Gesicht.

Katharine und Natalia nehmen ihre Plätze am Kopf der Tafel ein.

»Vertrau mir«, raunt Natalia. »Und sprich schön laut.«

Raschelnd schmiegt sich Katharines Kleid an ihre Beine. Eigentlich ist es viel zu schön, um durch die Flecken des *Gave Noir* ruiniert zu werden. Sie kann nur hoffen, dass keiner davon von ihrem Erbrochenen stammen wird.

Nun nehmen die Priesterinnen die Hauben von den verschiedenen Speisen und verkünden, woraus sie bestehen: Perlhuhnchampignons, gefüllt mit Schafskäse und Eisenhut; in Eibenbeeren gekochter Kabeljau; Belladonnatörtchen; in Butter geschwenkte, kandierte Gelbe Mittelmeerskorpione mit geschlagener Oleandercreme. Dazu mit Arsenpulver versetzter Wein. Herzstück des Mahls ist eine große, goldgelbe Pastete in Form eines Schwans.

Köstliche Gerüche steigen auf, und die Giftmischer in den ersten drei Reihen recken schnüffelnd die Nasen wie Straßenkatzen unter einem Küchenfenster.

»Bist du hungrig, Königin Katharine?«, fragt Natalia laut, und Katharine holt tief Luft.

»Ich bin geradezu ausgehungert.«

Natalia steht neben der Tafel, während Katharine isst. Anfangs nimmt diese zögerliche, kleine Bissen, als hätte sie noch Zweifel. Doch je weiter das Mahl fortschreitet, und je stärker der Applaus der Giftmischer wird, desto mutiger wird sie. Rötliche Soße tropft von ihrem Kinn.

Die Besucher vom Festland auf der Empore lecken sich die Lippen. Welch überwältigendes Erlebnis es für sie sein muss, dieses Mädchen zu beobachten, dem der Tod nichts anhaben kann. Da spielt es überhaupt keine Rolle mehr, dass nichts davon echt ist.

Katharine schiebt den Teller mit den kandierten Skorpionen von sich. Drei Stück hat sie gegessen, war aber schlau genug, die Schwänze in der gelben Zuckerhülle liegen zu lassen. Bleibt nur noch die Schwanenpastete.

Natalia führt die Königin an die lange Seite der Tafel, wo diese die Kruste aufreißt, um mit der Hand das Fleisch herauszuschöpfen. Das war's. Katharine greift zu ihrem Becher und leert ihn bis auf den Grund, um die letzten Bissen herunterzuspülen.

Mit Wucht lässt sie beide Hände auf die Tischplatte knallen. Die Zuschauer jubeln. Dass sie vollkommen überrascht sind, scheint ihren Applaus nur zu verstärken.

Ganz bewusst sieht Natalia zur Empore hinüber und begegnet Lucas eisigem Blick.

Natalia lächelt.

Königin Arsinoes Bühne

Vom Platz hinter ihrer Bühne aus, die rechts von Katharines steht, sieht für Arsinoe das *Gave Noir* ungefähr so grotesk aus, wie sie es von einer ritualisierten Vergiftungsorgie erwartet hat. Vieles von dem, was in der Aufzählung der giftigen Speisen genannt wird, ist ihr unbekannt, und trotzdem muss sie zugeben, dass es beeindruckend ist, wie die kleine, blasse Katharine sie runterschlingt. Als es vorbei ist, sind Katharines Gesicht und Unterarme mit Beerensaft und Fleischsoße überzogen, und die Menge brüllt begeistert. Erst nachdem sie die Fäuste geballt hat, fällt Arsinoe die Rune auf ihrer Handfläche wieder ein. Sie darf weder beschädigt noch verschmutzt werden. Und das ist vielleicht nicht der beste Weg, um ihre Hände am Schwitzen zu hindern.

»Arsinoe?«

»Jules! Der Göttin sei Dank!«

Jules drückt Arsinoe das schwarze Schälchen mit dem Trank in die Hand. Die verzieht das Gesicht.

»Stell dir vor, es wäre Wein«, schlägt Jules vor.

Angewidert starrt Arsinoe in die Schale. Unmöglich kann sie das trinken. Auch wenn es höchstens vier Schlucke sind, bleiben es doch vier Schlucke einer salzigen, metallisch schmeckenden, lauwarmen Flüssigkeit. Blut aus ihren Adern und den Adern eines Bären.

»Ich glaube, da schwimmt ein Stück Fell.«

»Arsinoe! Trink!«

Sie setzt die Schale an und kippt sie, bis sie gegen die hölzerne Maske stößt.

Der Trank schmeckt genauso widerlich wie sie befürchtet hat. Er ist überraschend dickflüssig, wobei die Kräuter und die Rosenblüten auch nicht hilfreich sind, da sie dem Ganzen nur noch mehr Substanz verleihen, als müsste man darauf kauen. Arsinoe beginnt zu würgen, doch sie zwingt sich, alles zu schlucken, bis nur noch ein Rest bleibt, mit dem sie ihre Hand benetzen kann.

»Ich stehe direkt neben der Bühne«, sagt Jules noch, bevor sie verschwindet.

Die Priesterinnen kündigen Arsinoes Auftritt an, und sie steigt die Stufen hinauf. Wie schon auf den Klippen kann sie die Last der Blicke auf sich spüren, aber darüber darf sie sich jetzt keine Gedanken machen. Irgendwo ganz in der Nähe wartet ein Bär auf sie.

Sie geht zur Mitte der Bühne. Die in aller Eile zusammengezimmerten Bretter knarzen unter ihren Füßen. Der Geschmack des Blutes klebt auf ihrer Zunge und lässt ihren Magen rebellieren. Sorgfältig hält sie die Hand mit der Rune halb geschlossen auf Brusthöhe. Es wird funktionieren. Es wird aussehen, als würde sie beten. Als würde sie ihren Familiaris zu sich rufen.

»Hierher, Bärchen, Bärchen, Bärchen«, murmelt Arsinoe und schließt die Augen.

Zuerst herrscht drückende Stille. Dann brüllt er.

Schreiend weichen die Menschen zurück und machen ihm so den Weg frei, als er aus den Schatten der

Klippen hervorbricht und Richtung Bühne läuft. Ohne zu zögern, klettert er zu ihr herauf und stellt sich neben sie. Beim Anblick seiner langen, gebogenen Krallen jucken die frisch verheilten Wunden in ihrem Gesicht. Irgendwo rechts neben der Bühne hört sie Camdens Fauchen.

Viel Zeit bleibt Arsinoe vermutlich nicht. Womöglich kann Jules den Bären nur mit Mühe unter Kontrolle halten. Arsinoe muss ihm jetzt die blutige Rune auf die Stirn drücken.

Der Bär kommt näher. Als sein Pelz ihre Hüfte streift, erstarrt sie kurz. Sein Kiefer ist so groß, dass er ihr mit einem Biss den halben Brustkorb aufreißen könnte.

»Komm«, befiehlt sie ihm und ist selbst überrascht, dass ihre Stimme fest bleibt. Der Bär dreht sich zu ihr um. Seine Unterlippe hängt herab, wie es bei Bären oft der Fall ist. Sein Zahnfleisch ist rosa mit dunklen Flecken. Auf der Zungenspitze hat er einen schwarzen Punkt.

Arsinoe presst ihre blutverschmierte Hand genau zwischen seine Augen.

Dann hält sie den Atem an. Starrt in die braunen Augen des Tieres, in denen goldene Funken tanzen.

Der Bär schnüffelt an ihrem Gesicht, dann leckt er ihre Maske ab. Arsinoe beginnt zu lachen.

Die Menge tobt. Selbst jene Naturbegabten, die an ihr gezweifelt haben, reißen begeistert die Arme hoch. Arsinoe fährt mit der Hand durch den braunen Pelz des Bären und beschließt, ihr Glück noch ein wenig weiter auszureizen.

»Komm schon, Jules«, murmelt sie und reckt die Arme in einem breiten V über den Kopf. »Hoch!«

Der Bär trippelt rückwärts, dann stellt er sich auf die Hinterbeine und brüllt.

Am gesamten Strand hört man begeisterte Schreie und das Bellen und Krächzen fröhlicher Tiergefährten. Dann sinkt der Bär wieder auf alle viere, und Arsinoe schlingt beide Arme um seinen Hals und drückt ihn.

Auf der Empore

Als die Hohepriesterin sieht, wie das Mädchen den Bären umarmt, applaudiert sie wie alle anderen auch. Ihr bleibt nichts anderes übrig. Sie lässt den Blick über die feiernde Menge gleiten, bis sie Rho findet, in deren Augen die reinste Mordlust flackert. Nachdrücklich schüttelt Luca den Kopf. Es ist vorbei. Sie haben verloren.

Rho schüttelt ebenfalls den Kopf und greift mit wutverzerrtem Gesicht nach dem Messer an ihrem Gürtel.

Königin Mirabellas Bühne

»Niemand hätte damit gerechnet, dass Katharine und Arsinoe eine solche Darbietung liefern.« Sara Westwood zupft Mirabellas Mantel zurecht, damit er schöner fällt. »Aber das spielt keine Rolle. Die Leute sind trotzdem nur hergekommen, um dich zu sehen.«

Mirabella reckt den Hals, um zu Katharine hinübersehen zu können, die an einer Tafel voller Gift sitzt, dann noch weiter nach rechts zu Arsinoe, die auf ihrer Bühne steht und gelassen einen riesigen braunen Bären streichelt. Sie ist sich nicht ganz sicher, ob Sara mit ihrer Einschätzung richtigliegt. Aber Mirabella kann sowieso nur das tun, was in ihrer Macht steht.

Die Trommeln setzen ein, bevor die Priesterinnen ihre Königin auf die Bühne rufen. Sie löschen sämtliche Fackeln, sodass nur noch das sanfte Glühen der Feuerschale die Bühne erhellt.

Mit drei schnellen Schritten steigt Mirabella zur Bühne hinauf. Als sie ihren Mantel abstreift, verstummt die Menge. Atemlose Stille senkt sich herab.

Nun beschleunigen die Trommeln ihr Tempo, ebenso wie ihr Herzschlag. Sie streckt die Hand nach dem Feuer aus, und es springt auf ihre Finger über. Leises Murmeln setzt ein, als die Flammen über ihre Arme und ihren Bauch wandern.

Die Arbeit mit dem Feuer ist bedächtig, fast sinnlich. Hierbei geht sie wesentlich kontrollierter vor, als wenn sie den Wind und die Stürme ruft. Hell flackern die Flammen auf ihrer Haut, und obwohl sie Mirabella nicht verbrennen, kommt es ihr vor, als würde ihr Blut kochen.

Sie wirbelt herum, hört das Keuchen der Menge, das Knistern des Feuers.

Mitten in der Menge, die immer dichter an die Bühne heranrückt, steht Joseph. Sein Anblick hätte sie fast aus dem Takt gebracht. In diesem Moment sieht er genauso aus wie in der Nacht ihrer ersten Begegnung, als der Feuerschein am dunklen Strand über sein Gesicht huschte. Wie gerne würde sie ihn zu sich auf die Bühne holen! Dann könnte sie ihn genauso in Feuer kleiden wie sich selbst. Dann könnten sie gemeinsam brennen, nicht getrennt voneinander.

Genau in dem Moment, als er ihren Namen ruft, wirft sie den Kopf in den Nacken.

»Mirabella!«

Königin Katharines Bühne

Natalia sieht zu, wie das brennende Mädchen um die eigene Achse wirbelt. Das Publikum besteht nur noch aus schlaffen, gebannten Mienen. Mirabella hat sie alle in der Hand.

In die Reihen der Priesterinnen, die sämtliche Bühnen säumen, kommt Bewegung. Finger gleiten unter Mäntel, legen sich auf Messergriffe. Eine Priesterin mit blutrotem Haar wirft Natalia einen so durchdringenden Blick zu, dass sie sich abwenden muss.

Mirabellas Darbietung trägt eine Kraft in sich, die nur schwer zu erfassen ist. Selbst Natalia spürt ihren Sog, den Drang, zu ihr auf die Bühne zu kommen.

Blinzelnd dreht sie sich zu Luca um und sieht das Flackern in den dunklen Augen der alten Frau. Es ist vollkommen egal, welche Tricks Natalia und die Naturbegabten heute ausgespielt haben – der Tempel wird nicht klein beigeben. Die Priesterinnen werden dafür sorgen, dass es ein Jahr der Opferung wird.

Königin Arsinoes Bühne

Es verlangt Jules alle Kraft ab, gleichzeitig den Bären zu halten und Mirabella zuzusehen. Das Tier hebt ruckartig den Kopf und fängt an, mit den Pranken zu scharren.

Schnell schärft Jules ihre Konzentration.

»Alles in Ordnung«, flüstert sie mit schweißnasser Stirn. In ihrem Bewusstsein spürt sie den Widerstand des Bären. Er zerrt an ihr, stärker und stärker.

Als die Menge immer dichter an Mirabella herandrängt, knirscht Jules mit den Zähnen. Wann ist das Mädchen endlich fertig? Ihr kommt es so vor, als würde dieser Tanz schon eine Ewigkeit dauern, was die Leute allerdings nicht zu stören scheint. Sie atmet tief durch und sucht die Menge nach Joseph ab. Sicher steht er irgendwo und sieht sich alles an, voller Stolz auf das, was sie mit diesem Bären gemacht hat.

Doch er schaut gar nicht in Jules' Richtung. Er steht in der ersten Reihe vor Mirabellas Bühne. Drängt mit der Menge in deren Nähe.

Der Ausdruck in seinen Augen lässt Jules' Atem stocken. Würde sie in diesem Moment aus voller Kehle seinen Namen rufen, würde er sie nicht einmal hören. Selbst dann nicht, wenn sie direkt neben ihm stünde. Als sie das nackte Verlangen in seinem Gesicht sieht, wird ihr ganz schlecht. Sie hat er nie so angesehen wie Mirabella jetzt.

Ohne ihren Tanz zu unterbrechen, streckt Mirabella die Hände nach Joseph aus. Jeder kann es sehen, jetzt wissen alle, dass die beiden zusammen sind. Dass Jules eine Närrin ist.

Jules' Herz drückt in ihrer Brust wie ein Glassplitter, und sie spürt, wie etwas in ihr zerbricht. Gleichzeitig zerbricht ihre Verbindung zu dem Bären.

Als der Bär anfängt, den Kopf zu schütteln, weiß Arsinoe sofort, dass etwas nicht stimmt. Die Gelassenheit verschwindet aus seinen Augen, wird erst von Angst verdrängt, dann von Wut.

Sie weicht einen Schritt zurück.

»Jules?«, versucht sie die Aufmerksamkeit ihrer Freundin auf sich zu lenken, schafft es aber nicht. Jules starrt ebenso gebannt zu Mirabellas Bühne hinüber wie der Rest des Publikums.

Der Bär scharrt mit den Krallen über die Bodenplanken.

»Ganz ruhig«, murmelt Arsinoe, aber die niedere Magie, die sie aneinander kettet, ist eben nicht dasselbe wie die Bindung an einen Familiaris. Der Bär hat Angst, und Jules hat ihn nicht mehr unter Kontrolle.

Es bleibt keine Zeit für Warnungen, er springt brüllend von der Bühne in die Menge hinunter, wackelt wild mit dem Kopf und schlägt mit seinen scharfen Krallen um sich. Die Leute können nicht flüchten, sie sind zu dicht zusammengedrängt, schieben sich geschlossen auf Mirabellas Bühne zu. Da er sich nicht einmal mit seinen Pranken einen Weg durch die Menschen bahnen kann, wendet sich der Bär den Bühnen zu.

»Jules!«, brüllt Arsinoe, was jedoch im Lärm untergeht, als die Menschen langsam begreifen, was geschieht.

Der Bär erklimmt die mittlere Bühne, und Katharine stößt einen schrillen Schrei aus. Er wütet auf der Tafel des *Gave Noir,* zerlegt sie in ihre Einzelteile und schleudert alles in den Sand hinunter. Doch er schafft es nicht, Katharine zu erwischen, die sich mit einem schnellen Sprung von der Bühnenseite in Sicherheit bringt.

Die Priesterinnen zücken ihre Messer und rücken vor, obwohl sich nackte Angst in ihren Gesichtern spiegelt. Als der Bär der Ersten in der Reihe einen Schlag versetzt, verfärbt sich das weiße Gewand rot, und man sieht, wie Eingeweide aus dem Loch quellen, das die scharfen Krallen gerissen haben. Beim Anblick dieser Blutströme verlieren die anderen Priesterinnen den Mut. Sie drehen sich um und ergreifen gemeinsam mit der Menge die Flucht.

Hohepriesterin Luca hat sich erhoben und brüllt etwas; die Freier beobachten das Geschehen voller Entsetzen.

Auf der rechten Bühne hat Mirabella inzwischen ihren Tanz unterbrochen, während auf ihrer Brust und an ihren Hüften noch immer Flammen zucken. Der Bär braucht nicht lange, um sich auf sie einzuschießen. Er rennt los und reißt dabei sowohl die Fackeln als auch sämtliche Menschen um, die ihm im Weg stehen. Mirabella ist wie erstarrt. Sie kann nicht einmal schreien.

Joseph springt auf die Bühne, wirft sich zwischen sie und den angreifenden Bären.

»Nein!«, schreit Arsinoe. »Nicht!«

Jules muss doch wissen, dass es Joseph ist. Sie muss es sehen. Aber vielleicht ist es bereits zu spät, um den Bären zurückzurufen.

Königin Mirabellas Bühne

Trotz der Schreie der Priesterinnen, die den Schutz der Königin verlangen, hört Mirabella nur das Brüllen des Bären. Und spürt, wie sich Josephs Arme um sie schließen.

Der Bär hat sie nicht zerfetzt. Er hat sich auf die Hinterbeine gestellt, hat gebrüllt, doch am Ende hat er die Tatzen über seine Schnauze gezogen, als hätte er Schmerzen, ist von der Bühne gesprungen und den Strand hinuntergelaufen.

Mirabella mustert benommen die panisch herumhetzenden Menschen. Ein Großteil der Menge hat sich hinter den Klippen in Sicherheit gebracht und flüchtet ins Tal. Doch vor den Bühnen liegen auch einige leblose Körper. Die junge Priesterin, die vor Katharines Bühne stand, liegt mit angewinkelten Armen davor; ihr zerfetztes Gewand gibt den Blick frei auf ihren aufgerissenen Unterleib. Und noch viele, viele andere wurden verletzt.

»Geht es dir gut?«, flüstert Joseph ihr ins Ohr.

»Ja.« Sie klammert sich an ihn. »Alles in Ordnung.«

Er haucht Küsse auf ihr Haar und ihre Schultern. Dann sind sie plötzlich von den weißen Roben der Priesterinnen umringt, die alle noch ihre Messer in der Hand halten.

»Beruhigt euch!«, ruft Luca, die zwischen zwei zitternden Freiern auf der Empore steht. »Er ist weg!«

Über Josephs Arm hinweg sieht Mirabella zu den anderen Bühnen hinüber, die ziemlich ramponiert zu sein scheinen. Arsinoe steht ganz allein auf ihrer, lässt zitternd die Arme hängen. Vielleicht war ihr gar nicht bewusst gewesen, welch ein Gemetzel sie verursachen würde.

»Sie hat den Bären auf mich gehetzt«, erkennt Mirabella. »Und das nach allem, was ich unternommen habe, um sie zu retten. Wärst du nicht gewesen, hätte sie zugelassen, dass er mich zerreißt.«

»Das ist doch jetzt egal«, erwidert Joseph. »Du bist in Sicherheit, und dir ist nichts passiert.« Er umschließt mit beiden Händen ihr Gesicht und küsst sie.

»Wo ist Königin Katharine?«, schreit Natalia Arron plötzlich. »Luca? Wo ist sie?«

»Keine Panik«, erwidert die Hohepriesterin. »Wir werden sie finden. Sie ist jedenfalls nicht unter den Opfern.«

Natalia sieht sich hektisch um, scheinbar im Begriff, eine eigene Suchmannschaft zusammenzustellen. Aber ihre Giftmischer sind alle geflohen. Als vor ihrer Bühne ein leises Stöhnen erklingt, verzieht sie das Gesicht.

Der Bär hat die Reste des *Gave Noir* von der Bühne geschleudert, sodass es vor den Füßen der Menge landete. Überall im Sand liegen vergiftete Speisen verstreut. Nun lecken gierig einige Hunde daran, Tiergefährten der Naturbegabten.

»Sie haben davon gefressen«, stellt eine Frau weinend fest. »Haltet sie auf! Ruft sie zurück!«

Schnell ergreift Natalia die Initiative: »Beseitigt die Speisen«, befiehlt sie. Ihre Selbstbeherrschung ist zurückgekehrt, und ihre Stimme klingt wieder ruhig und tief. »Die betroffenen Hunde müssen unverzüglich in mein Zelt gebracht werden, damit ich sie behandeln kann. Sammelt sie ein und haltet die übrigen von den Resten fern.«

Inzwischen zieht Arsinoe sich, umringt von den Milones, von ihrer Bühne zurück. Durch ihre Maske ist es unmöglich, eine Gefühlsregung in ihrem Gesicht zu erkennen.

»Wie konnte sie nur?«, fragt Mirabella traurig. Doch selbst ihr ist bewusst, dass es für eine Königin überflüssig ist, eine solche Frage zu stellen.

Joseph küsst beruhigend ihren Scheitel.

»Geh weg von ihr, Naturbegabter.« Mühelos zerrt Rho Joseph von Mirabella fort. Als er die gezahnte Klinge in ihrer Hand sieht, wehrt er sich nicht weiter.

»Lass ihn in Ruhe, Rho«, faucht Mirabella. »Er hat mich gerettet.«

»Vor einer Attacke seiner eigenen Königin«, stellt Rho fest. Mit einem Kopfnicken zitiert sie drei weitere Priesterinnen herbei, die Joseph abführen. Grob hält Rho Mirabella am Arm fest und bohrt ihr dabei die Finger so tief ins Fleisch, dass die Königin aufschreit.

»Zurück in dein Zelt, meine Königin. Die Erwachenszeremonie ist vorbei. Das Jahr des Aufstiegs hat begonnen.«

An der Brecciaspalte

Katharine hetzt so schnell durch die südlichen Wälder, dass die Äste der Bäume ihr das Gesicht zerkratzen. Ihr Herz rast, und beim Sturz von der Bühne hat sie sich das Knie verletzt, das nun schmerzhaft pocht. Ihr Rock verfängt sich in einem Dornbusch, und sie fällt ein zweites Mal hin. Ohne Fackel bleibt ihr nur das Mondlicht, um sich zu orientieren, und unter den hohen Bäumen ist auch das nur eine schwache Hilfe.

»Pietyr!«, ruft sie atemlos. Wie er es ihr gesagt hat, ist sie direkt von der Erwachenszeremonie hierhergelaufen, an dem fünfseitigen Zelt vorbei in die Wälder hinein.

»Pietyr!«

»Katharine!«

Er tritt hinter einem Baum hervor und leuchtet ihr mit einer kleinen Lampe den Weg. Taumelnd rennt sie auf ihn zu, bis er sie an seine Brust ziehen kann.

»Ich weiß nicht, was passiert ist«, keucht sie. »Es war grauenvoll.«

Der Bär hätte sie getötet, aufgeschlitzt wie diese arme Priesterin. Es wird wohl lange dauern, bis sie das wahnsinnige Funkeln in seinen Augen und diese scharfen, gebogenen Krallen vergessen kann.

»Ich hatte gehofft, es würde nicht so weit kommen«,

erwidert Pietyr. »Hoffentlich hat Natalia recht behalten und hatte es unter Kontrolle. Es tut mir so leid, Kat.«

Sie legt den Kopf an seine Schulter. Wie einfühlsam von ihm, sich hier mit ihr zu treffen, weit weg von allem, wo sie ein paar Augenblicke für sich haben. Seine Arme vertreiben die Kälte von ihrer Haut, und der merkwürdige erdige Geruch der Brecciaspalte legt sich bei jedem Atemzug wie Balsam auf ihre Nerven.

Pietyr wiegt sie sanft, bewegt sie mit langsamen Schritten vorwärts, fast wie bei einem Tanz. Ihre Füße gleiten über den glatten Felsen am Rand der Erdspalte.

»Vielleicht hätte ich bei Natalia bleiben sollen«, überlegt Katharine. »Sie könnte verletzt sein.«

»Natalia kann auf sich selbst aufpassen«, erwidert Pietyr. »Sie ist nicht diejenige, der Gefahr droht. Du hast das Richtige getan.«

»Bald werden sie kommen und nach mir suchen. Wir haben nicht viel Zeit.«

Pietyr drückt ihr einen Kuss auf den Scheitel. »Ich weiß«, seufzt er schwermütig. »Blutrünstiges Tempelvolk.«

»Was?«

»Ich dürfte dich eigentlich nicht lieben, Kat.« Er umschließt ihr Gesicht mit den Händen.

»Aber du tust es trotzdem?«

»Ja.« Er küsst sie. »Das tue ich.«

»Ich liebe dich auch, Pietyr.«

Er tritt einen Schritt zurück und umfasst sanft ihre Schultern.

»Pietyr?«

»Es tut mir leid.« Dann versetzt er ihr einen Stoß, und sie fällt. Tief, tief hinunter in den bodenlosen Abgrund der Brecciaspalte.

Das Jahr des Aufstiegs beginnt.

Lager der Arrons

Eineinhalb Tage nach der katastrophalen Erwachenszeremonie ist das Tal von Innisfuil so gut wie leer. Die Naturbegabten und die Elementwandler sind abgereist, ebenso die Menschen ohne Gabe und die wenigen mit der Gabe des Krieges. Selbst die Giftmischer sind größtenteils nach Hause zurückgekehrt, bis auf die Arrons und jene Familien, die ihnen treu ergeben sind.

Auch viele Priesterinnen sind geblieben, darunter Hohepriesterin Luca. Sie stellen immer wieder Suchtrupps zusammen, die sämtliche Klippen nach Katharine absuchen. Doch inzwischen haben sie das gesamte Tal durchkämmt, den Strand, die angrenzenden Wälder. Der arme Pietyr hat sich seit Katharines Verschwinden ohne Unterlass an der Suche beteiligt.

Aber sie haben weder eine Leiche noch eine Antwort gefunden.

Natalia sitzt allein in ihrem Zelt. Seit gestern hat sie sich nicht mehr auf die Suche gemacht, und je länger es dauert, desto schwächer wird ihre Hoffnung, das Mädchen zu finden. Heute würde der Leichnam noch wie Katharine aussehen. Doch bald würde er sich erst aufblähen, dann verwesen. Und Natalia weiß nicht, ob sie es ertragen könnte, nur Katharines zarte Knochen zu finden, zusammengehalten von ein paar Sehnen und einem zerfallenen schwarzen Kleid.

Sie stützt den Kopf in die Hände; ihr fehlt die Kraft, ihn weiter hochzuhalten. Und erst recht fehlt ihr die Kraft, die Zelte abzubrechen und nach Indridskamm zurückzukehren. Sich dem Rat zu stellen und so zu tun, als hätte sie noch eine Aufgabe.

Die Zeltklappe öffnet sich, und Hohepriesterin Luca tritt ein, gekleidet in ihre weiße Robe mit dem schwarzen Kragen. Überrascht richtet Natalia sich auf, ahnt aber, dass Luca keine Neuigkeiten über Katharine bringt. Dann hätte sie nach Natalia geschickt und wäre nicht selbst gekommen, noch dazu ohne Eskorte.

»Hohepriesterin«, nickt Natalia. »Bitte, komm herein.«

Luca dreht sich noch einmal um und vergewissert sich, dass die Zeltklappe ordentlich verschlossen ist. Dann rümpft sie die Nase.

»In diesem Zelt stinkt es nach totem Hund, Natalia.«

Das Oberhaupt der Familie Arron verzieht den Mund. Die Tiergefährten, die nach der Erwachenszeremonie zu ihr gebracht wurden, hatten keinen leichten Tod. Ihr blieb nicht genug Zeit, um ein anständiges Gift herzustellen, also musste sie mit dem arbeiten, was gerade zur Hand war. Das hatte allerdings zur Folge, dass die Hunde sich unter Krämpfen gewunden und sämtliche Teppiche und Kissen vollgekotzt haben.

Luca streift die Kapuze ihrer Robe ab und lockert ihren Kragen; ein faltiger Hals und leuchtend weißes Haar kommen zum Vorschein.

»Ich muss bald aufbrechen«, erklärt sie. »Nach Rolanth, zu Mirabella.«

»Muss?«, wiederholt Natalia verbittert.

»Ein verkleinertes Kontingent an Priesterinnen wird hierbleiben. Sie werden weitersuchen, bis man die kleine Königin findet.«

Einen Augenblick lang mustern sich die beiden Frauen wortlos. Dann deutet Natalia auf den zweiten Stuhl an ihrem Tischchen.

Luca schnippt mit den Fingern, woraufhin eine Kanne mit Tee hereingebracht wird. Als beide am Tisch sitzen und wieder unter sich sind, seufzt die Hohepriesterin schwer und lehnt sich erschöpft zurück.

»Eine der Delegationen ist geflohen«, berichtet Luca. »Der dunkelhäutige Junge mit der roten Blume im Knopfloch. Seine Familie ist abergläubisch, sie meinten, diese Generation sei verflucht.«

»Es war kein sonderlich erfolgreiches Beltanefest«, bestätigt Natalia, was Luca ein kurzes Lachen entlockt.

»Hätten wir dem Mädchen doch nur Kopf und Arme abgehackt, als wir die Chance dazu hatten.«

»Wenn deine Mirabella uns mal gelassen hätte.«

Luca gibt Sahne und zwei Stück Zucker in ihren Tee und nimmt sich einen Keks dazu.

»Er enthält kein Gift.« Mit einer trockenen Geste deutet Luca auf den Tee. »Vielleicht kannst du ja deine Schlange über der Tasse melken.«

Mit einem süffisanten Lächeln nippt Natalia an ihrem Tee. »Was können wir in Bezug auf Arsinoe unternehmen?«

»Inwiefern?«

»Sie hat die anderen Königinnen angegriffen, bevor die Erwachenszeremonie beendet war, also bevor das Jahr des Aufstiegs begonnen hat. Das ist doch ein Verbrechen, oder nicht?«

»Ein Regelverstoß, da um einen Tag verfrüht. Aber ob es uns nun gefällt oder nicht, streng genommen war es lediglich ein Beweis ihrer Stärke. Wenn wir sie öffentlich dafür bestrafen, wird das Volk sich gegen uns auflehnen.«

»Wozu ist der Tempel denn gut, wenn er nicht einmal seine eigenen Gesetze durchsetzt?«, brummt Natalia.

»Wie wahr.« Luca nimmt einen Schluck Tee und mustert Natalia über den Rand ihrer Tasse hinweg. »Übrigens, Glückwunsch zu diesem phantastischen *Gave Noir*, das du zusammengestellt hast … schade nur um all das gute Gift, das im Sand verstreut wurde. Ich habe einer meiner Priesterinnen ein wenig davon ins Essen gemischt. Und stell dir vor: Sie hat es überlebt!« Für einen Moment hellt sich die Miene der Hohepriesterin auf. »Ihr ist nicht einmal übel geworden. Im Gegensatz zu diesen armen Hunden, die du nachträglich entsorgen musstest. Was hast du ihnen gegeben, Natalia? Arsen?«

Natalia trommelt mit den Fingerspitzen auf die Tischplatte, woraufhin Luca lediglich eine Augenbraue hochzieht.

»Ich will nichts über Schwäche hören, Natalia. Der Tempel ist, was der Rat aus ihm gemacht hat. Schließlich seid ihr es, die dafür gesorgt haben, dass die Menschen sich von uns abwenden.«

»Dass die Menschen sich eure Predigten nicht länger anhören wollen, ist sicher nicht unsere Schuld. Wir haben nie versucht, dem Tempel den Willen des Rates aufzuzwingen.«

»Das mag sein«, gibt Luca zu. »Aber ihr wolltet unserer Stimme die Kraft nehmen.« Nachdenklich mustert sie ihr Gegenüber. Natalia und sie sind seit so vielen

Jahren Gegner, haben aber kaum Zeit miteinander verbracht, zumindest nicht kampflos.

»Es ist schon merkwürdig, dass du dich von der Göttin abgewandt hast«, stellt Luca fest. »Immerhin ist sie es doch, die unsere Königinnen erschafft, unsere Insel und unsere Lebensart erhält.« Als Natalia die Augen verdreht, fügt sie hinzu: »Ich weiß, du bist der Meinung, *ihr* würdet das tun. Dass die Kraft eurer Gabe für unsere Sicherheit sorgt. Aber wer hat euch denn diese Gabe verliehen? Die Göttin ist der Quell all dessen, was du ehrst, und doch ehrst du sie nicht. In deinem Stolz vergisst du, dass sie dir alles gegeben hat und dass sie es dir auch wieder nehmen kann.«

Rolanth

Die Straßen von Rolanth, die hinter dem Fenster ihrer ruckelnden Kutsche vorüberziehen, sind merkwürdig still. Eigentlich hatte die Stadt damit gerechnet, dass Mirabella im Triumph zurückkehren würde. Da dies nicht geschehen ist, scheint eine Art Verlustgefühl um sich gegriffen zu haben. An manchen Geschäften in der Stadtmitte wurde die Beltanedekoration sogar abgenommen, nur ein paar schlichte Bänder und Kränze sind im Viertel noch zu sehen. Immerhin musste Mirabella keine Niederlage hinnehmen. Ihre Erwachenszeremonie war ein Erfolg – oder beinahe.

Denn dank Arsinoe hatte sie ihre Darbietung nicht einmal beenden können.

Nun dauert die Fahrt nicht mehr lange, und sie werden sicher auf dem Familiensitz der Westwoods ankommen. Auch wenn dort jetzt alles anders sein wird als zuvor. Nachdem Katharine weiterhin verschwunden ist und man davon ausgeht, dass sie ums Leben kam, wird der Tempel in die Defensive gehen, bis vollständig aufgeklärt wurde, was passiert ist. Rho wird Mirabella Tag und Nacht von einer kleinen Armee eskortieren lassen. Schon jetzt ist sowohl ihre Kutsche als auch die von Sara und Onkel Miles von bewaffneten Priesterinnen umringt.

Mirabella bezweifelt allerdings, dass Arsinoe so bald wieder einen Angriff starten wird. Doch der Tempel will auf alles vorbereitet sein.

»Als dieser Bär mich attackiert hat, bin ich einfach erstarrt«, flüstert Mirabella. Sofort heben Bree und Elizabeth, die an ihren jeweiligen Fenstern lehnen, die Köpfe. »Zuerst dachte ich noch, es handle sich um ein Missverständnis. Aber er ist direkt auf mich zugekommen.«

Traurig blicken ihre Freundinnen zu Boden. Sie werden ihr nicht sagen, dass Arsinoe es nicht mit Absicht getan hat. Und Mirabella will es auch gar nicht hören. Tagelang hat sie die entsetzlichen Szenen wieder und wieder durchlebt, bis der Schmerz in ihrem Inneren dem Zorn gewichen ist. Vielleicht hat Arsinoe ja sogar Katharine auf dem Gewissen, indem sie noch ein weiteres Untier mitgebracht hatte, das in den Wäldern auf die Schwester gewartet hat.

Die süße kleine Katharine, die zu beschützen sie und Arsinoe geschworen hatten.

»Elizabeth, du bist doch eine Naturbegabte«, fährt Mirabella fort. »Wärst du zu dem in der Lage gewesen, was Arsinoe mit diesem Bären getan hat?«

Sofort schüttelt Elizabeth den Kopf. »Nie und nimmer. Nicht einmal fünfzig von meiner Sorte. Sie ist … stärker als alle Naturbegabten, denen ich je begegnet bin.«

»Oder von denen man je gehört hat«, ergänzt Bree mit weit aufgerissenen Augen. »Was sollen wir nun tun, Mira? Ohne diesen Joseph wärst du jetzt tot.«

Mirabella hat ihnen hinterher erklärt, wer Joseph ist und was zwischen ihnen war. Vollkommen ungebremst ist es aus ihr hervorgebrochen, dort in ihrem Zelt, nachdem ihr Herz auf so vielerlei Weise gebrochen wurde:

von Arsinoe verraten, von Joseph getrennt, vielleicht für immer.

»Der gute Joseph«, nickt Elizabeth. »Vielleicht wird seine Liebe zu dir dich noch einmal retten. Wenn er wirklich ein so guter Freund von Arsinoe ist, kann er sie vielleicht aufhalten. Vielleicht wird er uns helfen.«

»Ich werde nicht von ihm verlangen, dass er sich für eine Seite entscheidet«, beharrt Mirabella.

»Aber irgendjemand wird es tun, Arsinoe eventuell oder auch Luca. Ich glaube nicht, dass jemand, der so stark ist wie Arsinoe, lange fackelt, wenn es darum geht, die eigenen Vorteile zu nutzen.«

»Das ist gut«, entgegnet Mirabella. »Ich will auch nicht, dass sie lange fackelt. Sie soll mich immer weiter und weiter provozieren, bis ich sie irgendwann wirklich hasse.«

Um den wissenden, traurigen Blicken ihrer Freundinnen zu entgehen, sieht sie wieder aus dem Fenster. Ihnen war klar gewesen, dass es so weit kommen würde. Jeder hatte es gewusst außer Mirabella. Doch sie wird sich nun auch nicht mehr mit Sentimentalitäten aufhalten. Dieser Bär und Arsinoes kaltes Gesicht hinter der Maske haben ihr die Wahrheit vor Augen geführt.

Jene Schwestern, die sie in der Schwarzen Kate so sehr geliebt hat, gibt es nicht mehr. Arsinoe hat eine Chance gesehen und sie ergriffen. Beim nächsten Mal wird Mirabella es genauso halten.

Greavesdrake Haus

Nachdem er eine Woche lang gesucht hatte, kehrte Pietyr mit Natalia nach Greavesdrake zurück. Doch als sie einmal dort waren, wollte er nicht bleiben. Ohne Katharine gab es für ihn keinen Grund dazu.

Natalia versuchte gar nicht erst, ihn vom Gegenteil zu überzeugen. Dem Jungen ging es schlecht. Und selbst sein ödes Zuhause auf dem Land war eine bessere Zuflucht als Greavesdrake, wo ihm überall Katharines Geist zu begegnen schien.

Vor seiner Abreise fanden sie sich noch auf einen letzten Drink in ihrem Arbeitszimmer ein.

»Deine Geschichte vom Jahr der Opferung und den Plänen des Tempels hatten mich absolut überzeugt«, sagte er. »Ich war mir sicher, dass sie ihr den Kopf abschneiden würden. An Arsinoe hatte ich keinen Gedanken verschwendet.«

Nun ist er fort, sitzt in seiner Kutsche, und Natalia ist wieder allein. Genevieve und Antonin sind aus Angst vor ihrem Gemütszustand direkt in ihre Stadthäuser gezogen. Ohne eine explizite Einladung würden sie es nicht wagen zurückzukommen.

Die Dienerschaft weicht ebenfalls Natalias Blicken aus. Dabei wäre es wirklich nett, wenn zumindest einige von ihnen so tun würden, als wäre alles in Ordnung.

Natalia wandert durch den Hauptkorridor des Hauses und lauscht auf den Frühjahrssturm, der die Äste der Bäume gegen die Fenster drückt. In diesem Jahr scheint es im Haus irgendwie zugig zu sein. Sie wird Handwerker aus der Hauptstadt kommen lassen müssen, um die Fenster und Türen zu überprüfen. Mag sein, dass es nicht mehr lange ihr gehört, aber sie wird das großartige alte Haus nicht dem Verfall aussetzen.

In dem langen, in Rot gehaltenen Flur, der von der Treppe zu ihrem Schlafzimmer führt, entdeckt sie Staub auf den Wandleuchtern. Und ein kleines, ordentlich gefaltetes Kleiderbündel, direkt neben der Tür zum Badezimmer. Sie bückt sich, um die Sachen aufzuheben, hält dann aber inne.

Sie ist nicht allein. Vor ihr im Flur steht ein Mädchen.

Das Kleid der jungen Frau hängt in Fetzen herab, ihre Haare sind vollkommen verdreckt und verfilzt. Sie verharrt so reglos, dass es so aussieht, als stünde sie schon seit einer Ewigkeit dort.

»Kat?«, fragt Natalia.

Die Gestalt antwortet nicht. Natalia geht auf sie zu, doch in ihr regt sich Angst; vielleicht ist es eine Halluzination? Wenn ihr Verstand derart zerrüttet ist, wird das Mädchen sich gleich in Luft auflösen oder in einen Haufen Spinnentiere verwandeln.

Als Natalia die Hand nach ihr ausstreckt, hebt die junge Frau den Kopf und sieht ihr direkt in die Augen.

»Katharine!« Mit einer heftigen Bewegung zieht Natalia sie an ihre Brust.

Es ist tatsächlich Katharine – verdreckt, unterkühlt, aber am Leben. Ihre Haut ist mit Schnittwunden übersät, die aufgerissenen Hände hängen schlaff herunter.

Ihre Fingerspitzen sind dunkelrot, die Nägel bis aufs Fleisch abgebrochen.

»Ich bin nicht abgestürzt«, krächzt Katharine mit rauer Stimme. Sie klingt, als stecke der Staub ihres eigenen Grabes in ihrer Kehle.

»Wir müssen dich aufwärmen«, beschließt Natalia. »Edmund! Bring Decken und lass ein heißes Bad ein!«

»Das will ich nicht«, erwidert Katharine.

»Was soll das heißen, meine Süße? Was willst du denn?«

»Ich will Rache«, flüstert Katharine. Ihre Finger hinterlassen blutige Spuren auf Natalias Armen.

»Und dann will ich meine Krone.«

Wolfsquell

Obwohl die Dorfbewohner sich freuen würden, sie zu sehen, verbringt Arsinoe ihre gesamte Zeit im Haus der Milones oder in deren Garten. Verstecken kann man das nicht nennen. Aber hier starrt sie wenigstens niemand mit jenem neu erwachten Respekt an, und es stellt sich auch nicht die Frage, wo ihr Bär abgeblieben ist.

Es wird nicht einfach werden, den Leuten zu erklären, dass dieser Bär nicht wirklich ihr Familiaris war. Den Trick an sich werden die Naturbegabten vielleicht beeindruckend finden, trotzdem wird die Enttäuschung groß sein, wenn Arsinoe nicht auf ihm durch den Ort reitet.

»Sind Besucher erwünscht?« Billy kommt vom Garten aus auf das Haus zu.

»Junior«, begrüßt sie ihn, was er mit einem Lächeln quittiert. Er hat sich vollständig von ihrer Zeit im Meeresnebel erholt, und die hellbraune Jacke steht ihm wirklich gut. Mit den Blättern auf der Schulter sieht er gar nicht mehr aus wie ein Festlandbewohner.

»So begeistert hast du bei meinem Anblick noch nie geklungen«, stellt er fest.

»Ich war nicht sicher, ob du noch hier bist. Hätte ja sein können, dass dein Vater dich auf sein Schiff gepackt hat und mit dir nach Hause gesegelt ist.«

»Nein, nein, ich werde bald mit der offiziellen Brautwerbung beginnen, genau wie die anderen Freier. Mein Vater ist ein sturer Hund, der gibt nicht so schnell auf. Das wirst auch du noch erleben.«

Er streckt ihr eine blaue Schachtel mit einer schwarzgrünen Schleife entgegen.

»Er schickt dir das hier, als eine Art Friedensangebot.« Achselzuckend fährt Billy fort: »Nichts Großartiges, nur ein paar Pralinen aus unserer Lieblingskonfiserie daheim. Nüsse im Schokomantel und ein paar Toffees. Aber ich dachte mir, du magst sie vielleicht. Immerhin denkst du mit dem Magen.«

»Ein Geschenk?« Arsinoe nimmt die Schachtel entgegen. »Offenbar hat der Bär dafür gesorgt, dass dein Vater seine Meinung über mich ändert.«

»Der Bär hat dafür gesorgt, dass *alle* ihre Meinung über dich ändern.« Billy seufzt schwer und deutet dann mit dem Kopf Richtung Haus. »Und wie läuft es hier so?«

Arsinoe verzieht das Gesicht. Jules geht es seit der Erwachenszeremonie miserabel. Sie hat kaum ein Wort mit einem von ihnen gesprochen.

Hinter Billy taucht Joseph auf, die Hände in den Taschen vergraben. Mit finsterer Entschlossenheit sieht er sie an.

»Was willst du hier?«, fragt Arsinoe.

»Ich will Jules sehen. Ich muss mit ihr über das sprechen, was passiert ist.«

»Vor ihr auf den Knien rumrutschen wohl eher. Vor uns beiden, um genau zu sein.«

»Vor euch beiden?«, fragt er verwirrt.

»Muss ja echt heiß sein, meine Elementwandlerschwester, wenn du ihretwegen sämtliche Versprechen vergisst, die du Jules gegeben hast. Und mir.«

»Arsinoe …«

»Willst du jetzt, dass ich sterbe und nicht sie? Würde dich das glücklich machen?«

Mit einem harten Stoß schubst Arsinoe ihn weg und geht zurück zum Haus. Es gibt noch so einiges, was sie Joseph gerne an den Kopf werfen würde, aber Jules sollte als Erste die Chance dazu bekommen.

»Ich bringe die hier nur kurz rein«, sie wackelt mit der Pralinenschachtel, »und dann sehe ich nach Jules.«

Es dauert nicht lange, bis sie ihre Freundin gefunden hat. Jules ist auf einem der Südfelder und bespricht gerade mit Ellis die Frühjahrsaussaat. Als sie Arsinoe sieht, weicht das Blut aus ihrem Gesicht, als wüsste sie bereits Bescheid.

»Irgendwann wirst du mit ihm reden müssen«, sagt Arsinoe.

»Muss ich?«

Ellis legt seiner Enkelin sanft die Hand auf die Schulter und setzt dann mit Jake auf dem Arm seinen Weg zwischen den Pflanzenreihen fort. Der kleine weiße Spaniel darf seit Beltane kaum einen Schritt auf seinen eigenen Pfoten machen. Ellis ist einfach nur dankbar, dass er nicht dem Gift zum Opfer gefallen ist, anders als die unglückseligen Tiervertrauten, die sich an den Resten des *Gave Noir* gütlich getan haben.

Jules und Arsinoe wandern gemeinsam zum Haus, wo Joseph und Billy warten.

Dann nimmt Arsinoe Billy am Ellbogen und zieht ihn mit sich fort, damit Jules und Joseph etwas Privatsphäre haben.

»In Ordnung«, sagt Jules. »Lass uns reden.«

Sie führt Joseph in das Schlafzimmer, das sie sich mit Arsinoe teilt, und schlägt Camden sanft die Tür vor der Nase zu. Noch weiß sie nicht, wie sich das Gespräch entwickeln und wie groß ihre Wut vielleicht werden wird. Aber wenn Camden Joseph etwas antut, würde sie das später wahrscheinlich bereuen.

Draußen hat Joseph noch angespannt gewirkt – und entschlossen. So als hätte er das, was er ihr gleich sagen wird, einstudiert. Doch hier drinnen, beim Anblick des Bettes, auf dem die beiden so viele schöne Momente miteinander geteilt haben, scheint er in sich zusammenzufallen.

»Wie konntest du das tun?«, fragt er leise. »Wie konntest du diesen Bären auf sie hetzen?«

»Ich habe ihn doch aufgehalten, oder nicht?«, faucht Jules. »Bist du etwa deswegen gekommen? Um mir Vorwürfe zu machen? Nicht etwa, um dich dafür zu entschuldigen, dass du dich in eine andere verliebt hast?«

»Es sind Menschen gestorben, Jules.«

Sie wendet sich ab. Als ob sie das nicht wüsste. Hält er sie für so dämlich? Es ging alles so schnell. Im einen Moment hatte sie den Bären noch unter Kontrolle, und im nächsten … Ihn wieder in den Griff zu bekommen war das Schwerste, was sie jemals getan hat. Aber sie konnte schließlich nicht zulassen, dass er Joseph anfiel.

Jules lehnt sich gegen den Schreibtisch und entdeckt dabei eine blaue Schachtel.

»Was ist das?«

»Die hat Billy für Arsinoe mitgebracht«, erklärt Joseph. »Eine Schachtel Pralinen.«

Jules hebt den Deckel an. Eigentlich mag sie keine Süßigkeiten, zumindest nicht so sehr wie Arsinoe.

»Gute Wahl«, stellt sie fest.

»Beantworte meine Frage, Jules. Warum hast du das getan?«

»Ich wollte ihn nicht loslassen!«, schreit sie. »Ich hatte ihn fest unter Kontrolle, bis ich ihren Tanz gesehen habe. Und dich. Die Art, wie du sie angesehen hast. So siehst du mich nie an.«

Joseph lässt die Schultern hängen. »Das ist nicht wahr«, wehrt er sich. »Natürlich sehe ich dich an. Ich sehe *dich*, Jules. Das habe ich immer getan.«

»Nicht so.« Vor ihrem inneren Auge sieht Jules wieder den Angriff des Bären vor sich. Hätte sie ihn davon abgehalten, Mirabella zu töten, wenn Joseph nicht im Weg gestanden wäre? Sie weiß es nicht. In ihrer Erinnerung gibt es nur die Wut und den Schmerz, die plötzlich alles in grelles Rot getaucht haben.

Jules holt eine Praline aus der Schachtel und schiebt sie sich in den Mund. Das Ding schmeckt nach nichts, aber wenigstens kann Joseph ihr keine weiteren Fragen stellen, während sie kaut.

»Am Abend der Anlandung«, flüstert sie, nachdem sie geschluckt hat, »als wir in meinem Zelt waren. Da wolltest du mich plötzlich nicht mehr anfassen. Das war ihretwegen, stimmt's?«

»Ja.«

Er sagt es ganz einfach. Dieses kleine Wort. Als wäre keine weitere Erklärung nötig. Keine Rechtfertigung. Als würde sich in Jules' Kopf nicht plötzlich alles wild drehen.

»Dann liebst du mich also nicht mehr? Hast du mich überhaupt je geliebt?« Sie stößt sich von der Tischplatte ab und ringt kurz um ihr Gleichgewicht. Ihr Magen verkrampft sich schmerzhaft. »Ich war ja so ein Idiot.«

»Nein«, protestiert Joseph.

Jules blinzelt verwirrt. Ihr wird schwarz vor Augen, dann ist ihre Sicht wieder klar, dann kehrt die Schwärze zurück. Unterhalb der Knie kann sie ihre Beine nicht mehr spüren.

»Jules, ich …«

»Joseph.« Beim Klang ihrer Stimme reißt er den Kopf hoch, streckt die Arme aus und fängt sie auf, als sie zusammenbricht. »Joseph«, keucht sie, »Gift.«

Entsetzt reißt er die Augen auf, sein Blick huscht zu der Pralinenschachtel hinüber. Aber dann verliert Jules das Bewusstsein, und er ruft panisch nach Cait und Ellis.

»Es ist meine Schuld«, behauptet Joseph.

»Halt die Klappe«, erwidert Arsinoe. »Wie könnte das deine Schuld sein?«

Seit die Heiler gegangen sind, haben sich die beiden nicht von Jules' Bett wegbewegt. Man könne nur abwarten und sie beobachten, meinten sie, bis das Gift entweder ihre Lunge oder ihr Herz lähmt. Da hat Cait die Heiler rausgeworfen. Sie hat sie aus dem Haus gejagt und dann stundenlang zusammengesunken am Küchentisch gesessen und geweint.

»Verdammt, wo steckt Madrigal?« Josephs Finger krallen sich in Camdens Fell. Der Berglöwe hat sich quer über Jules' Beine ausgestreckt.

»Die kommt damit nicht klar«, erklärt Arsinoe. In Wirklichkeit weiß sie, wo Madrigal ist: beim krummen Baum, wo sie betet und mit der Blutmagie feilscht. Sie ist dorthin gegangen, um das Leben ihrer Tochter zu erflehen.

Ellis klopft leise an die Tür und streckt den Kopf ins Zimmer.

»Arsinoe? Der Festlandjunge ist draußen, er will mit dir sprechen.«

Nachdem sie sich noch einmal die Tränen aus den Augen gewischt hat, steht Arsinoe auf. »Lass sie ja nicht allein, Joseph.«

»Bestimmt nicht«, verspricht er. »Niemals. Niemals wieder.«

Billy steht unten im Hof, mit dem Rücken zum Haus. Als er ihre Schritte hört, dreht er sich um, und für den Bruchteil einer Sekunde glaubt Arsinoe, er werde ihr um den Hals fallen, was er aber nicht tut.

»Ich habe nichts davon gewusst, Arsinoe. Das musst du mir glauben, ehrlich.«

»Das weiß ich.«

Pure Erleichterung huscht über sein Gesicht. »Es tut mir so leid. Wird sie wieder gesund?«

»Ich weiß es nicht. Die Heiler glauben es nicht.«

Langsam und vorsichtig nimmt Billy sie in den Arm, fast als hätte er Angst, Arsinoe könnte ihn beißen. Was sie wahrscheinlich auch tun würde, wenn es nicht so ein schönes Gefühl wäre, sich bei ihm anzulehnen.

»Dafür werden sie bezahlen, sie alle«, flüstert sie an seiner Schulter. »Sie werden heulen und bluten und bekommen, was sie verdient haben.«

Zwei Tage nachdem sie vergiftet wurde, schlägt Jules die Augen auf. Arsinoe ist so erschöpft, dass sie es zunächst für eine Halluzination hält, bis Camden auf Jules' Brust klettert und ihr das Gesicht ableckt.

Madrigal weint vor Freude. Ellis sinkt neben dem Bett auf die Knie und betet. Cait schickt ihre Krähe Eva los, damit sie noch einmal die Heiler holt.

Joseph weint hemmungslos und presst Jules' Hand an seine Wange.

Wieder einmal schleppt Arsinoe einen Blumenstrauß von Joseph in ihr gemeinsames Schlafzimmer und stellt die Vase auf das Fensterbrett. Bald ist kein Platz mehr frei. Inzwischen reihen sich so viele Gaben aneinander, dass es hier drinnen aussieht wie in einem Gewächshaus. Während sie die Blüten arrangiert, öffnen sich mit einem leisen Plopp einige Knospen. Arsinoe dreht sich zu Jules um, die aufrecht in den Kissen sitzt.

»Es geht dir also besser, was?«

»Ich wollte nur sehen, ob ich es noch kann.«

»Natürlich kannst du es noch. Du wirst es immer können.«

Arsinoe setzt sich auf die Bettkante und krault Camdens Flanke. Heute sieht Jules schon viel besser aus. Vielleicht ist sie jetzt endlich stark genug, um sich anzuhören, was Arsinoe schon so lange unter den Nägeln brennt.

»Was?«, fragt Jules sofort. »Was ist los? Du machst ein Gesicht wie Camden, wenn sie mal wieder Eier stibitzt hat.«

Arsinoe wirft einen Blick in den Flur hinaus, aber das Haus ist leer. Cait und Ellis sind im Garten, Madrigal treibt sich mit Matthew im Dorf herum.

»Ich muss dir etwas sagen«, beginnt Arsinoe. »Wegen der Pralinen.«

»Was denn? Geht es um Billy? War er das etwa?«

»Nein! Ich weiß nicht. Zumindest glaube ich es nicht.« Sie schluckt schwer und sieht Jules dann mit funkelnden Augen an.

»Ich habe auch welche gegessen.«

Verwirrt starrt Jules sie an.

»Als ich die Schachtel auf dem Tisch abgestellt habe«, erklärt Arsinoe. »Bevor ich zu dir aufs Feld gekommen bin. Drei habe ich gegessen, zwei mit Schokolade und ein Toffee.«

»Arsinoe …«

»Wann habe ich schon jemals etwas Süßes verschmäht?«

»Ich begreife das nicht ganz«, wundert sich Jules.

»Konnte ich auch nicht«, nickt Arsinoe, »zumindest zuerst nicht. Dir ging es so schlecht, und Joseph meinte, du hättest nur eine einzige Praline gegessen. Außerdem habe ich mir solche Sorgen um dich gemacht, dass ich erstmal gar nicht weiter darüber nachgedacht habe. Aber als du wieder aufgewacht bist, schon. Und plötzlich wurde es mir klar.«

Arsinoe beugt sich so weit vor, dass sie sich auf den Ellbogen abstützen muss.

»Ich war nie eine Königin ohne Gabe, Jules. Keine Bohne konnte ich reifen lassen, keine Tomate röten und keinen blöden Vogel auf meine Schulter rufen.« Sie spricht immer schneller, immer lauter, bis sie sich zusammenreißt und ruhig fortfährt: »Die ganze Zeit dachte ich, ich wäre ein Nichts. Aber ich bin kein Nichts, Jules.«

Lächelnd sieht Arsinoe ihre Freundin an.

»Ich bin eine Giftmischerin.«

Danksagung

Hallo zusammen! Was war das für eine Odyssee. Jahre voller Arbeit, so viele Menschen, denen man danken muss. Aber wo soll ich anfangen?

Vermutlich bei der Idee. Autoren werden oft gefragt, woher sie ihre Ideen nehmen, und bisher ist mir noch keine gute Antwort eingefallen. Umso toller ist es, dass ich diesmal eine hatte. Ich möchte mich herzlich bei meiner Freundin Angela Hanson und ihrem bienenzüchtenden Freund Jamie Miller bedanken, denn unser Gespräch über schwärmende Bienenvölker hat das alles in Gang gesetzt. Das Blaubeer-Ale war auch ziemlich hilfreich – Bienen und Bier, ihr zwei wisst wirklich, wie man Spaß hat!

Dann folgt der Sprung von der Idee zum Schreibprozess. Hier muss ich meiner Agentin Adriann Ranta danken (und natürlich für viele, viele andere Dinge). Als ich Adriann von der Idee erzählte, fingen ihre Augen an zu leuchten. Dann hat sie sich höflich meine Ideen für ein anderes Buch angehört, das ich zuerst schreiben wollte. Als das fertig war, hat sie es sogar gelesen. Aber ich wusste, dass sie diese Geschichte hier haben wollte. Also, Adriann: danke, dass du mich zu den drei Königinnen angespornt hast, als sie noch ein vager Hauch von Nichts waren, und dass du sie bis zum Ende gehütet hast.

Außerdem möchte ich Alexandra Cooper danken, meiner wundervollen Lektorin. Du hast so viel zur Welt der Königinnen beigesteuert. Und ich liebe deine Pingelfindigkeit. Ja, dieses Wort gibt es nicht, aber du weißt, was ich meine. Zudem bist du der beste Kämpfer, den ein Buch für sich antreten lassen kann. Diese Königinnen haben wirklich Glück gehabt.

Vielen Dank an all die Buchschaffenden bei HarperTeen: die überragende Grafikerin Aurora Parlagreco, den legendären Artdirector Erin Fitzsimmons, Publicitymagierin Olivia Russo und die Marketingkraftprotze Kim Vande Water und Lauren Kostenberger. Außerdem danke ich Jon Howard, einem weiteren herausragenden Lektor, und dem fantastischen Bearbeiter, der in voller Anonymität seinem Werk nachgeht, dessen Namen ich hier aber auch auflisten werde, falls ich ihn jemals in Erfahrung bringe! Es macht mich einfach sprachlos, wie viel Leidenschaft ihr alle in eure Projekte steckt. Und wie viel ihr dabei schafft!

Virginia Allyn, Stichwort Karte; John Dismukes, Stichwort Kronen. Ihr beide seid so talentierte Künstler!

Danke, Allison Devereux und Kirsten Wolf von Wolf Literary.

Großer Dank geht auch an Amy Stewart, der ich zwar nie begegnet bin, deren hervorragendes Buch *Gemeine Gewächse: Das A bis Z der Pflanzen, die morden, verstümmeln, berauschen und uns anderweitig ärgern* mir aber in Bezug auf die Gifte sehr geholfen hat. Natürlich habe ich mir gewisse Freiheiten herausgenommen, sollten einige Fakten also nicht ganz stimmen, gebt nicht ihr die Schuld.

Ich bedanke mich bei der Autorin April Genevieve Tucholke dafür, dass sie einen der frühen Entwürfe gelesen und mir anschließend auch gesagt hat, dass er ihr gefallen hat.

Vielen Dank an euch Leser, Bibliothekare, Blogger, Buchhändler, Buchtuber und Buchlecker (ein paar von euch habe ich erwischt; kein Grund zur Scham, lecket und seid stolz darauf).

Auch bedanke ich mich bei meinen Eltern (bereit für das nächste Erscheinungstag-Barbecue?), meinem Bruder Ryan und meiner Freundin Susan Murray. Danke, Missy Goldsmith.

Und weil's Glück bringt: Danke, Dylan Zoerb.

Kendare Blake

DER SCHWARZE THRON

Die Königin

Übersetzt von
Charlotte Lungstrass-Kapfer

blanvalet

Personenverzeichnis

INDRIDSKAMM
Hauptstadt, Heimat von Königin Katharine

DIE ARRONS
Natalia Arron, *Matriarchin der Familie Arron, Oberhaupt des Schwarzen Rates*
Genevieve Arron, *Natalias jüngere Schwester*
Antonin Arron, *Natalias jüngerer Bruder*
Pietyr Renard, *Natalias Neffe, Sohn ihres Bruders Christophe*

ROLANTH
Heimat von Königin Mirabella

DIE WESTWOODS
Sara Westwood, *Matriarchin der Familie Westwood, besonderes Element: Wasser*
Bree Westwood, *Sara Westwoods Tochter, Freundin der Königin, besonderes Element: Feuer*

WOLFSQUELL

Heimat von Königin Arsinoe

DIE MILONES

Cait Milone, *Matriarchin der Familie Milone, Familiaris: Eva, eine Krähe*

Ellis Milone, *Ehemann von Cait und Vater ihrer Kinder, Familiaris: Jake, ein weißer Spaniel*

Caragh Milone, *ältere Tochter von Cait, wurde in die Schwarze Kate verbannt, Familiaris: Juniper, eine braune Jagdhündin*

Madrigal Milone, *jüngere Tochter von Cait, Familiaris: Aria, eine Krähe*

Juillenne »Jules« Milone, *Tochter von Madrigal, stärkste Naturbegabte seit Jahrzehnten und Freundin der Königin, Familiaris: Camden, eine Berglöwin*

DIE SANDRINS

Matthew Sandrin, *ältester Sohn der Familie Sandrin. War früher mit Caragh Milone verlobt.*

Joseph Sandrin, *mittlerer Sohn der Familie Sandrin, Freund von Arsinoe. War fünf Jahre lang auf dem Festland in Verbannung.*

ANDERE

Luke Gillespie, *Besitzer von Gillespies Buchladen, Freund von Arsinoe, Familiaris: Hank, ein schwarz-grüner Hahn*

William »Billy« Chatworth Junior, *Pflegebruder von Joseph Sandrin, Freier der Königinnen*

DER TEMPEL

Hohepriesterin Luca
Priesterin Rho Murtra
Elizabeth, *Initiandin und Freundin von Königin Mirabella*

DER SCHWARZE RAT

Natalia Arron, *Giftmischerin*
Genevieve Arron, *Giftmischerin*
Lucian Arron, *Giftmischer*
Antonin Arron, *Giftmischer*
Allegra Arron, *Giftmischerin*
Paola Vend, *Giftmischerin*
Lucian Marlowe, *Giftmischer*
Margaret Beaulin, *Kriegerin*
Renata Hargrove, *ohne Gabe*

Greavesdrake Haus

Natalia Arron beobachtet mit kritischem Blick, wie ihre jüngere Schwester Greavesdrake wieder vereinnahmt. Genevieve war nur für wenige Monate des Hauses verwiesen worden. Betrachtet man allerdings die endlose Reihe von Koffern, die nun von den Dienern durch die Vordertür geschleppt werden, könnte man meinen, es wären Jahre vergangen.

»Es wird so guttun, wieder im eigenen Bett zu schlafen«, stellt Genevieve fest und atmet tief ein. Das Haus riecht nach poliertem Holz, Büchern und dem pikanten, mit Gift versetzten Eintopf, der in der Küche vor sich hin kocht.

»Das Bett im Stadthaus ist ebenfalls dein eigenes«, erwidert Natalia. »Tu nicht so, als hättest du leiden müssen.«

Aus den Augenwinkeln wirft Natalia ihrer kleinen Schwester einen prüfenden Blick zu. Genevieves Wangen sind zart gerötet, und ihre violetten Augen funkeln. Lange blonde Locken wellen sich auf ihren Schultern. Sie gilt als die schöne Arron-Schwester. Wenn die Leute allerdings wüssten, welch verschlagene Gedanken durch dieses hübsche Köpfchen spuken …

»Da du nun wieder zuhause bist, erweise dich als nützlich«, fährt Natalia fort. »Was erzählt man sich im Rat?«

»Deine Geschichte wurde verbreitet, wie du es angeordnet hast: dass Königin Katharine den von Königin Arsinoe initiierten Bärenangriff überlebt und sich klugerweise versteckt gehalten hat, bis keine Gefahr mehr bestand. Trotzdem kursieren gewisse Gerüchte.«

»Was für Gerüchte?«

»Hauptsächlich Schwachsinn.« Genevieve winkt ab, doch Natalia runzelt irritiert die Stirn. Schwachsinn kann zur Wahrheit werden, wenn genug Ohren ihm lauschen.

»Welche Art von Schwachsinn?«

»Dass Katharine *nicht* überlebt hat. Einige behaupten sogar, Zeuge ihres Todes geworden zu sein, andere glauben, sie bei ihrer Rückkehr gesehen zu haben – schlammverschmiert, mit fahler Haut und blutverkrusteten Lippen. Man nennt sie die *Untote Katharine.* Ist das zu fassen?«

Natalia lacht laut auf und verschränkt die Arme vor der Brust. Absolut lächerlich. Trotzdem missfällt es ihr.

»Aber was ist denn in jenen Tagen, in denen Katharine verschollen war, tatsächlich mit ihr geschehen?«, will Genevieve wissen. »Weißt selbst du es nicht?«

Vor Natalias innerem Auge erscheint das Bild von Katharine in jener Nacht, als sie zurückkehrte, voller Dreck und blutender Wunden. Stumm stand sie in der Eingangshalle, die verfilzten schwarzen Haare hingen ihr ins Gesicht. Wie ein Monster hatte sie ausgesehen.

»Ich weiß genug«, antwortet sie und wendet sich ab.

»Man munkelt, sie habe sich verändert. Inwiefern ist das möglich? Ist sie schon stark genug, um wieder mit den Giften zu üben?«

Natalia schluckt schwer. Zu üben wird nicht mehr nötig sein. Doch sie sagt nichts, sondern signalisiert Genevieve mit einem Kopfnicken, ihr zu folgen, bevor sie sich auf die Suche nach Kat macht. Soll Genevieve es sich doch selbst ansehen.

Gemeinsam gehen sie durch die langen Flure des Herrenhauses, wo das Licht nur gedämpft durch die geschlossenen Vorhänge fällt. Die Schritte der Diener, die noch immer Genevieves Gepäck verräumen, verhallen hinter ihnen.

Genevieve zieht ihre Reisehandschuhe aus und lässt sie in der Tasche ihrer Reithose verschwinden. Die weiche, leuchtend rote Veloursjacke passt ausgezeichnet dazu. Mit einer schnellen Bewegung klopft sie sich ein unsichtbares Staubkorn vom Oberschenkel.

»Wir haben noch so viel zu tun«, sagt sie dann. »Die Freier können schon morgen eintreffen.«

Natalias Mundwinkel zuckt. *Die* Freier. Aber nur ein einziger hat um die erste Werbung bei Katharine ersucht. Dieser blonde Junge, Nicolas Martel. Trotz Katharines starkem Auftritt bei dem Giftmahl an Beltane haben die beiden anderen Freier beschlossen, ihr Glück bei Arsinoe zu versuchen.

Bei Arsinoe mit dem vernarbten Gesicht, der ausgefransten Hose und dem kurzen, ungepflegten Haar. So etwas kann doch niemand anziehend finden. Vermutlich sind sie alle neugierig auf ihren Bären.

»Wer hätte gedacht, dass unsere Königin nur eine Anfrage bekommt?«, fasst Genevieve Natalias säuerliche Miene in Worte.

»Das ist nicht von Belang. Nicolas Martel ist der Beste von ihnen. Gäbe es da nicht das schon lange bestehende Bündnis mit Billy Chatworths Vater, wäre er meine erste Wahl.«

»Billy Chatworth haben wir an die Bärenkönigin verloren«, murmelt Genevieve. »Das weiß bereits die ganze Insel.«

»Billy Chatworth wird tun, was sein Vater ihm befiehlt«, faucht Natalia. »Und nenne Arsinoe nicht Bärenkönigin. Wir wollen doch nicht, dass dieser Name Schule macht.«

Sie gehen an der Treppe vorbei, die zu Katharines Räumen führt.

»Ist sie nicht in ihrem Zimmer?«, wundert sich Genevieve.

»Heutzutage weiß man nie so genau, wo sie sich aufhält.«

Gerade kommt ein Hausmädchen mit einer Vase voll weißer Oleanderzweige vorbei und knickst hastig.

»Wo ist die Königin?«, fragt Natalia sie.

»Im Wintergarten«, antwortet das Mädchen.

»Danke schön«, erwidert Genevieve, dann reißt sie dem Mädchen mit einem Ruck die Haube vom Kopf und entblößt so die dunklen Wurzeln ihrer Arron-blond gefärbten Haare. »Und nun geh und kümmere dich um dein Haar.«

Der Wintergarten ist luftig und hell, die vielen Fenster sind nicht verdeckt. Weiße Farbe strahlt an den Wänden, und auf dem Sofa liegen bunte Kissen. Irgendwie scheint der Raum gar nicht richtig zum Haus der Arrons zu gehören und wird fast ausschließlich genutzt, um Gäste zu empfangen. Nun aber finden Natalia und Genevieve dort eine leise vor sich hin summende Katharine vor, die zwischen vielen kleinen Päckchen steht.

»Sieh mal, wer wieder hier ist«, sagt Natalia.

Katharine drückt den Deckel auf ein hübsches violettes Schächtelchen, dann dreht sie sich mit einem breiten Lächeln zu den beiden Frauen um.

»Genevieve! Wie schön, dass Antonin und du wieder auf Greavesdrake seid.«

Genevieve klappt die Kinnlade herunter. Das letzte Mal hat sie Katharine am Tag nach deren Rückkehr gesehen, und damals war sie in einem schrecklichen Zustand, noch immer ungewaschen und mit aus dem Fleisch gerissenen Fingernägeln.

Während ihre Schwester Katharine nun fassungslos anstarrt, kann Natalia mühelos ihre Gedanken erraten. Wo ist das kleine Mädchen mit dem naiven Puppenblick und dem streng geflochtenen Zopf geblieben? Das magere Ding, das brav den Kopf einzieht und nur lacht, wenn der andere zuerst damit anfängt?

Wo auch immer jene Katharine stecken mag, hier ist sie jedenfalls nicht.

»Antonin …«, stammelt Genevieve, als sie ihre Sprache wiederfindet. »Er ist bereits hier?«

»Natürlich«, erwidert Natalia. »Ihn habe ich zuerst zurückbeordert.«

Genevieve ist immer noch so schockiert vom Anblick der Königin, dass sie nicht einmal schmollt. Mit schnellen Schritten tritt Katharine auf sie zu und umfasst Genevieves Handgelenke. Falls die Königin bemerkt, dass diese dabei vollkommen gegen ihre Gewohnheit zusammenzuckt, zeigt sie es nicht. Stattdessen nimmt sie ihre Hand und zieht sie in den Wintergarten hinein.

»Gefallen dir meine Präsente?« Katharine zeigt auf

die Päckchen. Sie sind alle wunderschön, sorgfältig in buntes Papier eingeschlagen und mit Satinbändern oder großen weißen Samtschleifen verziert.

»Von wem stammen sie?«, erkundigt sich Genevieve. »Von den Freiern?«

»Es geht nicht um das *von*«, widerspricht Katharine, »sondern um das *für*. Sobald ich die letzten Details arrangiert habe, werden sie nach Rolanth geschickt, zu meiner lieben Schwester Mirabella.«

Sanft fährt Katharine mit ihrem in schwarzes Leder gekleideten Zeigefinger über eine der Schleifen.

»Verrätst du uns auch, was die Geschenke enthalten?«, fragt Natalia. »Oder müssen wir raten?«

Mit einer schnellen Kopfbewegung befördert Katharine eine verirrte Haarsträhne über ihre Schulter. »Meine Schwester wird die verschiedensten Dinge in ihnen vorfinden: mit Gift präparierte Handschuhe, giftige Schmuckstücke oder auch eine getrocknete Chrysanthemenknospe, die mit einem Toxin bestrichen ist, das seine Wirkung in heißem Tee entfaltet und sie aufblühen lässt.«

»Das wird niemals funktionieren«, gibt Genevieve zu bedenken. »Sie werden sämtliche Päckchen überprüfen. Du kannst Mirabella nicht mit ein paar hübschen Giftpräsenten töten.«

»Wir haben auch die Naturbegabte mit einem hübschen Giftpräsent fast getötet«, kontert Katharine leise. Dann seufzt sie. »Aber wahrscheinlich hast du recht. Das hier dient lediglich der Unterhaltung.«

Natalia mustert die vielen Schachteln. Über ein Dutzend stehen hier, in verschiedenen Größen und Farben. Und sie werden vermutlich alle einzeln befördert werden, von unterschiedlichen Kurieren. Diese Kuriere wiederum werden mehrmals gewechselt werden, in den verschiedenen Städten, bevor die Päckchen schließlich Rolanth erreichen. Ziemlich viel Mühe für ein wenig Unterhaltung.

Katharine verziert einen der Geschenkanhänger mit ein paar schwarzen Tintensternen und Kringeln. Dann setzt sie sich auf das mit weiß-goldenem Brokat bezogene Sofa und greift nach einer Platte mit schwarzen Tollkirschen. Sie stopft sich eine Handvoll davon in den Mund und zerkaut sie so heftig, dass der giftige Saft aus ihren Mundwinkeln quillt. Genevieve keucht auf und dreht sich zu Natalia um, aber die bleibt ihr eine Erklärung schuldig. Sobald Katharines Verletzungen abgeklungen waren, hatte sie sich dem Gift zugewandt und angefangen, es regelrecht zu verschlingen.

»Noch immer keine Nachricht von Pietyr?«, fragt die Königin, während sie sich den Saft vom Kinn wischt.

»Nein. Nichts Neues. Nach deiner Rückkehr habe ich ihm sofort geschrieben und ihn hierher zitiert. Zudem habe ich eine Nachricht an meinen Bruder gesandt, um herauszufinden, wo er so lange bleibt. Doch von Christophe kam ebenfalls keine Antwort.«

»Dann werde ich Pietyr eben selbst schreiben«, beschließt Katharine. Sie drückt sich eine Hand auf den Magen, als die Tollkirschen ihre Wirkung entfalten. Wäre Katharines Gabe erwacht, dürfte das Gift ihr keine Schmerzen zufügen. Und doch scheint sie nun mehr zu vertragen als je zuvor. Bei jeder Mahlzeit nimmt sie so viel Gift zu sich, als wäre es ein *Gave Noir.* Katharine lächelt breit. »Ich werde einen Brief an ihn aufsetzen, bevor ich heute Abend zum Tempel fahre.«

»Das ist eine gute Idee«, nickt Natalia. »Du wirst ihn mit Sicherheit umstimmen können.«

Mit einer knappen Geste signalisiert sie Genevieve, den Wintergarten zu verlassen. Die arme Genevieve. Sie weiß gar nicht mehr, wie sie sich verhalten soll. Am liebsten wäre sie wohl gemein zu dem Mädchen, würde es zwicken oder schlagen, aber diese Königin hier wirkt, als würde sie zurückschlagen. Stirnrunzelnd entscheidet sich Genevieve für einen angedeuteten Knicks.

»Dann ist ihre Gabe also erwacht?«, fragt sie flüsternd, sobald die beiden Schwestern die Treppe erreicht haben. »Wie sie diese Beeren gegessen hat … aber durch ihre Handschuhe konnte ich spüren, dass ihre Finger geschwollen waren.«

»Ich weiß es nicht«, erwidert Natalia leise.

»Vielleicht entfaltet ihre Gabe sich gerade?«

»Falls dem so ist, habe ich das noch nie auf diese Art beobachtet.«

»Sollte ihre Gabe nicht erwacht sein, muss sie vorsichtiger sein. Zu viel Gift … sie könnte sich selbst Schaden zufügen. Vielleicht sogar bleibenden.«

Natalia hält abrupt an.

»Das weiß ich. Aber ich kann sie einfach nicht davon abhalten.«

»Was ist mit ihr geschehen? Wo war sie in jenen Tagen?«

Wieder denkt Natalia an das fahle, vollkommen durchgefrorene Mädchen zurück, das wie ein Schatten ins Haus geschlichen war. Manchmal taucht diese Gestalt in ihren Träumen auf und schlurft mit den steifen Gliedern einer Toten auf ihr Bett zu. Natalia wird von einem kalten Schauer erfasst. Trotz der warmen Sommerluft ringsum sehnt sie sich plötzlich nach einem Kaminfeuer und einer schützenden Decke auf ihren Schultern.

»Vielleicht ist es besser, wenn wir es nicht wissen.«

Katharines Brief an Pietyr besteht aus nur sechs Zeilen:

Mein liebster Pietyr,
kehre zu mir zurück, sofort.
Fürchte dich nicht.
Komme schnell.
Deine
Königin Katharine

Armer Pietyr. In Katharines Vorstellung hat er sich irgendwo verkrochen. Oder rennt kopflos durch dichtes Dornengestrüpp, das wie mit Messern seine Haut zerfetzt – so wie bei ihr in jener Nacht, als sie sich an der Brecciaspalte getroffen haben. In jener Nacht, als er sie hinuntergestoßen hat.

»Ich muss meine Worte vorsichtig wählen, Herzliebchen«, raunt sie der Schlange zu, die sich um ihr Handgelenk windet. »Damit er mich immer noch für seine gefügige kleine Königin hält.« Sie lächelt. »Ich darf ihn nicht verschrecken.«

Wahrscheinlich denkt Pietyr, dass er bei seiner Rückkehr im Kerker unter dem Volroy landen wird. Dass die Königin eine mit der Gabe des Krieges gesegnete Wache veranlassen wird, seinen Schädel gegen die Steinmauern zu schlagen, bis sein Hirn herausspritzt. Aber Katharine hat niemandem verraten, welche Rolle er bei ihrem Absturz in jener Nacht gespielt hat. Und das wird sie auch nicht tun. Natalia hat sie erzählt, sie sei auf der panischen Flucht vor Arsinoes Bären gestolpert und ganz von allein in die Brecciaspalte gefallen.

Von ihrem Schreibtisch aus sieht Katharine aus dem Fenster. Im Osten, hinter den Felsbruchhügeln, schimmert die Hauptstadt Indridskamm im Licht des Nachmittags. Und in ihrer Mitte ragen die beiden schwarzen Türme des Volroy steil in den Himmel auf, das Zentrum der gewaltigen Festung, die alles andere überschattet. Im Vergleich zu ihr wirken selbst die Berge gedrungen, wie Trolle, die sich vor dem hellen Sonnenschein zusammenkauern.

Die Tollkirschen lassen Katharines Magen verkrampfen, aber sie zuckt nicht einmal zusammen. Inzwischen ist es über einen Monat her, dass sie sich mit letzter Kraft aus dem Herzen der Insel emporgekämpft hat, und nun kann Katharine einfach allem standhalten.

Sie beugt sich vor und drückt das Fenster auf. Seit Neuestem riecht es in ihren Räumen immer leicht nach Erbrochenem und den verschiedenen Tieren, an denen sie ihre Gifte testet. Überall auf den Tischen stehen Käfige mit Vögeln und kleinen Nagern, andere reihen sich an der Wand auf. Einige der Tiere sind bereits tot und warten darauf, entsorgt zu werden.

Katharine tippt mit dem Finger gegen den Käfig auf der Schreibtischplatte, um die graue Maus darin aufzuscheuchen. Sie ist auf einem Auge blind, und ihr Fell ist durch die diversen Gifte, mit denen Katharine sie eingerieben hat, fast vollständig ausgefallen. Als die Königin nun ein kleines Stück Keks durch das Käfiggitter schiebt, kriecht das Tier zwar darauf zu, schnüffelt aber nur vorsichtig daran, zu ängstlich, um zu fressen.

»Einst war ich eine Maus«, stellt Katharine fest und zieht einen Handschuh aus. Dann greift sie in den Käfig und streichelt den kahlen Rücken des kleinen Nagetiers. »Aber das bin ich nicht mehr.«

Wolfsquell

Arsinoe und Jules sitzen gerade am Küchentisch und schnippeln kleine rote Kartoffeln, als Jules' Großvater Ellis mit seinem Familiaris hereingestürmt kommt. Er zieht vielsagend die grauen Augenbrauen hoch und präsentiert einen schmalen, dunklen Briefumschlag mit dem Siegel des Schwarzen Rates.

Oma Cait unterbricht ihre Hackarbeit an den Kräutern gerade mal lange genug, um sich eine Haarsträhne aus der Stirn zu pusten. Dann widmen sich die drei Frauen wieder ihren anstehenden Aufgaben.

»Will ihn denn niemand lesen?«, fragt Ellis. Er legt den Brief auf den Tisch und hebt seinen Spaniel Jake vom Boden auf, damit er an den Kartoffeln schnüffeln kann.

»Wozu?«, schnaubt Cait. »Wir können uns doch denken, was drinsteht.« Sie deutet mit dem Kinn auf eine Schüssel am anderen Ende der Küche. »Könntest du mir jetzt bitte vier Eier trennen?«

Ellis setzt Jake ab und reißt den Umschlag auf.

»Sie weisen uns ausdrücklich darauf hin, dass sämtliche Freier um die erste Werbung bei Königin Katharine ersucht haben«, fasst er zusammen, was er liest.

»Lüge«, murmelt Jules.

»Kann sein, spielt aber keine Rolle. Außerdem schreiben sie, dass wir die Freier Thomas ›Tommy‹ Stratford und Michael Percy bei uns empfangen dürfen.«

»Zwei?« Angewidert verzieht Arsinoe das Gesicht. »Warum denn gleich zwei? Und warum überhaupt?«

Jules, Cait und Ellis wechseln einen vielsagenden Blick. Es gilt als großes Kompliment, wenn mehr als ein Freier zur selben Zeit ankommt. Vor dem Auftritt mit dem Bären an Beltane hatte niemand damit gerechnet, dass überhaupt jemand um die erste Werbung bei Arsinoe ersuchen würde, geschweige denn gleich zwei Kandidaten.

»Sie können jederzeit eintreffen«, stellt Ellis fest. »Und wer weiß, wie lange sie bleiben werden, wenn du ihnen gefällst.«

»Dann sind sie bis Ende der Woche wieder weg.« Arsinoe zerteilt eine Kartoffel.

Jules nimmt Ellis den Brief aus der Hand.

»Tommy Stratford und Michael Percy.« Sie erinnert sich zwar nur noch verschwommen an das Beltanefest, aber das waren die beiden Jungs, die bei der Anlandung gemeinsam auf einem Schiff waren. Damals schienen sie die ganze Zeit nur zu lachen. Billy wollte sie am liebsten erwürgen.

Arsinoe wirft ihr Messer hin und schichtet die letzten Kartoffelscheiben auf eine Holzplatte.

»Fertig, Cait. Was kommt jetzt?«

»Jetzt verschwindest du aus diesem Haus«, antwortet Cait. »Du kannst dich nicht ewig in meiner Küche verkriechen.«

Arsinoe sackt auf ihrem Stuhl zusammen. Die Bewohner von Wolfsquell kriegen einfach nicht genug von ihrer Bärenkönigin. Auf dem Markt scharen sie sich um sie und wollen immer neue Geschichten von ihrem Braunbären hören. Sie kaufen große silbrige Fische für ihn und erwarten, dass Arsinoe es sich ebenfalls schmecken lässt. Am besten noch roh, direkt vor ihren Augen. Schließlich wissen die Einwohner nicht, dass die Sache mit dem Bären nur eine Täuschung war; dass er bloß für die Erwachenszeremonie auf die Bühne gerufen wurde und wie eine Marionette für Arsinoe getanzt hat. Sie wissen nicht, dass eigentlich Jules ihn kontrolliert hat, unterstützt von niederer Magie. Nur die Familie ist eingeweiht, außerdem Joseph und Billy. Und noch weniger Menschen kennen Arsinoes allergrößtes Geheimnis: dass sie gar keine Naturbegabte ist, sondern eine Giftmischerin. Sie selbst hat ihre Gabe erst entdeckt, nachdem Jules und sie vergiftete Pralinen von Katharine gegessen haben. Jules wäre daran fast gestorben, und noch immer humpelt sie und leidet unter starken Schmerzen. Arsinoe hingegen ist nicht einmal krank geworden.

Dieses Geheimnis teilen nur Jules, Joseph und sie.

»Komm mit.« Jules klopft Arsinoe auf die Schulter und erhebt sich steif von ihrem Stuhl. Ihre Berglöwin Camden springt ebenfalls auf, schont dabei allerdings die Schulter, die sie sich bei dem Angriff von Arsinoes erstem vorgetäuschten Familiaris gebrochen hat. Jenem inzwischen toten Bären, der auch das Gesicht der Königin entstellt hat. Zwischen der Attacke, bei der Camden verkrüppelt wurde, und dem Giftanschlag, der Jules zum Krüppel gemacht hat, lagen nicht einmal zwei Monate. Fast scheint es so, als habe die Göttin in all ihrer Grausamkeit beschlossen, dass die beiden so besser zusammenpassen.

»Wo gehen wir hin?«, will Arsinoe wissen.

»Hauptsache, weg von hier«, befiehlt Cait, während sie ein paar Gemüseschnipsel auf die Schränke schleudert, damit die Krähen Aria und Eva sie sich holen können. Nachdem die beiden Vögel dankbar angefangen haben zu picken, fügt Cait etwas leiser hinzu: »Soll ich dir noch einen Weidenrindentee kochen, bevor ihr geht, Jules?«

»Nein, Oma, mir geht's gut.«

Draußen auf dem Hof marschiert Arsinoe zunächst hinter Jules und Camden her, die den warmen Sonnenschein auf ihren steifen Gliedern genießen. Kurz hinter dem Hühnerstall biegt sie aber abrupt zu einem Holzstapel ab.

»Was wühlst du denn da herum?«, will Jules wissen.

»Ach, nichts.« Doch dann kehrt Arsinoe mit einem Buch in der Hand zurück und streicht sorgfältig die Rindenstückchen von dem weichen grünen Einband. Als sie es hochhält, runzelt Jules missbilligend die Stirn. Es handelt sich um ein Buch über Giftpflanzen, das Arsinoe heimlich aus Lukes Buchladen mitgenommen hat.

»Du bist so unachtsam«, schimpft sie. »Was, wenn dich jemand damit sieht?«

»Dann werden sie denken, ich plane meine Rache wegen dem, was mit dir passiert ist.«

»Du willst mithilfe eines Buches die Giftmischer vergiften? Giftmischer kann man nicht vergiften, oder?«

»Sag das zehnmal ganz schnell hintereinander.«

»Ich meine es ernst, Arsinoe.« Obwohl sie ganz allein auf dem Hof stehen, senkt Jules ihre Stimme zu einem Flüstern. »Wenn irgendjemand herausfindet, was du wirklich bist, verlieren wir unseren einzigen Vorteil. Willst du das aufs Spiel setzen?«

»Nein«, gibt Arsinoe leise zu. Sie will sich nicht länger streiten und kann Jules' ständiges Gerede von Vorteilen und Strategien langsam nicht mehr hören. Jules hat schon angefangen, ihre neuen Optionen durchzugehen, bevor sie nach dem Giftanschlag überhaupt das Bett verlassen konnte.

»Das klingt nicht überzeugend«, stellt Jules nun fest.

»Ich bin auch nicht überzeugt. Ich will meine Schwestern nicht töten. Und ich glaube auch nicht, dass sie mich töten wollen.«

»Aber das werden sie.«

»Woher willst du das wissen?«

»Weil jede Königin es getan hat. Seit Anbeginn der Zeiten.«

Arsinoe knirscht mit den Zähnen. Seit Anbeginn der Zeiten. Laut einer alten Legende schenkte die Göttin den Menschen die Gaben, erworben durch das Opfer der Königinnen – den Drillingen, die auf die Insel gesandt wurden, als die Menschen noch in wilden Stämmen zusammenlebten. Die Stärkste von ihnen ermordete ihre beiden Schwestern, deren Blut die Insel nährte. Von da an herrschte sie als Königin, bis die Göttin neue Drillinge sandte, die heranwuchsen, töteten und die Insel nährten. Früher war das ein Instinkt, so heißt es. Ein Urtrieb, einander zu töten wie Hirsche, die im Herbst um ihr Revier kämpfen. Aber das ist alles nur eine Geschichte.

»Arsinoe? Du weißt, dass sie es tun werden. Dass sie dich umbringen werden, ob sie es nun wollen oder nicht. Sogar Mirabella.«

»Das sagst du doch nur wegen Joseph«, wehrt sich Arsinoe. »Aber Mirabella wusste es nicht und … sie konnte nicht anders.« *Es war meine Schuld,* hätte Arsinoe fast hinzugefügt, bringt es aber noch immer nicht über sich, ihre Tat zuzugeben – trotz allem, was ihr misslungener Zauber sie schon gekostet hat. Noch immer ist sie zu feige.

»Das ist nicht der Grund«, behauptet Jules. »Außerdem war diese Sache mit Joseph … ein Missverständnis. Er liebt Mirabella nicht. Während es mir so schlecht ging, ist er nicht von meiner Seite gewichen.«

Jules kann Arsinoe nicht in die Augen sehen. Wie sehr hat sie versucht, das zu glauben. Und ihm zu verzeihen.

»Vielleicht sollten wir einfach abhauen«, fährt Jules dann fort. »Abtauchen und uns verstecken, bis eine Königin die andere ausgeschaltet hat. Solange sie einander als Ziel dienen, machen sie vielleicht gar nicht groß Jagd auf dich. Wozu im Unterholz nach einem Birkhuhn suchen, wenn mitten auf der Lichtung ein Reh steht? Ich habe ein paar Nahrungsmittel beiseitegeschafft, nur für alle Fälle. Vorräte. Für den ersten Streckenabschnitt könnten wir Pferde nehmen, sie später gegen Proviant eintauschen und dann zu Fuß weitergehen. Wir bleiben immer in Bewegung, und zwar in der Gegend rund um die Hauptstadt, wo niemand nach dir suchen wird. So erfahren wir es auch, wenn eine von ihnen ums Leben kommt.« Jules wirft Arsinoe einen schnellen Blick zu. »Und nur fürs Protokoll: Ich hoffe, dass Katharine als Erste stirbt. Es wird leichter sein, Mirabella mit Gift zu töten, wenn sie von dieser Seite keinen Angriff mehr erwartet.«

»Und wenn Mirabella als Erste stirbt?«, hakt Arsinoe nach. Jules zuckt mit den Schultern.

»Dann musst du Katharine die Kehle aufschlitzen,

denke ich. Mit ihrer Gabe kann sie dir schließlich nichts anhaben.«

Arsinoe seufzt schwer. Ganz egal, welche Königin als Erste stirbt, das alles ist verdammt riskant. Ohne einen Bären, der sie verteidigt, kann Mirabella sie mühelos umbringen, und wenn Katharine sie mit einer vergifteten Klinge angreift, würde ihr geheimes Dasein als Giftmischerin enthüllt. Und sollte Arsinoe dann tatsächlich gewinnen, stünden dann sofort die Arrons bei ihr auf der Türschwelle und würden sie mitnehmen, um sie als nächste hauseigene Giftmischerin auf den Thron zu setzen.

Aber es muss doch einen Ausweg geben, irgendeine Möglichkeit, wie wir alle da rauskommen …

Wenn Arsinoe bloß mit ihren Schwestern reden könnte. Notfalls auch unter Zwang. Wenn sie eine Pattsituation herbeiführen könnte und man sie alle drei im Turm einsperren würde. Wenn sie nur miteinander reden könnten, dann würde bestimmt alles anders kommen.

»Du musst dieses Buch loswerden«, beharrt Jules. »Ich ertrage seinen Anblick nicht.«

Schuldbewusst schiebt Arsinoe den Band in ihre Weste.

»Wie würdest du dich denn fühlen, wenn ich dir befehlen würde, dich von Camden fernzuhalten?«, protestiert sie trotzdem. »Wenn du die Giftmischer hasst, hasst du auch mich.«

»Das ist nicht wahr, du bist eine von uns. Wurdest du nicht von Naturbegabten großgezogen? Bist du nicht im Grunde deines Herzens eine Naturbegabte?«

»Ich bin eine Milone«, sagt Arsinoe leise. »Mit ganzem Herzen.«

Die Büsche und das Gras auf der Wiese nördlich vom Hartriegelteich stehen so dicht, dass Arsinoe sich tief bücken muss, um sie auseinanderzuschieben. Sie hat Jules runter ins Dorf geschickt, damit sie im Gasthaus *Zum Löwen* nach Joseph und Billy sucht – mit dem Versprechen nachzukommen, sobald sie ein sicheres Versteck für das Giftbuch gefunden hat. Was eine Lüge war. Nun hockt sie hier und durchkämmt das Gras, und es dauert auch nicht lange, bis sie findet, wonach sie gesucht hat: einen mit feinen weißen Blüten besetzten Wasserschierlingsstängel.

Das für Arsinoe bestimmte Gift, das Katharine geschickt und von dem auch Jules etwas abbekommen hatte, enthielt wahrscheinlich ebenfalls Schierling. Laut Buch bereitet es einen friedvollen Tod, da der Körper von den Füßen an aufwärts nach und nach gelähmt wird.

»Friedvollen Tod«, murmelt Arsinoe abschätzig. In Kombination mit den anderen Giften, die Katharine beigemischt hatte, war nichts davon mehr friedvoll gewesen. Nein, grauenhaft. Langsam wirkend, zerstörerisch und eine entsetzliche Qual für Jules.

»Warum hast du das getan, kleine Schwester?«, fragt sich Arsinoe laut. »Warst du wütend? Dachtest du, ich hätte den Bären auf dich gehetzt, damit er dich zerfetzt?«

Aber die Katharine in ihrem Kopf antwortet nicht.

Die kleine Katharine. Als sie noch Kinder waren, hatte sie immer die längsten Haare von allen. Und die schönsten. Ihr Gesicht hatte die feinsten Züge gehabt. Oft ließ sie sich flach auf dem Rücken in dem kleinen Fluss hinter der Kate treiben, und ihre Haare umschwebten sie wie eine schwarze Wolke aus Seegras. Mirabella schickte dann kleine Strömungswirbel durch das Wasser, bis Katharine gar nicht mehr aufhören konnte zu lachen.

Vor Arsinoes innerem Auge blitzt Jules' schmerzverzerrtes Gesicht auf. Mit der kleinen Katharine ist nicht zu spaßen.

Aus einem Impuls heraus beugt sie sich vor und reißt den Schierling mit der Wurzel aus. Eigentlich sollte sie all ihre liebevollen Kindheitserinnerungen verbannen. Und sie würde auch keine hüten, wäre da nicht die verflucht sentimentale Mirabella gewesen, die Arsinoe Dinge ins Gedächtnis gezaubert hatte, die vielleicht niemals wahr waren.

»Und selbst wenn doch«, murmelt Arsinoe. »Jules hat recht.« Noch vor Ablauf dieses Jahres würden zwei von ihnen sterben. Und trotz all ihrer Skrupel will sie bestimmt nicht zu den beiden Opfern gehören.

Arsinoe schnüffelt vorsichtig an einer Schierlingsblüte. Sie riecht widerlich. Trotzdem stopft sie sich die ganze Dolde in den Mund. Der muffige Geruch bekommt eine zusätzliche Note, als sie anfängt zu kauen und der Pflanzensaft austritt.

Der Schierling schmeckt nicht. Und doch hat sein Verzehr etwas … Erfüllendes an sich. Das Gefühl, das in ihr aufsteigt, wenn sie Gift zu sich nimmt, ist wahrscheinlich ähnlich wie Jules' Empfindungen, wenn sie einen Apfel reifen lässt, oder Mirabellas, wenn sie den Wind ruft.

»Später mache ich mir ein Bett aus Giftefeu«, beschließt Arsinoe kichernd und verspeist die restlichen Blüten. »Aber vielleicht gehe ich damit zu weit.«

»Womit gehst du zu weit?«

Hastig entfernt sich Arsinoe von den Schierlingspflanzen, lässt die ausgerissenen Stängel fallen und schiebt sie mit dem Fuß in das hohe Gras.

»Göttin, Junior!«, schnauzt sie. »Im Anschleichen bist du ein wahrer Meister.«

Grinsend zuckt Billy mit den Schultern. Irgendwie ist er chronisch unterbeschäftigt. Und ständig gelingt es ihm, Arsinoe aufzuspüren. Ob das vielleicht eine Gabe der Menschen vom Festland ist? Die Gabe der Nervensägen.

»Was treibst du hier?«, will er wissen. »Du übst dich doch nicht etwa wieder in niederer Magie?«

»Cait hat mich zum Brombeerenpflücken geschickt«, schwindelt Arsinoe. Dabei sind die Brombeeren noch lange nicht reif.

Billy reckt den Hals und mustert die Büsche ringsum. »Ich sehe hier aber keine Beeren. Und auch keinen Korb, um sie einzusammeln.«

»Du bist unerträglich«, murmelt Arsinoe.

Das bringt ihn zum Lachen. »Und damit nicht schlimmer als du.«

Entschlossen stapft sie an ihm vorbei und lockt ihn so von den Schierlingspflanzen weg.

»Okay, tut mir leid. Und was machst du hier? Ich dachte, du bist mit Joseph und Jules im *Löwen*.«

»Die brauchen etwas Zeit für sich.« Billy pflückt einen breiten Grashalm und spannt ihn zwischen die Finger, um damit zu pfeifen. »Außerdem meinte Jules, es gebe Neuigkeiten bezüglich der Freier.«

»Deshalb kommst du also angerannt.« Arsinoe grinst so breit, dass beinahe die schwarz lackierte Maske verrutscht, unter der sie ihre Narben versteckt.

»Ich komme gar nicht *angerannt*«, betont er. »Mir war immer klar, dass das passieren wird. Und dass sie wie wild hinter dir her sein würden, sobald sie den Bären sehen. Beziehungsweise dich auf dieser Klippe bei der Anlandung.«

»Die Einwohner von Wolfsquell wussten das offenbar auch. Unten am Pier liegen reihenweise Boote, deren Rumpf neu lackiert werden soll. Alle hier erwecken zwar gerne den Anschein, als wäre ihnen die Meinung der übrigen Inselbevölkerung gleichgültig, aber das ist eine fette Lüge.«

Wolfsquell. Ein schroffes, bäuerliches Städtchen am Meer voller schroffer, bäuerlicher, brutaler Menschen. Hier liebt man das Land, das Wasser und den Schwung einer guten Axt.

Arsinoe stemmt die Hände in die Hüften und lässt den Blick über die Wiese schweifen. So wunderschön. Genau das ist Wolfsquell, und zwar so, wie es ist. Der Gedanke, dass sich ihr Heimatort verändern könnte, um den angeblich illustren Gästen zu gefallen, passt ihr nicht.

»Tommy Stratford und Michael … irgendwas«, sagt sie. »Machst du dir Sorgen, dass ich sie lieber mögen könnte als dich?«

»Das ist vollkommen unmöglich.«

»Warum? Weil du so unwiderstehlich bist?«

»Nein, weil du grundsätzlich niemanden magst.«

Arsinoe schnaubt empört.

»Ich mag dich, Junior.«

»Ach?«

»Aber zurzeit beschäftigen mich wichtigere Dinge.«

Seit er auf der Insel ist, hat Billy sein Haar wachsen lassen, sodass es nun fast schon lang genug ist, um vom Wind zerzaust zu werden. Unwillkürlich fragt sich Arsinoe, wie es sich wohl anfühlt, mit den Fingern hindurchzufahren. Abrupt schiebt sie die Hände in die Taschen.

»Damit hast du recht.« Billy sieht sie ernst an. »Du solltest wissen, dass ich es abgelehnt habe, zu deinen Schwestern zu reisen.«

»Aber dein Vater! Der wird ausflippen! Wir müssen den Brief zurückholen. Hast du ihn per Vogel geschickt oder mit einem berittenen Kurier? Bitte nicht per Boot, denn das kann Jules nicht zurückrufen.«

»Es ist zu spät, Arsinoe. Die Sache ist erledigt.« Er kommt näher und berührt sanft die schwarz-rote Holzmaske. Billy war an jenem Tag dabei, als sie wegen Arsinoes Dummheit alle Opfer eines Bärenangriffs geworden waren. Er hatte versucht, sie zu retten.

»Du hast doch gesagt, du willst mich nicht heiraten«, flüstert sie.

»Na und?«

Er beugt sich zu ihr. Auch wenn sie immer sagt, dass sie nie von der Zukunft geträumt hätte – diesen Moment hat sie sich schon oft ausgemalt. Sie beobachtet Billy aus dem Augenwinkel und fragt sich, wie er wohl küsst. Sanft? Oder ungeschickt? Oder so, wie er lacht, voller Selbstvertrauen und ziemlich frech?

Arsinoes Puls beschleunigt sich. Sie wendet ihm ihr Gesicht zu, dann fällt ihr ein, dass ja Schierlingssaft an ihren Lippen klebt.

»Rühr mich nicht an!«

Sie versetzt ihm einen so heftigen Stoß, dass Billy rücklings im Gras landet.

»Aua«, beschwert er sich.

»Tut mir leid«, entschuldigt sie sich verlegen und hilft ihm auf. »Das wollte ich nicht.«

»Den Fast-Kuss oder den Stoß?« Ohne sie anzusehen, klopft er sich das Gras von der Hose. Seine Wangen sind flammend rot. »Habe ich etwas falsch gemacht? Wolltest du lieber die Initiative ergreifen? Wird das hier so gemacht? Denn das wäre für mich auch okay …«

»Nein.« Noch immer hat Arsinoe den bitteren Schierlingsgeschmack in der Kehle. Beinahe hätte sie es vergessen. Der Gedanke, dass sie Billy gerade fast umgebracht hätte, lässt ihr den Atem stocken. »Es tut mir leid. Ich wollte einfach nicht. Nicht jetzt.«

Jules und Joseph haben bereits den zweiten Becher Bier geleert, bevor sie zugeben müssen, dass Billy wohl nicht mit Arsinoe zurückkommen wird.

»Ist wahrscheinlich besser so«, meint Joseph. »Es wird langsam spät. Sonst wollen die Besoffenen nur wieder den Bären sehen.«

Jules runzelt irritiert die Stirn. Der Phantom-Bär entwickelt sich langsam zu einem Problem. Seit der Erwachenszeremonie ist Arsinoe nicht mehr mit ihm gesehen worden, immer unter dem Vorwand, er sei zu wild und müsse weit draußen in den Wäldern gehalten werden. Aber damit wird sich das Volk von Wolfsquell nicht mehr lange zufriedengeben.

»Sollen wir gehen?« Joseph schiebt seinen Stuhl zurück. »Oder willst du noch eine Portion gebackene Muscheln?«

Jules schüttelt den Kopf, und sie treten gemeinsam auf die Straße hinaus. Das weiche Licht des frühen

Abends lässt das Wasser in der Robbenkopfbucht, die immer wieder zwischen den Häusern auftaucht, leuchtend blau und hell orange funkeln. Während sie langsam Richtung Wasser wandern, schiebt Joseph seine Hand in die von Jules.

Für sie ist es immer noch elektrisierend, wenn er sie berührt, auch wenn das wohlige Kribbeln irgendwie befleckt ist von dem, was zwischen ihm und Mirabella passiert ist.

»Joseph!« Erschrocken hebt sie seine Hand an. »Was ist mit deinen Knöcheln passiert?«

Er lässt ihre Hand los und ballt seine zur Faust. Die Haut an seinen Fingerknöcheln ist von der Arbeit an den Booten aufgerissen und verschorft. »Früher wollte ich nie mit Vater und Matthew in der Werft arbeiten. Andererseits habe ich mir auch keine Gedanken darüber gemacht, was ich stattdessen tun könnte.« Er seufzt. »Ist wohl kein so übles Leben. Wenn es gut genug für sie ist, wie könnte es da für mich schlecht sein? Ich hoffe nur, dass es dich nicht stört, dass ich wie eine Seepocke rieche.«

Seine tapfere Miene ist für Jules unerträglich. Er wirkt, als würde er in der Falle sitzen.

»Mir ist das egal«, sagt sie. »Und es ist ja auch nicht für immer.«

»Ach nein?«

»Natürlich nicht. Nur bis Arsinoe gekrönt ist, schon vergessen? Dann sitzt du in ihrem Rat, und ich gehöre ihrer Wache an.«

»Ah …« Er legt ihr den Arm um die Schultern. »Unser Happy End. So etwas in der Art habe ich mal gesagt, oder?«

Seite an Seite schlendern sie durch die schmale Straße zwischen dem Gasthaus *Zur steinigen Heide* und dem Wolfshaus. Camden springt geschickt über die aufgestapelten Holzkisten mit den leeren Flaschen.

»Wo ist Arsinoe heute eigentlich hin verschwunden?«, erkundigt sich Joseph.

»Wahrscheinlich zum krummen Baum. Um zusammen mit Madrigal niedere Magie zu wirken.«

»Madrigal ist bei Matthew. Sie hat ihn am Pier empfangen, als er mit der *Dickkopf* reinkam.«

Madrigal und Matthew. Diese beiden Namen zusammen zu hören bereitet Jules Bauchgrimmen. Die Affäre ihrer Mutter mit Josephs großem Bruder muss dringend ein Ende finden. Zumindest Matthew könnte langsam wieder bei Verstand sein und begreifen, wie flatterhaft und wankelmütig Madrigal ist. Außerdem sollte er sich daran erinnern, dass er immer noch Jules' Tante Caragh liebt, auch wenn sie in die Schwarze Kate verbannt wurde.

»Sie sollten das beenden«, meint Jules.

»Vielleicht. Aber das werden sie nicht. Er sagt, er liebt sie, Jules.«

»Nur mit den Augen«, faucht sie. »Nicht mit dem Herzen.« Joseph zuckt bei ihren Worten leicht zusammen, und sie mustert aus den Augenwinkeln sein attraktives Gesicht. Vielleicht lieben ja alle Männer so, mehr mit den Augen als mit dem Herzen. Dann lag es vielleicht gar nicht an dem Sturm und dem Kampf um Leben und Tod. An der Benommenheit. Was das Äußere angeht, hat Königin Mirabella mit Sicherheit mehr zu bieten als sie. Vielleicht war es einfach nur das.

Jules löst sich von ihm.

»Was ist?«, fragt Joseph. Sie treten gerade aus der Gasse heraus und biegen um die Ecke der *Steinigen Heide,* als ein paar Gäste das Wirtshaus verlassen. Sobald die Gruppe Joseph bemerkt, bleiben die Leute abrupt stehen.

Joseph schlingt schützend einen Arm um Jules' Schultern.

»Lauf einfach weiter.«

Doch als sie an der Gruppe vorbeigehen, verpasst eines der Mädchen Joseph, wohl durch zu viel Whiskey ermutigt, einen Schlag auf den Hinterkopf. Als er sich zu ihr umdreht, spuckt sie ihn an.

Angewidert stößt Joseph den Atem aus, ringt sich aber trotzdem ein Lächeln ab.

Jules spürt, wie die Wut in ihr hochsteigt.

»Alles okay, Jules«, beschwichtigt Joseph sie.

»Von wegen«, pöbelt das Mädchen. »Ich habe genau gesehen, was du an Beltane getan hast. Wie du die Elementwandlerkönigin beschützt hast. Verräter!« Wieder spuckt sie ihn an. »Geh doch zurück aufs Festland, wo du hingehörst!« Sie wendet sich ab, ruft aber warnend über die Schulter: »Beim nächsten Mal werde ich nicht spucken. Dann jage ich dir ein Messer zwischen die Rippen.«

»Das reicht«, zischt Jules, und Camden springt. Der Berglöwe reißt das Mädchen von den Füßen und drückt es mit der gesunden Pfote auf das abgewetzte Kopfsteinpflaster. Zitternd liegt sie unter der Wildkatze. Ihre whiskey-bedingte Kaltschnäuzigkeit verflüchtigt sich, trotzdem verzieht sie abschätzig die Lippen.

»Und was willst du jetzt machen?«, fragt sie herausfordernd.

»Wer sich mit Joseph anlegt, bekommt es mit mir zu tun«, verkündet Jules. »Oder auch mit der Königin. Und mit ihrem Bären.«

Auf eine Geste von Jules hin zieht Camden sich zurück.

»Du solltest ihn nicht beschützen«, protestiert einer der Freunde des Mädchens, während sie ihm aufhelfen.

»Keine Spur Loyalität«, sagt ein anderer, während die Gruppe bereits die Straße hinunterläuft, in die ungefähre Richtung ihrer Häuser.

»Das hättest du nicht tun sollen, Jules«, sagt Joseph, als sie wieder allein sind.

»Sag mir nicht, was ich tun oder lassen soll. Solange ich hier bin, wird dich niemand anrühren. Oder dich auch nur schief ansehen.«

»Und gerade du hast dir Sorgen gemacht, dass man dich und Camden mit eurem synchronen Humpeln für schwach halten könnte … Meiner Meinung nach machen die Leute jetzt einen noch größeren Bogen um euch beide.«

»Vermutlich spüren sie, dass wir jetzt noch schlechtere Laune haben als früher«, erwidert Jules trocken.

Joseph schiebt ihr eine braune Locke hinter das Ohr und küsst sie sanft.

»Auf mich wirkst du gar nicht so schlecht gelaunt.«

Rolanth

»Ist alles vorbereitet?«, fragt Mirabella.

»Deine Wachen und die Kutsche werden heute Abend für das Ablenkungsmanöver bereitstehen«, antwortet Hohepriesterin Luca. »Obwohl es dem Volk lieber wäre, wenn du bis zum Morgen wartest, damit man dich gebührend verabschieden kann.«

Königin Mirabella spürt, wie ihr Herz rast. Sie sitzt auf einem der kleinen Sofas in Lucas Gemächern und versinkt bis zu den Ellbogen in gestreiften Seidenkissen – wobei sie sich alle Mühe gibt, wie eine Königin auszusehen, die dem Müßiggang frönt. Doch in Wahrheit hat sie auf diesen Abend gewartet, seit Arsinoe sie verraten und bei der Erwachenszeremonie den Bären auf sie gehetzt hat.

Die Zimmertür öffnet sich, und Elizabeth kommt herein. Sie zieht die Tür hastig hinter sich zu, um das Getöse auszusperren, das dort draußen herrscht. Im Tempel von Rolanth ist an Frieden kaum noch zu denken, außer in den ruhigen Privatgemächern von Luca. Überall sonst herrscht von Sonnenaufgang bis tief in die Nacht hektische Betriebsamkeit. Die Apsis quillt fast über von Besuchern, die für ihre Elementwandlerkönigin Kerzen anzünden oder Opfergaben in Form von leuchtend blau oder tiefschwarz gefärbtem

Duftwasser darbringen. Die Priesterinnen haben alle Hände voll damit zu tun, die Geschenke und Vorratskisten zu prüfen, die tagtäglich angeliefert werden – eben alles, was benötigt wird, um den Freiern bei ihrem anstehenden Besuch ein aufwändiges Spektakel bieten zu können.

Luca behauptet gegenüber der Königin, dass die Vorräte lediglich sortiert werden. Aber jeder weiß, dass seit Katharines Rückkehr jedes einzelne Paket auf Gift getestet wird.

»Was hat dich aufgehalten, Elizabeth?«, will Luca nun wissen. »Der Tee ist schon fast kalt.«

»Vergebt mir, Hohepriesterin. Ich wollte nur etwas Honig von den Bienenstöcken holen.« Sie stellt ein kleines Glas vor Luca hin, das zur Hälfte mit einer Honigwabe gefüllt ist, aus der die goldgelbe Süßigkeit quillt. Luca gibt etwas davon in ihre Tassen, während Elizabeth sich den Staub von ihrer Initiandenrobe wischt und Platz nimmt. Sie hat sich so beeilt, dass ihre Wangen gerötet sind und sich auf ihrer gebräunten Stirn ein feiner Schweißfilm gebildet hat.

»Du riechst nach Garten und warmer Sommerluft«, stellt Mirabella fest. »Was hast du da in der Tasche?«

Elizabeth zieht eine kleine Schaufel aus ihrer Robe, an der eine Ledermanschette samt Kettchen angebracht ist.

»Die habe ich in der Stadt anfertigen lassen. Man kann sie direkt an meinem Stumpf festschnallen.« Sie streckt ihren linken Arm aus, sodass Mirabella die vernarbte Haut am Ende des Unterarms sehen kann, wo die Priesterinnen ihr die Hand abgehackt haben. Die

Strafe dafür, dass sie Mirabella dabei geholfen hatte, aus der Stadt zu fliehen. »Das Anlegen geht auch mit einer Hand ganz einfach, und so kann ich mich viel leichter um die Gemüsebeete kümmern.«

»Das ist toll«, versichert ihr Mirabella, kann aber den Blick nicht von den Narben abwenden.

Luca stellt die Tassen vor ihnen ab.

»Also, brechen wir morgen früh auf?« Elizabeth nippt an ihrem Tee und mustert Luca über den Rand der Tasse hinweg. »Sorgt Euch nicht, Hohepriesterin. Bree und ich werden sie beschützen, bis wir Königin Arsinoe in ihren Wäldern aufgespürt haben.«

Mirabella verkrampft sich sichtlich.

»Mich muss niemand beschützen. Ich muss lediglich meine Schwester finden und meine Pflicht erfüllen. Und damit möchte ich nicht bis morgen warten, Luca. Ich möchte heute Abend aufbrechen.«

Luca verbirgt ihr Lächeln hinter ihrer Tasse.

»So lange habe ich darauf gewartet, dass du die nötige Entschlossenheit entwickelst, um deine Schwestern zu töten«, sagt sie versonnen. »Und nun mache ich mir Sorgen, dass du vorschnell handeln könntest.«

»Ich handele nicht vorschnell. Ich bin bereit. Arsinoe hat ihren Bären auf mich gehetzt, der unsere Leute und unsere Priesterinnen getötet hat. Diese Tat darf nicht unbeantwortet bleiben.«

»Aber das Jahr des Aufstiegs hat doch gerade erst begonnen. Wir könnten entsprechende Gelegenheiten schaffen. Genauso wie die Arrons alles für Katharine arrangieren werden.«

Mirabella kneift die Lippen zusammen. Da Luca sie praktisch großgezogen hat, kennt sie diesen Ton in der

Stimme der Hohepriesterin gut genug. Sie weiß genau, wenn man sie einer Prüfung unterzieht.

»Ich werde nicht wanken«, behauptet sie. »Und dieses Jahr wird der Aufstieg schneller beendet sein, als alle gedacht haben.«

»Nun gut.« Luca nickt. »Dann nimm wenigstens meine Stute.«

»Knister?«, hakt Elizabeth verblüfft nach.

»Mir ist klar, dass sie nicht so hübsch ist wie die weißen Tempelpferde«, gibt Luca zu, »oder so eindrucksvoll wie die schwarzen Rösser, die zur Ablenkung deine Kutsche nach Indridskamm ziehen werden, aber sie ist zäh und schnell und hat mir nun schon viele Jahre treu gedient.«

»Zäh und schnell«, resümiert Mirabella. »Du denkst also, ich werde fliehen müssen.«

»Nein«, erwidert Luca sanft. »Aber ich muss trotzdem versuchen, dich so gut es geht zu schützen.« Sie streckt den Arm über den Tisch und drückt die Hand der Königin, als plötzlich außerhalb des Zimmers ein Schrei erklingt. Hastig springen die drei Frauen auf.

»Was war das?«, fragt Elizabeth.

»Ihr bleibt hier«, befiehlt Luca, aber Mirabella und Elizabeth folgen ihr nichtsdestotrotz die Treppe hinunter und in die lange Halle im Ostflügel, neben der sich einige Lagerräume befinden.

»Dort drinnen!« Elizabeth zeigt auf den Hauptraum.

Wieder gellt ein Schrei durch den Tempel, schrill und verzerrt von Angst und Schmerz. Verstörte Priesterinnen rufen sich aufgebrachte Befehle zu. Als Mirabella in das Chaos vordringen will, sieht sie zunächst nur herumwirbelnde weiße Roben.

Ganz hinten in einer Ecke liegt eine junge Initiandin und zuckt krampfhaft mit den Gliedern, während ihr Tränen über das Gesicht laufen. Vier Novizinnen halten sie fest. Das Mädchen ist fast noch ein Kind, höchstens vierzehn Jahre alt, und beim Klang ihrer Schreie breitet sich eisige Kälte in Mirabella aus. Noch schlimmer wird es, als Rho, die mit der Gabe des Krieges gesegnete Priesterin mit den blutroten Haaren, die Initiandin an der Schulter packt.

»Kleine Idiotin!«, brüllt Rho. Einige Körbe mit Vorräten kippen um, mehrere Stimmen ertönen und übertrumpfen sich gegenseitig in dem Versuch, das Mädchen zu beruhigen oder zu verhören.

Doch Mirabellas Stimme übertönt die gesamte Kakophonie.

»Was ist passiert? Geht es ihr gut?«

»Bleib weg, Mirabella, komm nicht näher!« Luca eilt in die Ecke hinüber. »Was ist los, Rho?«

Rho packt die Initiandin am Hals und reißt ihren Arm in die Höhe. Die Hand ist bis zum Gelenk hinauf blutverschmiert. Erschreckend schnell bilden sich Blasen und platzen auf, wandern immer weiter ihren Arm hinauf, während das Gift tiefer und tiefer in ihren Körper vordringt – Richtung Herz.

»Sie hat einen vergifteten Handschuh übergestreift«, erklärt Rho. »Hör auf zu zappeln, Mädchen!«

»Es soll aufhören!«, fleht die Initiandin. »Bitte macht, dass es aufhört!«

Frustriert verzieht Rho das Gesicht. Die Hand des Mädchens ist nicht mehr zu retten. Sie greift nach ihrem gezahnten Priesterinnenmesser, mustert es kurz und wirft es dann fort.

»Bringt mir eine Axt!« Sie zwingt das Mädchen, sich über einen Tisch zu beugen. »Streck den Arm aus, Kind, schnell. Noch können wir es am Ellbogen aufhalten. Mach es nicht noch schlimmer.«

Mehrere Priesterinnen treten an Rhos Seite, halten das Mädchen fest und reden ihm gut zu. Eine andere stürmt an Mirabella vorbei. Sie hat ein kleines silbernes Beil dabei.

»Etwas anderes konnte ich nicht finden«, erklärt sie.

Rho packt die Waffe und wiegt sie in der Hand.

»Dreht ihr Gesicht weg.« Sie holt mit dem Beil aus.

»Schau ebenfalls weg, Elizabeth.« Mirabella zieht ihre zitternde Freundin eng an sich und schirmt deren Blick ab. Gleichzeitig hält sie die Enden der Kapuze an deren Initiandenrobe fest zusammen, damit der flauschige kleine Specht, der in Elizabeths Kragen hockt, nicht herauskommt und entdeckt wird.

Mit einem schnellen, harten Schlag trifft das Beil auf die Tischplatte. Es ist wohl Rhos Kriegergabe zu verdanken, dass sie kein zweites Mal ausholen muss. Die Priesterinnen binden den blutenden Arm des Mädchens ab und bringen es fort, damit es versorgt werden kann. Vielleicht hat das ihr Leben gerettet. Vielleicht konnte das Gift, das für die Königin bestimmt gewesen war, aufgehalten werden.

Mirabella beißt die Zähne zusammen, um nicht laut aufzuschreien. Katharine hat das getan. Die süße, kleine Katharine, die Mirabella heute so gar nicht mehr kennt. Aber inzwischen hat sie dazugelernt. Sentimentalität hat sie sich einmal gestattet, bei Arsinoe, und das war ein Fehler. Das wird ihr nicht wieder passieren.

»Wenn ihr Stumpf abgeheilt ist, werde ich ihr eine

Schaufel anfertigen lassen, so wie meine. Wir werden zusammen im Garten arbeiten. Sie wird ihren Arm gar nicht vermissen«, schluchzt Elizabeth.

»Das ist lieb von dir«, sagt Mirabella tröstend. »Und wenn ich mit Arsinoe fertig bin, werde ich Katharine ausschalten, damit niemand mehr Angst haben muss vor vergifteten Handschuhen aus der Hauptstadt.«

Am Abend stoßen Mirabella, Bree und Sara Westwood im Hof des Tempels zu Luca und ihren Priesterinnen. Mirabellas schwarzes Kleid ist unter einem weichen braunen Mantel verborgen, und sie trägt fest geschnürte Reitstiefel. Bree, Elizabeth und die Wachen, die sie eskortieren werden, sind ähnlich gekleidet. Wer sie unterwegs zu sehen bekommt, wird sie für fahrende Händler halten.

Mirabella streichelt einem der hochbeinigen schwarzen Kutschpferde sanft über die Nase. Das prachtvolle, glänzend lackierte und mit Silber beschlagene Gefährt ist eine leere Hülle, ein reines Ablenkungsmanöver auf seinem Weg nach Indridskamm, zu Katharine. Die Zugpferde sind rabenschwarz, und wäre da nicht das glänzende Zaumzeug gewesen, hätte man sie für Schatten halten können. Als Ablenkung für Katharine und die Arrons sollte das ausreichen. Es wird dafür sorgen, dass sie Mirabella in Wolfsquell nicht in die Quere kommen.

»Hier ist Knister.« Luca drückt Mirabella die Zügel ihrer kräftigen braunen Stute in die Hand. »Du kannst dich auf sie verlassen.«

»Daran zweifle ich nicht.« Mirabella reibt dem Pferd die Stirn. Dann tritt sie an seine Seite und schwingt sich in den Sattel.

»Was ist das?«

Mirabella dreht sich um. Ihre Begleiter sind alle bereits aufgestiegen, aber eine der Priesterinnen zupft an Brees Satteltaschen herum.

»Finger weg!« Bree lässt ihr Pferd einen Schritt gehen. »Das sind Birnen.«

»Wir haben aber keinerlei Birnen geprüft«, erwidert die Priesterin.

»Das liegt daran, dass ich sie höchstpersönlich gepflückt habe, und zwar in einem Obstgarten im Moorgraspark.«

»Sie dürfen die nicht mitnehmen«, wendet sich die Priesterin an Luca.

»Und wie wir die mitnehmen«, beharrt Bree. »Königin Katharine ist nicht so raffiniert, dass sie ausgerechnet diese drei Birnen an einem bestimmten Baum in einem bestimmten Obstgarten in einem der vielen Parks von Rolanth vergiftet.« Etwas leiser und nur an Mirabella gewandt, fügt sie hinzu: »Und falls doch, hat sie den Sieg verdient.«

Mirabella und Elizabeth verkneifen sich ein Grinsen. Das Licht ist schwach, denn Wolken verhüllen die abnehmende Mondsichel. Vielleicht bleibt den Priesterinnen dadurch verborgen, dass sich der Brustkorb der Mädchen vor Lachen leicht hebt.

»Reitet zügig«, befiehlt Rho. Sie hat ihre Kapuze abgestreift, sodass ihr die roten Haare über die Schultern fallen. »Und verhaltet euch ruhig. Uns haben Berichte erreicht, laut denen in den Wäldern von Wolfsquell ein Bär sein Unwesen treibt. Ein Mann und sein kleiner Junge wurden zerfleischt und mit gebrochenem Genick aufgefunden. Deine Schwester hat ihren Familiaris scheinbar nicht unter Kontrolle. Oder vielleicht ist sie einfach nur bösartig. So oder so gilt es, keine Zeit zu verlieren.«

Mirabella greift nach den Zügeln und wendet Knister Richtung Straße.

»Zum ersten Mal sind wir einer Meinung, Rho.«

Indridskamm

Katharines Pferd gerät auf den Pflastersteinen ins Rutschen, während die Königin sich dem Tempel von Indridskamm nähert. Schnell zieht sie seinen Kopf hoch. Katharine liebt es, in vollem Galopp durch die Hauptstadt zu preschen, mitten auf der Straße, sodass die Leute sich hastig in Sicherheit bringen müssen. Ihre schwarzen Haare und Halbmonds Schweif flattern wie Fahnen im Wind. Halbmond ist das mutigste und lebhafteste Pferd in den Ställen von Greavesdrake. Bertrand Roman – der ungehobelte Wachmann, den Natalia auf Genevieves Empfehlung hin angestellt hat – hat keine Chance, mit der Königin mitzuhalten.

Am Tor des Tempels wartet im Schatten eine Initiandin, die sich durch den Türdienst ihre schwarzen Armbänder verdient. Sobald Halbmond steht, gibt Katharine dem Mädchen ein Zeichen, das daraufhin vortritt. Nachdem die Königin abgestiegen ist, fragt die Initiandin: »Soll ich dein Pferd in den Stall bringen, Königin Katharine?«

»Nein danke. Ich bleibe nicht lange. Führe ihn nur ein wenig herum, und er hat sicher auch nichts gegen ein Stückchen Zucker, falls du gerade eines zur Hand hast.« Während sie sich abwendet, muss sie unwillkürlich lächeln, denn sie hört, wie Bertrand Roman erst jetzt schnaufend und ächzend auf seiner schwarzen Stute angeritten kommt.

Katharine wartet nicht auf ihn. Sie tritt durch das Tor in das Hauptschiff des Tempels, wo sie die strahlende Junisonne von Indridskamm hinter sich lässt und stattdessen in den Duft von brennendem Weihrauch und Holzpolitur gehüllt wird. Äußerlich mag der Tempel mit der dramatischen Architektur der Stadt mithalten können, mit seiner schwarzen Marmorfassade und den vielen Wasserspeiern, doch im Inneren ist er überraschend karg: Der schmale Mittelgang wird lediglich von einem abgewetzten schwarzen Bodenmosaik geziert, und die Gläubigen beten auf schlichten Holzbänken. Durch die hoch in der Mauer eingelassenen Fenster fällt strahlend weißes Tageslicht.

Mit einer knappen Geste begrüßt Katharine die Oberpriesterin Cora und öffnet dann den Kragen ihrer schwarzen Reitjacke.

»Bringt kühles Wasser für die Königin«, ruft Cora, woraufhin eine Novizin eilig einen Krug holt.

»Du solltest deine Wache nicht so weit hinter dir lassen«, mahnt Cora, noch während sie sich verbeugt.

»Mach dir um mich keine Sorgen, Priesterin«, erwidert Katharine. »Natalia hat ihre Augen und Ohren in jedem noch so fernen Winkel der Insel. Wäre in Wolfsquell oder Rolanth etwas im Gange, hätte sie mich schon längst zuhause eingesperrt.«

Cora lächelt nervös. Sie sind alle so ängstlich. Als würde Mirabella plötzlich aus dem Nichts auftauchen und den Tempel dem Erdboden gleichmachen, oder als käme Arsinoe einfach so auf ihrem Bären in die Stadt geritten. Als ob sie das wagen würden.

Katharine geht durch den Mittelgang und drückt mit in schwarze Handschuhe gekleideten Fingern die Hände der Tempelbesucher. Selbst zu dieser ungewöhnlichen Stunde ist der Tempel fast voll. Vielleicht hat Natalia recht, und das Jahr des Aufstiegs führt die Menschen zurück zu ihrer Göttin. Oder sie sind alle gekommen, um einen Blick auf ihre untote Königin zu erhaschen.

»Bald wird ein Freier die Hauptstadt mit seinem Besuch beehren, ist das richtig?«, fragt Cora.

»Jawohl«, nickt Katharine, »Nicolas Martel. Natalia plant ein Willkommensessen für ihn im Highbern Hotel.«

»Es wird uns eine Ehre sein, ihn im Tempel zu empfangen. Würdest du eine bestimmte Dekoration empfehlen?«

»Der Tempel von Indridskamm ist auch so schon elegant genug«, erwidert Katharine wegwerfend. »Aber Natalia mag Giftblumen. Irgendetwas Hübsches, es darf allerdings nicht über Hautkontakt wirken.«

Cora nickt verständig und führt Katharine dann in die Apsis und zum Altar. Hier liegt, vom Raum abgetrennt durch eine Silberkette, der Stein der Göttin, ein großer, gewölbter Obsidianblock, der halb in den Boden eingelassen ist. Selbst in dem dämmrigen Licht hier hinten scheint er von innen heraus zu leuchten. Wenn Katharine lange genug in ihn hineinsieht, kommt es ihr so vor, als würde sie in die Schwärze der Brecciaspalte blicken.

»Er ist wunderschön«, flüstert die Königin.

»Ja, das ist er. Und sehr heilig.«

Angeblich stammt der Block von der Ostwand des Hornberges. Man erzählt sich, der Berg habe eines Tages seine Flanke geöffnet wie ein Auge und den Stein freigegeben. Katharine weiß nicht, ob diese Geschichte wahr ist. Aber die Vorstellung gefällt ihr.

Aus einem Impuls heraus greift sie nach Coras Handgelenk. Die tätowierten schwarzen Armbänder der Oberpriesterin sind bereits alt und verblasst, dabei scheint Cora kaum älter als vierzig. Sie muss noch sehr jung gewesen sein, als sie dem Tempel beitrat.

»Welch eine Hingabe«, murmelt Katharine, während sie mit dem Leder ihres Handschuhs über die Tätowierung streicht.

Am anderen Ende des Tempels öffnet sich das Tor und fällt wieder zu. Dann hört man das Poltern von Bertrand Romans Stiefeln. Katharine verzieht den Mund.

»Ich hätte gerne einen Moment allein mit der Göttin«, sagt sie dann.

»Selbstverständlich.« Die Oberpriesterin verbeugt sich und macht sich daran, die Leute wegzuschicken. »Etwas zügiger, bitte!« In den Bänken rascheln Kleider, und hastige Schritte ertönen. Katharine wartet reglos ab, bis das Tor zufällt und alles still ist.

»Du ebenfalls, Bertrand«, sagt sie dann irritiert. »Warte draußen auf mich.«

Noch einmal poltern seine Stiefel, und das Tor öffnet und schließt sich.

Mit einem leisen Lächeln auf den Lippen schlüpft Katharine unter der Silberkette hindurch. Sie spürt, wie der Stein der Göttin sie beobachtet.

»Erkennst du uns?«, flüstert sie ihm zu. »Stinken wir immer noch nach den Felsen und der dicken, feuchten Erde, in die du uns geworfen hast?«

Sie kniet sich hin und stützt sich mit beiden Händen auf dem Marmorboden ab. Dann beugt sie sich tief über den Steinblock. Auf der schwarz glänzenden, geschwungenen Oberfläche erscheint ihr blasses Spiegelbild.

»Diesmal wirst du deinen Willen nicht bekommen«, haucht Katharine so dicht über dem Obsidian, als wollte sie ihn küssen. »Wir werden dich kriegen.«

Dann streift sie ihren Handschuh ab und drückt die nackte Hand gegen den kalten, harten Stein. Vielleicht bildet Katharine es sich nur ein, aber sie glaubt zu spüren, wie der Stein der Göttin erschauert.

Wolfsquell

Als Arsinoe, Jules und Joseph in Lukes Buchladen ankommen, ist der Tee bereits aufgebrüht, und auf dem ovalen Tisch auf der Empore über dem Verkaufsraum stehen Sandwiches mit gebackenem Fisch bereit. Luke hat seinen schwarz-grün gefiederten Hahn Hank über die gewundene Straße zum Haus der Milones oben auf dem Hügel geschickt, damit er sie am frühen Nachmittag abholt. Jules hat den Vogel noch immer unter dem Arm, da er verlangt hat, auf dem Rückweg getragen zu werden. Nun stellt sie ihn auf den Boden, woraufhin er prompt seine Federn sträubt.

»Was soll das alles?«, fragt Arsinoe. »Wozu die offizielle Hühnervorladung?«

Bevor Luke antworten kann, rammt Joseph ihr den Ellbogen in die Rippen und deutet mit dem Kinn auf das Schaufenster, in dem ein prachtvolles Gewand hängt – das Kleid, das Luke für Arsinoes Krönung schneidert. Betreten stellt Arsinoe fest, dass am Mieder zusätzliche Spitze aufgetaucht ist. Falls Luke sie jemals in diesem Kleid sehen will, wird er die wieder entfernen müssen.

»Kommt«, fordert Luke sie auf, »setzt euch und esst.«

Die drei wechseln einen bedeutungsschweren Blick. Sogar Camden scheint misstrauisch zu sein, denn ihr Schwanz streicht angespannt über den Teppich. Trotzdem steigen sie die Stufen hinauf, setzen sich hin und schieben sich Fischsandwiches in den Mund.

»Mirabella plant einen Anschlag«, verkündet Luke.

Arsinoe spürt, wie alle sie ansehen, und ist froh, dass die Maske einen Großteil ihrer Mimik verschwinden lässt.

»Woher weißt du das?«, fragt Joseph.

»Ein befreundeter Schneider aus Rolanth ist auf seiner Reise hier vorbeigekommen. Er hat gesehen, wie sie zwei Trecks ausgerüstet haben. Einer davon dient als Ablenkung, eine Kutsche, die nach Indridskamm fährt und dafür sorgen soll, dass Katharine brav dort bleibt.«

»Wie kann er das denn wissen?«, wendet Jules ein. »Vielleicht ist das Ablenkungsmanöver ja auch für uns bestimmt.«

»Er hat ihre Späher auf der Straße entdeckt und ist ihnen gefolgt. Sie haben die Hauptstadt umrundet und sind dann Richtung Torberg weitergeritten. Irgendwann hat er sie aus den Augen verloren, aber von dort aus kann man leicht in die Wälder abbiegen. In unsere Wälder.«

Luke legt jedem von ihnen einige Kekse auf den Teller.

»Ehrlich gesagt, empfände ich es fast schon als Erleichterung, wenn etwas passiert«, fährt er fort. »Allerdings hätte ich nicht gedacht, dass Mirabella mutig genug wäre hierherzukommen, nachdem sie auf der Bühne so panisch vor dem Bären geflohen ist.«

Joseph zieht den Kopf ein.

»Und welch ein Glück, dass du jetzt so im Vorteil bist«, fügt Luke lächelnd hinzu. »Ich habe es ja schon immer gesagt: Die Göttin ist auf deiner Seite!«

»Ja, ist schon toll, die Oberhand zu haben«, murmelt Arsinoe. Luke weiß nicht, dass der Bär nur eine Täuschung war. Und dass sie sich diesem Kampf ganz allein wird stellen müssen. Er wird wahnsinnig enttäuscht von ihr sein, wenn sie mit Jules davonläuft und sich verkriecht, bis Katharine tot ist.

»Uns bleibt nicht viel Zeit«, überlegt Luke. »Wenn wir richtigliegen, könnte sie schon in ein oder zwei Tagen in unseren Wäldern auftauchen, kurz nach den Spähern.«

Schweigen breitet sich aus. Hank pickt an dem Keks in Arsinoes Hand. Ihre Finger sind ganz taub geworden.

»Wir …« Jules zögert kurz. »Wir sollten gehen. Uns vorbereiten.«

»Natürlich.« Luke steht auf. »Nimm ein paar Kekse mit. Und etwas Fisch. Ich … ich freue mich so, dass ich dir diese Nachricht überbringen konnte. Fast wünschte ich, ich könnte mitkommen und an deiner Seite kämpfen.«

Vollkommen unbesorgt drückt er Arsinoe an sich. Er ist absolut überzeugt davon, dass sie gewinnen wird. Arsinoe erwidert die Umarmung mit aller Kraft.

»Wir müssen hier weg«, flüstert Jules, während sie in den Laden hinuntergehen. »Wenn Mirabella herkommt, bleibt uns nichts anderes übrig, als wegzulaufen.«

»Ich kann nach Sonnenuntergang die Pferde holen«, schlägt Joseph vor.

»Nein, es ist besser, wenn ich das übernehme. Ich kann mit meiner Gabe dafür sorgen, dass sie ruhig bleiben.«

Mit hölzernen Bewegungen läuft Arsinoe zur Tür, während die anderen ihr versichern, dass die Flucht ja nur vorübergehend sei. Dass Mirabella auf der Stelle kehrtmachen werde, wenn Arsinoe nicht in Wolfsquell sei, und sich dann Katharine vornehmen werde. Vielleicht könnten sie schon nach einer Woche zurückkommen.

»Ich hätte nicht gedacht, dass sie angreift«, stellt Arsinoe benommen fest.

»Ich habe es dir doch gesagt«, knurrt Jules und kneift wütend die Augen zusammen. »Ich habe dir gesagt, dass sie es tun wird.«

Sie verlassen den Laden und wollen sich gerade aufteilen, um möglichst schnell Vorräte zusammenzustellen, als sie unvermittelt einer dichten Menschentraube gegenüberstehen. Es passiert so plötzlich, dass Camden erschrocken faucht und mit den Pfoten in die Luft schlägt.

»Was … äh … was macht ihr hier?«, fragt Arsinoe. Aber sie weiß es bereits. Sie sind gekommen, um sie zu verabschieden. Luke war noch nie besonders gut darin, ein Geheimnis für sich zu behalten.

»Bringst du den Bären noch einmal ins Dorf, bevor du gehst?«, ruft jemand.

»Wieso gehen?«, fragt Jules.

»Na ja, hierbleiben kann sie nicht. Ihr könnt ja nicht zulassen, dass die Elementwandlerin Wolfsquell heimsucht! Das wäre ein Albtraum.«

»Ihre Blitzeinschläge reichen im Westen schon bis nach Kenora«, brüllt ein anderer. »Da wurden Kühe auf der Weide gegrillt.«

»Und auf der Suche nach dir verbrennt sie bestimmt unsere Boote im Hafen!«

Joseph schüttelt fassungslos den Kopf, was er allerdings besser nicht getan hätte. Zu viele hier hassen ihn sowieso schon, weil er Mirabella an Beltane beschützt hat. Und andere können ihn nicht ausstehen, einfach weil er zu lange auf dem Festland gelebt hat.

»Gegrillte Kühe in Kenora«, raunt er Arsinoe zu. »Als ob sie Gewitterstürme quer über die Insel schicken könnte, während sie zuhause in Rolanth sitzt.«

»Spielt doch keine Rolle, oder?«, fragt Jules schnippisch. »Falls sie herkommt, ist ihre Angst berechtigt.«

»Das stimmt«, nickt Arsinoe. »Wenn sie mich wirklich töten will, darf ich nicht zulassen, dass es hier geschieht.«

»Ganz genau. Deshalb hauen wir ab.«

»Nein. Ich kann auch nicht zulassen, dass sie auf der Suche nach mir x-beliebige Häuser niederbrennt. Ich muss sie vorher finden.«

»Was redest du denn da, Arsinoe?«, protestiert Jules, aber Arsinoe kann sie kaum verstehen, da die Menge immer lauter wird. Schließlich staucht Jules die Leute so heftig zusammen, dass Arsinoe die Schallwellen in den Holzplanken unter ihren Füßen zu spüren glaubt.

»Du bist nicht bereit dafür«, wendet Jules sich dann wieder ihr zu, während Joseph ihr beschwichtigend eine Hand auf die Schulter legt. »Dein Bär … ist nicht bereit!«

»An Beltane schien er aber mehr als bereit zu sein!«, grölt einer, und die Menge beginnt zu jubeln.

Jules packt Arsinoe am Arm.

»Ich werde ihr ein paar Steine in den Weg werfen. Lass mich den Lockvogel für dich spielen.«

»Nein, Jules. Du weißt, dass du dich nicht einmischen darfst.« Sie wendet sich an Joseph: »Wo ist Billy? Er hätte auch kommen sollen. Er muss es erfahren.«

»Sein Vater hat ein Schiff geschickt, und er musste nachhause segeln. Er meinte, es würde nur ein paar Tage dauern. Ich …« Hilflos gerät er ins Stocken. »Wenn du gehst, bevor er zurückkommt, wird er sich das nie verzeihen.«

»Der kommt schon klar«, behauptet Arsinoe. »Sagst du ihm bitte, dass ich nach ihm gefragt habe?«

Joseph nickt.

»Ich werde gehen und sie abfangen«, verkündet Arsinoe laut. »Ich werde sie von unserer Stadt fernhalten, damit sie niemandem schaden kann.«

Die Menschen jubeln fröhlich. Sie applaudieren. Irgendjemand verlangt, dass sie Mirabellas Leiche auf ihrem Bären festzurren und mitbringen soll, damit jeder sie sehen kann. Dann segelt etwas durch die Luft, das Arsinoe gerade noch auffangen kann – ein vollgepackter Beutel.

»Ein frisches Hemd und etwas zu essen«, erklärt Madge mit einem Zwinkern. »Und Verbandszeug, auch wenn du das vermutlich nicht brauchen wirst.«

Arsinoe schluckt schwer und will sich durch die Menge drängen, aber Jules hält sie zurück, während Camden um ihre Beine streicht.

»Das kannst du nicht machen. Du bist nicht bereit dafür.«

»Das spielt keine Rolle, Jules. Ich habe gar keine andere Wahl.«

Arsinoe sitzt auf einem kleinen Holzblock unter dem krummen Baum und bestreicht ihr Messer mit Seidelbeerensaft. Doch obwohl das Gift auf der Klinge ihr Blut förmlich tanzen lässt, will sie es nicht benutzen. Sie will Mirabella nicht verletzen.

Aber sie will auch nicht sterben.

»So weit wird es nicht kommen«, sagt sie laut zu sich selbst. »Sie wird mich sehen, und ich werde sie sehen, und dann werden wir eine Lösung finden. Es wird alles wieder so sein wie früher.« Sie sieht sich unter dem Baum um und wartet auf die Zustimmung der Göttin. Auf irgendein Zeichen.

Die uralten, tief in die Erde eingesunkenen Felsen sind mit dichtem Moos bedeckt, und der Baum hat ein paar lange, seltsam anmutende Blätter bekommen, aber das ist nur Tarnung. An diesem heiligen Ort, wo die Göttin stets präsent ist, kümmert sich der Baum nicht darum, ob gerade Sommer oder Winter ist. Er kümmert sich überhaupt nicht um so etwas wie Zeit. Arsinoe lauscht in die Stille und fragt sich, wie viel von ihr nun auf ewig an diesem Ort gefangen ist, nachdem sie so viel Blut auf der Erde hier vergossen hat.

Dann macht sie sich wieder an die Arbeit und zieht die angeschlitzten Stängel des Nachtschattengewächses über die Klinge. Die Narben in ihrem Gesicht jucken, sodass sie die Maske auf die Stirn hochschiebt. Als hinter ihr ein Zweig knackt, zieht sie sie aber hastig wieder herunter.

»Meinetwegen musst du das Ding nicht tragen«, sagt Madrigal, während sie sich elegant unter den tief hängenden Ästen des Baumes hindurchschiebt. Sie trägt ein leuchtend grünes Kleid. »Bei der Hitze ist das doch bestimmt unangenehm.«

»Ist schon gut«, erwidert Arsinoe knapp.

»Gut findest du wohl vor allem, wie die Leute dich ansehen, wenn du sie trägst, oder nicht?«, stellt Madrigal fest, woraufhin Arsinoe nur die Lippen verzieht.

»Ich habe von Mirabellas geplantem Anschlag gehört. Da habe ich mir gedacht, dass ich dich bestimmt hier oben finden werde. Gehofft, besser gesagt.«

»Wieso?«

»Weil das bedeuten würde, dass du tatsächlich etwas unternimmst, anstatt einfach dem sicheren Tod entgegenzugehen. Jules dreht vollkommen durch. Nicht einmal Joseph kann sie beruhigen.«

Arsinoe wendet den Blick ab. Es ist schlimm für sie, sich Jules so vorzustellen – panisch, verängstigt.

»Gibt es denn etwas?«, fragt sie dann. »Irgendetwas, das helfen könnte? Eine Art Glücksbringer? Oder etwas, das Mirabellas Attacken von mir fernhält?«

»Na, das wäre mal ein Zauber. Doch es gibt tatsächlich etwas, allerdings bleibt uns dafür nur wenig Zeit.« Madrigal blickt stirnrunzelnd auf Arsinoes Messer, woraufhin die unauffällig die Pflanzenstängel in ihrem Ärmel verschwinden lässt. Madrigal hat bestimmt ein eigenes Messer dabei.

»Und, was wäre das?«

»Wir rufen deinen Bären«, erklärt Madrigal. »Denselben Bären, den wir auch schon bei der Erwachenszeremonie mit niederer Magie zu dir auf die Bühne geholt haben. Er ist das Einzige, worauf du hoffen kannst, und auch das nur, wenn unser Zauber stark genug ist, um euch auch jetzt noch aneinander zu binden.«

»Selbst wenn, ist der Bär doch niemals rechtzeitig hier.«

»Vielleicht nicht«, gibt Madrigal zu. »Aber es ist einen Versuch wert.«

»Na schön. Dann gib mal dein Messer her.«

»Was stimmt denn nicht mit dem da in deiner Hand?«

»Das ist für meine Schwester reserviert«, erwidert Arsinoe, woraufhin Madrigal ihr Messer zu ihr hinüberwirft.

Langsam geht Arsinoe zum Stamm des Baumes, um die verheilte Wunde in Form einer Bärenrune in ihrer Handfläche erneut zu öffnen und ihr Blut an die Rinde zu pressen.

»Wahrscheinlich macht er nur wieder Schwierigkeiten. So wie beim ersten Mal.«

»Da hat er genau das getan, was er tun sollte.«

»Erzähl das mal Jules. Die hat immer noch daran zu knabbern, weißt du? Weil er diese Menschen getötet hat. Dabei war ich es, die sie dazu gedrängt hat. Und auf keinen Fall hat sie es mit Absicht getan.«

»Das Gegenteil lässt sich leider nicht beweisen«, wendet Madrigal ein. »Ich habe genau gesehen, wie dieser Bär direkt auf Königin Mirabella losgegangen ist. Du solltest nicht unterschätzen, wie emotional Jules sein kann. Und das wird immer schlimmer. Aber wenn der Aufstieg vorüber ist, wird sie wieder sie selbst sein. Ich tue das hier genauso für sie und für uns alle wie für dich.«

Arsinoe legt die Messerspitze an ihre Haut, zieht sie dann aber wieder zurück.

»Vielleicht sollte ich es besser lassen. Die niedere Magie könnte wieder nach hinten losgehen.«

Madrigal verdreht stumm die Augen.

»Überhaupt ist das unsere Schuld«, ereifert sich Arsinoe. »Das, was mit Jules und Joseph passiert ist. Das war dieser Zauber, den ich verbockt habe. Der hat ihn und Mirabella zueinander geführt.«

»Joseph ist ein Mann«, protestiert Madrigal, »und

Männer sind wankelmütig. Schaltet sich ihr Hirn aus, können sie einem hübschen Mädchen an einem sturmumtosten Strand einfach nicht widerstehen. Damit das passierte, war gar keine niedere Magie vonnöten. Außerdem sind er und Jules doch wieder zusammen. Was spielt das also noch für eine Rolle?« Sie stampft mit dem Fuß auf, und ein plötzlicher Windstoß fährt durch ihre langen kastanienbraunen Haare. »Jetzt setz schon die Schnitte.«

»Sag mal, Madrigal«, zögert Arsinoe, »wie bist du eigentlich auf diesen Ort hier gestoßen?«

»Das ist schon lange her. Damals war ich ungefähr ... vierzehn. Ich war mit Connor Howard zusammen. Wir sind im Wald herumgewandert und irgendwann unter diesem Baum gelandet. Als wir hier lagen, ist in meinem Inneren etwas erwacht. Und seitdem bin ich immer wieder hergekommen.«

»Connor Howard? *Der* Howard? Der Bäcker? Aber der ist so alt.«

Madrigal lacht versonnen.

»Damals noch nicht. Na ja, zumindest nicht ganz so alt.« Sie legt den Kopf schief und fährt fort: »Wenn du dich nicht schneiden willst, muss es nicht unbedingt Blut sein. Notfalls kann man auch Spucke benutzen.«

»Spucke?« Angewidert verzieht Arsinoe das Gesicht. »Igitt. Das ist ja noch schlimmer.«

»Wie du meinst.«

Lächelnd zuckt Madrigal mit den Schultern, und Arsinoe zieht die Messerklinge über ihre Handfläche. Sobald ihr Blut die Borke des uralten Baumes berührt, spürt sie, wie sich das seelische Band zwischen ihr und dem Bären strafft. Sie weiß, dass er kommen wird.

In den Felsbruchhügeln

Die Straße durch die Felsbruchhügel ist leer und verlassen. Schon seit einem halben Tag sind die Königin und ihre Begleiter niemandem mehr begegnet. Es wurden Späher vorausgeschickt, in immer kürzeren Abständen, seit sie sich Wolfsquell nähern. Mirabella sitzt mit Bree und Elizabeth unter den Bäumen neben der Straße und lehnt sich seitlich an einen dicken Eichenstamm. Die Stille macht sie nervös. Das einzige Geräusch kommt von Pepper, Elizabeths schwarz-weiß gefiedertem Specht, der fröhlich an dem Baumstamm herumhämmert.

»Es ist zu ruhig«, stellt Mirabella fest. »Als hätte jemand sämtliche Vögel zum Schweigen gebracht. Verhalten sie sich so, wenn eine Naturbegabtenkönigin in der Nähe ist?«

»Ich denke nicht. Bei mir machen sie das jedenfalls nicht.« Liebevoll blickt Elizabeth zu ihrem Familiaris hinauf. »Sie könnte sie darum bitten, still zu sein. Aber von allein würden sie es nicht tun.«

»Ein Vogelschwarm mit gesenkten Köpfen«, überlegt Bree. »Was für eine traurige Begleitprozession.« Sie sitzt hinter Mirabella und unterteilt das lange schwarze Haar der Königin in einzelne Strähnen, um es zu flechten. »Wie sieht dann wohl erst der Fanfarenzug aus? Überhaupt frage ich mich, wie es bei Königinnen mit anderen Gaben zugeht, wenn sie ihre Städte verlassen.«

»Bei einer Kriegerkönigin in Bastiansburg mit viel Schwerterrasseln und Schildgetrommel«, schlägt Elizabeth vor. »Und vielleicht werden ein paar Pfeile in die Luft geschossen, entweder mit Bögen oder durch Gedankenkraft.«

Mirabella lacht leise. »Das können sie heutzutage nicht mehr, Elizabeth. Ihre Gabe ist schwach geworden.«

»Ich weiß nicht. Manchmal habe ich das Gefühl, dass die Teller anfangen zu schweben, wenn Rho bei den Mahlzeiten auf den Tisch haut.« Elizabeth rümpft verschnupft die Nase, kichert dann aber. Grinsend beißt Mirabella in eine von Brees verbotenen Birnen.

Vor noch nicht allzu langer Zeit war sie die auserwählte Königin und glaubte, ihr Auszug aus Rolanth werde von wehenden Fahnen begleitet. Stattdessen hat sie sich mitten in der Nacht davongestohlen, und auch in den Dörfern rings um die Stadt ist niemand aufgetaucht, um ihr alles Gute zu wünschen. Sie reist heimlich, im Verborgenen. Und selbst wenn es nicht so wäre – Arsinoe und Katharine haben bei der Erwachenszeremonie starke Auftritte hingelegt. Und damit gibt es keine auserwählte Königin mehr.

»Ich kann es kaum erwarten, dass das alles vorbei ist«, murmelt Bree und mustert gierig die süße, reife Birne. »Dann können wir endlich wieder essen, was wir wollen, und gehen, wohin wir wollen. Und ich freue mich schon auf die Ankunft der Freier. Vielleicht hat Königin Katharine dann so viel damit zu tun, sie bei Laune zu halten, dass sie keine Giftpräsente mehr schickt.«

Bree unterbricht sich abrupt, und Elizabeth wirft ihr einen scharfen Blick zu.

»Ist schon gut«, winkt Mirabella ab. Sie weiß schließlich ganz genau, dass sich keiner der Freier um die erste Werbung bei ihr bemüht hat.

»Das ist sowieso nicht wichtig.« Bree reckt trotzig das Kinn. »Wir wissen, wen du wirklich willst: diesen hübschen Kerl von den Naturbegabten. Vielleicht kannst du ihn dir ja als Liebhaber nehmen, wenn du verheiratet bist.«

Der Gedanke bringt Mirabella zum Lächeln. Aber sie kann sich Joseph nicht als Liebhaber vorstellen. Er würde sie ganz für sich haben wollen. Er hätte nichts anderes verdient, und das ist nun einmal nicht möglich.

»Dieser Kerl von den Naturbegabten wird nie wieder ein Wort mit mir wechseln«, sagt sie leise. »Nicht, wenn ich erst Arsinoe getötet habe.«

»Da kommt der Späher.« Mit einem Kopfnicken deutet Elizabeth an das Ende der Straße, dann steht sie auf. Inzwischen sind sie nicht mehr weit von Wolfsquell und den diversen Wiesen und Bächen entfernt, an denen Arsinoe sich laut ihrer Spione oft alleine herumtreibt. »Eigentlich ist es ein Wunder, dass sie sie im Jahr des Aufstiegs so oft unbewacht herumlaufen lassen.«

»Die Naturbegabten sind es nicht gewöhnt, eine Königin mit echten Siegeschancen aufzuziehen«, vermutet Bree. »Sie wissen nicht, wie man anständig auf sie aufpasst.«

»Vielleicht müssen sie das auch gar nicht«, erwidert Mirabella, die sich nun ebenfalls erhebt. »Immerhin ist der Familiaris ihrer Königin ein stattlicher Braunbär.«

Inzwischen hat der Späher sein Pferd gezügelt und

erstattet dem Hauptmann der Wache Bericht. Offenbar können sie gefahrlos weiterreiten.

»Da wir Wolfsquell inzwischen so nah sind, hatte ich eigentlich auf konkrete Nachrichten gehofft«, meint Mirabella, während sie Knister kurz die Nase streichelt und dann aufsteigt. »Auf eine eindeutige Sichtung. Es gibt noch immer keine zuverlässigen Berichte über den Bären, und das macht mich nervös.«

»Über den Bären zwar nicht, aber sie wird oft von dem Berglöwen begleitet«, schränkt Bree ein. »Und von der kleinen Milone. Und oft auch ...«, Bree zögert kurz, »... von Joseph.«

Mirabella wirft ihr einen aufgebrachten Blick zu, woraufhin Bree den Kopf hängen lässt. Auf keinen Fall wird Mirabella Joseph etwas antun. Und auch Juillenne möchte sie nicht verletzen. Aber falls Juillenne sich einmischt oder ihren Berglöwen loslässt, dann werden sie und die Wildkatze zusammen mit ihrer Königin sterben.

Wolfsquell

Arsinoe verlässt Wolfsquell über die Talforststraße. Die hübsche, breite Straße, die größtenteils durch den Wald führt, stellt den Hauptverkehrsweg zur Hauptstadt dar und schlängelt sich, vorbei an Eschenbach und Torberg, direkt durch die Felsbruchhügel. Falls Lukes Spion recht behält, müsste sie irgendwo in den Wäldern von Eschenbach auf Mirabella stoßen.

Vielleicht haben Luke und sein Freund, der Schneider, sich aber auch geirrt, und Arsinoe wird auf der Talforststraße unbehelligt bis nach Indridskamm wandern.

Aber irgendwie glaubt sie nicht daran. Fast kommt es ihr so vor, als könne sie spüren, wie Mirabella sich durch die Hügel auf sie zubewegt. Sie kann sie fast schon riechen, wie aufziehenden Regen im Hochsommer.

»Du darfst ihr nicht folgen! Du darfst dich nicht einmischen!«

»Das werde ich auch nicht«, erwidert Jules. Es ist gar nicht so leicht, ihre Sachen zu packen, solange ihre Mutter im Zimmer ist. Alles, was Jules in den Beutel legt, holt Madrigal wieder heraus: ihren Schal, einen Apfel, Verbandszeug. Madrigal schnappt sich alles und versteckt es hinter ihrem Rücken. Als könnte sie Jules dadurch aufhalten. Als würde Jules nicht so oder so gehen, auch mit leeren Händen.

»Wenn du sie nicht beschützen willst, warum gehst du dann überhaupt? Bleib hier. Warte mit uns zusammen. Du bist nicht die Einzige, die sich Sorgen macht!«

»Sie ist meine beste Freundin«, antwortet Jules leise. Wie ein böser Geist taucht immer wieder das Bild von Arsinoes Aufbruch am Nachmittag vor ihr auf. Es war so verdammt schwer, sie gehen zu lassen, und das, obwohl sie schon da wusste, dass sie ihr folgen würde.

»Seit Beltane klebst du an mir wie ein Schatten«, stellt Jules nun fest. »Wieso? Hoffst du darauf, dass ich dir die Sache mit Matthew verzeihe?«

»Nein.« Madrigal wirkt aufrichtig verletzt. Aber Madrigal ist auch verdammt gut darin, blitzschnell genau die Miene aufzusetzen, durch die sie das stärkste Mitgefühl zu wecken hofft.

»Du brauchst nicht mehr die besorgte Mutter zu spielen. Und sag mir bloß nicht, dass ich Arsinoe nicht unterstützen darf. Du hast sie auch unterstützt, indem du sie in die niedere Magie eingeführt hast. Außerdem hast du ihr bei dem Zauber geholfen, mit dem sie bei der Erwachenszeremonie den Bären auf die Bühne gelockt hat.«

»Das war etwas ganz anderes. Das war nur Show. Außerdem hatte das Jahr des Aufstiegs noch nicht begonnen. Jetzt ist sie auf sich allein gestellt.«

»Und damit endet unsere Rolle in dem Stück.« Wütend verzieht Jules die Lippen. »Mir ist bewusst, dass du lange nicht da warst, Madrigal, aber selbst du solltest eines begriffen haben: Entweder Arsinoe überlebt, oder wir beide sterben. Es war schon immer klar, dass es genau so ablaufen wird.«

Die Dielenbretter im Korridor quietschen leise. Cait erscheint vor der Tür zu Jules' und Arsinoes Schlafzimmer. Ihre grauen Haare sind straff zurückgebunden, und sie mustert die beiden Frauen wachsam.

»Tut mir leid, dass ich laut geworden bin, Oma. Es ist alles in Ordnung.«

»Sie will sich den Königinnen an die Fersen heften«, zischt Madrigal leise. »Du hättest sie niemals hierlassen dürfen, so dicht am Geschehen.«

»Du warst ja nicht da, um deine Meinung kundzutun«, erwidert Cait mit ihrer ruhigen, tiefen Stimme. »Aber vielleicht hast du recht. Uns war klar, dass es ihr das Herz brechen würde, wenn Arsinoe stirbt. Doch so ist das nun einmal, wenn man mit einer Königin aufwächst.«

»Sprich nicht so über sie«, knurrt Jules. »Das klingt so, als wäre sie bereits erledigt.«

»Du hättest Jules fortschicken müssen«, beharrt Madrigal.

»Fort? Also nicht *zu dir.«* Jules nickt wütend. »Da kann ich ja noch froh sein, dass du wenigstens nicht lügst und so tust, als hättest du mich haben wollen.« Sie schiebt sich an ihrer Großmutter vorbei und stürmt die Treppe hinunter. Camden läuft ihr leise fauchend hinterher.

Cait und Madrigal warten ab, bis die Haustür zugefallen ist. Erst dann stellt Madrigal fest: »Wir hätten es ihr sagen sollen.«

»Nein.«

»Sie wird es sowieso herausfinden. Du bist doch nicht blind! Du hast gesehen, was mit ihr geschieht, seit das Jahr des Aufstiegs begonnen hat. Ihr Temperament geht immer öfter mit ihr durch. Und wie sie diesen Bären getötet hat … ohne ihn zu berühren! Wie viele Teller hat sie schon an die Wand geworfen? Wie viele Vasen zertrümmert? Du hast versucht, es zu binden, aber es hat nicht funktioniert.«

»Bleib ruhig, Madrigal.« Cait klingt erschöpft.

Madrigal lacht laut auf.

»Wie oft hast du genau das schon zu ihr gesagt? *Bleib ruhig. Mach dir keine Sorgen. Zügele dein Temperament.* Das Orakel hat prophezeit, dass sie den Niedergang der Insel herbeiführen wird. Und du hast ihm *geglaubt.*«

Stumm starrt Cait ihre Tochter an. Es ist lange her, dass jemand das laut ausgesprochen hat. Aber es ist wahr. Bei Jules' Geburt – der Geburt eines gesegneten Beltanekindes und des ersten Mädchens einer neuen Generation der Familie Milone – hatte Cait, der Tradition folgend, eine Seherin kommen lassen. Doch sobald diese auch nur einen Blick auf Jules geworfen hatte, hatte sie hämisch ausgespuckt.

»Ertränkt sie«, waren ihre ersten Worte. »Sie trägt den Fluch der Pluralität in sich. Ihre Naturgabe wird durch die Gabe des Krieges getrübt werden. Ertränkt sie jetzt, bevor sie dadurch dem Wahnsinn verfällt.«

Als Madrigal sich weigerte, hatte die Seherin versucht, ihr das Kind wegzunehmen, und als sie das Baby berührte, verfiel sie in Trance und stieß lallend eine Prophezeiung hervor: »Es muss ertränkt werden, es darf nicht leben. Es bringt Verderben, den Untergang …« Immer weiter und weiter stammelte sie, ihre Augen verdrehten sich krampfhaft, und Madrigal fing an zu schreien. Das Baby brüllte in höchsten Tönen, bis Cait und Ellis die Seherin schließlich rauswarfen.

Sie konnten die kleine Jules nicht ertränken. Sie brachten es nicht über sich. Also benutzten sie das Blut ihrer Mutter, um den Fluch der Pluralität mit niederer Magie zu binden. Der Gedanke, was sie der Seherin antaten, die hastig die Flucht ergriffen hatte, ist für Cait noch immer unerträglich. Doch nachdem es vorüber war, hatten sie sich alle darauf geeinigt, das Orakel zu vergessen.

Cait blinzelt, dann schüttelt sie den Kopf.

»Das ist nicht der Grund. Du weißt, warum wir Jules' Gabe gebunden haben. Nicht weil sie Fennbirn vernichten könnte. Sondern sich selbst.«

»Aber sie hat sich nicht selbst vernichtet. Und jetzt ist sie bereit, um den Fluch auszuhalten.«

»Dafür ist man nie bereit. Der Fluch der Pluralität treibt die Menschen in den Wahnsinn. Kein Geist kann mehr als eine Gabe ertragen.«

»Angeblich«, murmelt Madrigal. »Aber angeblich sind die Gaben der von dem Fluch Betroffenen auch stets sehr schwach. Und meine Jules ist die stärkste Naturbegabte, die man je gesehen hat. Überleg doch mal, wie ihre Kriegergabe daneben aussehen könnte.«

Caits Familiaris, der auf dem Treppengeländer hockt, krächzt laut. Die Krähe hüpft wütend von einem Fuß auf den anderen. Madrigal war schon immer ehrgeizig. Tief in ihrem Inneren fand sie es bestimmt aufregend, dass ausgerechnet ihr Kind Teil einer dunklen Prophezeiung wurde.

»Darum geht es hier also?«, hakt Cait nach. »Deine Tochter. *Deine* Tochter. Mittendrin im Geschehen, mit einem erhabenen Schicksal. Aber in Wirklichkeit geht es wieder nur um dich, Madrigal. Weil damit *du* Teil des Ganzen bist. Und hoffst, dass du selbst ein erhabenes Schicksal haben wirst.«

»Das ist wirklich gemein, Mutter.« Für einen Augenblick kneift Madrigal die Lider zusammen. Leicht zu verpassen für jeden, der sie nicht wirklich gut kennt, denn im nächsten Moment reißt sie bereits wieder beschwörend die Augen auf.

»Mir ist klar, dass wir sie binden mussten«, sagt sie versöhnlich. »Früher hat man die Träger dieses Fluches verbrannt. Oder ertränkt. Der Rat hätte gefordert, dass ich sie im Wald aussetze.« Sanft berührt sie ihre Mutter an der Schulter. »Aber jetzt ist sie erwachsen. Sie ist stark und bei klarem Verstand.«

»Es war zu ihrem eigenen Besten, dass wir ihre Kriegergabe gebunden haben«, betont Cait. »Und …« Es kostet sie Überwindung, das auszusprechen, was sie niemals hat glauben wollen. »Da die Seherin in Bezug auf den Fluch recht hatte, ist dir doch sicher auch schon der Gedanke gekommen, dass sie ebenfalls recht behalten könnte, was den Rest angeht.«

»Dass Jules den Niedergang der Insel heraufbeschwören wird?«, fragt Madrigal abfällig. »Das Orakel war wahnsinnig wie schon viele andere Orakel vor ihm.«

»Vielleicht. Aber die Bindung bleibt bestehen, Madrigal.«

»Vielleicht, aber sie wird nicht ewig halten. Sie wird immer schwächer, ist es sogar jetzt schon. Wenn ich wollte, könnte ich sie lösen. Sie ist von meinem Blut. Ich bin ihre Mutter, und ich werde tun, was ich für das Beste halte.«

In den Wäldern von Eschenbach

Als Arsinoe keine Lust mehr hat weiterzuwandern, entzündet sie neben der Straße ein gut sichtbares Lagerfeuer. Als sie es sich gerade mit ihrem Kleiderbeutel als Kopfkissen gemütlich gemacht hat, taucht wie erwartet Mirabellas Späher auf.

Er oder sie schleicht sich ziemlich geschickt an. Arsinoe hört ihn erst, als er schon so nahe ist, dass sie nicht einmal mehr schreien muss, um sich zu verständigen.

»Sag meiner Schwester, dass ich hier bin«, trägt sie dem Späher auf, ohne sich umzudrehen. »Sag ihr, dass ich sie erwarte.«

»Mirabella.« Elizabeth rüttelt die Königin sanft an der Schulter. »Mira, wach auf. Der Späher ist zurück.«

Hier im Wald ist es so dunkel, dass Mirabella nur Schemen erkennen kann. Sie war mit dem Rücken an einem Baumstamm eingenickt, aber offenbar ist sie im Schlaf umgekippt. An ihrer Wange klebt Erde.

Irgendwo rechts neben sich hört sie Bree vor sich hin grummeln, dann wird das Gesicht ihrer Freundin in warmes Licht getaucht, als sie ein paar aufgehäufte Zweige entzündet.

»Also.« Brees Augen sind ganz verquollen. Ein kurzes Wedeln der Hand, und die Flammen recken sich in die

Höhe. »Was ist so verdammt wichtig, dass wir unsere harte, unbequeme Bettstatt verlassen müssen?«

Der Späher schwingt sich aus dem Sattel und sinkt auf ein Knie. Er wirkt nervös, irgendwie verwirrt.

»Was ist los?«, fragt Mirabella. »Ist die Straße nach Wolfsquell blockiert?«

»Eher unwahrscheinlich«, gähnt Bree.

»Es geht um Königin Arsinoe«, antwortet der Späher. »Sie erwartet dich an der Straße.«

Niemand reagiert, nur Bree scheint schlagartig wach zu werden, denn sie verwandelt ihr kleines Lagerfeuer unabsichtlich in eine Stichflamme.

»Woher wusste sie, dass wir kommen?«, wundert sich Elizabeth. »Sie muss bessere Spione haben, als wir dachten.«

»Hast du den Bären gesehen?«, erkundigt sich Mirabella.

»Nein. Ich habe überall nach ihm gesucht, aber nicht einmal mein Pferd scheint etwas gewittert zu haben.«

Mirabella blickt nach Osten. Zwischen den Bäumen wird es langsam heller. Der Gedanke an den Bären fühlt sich wie ein Eisklumpen in ihrem Magen an. Die Erinnerung an seine Krallen steigt in ihr auf, an sein Gebrüll und die Schreie der Leute, und sie schluckt krampfhaft.

»Ich werde aufbrechen, sobald es hell genug ist, um gefahrlos über die Wurzeln zu steigen«, erklärt sie. »Brauche ich Knister, oder kann ich auch laufen?«

»Mira!«, protestieren Bree und Elizabeth wie aus einem Mund.

»Du kannst nicht gehen, solange wir nicht wissen, wo dieser Bär steckt«, wendet Bree ein.

»Schick noch einmal Späher los, wenn es hell ist.«

»Nein«, wehrt Mirabella ab. »Wenn sie ihren Bären versteckt hat, dann ist das eben so. Ich bin bereit.« Im Schein des Feuers mustert sie die Gesichter ihrer Freundinnen, wobei sie sorgfältig darauf achtet, ihre eigene Angst vor ihnen zu verbergen. »Sie ist hier. Die Zeit ist gekommen.«

Joseph läuft, so schnell er kann, die dunkle, von Bäumen gesäumte Talforststraße entlang. Nach einem langen Tag in der Werft ist er rechtschaffen müde, doch er hatte kaum die Augen geschlossen, als plötzlich Madrigal vor seinem Fenster auftauchte und ihn weckte, indem sie kleine Steinchen gegen die Scheibe warf.

Zuerst dachte er, sie wolle zu seinem Bruder Matthew, aber als er das Fenster öffnete, rief sie seinen Namen und winkte wild. Deshalb rennt er jetzt durch die Dunkelheit, blind hoffend, dass er den richtigen Weg eingeschlagen hat, um Jules und Camden zu finden. Viel Vorsprung haben die beiden nicht, und die Schmerzen in Jules' Beinen könnten ihr nach einer Weile ebenfalls zu schaffen machen.

Aber was Madrigal ihm über Jules erzählt hat, kann einfach nicht wahr sein. Dass Jules den Fluch der Pluralität in sich trage und eine Kriegerin sei. Joseph hat einmal einen kleinen Jungen gesehen, der unter dem Fluch litt. Das arme Kind war bereits halb wahnsinnig, hielt sich ständig die Augen zu und rammte seine Schulter gegen eine Mauer. In Indridskamm waren er und Matthew ihm zufällig begegnet. Seine Eltern gingen mit ihm zum Tempel, wo er mithilfe eines sanft wirkenden Giftes von seinem Leid erlöst werden sollte.

Aber doch nicht Jules. Laut Madrigal wird der niedere Zauber, mit dem Jules' Fluch gebannt wurde, immer schwächer, sodass ihre Kriegergabe zutage treten kann, wann immer sie sich aufregt. Doch Jules regt sich ständig über irgendetwas auf, und bisher hat er noch nichts dergleichen bemerkt.

Joseph versteht einfach nicht, was Madrigal sich davon verspricht, ihm solche Lügenmärchen aufzutischen. Aber er hat sich trotzdem auf die Suche nach Jules gemacht, um sie von den beiden Königinnen fernzuhalten. Denn wenn sie sich einmischt, wird der Rat ihren Kopf fordern – Fluch hin oder her.

Arsinoe schreit vor Schreck auf, als Mirabella ihr glimmendes Lagerfeuer tosend auflodern lässt. Die Flammen sind so heiß, dass innerhalb von Sekunden die Scheite zu Asche zerfallen, und als Arsinoe sich hastig wegrollt, riecht sie verbranntes Haar. Ihre Maske ist so heiß geworden, dass sie einen Moment lang fürchtet, das Holz könne mit ihrer Haut verschmelzen.

»Du«, würgt Arsinoe hervor. Sie prallt gegen einen Baum und rappelt sich schnell auf. Mirabella steht auf der anderen Seite der Straße. Nicht einen Schritt hat Arsinoe gehört, nicht einen knackenden Ast. »Du bist leiser als früher.«

»Vielleicht schläfst du auch nur fester.«

Arsinoe mustert ihr improvisiertes Kopfkissen, den nun schwarz versengten Beutel mit einem Kleiderbündel und hartem Käse darin.

»Das denke ich eher nicht.«

»Wo ist dein Bär?«, will Mirabella wissen.

»Den habe ich nicht mitgebracht.«

»Du lügst.«

Arsinoe schluckt schwer. Sie spürt das beruhigende Gewicht des vergifteten Messers an ihrer Brust, aber eigentlich will sie es nicht benutzen. Es dürfte sowieso schwierig werden, nahe genug an Mirabella heranzukommen, um es einzusetzen. Dieser Feuerstoß war keine Kleinigkeit. Ihre Schwester hat ihren Biss entdeckt.

»Du solltest ihn besser aus seinem Versteck holen«, sagt Mirabella warnend. Ein merkwürdiges Kribbeln gleitet über Arsinoes Haut. Als sie an sich herabblickt, sieht sie, dass die Härchen auf ihrem Arm sich aufgerichtet haben.

Grellweiß verdrängt der Blitz das morgendliche Dämmerlicht, dann schlagen Funken aus dem Baum, vor dem Arsinoe steht. Mit unglaublicher Wucht werden ihre Füße auf die Erde gepresst, und sie krümmt sich noch im Sturz zusammen, als ihre Zähne aufeinanderschlagen. Der Schmerz beginnt in den Zehen und breitet sich rasend schnell bis in die Haarwurzeln aus.

Rede, denkt sie noch, doch es gelingt ihr kaum, den Mund zu öffnen. Also rennt sie stattdessen los, sucht humpelnd Schutz zwischen den Bäumen. Sie wirft sich mit einem Hechtsprung über einen Busch, der nur Sekunden später von Mirabellas Feuer verschlungen wird. Orangefarbene Flammen explodieren, zischender Dampf steigt auf.

»Stopp! Hör auf!«, brüllt Arsinoe.

»Du hattest deine Chance, das alles zu beenden!«, ruft Mirabella zurück. »Aber stattdessen hast du deinen Bären auf mich gehetzt.«

Der Wind ändert seine Richtung, streicht über Arsinoes Kragen und weht ihr die Haare ins Gesicht. Mirabella zieht über sich mächtige Sturmwolken zusammen. Die erste Böe drückt Arsinoe gegen einen Baum. Ein Ast zerkratzt ihr das Gesicht, und ein glühender Zweig aus dem noch immer lodernden Busch bricht ab, wird auf sie zugetrieben und brennt sich durch ihre Weste und ihr Hemd bis auf die Haut. Arsinoe zuckt zusammen und starrt verzweifelt auf die eingeritzte Rune in ihrer Handfläche. Sie spürt, dass der Bär auf dem Weg zu ihr ist. Sie hätte ihn schon viel früher rufen sollen.

Der nächste Blitzschlag reißt Arsinoe von den Füßen. Unerträgliche Schmerzen lassen Sterne vor ihren Augen tanzen, dann wird alles schwarz, und sie rollt kraftlos zurück auf die Straße.

Jules ist nicht mehr weit entfernt, als der erste Blitz einschlägt. Der Boden bebt, dann folgt der Wind.

Gemeinsam mit Camden rennt sie los.

»Jules, warte!«

Sie dreht sich um. Joseph läuft auf sie zu. Sein Hemd ist vollkommen zerknittert.

»Ich kann nicht«, ruft sie und deutet auf die aufsteigende Rauchsäule. Arsinoe braucht sie.

Vorsichtig geht Mirabella auf die am Boden liegende Arsinoe zu. Sie hält den Sturm bereit, er wird zuschlagen, sobald sie es ihm befiehlt. Wachsam sucht sie den Wald ab. Ihr Herz rast, aber bislang ist noch kein brüllender Bär aus dem Unterholz gestürmt und hat sie mit seinen tödlichen Krallen angegriffen.

Er muss da sein. Arsinoe hat behauptet, ihn nicht mitgebracht zu haben. Eine Lüge. Er wartet nur ab, bis Mirabella in ihrer Wachsamkeit nachlässt.

Arsinoe liegt auf dem Rücken, ein Arm ist ausgestreckt. Sie rührt sich nicht. So sieht sie aus wie ein schmutziges Bündel aus Lumpen und Zweigen. Mirabella stupst sie mit dem Fuß an.

»Steh auf.«

Arsinoe bleibt reglos liegen. Mirabella schiebt sich noch näher heran. Ist es wirklich so einfach?

»Arsinoe?«

Als sie ein leises Grummeln zu hören glaubt, zuckt Mirabella heftig zusammen und sieht sich hastig nach dem Bären um. Doch der ist noch immer nirgendwo zu entdecken.

»Was hast du gesagt?«, wendet sie sich wieder Arsinoe zu, die sich nun mühsam auf die Seite rollt.

»Ich sagte: Eins. Feuer, Blitze, Wind … es wäre nett, wenn du dich für *eins* davon entscheiden würdest.«

Ruckartig richtet sich Mirabella auf. »Nur weil dir bloß ein einziger Trick zur Verfügung steht, muss das bei mir ja nicht auch so sein.«

»Du hast keine Ahnung, was ich für Tricks draufhabe.« Mit dieser beunruhigenden Maske im Gesicht blickt Arsinoe zu ihr auf. An ihren Nasenlöchern klebt Blut, und ihre Hand zuckt immer wieder in Richtung ihrer Weste. In der Handfläche sind kaum verheilte Schnittwunden zu erkennen. »Du siehst anders aus.« Abschätzend mustert sie Mirabellas braunen Mantel und den langen schwarzen Zopf. »Zurechtgemacht wie eine echte Königin.« Arsinoe beginnt zu husten, und ihr Blick wirkt plötzlich unfokussiert. Es ist ein Wunder, dass sie überhaupt noch bei Bewusstsein ist.

»Warum bist du hergekommen?«, will Mirabella wissen. »Gibst du etwa auf? Willst du, dass ich dich in ein Häufchen Asche verwandle?«

»Kann sein. Im Gegensatz zu dir hat man mich nicht dazu erzogen, Pläne für die Zukunft zu machen. Deshalb handle ich jetzt einfach spontan.«

»Ach ja?«, presst Mirabella hervor. »Du handelst einfach spontan. So wie bei der Erwachenszeremonie, als du deinem Untier befohlen hast, mich zu zerfleischen?«

Arsinoe schluckt und verzieht kurz das Gesicht. Auch ihre Zähne sind blutverschmiert. Und dann bringt sie Mirabella völlig aus dem Konzept, indem sie anfängt zu kichern. Die Hand, die sie bisher dicht am Oberkörper gehalten hat, gleitet zu Boden.

»Du dachtest, ich hätte ihn auf dich gehetzt«, stößt sie leise lachend hervor. »Natürlich, was auch sonst.«

»Hast du ja auch.«

»Völlig egal. Heute habe ich ihn jedenfalls nicht auf dich losgelassen, oder?«

»Keine zwei Tage nachdem ich dir den Hals gerettet hatte, hast du versucht, mich umzubringen. Du undankbare, kleine Kröte!« Mirabella ballt die Fäuste und gibt sich alle Mühe, die Elemente unter Kontrolle zu halten. Am liebsten würde sie ihre Schwester erwürgen. Oder ihr ordentlich eine verpassen. Ihr sämtliche Zähne ausschlagen. Sie könnte einfach einen Blitz auf sie loslassen, dann wäre alles vorbei. Arsinoe ist ein leichtes Ziel, da sie sich nicht von der Stelle rührt.

»Was machst du überhaupt hier?«, schreit Mirabella. »Warum bist du hierhergekommen?«

»Um dich von Wolfsquell fernzuhalten«, erwidert

Arsinoe schlicht. »Und von den Menschen, die ich liebe.«

»Ich würde ihnen niemals etwas antun.«

»Da sind sie sich nicht so sicher. Der Aufstieg bringt hässliche Seiten in den Menschen hervor. Der Aufstieg *ist* hässlich.« Arsinoe unterbricht sich kurz. »Wir könnten einfach gehen, könnten Katharine und die Arrons gewinnen lassen. Die Giftmischer haben die letzten drei Mal auch schon gewonnen. Ein viertes Mal wird nicht viel ändern, ganz egal, was die Tempeldiener behaupten.«

»Wir sollen abdanken?« Mirabella stößt ein trauriges Lachen aus. »Das würden sie niemals zulassen. Hör auf, mit mir zu feilschen, wenn du bereits verloren hast. Du warst es doch, die behauptet hat, die Dinge seien nun einmal so. Dass wir töten oder getötet werden.«

Arsinoe atmet tief ein und lässt den Blick über die Bäume wandern, über die hellen Lichtflecken, die zwischen den Wolken hervorbrechen.

Mirabellas Lippen verziehen sich, ihre Augen werden feucht. Sie will nicht mehr reden. Einen schnellen Blitzschlag, mehr braucht es nicht. Wenn sie nicht hinsieht, wird die Tat sie hinterher vielleicht nicht verfolgen.

»Mirabella«, flüstert Arsinoe.

»Ja?«

»Wenn du dir Katharine vornimmst, darfst du nicht zögern. Ich weiß, sie war unser kleines Mädchen, dem wir immer Blumen ins Haar geflochten haben. Aber das ist sie jetzt nicht mehr.«

»Jules, halt!« Joseph packt sie am Arm.

»Wir dürfen nicht stehen bleiben! Siehst du nicht diese Sturmwolken? Hast du den Blitz nicht gesehen?«

»Arsinoe ist schlau«, hält Joseph dagegen. »Sie würde niemals ohne einen Plan in diesen Kampf gehen. Lass sie das regeln.«

»Du würdest also zulassen, dass sie deine Mirabella tötet? Oder hoffst du insgeheim, dass Arsinoe verliert?«

Jules reißt sich los, und Joseph fällt nur eine Möglichkeit ein, um sie aufzuhalten – er wirft beide Arme um sie und holt sie mit seinem ganzen Körpergewicht von den Füßen.

Ihre Antwort kommt prompt und heftig, indem sie ihren Ellbogen gegen seine Schläfe rammt. Joseph wird kurz schwindelig, aber er lässt nicht los. Nicht einmal, als Camden sich mit voller Wucht auf ihn wirft und sie alle zusammen über den Boden rollen.

»Lass mich los, Joseph! Lass mich los!«

»Nein, Jules, das kann ich nicht!«

Wild schreiend schlägt sie um sich. Sie machen jetzt so viel Lärm, dass es bis zu den Königinnen zu hören sein muss. Falls Arsinoe untergeht, wird sie wenigstens wissen, dass Jules in ihrer Nähe war.

Camden bohrt ihre Zähne in Josephs Schulter und zerrt daran, um ihn von Jules herunterzuholen.

»Aua!«, brüllt er. »Jules, bitte!«

»Nein!«, kreischt sie. »NEIN!«

Es kostet ihn so viel Mühe, Jules umschlungen zu halten, dass er nicht bemerkt, wie die Bäume in Bewegung geraten. Das wilde Rascheln der Blätter registriert er erst, als der erste Ast abbricht und sich neben ihm zentimetertief in den Boden bohrt.

Joseph zieht den Kopf ein, als immer mehr Äste und Zweige herabregnen und sich wie Messer in den Waldboden graben. Endlich lässt er Jules los und hebt schützend die Arme über den Kopf.

Sofort hört es auf. Die Bäume beben nicht mehr, und man hört nur noch ihren angespannten Atem und das leise, nervöse Knurren von Camden.

»Was war das?«, fragt Jules. Mühsam kniet sie sich hin und zieht ihren Berglöwen an sich, streicht prüfend über sein Fell, um es nach Wunden abzusuchen.

»Ich befürchte«, stellt Joseph keuchend fest, »das warst du.«

»Was war das?«, fragt Mirabella. »Hast du das gehört?« Natürlich hat Arsinoe es gehört. Und sie kennt diese Schreie genau.

»Das war Jules«, erklärt sie, während sie sich auf einen Ellbogen hochkämpft und eine Ladung Blut ausspuckt. »Irgendetwas stimmt nicht mit ihr! Haben deine Priesterinnen ihr etwas angetan?«

Arsinoe greift in ihre Weste, umschließt fest den Griff des vergifteten Messers. Sie will es nicht benutzen. Mirabella hat sie an Beltane gerettet. Mirabella liebt sie. Aber wenn Jules verletzt wurde, werden sie *alle* leiden.

»Nein«, versichert Mirabella hastig. »Das würden sie nicht tun! Und sie sind auch nicht dort drüben, sondern da.« Sie zeigt mit ausgestrecktem Arm in Richtung Torberg. Dann zieht sie misstrauisch die Brauen zusammen. »Ist das als Ablenkung gedacht? Das wird nicht funktionieren!«

Die Sturmwolken am Himmel verfinstern sich wieder, und Arsinoe wägt schnell ihre Möglichkeiten ab. Vielleicht könnte sie das Messer werfen, direkt in Mirabellas Herz. Giftmischer sind gut in solchen Sachen, hat sie zumindest gehört. Aber selbst wenn das Gerücht wahr ist – sie selbst hat so einen Wurf noch kein einziges Mal geübt.

Plötzlich brennt die Rune in ihrer Handfläche.

Und gemeinsam mit ihrer Schwester schreit Arsinoe auf, als der Bär durch das Unterholz bricht. Sein Brüllen übertönt sogar den Donner, und er nähert sich ebenso schnell wie ein galoppierendes Pferd.

»Halt!«, ruft Arsinoe, woraufhin der Bär gerade noch rechtzeitig innehält, anstatt Mirabellas Brust aufzuschlitzen.

Die Elementwandlerkönigin liegt am Boden, ihre Entschlossenheit ist wie weggeblasen. Tränen der Angst laufen über ihr Gesicht, als sie hektisch rückwärtskrabbelt. Vermutlich durchlebt sie gerade wieder die letzten Momente ihres Auftritts bei der Erwachenszeremonie, als sie mit ansehen musste, wie der Bär mehrere Priesterinnen zerfetzte, bevor er kam, um sie zu töten.

»Warte, warte, komm zu mir«, sagt Arsinoe beschwörend und streckt ihm die Hand mit der Rune entgegen.

Der Bär ist nicht ihr Familiaris. Er ist lediglich durch niedere Magie an sie gekettet. Aber Arsinoe ist eine Königin. Die niedere Magie in ihr ist stark, und der Bär tut, was sie verlangt. Sie schmiert ein wenig Blut von ihrer Nase auf ihre Handfläche und drückt sie dann gegen die breite Stirn des mächtigen Tieres. Der Bär leckt ihr das Gesicht ab.

»Lass uns gehen.« Sie vergräbt eine Hand in seinem Pelz, und der Bär nimmt vorsichtig ihr verkohltes Hemd zwischen die Zähne und zieht sie zwischen die Bäume. Er ist schnell und bewegt sich verstörend leise. Noch bevor Mirabella sich von dem Schreck erholt hat, sind die beiden tief im Wald verschwunden.

»Arsinoe!«, schreit sie. »Wo bist du? Wo hast du dich versteckt?«

»Sie erwartet doch nicht ernsthaft, dass ich ihr das verrate, oder?«, flüstert Arsinoe, während sie sich gemeinsam mit ihrem Bären auf den Waldboden kauert, in der Hoffnung, dass Mirabella sie so nicht finden wird.

Greavesdrake Haus

Natalia starrt auf den Brief in ihrer Hand. Hin und wieder nippt sie an ihrem mit Fingerhut versetzten Brandy und tippt nachdenklich mit dem Glasrand gegen ihre Zähne. Der Brief ist von ihrem Bruder Christophe. Das an diesem Morgen überbrachte Schreiben besagt, dass sein Sohn Pietyr nur kurz nachhause zurückgekehrt und dann aus geschäftlichen Gründen nach Prynn weitergereist sei. Worum es sich bei diesen Geschäften handele, wisse er nicht. Er sei davon ausgegangen, dass es ein Auftrag von ihr, Natalia, gewesen sei. Aber (an dieser Stelle hat sie sein nonchalantes Achselzucken deutlich vor Augen) er sende ihr die besten Grüße, auch von seiner Frau Marguerite. Sehr gerne würden sie beide sie auf ihrem Landsitz begrüßen, sobald Natalia diese ganze Angelegenheit mit dem Aufstieg erledigt habe.

Frustriert zerknüllt Natalia den Brief. Es muss wirklich nett sein, so weit von Hauptstadt und Rat entfernt zu leben, dass man das Jahr des Aufstieges mit einer solchen Leichtfertigkeit abtun kann. Der glückliche Christophe, wiederverheiratet und allem entkommen. Ihr war das nicht möglich und seinem Sohn Pietyr ebenfalls nicht. Der Junge sollte besser schnell auf ihrer Schwelle erscheinen. Katharine ist schließlich noch nicht gekrönt. Es gibt viel zu tun.

Nach einem kurzen Klopfen tritt Genevieve ein, ohne auf Erlaubnis zu warten. Anscheinend hat es ihre gesamte Familie darauf angelegt, Natalia in eine Migräne zu treiben.

»Ich war den ganzen Vormittag im Highbern«, verkündet Genevieve, bezogen auf das Hotel im Stadtzentrum, wo das Willkommensbankett für den Freier Nicolas Martel stattfinden soll.

»Und?«

»Alles bestens. Das Silber ist poliert, das Menü steht, und die Blumen sind bestellt.«

»Gut.«

Viel wird nicht nötig sein, um den Jungen zu beeindrucken. Natalia erinnert sich noch genau daran, wie er Katharine bei der Anlandung und dem anschließenden Festessen angestarrt hat. Und offenbar hat er sich von den unschönen Gerüchten über ihre Rückkehr nicht abschrecken lassen. Pietyr und sie hatten eigentlich gehofft, dass Katharine einige Freier zur Auswahl haben würde, aber genau genommen brauchen sie nur einen, um den Schein zu wahren, bis Katharine gekrönt ist und Billy Chatworth zu ihrem Prinzgemahl macht, was ja bereits feststeht.

»Was ist das für ein Geräusch?«, fragt Genevieve plötzlich. Lauschend neigt sie den Kopf. Natalia hört rein gar nichts, erst als Genevieve die Tür zum Treppenhaus aufreißt, hallt leiser Applaus von unten herauf.

Natalia stellt ihr Glas ab, dann folgen Genevieve und sie dem Klatschen – durch die Eingangshalle über die Galerie bis ins Billardzimmer, wo sich mehrere Dienstboten versammelt haben.

Lautlos betreten sie den Raum, und als sie schließlich sehen, was die Anwesenden so fesselt, keucht Genevieve schockiert auf.

Katharine hat hinter den Tischen eine Art Zielscheibe aufgebaut und ihre Zofe Giselle daran festgebunden. Natalia und Genevieve sehen zu, wie Katharine fünf schmale Messer auf das Mädchen wirft. Die Klingen bohren sich mit einem dumpfen Schlag ins Holz, nur Zentimeter von Giselles Armen, Hüften und Kopf entfernt.

Die Dienstboten applaudieren, was Katharine mit einer Verbeugung quittiert. Fröhlich geht sie zu Giselle hinüber und drückt ihr einen Kuss auf die Wange, bevor sie zwei anderen Dienstboten befiehlt, sie loszubinden.

»Was soll das darstellen?«, fragt Natalia. Katharine fährt zu ihr herum.

»Natalia!«

Sofort ziehen die Dienstboten die Köpfe ein, da sie fürchten, gleich Zeuge eines heftigen Streits zu werden. Natalia registriert es und hebt irritiert die Brauen. Wann hat Katharine sich denn je mit ihr gestritten – oder überhaupt mit jemandem?

»Gefällt es dir?«, fragt Katharine sie. »Ich brauchte etwas Ablenkung, nachdem ich tagelang hier drin festsaß und mich vor der Elementwandlerkönigin verstecken musste. Und ich dachte mir, mit sportlichen Fähigkeiten könnte man die Freier sicher beeindrucken.«

»Sportliche Fähigkeiten«, wiederholt Natalia langsam. »Mit deinen Reitkünsten oder deiner Geschicklichkeit beim Bogenschießen kannst du sie bestimmt beeindrucken. Aber ihre zarten Festlandgemüter werden sich bei einer Braut, die sich im Messerwerfen hervortut, wohl eher unwohl fühlen.«

»Tatsächlich?« Katharine lacht. »Sind sie wirklich so zart besaitet?«

»Hoffentlich nicht alle«, murmelt Genevieve verhalten.

Katharines dunkle Augen richten sich auf sie. Seit ihrer Rückkehr hat Genevieve es nicht gewagt, übermäßig viel mit der Königin zu sprechen. Stattdessen hat sie genau hingesehen und dem Rat Bericht erstattet, damit man sich dort das Maul zerreißen konnte. Dass die Königin sich in Gefahr bringe. Dass sie zu viel Gift zu sich nähme, ohne dass sich ihre Gabe gezeigt hätte, und dass sie eines Tages mit Sicherheit das Falsche erwischen werde.

Katharine deutet mit dem Kopf auf die Zielscheibe.

»Würdest du es gerne einmal versuchen, Genevieve? Und den Dienstboten ein wenig Nervenkitzel verschaffen?«

In der offensichtlichen Hoffnung, dass sie es verbieten wird, wendet sich Genevieve an Natalia. Als die nicht reagiert, schenkt sie der Königin ein strahlendes Lächeln.

»Selbstverständlich.«

Sie löst sich aus der Menge und lässt Giselle und eine weitere Zofe ihre Handgelenke an der Zielscheibe festschnallen. Die Stimmung im Raum ist merklich abgekühlt. Alle sind mucksmäuschenstill. Katharine fächert ihre silbernen Messer auf und schiebt sie sich zwischen die Finger.

Die erste Klinge fliegt. Als sie direkt neben Genevieves Rumpf einschlägt, fährt diese heftig zusammen.

»Vorsicht«, rügt Katharine. »Nicht bewegen. Was ist, wenn ich das nächste Messer etwas zu schnell werfe und du dich noch in der Flugbahn befindest?«

Das zweite Messer landet so dicht neben Genevieves Wange, dass es eine ihrer blonden Locken abtrennt.

»Ich denke, das reicht jetzt, Kat«, mahnt Natalia. »Giselle, Lucy, bitte seid so freundlich und bindet meine Schwester los. Ich bin sicher, dass wir die sportlichen Fähigkeiten der Königin bei anderer Gelegenheit ausgiebiger genießen können.«

Schnell lösen Giselle und Lucy die Fesseln von Genevieves Handgelenken. Schweigend verlässt Genevieve gemeinsam mit den Dienstboten den Raum, allerdings nicht ohne Natalia einen gekränkten Blick zuzuwerfen.

»Du hältst mich für grausam«, stellt Katharine fest, als sie mit Natalia allein ist.

»Nein, höchstens für rücksichtslos. Ich weiß, dass Genevieve sehr streng zu dir war, Kat. Aber das war immer nur zu deinem Besten.«

Katharine seufzt schwer. »Dann sollte ich ihr wohl verzeihen.«

»Mir war nicht bewusst, dass du einen Groll gegen sie hegst. Das war doch früher nie so. Was hat sich geändert, Kat? Was ist in der Nacht der Erwachenszeremonie wirklich mit dir geschehen?«

Katharine durchquert den abgedunkelten Raum und zieht die dunkelroten Vorhänge auf. Mit zusammengekniffenen Augen blickt sie in den hellen Tag hinaus. Ihre Wangen sind nicht mehr so eingefallen wie früher, und das, obwohl sie viel mehr Gift zu sich nimmt. Katharine sieht anders aus. Neu.

»Nur das, was ich dir erzählt habe«, sagt sie schließlich. »Ich bin weggelaufen und habe mich verirrt. Dann bin ich abgestürzt, und die Göttin hat mich gerettet. Wenn ich mich seltsam verhalte, liegt das nur daran, dass ich so lange hier eingesperrt war.« Sie dreht sich zu Natalia um. »Mirabellas Kutsche war nur ein Täuschungsmanöver, oder?«

»Das stimmt. Und sie ist wieder weg. Was vielleicht bedeutet, dass eine deiner Schwestern tot ist.«

Katharine lenkt Halbmond weit in die Hügel hinein, zwischen denen Greavesdrake sich verbirgt. Sie reitet schnell, presst ihrem Pferd die Fersen in die Flanken. Hoffentlich erreicht sie die Kuppe noch rechtzeitig, um zu sehen, wie der Täuschungsversuch ihrer Schwester den Rückzug antritt. Doch als sie oben ankommt, ist die Straße unter ihr leer.

»Ist schon gut, Halbmond.« Liebevoll tätschelt sie den verschwitzten Hals des Wallachs. Sie weiß auch so, wie die Kutsche ausgesehen hat: protzig und überladen, pechschwarz mit silbernen Beschlägen und blauen Samtkissen im Inneren. Die Pferde waren sicherlich auf Hochglanz gestriegelt und jedes verirrte weiße Haar sorgfältig schwarz gefärbt.

»Ich wünschte, es wäre nicht bei einem Täuschungsmanöver geblieben«, raunt sie ihrem Pferd zu. »Ich wünschte, Mirabella hätte das Portal von Greavesdrake gesprengt und mich im Bett überrascht. Dann hätte ich ihr mit einem Wurfmesser die hübsche weiße Kehle aufgeschlitzt. Wäre das nicht eine schöne Überraschung für sie gewesen?«

Die Königin wendet Halbmond und lenkt ihn von dem Hügel herunter. Als sie in den Schatten der Bäume eintauchen, macht sich in Katharine das untrügliche Gefühl breit, dass sie verfolgt wird.

Das muss wohl Bertrand Roman sein, der fast immer

wie ein Schatten an ihr klebt. Bestimmt hat Natalia ihn hinter ihr hergeschickt, und er hat bis jetzt gebraucht, um seine Königin einzuholen. Sie lässt Halbmond kurz anhalten. Doch die Hufschläge hinter ihr sind zu leichtfüßig für Betrands leidgeplagte schwarze Stute.

Katharine treibt Halbmond zu einem leichten Galopp an. Der Verfolger in ihrem Rücken macht es ihr nach. Als sie verstohlen unter ihrem Arm hindurchspäht, erkennt sie ein schlankes rotbraunes Pferd mit einem männlichen Reiter, dessen helles Haar im Licht leuchtet.

Pietyr? Nun lässt sie Halbmond mit voller Geschwindigkeit den Pfad entlangschnellen. Weder wird sich Pietyr an sie heranschleichen, noch wird er sie überholen. Auf ganz Greavesdrake gibt es keinen Reiter, der ihr überlegen wäre, und kein anderes Pferd in den Ställen der Arrons kann sich geschickter zwischen den Bäumen hindurchwinden als Halbmond.

Nachdem sie ihn problemlos abgehängt hat, reitet Katharine ein Stück zurück und hält sich links von ihrem Verfolger. Dann treibt sie Halbmond so plötzlich auf den Weg, dass das andere Pferd erschrocken steigt und zur Seite ausweicht. Grinsend sieht Katharine zu, wie Pietyr in hohem Bogen abgeworfen wird.

Sie reitet zu der Stelle, wo er stöhnend zwischen den Farnwedeln liegt. Verblüfft reißt sie den Mund auf.

»Du bist nicht Pietyr!«

Der Junge, der zwar blond ist, aber nicht so weißblond wie Pietyr und Natalia, rappelt sich langsam auf.

»Nein, bin ich nicht«, antwortet er, während er sich das trockene Laub von den Ärmeln streicht. »Erinnerst du dich nicht mehr an mich? Ich bin Nicolas Martel.«

»Mein Freier!«, platzt es aus Katharine hervor, und dieses eine Mal errötet sie ganz ohne einen der Tricks, die sie von Pietyr gelernt hat. Sie erinnert sich durchaus an ihn, aber er sieht jetzt anders aus als damals bei der Anlandung – wo sie ihn zuerst in weiter Ferne am Strand und dann während des Festessens auf der anderen Seite des Feuers gesehen hat. Im hellen Sonnenlicht wirkt Nicolas' Gesicht weicher, und seine Unterlippe ist sanft geschwungen. Seine goldblonden Haare reichen bis zum Kragen und locken sich an den Schläfen.

Katharine sucht nach Worten. Schließlich lässt sie die Zügel sinken und stützt die Hand in die Hüfte.

»Das war ziemlich dumm von dir! Sich während des Aufstiegsjahres an mich heranzuschleichen! Ich trage vergiftete Messer bei mir. Ich hätte dich töten können!«

Ihre Stimme hätte nicht so schrill klingen dürfen. Laut Pietyr mögen die Jungen vom Festland das nicht. Aber Nicolas lächelt nur.

»Ich wollte mich nicht anschleichen«, beteuert er. In seiner leisen, weichen Stimme schwingt ein singender Akzent mit. Das gefällt Katharine auf Anhieb. »Ich bin gerade erst angekommen. Man hat mir gesagt, ich solle im Herrenhaus warten, aber ich fürchte, meine Neugier war einfach zu groß.«

»Das ist … nett. Trotzdem hätte dich jemand aufhalten sollen.«

»Wenn ich mir einmal etwas in den Kopf gesetzt habe, kann mich kaum noch etwas aufhalten.« Fasziniert legt er den Kopf schief. »Du hättest mich tatsächlich getötet? Ich dachte immer, die Königinnen wären nur füreinander eine Gefahr.«

»Dann musst du noch einiges lernen«, erwidert Katharine mit einem tiefen Seufzen. »Obwohl du schon recht hast: Meine Schwestern sind meine bevorzugte Jagdbeute.«

»Verzeih mir. Anscheinend habe ich unser erstes Treffen gründlich ruiniert. Eigentlich wollte ich mich dir nicht mit dem Gesicht im Matsch vorstellen.«

Katharine dreht sich im Sattel um.

»Wir sollten dein Pferd suchen gehen. Wenn es eines unserer abgerichteten Tiere gewesen wäre, würde es nicht allzu weit weglaufen. So aber habe ich keine Ahnung, in welche Richtung es gelaufen ist.« Sie streckt Nicolas auffordernd die Hand entgegen. Nicolas greift zu, schiebt einen Fuß in ihren Steigbügel und steigt hinter Katharine auf Halbmonds Rücken. Anschließend schlingt er beide Arme um ihre Taille.

»Danke«, raunt er ihr ins Ohr. »Vielleicht ist dieses erste Treffen ja doch nicht so schlecht.«

Wolfsquell

Arsinoe, Jules und Joseph verlassen die Talforststraße und folgen dem Bach, der letztlich in den Hartriegelteich mündet, Richtung Westen. Die Sonne versinkt bereits hinter den Bäumen, als sie sich unbemerkt dem Gehöft der Milones nähern, um neugierigen Blicken und den Fragen der Leute zu entgehen.

Noch bevor einer der drei sie rufen kann, stürmen Cait, Madrigal und Ellis aus der Haustür. Der Spaniel Jake wirft sich in Jules' Arme, und die Krähen der Familie flattern mit besorgten Flügelschlägen um ihre Köpfe.

»Bei der Göttin.« Schnell greift Ellis nach Arsinoes Hand. »Wir lassen gleich einen Heiler kommen.«

»Nein, mir geht's gut«, wehrt Arsinoe ab. »Seht doch mal.«

Als ob ihre Königin es ihnen extra sagen müsste. Der große Braunbär hinter ihr ist schließlich kaum zu übersehen.

»Er heißt Braddock«, erklärt Arsinoe. Sie legt zärtlich eine Hand auf den massigen Schädel des Tieres. Madrigal streckt den Arm aus, als wolle sie ihn berühren, überlegt es sich dann aber anders. »Mirabella ist also tot?«, fragt sie.

Die Haustür fällt ins Schloss, und wenig später kommt Cait mit einer Schale voll warmen Wassers zu ihnen heraus. Sie befreit Arsinoes Gesicht und Arme von dem verkrusteten Blut und tupft vorsichtig die Brandblasen ab. Dabei verzieht die alte Frau das Gesicht, als würde sie gleich anfangen zu weinen. Doch ihre Stimme klingt ganz normal, als sie feststellt: »Ich will doch hoffen, dass sie tot ist. Immerhin sieht unsere Arsinoe aus wie ein wandelnder Leichnam.« Vorsichtig tastet sie Arsinoes Rippen ab, über die sich ein dunkler Bluterguss zieht. »Noch so einen Kampf überstehst du nicht.«

»Sie ist nicht tot. Braddock ist … Ich glaube, sie hatte zu viel Angst, um sich ihm noch einmal zu stellen.«

»Sicher nicht mehr lange«, schränkt Jules leise und erschöpft ein.

»Hast du Jules wenigstens noch rechtzeitig eingeholt?«, wendet sich Madrigal an Joseph.

Der schlingt einen Arm um Jules' Taille und legt behutsam sein Kinn auf ihren Scheitel.

»Ich habe sie eingeholt«, nickt er. »Und ich habe ihr erzählt, was du mir gesagt hast.«

»Kommt mit rein«, befiehlt Cait ernst. »Diese Brandwunden müssen ordentlich versorgt werden. Braddock wird allerdings draußen bleiben müssen, so leid es mir tut. Er ist kein Familiaris, und selbst wenn er einer wäre, würde er nicht durch unsere Türen passen.«

Am nächsten Morgen erwacht Arsinoe mit einer verrutschten Maske im Gesicht. Am Abend war sie so erschöpft, dass sie eingeschlafen ist, ohne sie abzunehmen. Nun rückt sie die Holzmaske zurecht und dreht sich zu Jules um, die sich mit dem Gesicht zur Wand in ihrem Bett zusammengerollt hat. Camden allerdings sitzt aufrecht daneben und zuckt mit ihrer schwarzen Schwanzspitze. Jules ist also wach.

Arsinoe kann nicht fassen, was Cait und Madrigal ihnen gestern Abend erzählt haben. Auch wenn Joseph mit eigenen Augen gesehen haben will, wie die Äste der Bäume sich wie Messer in den Boden gebohrt haben. Jules, ihre so unglaublich starke Jules trägt den Fluch der Pluralität in sich. Die Gabe des Krieges. Die Milones haben es die ganze Zeit gewusst und dieses Wissen geheim gehalten, ohne jede Warnung. Haben die Gabe des Krieges mit niederer Magie unterdrückt, sagen sie. Dieser Zauber verliert nun seine Wirkung. Aber was passiert, wenn er sich vollständig auflöst? Der Fluch der Pluralität gilt als Monstrosität – wer von ihm betroffen ist, wird irgendwann wahnsinnig. Das weiß jeder.

»Hör auf, mich so anzustarren, Arsinoe«, brummt Jules. Sie dreht sich um und schlägt ihre zweifarbigen Augen auf. Bislang fand Arsinoe es immer schön, dass ihre Freundin ein blaues und ein grünes Auge hat, aber Cait sagte, das Orakel habe Jules ertränken wollen, sobald es in ihre Augen sah.

»Du kommst schon damit klar, Jules. Bisher ist es doch auch gutgegangen.«

»Natürlich werde ich damit klarkommen.« Jules rollt sich auf den Rücken und starrt an die Decke. In der östlichen Ecke des Zimmers hängt ein filigranes Spinnennetz an den dunklen Holzbalken. »Jetzt haben wir beide ein Geheimnis.« Sie dreht sich wieder zu Arsinoe hin. »Warum hast du mir nicht gesagt, dass du den Bären gerufen hast?«

»Das habe ich gemacht, als ich schon fort war. Und ich hätte nie gedacht, dass er rechtzeitig kommt. Er muss bereits auf der Suche nach mir gewesen sein.« Sie setzt sich im Bett auf und späht aus dem Fenster. Braddock hat die Nacht im Hof verbracht und vermutlich überlegt, wie er in den Hühnerstall einbrechen kann. Arsinoe grinst.

»Ich kann kaum erwarten, dass Billy zurückkommt. Ich will ihn Braddock unbedingt zeigen.«

Jules lächelt milde. Dann starrt sie auf ihre Hände und ballt sie zu Fäusten.

»Wirst du Madrigal den Zauber aufheben lassen?«, fragt Arsinoe.

»Meinst du, ich sollte es tun?«

»Keine Ahnung.«

»Joseph ist dagegen. Er meint, es wäre zu gefährlich, weil der Zauber vielleicht das Einzige ist, was den Fluch zurückhält. Aber ich muss immer wieder daran denken, was Luke gesagt hat … dass es einen Grund gibt, warum die Göttin mich dir an die Seite gestellt hat. Als könnte ich für dich stark sein. Als könnte ich dir dabei helfen zu gewinnen.«

»Du brauchst keine Kriegergabe, um stark zu sein«, winkt Arsinoe ab. »Das bist du bereits. Glaubst du, Cait und Madrigal haben uns sonst noch etwas verschwiegen? Könnte das Orakel noch irgendetwas anderes gesagt haben? Etwas, das uns jetzt hilfreich sein könnte?«

»Anscheinend nicht. Das Orakel sagte lediglich, ich trüge den Fluch der Pluralität in mir und meine zweite Gabe sei die des Krieges. Die Frau hat Geld dafür bekommen, dass sie dieses Wissen geheim hält. Mehr scheint nicht dahinterzustecken.«

Leicht beunruhigt lächeln sich die Freundinnen an.

Arsinoe weiß nicht, wie Jules sich entscheiden wird. Aber sie wünscht sich, ein anderer besäße den Schlüssel zu dem bindenden Zauber – nicht ausgerechnet Madrigal.

Ellis klopft an die Tür und streckt gemeinsam mit Jake den Kopf ins Zimmer. Der Spaniel bellt fröhlich.

»Aufstehen und anziehen«, befiehlt Ellis. »Wir müssen uns auf die Freier vorbereiten.«

»*Die* Freier«, betont Jules grinsend.

Arsinoe zieht sich die leichte Sommerdecke über den Kopf. Sie war so auf Mirabella fixiert, dass sie Tommy Stratford und Michael Percy ganz vergessen hat.

»Weckt mich, wenn die Sache gelaufen ist«, stöhnt sie gequält.

»Na ja, wenn diese Aussicht dich nicht aus dem Bett lockt, dann vielleicht das hier: Auf dem Rückweg von den südlichen Feldern bin ich Madge begegnet, und die hat mir erzählt, dass Billys Schiff heute Morgen im Hafen angelegt hat.«

Billy erreicht das Gehöft der Milones kurz nach der Mittagsstunde, als Arsinoe ihren Bären gerade zum äußersten Winkel des Hofes führt.

»Sieh mal einer an«, grinst er. »Da hat Joseph also tatsächlich die Wahrheit gesagt. Fast hätte ich ihm nicht geglaubt.«

Arsinoe grinst ebenfalls. Sie freut sich wirklich, Billy zu sehen. Ihr war gar nicht bewusst gewesen, wie sehr sie auf seine Rückkehr gewartet hat und dass er ihr so sehr gefehlt hat.

»Sein Name ist Braddock«, erklärt sie.

»Braddock, der Bär. Klingt gut. Hast du ihn gezähmt?«

Arsinoe streichelt Braddocks breite Stirn. Sie hat den ganzen Vormittag mit ihm verbracht, damit er sich an die Gerüche und Geräusche der Menschen ringsum gewöhnen kann. Die Milones sind Naturbegabte, und ihre Gabe trägt dazu bei, dass der Bär sich in ihrer Nähe wohlfühlt. Aber bei dem anstehenden Fest wird er auch auf Menschen ohne Gabe treffen, noch dazu auf die vollkommen ahnungslosen Freier vom Festland. Ganz egal, wie friedlich der Bär jetzt erscheint – Arsinoe wird auf der Hut sein müssen. Denn wenn er sein friedfertiges Gesicht so wie jetzt gegen ihre Hüfte drückt, kann man leicht vergessen, dass sie nur durch niedere Magie miteinander verbunden sind, nicht durch das Band eines Familiaris.

»Vorerst ist er zahm«, antwortet sie. »Er hat sich mit reifen Äpfeln und Barschen vollgestopft. Und mit einem der Kinder, die zum Spionieren gekommen sind.«

Billy lässt vorsichtig seine Finger durch den braunen Pelz gleiten.

»Sein Fell ist …« Er muss kurz schlucken. »… weicher, als ich dachte. Und er riecht auch anders als der erste Bär.«

»Der erste war alt und krank. Ihn zu holen war ein Fehler. Oder vielleicht der Preis, den ich für diesen hier zahlen musste.«

»Niedere Magie, ja? Man weiß nie, welchen Preis sie fordert, bis man ihn begleichen muss.«

Arsinoe versetzt ihm einen gutmütigen Stoß, woraufhin Braddock den Kopf hebt.

»Was verstehst du denn schon davon, Festlandjunge?«

»So gut wie gar nichts«, gibt Billy zu. Dann trübt sich sein Blick. »Es gibt Neuigkeiten.«

»*Neuigkeiten.* Langsam hasse ich dieses Wort. Inzwischen bedeutet es nie etwas Gutes.«

Billy lächelt nicht, und er rügt sie auch nicht wegen ihres Pessimismus. Kann es wirklich so schlimm sein, wenn er doch gerade erst zurückgekommen ist?

»Ich fürchte, man hat mich an die Westwoods verkauft«, beginnt er.

»Was?«

»Ich wurde zu Königin Mirabellas Vorkoster ernannt. Damit bestraft mich mein Vater dafür, dass ich mich geweigert habe, an der offiziellen Werbung teilzunehmen. Wenn ich nicht heute Abend noch nach Rolanth aufbreche, wird er mich enterben.« Mit einem kläglichen Lächeln stellt Billy fest: »Jedes Mal droht er mir damit. Aber er hat mir gestattet, noch einmal hierherzukommen und es dir persönlich zu sagen. Wenigstens das hat er mir gelassen.«

»Aber …«, stammelt Arsinoe. »Das geht nicht!«

»Doch.«

Braddock hört die Anspannung in Arsinoes Stimme, wackelt einmal mit dem Kopf und stapft davon.

»Sei kein Idiot, Junior! Du kannst nicht ihr Vorkoster sein! Begreift dein Vater denn nicht, wie gefährlich das ist? Sie … Katharine schickt doch bereits Gift nach Rolanth. Eine von Mirabellas Dienerinnen ist gestorben, weil sie ein vergiftetes Kleid anprobiert hat!«

»Es war kein vergiftetes Kleid«, widerspricht Billy. »Es war ein vergifteter Handschuh. Und das Mädchen ist nicht gestorben – sie haben ihr noch rechtzeitig die Hand amputiert. Die Elementwandler wissen nicht einmal, ob die Dosis überhaupt tödlich gewesen wäre oder ob Katharine nur mit ihnen spielt.«

»Die Arrons spielen nicht«, beharrt Arsinoe. »Und woher weißt du das alles eigentlich?«

»Mein Vater hat lange Diskussionen mit den Westwoods darüber geführt.«

Arsinoes Miene verfinstert sich, doch dann setzt Billy ein strahlendes Lächeln auf und legt ihr eine Hand in den Nacken. Dieser blöde Festlandschnösel! Trotzdem scheint sie sich einfach nicht von der Stelle rühren zu können.

»Halten die Leute vom Festland sich eigentlich alle für unsterblich, oder gilt das nur für dich?«

»Mir kann gar nichts passieren! Mein Vater würde mich nie einer ernsthaften Gefahr aussetzen. Und wenn er sich wieder beruhigt hat, komme ich zu dir zurück, versprochen. In der Zwischenzeit kann ich Mirabella ja für dich ausspionieren.« Sanft streicht er mit dem Daumen über Arsinoes Maske. »Ich habe gehört, was im Wald passiert ist. Du hättest dich ihr nicht auf diese dämliche Art entgegenstellen dürfen.«

Entschlossen schiebt sie seine Hand von ihrer Maske weg.

»Woher willst du wissen, dass dein Vater in Wirklichkeit nicht einen ganz anderen Pakt geschlossen hat? Er ist doch ständig bei den Arrons.«

»Ihm gefällt es in Indridskamm. Dort geht es ähnlich zu wie bei uns zuhause. Zivilisiert. Er freut sich auch schon darauf, die Arrons aus der Stadt zu jagen, wenn du Königin bist.«

Als Arsinoe die Augen verdreht, lacht Billy laut auf.

»Mach dir um mich keine Sorgen! Ich bin sein einziger Sohn. Und da, wo ich herkomme, hat das einiges zu bedeuten.«

»Kann denn niemand deinen Vater umstimmen?«

»Nein, niemand. Nicht einmal du.«

»Dann musst du also tatsächlich gehen. Wann?«

»Wir segeln noch heute nach Rolanth.«

»Aber du bist doch gerade erst zurückgekommen.« Plötzlich fühlt sich Arsinoes Körper bleischwer an. Mit einem unsicheren Schritt geht sie auf Billy zu und schlingt die Arme um seinen Hals. Er grunzt überrascht, drückt sie dann aber fest an sich.

»Sei nicht albern«, raunt er mit den Lippen an ihren Haaren. »Ganz egal, wie weit ich fortgehe, ich gehöre trotzdem zu dir. Wir stehen zusammen. Wir *sind* zusammen … oder?«

»Sind wir das?«

Billy drückt ihr einen Kuss auf die Stirn, dann auf beide Wangen. Er küsst ihre Schultern. Offenbar ist er noch zu unsicher, um sie richtig zu küssen, und das ist allein ihre Schuld. Schließlich löst er sich sanft aus ihren Armen und wendet sich ab, um zu gehen.

»Billy!«, ruft Arsinoe schnell, woraufhin er noch einmal stehen bleibt. »Warum hast du dich für mich entschieden? Und nicht für eine meiner Schwestern?«

»Weil ich als Erstes dir begegnet bin.« Er zwinkert ihr zu. »Ich bin bald wieder zurück. Aber … nur für den Fall, dass ich sterbe … darfst du nie vergessen, dass du mich an dem Tag auf der Wiese hättest küssen können.«

Jules und Joseph laden Bierfässer auf einen Ochsenkarren. Später werden sie über den Hügel zu dem Apfelgarten im nordöstlichen Teil der Ländereien der Milones gebracht, wo das Willkommensfest für die Freier stattfinden soll.

»Für jemanden, der so klein ist, bist du erstaunlich stark«, stellt Joseph fest, als sie beim letzten Fass angekommen sind. Er wischt sich den Schweiß von der Stirn.

»Was soll das sein?«, wundert sich Jules. »Ein Kompliment, verpackt in eine Beleidigung?«

Joseph lacht nur, und sie ziehen sich gemeinsam in den Schatten auf der Hintertreppe des Gasthauses *Zum Löwen* zurück. Camden streckt sich vor ihren Füßen auf den kühlen Pflastersteinen aus und lässt sich von Jules den Bauch kraulen.

»Ich kann nicht glauben, dass Billys Vater ihn als Vorkoster wegschickt«, meint Jules. »Eigentlich dürften wir ihn nicht gehen lassen. Oder er müsste sich weigern.«

»Billy hat sich seinem Vater noch nie widersetzt.« Joseph legt nachdenklich den Kopf schief. »*Niemand* widersetzt sich Billys Vater. Während ich bei seiner Familie gewohnt habe, habe ich oft genug miterlebt, wie die Leute ihm in den Hintern gekrochen sind und ihm nur das erzählt haben, was er hören wollte. Er ist es gewöhnt, stets seinen Willen zu bekommen.« Achselzuckend fügt er hinzu: »Ich frage mich, wie das wohl ist.«

»Klingt nicht sonderlich toll, finde ich. Das ist doch alles Heuchelei, alles Lüge. Einer von uns sollte Billy begleiten. Und sei es nur, damit Arsinoe sich weniger Sorgen macht.«

»Ich werde ihn tatsächlich begleiten, Jules.«

Schockiert sieht sie ihn an. »Damit habe ich doch nicht dich gemeint! Und eigentlich habe ich es nur gesagt, weil ich nett sein wollte!«

»Ich bleibe nicht ewig dort.« Ihr Ausbruch entlockt Joseph ein schiefes Grinsen. »Sondern nur so lange, bis Billy sich eingelebt hat. Und wie du gesagt hast:

um dafür zu sorgen, dass Arsinoe sich weniger Sorgen macht.«

»Das wird sie so oder so tun.« Jules verschränkt die Arme vor der Brust. »Wirst du dich dann mit Mirabella treffen? Womöglich in ihrem Bett?«

»Das kommt noch hinzu – aber natürlich nicht der Teil mit dem Bett!«, fügt er hastig hinzu, als Jules drohend die Fäuste hebt.

»Warum willst du dich überhaupt mit ihr treffen?«

»Um ihr zu sagen, dass es vorbei ist. Um sicherzugehen, dass sie es weiß.«

»Eigentlich dürfte das doch überflüssig sein, oder?« Jules weiß genau, wie gehässig das klingt, aber sie kann einfach nicht anders. »Das zwischen euch konnte keiner von euch ernst nehmen. Schließlich wird Mirabella entweder sterben oder einen der Freier heiraten. Du warst nie eine echte Option für sie.«

»Jules.« Joseph umschließt ihr Gesicht mit den Händen und küsst sie zärtlich. »Ich liebe dich. Was ich getan habe, war falsch, aber ich habe damit auch Mirabella unrecht getan. Es war meine Schuld. Sie hat erst von dir erfahren, als es bereits zu spät war.«

Jules seufzt schwer.

»Dann geh zu ihr.«

»Du vertraust mir also?«

Sie dreht sich zu ihm um und sieht direkt in seine wunderschönen meeressturmblauen Augen.

»Kein bisschen.«

Die Ankunft der Freier

Indridskamm

Das Highbern Hotel ist das beste Haus am Platze, ein wuchtiger, eindrucksvoller Bau aus hellgrauen Ziegeln, verziert mit vergoldeten Wasserspeiern in Form von Falkenköpfen. Noch dazu liegt es so nah am Volroy, dass sein Schatten morgens bis in die westlichen Palastgärten fällt. Die schwarz-weißen Flaggen, die normalerweise über den Eingangstüren hängen, wurden durch rein schwarze ersetzt, auf denen sich Schlangen um giftige Blumen winden. Das sichtbare Zeichen dafür, dass die Giftmischerkönigin im Haus ist.

Im großen Ballsaal sitzt Katharine unruhig zwischen Natalia und Nicolas Martel, der lauthals das feine Ambiente bestaunt. Für die Königin ist das alles nichts Neues. Sie war im Laufe der Jahre schon oft im Highbern, entweder um hier mit Natalia Tee zu trinken oder anlässlich verschiedener Bankette. Nach ihrem persönlichen Empfinden riecht dieses Haus zu alt, als würde es unter den Teppichen vor sich hin modern. Aber heute wurden sämtliche Türen und Fenster geöffnet, sodass Katharine zumindest den Duft genießen kann, der von den Fliederbüschen am Zaun des Volroy herüberweht.

»Hast du die Neuigkeiten aus Torberg gehört?«, fragt Renata Hargrove.

Bei dem Willkommensfest des Freiers hat Natalia

eine etwas intimere Tischordnung als sonst arrangiert. Die Gesellschaft sitzt an einzelnen runden und tiefrot eingedeckten Tischen. Zu Katharines großer Freude konnte sie Genevieve so fast an das andere Ende des Saales verbannen.

»Welche Neuigkeiten meinst du?«, hakt Natalia nach.

»Anscheinend hat die Elementwandlerin nicht nur einen, sondern gleich zwei Stürme heraufbeschworen. Die heftigen Blitzschläge haben Brände ausgelöst, deren Qualm noch kilometerweit zu sehen war.«

»Und trotzdem ist die Naturbegabte noch am Leben«, stellt Lucian Marlowe fest, das einzige männliche Ratsmitglied, das nicht der Familie Arron angehört.

»Zu schade, dass diese Kutsche nur eine Finte war. Wir hätten ein bisschen Regen gut gebrauchen können.« Natalia nippt an ihrem vergifteten Wein, während die Gäste beifällig kichern. »Aber wenn wir Glück haben, wird die Elementwandlerin die Naturbegabte bald töten, und damit ersparen wir uns den Bärengestank vor unseren Fenstern.«

»Aber damit bliebe der ganze Spaß für unsere Königin Katharine auf der Strecke«, erwidert Lucian lachend.

Ohne auf das Geplänkel einzugehen, beugt sich Katharine zu Nicolas hinüber.

»Du musst uns für schreckliche Menschen halten, so wie wir über den Tod sprechen.«

»Ganz und gar nicht«, erwidert er mit seinem weichen Akzent. »Man hat mich schon früh gelehrt, wie die Königinnen auf dieser Insel leben. Ich selbst habe auf dem Schlachtfeld viele Tote gesehen … und Sterbende. Die Konflikte in meinem Land kosten Zehntausende Menschen das Leben. Im Vergleich dazu wirkt euer Jahr des Aufstiegs äußerst zivilisiert.«

»Du klingst sehr selbstbewusst«, stellt Katharine fest, »aber in deinen Augen sehe ich Beunruhigung. Vielleicht sogar Angst.«

»Ich fürchte mich höchstens davor, aus Versehen etwas zu essen, das nicht für mich bestimmt war.« Lächelnd blickt Nicolas auf seinen Teller, als müsse er ihn sorgfältig bewachen.

Das Bankett ist ein *Gave Noir,* allerdings weniger opulent als das bei der Erwachenszeremonie. Hier werden die Gänge einzeln serviert, und alle Giftmischer beteiligen sich daran, nicht nur die Königin.

Katharine legt ihre Gabel auf ihrem grünen Salat mit fein geschnittenen Giftpilzen ab, um ihre Handschuhe zurechtzuziehen. Die Haut darunter juckt höllisch, da sie sich gerade von einer Einreibung mit Eiternesseln erholt. Die Kombination aus dem halb abgeheilten Schorf und ihrem Schweiß sorgt dafür, dass Katharine sich am liebsten die Haut von den Fingern schälen würde.

»Vor dem Beltanefest dachte ich, einfach nur Zuschauer bei einem *Gave Noir* zu sein sei langweilig.« Er wirft der Königin unter seinen goldblonden Ponyfransen hindurch einen eindringlichen Blick zu. »Aber danach habe ich begriffen: Dass du etwas essen kannst, das ich niemals auch nur probieren könnte, ist absolut faszinierend.«

»Soll ich dir den Geschmack von Gift beschreiben?«

»Könntest du das denn?«

»Lass mich nachdenken.« Schweigend mustert sie die roten Pilze mit den weißen Tupfen auf ihrem Teller. »Vieles von dem, was wir essen, ist entweder sehr bitter oder fast vollkommen geschmacklos. Und trotzdem hat der Verzehr von Gift etwas an sich … als würde man pure Macht essen.« Sie spießt ein Stück Pilz auf und schiebt es sich in den Mund. »Und es ist vermutlich hilfreich, dass unsere Köche alle Speisen in Butter ertränken.«

Nicolas lacht laut auf. Seine Stimme ist nicht besonders tief – eigentlich ist sogar Natalias Stimme tiefer –, aber angenehm.

»Es muss mehr sein als das«, stellt er dann fest. »Sämtliche Giftmischer hier rümpfen die Nase, sobald sie die für mich bestimmten Gerichte auch nur sehen.« Während er sich im Saal umschaut, mustert Katharine stirnrunzelnd sein Gedeck: eine flache Schale mit geeister Sommersuppe. Außer Nicolas essen dieses Gericht nur Renata Hargrove, die über keine Gabe verfügt, und die Kriegerin Margaret Beaulin. Und die haben zumindest so viel Anstand, so zu tun, als wären sie nicht wirklich hungrig.

»Beachte sie nicht«, meint Katharine. »Giftmischer verhalten sich immer so, wenn es um nicht-vergiftetes Essen geht.« Mit der Handfläche streicht sie über das Blumengesteck und die hübsch arrangierten, glänzenden Früchte in der Mitte des Tisches. »Sie halten es für stillos, ganz egal, wie edel der Silberteller ist, auf dem es serviert wird, oder wie viele kunstvoll angefertigte Zuckergitter draufliegen.«

Nicolas streckt seinen Arm aus, sodass sich ihre Finger berühren. Schnell ergreift er die Gelegenheit und drückt Katharines Hand an seine Lippen, so fest, dass sie es trotz der Handschuhe zu spüren glaubt.

Nein, Katharine spürt es tatsächlich, und zwar so intensiv, dass sie sich von dem Schreck kurz erholen muss. Vor ihrem inneren Auge taucht Pietyr auf, die Erinnerung an ihn ist so stark, dass ihr Herz anfängt zu rasen. Sie beißt die Zähne zusammen und holt tief Luft. Auf diese Weise darf sie nicht mehr an Pietyr denken. Pietyr hat versucht, sie umzubringen.

Schnell betastet Katharine ihre glühenden Wangen. Doch Nicolas wird denken, das läge an seinem Handkuss.

»Diese Feier ist sehr edel«, stellt Nicolas gerade fest. »Aber nicht so mitreißend wie das Beltanefest. Diese Nacht der Feuer war wirklich aufregend. Dich oben auf der Klippe zu sehen … dich im Flammenschein zu beobachten. Wird es noch andere Feste dieser Art geben?«

»Das nächste findet zu Mittsommer statt«, erklärt Katharine und räuspert sich schnell, weil ihre Stimme zittert. »Natürlich wird es überall auf der Insel gefeiert, aber eigentlich gehört dieses Fest den Naturbegabten, denn man feiert die Gaben der Insel. Danach gibt es noch das Erntemondfest im Herbst, das allerdings die Elementwandler für sich beanspruchen, mit Feuern und kalten Winden.«

»Und welches Fest gehört den Giftmischern?«, erkundigt sich Nicolas.

»Jedes Fest«, betont Natalia, die auf Katharines anderer Seite sitzt. Sie hätte ahnen müssen, dass Natalia ihrem Gespräch folgt.

»Schließlich gibt es bei jedem Fest ein Festmahl«, erklärt Natalia. »Und das Festmahl gehört stets den Giftmischern.«

Der Hauptgang wird serviert: vergiftetes Spanferkel, dem nach dem Braten eine unreife Frühlingsbirne ins

Maul gesteckt wurde. Es wird zuerst an den Tisch von Katharine und Natalia gebracht, wo ihnen die edelsten Stücke serviert werden. Dazu gibt es Orangensoße, die mit Melasse und Arsen gewürzt wurde. Das Schwein ist delikat, sehr saftig und kräftig im Geschmack. Im Vergleich dazu wirkt der trockene Vogel auf Nicolas' Teller mickrig.

Nach dem Essen führt Katharine ihren Freier auf die Tanzfläche.

»Ich kann nicht fassen, wie gut es dir geht«, flüstert er ihr mit einem bewundernden Blick zu. »In diesem Essen war so viel Gift ... Das hätte gereicht, um einen Mann zu töten, der doppelt so schwer ist wie du.«

»Eher zwanzig Männer«, korrigiert Katharine ihn lächelnd. »Aber mach dir keine Sorgen, Nicolas. Ich nehme Gift zu mir, seit ich ein kleines Kind war. Jetzt bestehe ich praktisch aus nichts anderem mehr.«

Rolanth

Mirabella dreht sich mit gequälter Miene vor dem Spiegel hin und her, während Sara und die Priesterinnen die Falten ihres Kleides richten.

»An manchen Stellen ist es ganz schön durchsichtig«, bemerkt Mirabella mit Blick auf eine transparente Stoffbahn auf Höhe der Hüfte.

Das Kleid besteht aus einem dünnen Material, das mehrfach gelegt und in sich gewunden ist. Es ist luftig leicht und bewegt sich selbst im leisesten Windhauch.

»Es ist wunderschön«, versichert ihr Elizabeth.

»Genau das Richtige, um einen Freier zu empfangen«, nickt Bree.

»William Chatworth Junior kommt nicht als Freier. Er ist ein Gefangener. Jeder weiß, dass er sich bereits für Arsinoe entschieden hat. Dieses ganze Fest ist die reinste Farce.«

Sara legt Mirabella eine Halskette um – die gleiche, die sie auch an Beltane getragen hat, mit Obsidianperlen und Edelsteinen, die wie Feuer strahlen. »Die Gemüter junger Männer sind unbeständig«, erklärt sie und tippt mit dem Finger an die Kette. »Die hier wird ihm deinen Tanz in Erinnerung rufen. Damals hatte er nur Augen für dich, ganz egal, was er über die Naturbegabte sagt.«

Mit einem spitzbübischen Lächeln schiebt Bree Mirabella beiseite und stellt sich selbst vor dem Spiegel in Positur.

»Ich kann das Fest kaum erwarten. Geschmorte Äpfel mit zartem Fleisch … Beerentörtchen … Aber mir geht diese Angst vor Gift und das Vorkosten auf die Nerven – ich habe oft solche Angst vor den Speisen auf meinem Teller, dass ich kaum einen Bissen runterkriege.« Sie deutet auf einen Spalt zwischen ihrem Kleid und ihrer Achselhöhle. »Seht euch diese Korsage an! Meine Brüste sind geschrumpft!«

»Ach, Bree«, lacht Elizabeth, »das sind sie sicher nicht.«

»Du hast leicht reden, so gut, wie du ausgestattet bist. Zum Glück sind deine beiden unter den Tempelroben versteckt, sonst würde mich niemand mehr eines Blickes würdigen.« Sie lässt ihren Rock schwingen. Trotz ihrer Jammerei steht Bree das Kleid mit den aufgestickten blauen Hortensien ausgezeichnet.

»Und auf welchen jungen Mann hast du ein Auge geworfen, Tochter?«, erkundigt sich Sara.

»Auf Mrs. Warrens Glasbläserlehrling«, antwortet Bree. »Auf den mit den dunkelblonden Haaren. Breite Schultern, niedliche Sommersprossen.« Sie dreht sich um. »Mira, falls er und ich uns verlieben, musst du mir versprechen, ihn in deine königliche Garde aufzunehmen. Und zusätzlich musst du mir versprechen, ihn wieder loszuwerden, wenn es vorbei ist.«

»Bree!«, empört sich Elizabeth. »Die Königin kann doch nicht einfach jemanden entlassen, nur weil du mit ihm fertig bist! Wenn Miras Garde eines Tages nur aus deinen abgelegten Liebhabern besteht, dann bist du daran schuld.«

Mirabella versucht zu lächeln. Sie geben sich solche Mühe, sie aufzuheitern, seit Arsinoe und ihr Bär in den Wäldern von Eschenbach verschwunden sind. Mirabella hatte lange nach ihnen gesucht, aber es war, als sei ihre Schwester mit dem Bären wie vom Erdboden verschluckt gewesen.

»Ich weiß, dass es Gerüchte gibt«, murmelt Mirabella nun. »Sie sagen, ich hätte mich wie ein Hund mit eingezogenem Schwanz nach Hause geflüchtet.«

»Aber wir kennen die Wahrheit«, protestiert Elizabeth. »Arsinoe ist weggerannt, nicht du.«

Arsinoe war weggerannt, ja. Aber warum? Der Bär hatte Mirabella vollkommen überrascht. Er hätte sie mühelos in Stücke reißen können. Doch die Königin begreift einfach nicht, warum er es nicht getan hat. Warum Arsinoe sich nicht zur Wehr gesetzt hat.

Der Festpavillon im Moorgraspark ist mit Blumengirlanden und langen weißen und blauen Bändern geschmückt. Hier möchte der Tempel ihr William Chatworth Junior präsentieren. Als wäre er ein Geschenk.

»So viele Leute sind gekommen«, flüstert Mirabella, als ihre Kutsche anhält. Rolanth muss so gut wie menschenleer sein – von den Schaffarmen im Süden bis zu den Ständen des Schreibermarktes oben im Norden.

Mirabella holt tief Luft und atmet den Duft von frischem Apfelkuchen ein, überlagert vom würzigen Rauch der Grillfeuer.

»Mirabella! Königin Mirabella ist da!«

Die Menschen, die der Kutsche am nächsten sind, stürmen vor. Mirabella, Bree und Elizabeth steigen aus und werden schnell von den neun Wächterpriesterinnen umringt, die einen schützenden Kreis um sie bilden. Einige Menschen im Publikum haben schon etwas zu tief ins Glas geschaut und drängen sich zu dicht heran.

»Tretet zurück!«, ruft Bree ihnen zu, als die Priesterinnen die Hände um den Knauf ihrer gezahnten Messer legen.

»Wir hätten Rho mitbringen sollen«, stellt Elizabeth fest.

»Rho ist bei Luca«, erklärt Mirabella.

»Und außerdem«, Bree dreht sich wieder zu ihren Freundinnen um, »wer will Rho überhaupt irgendwo dabeihaben?« Doch Elizabeth hat recht. Wäre Rho bei ihnen, müssten sie sich keine Sorgen wegen der Menschenmenge machen.

»Hört ihr das?«, fragt Elizabeth leise. Mirabella kann außer dem Lärm der Menschen ringsum gar nichts hören, höchstens noch die Musik der Kapelle, die neben dem Pavillon spielt.

»Was denn, Elizabeth?«

Elizabeth neigt den Kopf und blickt zu den dichten Zweigen hinauf, die ihren Schatten auf den Weg werfen.

»Das ist Pepper«, flüstert sie. »Er ist nervös. Er hat jemanden erkannt.«

»Und ich denke, ich weiß auch, wen«, stellt Bree fest. Neben dem Brunnen stehen Luca und Rho mit einer Gruppe Priesterinnen. Vor ihnen kniet mit gesenktem Kopf, der nur seine blonden Haare erkennen lässt, der Freier: William Chatworth Junior.

Und rechts neben ihm steht Joseph Sandrin.

Am liebsten würde Mirabella ihn rufen, doch sie zeigt keinerlei Reaktion. Sie ist eine Königin, wurde von klein auf dazu erzogen, und in diesem Moment sind sämtliche Blicke auf sie gerichtet. Sie kann jetzt nicht fragen, was Joseph hier macht. Sie kann nicht einmal nach den Händen ihrer Freundinnen greifen, um sich an ihnen festzuhalten.

»Königin Mirabella«, spricht William sie an. »Ich bin hier, um dir zu dienen.«

»Du bist willkommen«, antwortet sie wie aus weiter Ferne.

Als William den Kopf hebt, zwingt sie sich zu einem Lächeln. Wird Joseph bleiben? Hat er darin eine Möglichkeit gefunden, um in ihrer Nähe zu sein?

»Komm, Mira«, flüstert Bree und führt sie zu der festlich gedeckten Tafel. Elizabeth verabschiedet sich mit einer Verbeugung, um mit den anderen Priesterinnen zu essen.

Joseph wird der Platz an William Chatworths freier Seite zugewiesen, der wiederum links von Mirabella sitzt. Rechts von ihr sitzt Luca. Die Hohepriesterin gibt den Musikern ein Zeichen, und bald erscheinen auch Tänzer und Jongleure auf dem Rasen vor der Festtafel.

Als eine Novizin Mirabella die erste Portion der gerösteten Wildschweinkeule serviert, greift Chatworth nach ihrem Besteck, bevor sie es auch nur berühren kann.

»Noch nicht, meine Königin«, sagt er. »Das ist meine Aufgabe – kauen, schlucken und abwarten, ob ich daran sterbe, damit du es nicht tust.« Er schneidet sich einen Happen Fleisch ab und nimmt auch ein Stück von der Apfelpastete. Das alles spült er mit einem Schluck Wein aus ihrem Becher runter.

Mirabella wartet. Er trommelt mit den Fingerspitzen auf den Tisch.

»Keine Krämpfe, kein Brennen im Magen, mir tropft kein Blut aus den Augen.«

»Dann hältst du es also für sicher, William?«

»Nenn mich Billy«, erwidert er. »Und ja, ich denke, es ist sicher. Zumindest sicherer als das, was du im Wald mit Arsinoe gemacht hast.«

Blitzschnell dreht Mirabella sich zu ihm um. Seine Augen sind so schmal, als würde er lächeln, aber das ist nicht echt, denn in ihnen sieht sie steinerne Härte.

»Dafür gibt es keine angemessene Entschuldigung«, erwidert sie. »Also versuche ich es erst gar nicht.«

»Gut. Die hättest du dir auch schenken können.«

»Dürfte ich dann jetzt meine Gabel haben, Billy?«

»Nein.« Mit dem Kinn deutet er auf die Menschen rund um den Pavillon, die ihren Wildschweinbraten und ihren Räucherfisch von flachen Brotfladen essen. Sie tanzen und lachen, behalten aus den Augenwinkeln aber auch den Tisch mit der königlichen Gesellschaft im Blick. »Wir sollten ihnen eine anständige Show liefern. Wird das nicht von uns erwartet? Eine Romanze für die Königin?«

Wieder schneidet er etwas Fleisch ab und spießt es auf die Gabel. Dann legt er eine Hand an ihre Stuhllehne und beugt sich so liebevoll vor, als würde er sie mit Süßigkeiten füttern.

Als sie das Fleisch isst, jubeln die Menschen.

»Na also«, sagt Billy, »schon besser. Auch wenn du zuerst gezögert hast. Dachtest du, ich würde dir die Gabel in den Hals rammen? Dann würden doch sofort deine barbarischen Priesterinnen über mich herfallen.«

»Ich schätze, das Risiko wäre es dir wert. Schließlich würdest du Arsinoe damit helfen, selbst wenn es deinen eigenen Tod bedeutet.«

»Noch steht es nicht so schlecht um sie, Königin Mirabella.«

Sie versucht, an ihm vorbei zu Joseph zu schauen, aber der hat sich abgewandt und ist in ein Gespräch mit Rho vertieft – ausgerechnet. Niemand scheint der Königin und dem Freier zuzuhören, niemand bekommt mit, was Billy zu ihr sagt. Sara unterhält sich mit Luca. Sogar Bree ist abgelenkt, da sie gerade einen Jungen mit dunkelblonden Haaren zu sich an den Tisch ruft.

»Ich sage dir, wie das von nun an ablaufen wird«, fährt Billy gedämpft fort. »Ich werde dein Essen vorkosten, und ich werde dabei lächeln, um meinen Vater wieder milde zu stimmen.« Er schiebt ihr einen Bissen von der süßen Apfelpastete in den Mund. »Und dadurch werde ich so schnell wieder bei meiner Arsinoe sein, dass sie nicht einmal Zeit hat, mich zu vermissen.«

Wolfsquell

»Das ziehe ich nicht an«, verkündet Arsinoe.

Seufzend legt Madrigal das lange schwarze Kleid auf Arsinoes Bett ab. »Wenigstens dieses eine Mal könntest du ein Kleid tragen. Schließlich geht es um die erste Begegnung mit den Freiern.«

Arsinoe stellt sich vor den Spiegel und zieht die Manschetten ihres schwarzen Hemdes zurecht. Dann richtet sie die Maske auf ihrem Gesicht.

»Ich habe kein Kleid mehr getragen, seit ich sechs Jahre alt war. Und dieses Kleid war einer der Gründe, warum ich geweint habe, als sie uns an der Schwarzen Kate abgeholt haben.« Sie breitet fragend die Arme aus. »Wie sehe ich aus?«

Madrigal runzelt nur skeptisch die Stirn.

»Ach, wen interessiert's?«, faucht Arsinoe.

»Du bist schlecht gelaunt. Dabei hast du die beiden noch gar nicht getroffen.«

»Tommy Stratford und Michael Percy«, brummt Arsinoe, während sie ihre Weste auszieht und diese quer durch das Zimmer schleudert. Vielleicht doch eine andere. Die mit den Nadelstreifen, die Luke für sie genäht hat. Mit finsterer Miene mustert sie ihr Spiegelbild und das kleine zartrosa Ende der Narbe, das unter der schwarz-roten Maske hervorlugt.

»Welche Strafe erwartet mich, wenn Braddock die beiden aus Versehen auffrisst?«

»Über so etwas macht man keine Witze.«

»Ich wünschte, Billy wäre hier.«

»Wäre er hier, würde es nur Streit geben«, behauptet Madrigal, woraufhin Arsinoe sich schnell ein Grinsen verkneift. »Tja, wenn du das Kleid nicht anziehen willst, kann ich vielleicht Jules dafür begeistern. Bei ihr wäre es etwas länger …«

Als sie sich vorbeugt, um das Kleid aufzuheben, fällt ein kleiner, dunkler Gegenstand aus der grünen Schärpe an ihrer Taille.

»Was ist das?«, will Arsinoe wissen.

Hastig hebt Madrigal es auf und steckt es wieder ein. »Gar nichts.« Aber Arsinoe hat schon genug niedere Magie betrieben, um zu erkennen, dass es eine der Kordeln ist, mit denen man Blut auffängt.

»Das ist nicht dein Blut«, versichert ihr Madrigal. »Nicht einmal ich würde es wagen, das zu benutzen. Außerdem ist es bei dieser Art von Zauber besser, wenn man das eigene nimmt.«

»Und welche Art von Zauber wäre das?« Doch Arsinoe ahnt es bereits. Die Kordel war um einen goldenen Ring gewickelt, der ihr sehr bekannt vorkommt. Obwohl sie hofft, dass sie sich irrt, sieht er für sie genau so aus wie der Ring, den Matthew vor langer Zeit Caragh geschenkt hat.

»Bloß ein Talisman.« Madrigal kann ihr nicht in die Augen sehen.

»Wie bist du überhaupt an den Ring gekommen? Hast du in ihren Sachen gewühlt? Ich dachte, sie hätte ihn mitgenommen in die Schwarze Kate.«

»Tja, hat sie nicht. Sie hat ihn Matthew zurückgegeben. Was spielt das für eine Rolle?«

Madrigal geht zum Fenster und blickt in den Hof hinunter, wo Braddock gerade mit Camden und Jules Freundschaft schließt. »Wir müssen gleich los.«

»Lenk jetzt nicht ab«, beharrt Arsinoe, woraufhin Madrigal aufgebracht zu ihr herumfährt.

»Caragh ist nicht hier«, faucht sie. »Warum soll er sie also noch lieben? Warum soll er nicht mich lieben?«

»Weil das abscheulich ist, was du da machst. Läuft das schon die ganze Zeit so? Ist er deshalb überhaupt mit dir zusammengekommen?«

»Nein. Er wollte mich. Er will mich immer noch, aber …«

»Aber er liebt dich nicht.«

»Natürlich tut er das. Nur …« Madrigal zögert kurz. »Nicht so, wie er sie liebt.«

»Na und? Was macht das schon, wenn du ihm trotzdem wichtig bist?«

Madrigal schüttelt den Kopf. »Das verstehst du nicht.« Sie drückt eine Hand auf ihren Bauch.

»Du bist schwanger.«

»Ja.« Mit einem traurigen Lächeln blickt sie auf ihren Bauch hinunter. »Wohl wieder ein Beltanekind. Anscheinend habe ich ein Händchen dafür. Aber diesmal werde ich niemandem verraten, dass es eines ist.«

»Weil du möchtest, dass es einen Vater hat«, folgert Arsinoe. »Du möchtest, dass es Matthew als Vater hat.« Arsinoe presst die Lippen aufeinander. Obwohl sie schon so lange mit niederer Magie hantiert, macht Madrigal noch immer solche Sachen. Obwohl sie die Risiken kennt und weiß, dass es immer einen Preis zu zahlen gilt.

»Das wird nicht gut für dich ausgehen«, prophezeit sie ihr.

»Alles wird gut werden. Ganz bestimmt. Aber du darfst es Jules nicht verraten, nicht, bevor ich so weit bin. Letzten Endes wird sie sich freuen. Jules liebt Babys.«

»Sie wird es ganz bestimmt nicht für dich großziehen, falls du das hoffst«, warnt Arsinoe. Madrigal weicht zurück, als hätte sie ihr eine Ohrfeige verpasst. Ja, ihre Worte waren grausam. Aber nicht ganz unbegründet. Arsinoe blickt fest auf die grüne Schärpe, in der Madrigal den Ring versteckt hat.

»Du solltest ihn wegwerfen, bevor es zu spät ist. Das ist kein Talisman, sondern ein Fluch.«

Als Arsinoe nach draußen kommt, starrt der Bär angestrengt in den Hühnerstall. Doch sobald er sie sieht, zieht er den Kopf hoch und wölbt die Unterlippe vor. Camden klemmt ruckartig den Schwanz ein und legt die Ohren an.

»Mach das nicht«, mahnt Jules und legt ihr eine Hand auf den Kopf. »Er ist jetzt unser Freund.«

»Camden, Camden«, rügt Arsinoe sie mit einem finsteren Blick. »Meinem Bären verzeihst du nicht, dass er ein Bär ist, aber allen anderen vergibst du? Ich habe genau gesehen, wie du mit Joseph rumgeschmust hast, du kleiner pelziger Wendehals.«

Lachend krault Jules der Wildkatze den Rücken.

Gemeinsam wandern sie zum Obstgarten: zwei Mädchen, ein Bär und ein Berglöwe. Arsinoe ist so angespannt, dass ihr ganz schlecht wird. Die Maske auf ihrem Gesicht und die vergiftete Klinge in ihrer Weste bieten einen gewissen Trost, aber trotzdem würde sie am liebsten in ein Loch kriechen und bis zum nächsten Morgen nicht mehr herauskommen.

»Sind sie schon da?«, fragt sie.

»Ja.«

»Und, wie sind sie so?«

»Auf mich wirken sie wie ziemliche Knallchargen«, antwortet Jules ehrlich. »Aber du darfst nicht vergessen, dass du über Billy auch ähnlich gedacht hast, als er zu uns kam.«

»Stimmt. Aber wie hoch stehen die Chancen, dass ich zweimal danebenliege?« Arsinoe kickt mit dem Fuß ein paar Kieselsteine weg, und sofort schlägt Braddock nach ihnen, als wäre das ein Spiel. Kaum zu glauben, dass es sich bei ihm um dasselbe Tier handelt, das bei der Erwachenszeremonie am Strand all diese Menschen zerfleischt hat. Aber genau so ist es, und eines Tages wird er seine Krallen wieder einsetzen und jemanden zerfetzen.

»Wie fühlst du dich, Jules? Alles klar mit dir?«

»Ich spüre keinerlei Anzeichen von Wahnsinn, falls du das meinst.«

»Nein, das meine ich gar nicht. Es ist einfach …«

»Es geht mir gut. Ich fühle mich weder seltsam noch krank. Es hat sich nichts geändert.«

»Na ja«, gibt Arsinoe zu bedenken. »So ganz stimmt das ja nicht.«

Arsinoe ist sich sicher, dass Jules angefangen hat, ihre Kriegergabe hervorzulocken. Jules hat in den letzten Tagen so viel Zeit allein verbracht, da kann nichts anderes dahinterstecken.

»Willst du sie mir mal zeigen?«

»Lieber nicht«, wehrt Jules ab.

»Bitte, bitte! Ich kann schließlich gut nachvollziehen, wie es ist, eine Gabe zu haben, von der niemand wissen darf. Manchmal frage ich mich, was für eine Giftmischerin ich wohl wäre, wenn ich die Arrons im Rücken gehabt hätte. Und du fragst dich doch bestimmt, was aus dir geworden wäre, wenn man dich zu den Kriegern nach Bastiansburg geschickt hätte.«

»Ich will einfach nur eine Naturbegabte sein«, murmelt Jules. Trotzdem atmet sie einmal tief durch, spannt sich an und deutet mit ausgestrecktem Arm auf eine Baumgruppe am Wegrand. Arsinoe beobachtet, wie die Äste eines Ahorns anfangen zu zittern, als würde eine Horde Eichhörnchen darin herumtoben. Dann beruhigen sie sich wieder.

»Und das warst du?«, hakt sie nach.

»Ich arbeite daran, die Äste abzubrechen. Das würde uns Zeit sparen beim Holzmachen für den Winter«, erklärt Jules verbittert.

»Na, das wäre doch praktisch.«

»Angeblich können die Krieger keine Gegenstände mehr per Gedankenkaft schweben lassen. Anscheinend hat die Gabe diesen Aspekt eingebüßt.«

»Ich denke, da irren sich die Leute. Überall auf der Insel werden die Gaben wieder stärker. Schon bald wird es auch wieder große Orakel geben, und dann wird uns niemals wieder etwas überraschen.« Arsinoe kneift die Augen zusammen. »Ich frage mich, was das alles zu bedeuten hat.«

»Vielleicht, dass eine große Königin kommen wird«, überlegt Jules. »Und vielleicht bist du das.«

Rolanth

Am Tag nach dem Fest kommt Joseph zu Mirabella in das Haus der Westwoods. Bree führt ihn heimlich in den Salon.

»Du hast dir eine Audienz bei ihr verdient«, erklärt sie ihm. »Immerhin hast du sie gerettet. Aber wenn du im Namen deiner Naturbegabtenkönigin jetzt Mist baust, werde ich dir und deinem hübschen Freier-Freund die Haut abziehen und eure toten Körper auf einem Frachtkahn nach Hause schicken.«

»Äh … vielen Dank«, erwidert Joseph. Bree verbeugt sich vor Mirabella und geht.

»Auf einem Frachtkahn?«, fragt er, als sie allein sind.

»Ja, einen der Flusskähne, um genau zu sein«, erklärt Mirabella mit einem schmallippigen Lächeln. Sie ist nervös. Diesmal ist alles so anders. Joseph ist gut gekleidet und wirkt gelassen, außerdem ist helllichter Tag.

»Dann könnten unsere toten Körper auf dem Heimweg zu unseren Familien wenigstens noch die schöne Landschaft genießen«, stellt er fest. Das bringt sie zum Lachen.

»Was machst du hier?«, fragt sie.

»In diesem Haus? Oder in Rolanth?«

»Beides.«

Als er nicht antwortet, geht Mirabella zum Fenster hinüber.

»Bist du gekommen, um mir zu sagen, dass ich mich von Arsinoe fernhalten soll? Dass ich sie verschonen soll?«

»Das wäre doch Zeitverschwendung, oder nicht?«

»Warum dann?« Mirabella hebt zögernd die Arme. »So hatte ich mir ein Wiedersehen mit dir eigentlich nicht ausgemalt. Das hier ist ganz anders als in jener Nacht am Strand oder als du mich vor dem Bären gerettet hast und ich den Gedanken gefürchtet habe, von dir getrennt zu sein. Ist Beltane wirklich schon so lange her?«

»Nein«, antwortet er leise. »Ist es nicht.«

»Als ich dich dort neben William Chatworth, neben Billy gesehen habe, wollte ich zu dir laufen. Letzte Nacht habe ich wachgelegen und gehofft, dass du vielleicht eine Möglichkeit findest, zu mir zu kommen. Ich habe gewartet.« Mirabella sieht ihn an, doch er weicht ihrem Blick aus. »Aber vermutlich warst du bei deinem Freund. Gar nicht so weit weg von meinem Zimmer, aber doch getrennt durch viele verschlossene Türen und die wachsamen Westwoods.«

»Mirabella …«

»Ich rede immer weiter, denn ich weiß, wenn ich aufhöre, ist alles aus. Deshalb bist du doch gekommen, um mir das zu sagen.«

»Ich bin gekommen, um dir Lebewohl zu sagen.«

Mirabellas Hals schnürt sich zu. Ihre Augen brennen. Aber sie ist eine Königin. Und eine Königin darf es sich nicht anmerken lassen, wenn ihr das Herz bricht.

»Du hast dich für sie entschieden. Weil du mich nicht

haben kannst?« Sobald die Worte ihre Lippen verlassen haben, würde sie sie am liebsten zurücknehmen. Die närrische Hoffnung in ihrer Stimme … erbärmlich.

»Ich habe mich für sie entschieden, weil ich sie liebe. Ich habe sie immer geliebt.«

Joseph sagt die Wahrheit, aber nicht die ganze Wahrheit. Das erkennt Mirabella daran, dass er ihr noch immer nicht in die Augen sehen kann.

»Das sind nur Worte«, sagt sie bitter. »Mir hast du auch einmal gesagt, dass du mich liebst. Und … du willst mich noch immer, Joseph.«

Jetzt endlich sieht er ihr ins Gesicht, doch in seiner Miene spiegelt sich keine Lust wider, sondern Schuld.

»Ein Teil von mir wird dich immer begehren«, gibt er zu. »Und du wirst mir immer wichtig sein. Ich werde immer Anteil nehmen an dem, was mit dir geschieht. Aber ich habe mich für Jules entschieden.«

»Als hätte es überhaupt die Möglichkeit einer Wahl gegeben.«

»Selbst wenn eine Wahl möglich wäre – meine Entscheidung wäre dieselbe. Was zwischen uns passiert ist, war ein Fehler. Ich habe nicht nachgedacht. Ich war orientierungslos und wusste nicht, wer du warst.«

»Und bei der Jagd? Da wussten wir es beide. Willst du mir sagen, das wäre auch nur ein Fehler gewesen? Ein Unfall?«

Joseph lässt den Kopf hängen. »Diese Nacht war …«

Ekstase. Leidenschaft. Und zugleich ein Moment des Friedens im Chaos des großen Festes.

»… ein Akt der Verzweiflung. Ich wollte mit Jules zusammen sein, aber sie hat mich abgewiesen. Ich dachte, ich hätte sie verloren.«

Ätzende Bitterkeit steigt in Mirabella auf. Jules will ihn, und sie hat ihn, und nun feiert sie ihren Triumph. Sie kann nicht einmal Mirabellas Erinnerungen unbeschadet lassen. *Das ist nicht fair,* denkt Mirabella gleichzeitig und schließt die Augen. *Aber ich habe immer gewusst, dass ich in dieser Konstellation das dritte Rad am Wagen bin. Der Eindringling.*

»Warum war es dir wichtig, mir das persönlich zu sagen?« Ihre Stimme dringt wie aus weiter Ferne an ihr Ohr, klingt aber ruhig.

»Vermutlich wollte ich nicht, dass du dir Hoffnungen machst. So viel bin ich dir immerhin schuldig, oder nicht? Nach allem, was passiert ist, konnte ich doch nicht einfach so verschwinden.«

»Ich werde mir keine Hoffnungen mehr machen. Falls ich das überhaupt je getan habe.«

»Mirabella, es tut mir leid.«

»Keine Entschuldigungen, dazu besteht kein Anlass. Wann wirst du nach Wolfsquell zurücksegeln?«

»Heute Abend.«

Mit einem zittrigen Lächeln dreht sie sich zu ihm um, die Finger ordentlich vor dem Rock verschränkt.

»Gut. Ich wünsche dir eine sichere Reise, Joseph.«

Er schluckt schwer. Er hat noch mehr zu sagen. Aber sie will nichts davon hören. Als er zur Tür geht, verschwimmt das grüne Reliefmuster der Tapete vor ihren Augen.

Nachdem seine Schritte verklungen sind, schlüpft Bree leise in den Raum und nimmt sie in die Arme.

»Er hat sich für sie entschieden«, erklärt Mirabella. »Ich wusste, dass es so kommen würde. Er hat ihr gehört, lange bevor er mein war.«

»Ich habe es gehört«, sagt Bree leise.

»Du hast gelauscht.«

»Natürlich. Geht es dir gut, Mira?«

Mirabella dreht den Kopf zu den Fenstern, die nach Süden hinausgehen. Von dort aus könnte sie beobachten, wie er aufbricht. Dann würde sie wissen, ob er sich noch einmal umdreht.

»Es geht mir gut, Bree. Es ist vorbei.«

Bree seufzt schwer. »Nein«, widerspricht sie. »Ich habe gesehen, wie er dich in jener Nacht in den Armen gehalten hat, Mira. Und wie er sich für dich vor diesen Bären geworfen hat. Die halbe Insel hat das gesehen. Du hast recht: Als Königin muss es für dich vorbei sein. Aber jeder, der Augen im Kopf hat, kann sehen, dass es für ihn niemals vorbei sein wird.«

Wolfsquell

Bei ihrer Ankunft ist der Obstgarten voller Menschen, und es herrscht eine solche Betriebsamkeit, dass nicht einmal das Auftauchen eines großen Bären bemerkt wird.

»Da sind sie.« Jules zeigt mit ausgestrecktem Arm auf zwei Jungen mit rötlich blonden Haaren, die sich gerade mit Ellis und Madrigal unterhalten. Madrigal flirtet gnadenlos mit beiden.

»Hoffentlich erwarten die nicht, dass ich auch so albern kichere«, mault Arsinoe.

»Niemand kann von irgendjemandem erwarten, dass er so albern kichert wie sie.« Jules mustert ihre Mutter mit säuerlicher Miene.

»Welcher ist Tommy und welcher Michael?«

»Tommy ist der Größere, Michael der Hübschere.«

»Jules!«, rügt Arsinoe ihre Freundin. »Das verrate ich Joseph, wenn er wiederkommt.«

Dann strafft sie die Schultern. Länger lässt sich diese unangenehme Angelegenheit wohl nicht mehr aufschieben. Sie legt eine Hand auf Braddocks Kopf und tätschelt ihn. Er ist ganz ruhig und beobachtet neugierig die wilde Aktivität ringsum und das viele Essen, das sich auf den Tischen stapelt.

Gerade als Arsinoe auf die Freier zugehen will und

schon grüßend den Arm hebt, stürmt eine kreischende Horde Kinder zwischen den Bäumen hervor. Die Königin wird von ihnen umgerissen und landet kopfüber auf der Erde, während die Kleinen quietschend um sie herumrennen und Fangen spielen. Grunzend stürzt Braddock sich ins Vergnügen, indem er sich auf dem Boden herumrollt. Arsinoe selbst kullert bis zu den aufgestellten Stühlen und wirft einige von ihnen um. Die aufgetürmten Äpfel auf dem Tisch daneben geraten ins Rutschen, und Arsinoe hebt schützend die Hände über den Kopf, als die Früchte auf sie herabregnen und der Tisch umkippt. Schließlich landet noch der Bär halb auf ihr drauf.

Irgendjemand schreit, aber Arsinoe hebt schnell die Arme, um die Leute zu beruhigen.

»Nein, Braddock, nein. Zurück!« Während sie sich auf die Knie erhebt, sieht sie, wie Jules ein gezogenes Messer aus Tommy Stratfords Hand entfernt.

»Genug, Braddock, das reicht.« Lachend drückt Arsinoe seinen dicken braunen Schädel weg.

»Tut mir leid«, entschuldigt sich Tommy. »Ich dachte … ich dachte, er würde sie anfallen.«

Michael Percy nimmt seinen ganzen Mut zusammen, schiebt sich an Tommy vorbei und streckt Arsinoe die Hand entgegen.

»Ein Bär ist nicht ganz ohne«, stellt er fest, während er ihr aufhilft. »Wie schaffst du das?«

»Manchmal gar nicht, wie ihr gerade gesehen habt.« Sie lächelt ihn fröhlich an, doch über sein Gesicht huscht ein Schatten. Wahrscheinlich ist ihm gerade wieder eingefallen, in welch einem Gemetzel die Erwachenszeremonie geendet hat. Aber damals war der Bär noch nicht Braddock. Er war nur ein Bär, der von niederer Magie geleitet wurde. Ein wütender, verängstigter Bär.

Arsinoe entzieht sich Michael. Es ist nichts Falsches daran, die helfende Hand eines Freiers anzunehmen. Aber gleichzeitig fragt sie sich, was Billy wohl davon halten würde und was er gerade in Rolanth macht – bei ihrer Schwester.

Tommy nähert sich ihr von der anderen Seite.

»Geht es dir gut?«, erkundigt er sich so schnell, als wollte er Michael daran hindern, noch mehr Fragen zu stellen. Wenn das so weitergeht, wird sie schon vor dem Abend von beiden genug haben.

»Warum habt ihr euch dazu entschlossen, für die Werbung gemeinsam anzutreten?«, will Arsinoe von den beiden wissen. »Dass ihr euch bei der Anlandung ein Boot geteilt habt, war schon ungewöhnlich, aber euch zusammen hier zu haben ist mehr als unüblich.«

»Konkurrenzkampf«, erklärt Tommy schlicht. Sein breites Grinsen enthüllt strahlend weiße Zähne, die gut in sein attraktives Gesicht passen. Er ist etwas breiter gebaut als Michael, aber da sie die gleiche Haarfarbe haben und sich auch ansonsten ziemlich ähnlich sehen, hat man das Gefühl, den gleichen Menschen zweimal zu betrachten: einmal ganz normal und einmal durch ein Vergrößerungsglas.

»Das stimmt. So waren wir schon immer«, schaltet Michael sich wieder ein, während er Luke dabei hilft, den umgerissenen Tisch wieder aufzustellen. Arsinoe bedankt sich mit einem entschuldigenden Lächeln bei Luke, aber der zwinkert ihr nur zu. Es scheint niemandem etwas auszumachen, ihr Chaos zu beseitigen. Solange sie ihren Bären hat, verzeiht man ihr alles.

»Weißt du, wir sind Cousins«, fährt Michael fort. »Wir besuchen die gleichen Schulen und verbringen die Sommerferien miteinander. Wenn man so viel aufeinanderhockt, ist es schwer, den anderen nicht ständig ausstechen zu wollen.«

»Dir geht es mit den anderen Königinnen bestimmt ähnlich«, vermutet Tommy.

»Es ist nicht ganz dasselbe, wenn man den anderen töten muss.« Arsinoe reckt den Kopf, um nach Jules Ausschau zu halten. Vielleicht kann die ihr ja einen der beiden Jungs abnehmen. Schließlich schienen sie von Camden fast genauso beeindruckt zu sein wie von Braddock.

Als sie sich wieder auf Tommy konzentriert, wendet der hastig den Blick ab. Es dauert einen Moment, bis sie den Grund dafür erkennt: Er hatte versucht, unter ihre Maske zu spähen. Arsinoe weiß nicht, ob sie lachen oder ihm eine verpassen soll.

»Warum habt ihr um die erste Werbung bei mir ersucht?«, fragt sie weiter. »Dachtet ihr, ich würde als Erste sterben?«

Michael schüttelt heftig den Kopf.

»Ganz und gar nicht«, behauptet er. »Wir wollten uns den Bären aus der Nähe ansehen. Das konnten wir kaum erwarten.« Fast schon schüchtern zeigt er auf Braddock, der sich ein Stück von ihnen entfernt hat. »Darf ich?«, fragt er. »Ich meine, ist er zahm?«

»Absolut – vorausgesetzt, du gibst ihm einen Fisch.«

Als die Sonne hinter dem Obstgarten versinkt und die Feuerbecken angezündet werden, ziehen Arsinoe und Jules sich aus der Menge zurück. Es ist ein schöner Abend. Die Kinder von Wolfsquell jagen von einer Feuerstelle zur nächsten, völlig ohne Angst, sich zu verbrennen. Die Erwachsenen sitzen an den Tischen, spielen etwas und vertilgen die letzten Kuchenreste. Camden lehnt sich an Jules' Beine, während Braddock etwas abseits im Gras liegt. Er hat sich mit Fisch und Äpfeln vollgestopft und hat nun genug vom Geschrei der Kinder.

»Eigentlich sind die beiden gar nicht so übel«, stellt Jules fest. »Sie könnten wesentlich schlimmer sein.«

»Schätze schon«, nickt Arsinoe müde. Tommy und Michael sitzen an einem Tisch in der Nähe des Spanferkelspießes und lauschen gebannt einer von Lukes Geschichten.

»Luke scheint sie zu mögen.«

»Lass dich nicht täuschen«, warnt Jules. »Er findet sie höchstens akzeptabel. Du weißt doch, dass sein Herz Billy gehört – fast so sehr wie deines.«

»Ich kann mich nicht erinnern, irgendeinen Eid geschworen zu haben.«

»Tja. Wenn er erst mal aus Rolanth zurück ist … wer weiß?«

»Ganz bestimmt«, schnaubt Arsinoe und verschränkt abwehrend die Arme vor der Brust. Ihr Herz setzt einen Schlag aus. Das Messer steckt nicht mehr in ihrer Weste.

»Jules, mein Messer ist weg.« Hektisch tastet sie sich selbst ab, als könnte es von allein in eine andere Tasche gewandert sein.

»Wahrscheinlich ist es während deines Ringkampfes mit Braddock rausgefallen«, vermutet Jules. »Wir können es morgen suchen, wenn es hell ist.«

»Nein, du verstehst nicht.« Arsinoe lässt den Blick

über die Menge schweifen. Das sind ihre Leute, die hier trinkend zusammensitzen. Luke ruft gerade Tommy und Michael zu sich unter die Apfelbäume, damit sie mit den Kindern Schattenspiele machen. Bevor er aufsteht, schneidet sich Tommy noch eine Scheibe Fleisch ab und isst sie. Bei diesem Anblick bleibt Arsinoe fast das Herz stehen.

Er hat ihr Messer benutzt. Der ganze Tisch hat es benutzt. Ihr Messer mit der vergifteten Klinge.

»Oh Göttin«, flüstert sie, rennt zum Tisch hinüber und nimmt das Messer an sich.

»Arsinoe? Was ist denn los?« Jules ist ihr gefolgt.

»Sie haben mein Messer benutzt! Das Messer, das ich verloren habe!«

Jules braucht eine Sekunde, bis sie begreift. Für sie ist Arsinoe noch immer keine Giftmischerin.

»Wer hat hier gesessen?«, fragt sie dann.

»Die beiden Freier und … ich weiß nicht, wer noch! Wir müssen einen Heiler holen, Jules, schnell!« Arsinoe will losstürmen, aber Jules hält sie zurück.

»Und was willst du dem Heiler sagen? Dass unsere geheime Giftmischerin aus Versehen ihre eigenen Freier vergiftet hat? Das geht nicht!«

Verwirrt blinzelt Arsinoe ihre Freundin an.

»Was meinst du damit? Das ist doch jetzt egal. Sie brauchen Hilfe!«

»Arsinoe, nicht.«

Noch immer hält Jules Arsinoes Arm mit eisernem Griff fest, als plötzlich ein Schrei ertönt.

»Gift!«, ruft Luke. »Gift! Holt die Heiler! Die Freier wurden vergiftet!«

»Oh nein«, flüstert Arsinoe entsetzt, aber Jules hält sie

weiterhin gepackt, nimmt ihr das Messer ab und lässt es unauffällig in ihrer Tasche verschwinden.

»Du hast es doch nicht mit Absicht getan«, zischt sie aufgebracht. »Es ist nicht deine Schuld! Und jetzt ist es sowieso zu spät, um ihnen noch zu helfen.«

Greavesdrake Haus

»Das war ich nicht!«, erklärt Katharine. »Warum sollte ich die Freier vergiften, wenn ich ihnen noch nicht einmal begegnet bin?« Sie verschränkt die Arme vor der Brust und wendet sich von den hohen Fenstern in Natalias Arbeitszimmer ab.

»Weil sie deine Schwester dir vorgezogen haben«, vermutet Genevieve. »Weil sie zwei hatte und du nur einen. Weil du es kannst!« Auch Genevieve verschränkt wütend die Arme, während Natalia sich erschöpft die Schläfen massiert.

»Hört auf, euch wie verwöhnte Gören anzuzicken«, sagt sie leise.

»Aber sieh doch, was sie angerichtet hat«, erwidert Genevieve fast brüllend. »Von den Toten zurückzukehren ist eine Sache. Aber Freier vom Festland zu ermorden?« Frustriert reißt sie die Arme hoch.

»Ich sagte doch: Ich habe damit nichts zu tun!«, schreit Katharine. »Natalia, ich war es nicht!«

»Ob du es getan hast oder nicht, spielt keine Rolle. Sie sind tot, und auch wenn du dafür nicht verantwortlich bist, wird die Tat trotzdem dir zugeschrieben. Also, was unternehmen wir jetzt?« Um ihre Nerven zu stärken, nippt Natalia an ihrem mit Eibensaft versetzten Brandy – obwohl sie eigentlich schon zu viel davon hatte, sodass ihr Gehirn nun träge ist, wo es doch hellwach sein sollte. Nach einem langen Blick auf ihr Glas leert sie es in einem Zug.

»Es könnte schlimmer sein«, stellt sie dann fest. »Zwar werden wir die Familien der Freier ruhigstellen müssen, aber wir werden deswegen keinen Krieg führen. Früher wären ganze Länder zu beschwichtigen gewesen.«

»Wenn ich nur daran denke, was uns das kosten wird«, brummt Genevieve. »An Geld, Rohstoffen und Gefälligkeiten! Ihretwegen wird die Krone pleitegehen, bevor sie überhaupt regiert!«

»Wenigstens waren sie Cousins, wir müssen also nur eine Familie besänftigen und nicht zwei«, murmelt Katharine, was ihr ein strafendes Stirnrunzeln von Natalia einbringt.

»Das wird dem Volk gar nicht gefallen.« Inzwischen tigert Genevieve unruhig auf und ab. Nun bleibt sie stehen, tippt aber so heftig mit der Fußspitze auf den Boden, dass ihr ganzer Körper mitwackelt. »Es wird sich herumsprechen. Und es sind ja nicht nur die Freier gestorben. Ein alter Mann und ein kleines Mädchen aus Wolfsquell sind ebenfalls dem Gift zum Opfer gefallen. Und das ausgerechnet jetzt, wo ohnehin schon Gerüchte kursieren, dass Bauern bei Waldbränden umkommen und ihre Kühe vom Blitz getroffen werden. Dieser Aufstieg gerät vollkommen außer Kontrolle!« Sie zeigt anklagend auf Katharine. »Ich wünschte, du würdest dein Gift wie Königin Camille oder Königin Nicola einsetzen – schnell und sauber. Deren Gifte fanden ihr Ziel ohne Kollateralschäden!«

»Sei still, Genevieve«, befiehlt Natalia. »Wie eine Königin ihr Gifte einsetzt, geht allein die Königin etwas an. Lass den Rat eine Erklärung aufsetzen. Erinnert das Volk daran, dass der Aufstieg aller großen Königinnen immer turbulent und blutig verlief. Das ist ein Zeichen dafür, dass die nächste Königin stark sein wird. Freier sterben hin und wieder, das ist hinlänglich bekannt. Hätten sie die Krönung an Beltane noch erlebt, wären sie vielleicht bei der großen Hirschjagd in den Wäldern von Innisfuil umgekommen.«

»Es ist trotzdem ein Desaster«, beharrt Genevieve, jetzt aber schon nicht mehr ganz so vehement.

»Natalia, ich habe sie wirklich nicht …«, setzt Katharine an, aber Natalia winkt ab.

»Egal, ob du es getan hast oder nicht, jetzt müssen wir eine Lösung für diesen Schlamassel finden.« Sie steht auf, kommt hinter ihrem Schreibtisch hervor und tritt ans Fenster, um zur Hauptstadt hinüberzublicken, die sich jenseits der Hügel ausbreitet.

»Diese Freier waren ohnehin unwichtig. Unser Bündnis mit dem Vater des Chatworth-Jungen besteht weiterhin. Er hat sich die größte Mühe gegeben, um sich das Vertrauen der Westwoods zu erschleichen, nur für den Fall, dass es nötig sein sollte. Und der Junge wird einen guten Prinzgemahl abgeben, wenn es so weit ist.«

»Können wir ihn nicht von meiner Schwester wegholen?«, fragt Katharine. »Es gefällt mir nicht, dass er so zwischen uns steht. Ich will zu ihr gehen. Ich will ihr in die Augen sehen. Und ich will ihr hübsches Gesicht mit einer vergifteten Klinge bearbeiten.« Sie geht zu Natalias Brandy-Karaffe hinüber, schenkt sich ein Glas ein und trinkt es in einem Zug aus.

»Du nimmst inzwischen bei jeder Mahlzeit Gift zu dir«, stellt Genevieve fest.

»Ist dir das aufgefallen?«

»Die Dienstboten tratschen gern. Sie sagen auch, dass du oft bis spät in die Nacht an Krämpfen leidest. Dass du zu viel Gift nimmst und dir selbst Schaden zufügst.«

Doch Katharine lacht nur.

»Wissen sie es denn noch nicht? Man kann nicht töten, was bereits tot ist.«

Irritiert runzelt Natalia die Stirn. Anders als erhofft, sind die Gerüchte über die untote Königin nicht verschwunden. Stattdessen sind sie immer mächtiger und zahlreicher geworden, und Katharine gibt sich keine sonderlich große Mühe, die Geschichte in Vergessenheit geraten zu lassen.

»Kat?«, fragt Natalia nachdenklich. »Würdest du wirklich gerne direkt zu Mirabella gehen?«

Neugierig sehen Katharine und Genevieve sie an.

»Da der Tempel all deine Geschenke streng kontrolliert, wäre es vermutlich einfacher, wenn ihr euch von Angesicht zu Angesicht gegenüberstündet«, fährt Natalia fort. »Wie wäre es also, wenn ich euch zusammenbringe? Euch alle drei beim Mittsommerfest. Das findet schon in knapp zwei Wochen statt. Wir könnten den Menschen von Wolfsquell einen Besuch abstatten.«

»Das ist perfekt!«, findet Genevieve. »Und sollte es in Wolfsquell durch die Königinnen zu weiteren Opfern kommen, ist das eben die Strafe dafür, dass sie die Freier nicht ordentlich beschützt haben. Aber Hohepriesterin Luca ist von diesem Plan bestimmt nicht angetan.«

»Wen interessiert schon, wovon die angetan ist?«, erwidert Katharine. »Wenn es nach dir ginge, würde ich bis Beltane gar nichts unternehmen, und es würde damit enden, dass wir drei danach miteinander im Turm eingesperrt werden. Und ich will mir gar nicht erst ausmalen, welche Chancen ich auf so engem Raum gegen einen Bären hätte.«

»Außerdem denke ich, dass die Hohepriesterin ihre Königin ebenfalls nötigen wird, aktiv zu werden«, wendet Natalia ein. »Auch im Tempel war man nicht allzu glücklich, als Mirabella aus den Wäldern von Eschenbach zurückkam, ohne dass Arsinoe ihr Leben lassen musste. Wenn wir ihr anbieten, dass sie das Fest des Erntemondes dafür in Rolanth abhalten dürfen, wird Luca wohl nichts gegen unsere Pläne für Mittsommer haben.«

»Ich werde das sofort mit dem Rat besprechen.« Genevieve deutet einen Knicks an und geht zur Tür.

»Warte«, hält Natalia sie zurück. »Lass mich erst ein Schreiben an Luca senden. Vielleicht können wir uns so eine langwierige Debatte ersparen.«

Rolanth

Billy hat im sonnenbeschienenen Garten hinter dem Haus der Westwoods einen Tisch für zwei decken lassen, richtig hübsch mit weißer Tischdecke und Silbertellern. Als Mirabella allerdings Platz nimmt, fällt das Licht genau so auf das Silber, dass es sie blendet. Prompt ruft sie ein paar Wolken herbei, sodass der Himmel sich wie bei einem Gewitter verdunkelt.

»Wozu sollen wir jetzt noch draußen essen?«, beschwert sich Billy. »Wenn du lieber im Schatten sitzt, lasse ich den Tisch einfach unter die Bäume bringen.«

»Ich werde es nicht regnen lassen«, verspricht Mirabella, als er gereizt die Lippen zusammenpresst. Inzwischen versteht sich Billy ganz gut mit Bree und Sara. Und natürlich hatte er Elizabeth nicht widerstehen können. Aber wenn Mirabella etwas sagt, hört er kaum hin. Den Großteil der Zeit verbringt er mit Bree und ihrem Glasbläserlehrling, und wenn er sich nicht mit ihnen in der Stadt herumtreibt, ist er bei Elizabeth im Tempel. Anscheinend üben die Priesterinnen in ihren weißen Roben und mit ihren schwarzen Armbandtätowierungen eine starke Faszination auf ihn aus.

Mirabella räuspert sich und wendet sich dann dem Servierwagen zu. Glücklicherweise ist Billy ein guter Vorkoster, der die volle Kontrolle über die Küche übernommen hat. Unglücklicherweise ist er ein miserabler Koch.

»Was hast du uns denn heute Schönes gezaubert?«

»Geschmortes Schweinefleisch mit Brotstangen zum Dippen und zum Dessert Erdbeerkuchen mit Sahne.«

»Du wirst immer besser«, stellt sie lächelnd fest.

»Diese Lüge kannst du dir sparen – schließlich überzeuge ich mich gleich selbst vom Gegenteil.« Er tut ihnen beiden auf. Das Schmorgericht sieht wässrig aus und irgendwie fahl. An der Oberfläche schwimmen Fettaugen. Billy benutzt Mirabellas Besteck, um alles auf ihrem Teller zu kosten, dann wartet er schweigend ab, um zu sehen, ob er umkippt oder Schaum vor dem Mund bekommt.

»Ich weiß gar nicht, warum ich mir überhaupt die Mühe mache«, meint er. »Die Priesterinnen hier«, er zeigt kurz zum Haus hinüber, »haben mich die ganze Zeit beobachtet, während ich gekocht habe. Außerdem haben sie darauf bestanden, das Essen selbst zu probieren.«

»Sie vertrauen dir nicht?«

»Natürlich nicht. Mein Vater hat ihnen zwar sein Wort gegeben, dass ich gehorchen werde, aber jeder weiß doch, was ich für Arsinoe empfinde.« Er räuspert sich verlegen. »Nichtsdestotrotz möchte ich nicht, dass du irgendetwas isst, was ich nicht selbst zubereitet habe, verstanden?«

»Warum nicht?«

»Weil man mir eines sehr deutlich zu verstehen gegeben hat: Solltest du sterben, während ich hier Dienst schiebe, wird Rho mir den Kopf absäbeln und ihn auf einem Lastkahn zu meinem Vater zurückschicken.«

Das bringt Mirabella zum Lachen. »Anscheinend verschicken wir hier gerne schaurige Dinge mit Lastkähnen.«

»Allerdings.« Billy runzelt kurz die Stirn. »Joseph hat mir vor seiner Abreise erzählt, womit Bree ihm gedroht hat.«

Plötzlich dringt ein leises Gackern unter der Tischdecke auf dem Servierwagen hervor. Dann schiebt eine braune Henne den Kopf unter dem Tuch hindurch und klettert aus dem Korb, in dem sie offenbar bislang gesessen hat.

»Da ist ein Huhn auf deinem Wagen.«

»Ich weiß«, faucht Billy und wirft sich missmutig die Serviette auf den Schoß.

»Aber warum ist da ein Huhn auf deinem Wagen?«

»Weil es heute eigentlich geschmortes Huhn geben sollte. Ich habe diesen Vogel seit Tagen höchstpersönlich gefüttert, um sicherzugehen, dass kein Gift in sein Fleisch geraten ist. Und jetzt …« Er schenkt Mirabella etwas Wasser ein und nimmt einen Schluck aus ihrem Becher. Als das Huhn auffordernd gackert, wirft Billy ihm ein Stückchen Brot hin.

»Jetzt heißt sie Harriet«, beendet er leise seinen Satz.

Mirabella lacht.

»Du denkst vermutlich, dass ich zu viel Zeit bei den primitiven Naturbegabten verbracht habe«, fügt er hinzu.

»So etwas würde ich niemals sagen. Die Naturbegabten sind das Lebenselixier der Insel. Sie ernähren uns. Sie sorgen dafür, dass wir ertragreiche Jagden haben.«

»Eine Antwort, die einer Königin würdig ist. Hat man dir antrainiert, das zu sagen?«

»Du glaubst, nur weil ich zum Herrschen erzogen wurde, wüsste ich nicht, wie man eigenständig denkt.«

Billy zuckt mit den Schultern und hebt seinen vollen Löffel an die Lippen. Er schluckt angestrengt, bevor er sich ein Stück Brot nimmt.

»Ich kenne Mädchen wie dich. Natürlich keine Königinnen, aber sehr reiche, sehr verwöhnte Mädchen, denen man ihr Leben lang nur Honig ums Maul geschmiert hat. Denen ständig gesagt wurde, wie bedeutend ihre Familie doch sei. Und keine von denen hat mir gefallen, vom rein Äußerlichen vielleicht einmal abgesehen.«

Mirabella isst ein Stück Fleisch. Es schmeckt grauenhaft. Wenn sie bis zu ihrer Krönung nur noch Speisen essen darf, die Billy zubereitet hat, wird sie am Ende fast so dünn sein wie Katharine.

»Das ist nicht fair«, sagt sie. »Deine Familie ist schließlich auch nicht gerade arm, sonst wärst du jetzt gar nicht hier.«

»Stimmt. Allerdings erinnert mich mein Vater auch täglich daran, dass er mir das alles wegnehmen und es anderweitig verteilen wird, wenn ich es mir nicht verdiene.«

»Und wie sollst du es dir verdienen?«

»Indem ich jedes Ziel erreiche, das ihm gerade im Kopf herumspukt: auf die richtige Schule gehen, den Gouverneur beeindrucken, ein Cricketspiel gewinnen. Oder auch Prinzgemahl auf einer sagenumwobenen, verborgenen Insel werden.«

»Aber du bist von dieser Insel geflohen«, erinnert ihn Mirabella. »Zusammen mit Arsinoe. Würdest du also ihr zuliebe dein Vermögen aufgeben?«

Obwohl Billy den Mund voller Brot hat, muss er lachen.

»Sei nicht albern. Ich hatte von Anfang an geplant zurückzukommen.«

Lächelnd senkt Mirabella den Blick. Was er sagt, ist die eine Sache. Doch die Wahrheit zeigt sich in der feinen Röte, die sich auf seinen Wangen abzeichnet.

»Außerdem glaube ich fast nicht mehr, dass mein Vater es ernst meint«, fährt Billy fort. »Wenn man dieselbe Drohung tagtäglich neu auflegt, verliert sie irgendwann an Wirkung, verstehst du? Warum grinst du so?«

»Ach, nichts.« Mirabella spießt ein Kartoffelstück auf und lässt es für das Huhn ins Gras fallen. »Schon tragisch, was da in Wolfsquell mit Arsinoes Freiern passiert ist. Obwohl ein kleiner Teil von dir bestimmt froh darüber ist, dass sie jetzt nicht mehr bei ihr sind.«

»Froh ist nicht gerade das Wort, das ich benutzen würde. Diese Jungs sind tot, weil Katharine geisteskrank ist. Es hätte genauso gut mich treffen können. Zum Wohle Fennbirns hoffe ich ja fast, dass du wirklich die *auserwählte Königin* bist, wie es hier alle zu glauben scheinen – denn Katharine wäre eine Katastrophe.«

»Die Königin, die die Krone erringt, ist die Königin, der es bestimmt ist zu herrschen.«

Billy seufzt gereizt.

»Mein Gott, ist es nicht anstrengend, ständig diese Tempelsprüche nachzuplappern? Hast du irgendwann auch mal eigenständige Gedanken?«

»Ich hatte eigenständige Gedanken, als ich Arsinoe gerettet habe«, erwidert Mirabella scharf. Die Wolken am Himmel verfinstern sich. »In Innisfuil, als sie hingerichtet werden sollte. Und zwei Tage später hat sie ihren Bären auf mich gehetzt. Also erzähl mir bloß nicht, dass sie besser wäre für das Wohl der Insel. Sie ist ebenso herzlos wie Katharine.«

Billy rammt seine Gabel in ein Stück Fleisch, als wünschte er, es wäre Mirabellas Auge.

»Sie hat den Bären nicht auf dich gehetzt, du Vollidiot«, sagt er leise.

»Was?«

»Gar nichts, vergiss es.«

»Nein. Was soll das heißen? Natürlich hat sie ihn auf mich gehetzt!« Mirabella schaut kurz zu den Priesterinnen hinüber, die am Haus Wache stehen, und senkt dann die Stimme. »Wer sonst sollte Kontrolle über ihren Familiaris haben?«

»Denk mal scharf nach«, antwortet Billy ebenso leise. »Vielleicht eine andere mächtige Naturbegabte? Eine, die ein ziemlich starkes Motiv hatte, dir etwas anzutun, nachdem du ihr den Mann gestohlen hattest, den sie liebt?« Billy unterbricht sich kurz, dann fügt er hinzu: »Vielleicht jemand, für den Arsinoe jederzeit lügen würde?« Mirabella will etwas erwidern, doch er lässt sie nicht zu Wort kommen. »Sprich ihren Namen nicht aus. Ich hätte es dir gar nicht sagen sollen. Arsinoe wird mir dafür den Hals umdrehen.«

»Dann …«, folgert Mirabella leise, während Billy weiter in seinem ekelhaften Essen herumstochert, »… dann wollte Arsinoe mir also nie etwas antun.«

»Nein. Arsinoe ist in dem Glauben aufgewachsen, dass sie sowieso sterben wird. Sie hat nie damit gerechnet, dass sie einmal so vieles haben würde, wofür es sich zu leben lohnt – Jules und Joseph und die Milones.« Mit einem schiefen Lächeln ergänzt er: »Und mich. Aber was hat sie nun von diesem Wissen? Nichts. So läuft das nun einmal hier auf der Insel, richtig? Das ist die natürliche Ordnung. Warum sollte man daran etwas ändern?«

Mirabella krallt sich an ihrer Serviette fest. Am liebsten würde sie weinen oder laut schreien, aber wenn sie das tut, werden sofort die Priesterinnen kommen.

»Dort im Wald … ich hätte Arsinoe beinahe umgebracht«, flüstert sie. »Warum hat sie mich gewähren lassen?«

»Vielleicht, weil ihr bewusst war, dass du es tun musst. Vielleicht wollte sie es dir leichter machen.«

Als Mirabella Tränen in die Augen steigen, wischt Billy sich hastig den Mund ab. Er schaufelt möglichst viel Erdbeerkuchen auf seine Gabel und hält sie ihr hin.

»Hier, den musst du probieren.« Während sie den Bissen annimmt, wischt er ihr unauffällig mit dem Daumen die Tränen ab, die über ihre Wange laufen.

»Es tut mir leid«, versichert er ihr leise. »Ich habe mir wohl nie überlegt, wie das Ganze aus deiner Sicht gewesen sein muss. Das war gedankenlos von mir.«

»Ist schon gut. Weiß Arsinoe eigentlich, dass du sie liebst?«

Überrascht zieht Billy die Augenbrauen hoch.

»Wie sollte sie, wenn ich es selbst nicht wusste? Das zwischen uns hat nichts mit den Geschichten zu tun, die man in Büchern liest, mit Donnergetöse, magischer Anziehung und schmachtenden Blicken. Mit Arsinoe war es eher, als ob … einem jemand immer wieder eiskaltes Wasser in den Kragen schüttet und man sich so lange daran gewöhnt, bis es irgendwann Spaß macht.«

»Und liebt sie dich?«

»Ich weiß es nicht. Vielleicht.« Er lächelt. »Ich hoffe es.«

»Das hoffe ich auch.« Wieder läuft eine Träne über die Wange der Königin, und Billy beugt sich schnell vor, um es zu verbergen.

»Ist schon gut«, wehrt Mirabella ab. »Die denken sicher, ich weine, weil dein Erdbeerkuchen so grauenvoll schmeckt.«

Beleidigt lässt Billy die Gabel sinken. Dann fangen sie gleichzeitig an zu lachen.

Wolfsquell

Wie es die Tradition auf dem Festland verlangt, werden die Leichname der beiden Freier in Holzkisten gelegt, um dann in ihre Heimat überführt zu werden. Die Kisten scheinen viel zu klein zu sein, und die beiden liegen so reglos da, dass sich Arsinoes Kehle zuschnürt. Sie hat Tommy und Michael nur so kurz gekannt. Zwei Jungen, die dachten, sie könnten König werden. Die das alles vielleicht nur für ein Spiel gehalten haben.

Der Schwarze Rat hat die Giftmischer Lucian Arron und Lucian Marlowe nach Wolfsquell geschickt, um die Leichen zu untersuchen – wohl in der Hoffnung, Beweise dafür zu finden, dass sie nicht vergiftet wurden. Doch natürlich war Gift die Todesursache.

»Sollen sie ruhig Gerüchte verbreiten«, meint Joseph. »Jetzt wissen wenigstens alle, dass sie ihre Giftmischerkönigin nicht mehr unter Kontrolle haben.« Er schlingt einen Arm um Jules' Taille und den anderen um Arsinoes, aber die löst sich wieder aus seinem Griff. Sie hat diese beiden Jungen getötet, nicht Katharine. Sie war nachlässig, und sie ist verantwortlich für ihren Tod.

Arsinoe geht bis ans Ende des Steges und sieht zu, wie das Schiff mit Tommys und Michaels Leichen in die Bucht hinaussegelt.

»Ich kann nicht atmen, Jules.« Krampfhaft ringt sie

nach Luft. Erst spürt sie Camdens warmes Fell an ihren Beinen, dann ist Jules da und stützt sie. »Du hattest recht. Ich hätte nie mit Gift herumexperimentieren dürfen. Mir war nicht bewusst, wie vorsichtig man sein muss.«

»Still, Arsinoe«, flüstert Jules. Auf dem Steg haben sich zu viele Menschen versammelt. Zu viele lauschende Ohren.

Arsinoe wartet, bis das Schiff nicht mehr zu sehen ist, dann rennt sie so schnell an Land zurück, dass ihre Füße laut über die Holzplanken dröhnen. Je eher sie das Haus der Milones erreicht, desto eher wird dieser Tag enden.

»Königin Arsinoe!«, ruft jemand, als sie den Hafen in Richtung Hügelpfad durchquert. »Wo steckt dein Bär?«

»Tja, in meiner Tasche jedenfalls nicht«, faucht sie, ohne stehen zu bleiben. »Dann wird er wohl im Wald sein.«

Rolanth

Obwohl der Brief von Natalia an die Hohepriesterin und nicht an die Königin adressiert ist, besteht Rho darauf, dass eine Novizin ihn mit Handschuhen in einem Raum ohne Fenster öffnet. Sie lässt nicht zu, dass Luca ihn berührt, bevor er gründlich untersucht wurde.

»Das ist doch lächerlich«, protestiert Luca. Die Priesterinnen beschäftigen sich nun schon fast den ganzen Vormittag mit dem Brief, und bisher ist noch keine von ihnen krank geworden. Nicht einmal am Papier geschnitten haben sie sich.

»Es hat doch niemand etwas davon, wenn ich vergiftet werde.« Empört wandert Luca in ihren Räumlichkeiten auf und ab. »Und selbst wenn, hätte Natalia mich doch längst umgebracht. Die Göttin weiß, wie viel Gelegenheit sie dazu bereits hatte.«

Sie stellt sich vor das Fenster an der Ostseite und öffnet die Läden, um den frischen Wind hereinzulassen. Da die Stadt ziemlich weit nördlich liegt, wird es in Rolanth nicht übermäßig heiß, aber im Sommer kann die Luft im Inneren des Tempels doch stickig werden. Ihre ehemaligen Gemächer in der Hauptstadt waren diesbezüglich angenehmer. Als ihre Beine noch jünger waren, konnte sie nervliche Anspannung auf den vielen Stufen im Ostturm des Volroy abbauen. Seufzend dreht Luca sich um. Sie ist so alt geworden. Wenn Mirabella gekrönt wird und sie nach Indridskamm zurückkehren, wird man sie auf einer Trage hoch und runter befördern müssen.

Endlich öffnet sich die Tür, und Rho kommt mit dem Brief in der Hand herein. Aus ihrer Miene schließt Luca, dass sie die strikte Anweisung, ihn nicht zu lesen, ignoriert hat.

»Also?«, fragt sie deshalb. »Was steht darin?« Wütend entreißt sie der Priesterin das Schreiben, doch Rho zuckt nicht einmal zusammen. Rho zuckt niemals. Ihre Unerschütterlichkeit kann ebenso tröstend wie enervierend sein.

»Lies selbst«, erwidert Rho.

Beim ersten Durchgang huschen Lucas Augen so gierig über die Zeilen, dass sie kaum etwas begreift und wieder von vorne anfangen muss.

Als Anrede steht da nur ihr Name, »Luca«, als wären Natalia und sie alte Freunde. Nicht etwa »Hohepriesterin« und auch sonst keinerlei Begrüßungsformel. Luca verzieht den Mund.

»Sie will die Königinnen bei den hohen Festen zusammenbringen. Mittsommer soll in Wolfsquell gefeiert werden und der Erntemond hier.«

»Die hecken irgendetwas aus«, vermutet Rho.

Mit gespitzten Lippen geht Luca den Brief ein drittes Mal durch. Er ist sehr kurz und für Natalias Verhältnisse fast schon unterhaltsam geschrieben.

Die Hohepriesterin liest laut vor: *»Sicherlich begrüßt du es, wenn deine Mirabella die Chance bekommt, zu ihrem Wort zu stehen.«* Mit einem abfälligen Schnauben legt sie das Schreiben weg. »Sicherlich.«

»Sie befürchtet, dass es zu einem Patt kommen könnte. Dass das Jahr des Aufstieges damit endet, dass die Königinnen im Turm des Volroy eingesperrt werden«, stellt Rho fest. »Sie weiß, dass die Giftmischer sich dort nicht so gut schlagen.«

»Mirabella aber vielleicht auch nicht, wenn Arsinoe und ihr riesiger Braunbär bis dahin noch am Leben sind.« Nachdenklich tippt sich Luca ans Kinn.

»Dass dieser scheinbar höfliche Brief den Sinn hat, dich gefügig zu machen, ist dir doch klar, oder? Wenn wir wollen, können wir ihren Vorschlag abschmettern, das weiß sie ganz genau. Immerhin hat nicht der Schwarze Rat das letzte Wort, wenn es um die hohen Feste geht.«

Frustriert tritt Luca gegen einige bestickte Kissen, die auf den Boden gefallen sind.

»Ich denke, wir sollten darauf eingehen«, sagt sie dann. »Mirabella ist stark. Und was auch immer die Arrons vorhaben – es wird uns wenigstens nicht völlig überraschen.«

»Wir werden vorsichtig sein«, nickt Rho. »Aber wenn sich alle drei Königinnen von Angesicht zu Angesicht gegenüberstehen, sind unsere Chancen gar nicht schlecht. Wie du schon sagtest: Mirabella ist stark.« Ein wildes Funkeln tritt in Rhos Augen. Trotz ihrer zurückhaltenden Worte sehnt sie sich geradezu nach dem Blutvergießen.

Luca senkt den Kopf und bittet die Göttin um Führung. Doch die Antwort, die sie tief in ihrem Inneren spürt, bleibt unverändert: Wenn Mirabella dazu bestimmt ist, die Krone zu tragen, so wird sie sie sich nehmen.

»Luca?« Wie immer ist Rho ungeduldig. »Sollen wir mit den Vorbereitungen für eine Gesandtschaft nach Wolfsquell beginnen?«

Luca atmet tief durch.

»Jawohl, fangt sofort an. Ich brauche jetzt etwas frische Luft.«

Rho nickt bestätigend, woraufhin Luca ihr Gemach verlässt und durch den Tempel wandert. Sie macht einen weiten Bogen um die Herde von Gläubigen, die sich täglich am Altar versammelt.

Als sie an einem der Lagerräume vorbeikommt, bemerkt sie eine angelehnte Tür. Automatisch streckt sie den Arm aus, um sie zu schließen, späht vorher aber noch kurz in den Raum hinein. Drinnen entdeckt sie den Freier, Billy Chatworth, der gerade die Nahrungsmittelvorräte des Tempels durchstöbert. Neben ihm, auf einer Kiste voller Kleider, hockt ein großes braunes Huhn.

»Hohepriesterin«, begrüßt er sie und verbeugt sich hastig, als er sie bemerkt. »Ich bin auf der Suche nach ein paar Früchten, um mich an einem Obstkuchen zu versuchen.«

»Als Ergänzung zum Huhn?«, fragt sie mit einem leisen Lachen. »Du musst das nicht tun. Die Priesterinnen werden gerne die Mahlzeiten für dich zubereiten.«

»Damit ich noch weniger zu tun habe? Außerdem lege ich mein Leben nicht gerne in anderer Leute Hände.«

Luca nickt verstehend. Dieser blonde Junge mit dem offenen Lächeln ist recht attraktiv, und trotz seiner engen Bindung an Königin Arsinoe mag Luca ihn inzwischen ganz gern. Vertrauen tut sie ihm nicht, und die

Priesterinnen überwachen ihn auf Schritt und Tritt, aber Luca sieht in seiner Schwäche für Arsinoe vor allem ein Zeichen dafür, dass er ein gutes Herz hat. Sobald sie tot ist, wird er lernen, Mirabella ebenso zu lieben.

»Gehst du ein paar Schritte mit mir, Billy? Meine alten Beine brauchen etwas Bewegung.«

»Selbstverständlich, Hohepriesterin.«

Er bietet ihr seinen Arm an, und gemeinsam überqueren sie den Hof, um dann durch den Gemüsegarten zu den Rosenstöcken hinüberzuwandern. Das Wetter ist schön – von den schwarzen Klippen an Shannons Dämmerpforte weht eine kühle Brise heran, und die Bienen aus der Imkerei tanzen summend über die rosafarbenen und weißen Blüten.

»Wie kommen Mirabella und du miteinander aus?«, fragt Luca.

»Eigentlich recht gut«, erklärt er zögerlich, doch in seiner Stimme schwingt wesentlich mehr Wärme mit als noch vor ein paar Wochen. Damals hat die Hohepriesterin ihm diese Frage schon einmal gestellt. »Meine Kochkünste sorgen allerdings dafür, dass sie immer dünner wird. Ich verspreche aber, dass ich mich bessern werde.«

»Nun ja, schlechter kannst du ja auch nicht mehr werden. Sie hat mir von deinen Schmorgerichten erzählt.«

Sie kommen an Elizabeth vorbei, die gerade mit einem dichten Netz über dem Kopf dabei ist, Honig einzusammeln. Sie unterbricht kurz ihre Arbeit, um den beiden zuzuwinken.

»Könnte ich etwas davon haben?«, ruft Billy ihr zu.

»Ja, bringe ich dir später vorbei«, verspricht Elizabeth. »Und ein paar Körner für dein Huhn.«

Luca dreht sich um. Sie hat gar nicht bemerkt, dass die braune Henne ihnen gefolgt ist.

»Anscheinend hast du dir einen Familiaris zugelegt. Wirst du das Huhn mit nach Wolfsquell nehmen, wenn du Rolanth verlässt?«

»Ich denke schon. Aber wer weiß, wann das sein wird.«

»Früher, als du denkst.« Luca bleibt stehen und sieht ihn direkt an. »Hast du schon einmal etwas von unserem Mittsommerfest gehört?«

»Es ist das nächste hohe Fest, das ansteht. Ich habe gehört, wie Sara sich mit den Priesterinnen über die Vorbereitungen unterhalten hat.«

»Hier in Rolanth bieten die Elementwandler der Göttin Gemüse und Hasenfleisch auf einem kleinen Boot als Opfer dar. Wenn das Boot auf dem Fluss ist, zünden sie es an und lassen es auf das Meer hinaustreiben.« Luca blickt Richtung Stadt und lässt die vielen Festakte Revue passieren, denen sie bereits vorgestanden hat. Manchmal hat Mirabella das Ganze noch um wunderschöne Wasserspiele ergänzt. In solchen Momenten hat sich Luca der Göttin immer sehr nah gefühlt und sich in der Gewissheit bestärkt gesehen, dass sie genau den richtigen Platz für sich gefunden hat. Dass sie genau das tut, wozu sie bestimmt ist.

»Die Leute aus Wolfsquell wiederum lassen Laternen von ihren Booten ins Wasser gleiten«, fährt sie fort, »und pilgern in der Abenddämmerung zum Hafen. Sie werfen Getreide ins Wasser, um die Fische zu füttern. Eine eher rustikale Opfergabe, aber durchaus reizvoll. Als kleines Mädchen war ich zu Mittsommer oft dort.« Seufzend stellt sie fest: »Es wird nett sein, dieses Ritual wieder einmal zu sehen.«

»Warum solltet Ihr das Mittsommerfest in Wolfsquell feiern?«, fragt Billy misstrauisch.

»Weil wir es alle dort feiern werden: du, ich, Mirabella und die Westwoods. Der Schwarze Rat und Königin Katharine ebenfalls. Ich werde Indridskamm darüber informieren, dass die Königinnen die restlichen hohen Feste gemeinsam begehen werden – Mittsommer in Wolfsquell und den Erntemond hier in Rolanth.«

»Ihr treibt sie zusammen, damit eine von ihnen stirbt.«

»Ja«, nickt Luca. »So ist das nun einmal im Jahr des Aufstiegs.«

Greavesdrake Haus

Nicolas hat auf der weitläufigen ebenen Wiese hinter dem Haus Zielscheiben aufgestellt. Er legt einen Pfeil auf die Sehne, schießt und trifft fast perfekt, nur knapp neben seinem letzten Pfeil.

»Sehr schön«, lobt Katharine und klatscht in die Hände. Nicolas legt den Bogen zur Seite, denn nun ist sie an der Reihe. Man muss ihm zugutehalten, dass ihm sein Lächeln nur ganz kurz entgleitet, als die Königin perfekt die Mitte trifft.

»Wunderschön.« Nicolas beugt sich über Katharines Hand und küsst den Handschuhrücken. »Aber nicht so wunderschön wie du.«

Katharine wird rot, dann deutet sie mit dem Kopf auf die Zielscheiben.

»Nicht mehr lange, und der Wettkampf wird ernst. Du wirst immer besser. Ich kann nicht glauben, dass du vorher noch nie einen Bogen in der Hand hattest.«

Nicolas zuckt mit den Schultern. Er sieht fast so gut aus wie Pietyr, auch wenn er noch immer diese merkwürdigen weißen Hemden vom Festland und weiße Schuhe trägt. Seine Schultern füllen den Stoff voll aus, als er wieder mit dem Bogen in Position geht. Die goldblonden Haare in seinem Nacken sind dunkel vom Schweiß.

»Ich habe mich einfach nicht dafür interessiert«, gibt er zu, bevor er den nächsten Pfeil abschießt. Er fliegt etwas zu weit. »Du hast mich wohl abgelenkt.«

»Bitte entschuldige.«

»Aber nicht doch. Du bist eine angenehme Ablenkung.«

Katharine zieht einen weiteren Pfeil aus ihrem Köcher. Sie hat einen neuen Bogen, länger und fester bespannt als ihr alter. Aber ihre Arme waren ja auch noch nie so kräftig wie heute.

Sie legt den Pfeil auf die Sehne und schießt. Einmal, zweimal, ein drittes Mal. Das dumpfe Geräusch des Treffers ist äußerst befriedigend. Kurz fragt sie sich, ob es wohl ähnlich klingen wird, wenn sich ein Pfeil in Mirabellas Rücken bohrt.

»Ich muss mir die Zielscheiben gar nicht ansehen, um zu wissen, dass diese Treffer besser waren als meiner«, meint Nicolas. Sie legen ihre Bogen beiseite und gehen zu dem kleinen steinernen Tisch hinüber, der unter einer großen, dicht belaubten Erle steht.

»Schon als kleines Mädchen habe ich mich im Bogenschießen geübt. Obwohl ich zugeben muss, dass ich nie sonderlich gut darin war. Noch vor wenigen Monaten wären diese Pfeile vermutlich in der Hecke verschwunden.«

Auf dem Tisch warten zwei silberne Krüge und zwei Becher auf sie. In dem einen Krug befindet sich hellgelber Maiwein für Katharine, gesüßt mit Honig und frischen Beeren – manche giftig, andere nicht. Der andere enthält kühlen Wein für Nicolas, einen dunkelroten. So können sie unmöglich verwechselt werden.

»Man hat mir gesagt, dass wir bald nach Wolfsquell

aufbrechen werden«, wechselt Nicolas das Thema. »Dabei hatte ich mich gerade erst an Greavesdrake Haus gewöhnt.«

»Wir werden nicht lange fortbleiben. Und angeblich sind die Mittsommerrituale dort sehr schön: Sie lassen flackernde Lichter im Hafenbecken schwimmen. Ich hatte immer gehofft, das einmal zu sehen. Bisher war ich aber immer davon ausgegangen, damit bis nach meiner Krönung warten zu müssen.«

Nicolas trinkt einen großen Schluck Wein. Dann wirft er Katharine einen spitzbübischen Seitenblick zu.

»Ich werde nur zu gerne in euer Haus und in die Hauptstadt zurückkehren. Aber ich kann es auch kaum erwarten, dich zusammen mit deinen Schwestern zu erleben.« Er greift nach ihrer wie immer mit einem Handschuh bedeckten Hand. »Ich hoffe nur, dass du mich nicht wegschickst, wenn es passiert.«

»Dich wegschicken?«

»Wenn du sie tötest. Was du selbstverständlich tun wirst.« Er zeigt auf die beiden Bogen und die Zielscheiben voller Pfeile. »Die Dienstboten haben mir erzählt, wie geschickt du mit Messern umgehst. Haarscharf am Ziel vorbeiwerfen? Das würde ich zu gerne sehen.«

Ein angenehmes Kribbeln breitet sich in Katharines Bauch aus und gleitet wie eine unsichtbare Hand über ihren Rücken.

»Würdest du das wirklich?«, flüstert sie. »Wenn du siehst, wie deine zukünftige Königin ihrer hübschen Schwester eine Klinge in die Brust rammt, änderst du vielleicht deine Meinung.«

Nicolas lächelt nur.

»Ich stamme aus einer Soldatenfamilie, Königin Katharine. Taten wie diese habe ich schon oft gesehen. Und Schlimmeres.« Wieder greift er nach seinem Wein. Die rote Flüssigkeit sammelt sich beim Trinken in seinen Mundwinkeln. »Und ich halte mich nur höchst ungern vom Geschehen fern.«

Katharines Puls beginnt derartig zu rasen, dass sie das Gefühl hat, mehr als ein Herz in ihrer Brust zu spüren. Sein Blick treibt ihr die Röte in die Wangen. So hat Pietyr sie auch angesehen, kurz bevor er sie an sich gezogen und ins Bett getragen hat.

»Natalia ist es lieber, wenn ich Gift einsetze und unter ihren Fittichen bleibe«, erklärt sie. »So bevorzugen es die Arrons, verschwiegen und stilvoll. Es gibt für sie kaum etwas Unterhaltsameres als ein Abendessen mit gepflegter Konversation, dessen Höhepunkt darin besteht, dass jemand mit dem Gesicht auf dem Teller endet.«

Nicolas lässt seinen Blick über ihren Körper gleiten.

»Das hat auch etwas für sich«, gibt er zu. »Aber mir wäre es lieber zu sehen, wie sich deine Hand um ihre Kehlen schließt. An dieses Bild möchte ich mich am Abend unserer Hochzeit erinnern.«

Plötzlich steht Giselle neben dem Tisch und räuspert sich diskret.

»Ähm, Verzeihung, meine Königin.«

»Giselle, entschuldige«, sagt Katharine schnell. »Wir haben uns so … angeregt … unterhalten, dass wir dich gar nicht gehört haben.«

Giselle mustert zuerst Katharine, dann Nicolas und wird rot.

»Natalia schickt mich«, sagt die Zofe dann. »Sie sagt, du hättest Besuch.«

»Aber ich kümmere mich doch bereits um unseren Gast.«

»Sie sagt, du musst kommen.«

Katharine seufzt gereizt.

»Bitte, geh ruhig«, drängt Nicolas. »Die Dame des Hauses sollte man nicht warten lassen.«

Missmutig trottet Katharine die Treppe hinauf und geht durch den Flur zu Natalias Arbeitszimmer.

»Natalia? Du hast nach mir …« Der Rest des Satzes bleibt ihr im Halse stecken, denn mitten im Raum steht – kerzengerade aufgerichtet und mit dem starren Blick eines verschreckten Kaninchens – Pietyr.

»Mir war klar, dass du ihn sofort würdest begrüßen wollen«, erklärt Natalia lächelnd. »Sei nicht zu streng mit ihm, Katharine. Ich habe ihm bereits einen Vortrag gehalten, weil er sich so lange nicht hat blicken lassen.«

Natürlich nicht. Wohl aus Angst, dass seine Königin ihn sofort in den Kerker unter dem Volroy werfen lässt, so tief hinunter, dass er niemals wieder die Sonne sieht. Oder getrieben von der Furcht davor, dass Katharine Bertrand Roman damit beauftragt, sein Gehirn auf dem Pflaster der Auffahrt zu verteilen. Oder dass sie es selbst tun wird.

»Ihr zwei wollt jetzt sicher allein sein«, vermutet Natalia.

»Oh ja, unbedingt«, stimmt Katharine ihr zu.

Die Käfige mit den toten Vögeln und Nagern wurden bereits bei Nicolas' Ankunft aus Katharines Zimmer entfernt, doch obwohl die Fenster jeden Tag weit offen stehen, um den Geruch zu vertreiben, hält er sich hartnäckig. Die Königin hofft, dass Pietyr ihn bemerkt, wenn er eintritt. Den Geruch nach Tod und Schmerz. Aber nicht länger ihrer.

Sie lässt ihm den Vortritt, denn so bemerkt er nicht, wie sie ein schmales Messer von einem der Tische an sich nimmt. Ohne die Gefahr zu ahnen, geht er in ihr Schlafzimmer. Ziemlich dreist. Als hätte er noch das Recht, dort zu sein.

Vorsichtig tippt Pietyr an die Scheibe von Herzliebchens Terrarium, und die Schlange hebt das hübsche Köpfchen.

»Herzliebchen ist wohlauf, wie ich sehe«, sagt er noch, dann stürzt sich Katharine auf ihn.

Sie zerrt ihn zum Bett, schiebt sich blitzschnell um ihn herum und kniet sich auf die Matratze, um ihn von hinten zu packen. Ein Arm schlingt sich um seine Stirn, der andere drückt das Messer an seine Kehle.

»Kat«, keucht er atemlos.

»Das wird eine ziemliche Sauerei geben.« Sie drückt etwas fester zu. Viel Kraftaufwand braucht es nicht, die Klinge ist scharf und sitzt direkt neben der Schlagader. »Giselle wird mir wohl eine neue Tagesdecke besorgen müssen. Und ich gebe Natalia recht: Einen Giftmischer tötet man nicht mit Gift.«

»Kat, bitte.«

»Bitte was?«, knurrt sie und zieht seinen Kopf noch weiter nach hinten. Sein Puls pocht sichtbar gegen seine Haut. Doch auch wenn sie ihm am liebsten die Kehle aufschlitzen würde, erinnert sich Katharine noch zu gut daran, wie es war, ihren Körper so eng an ihn zu schmiegen. Ihr Pietyr, den sie geliebt hat und der behauptet hat, er liebe sie. Sein Geruch, eine Mischung aus Vanille und Ambra, lässt Tränen der Wut in ihren Augen aufsteigen.

»Wie konntest du es wagen, Pietyr!«

»Es tut mir leid«, ächzt er, während die Klinge sich in seine Haut bohrt.

»Ich werde dafür sorgen, dass es dir leidtut«, zischt sie.

»Ich musste es tun!«, ruft er schnell, bevor sie fester zustechen kann. »Bitte, Kat. Ich dachte, ich müsste es tun.«

Der Druck an seiner Stirn lässt nicht nach.

»Warum?«

»Es gab eine Verschwörung. Natalia hat mir kurz vor Beltane davon erzählt. Die Priesterinnen hatten etwas ausgeheckt, um aus Mirabella eine Unschuldige Königin zu machen. Nach einem schwachen Auftritt von dir bei der Erwachenszeremonie wollten sie die Bühne stürmen. Sie wollten dich in Stücke hacken und den Flammen übergeben.«

»Aber mein Auftritt *war* nicht schwach«, wehrt Katharine ab und erhöht wieder den Druck auf das Messer.

»Das konnte ich doch nicht wissen! Als du in jener Nacht zu mir an die Brecciaspalte gekommen bist, war ich überzeugt, du seist vor ihnen auf der Flucht! Und ich durfte nicht zulassen, dass sie dir etwas antun.« Seine Hand wandert hinauf zu ihrem Arm, und sie spannt sich warnend an. Doch er versucht gar nicht, das Messer von seinem Hals wegzuziehen, sondern berührt nur sanft ihre Haut.

»Ich dachte, sie würden kommen, um dich zu töten. Und das konnte ich nicht zulassen. Dann sollte es besser durch mich geschehen.«

»Also hast du mich in dieses Loch gestoßen!«, presst Katharine zähneknirschend und trotzdem schrill hervor. Ihr ganzer Körper zittert vor Wut. Erneut erlebt sie den Schock und die lähmende Verwirrung, als Pietyr sie hinabgestoßen hat!

Er hat ein Verbrechen begangen. Verrat. Sie sollte ihm die Kehle aufschlitzen und zusehen, wie sich sein Blut zu ihren Füßen sammelt.

Doch stattdessen zieht sie die Klinge zurück und schleudert sie gegen die Wand.

Pietyr sackt in sich zusammen und drückt eine Hand gegen die oberflächliche Wunde an seinem Hals.

»Du hast mich geschnitten«, stellt er leise, aber ungläubig fest.

»Ich hätte dir noch viel Schlimmeres antun sollen.« Als er sich zu ihr umdreht, genießt sie die Furcht in seinen Augen. »Was ich vielleicht auch noch tun werde. Da bin ich noch unentschlossen.«

Der clevere, vorausschauende Pietyr. Er hat sich genau so angezogen, wie sie es mag, mit einem taubenblauen Hemd und einer dunklen Jacke. Sogar seine Haare sind etwas länger als üblich, weil ihr das gefällt. Sie beobachtet, wie er auf ihrem Bett Platz nimmt, und wird dabei von einer Welle des Hasses überrollt. Ihr Zorn auf ihn hat mehrere Facetten. Und doch ist und bleibt er ihr Pietyr.

»Ich könnte es dir nicht übelnehmen. Aber es tut mir unendlich leid, Kat.« Er mustert ihre Schultern. »Du siehst anders aus.«

»Was hast du denn erwartet? Man wird nicht einfach in die Brecciaspalte gestoßen, kriecht wieder heraus und ist danach noch dieselbe wie früher.«

»Ich wollte schon seit einer Ewigkeit zu dir zurückkommen.«

»Aber natürlich. Zurück in den mächtigen Schoß der Arrons.«

»Zurück zu dir.« Seine Finger zucken verlangend. Ganz langsam hebt er eine Hand und legt sie an ihre Wange. Katharine schlägt sie weg.

»Du hast keine Ahnung, zu wem du zurückgekehrt bist«, sagt sie finster. Dann packt sie grob seinen Kopf und küsst ihn so heftig, dass es zu einer Strafe wird. Mit festen Bissen malträtiert sie seinen Hals. Leckt das Blut aus dem Schnitt an seiner Kehle.

Er schlingt die Arme um ihre Taille und zieht sie an sich.

»Katharine«, seufzt er, »wie sehr ich dich liebe.«

»Oh ja, wie sehr.« Sie stößt ihn von sich. »Du musst mich tatsächlich lieben, Pietyr«, sagt sie und wendet sich ab, um wieder zu Nicolas zu gehen. »Aber du wirst mich nie wieder haben.«

Wolfsquell

Es ist still im Haus, was bei Naturbegabten äußerst merkwürdig ist. Normalerweise hört man Gebell und Gekrächze, irgendetwas klirrt in der Küche, oder Cait spricht mit den Hühnern, die gackernd und schreiend über den Hof jagen. Jules holt tief Luft und lauscht auf ihre Atemzüge. Dann nippt sie an ihrem heißen Weidenrindentee und krault Camdens Kopf, der entspannt in ihrem Schoß ruht.

Seit sich Jules' Kriegergabe manifestiert hat, sind die Raubkatze und sie noch enger zusammengerückt. Sie klammern sich aneinander, getrieben von der Unsicherheit darüber, wie die neue Situation ihre Verbindung verändern könnte. Der Gedanke, dass sie eines Tages aufwacht und Camden nicht länger ein Teil ihres Wesens wäre … nichts könnte Jules mehr Angst machen.

Madrigal kommt herein, beladen mit den Einkäufen vom Markt. Schon ist es mit der Ruhe vorbei.

»Kannst du mir mal helfen?«, fragt sie. »Ich mache Muschelsuppe mit frischer Sahne und dazu Cracker mit diesem Weichkäse, den du so gerne isst.«

»Was ist der Anlass?«, fragt Jules misstrauisch. Sie nimmt ihrer Mutter den Korb mit den Muscheln ab und leert ihn ins Spülbecken, um die Tiere abzuwaschen.

»Es gibt keinen.« Madrigal stellt die übrigen Körbe auf der Arbeitsfläche ab. »Aber wenn die Suppe fertig ist, könntest du die Teller zum Tisch schweben lassen.«

Jules zieht eine finstere Miene.

»So funktioniert das nicht.«

»Woher willst du das wissen?«, gibt Madrigal zurück. »Die Gabe des Krieges gilt schon so lange als schwach, dass niemand mehr weiß, wie sie richtig funktioniert.«

Das ist auch wieder wahr. Alles, was Jules über die Kriegergabe gehört hat, entstammt uralten Mythen. Über die jüngere Vergangenheit gibt es nur vage Gerüchte. Angeblich haben die Einwohner von Bastiansburg ein unheimliches Talent im Umgang mit Messern und Bogen. Ihre Treffsicherheit gilt als so genau, dass es den Anschein erweckt, als würde das Geschoss mit einer Schnur gezogen. Dabei haben sie die Wucht eines Hiebs. Jules hat sich darin versucht, heimlich und ohne Zuschauer, und verblüfft festgestellt, wozu sie im Kampf plötzlich in der Lage ist.

Madrigal hat inzwischen angefangen, die Muscheln zu putzen, und erstaunlicherweise wirkt es fast so, als hätte sie Routine darin. Sie wischt sich über die Stirn. Unter ihren Augen sind dunkle Ringe zu erkennen. Und sie ist immer noch etwas aus der Puste nach ihrem Gang zum Markt.

»Geht es dir gut?«, fragt Jules.

»Alles bestens. Und bei dir? Ist das Weidenrindentee? Schmerzt dein Bein wieder?«

»Madrigal, was ist los?«

»Gar nichts. Außer dass …« Sie unterbricht sich, um die geputzten Muscheln in den Topf zu befördern. »Außer dass ich schwanger bin.« Mit einem kurzen Lächeln dreht sie sich zu Jules um, dann konzentriert sie sich wieder auf ihre Hände. »Matthew und ich bekommen ein Kind.«

Aria landet nervös auf dem Tisch. Es ist so still, dass das Rascheln ihrer Federn zu hören ist.

»Du«, wiederholt Jules, »und Tante Caraghs Matthew bekommt ein Kind?«

»Nenn ihn nicht so. Er ist nicht *ihr* Matthew.«

»Aber für uns ist er das. Das wird er für uns *immer* sein.«

»Ehrlich, Jules.« Jetzt klingt Madrigal leicht empört. »Nach dieser Sache mit Joseph und Königin Mirabella hätte ich gedacht, du wärst endlich erwachsen geworden.«

Wut steigt in Jules auf, und auf der Arbeitsfläche beginnt Madrigals Messer so heftig zu beben, als hätte es ein Eigenleben.

»Nicht, Jules.« Ruckartig weicht Madrigal zurück. »Tu das nicht.«

Das Messer beruhigt sich wieder.

»Das war ich nicht«, versichert Jules schnell. »Ich meine, ich wollte das nicht.«

»Deine Kriegergabe ist stark. Du solltest mich die Bindung lösen lassen.«

»Warum sollte ich das tun, wenn sie das Einzige ist, was mich bei klarem Verstand bleiben lässt?«

»Weil sie vielleicht auch das Einzige ist, was dich einsperrt.«

Jules mustert das Messer. Sie könnte es bewegen. Könnte es fliegen lassen. Zustechen lassen. Ihre Naturbegabung hat sich nie so boshaft oder so unbezähmbar angefühlt.

Madrigal greift nach dem Messer, und sobald sie es fest in der Hand hält, atmet Jules auf.

»Ich schließe daraus, dass du nicht glücklich bist über die freudige Nachricht. Aber du darfst das Baby nicht hassen, Jules. Nicht, wenn es dir nur darum geht, mich zu verletzen. Das wirst du nicht tun, oder?«

»Nein«, antwortet Jules finster. »Ich werde eine *gute* Schwester sein.«

Madrigal sieht sie prüfend an. Dann legt sie ein paar Kartoffeln auf die Arbeitsplatte und fängt an, sie klein zu schneiden.

»Ich dachte, ich wäre glücklich«, murmelt sie. »Ich dachte wirklich, dieses Kind würde mich glücklich machen.«

»Tja, Pech gehabt. Nichts auf der Welt ist jemals so gut, wie du es gerne hättest.«

Eine zweite, größere Krähe kommt in die Küche geflogen und landet mit einem Brief im Schnabel neben Aria auf dem Tisch. Es ist Eva, Caits Familiaris, und das Schreiben trägt das Siegel des Schwarzen Rates. Kurz darauf folgt Cait, die sofort Jules' finstere Miene bemerkt.

»Du hast deiner Tochter also von dem Baby erzählt.«

»Warum erfahre ich in dieser Familie eigentlich immer alles als Letzte?«, regt sich Jules auf.

»Krieg dich wieder ein, Jules. Du wirst es schon verkraften.« Madrigal deutet mit dem Kopf auf den Brief in Evas Schnabel. »Was schreiben sie?«

»Dass Wolfsquell bald vollkommen überfüllt sein wird. So, wie es aussieht, werden die beiden anderen Königinnen und ihr Gefolge uns zu Mittsommer mit einem Besuch beehren. Wo ist Arsinoe schon wieder hin?«

»Ich glaube, sie ist mit Braddock im Wald.«

»Dann solltest du sie besser suchen und es ihr sagen.«

Jules steht auf und geht begleitet von Camden hinaus. Mit schnellen Schritten laufen die beiden zur Straße hinunter, um die Muskeln in ihren geschwächten Beinen aufzuwärmen. An der Abzweigung oben auf dem Hügel treffen sie auf Joseph.

»Warum hast du es denn so eilig?«, will er wissen, als Jules wortlos seine Hand packt und ihn mit sich zieht.

»Neuigkeiten für Arsinoe. Gut, dass du da bist. Das erspart mir einen Weg.«

»Oh nein«, stöhnt Arsinoe, als Jules und Joseph auf der Lichtung auftauchen. »Was gibt es jetzt schon wieder?« Braddock und sie waren gerade dabei, Brombeeren zu pflücken. Seine geschickten Lippen waren dabei ebenso effizient wie ihre Finger.

»Mirabella und Katharine kommen hierher«, berichtet Jules. »Zu Mittsommer. Und sie bringen ihr ganzes Gefolge mit. Das Schreiben vom Rat ist gerade gekommen.«

Arsinoe sackt in sich zusammen. Die anderen Königinnen? Hier? Wolfsquell würde von Fremden überrannt werden.

»So viel zu meinem Versuch, Mirabella von unserem Städtchen fernzuhalten.«

»Mir gefällt das nicht«, knurrt Jules, und Camden stößt ein Fauchen aus. »Wir werden dich nicht richtig beschützen können. Das wird das reinste Chaos.«

»Leicht wird es nicht«, stimmt Joseph ihr zu. »Aber zumindest befinden wir uns auf heimatlichem Territorium, wo wir uns auskennen.«

»Bis zum Mittsommerfest dauert es nicht einmal

mehr eine Woche«, gibt Arsinoe zu bedenken. »Billy hat uns nicht die kleinste Warnung zukommen lassen. Was bringt es uns denn, einen Spion in Rolanth zu haben, wenn er uns nicht einmal über so eine Neuigkeit informiert?«

»Vielleicht hat man in Rolanth auch nicht früher davon erfahren«, meint Jules. Aber das ist nicht sehr wahrscheinlich. Selbst wenn dieser Plan von den Arrons geschmiedet wurde, musste der Tempel vorher seine Zustimmung geben.

Arsinoe seufzt schwer. »Wir Naturbegabten erfahren immer alles als Letzte.«

»Nach deiner Krönung werden die Naturbegabten den Rat stellen«, ruft Joseph ihr in Erinnerung. »Dann kann Wolfsquell endlich wieder mitreden bei Entscheidungen, die ganz Fennbirn betreffen.«

Arsinoe und Jules sehen sich vielsagend an. *Joseph, der unverbesserliche Optimist.*

»Hat Billy geschrieben?«, fragt er weiter. »Geht es ihm gut? Ist ihm nichts passiert?«

»Er hat mir nur zweimal geschrieben. Obwohl er versprochen hatte, es täglich zu tun.« Abwehrend verschränkt Arsinoe die Arme vor der Brust. Zwei Briefe, und beide waren irgendwie förmlich und gestelzt, nicht einmal annähernd blitzte zwischen den Worten der wundervolle Charakter auf, den sie so vermisst.

Sie mustert ihre beiden Freunde hier auf der Waldlichtung, wo sie schon so oft zusammengestanden haben. Die Sommersonne wirft klar umrissene Schatten auf den Boden, und plötzlich scheinen das die Geister ihrer Kindertage zu sein, die auf ewig zwischen diesen Bäumen Verstecken spielen werden.

»Unser Happy End«, sagt sie leise.

»Arsinoe, du musst etwas unternehmen«, drängt Jules. »Du weißt doch genau, warum sie hierherkommen.«

Sicher nicht, um zu reden. Es war dumm von ihr gewesen zu glauben, dass Mirabella sich durch Worte davon würde abhalten lassen, ihr den halben Rücken zu verbrennen.

Arsinoes Blick bleibt an Braddock hängen, der im Unterholz herumstöbert. Sie will ihn nicht in Gefahr bringen. Auch nicht Jules oder Joseph. Aber sie sind alles, was sie hat – ihre Freunde und ihre niedere Magie.

Greavesdrake Haus

Katharine drückt vorsichtig auf Herzliebchens Kopf, um das Gift aus den Drüsen der Schlange zu pressen. Die gelbe Flüssigkeit rinnt träge an der Innenseite des Glases hinunter. Viel ist es nicht. Herzliebchen ist eine kleine Schlange, und selbst in diesem kleinen Gefäß bedeckt ihr Gift kaum den Boden.

Fasziniert beugt Nicolas sich vor.

»Wie bemerkenswert«, flüstert er, »dass etwas so Kleines so viel Leid verursachen kann.«

Mit einem sanften Ruck löst Katharine die Schlange von dem Glas und legt sie zurück in ihr Terrarium. Herzliebchen windet sich gereizt und versucht, in die Scheibe zu beißen, sie zuckt mit dem Kopf, als sie Gift verspritzen will, das gar nicht mehr da ist.

Ruckartig weicht Nicolas zurück, was Katharine ein leises Lachen entlockt. Sie verschließt das Glas mit einem Schraubdeckel.

»Wofür wirst du es benutzen?«, will er wissen.

»Vielleicht gar nicht.« Sie schüttelt das Gefäß ein wenig und sieht zu, wie das Gift hin und her gleitet. »Ich wollte nur etwas von ihr bei mir haben, da ich sie ja nicht mitnehmen kann. Lass uns gehen!« Spielerisch zieht sie ihn vom Bett herunter, und er drückt ihr einen Kuss auf den Handschuh.

Natalia erwartet sie mit gerunzelter Stirn am Portal. Doch sie wirkt nicht gereizt, sondern lächelt sogar ein wenig, als sie die ineinander verschränkten Finger der beiden bemerkt.

Die hufeisenförmige Zufahrt vor dem Haus ist komplett mit einer dunklen Kutschenparade voller Arrons und Gift zugestellt.

»Ich kann es kaum erwarten, wie die Bauerntrampel in Wolfsquell uns angaffen werden, wenn wir bei ihnen vorfahren«, meint Katharine. »Die werden die Mäuler gar nicht mehr zubekommen.«

Die Dienerschaft hat sich zur Verabschiedung vor dem Haus aufgereiht, und als Katharine an Giselle vorbeigeht, drückt sie kurz ihre Schulter. Die Zofe zuckt zusammen und starrt angestrengt auf die Stufen vor ihren Füßen.

Sie hat Angst vor mir, begreift Katharine und mustert die restlichen Diener in der Reihe. Sie haben alle Angst vor ihr. Sogar Natalias unerschütterlicher Butler Edmund.

Katharine tut so, als hätte sie nichts bemerkt, und drückt Giselle lächelnd einen Kuss auf die Wange. Dann hört sie Hufschläge und wendet sich ab.

Im Gegensatz zu den anderen wird sie nicht in einer Kutsche fahren. Pietyr lässt erst seine große schwarze Stute neben ihr anhalten und dann auch die beiden Pferde, die er am Zügel führt: Katharines Liebling Halbmond und den dunkelroten Fuchs, den Nicolas vom Festland mitgebracht hat.

»Dies ist eine gute Gelegenheit, um dich dem Volk zu zeigen«, erklärt Natalia.

»Damit sie sehen, wie stark und gesund du bist«, ergänzt Genevieve, verstummt aber abrupt, als Natalia ihr einen strafenden Blick zuwirft.

Die ganze Insel soll sie auf ihrem Ritt sehen, eine quicklebendige Königin, nicht einen halb verwesten, lebenden Leichnam, den die Gerüchteküche aus ihr gemacht hat.

»Welchen Grund auch immer es hat – ich freue mich, auf meinem Pferd zu reiten«, erwidert Katharine. Jeder einzelne Wagen ist so voll beladen, dass sich die Kutschen nur im Schneckentempo vorwärtsbewegen werden und auf den steilen, zugewachsenen Wegen in den Hügeln sogar noch langsamer.

Pietyr schickt sich an, vom Pferd zu steigen, um Katharine in den Sattel zu helfen.

»Spar dir die Mühe, Renard.« Nicolas benutzt mit voller Absicht Pietyrs Familiennamen, der eben nicht Arron ist, um ihn zu ärgern. »Ich werde meiner Königin behilflich sein.«

»Noch ist sie nicht deine Königin«, murmelt Pietyr. Katharine grinst ihn breit an, bevor Nicolas ihr auf Halbmond hinaufhilft.

»Vorsicht, Pietyr«, flüstert sie, nachdem Nicolas zu seinem eigenen Pferd hinübergegangen ist. »Sonst werden Natalia und Genevieve dich noch fortschicken.« Sie greift nach den Zügeln, doch Pietyr packt plötzlich Halbmonds Zaumzeug.

»Versuchen können sie es, aber ich werde nicht gehen«, sagt er leise. »Ich werde mich nicht von hier wegbewegen, bis du mir eines Tages selbst befiehlst, dich zu verlassen.«

Katharines Herzschlag beschleunigt sich. Pietyr wirft Nicolas einen derart hasserfüllten Blick zu, dass sie sich kurz fragt, ob es tatsächlich klug ist, beide gleichzeitig auf Greavesdrake zu haben. Sollte sich die Rivalität zwischen den beiden noch weiter verschärfen, könnte es sein, dass sie irgendwann einen vergifteten Nicolas oder einen Pietyr mit einem Messer im Rücken in ihrem Salon vorfindet.

»Sollen wir vorausreiten?«, schlägt Nicolas vor, während er sein Pferd neben Halbmond lenkt. »Sollten wir uns zu weit von ihnen entfernen, können wir in einem schönen, weiten Bogen zu den Kutschen zurückreiten. Es sei denn, dein Pferd ermüdet leicht?«

»Keinesfalls.« Katharine tätschelt den schlanken Hals ihres Wallachs. »Halbmond kann tagelang laufen, ohne müde zu werden. Er ist das beste Pferd auf der gesamten Insel.«

Gemeinsam reiten sie im Schritt an der Kutschenkarawane entlang, bis sie an ihrer Spitze stehen, allerdings noch hinter den Spähern und Wachen. Die Sonne scheint heiß, doch zugleich weht ein starker, kühlender Wind. Ein echter Mittsommertag eben. Vielleicht ist das ein gutes Omen.

»Was ist das?« Nicolas zeigt auf das Ende der Zufahrt.

Dort haben sich mehrere Frauen in weiß-schwarzen Roben versammelt. Die Priesterinnen des Tempels von Indridskamm sind gekommen, um Katharine den Segen zu spenden. Als sie sich der Gruppe nähern, fällt Katharine auf, dass die Oberpriesterin Cora nicht unter den Frauen ist.

»So viele Kutschen«, staunt eine der Priesterinnen, an deren Namen sich Katharine nicht erinnert. »Wolfsquell wird aus allen Nähten platzen.«

»Allerdings. Wenn ich wieder abreise, werden sie zwar

um eine Königin ärmer sein, aber um einiges Geld aus der Hauptstadt reicher. Seid ihr gekommen, um den Segen der Göttin zu erteilen?«, fragt Katharine.

»Jawohl, das sind wir. Heute Abend werden wir uns in die Hügel zurückziehen, um zu beten und Oleanderzweige zu verbrennen.«

Halbmond beginnt zu tänzeln, woraufhin Katharine die Zügel ein wenig strafft.

»Jeder weiß, dass der Tempel Mirabella unterstützt«, sagt sie dann. »Aber ihr seid die Priesterinnen von Indridskamm und steht schon lange in Diensten der Giftmischer.«

»Alle Königinnen sind heilig«, erwidert die Priesterin.

Katharine kneift die Lippen zusammen und sieht sich kurz nach Nicolas um, der sein Pferd von ihr weglenkt.

»Mir ist klar, dass ihr mich nicht leiden könnt«, flüstert Katharine schließlich der Priesterin zu. »Ihr spürt, dass mit mir etwas nicht stimmt, das weiß ich. Auch wenn ihr das niemals laut sagen würdet.«

»Alle Königinnen sind heilig«, wiederholt die Priesterin mit frustrierend gelassener Stimme.

Am liebsten würde Katharine die Frauen umreiten und ihr Pferd so lange auf ihnen herumtrampeln lassen, bis das Weiß ihrer Roben unter all dem Blut und Dreck nicht mehr sichtbar ist. Aber hinter ihr setzt sich gerade mit lauten Hufschlägen, knarrenden Rädern und klimpernden Geschirren der Wagentross in Bewegung. Deshalb schenkt sie der Priesterin nur ein breites Lächeln.

»Wie recht du doch hast. *Alle* Königinnen sind heilig. Selbst jene, die ihr in eine Grube geworfen habt.«

Rolanth

Vor dem Tempel kniet eine Frau mit ihrem Mann über einer Opfergabe aus gefärbtem Duftwasser. Die dunkelblaue Flüssigkeit befindet sich in einer Mosaikschale aus weißen und silbernen Glasbausteinen.

»Sei gesegnet, Königin Mirabella«, murmelt die Frau, und Mirabella hält kurz ihre Hand über das geneigte Haupt. Sie kennt die beiden von Besuchen in der Innenstadt. Sie handeln mit Seide und Edelsteinen. Und wenn sie mit ihrer Kutsche vorbeigefahren ist, hat Mirabella ein ums andere Mal gesehen, wie die Frau die Arbeiter bei der Restaurierung des Kuppeltheaters angetrieben hat.

Die Königin wird nur von einer kleinen Abordnung aus Rolanth nach Wolfsquell begleitet. Da inzwischen verkündet wurde, dass das Fest des Erntemondes in wenigen Monaten hier stattfinden wird, gibt es einfach zu viel vorzubereiten.

»Vielen Dank für die Gabe«, sagt Elizabeth und hebt die Schale auf, damit sie in den Tempel gebracht werden kann. Bree greift nach Mirabellas Arm.

Sobald sie im Inneren des Tempels sind, atmet Mirabella tief ein. Die Rosen im Garten stehen in voller Blüte, und ihr Duft wird untermalt von der würzigen Seeluft und der erdigen Essenz ihrer geliebten Basaltklippen. Heute werden sie sich auf den langen Weg nach Wolfsquell machen. Die Vorratswagen sind bereits gepackt, und auf dem Anwesen der Westwoods warten mehrere Kutschen mit den Koffern, in denen ein Teil ihrer Garderobe verschwunden ist.

»Du siehst traurig aus«, bemerkt Bree, als sie unter der Südkuppel hindurchgehen. »Bist du denn gar nicht aufgeregt?«

Mirabella bleibt vor dem Wandgemälde von Königin Shannon stehen. In Blau und Gold sind ihre Stürme und Blitze verewigt. Die Wetterkönigin scheint auf sie herabzublicken.

»Ich sollte nicht aufgeregt sein«, antwortet sie. »Ich sollte bereit sein. Den Anordnungen des Schwarzen Rates kann man nicht trauen, solange die Arrons dort das Sagen haben.«

Bree verdreht die Augen.

»Du klingst schon wie Luca. Die Idee ist gut, siehst du das denn nicht? So kannst du Katharine und Arsinoe auf einmal töten, und danach werden wir nur noch feiern und Freier empfangen, bis du an Beltane gekrönt wirst.«

Ganz Rolanth scheint dieser Meinung zu sein, immerhin hat Luca die Menschen seit Jahren indoktriniert und an dem Mythos Mirabella gefeilt.

»In Wolfsquell wird es schwierig werden, dich zu beschützen«, gibt Elizabeth zu bedenken. »Die Menschen dort sind von Natur aus wild. Und da der Tempel sich offiziell neutral verhalten muss, wird Rho uns nicht helfen können.«

»Ihre Gabe wird schon dafür sorgen, dass Mirabella nichts passiert«, behauptet Bree voller Zuversicht. »Und wir auch. Dafür ist eine persönliche Leibgarde schließlich da.«

Aufmunternd tätschelt sie Mirabellas Hand, aber in Wahrheit haben sich die Mädchen in Bezug auf ihre Sicherheit stets auf die Priesterinnen verlassen. Die Westwoods haben so gut wie keine Erfahrung in der Bewachung ihrer Königin.

»Fürchtest du dich, Mira?«, fragt Elizabeth.

»Ich bin eher beunruhigt. Ich möchte Rolanth nicht verlassen. Und es gefällt mir nicht, dass das Ganze nicht unsere Idee war.« Außerdem muss sie immer wieder daran denken, was Billy ihr erzählt hat – dass Arsinoe den Bären gar nicht auf sie gehetzt hat. Und daran, dass sie sich in den Wäldern von Eschenbach überhaupt nicht gewehrt oder ihren Bären dazu benutzt hat, um Mirabella zu verletzen …

Angespannt sieht sie in Elizabeths große dunkle Augen.

»Ich fürchte mich nur vor dem, was ich tun muss.«

Entschlossen hakt Elizabeth sich bei der Königin unter. »Es wird schon alles gutgehen.« Pepper, der Specht, flitzt aus seinem Versteck in ihrer Kapuze und pickt zärtlich an Mirabellas Ohrläppchen herum.

»Pepper sollte draußen auf einem Baum warten«, flüstert Bree nervös. »Es ist zu riskant, ihn mit in den Tempel zu nehmen, wo so viele Leute ihn sehen könnten.«

»Ich weiß.« Elizabeth zieht kurz die Schulter hoch, woraufhin Pepper wieder in ihrer Robe verschwindet. »Aber er lässt sich nur sehr schwer dazu überreden, sich von mir zu trennen, wenn er weiß, dass ich nervös oder aufgeregt bin.«

»Dann sei eben nicht nervös oder aufgeregt! Mira wird uns nicht enttäuschen.«

Sie gehen an einem der Lagerräume vorbei, in dem Billy gerade kopfüber in einem offenen Fass hängt. Harriet, das Huhn, begrüßt sie gackernd, woraufhin Billy sich aufrichtet und sich Schmutz und Stroh aus den Haaren wischt.

»Oho! Ihr habt mich erwischt.«

»Was machst du da?«, erkundigt sich Mirabella.

»Ich suche die Sachen zusammen, die ich für uns mit nach Wolfsquell nehme. Angeblich gibt es hier irgendwo eingelegte Tomaten und Brombeeren. Gut für eines deiner Lieblingsgerichte: Tomaten auf Toast.«

»Mittlerweile müssten sich deine Kochkünste doch verbessert haben«, murrt Bree. »Mira ist inzwischen so dünn, dass wir die Hälfte ihrer Kleider ändern lassen mussten!«

»Warum besuchst du nicht mit mir zusammen einen Kochkurs, Bree? Wenn du auch nur ein bisschen besser bist als ich, fresse ich meinen Hut.«

Elizabeth lacht leise. »Bree kann ja kaum Brot für ein Sandwich aufschneiden.«

»Ach, wer muss schon Brot schneiden können?« Bree betritt den Lagerraum, um Billy beim Suchen zu helfen.

»Warum hast du keine Vorräte in der Stadt gekauft?«, schlägt sie mit einem angestrengten Ächzen vor, da sie gerade gemeinsam eine Kiste aufstemmen. »Meine Mutter hat dir doch Geld gegeben. Und die Priesterinnen werden sämtliche Einkäufe überprüfen.«

»Na ja, das Geld ist in einem wirklich hervorragenden Restaurant im Talweg draufgegangen und dann noch in ein paar Kneipen am Markt.«

»Billy Chatworth!«, ruft Mirabella empört. »Du hast also geschlemmt, während ich eingelegte Tomaten auf Toast essen soll!«

Brilly grinst verlegen.

»Ich wollte ja auf den Markt gehen. Aber die Händler dort hatten etwas gegen mich. Die haben Harriet angespuckt, als wäre sie ein Familiaris.«

Mirabellas Lächeln erlischt. Diese Feindseligkeit zwischen den Bevölkerungsgruppen wird sich mit der Zeit legen. Zumindest sagt Luca, dass sie ein geeintes Inselvolk regieren wird, wenn der Kampf um die Krone erst entschieden ist.

»Vielleicht sollte ich …«, setzt Bree an, als Elizabeth plötzlich aufschreit.

Sie schüttelt entsetzt den Kopf und schlägt eine Hand vor den Mund. Pepper schießt aus ihrer Kapuze hervor und fliegt laut zwitschernd durch den Lagerraum, so panisch, dass er immer wieder gegen die Wand prallt.

Mit ihrem Armstumpf deutet Elizabeth vor sich auf den Boden.

Die tote Priesterin hinter dem Fässerstapel kann noch nicht lange dort liegen. Ihre Wangen sind noch rosig, die goldenen Locken ringeln sich sanft auf ihrer Stirn. Vom Hals aufwärts sieht sie so aus, als würde sie schlafen. Doch darunter scheint sie fast nur noch aus monströs angeschwollenen Blutgefäßen zu bestehen. Die extrem geröteten Adern ziehen sich über ihr Dekolleté wie Risse in einer Vase. Das Mieder des vergifteten Kleides ist eng geschnitten und berührt so einen Großteil ihrer Haut. An dem blauen Stoff klebt Blut, und das Mädchen hat dicke Hautfetzen unter den Fingernägeln. Offenbar hat es verzweifelt versucht, das Kleid abzustreifen.

»Ganz ruhig, ganz ruhig.« Billy zieht Elizabeth an sich und versucht, sie zu beruhigen. »Mirabella, komm nicht hierher.«

Auf dem Flur werden Schritte laut – Priesterinnen, die herausfinden wollen, was es mit dem lauten Schrei auf sich hat.

»Hol Pepper zurück in deine Robe!«, zischt Bree.

Aber der arme Vogel ist vollkommen kopflos vor Angst. Reaktionsschnell blockiert Mirabella mit einem unsicheren Schritt die Tür und lenkt damit die Aufmerksamkeit auf sich, damit Elizabeth den Vogel beruhigen und einfangen kann.

»Was ist hier los?«, verlangt die erste der herbeieilenden Priesterinnen zu wissen. Sie mustert Mirabella von Kopf bis Fuß, während die anderen sich an ihr vorbei in den Lagerraum schieben. Als sie schließlich das tote Mädchen entdecken, stöhnen ein paar von ihnen mitfühlend. Sie war eine von ihnen. Eine ihrer Priesterinnen.

Luca bleibt kurz stehen, um Mirabella übers Haar zu streichen, dann wandert sie wieder angespannt auf und ab. Mirabella sitzt auf dem Sofa in den Gemächern der Hohepriesterin, fest eingekuschelt zwischen Bree, Elizabeth und einem bestickten Kissen.

Die Tür öffnet sich, doch es ist nur eine Initiandin, die Tee und Kekse bringt. Billy kostet pflichtbewusst von allem, obwohl wahrscheinlich niemand einen Bissen anrühren wird.

»Ich möchte nicht, dass du das noch länger tust«, sagt Mirabella.

»Dafür bin ich doch hier«, erinnert er sie sanft. »Ich

kannte das Risiko. Ebenso wie mein Vater, als er mich herschickte.«

»Du wurdest hergeschickt, um etwas zu verdeutlichen«, korrigiert ihn Luca. »Und weil dein Vater sich mit uns gutstellen wollte. Ich persönlich glaube, dass er verrückt sein muss, wenn er dich den Giftmischern zum Fraß vorwirft, selbst wenn meine Priesterinnen ebenfalls alles kosten.«

»Niemand soll das tun«, beharrt Mirabella. »Keine Vorkoster mehr. Nie wieder.« Erneut sieht sie das Gesicht des toten Mädchens vor sich, aber auch ein anderes Bild, das tief aus ihrem Inneren aufsteigt: die kleine Katharine mit ihrem süßen Lächeln.

Wieder öffnet sich die Tür. Diesmal ist es Rho. Sie hat ihre Kapuze abgestreift, sodass ihr die blutroten Haare über den Rücken fallen.

»Wer war es?«, fragt Luca sofort.

»Die Novizin Rebecca.«

Mirabella kannte das Mädchen nicht, höchstens vom Sehen aus dem Tempel. Doch Luca schlägt die Hände vors Gesicht.

»Sie war … ehrgeizig«, sagt Luca schließlich, während sie sich in einen der weichen Sessel fallen lässt. »Sie muss das Kleid überprüft haben.«

»Ganz allein?«, wundert sich Rho. »Und indem sie es anzog?«

»Sie war eine gute Priesterin, voller Hingabe. Sie stammte von einem Bauernhof in Waring. Ich werde ihrer Familie schreiben und ihnen meine Segenswünsche schicken. Ihre Asche soll nach der Verbrennung in einer Urne verwahrt werden, falls ihre Mutter die sterblichen Überreste haben möchte.«

Mirabella zuckt zusammen. Das geht alles so schnell, wird so nüchtern abgehandelt.

»Hat sie gelitten?«, fragt sie. »Und es ist mir egal, ob nur Schwächlinge so etwas fragen, Rho. Antworte einfach.«

Rhos angespannte Miene wird etwas weicher. »Ich weiß es nicht genau, meine Königin. Geht man nach den Hautfetzen unter ihren Fingernägeln, war es wohl so. Aber die Wirkung des Giftes hat sehr schnell eingesetzt. Niemand hat Schreie gehört, und ihr blieb nicht einmal mehr genug Zeit, um den Lagerraum zu verlassen und Hilfe zu holen.«

»Wissen wir, welche Art Gift es war?«, hakt Luca nach.

»Eines, das über die Haut aufgenommen wird. Sämtliche Wunden liegen im Bereich des Mieders, dort, wo das Kleid am engsten saß. Wir werden es noch genauer untersuchen, bevor es vernichtet wird, und nach versteckten Nadeln oder Klingen suchen.«

»Katharine«, flüstert Mirabella. »Du bist so schrecklich geworden.«

»Rebecca hätte dieses Kleid niemals anziehen dürfen«, betont Rho.

»Begreifst du es nicht?«, protestiert Bree. »Dieses Kleid war blau! Es war gar nicht für die Königin bestimmt. Es war für eine von uns bestimmt.« Wütend starrt sie zu Rho hoch. »Warum tut sie so etwas?«

»Die Giftmischerin ist schlau. Wenn sie nicht direkt an Mirabella herankommt, zwingt sie sie zum Handeln, indem sie Mitglieder ihres Haushalts tötet.«

»Sie ist nicht schlau«, widerspricht Elizabeth leise und wischt sich mit dem Handrücken über die Augen. Tröstend nimmt Mirabella sie in den Arm. »Sie ist grausam.«

Wolfsquell

Arsinoe sitzt unter dem krummen Baum und lässt sich von Madrigal frisches Blut aus dem Unterarm abzapfen. Über ihnen rascheln die zarten Blätter an den uralten Zweigen.

»So«, sagt Madrigal schließlich. »Das ist genug.«

Arsinoe drückt einen sauberen Lappen auf die Wunde, um die Blutung zu stillen. »Hast du etwas zu essen dabei?«, will die Königin wissen, woraufhin Madrigal ihr einen Leinenbeutel zuwirft. Darin befinden sich ein Trinkschlauch voller Apfelwein und ein paar Streifen Dörrfleisch.

Arsinoe beginnt zu essen, obwohl die Blutabnahmen ihr eigentlich kaum noch etwas ausmachen. Ihre Hände und Arme sind inzwischen mit so vielen Narben bedeckt, dass sie sich seit dem Frühling nicht mehr getraut hat, ihre Ärmel hochzukrempeln.

Madrigal beugt sich vorsichtig über das kleine Lagerfeuer, das sie bei ihrer Ankunft entfacht hat. Obwohl sie gerade mal im zweiten Monat sein dürfte, zeichnet sich ihr Bauch bereits deutlich unter der Kleidung ab.

»Hoffst du auf ein Mädchen?«, fragt Arsinoe.

»Ich hoffe darauf, dass du dich konzentrierst«, erwidert Madrigal und pustet in die Flammen.

»Aber wenn du es dir aussuchen dürftest?«

Müde schaut Madrigal hoch. Der Enthusiasmus, mit dem sie sich sonst immer der niederen Magie widmet, fehlt heute. Das Kind saugt ihr die Energie aus.

»Das ist vollkommen irrelevant.« Erschöpft setzt sie sich auf einen Holzscheit. »Die Milones bekommen nur Mädchen, aber die Sandrins nur Jungen.« Sie drückt kurz eine Hand auf den Bauch. »Wir werden also abwarten müssen, wessen Blut die Oberhand gewinnt.«

Ein für diese Jahreszeit erstaunlich kalter Windstoß fegt heran und lässt die Blätter des alten Baumes wie Schlangen zischen.

»Die anderen Königinnen kommen bald.« Madrigal inhaliert tief die kalte Luft. »Wenn du deine Schwestern verfluchen willst, müssen wir es jetzt tun.«

Arsinoe nickt. Gleichzeitig sieht sie die kleine Katharine vor sich, das Haar voller Gänseblümchen. Und Mirabella, die sie damals in Innisfuil so fest an sich gedrückt hat, als die Priesterinnen sie nach ihrem missglückten Fluchtversuch hinrichten wollten. Schnell schiebt sie diese Gedanken beiseite.

Sie muss bei der Sache bleiben. Bei einem solchen Fluch kommt es vor allem auf die innere Haltung an.

»Weiß Juillenne eigentlich, dass du mich um Hilfe gebeten hast?«, erkundigt sich Madrigal.

»Ja.«

»Und sie hat nicht versucht, dich davon abzuhalten?«

»Für jemanden, der absolute Konzentration fordert, bist du aber selbst ziemlich abgelenkt. Was wird dieser Fluch überhaupt bewirken?«

»Keine Ahnung.«

»Was soll das heißen?«

»Diese Magie bewirkt etwas anderes als Runen oder

Talismane«, erklärt Madrigal. »Ein Fluch ist eine eigenständige Kraft, die in die Welt hinausgeschickt wird. Sobald du ihn losgelassen hast, lässt er sich nicht mehr zurücknehmen. Was auch immer heute zusammen mit diesem Rauch aufsteigt, wird deinen Willen in sich tragen – und den Willen der Göttin. Aber es wird auch einen eigenen Willen haben.«

Niedere Magie hat immer ihren eigenen Willen. Hat sie sich damals selbstständig in den Sturm hinausbegeben und Joseph und Mirabella in ihrem Netz verstrickt? Die Schnitte an Arsinoes Arm beginnen zu pochen. Plötzlich spürt sie die Last einer Schuld auf sich, deren Ausmaß sie noch nicht einmal erahnen kann.

Madrigal gießt Arsinoes Blut ins Feuer. Die Flammen scheinen sich ihm entgegenzustrecken, flackern freudig und verzehren es ohne das leiseste Geräusch. Nachdem sie das frische Blut vollständig ausgegossen hat, füttert Madrigal das Feuer noch weiter mit einigen Kordeln, die mit älterem Blut getränkt sind. Dabei murmelt sie leise vor sich hin, wie sie es sonst tut, wenn sie mit ihrem ungeborenen Kind spricht.

Der krumme Baum hinter ihnen ächzt laut auf, und Arsinoe zuckt erschrocken zusammen. Wie albern. Er kann sich nicht bewegen. Er wird sicher nicht erwachen und seine Wurzeln aus dem Boden reißen.

»Konzentriere dich auf deine Schwestern«, befiehlt Madrigal.

Arsinoe gehorcht. Sie denkt an ein kleines Mädchen, das lachend im Bach herumtobt. Erinnert sich an Mirabellas ernste Miene, stets bereit, ins tiefe Wasser zu waten, falls die kleinste Schwester umfallen sollte.

Ich liebe sie, erkennt sie plötzlich. *Ich liebe sie beide.*

»Madrigal, hör auf.«

»Wie, aufhören?«, hakt Madrigal überrascht nach und löst den Blick vom Feuer.

Die Flammen erheben sich und greifen nach Madrigal. Mit einem entsetzten Schrei springt Arsinoe auf und wirft Madrigal auf die Erde, erstickt mit ihren Hemdsärmeln die Flammen. Schon im nächsten Moment ist die Gefahr gebannt, nur noch etwas Rauch steigt auf, der Gestank von verschmorten Haaren und verbrannter Haut.

»Madrigal? Alles in Ordnung, Madrigal?«

Sanft umschließt Arsinoe Madrigals bleiches Gesicht mit den Händen. Ihre Schulter ist übel verbrannt, die Haut ist geschwärzt und platzt auf, sodass leuchtend rotes Fleisch hindurchschimmert. Aber Madrigal scheint es gar nicht zu bemerken.

»Mein Baby«, murmelt sie. »Mein Baby …«

»Was?« Ihrem Bauch ist gar nichts passiert, und der Sturz war auch nicht schlimm. Dem Baby geht es gut. »Madrigal?« Mit dem Daumen wischt Arsinoe ihr die Tränen von der Wange.

»Mein Baby … mein Baby …« Immer lauter schreit sie es heraus, und sie verzieht ängstlich die Lippen. »Mein Baby!«

»Madrigal!« Arsinoe verpasst ihr eine Ohrfeige – nur eine kleine, viel sanfter, als eine von Cait gewesen wäre, sogar eine scherzhafte. Ruckartig richtet sich Madrigals Blick auf sie.

Das rot verschmierte Glas, in dem Arsinoes Blut war, entgleitet Madrigals Hand und rollt über den Boden. Verstohlen späht Arsinoe zum krummen Baum hinüber. Der steht reglos da und gibt sich unschuldig.

»Was ist mit dir passiert?«, will Arsinoe wissen.

»Gar nichts.«

»Was hast du gesehen, Madrigal?«

»Ich habe überhaupt nichts gesehen!«, faucht Madrigal und wischt sich hektisch das Gesicht ab. »Das hatte nichts mit dir zu tun! Und es war auch nicht echt.« Sie steht auf und umschlingt mit den Armen schützend ihren Bauch. Es ging um ihr Kind, das ist Arsinoe klar. Und es muss etwas wirklich Grauenhaftes gewesen sein.

Wieder schaut Arsinoe zum Baum hinüber, zum geheiligten Ort. Die niedere Magie wirkt zwar nicht immer so, wie man es sich erhofft, aber sie ist doch der Wahrheit verpflichtet. Der krumme Baum lügt nicht. Plötzlich breitet sich kalte Angst in Arsinoe aus: Angst um Madrigal und ihr Baby, Angst um Jules und ihr kleines Geschwisterchen, das diese sicherlich von Herzen lieben wird.

»Du hattest recht«, lenkt Arsinoe beschwichtigend ein. »Ich war unkonzentriert. Ich habe in dem Moment meine Schwestern vor mir gesehen … Erinnerungen, die mich abgelenkt haben. Wir können es doch noch einmal versuchen und …«

»Wir können es nicht noch einmal versuchen!« Madrigal reißt sich von ihr los und stürmt davon. Sie bleibt nicht einmal stehen, als Arsinoe nach ihr ruft.

Arsinoe blickt auf die bereits erkalteten Überreste des Feuers hinab. Natürlich könnte sie den Zauber allein noch einmal wirken. Aber irgendetwas sagt ihr, dass es keinen Sinn hätte. Das Mittsommerfest steht bevor, und Arsinoe wird sich ihm stellen müssen, gerüstet nur mit ihrem Geheimnis.

»Die anderen Königinnen kommen«, sagt sie zu dem Baum. »Und anscheinend willst du sie hier haben.«

Mittsommer

Auf der Talforststraße

Katharine reitet hinter den vorderen Reihen des Wagenzuges, wo sie den Wind deutlich spüren kann. Sie hebt den Kopf und atmet tief ein. Es ist nicht mehr weit bis Wolfsquell. Fast glaubt sie, den Fischmarkt riechen zu können. Angeblich gibt es dort das schmackhafteste Meeresgetier der gesamten Insel, worauf sich Katharine freut, denn Natalia hat bereits sehnsüchtig von giftigen Rifffischen geschwärmt.

»Erzählst du mir ein wenig mehr über das Mittsommerfest?«, fragt Nicolas. Er und Pietyr halten sich so dicht an ihrer rechten und linken Seite, dass Halbmond sich irritiert über den Platzmangel beschwert. »Wie ich hörte, gibt es ein großes Festmahl und irgendwelche Lichter?«

»Das sind *Laternen,* die das Hafenbecken beleuchten«, berichtigt Pietyr ihn. »Eine hervorragende Gelegenheit, um Gift einzusetzen. Die Bewohner von Wolfsquell sind berüchtigt für ihre feuchtfröhlichen Gelage. Mit Sicherheit wird in der Mittsommernacht dort Chaos herrschen. Und in einer so großen Menschenmenge wird Arsinoe es nicht wagen, ihren Bären zum Einsatz zu bringen.« Er wirft Nicolas einen so hasserfüllten Blick zu, dass Katharine sich auf die Wange beißen muss, um nicht zu lachen.

»Der Bär macht mir keine Angst«, sagt sie dann. »Für den habe ich etwas ganz Besonderes im Gepäck.«

Nicolas lächelt hintergründig. Katharine meint damit die langen, spitzen Lanzen, die sie mitgebracht hat, perfekt geeignet, um das Fell eines Bären zu durchdringen. Nicolas hat sie beifällig gemustert, als sie in Greavesdrake verpackt wurden.

»Dann erzähl mir mehr über die Königinnen, mit denen du es zu tun bekommst. Eine Naturbegabte und eine Elementwandlerin. Ist die Aufteilung immer so? Ich habe gehört, es gab in der Vergangenheit auch andere … Orakelköniginnen und Kriegerköniginnen.«

»Die Herrschaft der letzten Orakelkönigin liegt eine Ewigkeit zurück«, schränkt Katharine ein. »Sie wurde wahnsinnig, kaum dass sie auf dem Thron saß, und hat die Hinrichtung ganzer Ratsfamilien angeordnet. Die Königin hat behauptet, sie hätten sich gegen sie verschworen – beziehungsweise, dass sie sich irgendwann in der Zukunft gegen sie verschwören würden. Angeblich hatte sie das vorhergesehen. Wenn heutzutage eine Königin mit der Sehergabe geboren wird, ertränken wir sie.«

Eigentlich hatte Katharine gedacht, Nicolas wäre schockiert, doch er nickt nur.

»Wahnsinn darf bei Herrschern nicht toleriert werden. Und was ist mit der Kriegergabe? Warum gibt es keine Kriegerkönigin?«

»Niemand weiß, warum die Kraft der Kriegergabe derart nachgelassen hat. Die Tötung der Orakelköniginnen erklärt zwar, warum die Stadt der Orakel, Sonnenmulde, heutzutage fast entvölkert ist. Aber Bastiansburg besteht weiterhin. Genauso wie die Gabe des

Krieges. Trotzdem wurde seit Generationen keine Königin mehr geboren, die über diese Gabe verfügt hätte.«

»Wie schade«, stellt Nicolas fest. »Obwohl du definitiv eine Kriegernatur bist, meine liebe Katharine.«

Er grinst breit. Dies ist also der Freier, dessen Interesse sie erregt hat: wohlerzogen und charmant, aber auch durch und durch blutrünstig. Der behauptet, Katharine sei zu kühn, um einfach nur vergiftete Speisen zu servieren. Zu begabt im Umgang mit Klingen und Pfeilen, um dieses Talent nicht einzusetzen. Als er dies zu ihr sagte, hätte Katharine ihn beinahe geküsst. Ihn beinahe in ihr Bett gezerrt.

Natalia möchte, dass sie Billy Chatworth zum Prinzgemahl erwählt, um das Bündnis zwischen ihren Familien zu erhalten. Aber wenn die Freier zur großen Hirschjagd aufbrechen, jenem geheiligten Ritual, an dem nur sie teilnehmen dürfen, wird Billy Chatworth nicht die geringste Chance haben. Nicolas wird ihn ebenso zur Strecke bringen wie einen Hirsch. Und dann wird Katharine ihn erwählen können.

Durch lautes Rufen wird eine Nachricht von den Wachen ganz vorne an die nachfolgenden Reihen weitergegeben.

»Wir sind fast da«, stellt Pietyr fest. »Wolfsquell liegt schon hinter der nächsten Kurve.«

»Dann sollten wir uns an die Spitze setzen«, beschließt Katharine und drückt Halbmond die Fersen in die Flanken, bevor Pietyr protestieren kann. Lachend galoppiert Nicolas hinter ihr her. Als sie den Scheitelpunkt der langgezogenen Kurve erreicht, hinter der Wolfsquell liegt, schlägt ihr der salzige Wind vom Meer wie eine Faust vor die Brust.

Sie bleiben erst stehen, als sie die ersten Ausläufer des Städtchens erreicht haben. Wie erwartet, gibt es nicht viel zu sehen: kleine Häuser aus verblichenem Holz, Schilder mit abblätternder Farbe. Doch die Menschen auf der Straße und in den Läden halten inne und starren die Königin an, leicht feindselig, auf jeden Fall wachsam. Als der restliche Reisezug sich nähert, scheinen die meisten Bewohner erleichtert darüber zu sein, den Blick von ihr abwenden zu können.

»Du weißt ja nicht einmal, wohin wir reiten!«, beschwert sich Pietyr wütend, als er Katharine einholt.

»Also wirklich, Renard«, erwidert Nicolas abfällig. »Da ist das Städtchen, da ist das Meer. Wie sollen wir uns denn hier bitte schön verirren?«

Katharine lacht leise. Das ist wahr. Ihr ist vollkommen schleierhaft, warum Cousin Lucian und die gabenlose Renata Hargrove eine Woche früher aufbrechen mussten, um eine Unterkunft für sie zu suchen. In einem so kleinen Ort kann es doch nicht mehr als vier oder fünf Möglichkeiten geben.

»Wo werden wir wohnen, Pietyr?«, fragt sie nun.

»Im *Wolfshaus*«, antwortet er. »Der Fahrer der ersten Kutsche kennt den Weg, wir müssen ihm nur hinterherreiten.«

Katharine seufzt schwer.

»Also schön.« Während sie darauf wartet, dass der restliche Zug sie einholt, überprüft sie den Sitz der vergifteten Messer, die sie an der Hüfte trägt. Dann reitet sie hoch erhobenen Hauptes durch die Straßen, vorbei an den rauen, hasserfüllten Küstenbewohnern. Keine besonders nette Begrüßung. Trotzdem werden sie und ihre Messer hier sicherlich viel Spaß haben.

Wolfsquell

Als sich die Ankunft der Königinnen nach und nach herumspricht, erwacht der ganze Ort zum Leben. Arbeiter errichten hölzerne Plattformen, von denen aus man den gesamten Hafen überblicken kann. Im *Wolfshaus* und im *Hotel Küstenblick* werden die letzten Zimmer für die Gäste vorbereitet. Die Ladenbesitzer schließen ein paar Stunden später und erledigen vor allem die ach so wichtigen Aufgaben *vor* ihren Geschäften, um vielleicht einen Blick auf die untote Giftmischerin oder die legendäre Elementwandlerin zu erhaschen. Laut Ellis – der seit der Ankunft der anderen Königinnen unten im Ort Augen und Ohren offen gehalten hat – ist selbst Luke erstaunlich lange im Buchladen geblieben und hat eifrig den Bürgersteig gefegt. Allerdings hat er zuvor Arsinoes Krönungskleid aus dem Schaufenster genommen.

»Wir hätten uns weigern sollen«, behauptet Jules.

»Du weißt, das ging nicht«, erwidert Arsinoe.

Katharine und die Arrons haben bereits in ihren Zimmern im *Wolfshaus* Quartier bezogen. Bestimmt machen sie die arme Mrs. Casteel und ihren Sohn Miles halb wahnsinnig mit ihren verrückten Giftmischerwünschen. Und auf dem Hügel im Westen der Stadt, wo der Tempel steht, wimmelt es nur so von Priesterinnen aus Rolanth, die wohl versuchen, die bescheidenen, aus dem runden Stein gehauenen Räumlichkeiten so umzugestalten, dass Königin Mirabella dort einziehen kann.

»Es ist abartig, uns derart vorzuführen«, gibt Arsinoe zu. »Wie Figuren auf einem Spielbrett. Falls da ein Plan der Göttin dahintersteckt, ist sie grausam. Und falls der Rat und der Tempel das ausgeheckt haben, sind wir doch blöd, wenn wir nach ihrer Pfeife tanzen.«

»Mag sein«, nickt Jules. »Aber wie du bereits sagtest: Wir konnten uns nicht verweigern.«

»Ich wünschte, wir könnten einfach so weiterleben wie bisher.«

Aus den Augenwinkeln bemerkt Arsinoe, wie Jules die Hände zu Fäusten ballt. Nervös blickt sie zu den Bäumen hinüber, um zu überprüfen, ob sich da etwas rührt.

»Und was ist mit unserem Happy End?«, fragt Jules. »Ist das nicht Grund genug, um den Kampf aufzunehmen?« Als Arsinoe nicht antwortet, faucht sie: »Hör auf, dich so kindisch aufzuführen! Wenn du gewinnst, bleibst du am Leben, das ist doch besser als nichts!«

Arsinoe zuckt heftig zusammen.

»Ich wollte dich nicht schlagen«, sagt Jules aufgebracht. »Zumindest nicht fester als sonst. Das hat nichts mit dem Fluch zu tun.«

»Tut mir leid. Du hast mich erschreckt, nichts weiter.«

»Klar doch.« Jules klingt nicht überzeugt.

»Wird es denn schlimmer?«, erkundigt sich Arsinoe. Dabei weiß sie eigentlich gar nicht, was schlimmer in diesem Fall heißt: dass die Kriegergabe stärker wird? Oder Jules' Reizbarkeit? Dass Jules wahnsinnig wird?

»Es geht mir gut.« Jules holt tief Luft. »Ich wünschte nur, das mit Madrigal und dir bei dem Baum wäre besser gelaufen.«

Sie haben Madrigal dabei geholfen, ihre Brandwunden zu versorgen. Dank Caits toller Salbe werden wohl kaum Narben zurückbleiben. Aber noch immer weigert sich Madrigal zu sagen, was sie in den Flammen gesehen hat. Was mit ihrem Kind geschehen wird.

»Uns bleiben immer noch unsere geheimen Vorteile«, stellt Arsinoe fest.

»Hast du denn gar keine Angst? Warum kämpfst du nicht um dein Leben?«

»Natürlich habe ich Angst! Aber ich kann auch nur tun, was ich eben tun kann, Jules.«

Ihre Freundin verfällt in brütendes Schweigen, sodass Arsinoe schon denkt, die Sache wäre geklärt. Doch dann fängt Camden an zu knurren, und die Scheite auf dem Holzstapel beginnen zu beben.

»Wir werden dich schon aus reiner Sturheit beschützen«, murmelt Jules finster. »Camden, Joseph und ich.«

»Willst du etwa deine Kriegergabe einsetzen? Das darfst du nicht! Wenn das jemand sieht, werden sie …« Arsinoe unterbricht sich, als könnten sie selbst hier vom Rat belauscht werden, und fährt dann mit gesenkter Stimme fort: »Dann schleifen sie dich nach Indridskamm und sperren dich ein. Die werden dich umbringen. Bei Wahnsinn versteht niemand auf dieser Insel Spaß.«

»Vielleicht werde ich ja gar nicht wahnsinnig, wenn wir die Bindung aufheben. Vielleicht habe ich die Gabe genau deshalb: um dich zu beschützen, wenn du dich schon nicht selbst schützt!«

»Ich will nicht, dass du dich da einmischst, Jules. Bitte!«

»Hier geht es um dein *Leben*. Sag mir ja nicht, dass ich mich da raushalten soll.« Jules wirft ihr noch einen wütenden Blick zu, dann marschiert sie die Auffahrt hinunter.

»Jules!«

»Ich gehe bloß Joseph holen«, ruft sie über die Schulter, bleibt aber noch einmal kurz stehen und fügt etwas freundlicher hinzu: »Mach dir keine Sorgen. Wir wollen nur die Arrons und den Tempel im Auge behalten, falls die irgendetwas planen.«

Arsinoe stiehlt sich für eine kleine Weile mit Braddock davon und geht mit ihm zum Hartriegelteich, bevor der ganze Wahnsinn losgeht. Aber Zeit für sich ist ihr nicht vergönnt, denn dort wird sie von Billy überrascht, der offenbar gerade aus Rolanth zurückgekehrt ist.

»Arsinoe?«

»Junior!« Ihr Körper rennt automatisch los. Sie stürzt sich auf ihn und schlingt beide Arme um seinen Hals. Als er seine Hände an ihren Rücken drückt, raschelt es.

»Eine solch freudige Begrüßung hatte ich gar nicht erwartet«, stellt er fest.

»Dann mach sie nicht kaputt und halt die Klappe.«

Lachend schiebt Billy sie ein Stück von sich weg. Er sieht noch genauso aus wie vorher, nirgendwo sind Spuren von Giftverletzungen zu erkennen. Er ist unversehrt zu ihr zurückgekehrt – wo er hingehört. Prüfend mustert Arsinoe sein Gesicht, seine Schultern, seine Brust. Dann wird sie rot und starrt schnell auf ihre Hände.

»Junior! Du hast ja einen Kranz dabei.«

Und sogar einen richtig hübschen: Die feinen, weichen Ranken sind dicht umeinandergeschlungen und mit violettem Fettkraut und blauen Schwertlilien durchwoben.

»Den habe ich selbst gemacht.« Stolz streckt er ihn ihr hin. »Für dich.«

Wortlos nimmt Arsinoe ihn entgegen und dreht ihn hin und her.

»Na ja, gebunden habe ich ihn nicht«, gibt er zu, »aber ich habe dem Mädchen auf dem Markt gesagt, welche Pflanzen sie nehmen soll. Ich habe übrigens bewusst keinen Blumenstrauß ausgesucht«, fügt er hastig hinzu. »Ich weiß ja, dass du auf so etwas nicht so scharf bist. Naturbegabte hin oder her.«

»Aber einmal hast du mir einen Blumenstrauß mitgebracht, weißt du noch? Letzten Winter, nachdem wir von dem kranken Bären angegriffen worden waren.«

»Der war doch von meinem Vater.«

Arsinoe grinst breit. Behutsam streicht sie über das hellblaue Band, das an dem Kranz befestigt ist, damit man ihn während der Festtage auch an der Tür aufhängen kann.

»Der ist … wirklich schön«, sagt sie – untypischerweise ohne jeden Sarkasmus. »Ich werde ihn ins Wasser setzen, sobald ich zuhause bin.«

Dann lacht sie laut auf, weil Braddock angestapft kommt und mit seiner großen braunen Nase an dem Kranz herumschnüffelt, um ihn zu inspizieren.

»Wirst du Braddock mit zum Fest nehmen?«, fragt Billy, während er den Bären zwischen den Ohren krault.

»Ja, aber ich werde ihn weiter unten an den Docks lassen, etwas abseits von der Menge.«

»Ob das gut geht? So nahe bei den Königinnen? Nach dem, was an Beltane geschehen ist …«

»Ich denke nicht, dass etwas passiert.« Manchmal vergisst Arsinoe ganz, dass Billy den Angriff an Beltane miterlebt hat. Er geht vollkommen unverkrampft mit dem Bären um – jetzt wuschelt er durch seinen Pelz und behandelt ihn, als wäre er ein kleines Kätzchen.

»Du verwöhnter Bär.« Arsinoe tätschelt liebevoll Braddocks Schulter, bis er sich wieder trollt. Sein Fell glänzt schöner als bei jedem anderen Bären, den sie je gesehen hat. Wolfsquell hat ihm den besten Anteil am Fang vermacht, sodass er rund und geschmeidig geworden ist.

»Bitte sag mir, dass du einen Plan hast«, wechselt Billy abrupt das Thema. »Irgendeine Waffe oder ein Manöver, mit dem niemand rechnet.«

»Ich habe einen Bären. Manch einer würde sagen, das sei genug.« Wieder mustert sie ihren Kranz. »Müssen wir jetzt darüber reden? Du bist doch gerade erst zurückgekommen.«

»Zurückgekommen in Mirabellas Gefolge«, schränkt er ein.

Dieses blöde Fest. Dass Billy wieder da ist, ist das einzig Gute daran. Arsinoe dreht sich zu ihm um und berührt sanft seinen Hals.

»Ich bin so froh, dass es dir gut geht. Lukes Schneider-Freund hat uns entsetzliche Geschichten über Giftanschläge in Rolanth erzählt. Entstellte Priesterinnen, vergiftetes Vieh … ist irgendetwas davon wahr?«

Billy nickt. Obwohl er sich nicht weiter dazu äußert, wirkt er plötzlich so bedrückt, dass es wohl wahr sein muss – das und noch Schlimmeres.

»Ich hätte dir schreiben sollen«, sagt er unvermittelt. »Aber es gab so wenig zu berichten, und das, was ich dir sagen wollte, habe ich einfach nicht aufs Papier gebracht.«

»Da sind wir uns ähnlich. Wenn es ums Schreiben geht, finde ich auch nie die richtigen Worte, dann klingt immer alles bescheuert. Jules hingegen kann tagelang vor sich hin schreiben.«

»Also müssen wir immer dafür sorgen, dass wir persönlich miteinander sprechen. Damit es nicht zu Missverständnissen kommt.«

Er fährt mit dem Finger am Rand ihrer Maske entlang, bis zum Kinn hinunter, wo ein winziges Stück der Narbe unter dem lackierten Holz hervorlugt.

»Ich weiß nicht, wie oft wir uns sehen können«, sagt er vorsichtig.

»Wohnst du denn nicht bei den Sandrins?«

»Auch hier in Wolfsquell bin ich immer noch Mirabellas offizieller Vorkoster. Während der Zeremonien werde ich an ihrer Seite stehen müssen.«

Arsinoe spürt, wie ihre Kehle sich zuschnürt. Es wird wehtun, Billy bei ihrer Schwester zu sehen, auch wenn es nur Fassade ist.

»Dann wirst du es also nicht so machen wie an Beltane, Mirabella verlassen und zu mir kommen.«

»Jetzt liegen die Dinge anders«, sagt er leise.

»Inwiefern?«

Als Billy ihre Schultern umfasst, stockt ihr der Atem. Diesmal hat sie kein Gift an den Lippen. Wenn er sie küsst, wird sie den Kuss erwidern. Und dann wird sie ihn nie wieder gehen lassen.

Doch stattdessen zieht er sie an seine Brust.

»Arsinoe.« Sanft küsst er ihre Haare, ihre Schulter … alles Mögliche, aber nicht die Stelle, nach der sie sich sehnt. »Arsinoe, Arsinoe.«

»Hoffentlich können wir wenigstens noch einmal

miteinander reden«, sagt sie und drückt das Gesicht an seine Schulter. »Bevor eine meiner Schwestern mich erwischt.«

»Sag doch nicht so etwas. Zumindest Mirabella hat für dieses Fest nichts anderes geplant, als am Leben zu bleiben.«

»Vielleicht hat sie dich einfach nicht in ihre Pläne eingeweiht«, kontert Arsinoe. »Würdest du es mir sagen, Junior? Wenn du etwas wüsstest? Und würdest du ihr meine Pläne verraten?«

Er weicht ihrem Blick aus.

»Antworte nicht«, sagt sie schnell. »Das war nicht fair. Mirabella ist für dich jetzt nicht mehr nur ein Name oder ein Gesicht hoch oben auf einer Klippe. Ich erwarte nicht von dir, dass du sie meinetwegen hasst.«

Billy greift nach ihrer Hand und verschränkt ihrer beider Finger miteinander.

»Vielleicht nicht«, sagt er dann. »Aber ich würde niemals zulassen, dass dir etwas geschieht. Und daran wird sich auch nie etwas ändern.«

Im Tempel von Wolfsquell

Luca streicht prüfend mit dem Finger über das Fensterbrett des kleinen Tempelbaus und streckt ihn dann aus, sodass Rho das Ergebnis begutachten kann.

»Sauber ist es zumindest.«

»Wenigstens das.« Rho lacht leise. »Du bist so weich geworden wie eine verwöhnte Katze, Hohepriesterin.« Luca lacht ebenfalls. Da ist viel Wahres dran. Sie hat nun schon sehr lange das Amt der Hohepriesterin inne und genießt alle Vorzüge, die es mit sich bringt. Sieht man von solchen Dingen einmal ab, ist dieses bescheidene Quartier mehr als ausreichend.

Die Priesterinnen aus Rolanth haben sich viel Mühe gegeben, um hier sauber zu machen und den nötigen Platz zu schaffen. Um die Sicherheit im Tempel kümmert sich Rho. Am schwierigsten wird es jedoch sein, Mirabella im Zaum zu halten. Schon jetzt hat Luca mehrmals beobachten können, wie sie in den entlegensten Winkeln der Tempelgärten herumspazierte, den Blick entweder auf das Städtchen oder auf das Meer geheftet. Ihre weichherzige Königin möchte herausfinden, was für ein Leben ihre Schwester hier führt. Und sie sehnt sich nach diesem Jungen, nach Joseph Sandrin.

»Mir gefällt es hier«, gibt Rho offen zu und atmet tief ein. »Das Land ist rauer als in Rolanth. Und ehrlicher.«

»Welch präzise Einschätzung dank nur eines Atemzuges.«

»Du kennst mich, Luca. Ich brauche nie lange, um einen Ort einzuschätzen.«

»Oder einen Menschen«, nickt Luca. »Was hältst du von der kleinen Giftmischerin? Eigentlich habe ich in ihr nie eine ernste Bedrohung gesehen, bis sie dann an Beltane plötzlich verschwunden und unter mysteriösen Umständen wieder aufgetaucht ist.«

»Dann hat sie sich eben aus einem Loch hervorgewühlt, na und?« Rho verzieht abschätzig die Lippen. »Sie ist trotzdem schwach und wird von den Arrons aufrecht gehalten.«

Luca geht zum Fenster hinüber, das einen malerischen Ausblick über den Marktplatz und den westlichen Teil des Hafens gewährt. Ein schöner, sonniger Tag. Unten im Ort sind die Menschen eifrig dabei, den Dorfplatz für die Gäste herzurichten. Dort werden nur die Königinnen, ihre Ziehfamilien und einige Auserwählte aus ihrem Gefolge Platz finden. Der Rest wird sich während des Festes in den angrenzenden Straßen drängen: Wolfsquell, Rolanth und Idridskamm werden auf Tuchfühlung gehen müssen.

»War es ein Fehler herzukommen?«, fragt Luca.

»Nein.«

»Auch wenn wir ihr hier nicht helfen können?«

Rho legt der alten Frau eine Hand auf die Schulter. »Das hier *ist* unsere Art von Hilfe. Eine junge Königin hat nur einen Daseinszweck: die Krone.«

»Damit hast du sicher recht«, erwidert Luca. »Aber trotzdem gefällt es mir nicht.«

»Die Leute hier feiern Mittsommer mit Blumenkränzen«, berichtet Bree und lässt einen solchen um ihren Finger kreisen. »Den hier haben die Priesterinnen von Wolfsquell für dich gemacht. Sie haben für jede Königin einen angefertigt.« Sie überreicht Mirabella den Kranz; ein wunderschönes, kunstfertig geflochtenes Gebilde aus verschiedenen blauen Wildblumen, darunter Lilien und Efeu. »Ich habe auch den gesehen, den sie für Katharine gemacht haben – lauter dunkelrote Rosen und Dornen.«

»Und was macht man mit dem Kranz?«, fragt Mirabella, bekommt die Antwort aber von Elizabeth, nicht von Bree.

»Wir lassen sie auf dem Wasser schwimmen und befestigen eine Papierlaterne in der Mitte.« Versonnen blickt sie zum Hafen hinunter.

»Erinnert dich hier vieles an deine Heimat, Elizabeth?« Mirabella hat den sehnsüchtigen Blick bemerkt. »Ähnelt Wolfsquell Bernadinesbruck so sehr?«

»Ein wenig. Meine Heimat liegt nicht direkt am Meer, aber die Landschaft hier ist vergleichbar, und man pflegt ähnliche Gebräuche.«

»Bei unserem Rundgang durch den Ort habe ich nirgendwo den Bären gesehen«, wechselt Bree unvermittelt das Thema. Mirabella spannt sich unwillkürlich an. »Aber alle haben über ihn geredet. Was meint ihr, wo hat sie ihn versteckt? Und warum? Vielleicht ist er zu wild. In jener Nacht war er ja so aggressiv … Ist das bei dir auch so, Elizabeth? Tut Pepper auch nicht immer das, was du ihm vorschreibst?«

Elizabeth blickt in den Baum hinauf, in dem der kleine Specht sitzt und sie mit schräg gelegtem Kopf mustert.

»Pepper tut eigentlich fast nie das, was ich ihm vorschreibe«, erklärt Elizabeth lächelnd. »Mein Familiaris weiß, was ich empfinde, und ich wiederum weiß, wie er sich fühlt. Wir sind miteinander verbunden, aber gleichzeitig auch noch eigenständige Wesen. Und ein Familiaris mit der Kraft eines Raubtiers … es könnte schon schwierig sein, ihn in den Griff zu bekommen, wenn er wütend wird.«

»Das spielt keine Rolle«, schaltet sich Mirabella abschließend ein. »Während der Festlichkeiten werden wir den Bären noch mehr als genug zu Gesicht bekommen.«

Bree stellt sich plötzlich auf die Zehenspitzen, um über Mirabellas Schulter spähen zu können.

»Was ist?«, will Elizabeth wissen. »Steht dahinten ein attraktiver Naturbegabter?«

Bree hebt empört die Augenbrauen und zieht einen Schmollmund.

»Nein. Es ist nur Billy. Anscheinend hat er sein Huhn zu seiner Ziehfamilie gebracht. Obwohl er natürlich auch gut aussieht. Wäre er kein Freier, dann …« Sie unterbricht sich abrupt, weil Elizabeth eine Eichel nach ihr wirft.

Billy hatte ihnen gesagt, er wolle Harriet zu den Sandrins bringen, damit sie sich um das Huhn kümmern, aber Mirabella geht davon aus, dass er sich auch mit Arsinoe getroffen hat.

»Ich bin gleich wieder da«, verspricht sie Bree und Elizabeth.

»Geh nicht zu weit weg!«

»Nein, bestimmt nicht.« Bei den vielen Priesterinnen hier könnte sie das sowieso nicht.

Mirabella beschleunigt ihre Schritte, bis sie Billy erreicht hat, und geht dann neben ihm her. Er wirft ihr nur einen kurzen Blick zu, bevor er wieder auf seine Füße starrt.

»Wird es jetzt immer so sein?«, fragt sie nach kurzem Schweigen. »Ein Besuch bei meiner Schwester, und schon sind wir keine Freunde mehr?«

Billy bleibt auf der Kuppe des Hügels stehen und blickt mit zusammengekniffenen Augen auf die Robbenkopfbucht hinaus, die im hellen Sonnenschein glitzert.

»Ich wünschte, wir wären keine Freunde. Als mein Vater mich nach Rolanth geschickt hat, habe ich mir geschworen, dich zu hassen. Auf keinen Fall wollte ich den gleichen Fehler machen wie Joseph und zwischen die Fronten geraten.« Traurig lächelt er sie an. »Warum kannst du kein ekelhaftes Biest sein? Hast du denn gar keinen Anstand? Schon aus reiner Höflichkeit solltest du furchtbar sein. Damit ich dich verabscheuen kann.«

»Das bedauere ich wirklich aufrichtig. Soll ich jetzt noch damit anfangen? Dich vielleicht anspucken und dir vors Schienbein treten?«

»Eigentlich klingt das eher wie etwas, das Arsinoe tun würde. Also würde ich das wohl eher hinreißend finden.«

»Hast du ihr gesagt, dass ich jetzt die Wahrheit kenne? Dass sie nicht versucht hat, mich zu töten?«

Als Billy den Kopf schüttelt, wird Mirabella von Wehmut gepackt. Sie möchte, dass Arsinoe es erfährt. Möchte es ihr sogar selbst sagen und sie so lange schütteln, bis sie mit den Zähnen klappert – als Strafe dafür, dass sie ihr nicht schon in den Wäldern von Eschenbach die Wahrheit über ihren Bären erzählt hat.

»Arsinoe würde vermutlich sagen, dass fehlender Hass nichts an den Tatsachen ändert. Aber ich denke …« Mirabella zögert. »Ich denke, ich könnte den Tod ertragen. Wenn ich wüsste, dass die Schwester, die es tun muss … dass sie mich geliebt hat.« Mit einem verlegenen Lachen fügt sie hinzu: »Klingt das irgendwie logisch?«

»Ich weiß nicht. Schätze schon. Aber es ist mir einfach zuwider, dass Arsinoe und du überhaupt über so etwas nachdenken müsst.« Kleinlaut sieht er sie an. »Ich will dich nicht hassen, wenn es vorbei ist. Aber vielleicht werde ich es tun. Wenn sie stirbt, werde ich euch vielleicht alle dafür hassen.«

Mirabella blickt auf das Meer hinaus. Es ist wunderschön hier. In einem anderen Leben wäre vielleicht alles anders gekommen. Dann hätte Arsinoe sie bei ihrer Ankunft in Wolfsquell begrüßt und ihr den Marktplatz gezeigt und all die Orte, an denen sie als Kind mit Jules gespielt hat.

»Noch ist überhaupt nichts vorbei«, mahnt sie leise. »Wir sind nur gekommen, um ein Fest zu feiern. Vielleicht wird ja gar nichts passieren.«

»Ach, Mirabella«, erwidert Billy sanft. »Mach dir doch nichts vor.«

Wolfshaus

Seit sie ihre Zimmer im Gasthaus bezogen haben, scheint es Genevieves Hauptbeschäftigung zu sein, böse Blicke in Richtung Tempel zu werfen. Sie läuft auf und ab, verschränkt die Arme vor der Brust, grummelt vor sich hin, lässt die Arme wieder hängen. Es wurmt sie, dass Mirabella vor ihnen in Wolfsquell eingetroffen ist. Katharine verdreht genervt die Augen, als Genevieve wieder einmal zum Fenster stapft. Von hier aus kann sie den Tempel unmöglich sehen. Das Gasthaus steht mitten im Ortskern, da kann sie ihre Nase noch so fest gegen die Scheibe drücken.

»Komm weg da«, befiehlt Natalia. »Es ist sowieso besser, als Letzter zu erscheinen und nicht irgendwo in der Mitte. Da Arsinoe bereits hier war, gab es ja gar keinen ersten Platz.«

Katharine blendet die nun folgende Debatte über den perfekten Auftritt und nötige Sicherheitsmaßnahmen aus. Als würde das eine Rolle spielen. Sanft lässt sie die Klinge eines Wurfmessers über den nassen Wetzstein gleiten und lauscht auf das schabende Geräusch. Schärfer, immer schärfer. Sie müssen alle perfekt geschliffen sein, außerdem braucht sie noch eine Armbrust und jede Menge Bolzen.

»Kat?« Natalia hat sich zu ihr umgedreht. Aus den

Augenwinkeln bemerkt Katharine, wie Genevieve beim Anblick der Messer zusammenzuckt. »Was machst du da?«

»Ich bereite mich vor.«

»Worauf denn?«, will Genevieve wissen. »Die wirst du hier nicht brauchen. Du bist vollkommen sicher.«

Ohne Genevieve zu beachten, fragt sie: »Womit würdest du die hier behandeln, Natalia?« Vollkommen ohne Druck lässt sie einen Finger über die Klinge gleiten. Sie schneidet so mühelos in die Haut, dass es gar nicht wehtut und es einen Moment dauert, bis Blut aus der Wunde quillt. »Ich brauche etwas, das stark genug ist, um einen Bären zu erledigen.«

»Du brauchst keine Angst vor dem Bären zu haben«, versichert Genevieve.

»Habe ich auch nicht«, erwidert Katharine lächelnd. »Ich habe einen Plan.«

Das Mittsommerfest

»Sie macht einen Fehler.«

»Selbst wenn, Jules, dann ist es ihr Fehler. Du darfst sie nicht drängen.« Jules und Joseph sitzen in seinem Zimmer am Fenster und beobachten mit einem schwarzgold verzierten Fernrohr das Geschehen unten auf der Straße. Billy hat ihnen dieses Geschenk seines Vaters überlassen.

»Ich habe noch nie etwas anderes getan, als sie zu drängen«, murmelt Jules. »Es war schon immer meine Aufgabe, Arsinoe zu beschützen. Das wusste ich seit dem Moment, als ich sie mit sechs Jahren das erste Mal gesehen habe.«

Wieder blickt sie durch das Fernrohr. Die Leute schieben sich in Massen durch die Straßen, und das, obwohl es noch Stunden dauert, bis das Fest beginnt.

»Die werden uns regelrecht einkesseln«, stellt sie fest.

»Wenigstens kennen wir alle Wege und Versteckmöglichkeiten. Da sind wir klar im Vorteil.«

»Es ist ganz klar eine Falle«, behauptet Jules. »Ich denke nicht, dass unsere Vorteile in dieser Situation groß zum Zuge kommen.«

Joseph lässt den Kopf hängen.

»So etwas habe ich von dir ja noch nie gehört.«

»Dann hast du mir nicht zugehört.« Jules schließt

kurz die Augen. »Tut mir leid, das war nicht fair. Es ist nur … wir sind umzingelt von Giftmischern und Elementwandlern, und das scheint niemanden angemessen zu beunruhigen.«

»Ich bin beunruhigt.« Joseph greift nach ihrer Hand. »Ich mache mir Sorgen um Arsinoe und um dich, Jules. Du wirst jetzt sagen, du bräuchtest keinen Schutz, ich weiß. Aber ich traue Madrigal nicht über den Weg. Bei ihr halte ich es für möglich, dass sie die Bindung löst, ohne dich vorher zu fragen. Vielleicht hat sie es sogar schon getan.«

Jules drückt seine Finger. Armer Joseph. Er hat dunkle Ringe unter den Augen, und dünner geworden ist er auch. Bis jetzt ist ihr das gar nicht aufgefallen.

»Meine Mutter ist zwar kompliziert, aber das würde sie nicht tun.« Schon wieder mit dem Fernrohr beschäftigt, fügt sie hinzu: »Und jeder braucht irgendwann einmal Schutz.«

Unten auf dem Marktplatz tummeln sich so viele weiß gewandete Priesterinnen, dass man meinen könnte, sie wollten die Stadt übernehmen. Zweifelsohne untersuchen sie die Lebensmittel, obwohl Jules keine Ahnung hat, warum sie das tun. Mirabella hat doch bestimmt eigene Vorräte mitgebracht. Sollte jemand sie vergiften wollen, wird der Täter schon direkt Hand anlegen müssen.

»Die Giftmischer werden beim Festmahl zuschlagen, da kannst du sicher sein. Arsinoe darf nichts essen und auch nichts anfassen. Und auf keinen Fall darf sie irgendwelche Fremden berühren – deren Haut könnte vergiftet sein. Denn wenn das passiert, werden sie sich wundern, warum sie nicht stirbt. Verdammt noch mal, dieses Geheimnis zu wahren ist fast so schlimm, wie sich wegen der Gifte Sorgen zu machen!« Mit einem lauten Fluch schiebt sie das Fernrohr zusammen.

»Wo steckt Arsinoe eigentlich?«

»Sie zieht sich um, was wohl länger dauern wird als sonst. Mittsommer ist der einzige Anlass im ganzen Jahr, an dem Madrigal ihr eine Blume ins Haar flechten darf.«

Joseph lacht leise.

»Ich sollte nachhause gehen.« Erschöpft reibt Jules sich die Schläfen. »Ich bin so müde, Joseph.«

»Die Verantwortung ruht nicht allein auf deinen Schultern, Jules.«

»Cait wird mit der Zeremonie beschäftigt sein, und Ellis wird dabei helfen, Braddock trotz der Menschenmassen ruhig zu halten. Und Madrigal ist ja nie zu irgendetwas nutze.«

»Du vergisst Luke«, erwidert Joseph. »Und mich. Und Arsinoe selbst. Sie ist nicht vollkommen hilflos. Außerdem stellt nur eine der beiden Königinnen eine echte Gefahr für sie dar.«

»Auch ein vergiftetes Messer ist ein Messer«, gibt Jules zu bedenken. »Es kann trotzdem noch tödlich sein.« Zitternd stößt sie den Atem aus, woraufhin sich Camden vor Josephs Bett aufbaut und sanft die Schnauze gegen ihr Knie drückt.

»Du musst dich ausruhen«, beharrt Joseph. »Es könnte eine lange Nacht werden.«

»Kann ich nicht.« Kopfschüttelnd versucht sie aufzustehen. »Was ist dort unten los?«

Joseph packt sie am Arm und hält sie fest.

»Das kannst du dir genauso gut von hier aus anschauen. Siehst du die vielen Laternen auf den Tischen? Alle bereit, um im Hafen ausgesetzt zu werden, genau wie in jedem anderen Jahr.«

Aber es ist nicht irgendein anderes Jahr. Der blaue Himmel verschwindet fast hinter den vielen Rauchsäulen, da in sämtlichen Küchen für das Festmahl gekocht wird. Und im *Wolfshaus* und im Tempel sitzen zwei Königinnen und warten nur auf eine Gelegenheit, um Arsinoe zu töten.

»Ich habe doch mal gesagt, alles sei so, als wärest du nie zurückgekommen«, setzt Jules an. »Dass ich wünschte, du wärest nie zurückgekommen. Das habe ich nicht so gemeint. Ohne dich würde ich das nicht durchstehen.«

Sanft streicht Joseph ihr das Haar aus dem Gesicht.

»Ich werde immer zu dir zurückkommen, Jules.« Er nimmt sie in den Arm, und Jules klammert sich an ihm fest.

Immer enger drückt sie sich an ihn, doch je stärker sie ihn festhält, desto mehr hat sie das Gefühl, dass er ihr entgleitet. Joseph gehört nicht länger hierher. Und sie hat keine Ahnung, wohin sie selbst gehört.

»Küss mich, Joseph«, fordert sie, beugt sich aber gleichzeitig selbst vor und zieht ihn an sich.

Ihre Hände wandern über seinen Rücken, ziehen an seinem Hemd, bis es sich aus der Hose löst. Joseph schiebt ihr die Bluse über die Schultern, und beide fangen an zu lachen, als ihre Hände sich in den Ärmeln verheddern.

»Ich liebe dich«, sagt Jules. Und für diesen einen Moment ist das alles, was zählt. Nichts, außer Joseph und seinen Händen auf ihren Schultern. Nichts, außer seinen Fingern in ihren Haaren. Sie legt sich auf das Bett und zieht ihn zu sich herunter.

»Ich liebe dich auch, Jules. Ich werde dich immer lieben, solange ich lebe.«

Arsinoe zupft an ihrer Weste herum. Genau dieses Kleidungsstück hat sie schon hunderte Male getragen, aber heute fühlt es sich merkwürdig an, irgendwie sackartig, es sitzt schlecht. Die Maske auf ihrem Gesicht passt auch nicht richtig, ganz egal, wie oft sie die Bänder am Hinterkopf neu knotet.

Muss wohl am Zopf liegen. Er ist seitlich am Kopf geflochten und mit juckenden Haferähren und Blüten geschmückt. Solche Sachen flechten sie ihr jedes Jahr zu Mittsommer ins Haar, selbst wenn sie es vorher so kurz schneidet, dass der Zopf hinterher wie ein steifes Ärmchen absteht. Doch früher hat sie das nie gestört. Offenbar liegt das am Tag, nicht am Zopf.

Sie findet Madrigal auf einem schattigen Plätzchen im Hof, wo sie es sich mit Matthew gemütlich gemacht hat.

»Hast du Jules gesehen?«

»Nein«, antwortet Madrigal. »Aber langsam sollte sie mal auftauchen. Wir können die Prozession nicht mehr lange aufschieben.« Als sie müde die Schultern sinken lässt, blitzt der Verband auf, der ihre Brandwunden bedeckt. Die Verletzungen ziehen sich bis über das Schlüsselbein und den halben Arm hinunter. Eigentlich hätte Madrigal das nicht davon abgehalten, Matthew mit ihrem Blumengebinde aus Schneeglöckchen und Weinreben trotzdem zu necken. Doch stattdessen sitzt sie nur blass und reglos da, viel zu dünn, mal abgesehen von ihrem Bauch.

Matthew zieht Arsinoe zu sich heran. Das typisch

unbeschwerte Grinsen der Sandrins breitet sich auf seinem Gesicht aus, so umwerfend charmant, dass Arsinoe rot wird. Also hat Madrigal auch ihm nicht verraten, was sie in den Flammen gesehen hat.

»Das ist ein schöner Kranz«, stellt er fest.

Arsinoe lässt das Gebinde des Tempels um ihren Finger kreisen.

»Ich hatte schon schönere.« Dabei denkt sie vor allem an den von Billy. Als die Priesterinnen mit dem Kranz für die Naturbegabtenkönigin erschienen, musste sie Billys bei Cait abgeben. Eigentlich erinnert das Werk des Tempels mehr an einen Strauß als an einen Kranz: Bei dieser Menge an violetten und gelben Wildblumen wird sie die Laterne in der Mitte regelrecht reinquetschen müssen.

Drüben am Haus fällt eine Tür zu, und Cait kommt mit Eva auf der Schulter zu ihnen hinüber.

»Es wird Zeit.«

»Jetzt schon?«, jammert Arsinoe. »Warten wir denn nicht auf Jules?«

»Wir können nicht länger warten. Wir sind die Gastgeber, das heißt, wir müssen als Erste erscheinen. Jules weiß das. Bestimmt wird sie sich dort mit uns treffen.«

Arsinoe seufzt schwer, dann ruft sie nach Braddock, während Madrigal und Cait sich vor ihr aufstellen und Matthew am Schluss des Zuges. Ellis kommt ebenfalls hinzu und drückt kurz ihre Schulter.

»Stopp«, befiehlt sie ihm mit einem zittrigen Lächeln. »Das fühlt sich zu sehr nach Abschied an.«

»Keinesfalls«, versichert Ellis. »Es soll dir nur zeigen, dass ich da bin. Also mach dir keine Sorgen wegen Braddock.«

Arsinoe nickt knapp. Sanft und golden gleiten die letzten Sonnenstrahlen über die Dächer von Wolfsquell.

»Schon komisch«, meint sie. »Dass man sich an einem so schönen Tag so schutzlos fühlen kann.«

Sie gehen los. Auf dem gesamten Weg bis in die Stadt hinunter kann Arsinoe ihre Beine kaum spüren. Angestrengt versucht sie, nicht zu stolpern, und klammert sich an Braddocks warmem Pelz fest.

Als sie unten in der Bucht ankommen, sind die Landungsstege des Hafens bereits voller Menschen, und auch auf den eilig errichteten Plattformen drängt sich die Menge dicht an dicht. Hohepriesterin Luca steht mit drei Priesterinnen am Wasser, darunter auch Autumn, die Oberpriesterin des Tempels von Wolfsquell. Als Luca Arsinoe sieht, neigt sie respektvoll den Kopf. Die Geste ist in keiner Weise bedrohlich, trotzdem breitet sich leichte Übelkeit in Arsinoes Magengegend aus. Hastig sucht sie die Menge nach Jules ab, kann sie aber nirgendwo entdecken.

Mirabella geht mit steifen Schritten neben Billy her, vor ihnen laufen Sara und Bree. Heute ignorieren die Westwoods die Tatsache, dass er eigentlich nur ihr offizieller Vorkoster ist, und behandeln ihn wie einen richtigen Freier. Bislang hat er das Spiel mitgemacht, sucht aber gleichzeitig in der Menge nach seiner Arsinoe.

Sara wird langsamer, und der Zug gerät so abrupt ins Stocken, dass Onkel Miles und Nico Mirabella fast auf die Hacken treten. Wie gut, dass sie ein kurzes Kleid ohne Schleppe trägt, sonst wäre die jetzt voll schmutziger Fußabdrücke.

Mirabella reckt den Hals, um herauszufinden, warum

es nicht weitergeht. Anscheinend sind sie zu dicht an Katharines Prozession herangerückt, die wesentlich länger ist als Mirabellas und überwiegend aus Mitgliedern des Schwarzen Rates besteht. Von Katharine selbst erkennt sie nicht mehr als den Hinterkopf. Die dunklen Haare fallen ihr offen über den Rücken, nur ein kleiner Teil ist zu einem Dutt aufgesteckt, in dem dunkelrote Blüten schimmern. Sie hat sich bei ihrem Freier eingehakt, diesem attraktiven Jungen mit den goldblonden Haaren.

Als sich der Zug wieder in Bewegung setzt, spürt Mirabella ein leises Kribbeln im Bauch. Sie ist hier in Wolfsquell, wo Arsinoe aufgewachsen ist. Und irgendwo dort vorne am Wasser wartet Arsinoe auf sie. Doch sie wird nicht allein sein. Und sie auch nicht mit einem Lächeln begrüßen. Stattdessen wird sie einen Bären dabeihaben.

Als sie ihr Ziel erreichen, breitet sich eine merkwürdige Stille aus. Eigentlich hat Mirabella böse Blicke von Seiten der Giftmischer erwartet. Hat gedacht, dass die Naturbegabten sie vielleicht anspucken. Doch nichts dergleichen passiert. Es gibt weder Hochrufe noch leises Gemurmel. Irgendwie liegt keinerlei Festtagsstimmung in der Luft.

Als sie ihre Plätze einnehmen, verkrampft sich Billy spürbar. Arsinoe ist bereits da, und als sie Billy ansieht, breitet sich feine Röte auf ihren Wangen aus.

Mirabella gestattet sich ein Lächeln. Heute wird es kein böses Blut geben. Es wird nichts weiter geschehen, als dass sie hübsche Laternen auf dem Wasser schwimmen lassen und draußen auf dem Meer ein Kahn voller Obst und Getreide verbrannt wird. Arsinoes Bär ist brav, und Katharine scheint sich einzig und allein für ihren Freier zu interessieren, mit dem sie so vertraut tuschelt, dass man es schon als skandalös bezeichnen könnte.

Der Schwarze Rat hat Intrigen gesponnen und alles darangesetzt, sie hier zusammenzubringen. Mirabella ist froh, dass sie eine solch bittere Enttäuschung erleben werden.

Über den Strand hinweg mustert Arsinoe ihre Schwestern. Seit sie die Schwarze Kate verlassen haben, war sie nie wieder beiden gleichzeitig so nah. Die kleine Katharine ist vollkommen zugekleistert mit Make-up, wie die Arrons es eben mögen, aber sie sieht nicht länger aus wie eine Puppe. Stolz reckt sie das Kinn, ihre Wangen sind voll. Ein verstohlenes Lächeln umspielt ihre Lippen.

Und Mirabella wirkt wie immer völlig unterkühlt. Ihre Schwestern sind Königinnen und wissen genau, wie sie sich zu verhalten haben.

»So ist das eben«, flüstert Arsinoe. »Bald wird jemand sterben.«

»Sie hätten die Zeremonie an einen anderen Ort verlegen sollen«, moniert Nicolas. »Irgendwohin, wo es nicht so penetrant nach Muscheln stinkt.«

Der Wind hat gedreht und trägt die Gerüche des Fischmarktes heran. Doch das stört Katharine nicht. Viel hat sie zwar nicht gesehen von Wolfsquell, aber der kurze Eindruck hat ihr gefallen: diese Wildheit und die leicht morsch wirkenden Fischerboote im Hafen. Jetzt, in der Abenddämmerung, schaukeln sie sanft auf dem Wasser, beleuchtet von unzähligen Papierlaternen.

»Die Königinnen mögen vortreten«, verkündet die Hohepriesterin, und Katharine konzentriert sich ganz auf Luca, als diese auffordernd die Hand ausstreckt. »Königin Arsinoe.«

Die Naturbegabtenkönigin geht vor bis ans Wasser. Sie ist nicht wie eine Königin gekleidet, eher wie eine Bäuerin, genau wie damals an Beltane. Eine der ansässigen Priesterinnen überreicht ihr eine Laterne, die sie ungeschickt in ihren Blumenkranz drückt.

»Königin Katharine.«

Sie bekommt ihre Laterne von einer Priesterin aus Indridskamm. Nachdem sie das Licht in der Mitte ihres Kranzes platziert hat, schiebt sie ihn auf das Wasser hinaus. Mit einem leisen Lächeln beobachtet sie, wie ihre roten Rosen Arsinoes Wildblumen aus dem Weg drängen.

»Die werden doch nicht ernsthaft Mirabellas Laterne von der Hohepriesterin überreichen lassen, oder?«, murmelt jemand in der Menge, als Katharine auf ihren Platz zurückkehrt. Doch genau das tun sie. Mirabella erhält ihre Laterne von Luca persönlich und dazu noch einen Kuss auf die Stirn. Die Empörung der Giftmischer ist so deutlich spürbar, dass Katharine das Knirschen ihrer Zähne zu hören glaubt.

Mirabella setzt ihren Kranz aufs Wasser und benutzt dann prahlerisch ihre Gabe, um alle drei Kränze ins Hafenbecken hinauszutreiben. Wie auf ein geheimes Zeichen hin werden die Laternen von den Booten ebenfalls ins Wasser gelassen, bis schließlich die ganze Bucht in ihrem Licht erstrahlt. Ein kleines Fischerboot schleppt einen Kahn heran, der mit Äpfeln und Getreidegarben beladen ist. Auf Höhe des versammelten Publikums werden die Schleppleinen gekappt, und das Boot fährt davon.

»Das Volk von Rolanth überbringt dem Volk von Wolfsquell eine Ehrengabe«, verkündet Mirabella. »Als Dank für die herzliche Aufnahme in eurer Stadt.«

Hastig winkt Katharine eine Dienerin heran. »Bring mir meinen Bogen, schnell. Und die Brandpfeile.« Das Mädchen kann kaum nicken, da hat Katharine es bereits in die Menge geschubst.

»In Rolanth feiern wir das Mittsommerfest auf diese Weise«, fährt Mirabella fort. »Ich hoffe, die Naturbegabten gestatten uns, dieses Opfer darzubringen, um sie sowie die Göttin zu ehren.«

Alle Köpfe wenden sich der streng wirkenden grauhaarigen Frau mit der Krähe auf der Schulter zu. Das muss Cait Milone sein, Familienoberhaupt des Clans, der Arsinoe großgezogen hat. Cait denkt einen spannungsgeladenen Augenblick lang über Mirabellas Bitte nach, dann signalisiert sie mit einem knappen Nicken ihr Einverständnis. Diese Frau ist hart. Vielleicht sogar härter als Natalia.

Widerwillige Bewegung und mürrische Laute von hinten verraten Katharine, dass das Mädchen mit ihrem Bogen zurückkommt. Geschickt schiebt es die Waffe vor sich her, um sie der Königin zu bringen.

»Sehr gut.« Katharine schenkt ihr ein Lächeln. »Danke schön.«

»Kat, was hast du vor?«, raunt Pietyr, doch da ertönt bereits ein Schrei.

»Mira, sie hat einen Bogen!«

Gereizt verdreht Katharine die Augen. Das war die kleine Westwood, die so gerne mit Feuer spielt.

Ein Schaudern läuft durch die Menge, und viele ducken sich hastig. Die Priesterinnen bringen Luca in Sicherheit, obwohl die tattrige alte Närrin sich gegen ihre Bemühungen wehrt. Die dumme Westwoodtochter rennt inzwischen Richtung Wasser.

»Bree, nicht!«, ruft Mirabella.

Katharine stemmt eine Hand in die Hüfte.

»Nun wirklich nicht, Bree!«, empört sie sich. »Ich will lediglich helfen.« Sie stellt sich auf den freien Platz unten am Wasser und wendet sich an die Zuschauer: »Meine Schwester hat mich beschämt, denn ich habe keine Opfergaben mitgebracht. Aber ich kann ihr dabei helfen, ihre Gaben zu verbrennen.«

Katharine legt einen Pfeil auf die Sehne und entzündet ihn an der nächsten Laterne. Dann zielt sie mit dem fröhlich flackernden Geschoss in den dämmrigen Himmel hinauf. Als sie die Sehne loslässt, zieht der Pfeil eine leuchtende Bahn über die Bucht, bevor er genau in der Mitte des Opferkahns einschlägt. Als die Flammen sich ausbreiten, geht ein erleichtertes Raunen durch die Menge. Einige klatschen leise, und zwar nicht nur Giftmischer. Hohepriesterin Luca wirft Natalia einen finsteren Blick zu, doch als Katharine zu dieser hinübersieht, nickt das Oberhaupt der Arrons anerkennend. Mirabellas großer Moment wurde gründlich verdorben.

»Das bringt mich noch auf eine andere Idee«, ruft Katharine und mustert dabei vielsagend ihren Bogen. »Ich weiß, dass auf dem Marktplatz bereits ein opulentes Festmahl auf uns wartet. Aber wir sind hier schließlich in Wolfsquell, nicht wahr? Der Heimat der Naturbegabten.« Im Publikum wird eifrig genickt. Das Licht des brennenden Kahns spiegelt sich in den Augen der

Menschen. Mirabella und die Hohepriesterin scheinen zurückzuweichen, können jedoch nirgendwohin außer ins Meer.

»Ich habe keine kostbaren Geschenke mitgebracht«, wiederholt Katharine. »Und doch würde ich gerne die Königin der Naturbegabten ehren.« Ihr Blick heftet sich auf Arsinoe, die gerade liebevoll ihren Bären streichelt. Das Tier wirkt verwirrt. Ein armes Geschöpf, vor dem man sich nun wirklich nicht fürchten muss. »Bevor wir uns zum Essen zusammensetzen, möchte ich, dass … Königin Arsinoe ihre Schwestern zur Jagd ruft.«

Arsinoe rutscht das Herz in die Hose. Katharines Herausforderung wird mit Begeisterung aufgenommen – selbst von den Bewohnern von Wolfsquell. Diese großen, ungezähmten Narren können einer guten Jagd einfach nicht widerstehen. Und da sie ja ihren Bären hat, denken sie, Arsinoe könne gewinnen. Ihrer Meinung nach hat die Giftmischerkönigin gerade einen fatalen Fehler gemacht.

Die Giftmischer hingegen reagieren nervös: Der hübsche Junge mit den hellblonden Haaren, der neben Katharine steht, flüstert aufgebracht in ihr Ohr, während Natalia Arron und die Ratsmitglieder unruhig von einem Fuß auf den anderen treten. Das haben sie nicht geplant. Aber jetzt können sie nichts mehr dagegen tun, genauso wenig wie die Priesterinnen oder die Westwoods.

Eine Herausforderung, ausgesprochen von einer der Königinnen – deshalb sind sie schließlich hergekommen.

Arsinoe blickt starr geradeaus. Auf keinen Fall wird

sie jetzt betteln und Cait und Ellis ein schlechtes Gewissen machen, weil sie ihr nicht helfen können. Es dauert nicht lange, bis Caits laute Stimme das Getöse der Menge übertönt.

»Die Jagd wird in den nördlichen Wäldern stattfinden, jenseits der Obstgärten. Die Königinnen sollen sich bereitmachen.«

Draußen über dem Meer geht die Sonne unter. Trotzdem ist das Licht noch zu stark. Es würde zu lange dauern, auf die Dunkelheit zu warten, in der Arsinoe durch ihre besseren Ortskenntnisse im Vorteil wäre. Ihr Blick schweift über die Menge. Billy hat Tränen in den Augen, als wäre sie bereits tot. Luke betet inbrünstig, vermutlich dankt er der Göttin für den bevorstehenden Triumph. Arsinoes Finger graben sich in Braddocks Pelz.

»Jules«, flüstert sie. »Wo bist du?«

Die Jagd der Königinnen

So schnell sie kann, lässt Arsinoe die Menschenmenge in der Bucht hinter sich. Braddock läuft neben ihr her und stupst sie mit dem Schädel an, allerdings mit so viel Wucht, dass sie fast hinfällt. Sie drückt ihm einen hastigen Kuss auf die Ohren. Das liebe Tier denkt, sie würden spielen.

»Arsinoe!«

Sie fährt herum. Am Fuß des Hügels steht Billy. Er darf ihr nicht folgen. Wenn sie auch nur kurz miteinander reden, würde er versuchen, ihr zu sagen, was sie tun soll. Er könnte Jules und Joseph suchen. Oder sich wie ein Idiot vom Festland aufführen, bis ihre Wut so groß wird, dass sie ihr im Kampf eine Chance verschafft.

»Schau nicht so traurig«, sagt sie leise, auch wenn er zu weit weg ist, um sie zu verstehen. »Wir wussten doch beide, dass eine von ihnen so etwas tun würde.«

Wegzulaufen mag feige wirken. Ihre Schwestern sind nicht weggelaufen. Mirabella wäre es kaum möglich gewesen, so eingezwängt, wie sie zwischen all den Priesterinnen und Westwoods war, und Katharine würde es natürlich nicht wollen. Die kleine Giftmischerin hat nur auf eine Gelegenheit gewartet und ganz allein ihre Pläne geschmiedet.

»Arsinoe!«

Diesmal ist es Luke mit einem wild flatternden Hank auf der Schulter.

»Ich habe keine Zeit!«, ruft sie. Wenn sie nicht vor ihren Schwestern an den Obstgärten ist und im Wald verschwinden kann, ist die Jagd für sie vorbei, noch bevor sie begonnen hat. Natürlich hat Katharine gefordert, dass Arsinoe die Jagd anführen soll. Aber in Wahrheit bedeutet das nur, dass sie die Beute sein wird.

»Halt dich vom Wald fern, Luke! Und suche Jules! Suche Jules und Joseph!«

Mirabella schafft es gerade mal bis zur Westseite des Marktplatzes, bevor Luca und die Westwoods sie einholen. Mit einem Kreis aus weißen Roben als Sichtschutz helfen Bree, Sara und Elizabeth ihr aus ihrem Mittsommerkleid und stecken sie in Jagdkleidung: enge Hose, leichte Stiefel, warme Tunika und Mantel.

»Schnell, schnell«, befiehlt Luca atemlos.

»Ich brauche meine Armbrust«, überlegt Bree. »Und auch eine für Elizabeth.«

»Ihr dürft euch nicht einmischen, Bree.«

»Das weiß ich. Aber das ist eine Jagd. Glaubst du etwa, die Giftmischerkönigin geht allein in diesen Wald? Sie wird eine ganze Wachmannschaft aus Arrons dabeihaben!«

»Sie hat recht«, bekräftigt Elizabeth. Eine der Priesterinnen reicht ihr eine Waffe, und sie umschließt sie mit ihrer gesunden Hand. »Wir werden uns nicht einmischen. Aber wir werden dich auch nicht allein gehen lassen.«

Fragend schaut Mirabella zu Luca, doch anstatt zu protestieren, packt die Hohepriesterin Bree und Elizabeth an der Schulter.

»Ihr seid gute Mädchen«, sagt sie. »Treue Freundinnen. Lasst nicht zu, dass eure Königin einem feigen Verrat zum Opfer fällt. Wenn sie stirbt, muss sie durch die Hand einer Königin fallen, und zwar ausschließlich durch die einer Königin!«

»Moment mal«, empört sich Mirabella. »Arsinoe weiß nicht, dass sie eine Wache mitnehmen darf! Ich habe gesehen, wie sie ganz allein weggerannt ist, und die Milones haben sie einfach gehen lassen!«

»Sehr gut«, befindet Sara. »Ein Vorteil für dich.«

»Aber das ist unfair!«

»Mira.« So behutsam wie möglich erklärt Luca: »Das hier wird niemals fair sein. Und nun geh in den Wald, er liegt hinter dem Hügel, wo die Obstgärten sind. Folge einfach den Priesterinnen von Wolfsquell.«

»Katharine, was hast du getan?« Pietyr hat entsetzt die Hände vor das Gesicht geschlagen, während Katharine sich von den Dienstboten aus ihrem Kleid und in ihre Jagdkleidung helfen lässt.

»Sie tut nur das, wozu sie bestimmt ist«, erwidert Nicolas, der ihr aufmerksam beim Umziehen zusieht. Pietyr sieht aus, als würde er ihn am liebsten vierteilen.

»Halt du dich da raus!«, brüllt er. »Langsam habe ich genug von deinem Festlandgeschwätz. Du bist nur ein Freier und nicht einmal der Erwählte. Du bist kein Arron.«

Katharine lässt die beiden wüten. Irgendwann muss sich die Spannung zwischen ihnen einmal richtig entladen. Hoffentlich wird sie dabei sein, wenn es passiert.

»Mag sein, dass sein Geschwätz mit Ideen vom Festland angereichert ist, Pietyr, aber du hast mir schließlich auch schon den ein oder anderen Gedanken eingepflanzt.«

Pietyr verstummt, starrt Nicolas aber weiterhin finster an. Wie gut, dass sie die beiden mit auf die Jagd nehmen wird.

Katharine lässt die Wurfmesser in ihre Scheiden gleiten und will sie sich gerade um den Bauch binden, als Natalia hereingestürmt kommt.

»Meine liebe Kat. Du überraschst mich doch immer wieder.«

»Das wird ein Kinderspiel, Natalia, du wirst schon sehen.« Ein langes Messer wandert in ihren Stiefel. »Jeder Versuch, sie beim Essen zu vergiften, hätte in Chaos geendet. Unbemerkte Manöver bei so vielen verschiedenen Gängen? Du weißt doch, dass ich nie besonders gut in so etwas war.«

»Du bist zwar eine gute Bogenschützin, Kat, aber bei der Jagd hast du dich nie sonderlich hervorgetan. Ein solches Risiko würde der Rat lieber vermeiden.«

»Das mag ja sein, aber jetzt können sie nichts mehr dagegen tun.« Katharine winkt einer Dienerin. »Armbrust und die Bolzen in Schneerosenextrakt tränken«, befiehlt sie – ein Gift, das von den Arrons bei der Jagd bevorzugt eingesetzt wird.

»Nein, das kann niemand«, stimmt Natalia ihr zu. »Aber die Wartezeit bis zu deiner Rückkehr wird sich ewig hinziehen, wenn meine Schwester und Renata mir die ganze Zeit mit deiner Entscheidung in den Ohren liegen. Versprich mir, dass du nicht herumtrödelst.«

Katharine hält kurz inne. Nur sie allein erkennt, was sich in Natalias Augen widerspiegelt. Niemals würde Natalia sich so etwas wie Angst oder Zweifel anmerken lassen. Aber beides ist da. Ihre eigentliche Botschaft lautet: Sei vorsichtig und komm zu mir zurück.

»Ich verspreche es, Natalia.«

»Gut.« Natalia blinzelt, und schon ist der Ausdruck wieder verschwunden. »Ich denke, mit einem Pferd bist du am besten gerüstet. Ich habe Halbmond satteln lassen, dazu noch Pietyrs und Nicolas' Pferde. Außerdem werden Bertrand Roland und Margaret Beaulin dich begleiten.«

»Margaret Beaulin?«, hakt Pietyr nach, der gerade dabei ist, seine eigene Armbrust zu überprüfen. »Die aus dem Rat?«

»Ebendie«, bestätigt Natalia. »Sie verfügt über die Gabe des Krieges. Das könnte nützlich sein.«

Wolfsquell

Das Bett ist warm, und Josephs Arm ruht auf ihrer Brust, weshalb Jules nur langsam aus den Tiefen des Schlafes auftaucht. Als sie sich dann doch regt, öffnet Joseph die Augen und drückt ihr einen Kuss auf die Schulter.

»Hallo, meine Jules«, begrüßt er sie. Ihre Wangen werden ganz heiß. Joseph lacht fröhlich. »Jetzt wirst du rot? Nachdem alles vorbei ist?«

»Das ist eben neu für mich«, flüstert sie.

»Für mich auch.«

»Du weißt, was ich meine.«

»Allerdings.« Er rollt sich auf sie drauf und küsst sie. »Aber es ist wahr. Das erste Mal mit dir musste etwas ganz Besonderes werden, ganz egal, wie oft ich es mir schon ausgemalt habe.«

»Joseph!« Kichernd windet sie sich unter ihm hervor und sieht aus dem Fenster.

Die Robbenkopfbucht erstrahlt im Licht der schwimmenden Laternen.

»Joseph!« Panisch krallen sich Jules' Finger um das Fensterbrett. Sie sind eingeschlafen – und viel zu spät wieder aufgewacht.

Die Jagd der Königinnen

Immer tiefer taumelt Arsinoe in den Wald hinein.

»Wo sollen wir nur hin, Braddock?« Ihr geht bereits die Puste aus, denn jetzt im Sommer ist es schwer, sich in dem dichten Unterholz voranzukämpfen. Hastig sieht sie sich um. Zum krummen Baum? Vielleicht würde der ihr Glück bringen. Aber er ist nicht weit genug entfernt. Außerdem kennt er keine Treue und hat keinen Grund, sie ihren Schwestern vorzuziehen.

»Wo ist noch mal dieses Dickicht, in dem sich immer das Wild versteckt?« Jules hat es ihr einmal gezeigt. Von plötzlicher Panik überwältigt, dreht sich Arsinoe hin und her, fürchtet, sich in ihrem eigenen Wald verirrt zu haben.

Das Dröhnen des Jagdhorns aus Wolfsquell ist schon eine Weile her. So haben ihre Leute ihr mitgeteilt, dass zumindest eine ihrer Schwestern den Wald betreten hat. Auf mehr Hilfe kann sie nicht hoffen, und nach ihrem Empfinden ist bereits eine Ewigkeit vergangen, seit sie das Horn gehört hat.

In einiger Entfernung raschelt das Laub, trockene Zweige knacken. Zwar sind die Geräusche weit weg, aber sie sind auch laut – klingen eher nach wilder Hetzjagd, nicht nach verstohlener Suche. Geduckt schiebt sich Arsinoe rückwärts hinter einen großen Baumstumpf. Als sie lautlos mit den Armen versucht, ihn wegzuscheuchen, kommt Braddock angetappt, um an ihren Händen zu schnüffeln; wohl in der Hoffnung, dass sich etwas darin verbirgt.

»Dummer Bär. Du musst weglaufen, verstehst du nicht? Sonst werden sie dich töten.« Gelassen blinzelt er sie an. Als stattlicher Braunbär hatte er bisher nie viel zu befürchten, und auch wenn er sicherlich Arsinoes Angst spürt, kann sie es ihm ohne die Verbindung, die bei einem Familiaris bestehen würde, nicht genauer begreiflich machen.

Wenn Jules nur hier wäre! Inzwischen muss sie doch wissen, was passiert ist. Es sei denn, sie haben sie geschnappt. Eisige Kälte breitet sich in Arsinoe aus. Wenn sie Jules etwas angetan haben, wird Arsinoe einen Weg finden, sie alle in Stücke zu reißen.

»Wir dürfen uns nicht lange ausruhen, mein Junge«, flüstert sie und tätschelt Braddocks breiten Schädel. »Wir müssen in Bewegung bleiben.«

»Dort oben.« Bree zeigt in die Baumkrone hinauf. Der Stamm verzweigt sich in viele, gut erreichbare Äste, die dicht mit Blättern bewachsen sind. Der Plan sieht vor, Mirabella dort raufzubringen, damit sie ihre Schwestern schon von weitem sehen und mit Feuerzungen oder Blitzschlägen aufhalten kann, bevor sie ihr zu nahe kommen.

»Vielleicht kommen sie hier aber gar nicht vorbei«, wendet Mirabella ein.

»Gib mir deinen Mantel.« Fordernd streckt Elizabeth die Hand aus, und Mirabella zieht ihn aus, damit Bree ihrer Freundin in den Mantel helfen kann. »Ich spiele den Lockvogel. Sobald ich sie gefunden habe, führe ich sie dir direkt ins Schussfeld.«

»Nein, das ist zu gefährlich! Einem Bären kannst du nicht entkommen und erst recht keinem Giftpfeil. Wir sollten zusammenbleiben.«

»Wie lange willst du denn in diesem Baum sitzen?«, erwidert Elizabeth. »Diese Jagd wird erst enden, wenn eine Königin tot ist.« Entschlossen strafft sie die Schultern. »Mach dir um mich keine Sorgen, Mira. Mag ja sein, dass ich nur noch eine Hand habe, aber meine Beine waren nie stärker.«

»Dann nimm wenigstens Bree mit.«

Widerwillig tauschen ihre Freundinnen einen Blick, doch sie wissen beide, dass Mirabella sonst nie zustimmen wird.

»Also schön.« Die Königin wendet sich dem Baum zu. »Bei den ersten Ästen werdet ihr mir helfen müssen.«

Katharine und ihre Reiter betreten den Wald als Letzte, doch das stört sie nicht weiter. Sie wollte schließlich von Anfang an der Jäger sein, der die Beute hetzt.

»Die anderen Königinnen haben einen soliden Vorsprung«, stellt Margaret Beaulin fest, während sie sich im Wald umsieht.

»Wir hätten Hunde mitnehmen sollen«, findet Bertrand Roman.

Katharine lacht laut auf.

»Wo ist denn euer Sportsgeist?« Sollen ihre Schwestern ruhig vor ihr davonlaufen. Ewig können sie nicht rennen. Und zu Fuß werden sie sowieso nicht sonderlich weit gekommen sein. Halbmond tänzelt erwartungsvoll. Genau wie sie kann er es kaum erwarten, endlich loszustürmen.

»Verschwende ich meinen Atem, wenn ich dich bitte, dich zwischen uns zu halten?«, fragt Pietyr, was Nicolas ein herablassendes Lächeln entlockt.

»Allerdings«, erwidert Katharine.

»Ein Braunbär kann ein Pferd in vollem Lauf zerfleischen. Wenn du schon nicht an dich selbst denkst, denke wenigstens an Halbmond.«

Katharine streichelt den dunklen Hals des Pferdes, an dem bereits Schaum klebt.

»Der Bär wird uns nicht anrühren. Und falls ihr ihn entdeckt: Ich will ihn lebend.« Damit drückt sie Halbmond die Fersen in die Flanken und galoppiert den Pfad hinunter, ohne weitere Proteste abzuwarten. Die tun gerade so, als wäre es unmöglich, diesen Bären zu fangen. Aber sie hat sämtliche Waffen mit einem speziellen Betäubungsmittel bestreichen lassen. Schon nach wenigen Schnitten oder Pfeilwunden sollte das Tier reglos zusammenbrechen.

»Für dich wird es allerdings nicht auf diese Weise enden, Schwester«, flüstert Katharine, während sie sich in freudiger Erwartung im Sattel vorbeugt.

Wolfsquell

Jules und Joseph hetzen hinter Camden her, vorbei am Hafen, Richtung Marktplatz. Die Wildkatze springt über leere Kisten und dicke Taurollen, was die beiden Menschen nur noch zusätzlich frustriert, da sie das nicht können.

»Es ist schon fast dunkel«, keucht Jules. »Das Festmahl hat bestimmt längst angefangen!«

»Arsinoe wird es verstehen.« Joseph lässt sich etwas zurückfallen und versucht, sein Hemd zuzuknöpfen. Jules hat ihm kaum genug Zeit gelassen, sich etwas überzuziehen, bevor sie aus dem Haus gestürmt sind. »Und sie ist in Sicherheit. Alle sind bei ihr, Madrigal und Ellis.«

»Madrigal! Was taugt die schon? Selbst an guten Tagen wenig und jetzt, wo ihr wegen des Babys ständig schlecht ist, erst recht nichts mehr.«

»Dieses Baby ist dein kleines Geschwisterchen.«

Ärgerlich dreht Jules sich zu ihm um. Aber jetzt geht es um Arsinoe. Jules kann sich gut vorstellen, wie beleidigt sie sein wird, wenn die beiden sich unauffällig neben ihr an die Festtafel setzen. »Wo wart ihr so lange?«, wird sie fragen. »Ich hatte niemanden, der mir bei den Reden der Ratsmitglieder die Ohren zugehalten hat.«

Eilig laufen sie über den Markt, vorbei an den geschlossenen Ständen, dann durch die schmale Gasse, die zum großen Platz führt. Allerdings scheint der, nach allem, was Jules bereits erkennen kann, leer zu sein. Niemand sitzt an den Tischen, kein Gelächter hallt durch die Straßen. Ihr Blick wandert zum Hafen. Vielleicht hat sie sich ja geirrt, und die Laternen vor Josephs Fenster waren nur eine Illusion oder ein Traum. Nein, dort schwimmen sie, treiben hüpfend auf den Wellen. Die Zeremonie ist eindeutig vorbei.

»Wo sind alle?«, wundert sich auch Joseph.

Camden wimmert leise und zuckt unruhig mit ihrer schwarzen Schwanzspitze. Irgendetwas stimmt hier nicht.

»Sollen wir es im Hafen und am Strand versuchen?«, schlägt Jules vor. Ihr fällt nicht ein, wo sie sonst noch suchen könnten.

»Juillenne! Joseph!«

Luke rennt auf sie zu, dicht gefolgt von einem laut gackernden und wild flatternden Hank. »Wo wart ihr denn?«

»Wir sind eingeschlafen«, gibt Jules offen zu. Sie ist viel zu beunruhigt, um sich zu schämen. »Was ist passiert? Wo stecken denn alle?«

»Sie sind in den Obstgärten«, keucht Luke. »Warten am Waldrand. Die Giftmischer und Katharine haben die anderen Königinnen zur Jagd gefordert!«

»Zur Jagd?«, wiederholt Joseph stirnrunzelnd. »Luke, wo ist Arsinoe?«

»Ich weiß es nicht! Sie ist als Erste in den Wald gegangen, mit Braddock. Und jetzt sind die beiden anderen hinter ihr her. Vor allem diese Giftmischerin. Sie hat Arsinoe auch die ganze Zeit so angestarrt!«

»Wo?«, will Jules wissen. Als Luke anfängt zu stottern, packt sie ihn am Kragen und schüttelt ihn. »Wo?«

»Südliche Ecke, in der Nähe des Flusses. Aber inzwischen könnte sie überall sein. Wo warst du, Jules? Warum warst du nicht hier?«

Jules antwortet nicht, sondern rennt Richtung Wald, allerdings nicht zu den Obstgärten, wo die Menschen sie sehen könnten. Stattdessen biegt sie oben auf dem Hügel auf die Straße ein, die zum Fluss führt. Camden läuft vorneweg, hält die rosa Nase in den Wind und prüft alle Duftspuren. Verängstigt, wie Arsinoe war, kann sie in jede Richtung gelaufen sein. Aber Braddock wird sie bestimmt nicht zurückgelassen haben, und den Geruch des Bären kann Camden leicht aufspüren.

»Jules, warte!«, ruft Joseph. Er ist dicht hinter ihr, aber selbst mit seinen langen Beinen kann er nur schwer mit ihr mithalten, wenn sie in Rage ist.

»Worauf denn?«, faucht sie frustriert. Für einen Moment bleibt sie stehen und fährt zu ihm herum. »Ich weiß, dass wir uns nicht einmischen dürfen. Aber ich kann sie auch nicht allein dort draußen herumlaufen lassen wie ein hilfloses Beutetier, Joseph. Du etwa?«

»Nein.« Er packt ihre Hand, und gemeinsam laufen sie weiter. »Wir müssen sie finden.«

Die Giftmischer entdecken zuerst Braddock. Einen derart mächtigen pelzigen Körper kann man nur schwer verstecken. Arsinoe hört die Schreie, dann die dumpfen Hufschläge. Sie sieht ihren Bären streng an.

»Lauf!«

Aber die Instinkte eines Braunbären befehlen ihm nicht wegzulaufen. Sie befehlen ihm zu kämpfen. Er wendet sich den Verfolgern zu, die noch irgendwo zwischen den Bäumen sind. Schnüffelt prüfend und erhebt sich auf die Hinterbeine.

»Nein«, fleht Arsinoe. Verzweifelt klopft sie gegen seine Flanke und weist ihm die Richtung, in die er laufen soll, nämlich tiefer in den Wald hinein, wo die Pferde nicht mehr so leicht durch das dichte Unterholz kommen. »Bitte, Braddock, bitte komm! Sie werden dich töten!«

Diesen großen, lieben Bären. Bestimmt erinnern sich die Giftmischer noch an das Chaos, das er bei der Erwachenszeremonie ausgelöst hat. Sie werden kein Risiko eingehen. Und sie werden Arsinoe auch keine Gelegenheit geben, ihnen zu erklären, dass er gar nicht bösartig ist; dass alles allein ihre Schuld war.

»Komm schon, Braddock, komm mit!« Sie tritt auf der Stelle, blickt panisch zwischen ihm und den sich nähernden Reitern hin und her. Katharine reitet vorneweg und hat bereits ihre Armbrust gehoben.

»Bitte!«, flüstert Arsinoe und schreit erleichtert auf, als der Bär sich auf alle viere fallen lässt und ihr ins Unterholz folgt.

Als sie die Pferde hört, verkrampft sich Mirabella kurz. Sie sind ganz nahe, aber hier oben in ihrem Baum ist sie sicher. Trotzdem drückt sie sich gegen den Stamm und sucht sich einen festeren Stand in ihrer Astgabel. Bree und Elizabeth sind gerade erst aufgebrochen, um den Lockvogel zu spielen. Aber schon nach wenigen Sekunden hat sie die beiden aus den Augen verloren. Werden sie gleich unter ihr vorbeilaufen, verfolgt von Katharine? Oder dem Bären? Ruckartig ballt sie die Hände zu Fäusten und entspannt sie wieder. Ihre Blitze haben mehr Durchschlagskraft als ihr Feuer, aber das Feuer ist schneller.

Immer lauter werden die Rufe und das Hufgetrappel, sodass sie sich schließlich umdreht, um vielleicht etwas zu sehen. Die Geräusche klingen nach Gewalt. Etwas kracht. Aber Elizabeth und Bree sind in die andere Richtung gelaufen. Sie sollten also in Sicherheit sein, zumindest solange sie nicht einen Bogen geschlagen haben und zurückgekommen sind.

Es ist unerträglich, einfach hier auszuharren und dabei zuzuhören, wie ihre Schwestern sich jagen. Nicht zu wissen, was passiert. Nicht zu wissen, worauf sie hoffen soll. Am klügsten wäre es sicherlich, an Ort und Stelle zu bleiben. Abzuwarten, bis es vorbei ist und Bree und Elizabeth zu ihr zurückkommen.

Mirabella klettert von ihrem Baum herunter und lässt sich zu Boden fallen.

Ihre Schwester und der Bär haben Katharine gehört und flüchten wie verschreckte Hasen ins Dickicht. Aber das wird sie nicht retten. Halbmond kann wesentlich mehr Land gutmachen als Arsinoe. Wenn ihre Schwester schlau wäre, würde sie auf dem Bären reiten. Aber vielleicht lässt ja auch ein Familiaris nicht alles mit sich machen.

»Verlier sie nicht aus den Augen!«, ruft Nicolas voller Begeisterung. Seine Augen funkeln. Selbst Pietyr ist inzwischen auf den Geschmack gekommen und treibt sein Pferd mit der Zielstrebigkeit eines jagenden Falken voran.

Der Bär taucht vor ihnen auf, und Katharine zückt die Armbrust. Doch das Tier ist nicht ihr Ziel. Diesen Spaß überlässt sie den anderen mit ihren mit Betäubungsmittel präparierten Waffen. Sie will nur Arsinoe. Von Beginn an war bei dieser Jagd allein Arsinoe ihr Ziel, die Königin aus Wolfsquell, die hier sterben soll, sodass die ganze Stadt es bezeugen kann. Das ist nur passend.

Mit donnernden Hufen prescht Halbmond durch das Unterholz, bis der Bär vor ihnen immer größer und größer wird. Er überragt bei weitem die schwarz gekleidete Königin, die neben ihm läuft. Katharine hätte Halbmonds Hufeisen mit Gift bestreichen sollen, dann hätte sie Arsinoe einfach niederreiten können. Vielleicht hebt sie sich das für Mirabella auf.

Katharine lächelt siegesgewiss, bis der Bär sich umdreht und den Kampf aufnimmt.

»Nein, Braddock, nicht!« Verzweifelt stampft Arsinoe mit dem Fuß auf, aber der Bär gehorcht nicht. Er hat keine Lust mehr wegzulaufen. Das Hufgetrappel und die sich nähernden fremden Stimmen machen ihn wütend. Also erhebt er sich auf die Hinterbeine und brüllt, damit sie verschwinden. Attackieren wird er die Angreifer erst, wenn es unbedingt sein muss.

Arsinoe weiß sich keinen Rat. Stehen bleiben dürfen sie nicht, aber der Bär will auch nicht mitkommen. Kopfschüttelnd wendet sie sich ab, um allein weiterzulaufen, bleibt aber schon nach wenigen Schritten wieder stehen. Er ist ihr Bär. Sie kann ihn nicht im Stich lassen.

»Lauf!«, brüllt Mirabella sie an.

Vollkommen perplex erstarrt Arsinoe mitten in der Bewegung. Als sie die Bäume absucht, entdeckt sie Mirabella, die sich hinter einem dicken Baumstamm versteckt. Die Kapuze verdeckt ihre dunklen Haare.

»Lauf!«, befiehlt Mirabella ihr noch einmal mit gehetztem Blick. »Los jetzt, Arsinoe! Du musst hier weg!«

»Ich kann nicht!« Unwillkürlich schreit sie auf, als Braddock sich auf alle viere fallen lässt und die heranpreschenden Pferde angreift. Hilflos muss sie mit ansehen, wie Messer und Pfeile durch die Luft fliegen. Und zuhören, wie Braddock schmerzerfüllt brüllt, als sie sich in seinen weichen braunen Pelz bohren.

Mit Tränen in den Augen dreht sie sich zu Mirabella um.

»Lauf du weg«, sagt sie. »Rette dich selbst. Mich haben sie schon entdeckt.«

Arsinoe fährt herum, legt die Hände wie einen Trichter um den Mund und brüllt: »Kommt und holt mich, ihr feigen Giftmischer! Falls ihr euch traut, auch dahin zu gehen, wohin eure Pferde euch nicht tragen können!«

Sie wartet nicht ab, um zu sehen, ob ihre Verfolger den Köder schlucken. Dessen ist sie sich sicher. Und sie weiß ganz genau, an welcher Stelle im Wald sie sich gerade befindet. Es ist nicht mehr weit bis zu dem Dickicht, in dem sich das Wild versteckt. Dort wird sie es genauso machen: Sich dicht an die Erde pressen und sich verstecken. Mit etwas Glück wird Katharine an ihr vorübergehen, ohne sie zu bemerken. Vielleicht so dicht, dass Arsinoe sie packen und ihr die Kehle aufschlitzen kann.

»Ihr bleibt hier!«, befiehlt Katharine. Mit einem wilden Grinsen treibt sie Halbmond an dem verwundeten und unkontrolliert umhertaumelnden Bären vorbei und direkt in das dichte Gebüsch hinein, in das Arsinoe verschwunden ist. Sobald der Wallach durch die Büsche gebrochen ist, befindet sich ihr Ziel in Reichweite. Katharine drückt die Armbrust an die Schulter.

»Wo rennst du denn hin?«, flüstert sie und schießt. Der Bolzen trifft Arsinoe mitten in den Rücken. Mit einem leisen Keuchen bricht sie zusammen. An diesem Geräusch wird sich Katharine in den kommenden Nächten noch oft ergötzen. Die Königin lässt ihr Pferd mit einem lauten Triumphschrei herumwirbeln. Dabei könnte sie fast schwören, irgendwo zwischen den Bäumen einen zweiten Schrei gehört zu haben.

Bree presst eine Hand auf Mirabellas Mund, um ihre Schreie zu ersticken. Mit einer heftigen Bewegung versucht Mirabella, sich loszureißen, doch dann taucht auch Elizabeth auf, und gemeinsam ringen die beiden Freundinnen sie zu Boden.

Arsinoe ist tot. Katharine hat ihr in den Rücken geschossen. Es ist vorbei.

Heiße Tränen laufen über Mirabellas Wangen, als sie stumm beobachtet, wie Katharine vom Pferd steigt. Von ihrem Versteck zwischen den Farnbüschen aus sieht Arsinoes regloser Körper aus wie ein schlaffes, dunkles Kleiderbündel.

Katharine versetzt Arsinoe einen Tritt gegen die Rippen, um sie auf den Rücken zu rollen. Arsinoe schreit wie ein geprügelter Hund.

»Was wird dich wohl eher töten«, fragt Katharine, »mein Gift oder mein Armbrustbolzen?« Neugierig legt sie den Kopf schief. »Keine letzten Worte? Keine gewitzte Antwort?« Sie beugt sich vor, als wolle sie lauschen. Dann lacht sie.

»Lasst mich los«, flüstert Mirabella wütend.

»Nein, Mira«, zischt Bree ebenso leise. »Bitte. Es ist vorbei. Der Bolzen war vergiftet. Lass sie gehen.«

»Nein«, wehrt sich Mirabella, doch Bree hat recht. Was auch immer sie für Arsinoe hätte tun können – sie hat es nicht rechtzeitig getan.

Katharine hat Arsinoe die Maske abgenommen und lässt sie nun um ihren Finger kreisen.

»Dieser Bär hat ein Monster aus dir gemacht«, stellt sie fest, nachdem sie Arsinoes vernarbtes Gesicht gemustert hat. »Du solltest froh sein, dass wir ihn getötet haben.«

Arsinoe hustet schwach. Ihre Atmung klingt angestrengt und rasselnd.

»Aus dir haben sie auch ein Monster gemacht, kleine Katharine. Selbst ohne Narben.«

Das Folgende geschieht so schnell, dass Mirabella es

kaum realisiert. Hinter Katharine stürmt Juillenne Milone auf die Lichtung.

»Geh von ihr weg!«, kreischt sie, dann wird Katharine durch die Luft gewirbelt und landet ächzend an einem Baum. Jules hat die Hand ausgestreckt, als wolle sie ihr einen Stoß versetzen, ist aber viel zu weit von ihr entfernt, um sie zu berühren. Mit weit aufgerissenen Augen beobachtet Mirabella, wie Jules neben Arsinoe auf die Knie sinkt. Als Katharine sich wieder aufgerappelt hat, fährt Juillenne herum und tut es noch einmal – mit einer unsichtbaren Kraft schleudert sie die Giftmischerin durch die Luft, und das so heftig, dass diese nach der Landung sogar noch ein Stück weiterrollt.

»Leg mir den Arm um den Hals, Arsinoe. Komm schon, hilf mit!«

Jules ruft Katharines Pferd zu sich, bringt es dazu, in die Knie zu gehen, und hievt sich selbst und Arsinoe in den Sattel. Dann galoppieren sie davon, dicht gefolgt von Juillennes Berglöwin, die selbst humpelnd noch erstaunlich schnell ist. Katharine bleibt zurück, schreit vor Wut und schlägt mit geballten Fäusten auf den Waldboden ein.

Mirabella, Elizabeth und Bree ducken sich hastig, als Katharines Jagdgesellschaft zu ihr aufschließt.

»Königin Katharine! Bist du verletzt?«

»Nein.« Katharine steht auf und wischt sich Schmutz und Grashalme vom Rock. »Ich habe sie erwischt. Ich habe Arsinoe getroffen. Aber diese Naturbegabte hat den Leichnam gestohlen.« Wütend setzt sie sich in Bewegung und zieht sich geschickt hinter einem Jungen mit weißblonden Haaren in den Sattel. Einer der Arrons. »Reite los, Pietyr! Ich werde auf keinen Fall den

Leichnam meiner Schwester verlieren!« Sie versetzt dem Pferd einen heftigen Tritt in die Flanken, das daraufhin sofort losrennt. Der Rest der Giftmischer folgt eilig.

»Habt ihr das gesehen?«, fragt Bree, nachdem die Hufgeräusche verklungen sind. »Obwohl ich es noch nie gesehen habe, könnte ich schwören, dass sie die Kriegergabe eingesetzt hat.«

»Aber wie?«, wundert sich Elizabeth. »Jules Milone ist eine Naturbegabte.«

»Ich weiß es nicht.« Mirabella beginnt zu schluchzen. »Und es ist mir auch egal.« Erschöpft lehnt sie sich an Elizabeths Schulter, die sie gemeinsam mit Bree schnell in den Arm nimmt. Ihre Freundinnen sind in Sicherheit, sie selbst ist in Sicherheit. Eigentlich sollte sie dankbar sein. Aber das kann sie nicht, denn Arsinoe ist tot.

Wolfsquell

Joseph hat Jules und Camden aus den Augen verloren, kaum dass der Berglöwe Braddocks Spur aufgenommen hat. Die beiden waren einfach viel schneller als er, und trotz aller Versuche, sie wieder einzuholen, hatte er keine Chance. Also ist er schließlich zu den Obstgärten zurückgekehrt, weil er dort wenigstens nicht allein ist mit seinen Sorgen.

Nachdem er den Wald verlassen hat, schiebt er sich durch die stumm wartende Menge, bis er schließlich Billy, die Milones und Matthew findet.

»Da kommt jemand!«

»Ist es Arsinoe?« Billy reckt den Hals.

»Das wäre zu früh«, murmelt Cait. »Viel zu früh.«

Und sie behält recht. Es tritt zwar eine Königin zwischen den Bäumen hervor, aber es ist nicht Arsinoe, sondern Mirabella.

»Mira«, ruft Billy. »Geht es ihr gut? Ist Katharine tot?«

Joseph muss Mirabella nur kurz in die Augen sehen. Eisige Kälte breitet sich in ihm aus.

»Es tut mir leid«, entschuldigt sich Mirabella. »Aber Königin Katharine hat ihr in den Rücken geschossen.«

Die versammelten Menschen zeigen kaum eine Reaktion – keine Jubelschreie der Giftmischer, keine sichtliche Erleichterung unter den Elementwandlern. Sie alle heben sich ihre Gebete und Trinksprüche für später auf, wenn sie allein sind. Und die Naturbegabten sind an sich schon ein harter Menschenschlag, der sich noch dazu seit Arsinoes Geburt auf diese Nachricht eingestellt hatte.

»Nein. Nein!« Billy boxt sich mit den Ellbogen einen Weg frei, bis er direkt vor Mirabella steht. Sie wird von Bree Westwood und einer Priesterin gestützt. Mit tiefem Bedauern sieht sie Billy an. Joseph kann sie nicht einmal in die Augen sehen.

»Du lügst, Mira!«, brüllt Billy. »Ich glaube das nicht. Ich werde es erst glauben, wenn ich sie gesehen habe!«

Matthew greift nach Billys Arm, aber der reißt sich los. Erst als Joseph ihn an den Schultern packt, lässt er sich von seinem Freund umarmen. Dabei zittert er so stark, dass die beiden fast umfallen.

»Was ist nur mit denen los? Warum unternehmen sie nichts?« Billy fährt zu den Milones herum und starrt in ihre stummen, grimmigen Gesichter. »Was stimmt nicht mit euch? Geht da rein und sucht sie!«

»Ganz ruhig, Billy«, flüstert Joseph ihm ins Ohr. »Vielleicht stimmt es ja nicht. Es kann gar nicht sein. Jules und Camden waren ihr auf der Spur.«

Noch während er es ausspricht, beginnt Josephs Herz zu rasen. Wenn Jules und Camden getötet wurden, wird er den Verstand verlieren.

»Ich gehe da jetzt rein.« Billy befreit sich aus Josephs Griff.

»Billy.« Mirabella hebt beschwichtigend die Arme. »Du wirst sie nicht finden. Sie ist nicht mehr hier.«

»Was soll das heißen?«

»Ich meine damit, dass …« Ihr Blick huscht kurz zu

Joseph. »Jules hat versucht, sie zu retten. Und dann ... hat sie Arsinoe mitgenommen.«

Joseph steigen Tränen in die Augen. Madrigal presst eine Hand an den Bauch und sinkt auf die Knie.

»Es tut mir so leid«, haucht Mirabella tonlos.

»Das weiß ich«, flüstert Joseph. »Das weiß ich.«

Die Menge wendet sich wieder dem Wald zu, als Hufschläge ertönen und das Laub anfängt zu rascheln. Die Arrons und die ihnen ach so treu ergebenen Ratsmitglieder treten vor. Bis jetzt haben sie sich klugerweise zurückgehalten, aber nun kehrt ihre Königin zurück. Und eine siegreiche Königin muss geehrt werden, unabhängig vom Schauplatz ihres Sieges.

Margaret Beaulin taucht als Erste aus dem Wald auf. Sie zügelt ihr Pferd und lenkt es direkt zu Natalia Arron, lässt es so dicht vor ihr anhalten, dass Natalia den Kopf abwendet, um nicht den feuchten Atem des müden Pferdes abzubekommen.

»Es ist vollbracht.«

»Sie könnten sich immer noch irren«, protestiert Billy, und Joseph muss seinen Ziehbruder mit Gewalt zurückhalten, während Natalia jeden Reiter einzeln befragt, sogar den Freier mit den goldblonden Haaren. Dann erscheint Königin Katharine, sie sitzt hinter dem Arron-Sprössling im Sattel.

»Sie hat mein Pferd gestohlen«, schäumt sie. »Sie hat Halbmond gestohlen!«

»Wer?«, hakt Cait Milone nach. »Arsinoe?«

Katharine scheint außer sich zu sein vor Wut, doch als sie sieht, von wem die Frage kommt, beruhigt sie sich etwas und senkt respektvoll den Blick.

»Meine Schwester Königin Arsinoe ist tot, Mistress

Milone. Ich habe sie mit einem vergifteten Armbrustbolzen erschossen. Ich spreche von deiner Enkelin Juillenne. Sie hat mein Pferd gestohlen und ist mit dem Leichnam geflohen.«

»Falls dem so ist«, erwidert Cait mit angespannter Stimme, »dann hat die Trauer sie überwältigt. Bestimmt wird sie bald wieder zu sich kommen.«

»Du hast sicherlich recht, Cait«, sagt Natalia, »doch der Leichnam der Königin muss zurückgegeben werden. Königin Arsinoe steht eine rituelle Bestattung zu.«

Joseph kneift wütend die Augen zusammen, als Katharine die Hände vor das Gesicht schlägt – vermutlich, um ihr höhnisches Grinsen zu verbergen. Als sie sie wieder sinken lässt, ist ihre Miene ernst.

»Doch das ist noch nicht alles«, sagt sie. »Als die kleine Milone mich angegriffen hat, geschah das nicht mithilfe ihres Familiaris. Sie hat die Gabe des Krieges eingesetzt.«

Tödliche Stille breitet sich aus. Dann folgen ein paar ungläubige Schreie. Katharine erhebt die Stimme, damit sie trotz des einsetzenden Lärms verstanden wird.

»Denkt, was ihr wollt, Volk von Wolfsquell. Ich habe es gesehen. Juillenne Milone trägt den Fluch der Pluralität in sich.«

In den Wäldern nordöstlich von Wolfsquell

Als sie das Ufer des Calder erreicht, lässt Jules das Pferd anhalten. Die Nachtluft ist kalt, und der Fluss rauscht trotz des hellen Mondlichts tintenschwarz an ihr vorbei. Arsinoe liegt quer über dem Sattelknauf. Tot? Diesen Gedanken lässt Jules nicht zu, fürchtet sich aber gleichzeitig davor nachzusehen. Sie ruft Camden zu sich und setzt ihre Gabe ein, um das Pferd ruhig zu halten, während der Berglöwe hinter dem Sattel auf seinen Rücken springt, damit sie den Fluss durchqueren können.

»Eines muss man den Giftmischern lassen«, sagt Jules leise. »Sie züchten hervorragende Pferde. Dieser Kerl hier ist schneller als sämtliche Reitpferde von Wolfsquell. Und stärker.« Über mindestens ein Drittel der Strecke hat er auch noch Camdens nicht gerade geringes Gewicht gemeistert, und Jules musste nicht einmal ihre Gabe einsetzen, um ihn anzutreiben.

»Arsinoe? Kannst du mich hören?«

Keine Antwort. Jules beißt mitfühlend die Zähne zusammen, als das Pferd mit wenigen Sprüngen das gegenüberliegende Ufer erklimmt, wobei Arsinoe ziemlich durchgeschüttelt wird. Seit sie Katharine allein im Wald zurückgelassen haben, hat Arsinoe kein Wort gesprochen. Sie hat nicht einmal gestöhnt. Trotzdem reitet

Jules weiter. Solange sie noch Wärme in Arsinoes Körper spürt, wird sie nicht aufgeben.

»Bitte, Arsinoe. Bitte, sei nicht tot.«

Der Armbrustbolzen ragt aus Arsinoes Rücken und wird bei jedem Schritt des Pferdes gegen Jules' Bein gedrückt. Das kann so nicht weitergehen. Mit jeder Bewegung richtet er mehr Schaden an. Jules hebt vorsichtig Arsinoes Schulter an, um einen Blick darunter zu werfen.

»Nicht anfassen«, keucht Arsinoe, was Jules so erschreckt, dass sie beinahe aufschreit. »Fass den Bolzen nicht an. Du weißt nicht, was sie draufgeschmiert hat.«

Jules beugt sich vor und bedeckt Arsinoes Kopf mit Küssen. Sie ist am Leben. Und sie ist sogar kratzbürstig.

»Dann wickele ich mir eben etwas um die Hand.« Tränen der Erleichterung laufen über Jules' Wangen, gleichzeitig grinst sie breit. »Er muss nun einmal raus.«

»Nein.« Arsinoe verzieht das Gesicht, und ihre Zähne funkeln weiß im Mondlicht. »Lass ihn einfach drin.«

Jules schlingt einen Arm um Arsinoes Hals. Sie ist kein Heiler, und im Jahr des Aufstieges wird niemand einer verletzten Königin helfen. Ihr fällt nur ein Ort ein, an den sie gehen, nur eine Person, an die sie sich wenden kann. Aber der Weg dorthin ist viel zu weit.

»Ist schon gut, Jules«, flüstert Arsinoe.

Sie mustert das bleiche Gesicht ihrer Königin. Sie ist sehr schwach, aber die Blutung hat nachgelassen.

Camden springt vom Pferderücken, und sie nehmen das alte Tempo wieder auf, ziehen immer weiter nach Norden.

Tempel von Wolfsquell

»Trink etwas warmen Apfelwein, Mira.« Elizabeth drückt ihr einen Becher in die Hand, aber Mirabella sieht ihn kaum an. »Selbst an Mittsommer wird es hier am Meer nachts empfindlich kalt.«

»Stammt der aus den Fässern von draußen? Den darf sie nicht trinken, du Närrin!« Eine der Priesterinnen aus Rolanth greift so hektisch nach dem Becher, dass der Apfelwein überschwappt. »Der wurde noch nicht geprüft.«

»Wage es ja nicht, sie noch einmal als Närrin zu bezeichnen«, wütet Bree. »Und wenn die Königin diesen Apfelwein nicht trinken soll, geh und erhitze ihr welchen, den sie haben *darf*.«

Die Priesterin runzelt gereizt die Stirn, geht dann aber, um den Befehl auszuführen. Sobald sie sich umgedreht hat, tut Bree so, als würde sie ihr in den Hintern treten. Dann wendet sie sich Elizabeth zu: »Du solltest den Orden verlassen, wenn man dich dort so behandelt.«

»Ich bin Initiandin, Bree. Wir sind quasi dazu da, herumgeschubst zu werden.«

»Du bist aber auch eine der besten Freundinnen der Königin.«

»Die Göttin behandelt alle Menschen gleich. Und ihre Priesterinnen halten es ebenso.«

Bree pustet sich eine verirrte Haarsträhne aus dem Gesicht und brummelt empört vor sich hin. Mirabella glaubt, das Wort »Unsinn« herauszuhören.

Elizabeth und Bree sind ihr seit der Jagd nicht mehr von der Seite gewichen. Während der Rest ihrer Reisegesellschaft kopflos herumflattert wie panische Vögel, vollkommen verwirrt und nutzlos, geben die beiden ihr Halt. Luca ist gemeinsam mit den Mitgliedern des Schwarzen Rates zum Haus der Milones gegangen, um über eine Strafe für Jules zu beraten. Immerhin hat sie eine Königin angegriffen und ist mit dem Leichnam einer zweiten durchgebrannt. Doch ihr schwerstes Vergehen liegt in ihrem Wesen begründet: der Fluch der Pluralität.

Mirabella schließt erschöpft die Augen. Arme Jules. Armer Joseph. Es sollte keine Strafe geben. Stattdessen sollte man ihr Beifall spenden, sie mit Ehrungen überschütten. Jules hat getan, wozu Mirabella zu feige war. Mit nur einem Windstoß hätte sie Katharine mühelos wegschieben können. Sie hätte sie und ihr Pferd mit einem Blitzschlag erledigen können.

Das Tor des Tempels öffnet sich, und die Hohepriesterin tritt ein. Sara steht auf, um sie zu begrüßen, und ergreift ihre Hände.

»Haben sie Königin Arsinoes Leichnam inzwischen gefunden, Luca?«

»Nein, und das werden sie wahrscheinlich auch nicht«, antwortet Luca. »Die kleine Milone kennt sich in diesen Wäldern aus, und da es inzwischen dunkel geworden ist, kann man wohl erst morgen Früh ihre Spur aufnehmen. Bis dahin wird ihr Vorsprung aber zu groß sein.«

»Wie lautet ihre Strafe?«, fragt Mirabella abrupt.

Schweigen breitet sich aus. Ihr Tonfall hat deutlich gemacht, dass es ihrer Meinung nach keine geben dürfte.

»Für die Entführung des Leichnams wird sie nicht bestraft werden, Mira«, erklärt Luca sanft. »Der Rat gibt sich mit der Tatsache zufrieden, dass eine der Königinnen tot ist. Und er will auch nicht das Volk von Wolfsquell gegen sich aufbringen, indem er eine der angesehensten Töchter des Ortes hinrichtet.« Sie zieht die Brauen hoch und legt den Kopf schief. »Ehrlich gesagt, hat mich das ziemlich beeindruckt. Überrascht und beeindruckt. Bleibt jedoch noch der Fluch der Pluralität. Wenn Juillenne Milone wieder auftaucht, wird sie sich zur Befragung in der Hauptstadt einfinden müssen.«

»Angesehene Tochter«, höhnt eine der Priesterinnen aus Rolanth. »Nachdem sie jetzt wissen, dass sie den Fluch der Pluralität in sich trägt, werden die Bewohner von Wolfsquell sie hochkant rausschmeißen. Vielleicht fordern sie sogar selbst ihre Hinrichtung.« Zustimmendes Gemurmel breitet sich aus. Die Priesterinnen aus Rolanth und Wolfsquell messen sich mit finsteren Blicken und fordern sich so gegenseitig heraus, aus der Reihe zu tanzen.

»Du weißt, dass das nur ein Vorwand ist, Luca«, meldet sich Mirabella wieder zu Wort. »Der Rat wird Jules nicht befragen. Er wird sie einsperren und töten, sobald der Kampf um die Krone entschieden ist.«

»Das mag sein«, gibt Luca zu. »Die Göttin weiß, wie gefährlich es ist, wenn ein Mensch mit so stark ausgeprägten Gaben diesen Fluch in sich trägt. Sollte das Mädchen dem Wahnsinn anheimfallen … aber das ist nicht unsere Entscheidung.« Gelassen sieht sie Mirabella an. »Es sei denn, du wirst Königin. Dann läge die Entscheidung bei deinem Rat.«

Mirabella könnte Jules retten, natürlich. Sie muss sie retten, schon um Arsinoes willen.

Das Tor öffnet sich noch einmal, und Rho kommt herein.

»Einige Arrons sind mit einer großen Trage und einem Karren in den Wald gegangen«, berichtet sie. »Seile hatten sie auch dabei und Laternen.«

»Wozu?«, wundert sich Mirabella.

»Ich denke, sie wollen sich einen Bettvorleger als Trophäe holen. Sie waren hinter Arsinoes totem Bären her.«

»Wie schrecklich.« Allein bei dem Gedanken schaudert Elizabeth sichtlich. »Einen Familiaris derartig zu entwürdigen. Noch dazu den Familiaris einer Königin!«

»Katharine ist bösartig«, flüstert Mirabella. »Es tut mir leid, Arsinoe, dass ich mich nicht schon vor langer Zeit um sie gekümmert habe.«

In den Seewachtbergen

Letztlich hat sich die Kraft des Pferdes doch erschöpft. Jules klopft seinen schweißnassen Hals.

»Gut gemacht, braver Junge«, lobt sie. Sie hat das Tier hart angetrieben, es das Tempo erst verringern lassen, als sie die steinigen Pfade am Fuß der Berge erreichten.

Arsinoe, die reglos in ihren Armen liegt, beginnt zu husten. Ihr gesamter Körper verkrampft sich und wird hart wie ein Brett, sodass sie aus dem Sattel zu rutschen droht.

»Nicht bewegen, Arsinoe!«

Jules lässt das Pferd anhalten und steigt ab. Ihre Beine tun so weh, dass sie kaum stehen kann. Lautlos verflucht sie die Giftmischer, aber Arsinoes Schmerzen können genauso gut von dem stundenlangen Ritt herrühren.

»Camden, hilf mir mal.«

Vorsichtig zieht sie Arsinoe vom Pferd, und Camden schiebt sich unter den schlaffen Körper, um den Aufprall abzufangen. Mit einem besorgten Schnurren leckt sie die feuchtkalte Wange der Königin.

Sobald der Bolzen, der aus ihrem Rücken ragt, den Boden berührt, schreit Arsinoe laut auf. Schnell rollt Jules sie auf die Seite.

Im fahlen Licht von Mond und Sternen sieht Arsinoe aus, als wäre sie bereits tot.

»Ich höre einen Fluss«, verkündet Jules mit gezwungener Fröhlichkeit. »Obwohl ich im Moment so erschöpft bin, dass ich nicht mal einen Fisch dazu bringen könnte, mir ein paar Tropfen ins Gesicht zu spritzen – geschweige denn, sich von uns essen zu lassen.«

»Kein Fisch«, murmelt Arsinoe. »Wasser.«

Jules führt Camden und das Pferd in Richtung des rauschenden Baches, wo sie zusammen mit beiden Tieren erst einmal trinkt. In den Satteltaschen findet sie eine silberne Feldflasche und schüttet das Gift, das Katharine mit Sicherheit darin aufbewahrt hat, in den Fluss. Anschließend spült sie die Flasche drei Mal aus, bevor sie sie mit frischem, kaltem Wasser füllt.

»Hier.« Jules kniet sich hin und zieht Arsinoes Kopf auf ihren Schoß, dann hält sie ihr die Flasche an die Lippen. Arsinoe nimmt nur einen kleinen Schluck zu sich, bevor sie wieder zu husten beginnt. Als der Anfall vorüber ist, klebt dunkles Blut an ihrem Kinn.

»Du hättest das nicht tun sollen, Jules. Du wirst Ärger bekommen.«

»Seit wann scheren du und ich uns denn darum, ob wir Ärger kriegen?« Liebevoll mustert sie Arsinoes vernarbtes Gesicht und fährt mit dem Daumen über die wulstige Haut.

»Sie hat mir … meine Maske genommen.«

»Ich hole sie dir zurück«, verspricht Jules. »Ich hole sie dir zurück und bringe dir dazu ihren Kopf.«

»Nein.« Wieder wird Arsinoe von einem Hustenkrampf geschüttelt. Noch mehr Blut landet auf ihrem Kinn. »Nicht deine Aufgabe. Lass … Mirabella …«

»Du hättest gar nicht erst gezwungen werden dürfen wegzulaufen«, unterbricht Jules sie. »Du hättest da draußen nicht ganz allein sein dürfen. Es tut mir so leid! Nie bin ich da, wenn du mich brauchst.«

»Du bist immer da.«

»Aber nicht heute. Stattdessen war ich bei Joseph und bin eingeschlafen! Ich hätte bei dir sein müssen, aber ich war bei ihm! Und habe geschlafen!«

Arsinoe grinst anzüglich.

»Na endlich.«

Jules wischt sich die Tränen ab. »Er ist mir nicht wichtiger als du! Außerdem ist er treulos. Ein Verräter. Und er ist das hier einfach nicht wert!«

»Tja, wer ist das schon?«, spottet Arsinoe. »Aber er ist besser, als du ahnst. Es war meine Schuld, Jules. Das, was zwischen ihm und Mirabella passiert ist.«

»Was redest du da?«

»Ich habe einen Zauber gewirkt. Ist schiefgegangen. Das war noch ganz am Anfang, bevor ich wusste, was niedere Magie anrichten kann. Aber ich wollte nie, dass du darunter leiden musst.« Sie hustet erneut, und ihre Finger krümmen sich zu Klauen. Als der Anfall abflaut, ist ihre Stirn mit einem dünnen Schweißfilm bedeckt.

»Ich kann nicht atmen«, keucht sie. »Jules, ich kann nicht atmen.« Ihre Lider schließen sich.

»Arsinoe?« Jules schüttelt sie sanft. »Arsinoe, nein!«

Panisch sucht sie die Bäume ringsum ab. Gibt es irgendjemanden, den sie zu Hilfe rufen kann? Camden tappt zu ihr herüber. Als sie an Arsinoes Gesicht schnüffelt, rollt der Kopf der Königin schlaff zur Seite.

»Wir müssen gehen. Camden, wir müssen weiter!«

Jules hievt Arsinoes Körper hoch, ruft das Pferd herbei und lässt es niederknien. Sie alle sind so müde. Aber Arsinoe liegt im Sterben. Sie müssen weiterreiten.

Gasthaus *Zur krummschwänzigen Katze*

Die Giftmischer schaffen es gerade mal bis nach Torberg, bevor sie ihre Reise unterbrechen, um zu feiern. Angeführt von Genevieve und Cousin Lucian aus dem Rat, fallen sie in den erstbesten Gasthof ein, den sie finden können – das Gasthaus *Zur krummschwänzigen Katze.* Trotz des zweifelhaften Namens ist es sauber und gepflegt, und in der Küche finden sich ausreichend Kochgeschirr und Messer, um ein spontanes Giftmischerfestmahl zuzubereiten. Den ganzen Nachmittag über und bis weit in den Abend hinein ergeht sich die Reisegesellschaft in Trinksprüchen auf ihre Königin und lauscht wieder und wieder den Geschichten von der Jagd.

Sie zerren sogar den Bären in die Gaststube, sorgfältig festgekettet auf einem Karren. Vollgepumpt mit Gift und ohne Bewusstsein.

»Was wird jetzt mit ihm geschehen?«, fragt Nicolas mit Blick auf das Tier. »Was passiert mit einem Familiaris, wenn sein Naturbegabter tot ist?«

Katharine lehnt sich in ihrem Stuhl zurück und mustert den Braunbären mit nachdenklich geneigtem Kopf. Er ist immer noch imposant, selbst wenn er auf einem Wagen festgebunden ist und ihm die Zunge aus dem Maul hängt. Es hat etwas Befriedigendes an sich, dass er nun so ganz ihrer Gnade ausgeliefert ist. Dass sein glänzender Pelz mit den blutigen Schnitten und Stichwunden ihrer Schwerter und Giftpfeile übersät ist.

»Vermutlich kehrt er in die Wälder zurück.«

»Aber in Wolfsquell hat man mir gesagt, dass ein Familiaris eine unnatürlich lange Lebensspanne hat«, fährt Nicolas fort. »Gilt das jetzt immer noch? Oder wird er ohne die Verbindung zu seinem Naturbegabten altern und sterben wie jeder andere Bär?«

Pietyr, der an Katharines anderer Seite sitzt, leert seinen Becher mit Maiwein und stellt ihn mit einem Knall auf den Tisch zurück. »Solche Fragen solltest du besser einem Naturbegabten stellen. Vielleicht möchtest du ja zu ihnen zurückreiten und dich erkundigen. Die könnten dich anschließend gleich nach Rolanth weiterschicken. Du musst doch bald die Werbungszeit bei Königin Mirabella antreten, oder nicht?«

Nicolas lächelt unverbindlich und zuckt mit den Schultern.

»Bald, ja. Es sei denn, meine Königin bringt sie vorher um.« Er senkt den Kopf über Katharines Hand und haucht einen Kuss auf das Leder ihres Handschuhs, bevor er sich erhebt. Langsam geht er zu dem Bären hinüber, und Katharine sieht zu, wie er seinen Weinbecher über dem Kopf des Tieres ausgießt.

»Du kannst ihn doch nicht wirklich mögen«, faucht Pietyr.

»Warum nicht? Er hat viel Liebenswertes an sich. Zum Beispiel hat er andere Frauen nie auch nur eines Blickes gewürdigt. Und in seinem Haar habe ich auch nie Blumengaben von lüsternen Priesterinnen gefunden.«

»Seit ich dich kenne, hatte ich kein anderes Mädchen mehr, Kat«, versichert Pietyr ihr leise. »Du hast mich für sie verdorben.« Ohne Nicolas aus den Augen zu lassen, der gerade lachend mit der gabenlosen Renata Hargrove aus dem Rat anstößt, fügt er hinzu: »Er liebt dich nicht so, wie ich es tue. Das kann er gar nicht.«

»Und woher willst du das wissen, Pietyr?« Katharine beugt sich so weit zu ihm hinüber, dass er ihren Atem an seiner Wange spüren kann. »Was müsste er tun, um es zu beweisen? Müsste er mich dafür in die Brecciaspalte stoßen?«

Pietyr verkrampft sich sichtlich, woraufhin Katharine sich entspannt zurücklehnt und fröhlich ein paar giftige Beeren in den Mund schiebt.

»Du isst zu viel. Heute Nacht wirst du dich schlecht fühlen.«

»Vielleicht«, gibt sie zu und nimmt sich noch eine Handvoll. »Aber ich werde nicht sterben. Seit ich ein kleines Kind war, wurde ich wieder und wieder vergiftet, Pietyr. Ich weiß, was ich tue. Also entspann dich und versuche, dich zu amüsieren.«

Mit grimmig verschränkten Armen lehnt er sich zurück, als Einziger im ganzen Raum schlecht gelaunt. Die Kunst der Dorfmusikanten ist alles andere als ausgefeilt, und das Gasthaus ist schlicht, verfügt nicht einmal über einen Lüster. Doch die Giftmischer sind von ihrem Triumph in Wolfsquell so berauscht, dass sie sich nicht daran zu stören scheinen. Selbst Natalia lässt sich – mit geradem Rücken und einem milden Lächeln auf den Lippen – von ihrem jüngeren Bruder Antonin über die Tanzfläche führen.

»Spielt lauter!«, befiehlt Genevieve. »Damit die Elementwandler es hören, wenn ihre Kutschen vorbeifahren!«

Der Befehl ruft allgemeinen Jubel hervor, und die Musiker legen sich noch mehr ins Zeug. Katharine fände es wunderbar, wenn Mirabella das hören könnte. Es sehen könnte. Doch selbst wenn heute noch Kutschen aus Rolanth hier vorbeikommen, werden nur Priesterinnen darin sitzen. Mirabella wird nicht dabei sein. Die Elementwandlerkönigin und die Westwoods sind auf dem Seeweg nach Wolfsquell gereist, da sie die Strömungen und den Wind kontrollieren können. Und natürlich, weil sie verhindern wollten, den Giftmischern zu begegnen.

Margaret Beaulin tritt an Katharines Tisch und verbeugt sich vor ihr. Dann stützt sie sich schwer auf der Tischplatte ab. Sie ist so betrunken, dass ihr linkes Auge sich zu verselbstständigen scheint.

»Wirklich inspirierend, den Bären in unsere Mitte zu bringen«, lobt sie. »Wie schön wäre es, wenn stattdessen Arsinoes toter Körper auf diesen Wagen gespannt wäre.«

Katharines Augen werden schmal.

»Eine besiegte Königin hat das Recht auf ordnungsgemäße Bestattungsriten, Margaret«, knurrt sie warnend. »Sie verdient die Liebe und die Achtung ihres Volkes.«

In jeder Ortschaft, durch die sie gereist sind, standen brennende Kerzen in den Fenstern der Häuser, um Königin Arsinoe zu ehren. Und genau so soll es auch sein.

Da sie Katharines ernsten Tonfall offenbar überhört hat, winkt Margaret nachlässig ab.

»Sollen sie trauern. Nach deiner Krönung wird niemand mehr ihren Namen nennen. Er wird mit der Zeit hinweggespült werden wie ein Kieselstein im Fluss.«

Katharine umklammert so fest die Lehnen ihres Stuhls, dass das Holz knarrt.

»Katharine?« Pietyr wendet sich ihr zu. »Alles in Ordnung?«

Schnell greift Katharine nach ihrem Becher, der bis zum Rand mit vergiftetem Wein gefüllt ist. Am liebsten würde sie ihn Margaret Beaulin ins Gesicht schleudern, sich auf sie stürzen, der Kriegerin den giftigen Inhalt in den Hals schütten.

Irgendwann vielleicht. Aber nicht jetzt. Sie steht auf, und sofort hören die Musiker auf zu spielen. Die Giftmischer unterbrechen ihren Tanz.

»Trinken wir – auf meine Schwester, Königin Arsinoe.«

Fassungslose Blicke werden gewechselt. Leises Kichern erklingt, als wäre das ein Scherz. Aber Katharine scherzt nicht, und schließlich kehrt Natalia zu ihrem Tisch zurück, nimmt ihren Becher und hebt ihn hoch. Nach kurzem Zögern folgen die übrigen Giftmischer ihrem Beispiel.

»Es wäre so leicht, sie zu hassen«, fährt Katharine fort. Als die Erinnerung an ihre Schwester in ihr aufsteigt, tritt das Bild der Menge vor ihr in den Hintergrund. »Einfach nur, weil sie mir im Weg stand. Aber Königin Arsinoe trifft keine Schuld an alldem. Sie war ebenso unschuldig wie ich. Bevor es diesen Bären gab«, sie zeigt mit einer ausholenden Geste auf das betäubte Tier, »und vor dem Beltanefest haben die Leute das Gleiche über sie gedacht wie über mich: dass wir schwach sind. Geboren, um zu sterben. Lediglich Opferlämmer, um den Mythos der wahren Königin auszuschmücken. Lasst uns also nicht vergessen, welcher Königin unser Hass gilt: dem Liebling der Stadt Rolanth und des Tempels.«

Katharine streckt ihren Becher in die Höhe.

»Ich trinke auf Königin Arsinoe, meine Schwester, die ich voller Gnade getötet habe. Wenn ich Königin Mirabella umbringe, wird dem nicht so sein. Königin Mirabella wird leiden.«

Die Schwarze Kate

Als Jules die Schwarze Kate endlich erreicht, ist sie so erschöpft, dass keine Kraft mehr bleibt für Vorsichtsmaßnahmen. Mühsam drängt sie das gequälte Pferd durch die Büsche. In dem kleinen Fluss wäre es fast ausgerutscht und gestürzt. Nur ein heftiger Ruck an den Zügeln ließ das arme Tier den Kopf hochreißen, sodass es das Gleichgewicht nicht verlor.

»Caragh!«

Jules kämpft sich den schmalen Pfad entlang, der zwischen dickblättrigen Büschen hindurchführt. Die Anspannung verzerrt ihre Stimme. Es scheint eine Ewigkeit her zu sein, dass Jules überhaupt eine Stimme gehört hat. Stundenlang vernahm sie nichts außer dumpfen Hufschlägen und dem Rauschen der Blätter.

»Caragh!«

Die Tür des Hauses öffnet sich, und ihre Tante Caragh tritt vorsichtig nach draußen.

»Juillenne?«

»Ja.« Erleichtert lässt Jules die Schultern hängen. Arsinoe ist schwer, ihr tut alles weh. »Ich bin es.«

Caragh sagt kein Wort, aber ihr schokoladenbrauner Jagdhund rennt die Stufen herunter, springt um das Pferd herum und bellt glücklich.

»Tante Caragh, hilf uns!« Jules' Worte scheinen kaum

mehr Substanz zu haben als der Wind. Sie lässt sich seitwärts vom Pferd rutschen und zieht Arsinoes Körper hinter sich herunter. Doch er fällt nicht zu Boden – plötzlich sind Caraghs Arme da und fangen ihn auf.

»Jules.« Caragh lässt Arsinoe sanft zu Boden sinken, dann umfasst sie mit beiden Händen das Gesicht ihrer Nichte und tastet besorgt den Rest ihres Körpers ab. Gleichzeitig schnüffelt ihr Hund aufgeregt an Camden herum, die erschöpft im Gras zusammengebrochen ist. Schließlich wendet Caragh sich Arsinoe zu und streicht ihr die kurzen schwarzen Haare aus der Stirn. Ihre Lippen zittern, als sie die Narben sieht.

»Ich wusste nicht, wo ich sonst hin sollte«, flüstert Jules.

Auf der Veranda werden Schritte laut, und als Jules aufblickt, entdeckt sie eine alte Frau ganz in Schwarz, deren Statur Ähnlichkeit aufweist mit einem kleinen Büffel. Ihr schlohweißes Haar ist zu einem festen Zopf geflochten, der über ihre rechte Schulter fällt.

»Sie können nicht bleiben, Caragh«, sagt die Alte.

»Wer ist das?«, fragt Jules. »Ich dachte, du wärst allein. Ich dachte, deine Verbannung … deine Strafe bestünde darin, allein hier auszuharren, bis die neuen Königinnen kommen.«

»Das ist Willa«, erklärt Caragh. »Die Hebamme von damals. Jemand musste mich schließlich ausbilden.« An die alte Frau gewandt, fügt sie hinzu: »Ich werde meine Nichte nicht wegschicken.«

»Ihretwegen mache ich mir keine Gedanken.« Mit einem knappen Kopfnicken deutet Willa auf Arsinoe. »Dort liegt eine tote Königin. Und keine Königin darf hierher zurückkehren, wenn sie erst erwachsen ist. Nicht, bevor sie ihre Drillinge unter dem Herzen trägt.«

»Sie ist nicht tot!«, schreit Jules. »Und ihr werdet ihr helfen!«

Willa schnaubt abfällig. »Dieser Befehlston.« Brummend steigt sie die Stufen herunter. »Jetzt erkenne ich die Ähnlichkeit zwischen dir und deiner Tante.«

»Dreh sie um, Jules«, sagt Caragh leise. »Lass mich mal sehen.«

»Sei vorsichtig! Der Bolzen ist vergiftet.«

Caraghs Hand verharrt mitten in der Bewegung.

»Ein vergifteter Bolzen? Aber Jules, da lässt sich nichts mehr machen.«

»Nein, du …« Jules zögert. Aber was spielt es schon für eine Rolle, wenn Caragh von ihrem Geheimnis erfährt? Auf der Insel halten alle Arsinoe für tot. Dass sie in Wahrheit eine Giftmischerin ist, macht keinen Unterschied mehr.

Kurz entschlossen will Jules alles erklären, doch ihr bleiben die Worte im Hals stecken, als sie Willas Miene bemerkt, in der sich keinerlei Überraschung widerspiegelt.

»Du wusstest es«, begreift sie. »Du wusstest es von Anfang an.«

Willa greift nach einem von Arsinoes Armen.

»Bringt sie hinein«, sagt sie schroff. »Es ist kaum noch Leben in ihr, aber wir werden sehen, was wir tun können. Ich bin ebenfalls eine Giftmischerin. Ich kann mich um den Bolzen kümmern.«

Jules erwacht ruckartig. Das Bett ist ihr fremd. Draußen ist es stockdunkel, und sie tastet blind um sich, bis sie Camden spürt. Die Berglöwin schnurrt beruhigend. Dann fällt ihr alles wieder ein: Sie sind in der Schwarzen Kate. Mit Arsinoe. Bei Caragh.

Den Bolzen zu entfernen, die Wunde zu reinigen und zu nähen war weniger kompliziert, als Jules es sich vorgestellt hatte, was aber wohl vor allem daran lag, dass Arsinoe während des ganzen Prozesses bewusstlos blieb. Willas erfahrene Hände drehten und zogen, rieben und zupften, bis die Königin schließlich rundum versorgt unter einer weichen Decke lag. Arsinoe sah so ruhig und entspannt aus, als würde sie nur ein wohlverdientes Nickerchen halten. Anschließend wurde Jules von Caragh in ein anderes Zimmer geführt, wo Camden und sie in tiefen Schlaf fielen, sobald sie die Augen schlossen.

Nun steigt Jules aus dem Bett, noch immer vollständig bekleidet, während Camden sich ausgiebig streckt, bevor sie zu Boden springt. Im Korridor vor der Zimmertür malen zuckende Lichter unruhige Schatten an die Wand. Anscheinend sind Caragh und Willa noch immer wach.

Lautlos geht Jules zu dem Zimmer hinüber, in dem Arsinoe liegt, und späht hinein. Die Atmung der Königin ist flach, aber selbst im Licht der Kerze auf dem Nachttisch deutlich erkennbar. Jules beobachtet sie einen Augenblick lang, aber heute Nacht wird Arsinoe wohl nicht mehr aufwachen. Also schleicht sie leise auf die andere Lichtquelle zu, in der Hoffnung, auf ihre Tante zu stoßen.

Die Schwarze Kate ist alles andere als klein, auch wenn ihr Name das Gegenteil suggeriert. Das Gebäude wirkt sogar größer als das Wohnhaus der Milones und ist vollgepackt mit schönen Dingen: silberne Kerzenleuchter, prachtvolle Ölgemälde und dicke Teppiche, in denen man sofort seine Zehen einfach vergraben will. Jules bleibt kurz stehen und mustert eine lange, dunkle Treppe, die ins Obergeschoss führt, geht dann aber weiter durch das Wohnzimmer, das vor ihr liegt, immer dem Licht und den Geräuschen nach, die aus der Küche dringen.

Der braune Hund hört sie und trottet ihnen entgegen. Nachdem er Camden einmal fröhlich schnüffelnd umkreist hat, schmiegt er sich an Jules' Beine.

»Du bist wach«, stellt Caragh fest, als Jules die Küche betritt. Mehrere Lampen tauchen den Raum in helles Licht. »Wie geht es Arsinoe?«

Jules setzt sich ihrer Tante gegenüber an den Tisch. »Schläft noch, atmet noch.«

»So wie du ausgesehen hast, als ihr hier ankamt, solltest du ebenfalls noch schlafen. Dein armes Pferd schnarcht drüben in der Scheune bestimmt tief und fest.«

»Es ist nicht meines«, gesteht Jules, obwohl man das inzwischen vermutlich sogar sagen könnte. »Ich habe es gestohlen. Von Königin Katharine.«

»Hmpf.« Für jemanden, der einen Gehstock benutzt, hat Willa sich erstaunlich lautlos angeschlichen. »Was ist das bloß für ein Aufstiegsjahr?« Sie legt Caragh ein Bündel Goldrute und Schafgarbe hin, während die in einem Mörser Öl und Kräuter vermengt. »Sie ist genau zur richtigen Zeit zu uns gekommen. Die blühen gerade alle.«

»Im Vorratsraum haben wir genug von diesen Kräutern«, wendet Caragh ein. »Sowohl eingelegte als auch getrocknete.«

»Frische sind besser«, widerspricht Willa und tätschelt ihr die Wange.

Jules verfolgt das Gespräch der beiden Frauen schweigend. Die entspannte Zuneigung, die sie offenbar füreinander empfinden, löst ein merkwürdiges Gefühl in ihr aus. Natürlich ist Jules froh, dass Caragh nicht einsam war. Es tut gut, sie lächeln zu sehen. Aber es entspricht so gar nicht dem Bild, das sie während der letzten fünf Jahre mit sich herumgetragen hat.

»Was wisst ihr über den diesjährigen Aufstieg?«, fragt sie. »Dringen Neuigkeiten zu euch durch?«

»Worcester bringt uns jeden Monat die Lebensmittel«, erklärt Willa. »Mit seinem kleinen Wagen und seinem braven Zottelpony. Manchmal bringt er auch Neuigkeiten mit.«

»Und manchmal kommt er sogar zweimal«, ergänzt Caragh. »Wenn Willa sich mal wieder besonders herausgeputzt hat.« Sie lacht leise, woraufhin Willa das Gesicht verzieht.

»Was wird das?« Jules deutet auf den Mörser und den Stößel in Caraghs Hand.

»Eine Salbe für Arsinoe.«

»Und mach sie diesmal dicker als beim letzten Mal.« Willa streckt sich. »Ich werde mir noch eine Mütze Schlaf genehmigen, bevor die Königin aufwacht. *Falls* sie aufwacht. Sie hat eine Menge Blut verloren und ist sehr schwach. War schließlich ein langer Ritt.«

Und dabei hat sich Jules so sehr beeilt. Vielleicht hätte sie doch woanders Hilfe suchen sollen. Dann wäre der Weg nicht so weit gewesen.

Im Vorbeigehen legt Willa ihr die Hand auf die Schulter und drückt sie fest.

»Mach dir nicht so viele Sorgen. Arsinoe war schon immer die Zäheste von den dreien, selbst als kleines Mädchen.«

»Du … erinnerst dich also an sie?«

»Aber natürlich. Ich erinnere mich an sie alle. Bis zu ihrem sechsten Lebensjahr waren sie meine Mädchen.«

Mit diesen Worten geht sie, und Jules bleibt mit Caragh allein zurück.

Caragh mustert ihre Nichte eingehend, während sie die Pflanzen zerpflückt und die Blätter in den Mörser wirft.

»Du hast dich gut herausgemacht, Jules. Bist so hübsch geworden.«

»Aber gewachsen bin ich fast gar nicht mehr«, murmelt Jules. »Zuhause bin ich eine der Kleinsten.«

»Klein, aber durchsetzungsfähig.«

Camden zuckt einmal mit den Ohren, als wollte sie Caragh zustimmen. Sie konnte schon immer besser mit Komplimenten umgehen als Jules.

»Schon als du ein kleines Mädchen warst, wusste ich, dass du stark bist. Aber dass du einen Berglöwen an deine Seite rufst … das hätte ich nie gedacht.« Sie senkt den Blick. »Wie geht es Mama und Papa?«

»Gut. Sie vermissen dich.« Jules streckt dem Hund die Hand hin, der daraufhin sofort seinen Kopf auf ihr Knie legt. »Und dich vermissen sie auch, Juniper«, versichert sie der glücklich hechelnden Hündin. »Vor allem Jake.«

»Und wie geht es Madrigal?«

Jules zögert. Wie soll sie Caragh das mit Madrigal und Matthew erzählen? Und dass sie ein Baby bekommen? Soll sie es ihr überhaupt sagen, wo sie eigentlich gar kein Recht dazu hat? Schließlich macht es keinen Unterschied, da Caraghs Verbannung sie hier in der Kate festhält, oder?

»Madrigal ist Madrigal. Ich rechne schon lange nicht mehr damit, dass sie sich ändert.«

»Das ist vermutlich sehr klug von dir«, nickt Caragh. »Aber sie liebt dich, Jules. Das hat sie immer getan.«

Nicht so wie du, würde Jules gern erwidern.

»Ich hätte nie gedacht, dass ich dich noch einmal wiedersehe, Tante Caragh.«

Der Stößel reibt fester und fester über die Pflanzenteile. Die Zeit in der Kate hat Caraghs Arme stärker gemacht, und auch insgesamt ist sie kräftiger geworden. Ihr goldblondes Haar ist lang und unfrisiert. Und trotzdem ist sie auch jetzt noch schön. In Jules' Augen war Caragh schon immer genauso schön wie Madrigal, nur auf eine andere Art und Weise.

»Eines Tages müssen sie mich hier ja wieder rauslassen«, meint Caragh. »Und mich durch irgendeine gute Priesterin ersetzen. Jemanden wie Willa. Vielleicht sogar schon kurz nach der Krönung der neuen Königin.«

»Warum sollten sie das tun?«

»Weil diese Strafe von den Arrons gefordert wurde, die mit den Milones im Clinch liegen. Und die nächste Königin wird keine Arron-Herrscherin sein – da ist Willa sich absolut sicher, und nachdem sie die Mädchen aufgezogen hat, sollte sie es ja wissen.«

»Sollte sie«, sagt Jules finster. »Aber vielleicht ist sie sich jetzt nicht mehr so sicher.«

Auf dem Meer vor der Westküste Fennbirns

Auf dem Seeweg dauert die Reise von Wolfsquell nach Rolanth nicht lange, sie verkürzt sich im Vergleich zum Landweg sogar um mehrere Tage. An diesem Morgen hat Mirabella beobachtet, wie die Priesterinnen auf dem Oberdeck mehrere Brieftauben losgelassen haben, um die Rückkehr der Königin in Rolanth anzukündigen.

Ob die Nachricht von Arsinoes Tod wohl schon vor ihnen eintreffen wird? Werden bei ihrer Heimkehr Kerzen in den Fenstern flackern, und werden die Menschen ganz in Rot und Schwarz gekleidet sein? Mirabella hofft es sehr. Dann wird nicht sie es ihnen mitteilen müssen.

Als das Schiff das Kap umrundet hat, konnte man die vielen Lichter am Ufer sogar hier draußen erkennen. Aber das Kap liegt auch um einiges weiter südlich als Rolanth.

Mirabella starrt an die dunkle Holzdecke in ihrer Kabine. Auf der Heimreise ist sie zu nicht viel zu gebrauchen und lässt die anderen Elementwandler das Schiff lenken. Seit Arsinoes Tod fehlt ihr einfach die Willenskraft. Außerdem gibt es ausreichend Elementwandler an Bord, sodass sie schlichtweg nicht gebraucht wird, um die Winde im Zaum zu halten. Im Umgang mit Wasser ist allein Sara sogar stark genug, um die Strömungen zu beeinflussen.

Es klopft.

»Ja?«

Die Tür öffnet sich, und Billy streckt den Kopf herein. Seit sie den Hafen verlassen haben, hat sie ihn kaum zu Gesicht bekommen. Einmal wollte sie ihn in seiner Kabine besuchen, doch als sie durch die geschlossene Tür sein Schluchzen hörte, beschloss sie, wieder zu gehen.

»Lust auf ein wenig Gesellschaft?«

»Bitte.« Sie zeigt einladend auf das Fußende ihres Bettes.

»In meiner Kabine ist es einfach zu still«, bekennt er. »Mir fehlt Harriets Gackern.«

Mirabella legt das Buch beiseite, in dem sie geblättert hat. Eigentlich müsste sie sich jetzt ordentlich benehmen, die Füße vom Bett gleiten lassen und sich mit ihrem Besuch an den Tisch setzen. Liegen zu bleiben, noch dazu mit Billy zu ihren Füßen, gehört sich einfach nicht. Aber wen interessiert das schon? Die beiden sind schließlich keine Fremden füreinander. Und momentan fehlt ihr sowieso die Energie, sich über Anstandsregeln den Kopf zu zerbrechen.

»Wird Harriet es bei Josephs Familie denn gut haben?«, fragt sie.

»Das hoffe ich. Wenn ich sie bei meiner Rückkehr im Suppentopf vorfinde …« Billy verstummt abrupt. Seine Wangen sind blass, fast schon bleich. Seit er hereingekommen ist, hat er sie kein einziges Mal angesehen. Er blickt stur an ihr vorbei. Offenbar wollte er sich mit ihrer Hilfe von seiner Trauer ablenken, und sie hat versagt.

»Es dauert nicht mehr lange, bis wir Rolanth erreichen.« Mirabella bemüht sich um einen fröhlichen Ton.

»Ich weiß. Ihr Elementwandler seid ganz schöne

Schummler – ruft euch den Wind herbei und lasst die Wellen euch anschieben. Das kann man ja kaum noch Segeln nennen.« Sein Mund verzieht sich, doch das Lächeln erreicht seine Augen nicht und wirkt deshalb merkwürdig.

»Wenigstens hast du sie noch einmal gesehen«, sagt Mirabella sanft. »Wenigstens konntest du noch ein wenig Zeit mit ihr verbringen. Ich hoffe, eure letzten gemeinsamen Momente waren schön.«

»Ich hätte es ihr sagen müssen. Ich habe es ihr nie gesagt.«

»Sie hat es gewusst, da bin ich mir sicher.«

»Woher denn? Ich habe ihr immer nur gesagt, wie unfähig sie ist. Unzumutbar. Nervtötend. Ohne all die Vorzüge, die ein Mann bei einer Frau sucht. Ganz zu schweigen von einer Ehefrau.« Sein Lachen klingt hohl. »Was absolut der Wahrheit entsprach. Aber am Ende hätte ich über all das hinweggesehen.«

Mirabella seufzt tief. Eigentlich wollte sie lachen.

Billys Hand wandert zum Tischchen neben dem Bett, und er spielt mit ein paar Schmuckstücken, die Bree dort liegen gelassen hat. »Das ist schon eine seltsame Schiffskabine. Hast du keine Angst, dass all deine Schätze durch die Luft fliegen, wenn sie nicht festgenagelt sind?«

»Auf dem Schiff eines Elementwandlers ist das überflüssig.«

Er lässt ein schwarz-silbernes Armband durch seine Finger gleiten und legt die Hand dann in den Schoß.

»Was wirst du jetzt tun?«, fragt er. »Wirst du sie ebenfalls vergessen?«

Mirabella dreht sich zur Wand, als könnte sie durch

das Holz hindurch auf den Ozean hinausblicken. Wie immer ist sie sich der Elemente ringsum deutlich bewusst. Der Blitze, die sie auch im klaren Himmel aufflammen lassen könnte. Des Windes, der für sie brüllen würde. Des sanften Summens der Kerzenflamme. Dank ihrer Gabe könnte sie das Meer so mühelos benutzen wie ihre eigene Faust, könnte das Schiff zum Kentern bringen und es zwischen den Wellen zerquetschen. Selbst wenn sie sich alle geschlossen gegen sie stellen würden, könnten die Elementwandler hier an Bord sie nicht aufhalten.

Aber Billy ist hier, und Arsinoe hat Billy geliebt. Und irgendwo dort draußen ist Jules und wird wohl noch immer gejagt. Und Kat. Kat darf sie nicht vergessen.

Es liegt noch so viel Arbeit vor ihr.

»Ich werde sie nicht vergessen, wenn du bei mir bleibst und mir hilfst, mich an sie zu erinnern«, sagt Mirabella leise. »Indem du bleibst und mir hilfst, sie zu rächen.«

»Bleiben«, wiederholt er langsam.

»Ja. Und an meiner Seite herrschst – für sie.«

In dem gedämpften Licht mustern die beiden sich schweigend. Für ihn scheint es genauso überraschend zu sein, diesen Vorschlag zu hören, wie es sie überrascht hat, ihn auszusprechen. Seit ihrer Kindheit hat Luca immer wieder versucht, Mirabella davon zu überzeugen, dass sie eine bedeutende Königin sei – eine Lektion, die sie weder glauben konnte noch wollte. Aber nun glaubt sie daran.

»Du würdest mich zu deinem König machen«, hakt Billy nach.

»Prinzgemahl«, korrigiert sie ihn. »Aber ja.«

»Hätte sie das denn gewollt?«

»Ich weiß es nicht. Aber am Ende müssen wir doch beide jemanden heiraten. Und die, die wir wollen … die können wir nicht haben.«

Billy wirft ihr einen durchdringenden Blick zu.

»So gesehen, wären wir tatsächlich ein gutes Paar.« Dann schüttelt er den Kopf. »Ich kann das nicht. Nicht so kurz nach … Das fühlt sich falsch an.«

»Wünschst du dir, dass ihr Tod gerächt wird? Wirst du aufgeben und einfach aufs Festland zurückkehren? Oder willst du zu Katharine gehen und sie umwerben, ihre Mörderin?«

»Nein.« Billys Miene verfinstert sich schlagartig. »Niemals.«

»Dann bleib hier und werde ein Teil des Ganzen.« Mirabella streckt die Hand aus. Billy muss einfach ja sagen. Plötzlich ist der Gedanke für sie unerträglich, dass er sie verlassen könnte. Denn er – der einzige Freier, der ihre Schwester geliebt hat – muss König werden.

»Ich wollte, dass sie alles bekommt.« Blicklos starrt er auf ihre Hand. »Ich wollte das alles mit ihr teilen.«

Mirabella wartet schweigend. Lässt ihn seine Tränen trocknen und mehrmals tief durchatmen. Billy Chatworth hat ein gutes Herz. Er ist klug, stark und loyal.

»Besiegeln wir unseren Pakt mit einem Handschlag?«, fragt er.

»Macht man das so auf dem Festland?«

»Nur unter Ehrenmännern.« Er schiebt seine Hand in ihre.

Es ist nicht das erste Mal, dass sie sich berühren. Doch diesmal schwingt darin das Wissen mit, dass sie eines Tages viel mehr miteinander teilen werden, als sich nur die

Hände zu schütteln. Hastig lässt Billy sie los und wendet schuldbewusst den Blick ab. Aber Arsinoe und Joseph sind nicht hier, um über sie zu richten.

»Und was nun?«, fragt er.

»Nun tragen wir den Kampf in Katharines Lager.«

Wenig später legt das Schiff im Hafen von Rolanth an, und Bree und Elizabeth erscheinen, um Mirabella nach oben zu geleiten. Sie sind überrascht, als sie Billy bei ihr vorfinden, der gerade dabei ist, Mirabellas leichten Sommermantel über ihren Schultern zu drapieren.

»Warum trägst du Schwarz«, fragt Elizabeth Billy.

»In meiner Heimat ist das die Farbe der Trauer.«

»Wie passend, dass es bei uns die Farbe der Königinnen ist.« Bree löst den luftigen blutroten Schal von ihrem Hals und bindet ihn Billy um. »Hier. Für deine Arsinoe.«

Zögernd streicht er über den leichten Stoff und dreht sich zu Mirabella um.

»Oder sollte ich doch besser nur Schwarz tragen? Für dich?« Aber Mirabella schüttelt den Kopf.

»Nein, so ist es passend.«

Bree und Elizabeth sehen sich fragend an. Nicht einmal sie sollen jetzt schon etwas von der Verlobung wissen. Es würde sich rasend schnell herumsprechen, und Mirabella will sich weder Lucas Fragen noch Saras Bedenken aussetzen.

Gemeinsam gehen Mirabella und Billy an Deck und stellen sich der riesigen Menge, die sich im Hafen von Rolanth versammelt hat. Überall in den prachtvollen weißen Bauten rund um die Docks brennen Kerzen, die Menschen tragen ausnahmslos Schwarz und Rot, um eine Königin zu betrauern. Ihre Mienen sind ernst, ihre Köpfe stolz erhoben. Die Stille wird nur von den Schreien der Möwen durchbrochen, die sich um die Fischabfälle streiten.

Sara und Luca stehen bereits an Deck, aber Mirabella geht schnell an ihnen vorbei und zieht Billy hinter sich her, bevor eine der beiden etwas einwenden kann. Die Menge gehört ihr. Dies ist ihr Moment. Sobald alle Blicke auf sie gerichtet sind, beginnt sie zu sprechen.

»Ohne Zweifel habt ihr erfahren, was in Wolfsquell geschehen ist«, sagt sie laut. »Vom Tod meiner Schwester, der Naturbegabtenkönigin Arsinoe, durch die Hand der Giftmischerkönigin Katharine.« Mirabella unterbricht sich, damit das leise Murren und die verächtlichen Kommentare über die Giftmischer genügend Raum bekommen. »Nun plant sie, zum Fest des Erntemondes nach Rolanth zu kommen. Um vor euch allen den nächsten Triumph zu feiern.«

Empörte Rufe werden laut, und Mirabella lässt es zu, erhebt einfach die Stimme über den Lärm, spricht vor allem jene an, deren Mienen sich verfinstert haben und die aufgebracht die Fäuste schütteln.

»Sie glaubt, sie könne in unsere Stadt spazieren – in *meine* Stadt – und mich einfach so umbringen. Aber das wird nicht passieren!«

Mirabella spürt den Stoff von Lucas Robe an ihrer Schulter, bevor sie die Stimme der Hohepriesterin an ihrem Ohr vernimmt. »Was hast du vor, Mira?«

Mirabella greift nach Billys Hand.

»Heute erwähle ich meinen Prinzgemahl! Und er erwählt mich. Mögen Wolfsquell und Rolanth unter einer Krone vereint werden!«

Ohne der Menge Zeit zum Durchatmen zu geben, ruft sie: »Und heute fordere ich Königin Katharine zum Duell! Zu einem Duell in Indridskamm! Begleitet mich dorthin, dann werden wir gemeinsam dafür sorgen, dass dieser Giftmischerin endlich Einhalt geboten wird!«

Ihr Volk jubelt. Als sie den Arm hochreißt und die verschränkten Hände von Königin und Prinzgemahl präsentiert, steigert sich die Begeisterung ins Unermessliche. Genau das haben sie immer gewollt – dass ihre auserwählte Königin sich erhebt und den Thron erobert.

»Mirabella«, warnt Luca leise, »das ist unklug.«

»Mag sein, aber nun ist es geschehen«, erwidert Mirabella. »Katharine glaubt, dass sie hier das Erntemondfest begehen wird. Aber wenn der Erntemond aufgeht, wird sie bereits tot sein.«

Wolfsquell

Naserümpfend wringt Joseph den nassen Lappen im Eimer aus. Schon wieder hat jemand Eier an die Schaufenster von Gillespie's Buchladen geworfen. Diesmal scheint es ein ganzes Dutzend gewesen zu sein. Und in der Mittagshitze hat der klebrige gelbe Brei bereits angefangen zu stinken.

Joseph fängt am oberen Eck an und wischt senkrecht nach unten, allerdings bewirkt die Seifenlauge nicht viel mehr, als dass der ganze Dreck gründlich verschmiert wird. Er hätte eine Bürste mitbringen sollen. Und mehrere Eimer.

»Die guten Eier. Was für eine Verschwendung!«

Als Joseph hochblickt, entdeckt er in der Scheibe das Spiegelbild von Madge, an deren Marktstand man mit Abstand die besten gebackenen Muscheln bekommt. Sie trägt einen Korb unter dem Arm, der mit einem blauen Tuch abgedeckt ist. Er nickt ihr grüßend zu, während sie angewidert das Gesicht verzieht, sodass sich die feinen Fältchen um ihre Augen deutlich vertiefen.

»Wenn sie auch nur einen Funken Verstand in der Birne hätten, hätten sie faule Eier benutzt«, meint sie. »Dann wäre der Gestank jetzt so schlimm, dass du dir auf die Schuhe kotzen würdest.«

»Weißt du denn, wer das war?«

»Könnte jeder gewesen sein.«

Joseph tunkt noch einmal den Lappen ein und schrubbt weiter. Jeder, ja. Es ist gerade mal eine knappe Woche vergangen, seit Jules mit Arsinoes Leichnam verschwunden ist. Und seit man in der Stadt von ihrem Fluch erfahren hat. Wie schnell sich die Leute doch gegen sie gewandt haben. Gegen sie und gegen alle, die ihr nahestehen.

»Vermutlich hat er das mit den Eiern nicht einmal mitgekriegt«, fährt Madge fort und mustert die dunklen Stoffbahnen, mit denen Luke die Schaufenster verhängt hat; Rot und Schwarz für seine Königin. »Immerhin hat er keinen Blick nach draußen geworfen, geschweige denn einen Fuß vor die Tür gesetzt, seit es passiert ist. Verlässt nicht einmal das Bett, außer zum Pinkeln.«

»Woher weißt du das?«, wundert sich Joseph, woraufhin Madge das Tuch über ihrem Korb lüftet. Darunter kommen gebackene Austern und frisches Brot zum Vorschein. Und ein Fläschchen Bier.

»Wenn er nur zum Pinkeln aufsteht, woher bekommt er dann sein Essen?«

Lächelnd mustert Joseph den Korb. Die gute alte Madge.

»Vielleicht solltest du das besser nicht tun«, warnt er sie. »Die Leute werden es merken. Bei uns in der Werft holen sie teilweise mitten in der Nacht heimlich ihre Boote aus dem Trockendock, weil sie zu feige sind, uns Sandrins offen ins Gesicht zu sagen, dass sie keine Geschäfte mehr mit uns machen wollen. Vielleicht kommen sie dann auch nicht mehr zu dir an den Stand.«

»Ach, wer braucht die schon?« Madge wirft einen abfälligen Blick über die Schulter, um mögliche Zuschauer abzustrafen. »Wenn ein Mensch einen Fluch in sich trägt, braucht er Mitgefühl und Verständnis. Und keine dumme Hühnerschar, die auf ihm herumhackt.« Vielsagend deutet sie auf die verschmierten Eier. »Genauso wenig wie das Ratsurteil, das sie erwartet, wenn sie zurückkommt.«

Wortlos kratzt Joseph ein paar Eierschalen von der Scheibe. Nach einem Moment des Schweigens drückt Madge aufmunternd seine Schulter und betritt den Laden, wobei sie das fröhliche Klingeln der Türglocke gleich im Keim erstickt.

Es dauert fast zwei Stunden, bis der Dreck von der Scheibe entfernt ist. Als Joseph fertig ist, besteht sein Lappen fast nur noch aus Schleim, und das Wasser im Eimer hat sich in eine übel riechende Brühe verwandelt. Ganz egal, wie oft er über die Scheibe geht – an heißen Tagen wird es bei Gillespies trotzdem noch etwas müffeln. Aber so ist es besser.

Gerade als Joseph seinen verspannten Rücken streckt, landet eine hübsche schwarze Krähe neben dem Eimer und späht neugierig hinein.

»Aria«, stellt er fest, was sie mit einem Krächzen beantwortet.

Ein kurzer Blick verrät ihm, dass Madrigal gelassen vom Dorfplatz zu ihm herüberschlendert. Wegen der Hitze hat sie ihre weißen Blusenärmel hochgekrempelt. Eine rote Schärpe ziert ihren schwarzen Rock.

»Immer noch keine Nachricht von Jules?«, fragt er sie, obwohl er die Antwort bereits kennt.

»Kein Wort.«

»Ich hatte gehofft, dass sie mittlerweile zurück sei.«

Madrigal zuckt mit den Schultern. »Es braucht seine

Zeit, ein Grab zu schaufeln oder einen Scheiterhaufen zu errichten«, meint sie. »Unserer Jules geht es gut. Sie wird zurückkommen, wenn sie alles erledigt hat.«

»Und wenn es nichts zu erledigen gibt? Wenn Arsinoe noch lebt?«

»Die Arrons haben Braddock mitgenommen. Das hätte Arsinoe niemals zugelassen, wenn sie noch am Leben wäre. Außerdem hat man Blut von ihr gefunden, genau an der Stelle im Wald, die Königin Katharine beschrieben hat.«

»Ich behaupte ja nicht, dass sie nicht angeschossen wurde«, versucht sich Joseph an einer Erklärung, bei der er Madrigal nicht die Wahrheit über Arsinoes Giftmischergabe verraten muss. »Aber mir ist schleierhaft, wo Jules auf der Suche nach einem sicheren Ort hingegangen sein könnte.«

»Seit das Jahr des Aufstieges begonnen hat«, antwortet Madrigal, »fühlt Jules sich nirgendwo mehr sicher. Und wird es vielleicht nie wieder. Sie war schon immer sehr wachsam. Allzeit bereit. In dieser Hinsicht hat sich ihre Kriegergabe schon früh gezeigt.« Madrigal holt tief Luft und wirkt plötzlich bedrückt. »Nur bei wenigen Menschen hat Jules sich sicher gefühlt. Bei dir und bei meiner Schwester Caragh.«

»Caragh …«, flüstert Joseph, und Madrigals Augen blitzen auf, als sie versteht, was er damit sagen will.

»Die Schwarze Kate. Aber die ist viel zu weit weg.«

»Du kennst doch unsere Jules. Sie hätte es auf jeden Fall versucht.«

Aufgeregt greift Joseph nach dem Eimer, dessen widerlicher Inhalt sich prompt über seine Schuhe ergießt. Er kommt sich vor wie ein Idiot, weil er nicht früher auf die Idee mit der Kate gekommen ist. Jetzt ist er sich so sicher, dass er Jules dort finden wird, dass er am liebsten sofort loslaufen würde.

»Wir müssen vorsichtig sein«, mahnt Madrigal hingegen. »Der Rat hat inzwischen auch hier seine Spitzel. Die werden uns beobachten. Wir müssen bis zum Einbruch der Dunkelheit warten.«

Greavesdrake Haus

Zu Ehren von Katharines Triumph veranstalten die Arrons ein großes Fest in Greavesdrake Haus. Die kleinen Feiern auf der Heimreise von Wolfsquell waren ihnen nicht genug. Auch die Parade bei ihrer Rückkehr nicht, als Katharine direkt vor dem erwachten und wild brüllenden Bären in die Stadt eingeritten ist.

»Dieses Untier war spektakulär«, beteuert Renata Hargrove einigen Gästen gegenüber. »Wie es sich gegen seine Fesseln gestemmt und seinen Kopf wild umhergeworfen hat! Und das, obwohl es gerade erst vergiftet worden war und unzählige Wunden hatte!«

»Wo ist es jetzt?«

»In einem Käfig im Innenhof des Volroy. Jedes Mal, wenn ich es auch nur ansehe, überläuft mich ein Schauer.«

»Warte ab, bis ich zum Erntemond mit dem Bären in Rolanth aufmarschiere«, erwidert Katharine. Sie nimmt sich eine Champagnerflöte von einem Tablett und prüft nicht einmal, ob das Getränk mit Gift versetzt ist, bevor sie das Glas zur Hälfte leert. »Die arme Mirabella wird bestimmt in Ohnmacht fallen.«

Nicolas legt Katharine einen Arm um die Taille und zieht sie auf die Tanzfläche. Dort drückt er sie fest an sich und flüstert ihr Dinge ins Ohr, die ihr Herz wild klopfen lassen. Das alles wird von Pietyr genau beobachtet. Er sitzt an ihrem Tisch und knirscht so angestrengt mit den Zähnen, dass er Gefahr läuft, sie zu zerbeißen.

»Warum siehst du ihn so an?«, will Nicolas wissen.

»Wen?«

»Pietyr Renard. Zwischen euch beiden war doch mal etwas. Das erkenne ich an der Art, wie er uns beobachtet.«

»Selbst wenn da mal etwas war, ist es jetzt vorbei.« Doch noch während sie es ausspricht, huscht Katharines Blick wieder zu Pietyr. Nicolas sieht gut aus, er ist kühn, und er begehrt sie. Doch es ist ihm nicht gelungen, Pietyr zu ersetzen, und an ihr nagt die Sorge, dass er das niemals schaffen wird.

»Schick ihn fort«, haucht Nicolas ihr ins Ohr.

»Nein.«

»Schick ihn fort«, wiederholt er. »Bald werde ich in deinem Bett liegen, und ich will nicht eines Tages aufwachen und sein Gesicht über mir sehen.«

Katharine löst sich aus seinem Griff und mustert ihn kühl. Es war eine Bitte. Doch es klang wie ein Befehl.

»Pietyr wird bleiben, solange er möchte«, betont sie. »Er ist ein Arron. Er gehört zur Familie.«

Nicolas zuckt nonchalant mit den Achseln und fährt in seinem üblichen sanften Tonfall fort: »Wie du willst. Aber wird er an der großen Hirschjagd teilnehmen?«

»Möglicherweise.«

»Und wird er da versuchen, mich zu vergiften? Vielleicht mit einer präparierten Klinge?«

»Wirst du versuchen, ihm ein Messer in den Rücken

zu rammen?«, kontert Katharine, was Nicolas laut auflachen lässt.

»Natürlich nicht, meine Süße. Wenn ich einen Mann töte, blicke ich ihm dabei immer in die Augen.«

Katharine ringt sich ein Lächeln ab. Er macht nur Spaß. Sollte er zumindest. Niemand darf jemals Hand an Pietyr legen. Niemand außer ihr.

Plötzlich wird Nicolas abgelenkt, und er tritt einen Schritt zurück.

»Einen Moment, Königin Katharine. Ich habe ein Geschenk für dich, scheinbar ist es gerade eingetroffen.« Er entschuldigt sich und schiebt sich durch die Menge auf die Tür zu, wo Natalias Butler Edmund ihn erwartet.

Pietyr tritt von hinten an Katharine heran.

»Er lässt dich mitten im Tanz stehen?«

»Er meinte, er habe ein Geschenk für mich.«

Wortlos schlingt Pietyr seinen Arm um ihre Taille, und sie beginnen zu tanzen. Mit ihm ist es einfacher, es fühlt sich natürlicher an als mit Nicolas. Pietyr und sie passen einfach zusammen. Wenn Katharine in seine Augen blickt, sieht sie sich selbst – eine bessere Version von sich.

»Was auch immer er dir schenken mag, es wird deiner nicht würdig sein. Er weiß eben nicht, wie man eine Giftmischerkönigin zu behandeln hat.«

Als Nicolas zu ihr zurückkommt, hat er Edmund im Schlepptau, der ein großes Silbertablett trägt. Darauf steht eine Vase mit einigen grünen Zweigen, deren Spitzen von winzigen weißen Blüten geziert werden. Um die Vase herum sind mehrere Becher aufgereiht, in denen eine weiße Flüssigkeit schimmert.

Nicolas führt Katharine an Natalias Tisch, wo diese gerade mit Genevieve, ihrem Bruder Antonin, Cousin Lucian und anderen Mitgliedern des Schwarzen Rates ins Gespräch vertieft ist.

»Bitte entschuldigt die Unterbrechung.« Als alle hochsehen, fährt Nicolas fort: »Zu Ehren von Königin Katharines Triumph habe ich ein Geschenk mitgebracht.« Er stellt jedem der Giftmischer am Tisch einen Becher hin und drückt sogar Pietyr einen in die Hand. Natalia und Katharine werden als Letzte bedient. »Ich hoffe, du verzeihst mir, dass ich dein Personal dafür missbraucht habe, aber … es sollte eine Überraschung sein.«

Aufmerksam mustert Natalia die Pflanzen in der Vase.

»Runzeliger Wasserdost«, stellt sie fest.

»Soweit ich weiß, wächst der hier auf der Insel nicht«, fügt Nicolas hinzu.

»Allerdings.« Sie rückt ihre Schwarze Mamba zurecht, deren durch das Betäubungsmittel schlaffer Kopf auf ihren Arm hinuntergerutscht ist. »Aber ich kenne die Pflanze recht gut. Schon ein paar Bissen davon können eine ausgewachsene Kuh vergiften und sowohl ihr Fleisch als auch ihre Milch mit Toxinen versetzen.«

»Wie passend, ein Gift, das die sogenannte Milchkrankheit auslöst, wie einen Becher Milch zu servieren …« Pietyr schnüffelt an seinem Glas. »Du lernst schnell, Nicolas. Schon bald wirst du ein wahrer Fachmann sein.«

»Ach, Renard«, gibt Nicolas zurück. »Du hingegen bist äußerst talentiert darin, ein Kompliment wie eine Drohung klingen zu lassen.«

Noch während Katharine beide streng mustert, greift

Natalia nach ihrem Becher. Wie immer weiß sie genau, wie man eine Situation entschärfen kann.

»Ein wahrlich exotisches Gift«, sagt sie anerkennend. »Ein hervorragendes Gift. Wir werden es in aller Ruhe genießen.« Dabei wirft sie Katharine einen vielsagenden Blick zu. In aller Ruhe und in Maßen. Katharine hat bislang erst ein oder zwei Mal Erfahrung mit Wasserdost machen können.

Die Königin setzt den Becher an die Lippen und trinkt ihn in einem Zug aus. Dann wischt sie sich mit dem Handrücken den Mund ab, während sie das entsetzte Keuchen ringsum registriert.

Natalias Lider zucken kurz, was über dem Rand ihres Bechers jedoch kaum zu sehen ist. Nachdem sie verhalten an ihrer Milch genippt hat, sagt sie: »Du wirst wohl einen ziemlichen Rausch davon bekommen, Königin Katharine. Dieses Gift ist einfach zu stark. Du solltest dich jetzt zurückziehen.«

Doch Katharine wird nicht in ihre Gemächer gebracht, sondern in Natalias Arbeitszimmer. Bis sie dort ist, hat sich das Gift in ihrem Körper ausgebreitet. Es gelingt ihr gerade noch, Herzliebchen von ihrem Arm zu lösen und die Schlange an Pietyr weiterzureichen, bevor sie zusammenbricht.

Die Krämpfe sind brutal und schmerzhaft. Ihr Kiefer verkrampft sich, und sie beißt sich auf die Zunge. Das Blut schmeckt nach vergifteter Milch.

Katharine hört die Angst in Natalias und Pietyrs Stimmen, als beide hastig versuchen, die andere Seite ihrer Gabe zu aktivieren, die heilende Seite. Sie durchforsten ihr Gedächtnis nach halb vergessenen Lektionen, Heilmitteln, Gegengiften. Natalia sortiert so hektisch die Flaschen auf den verschiedenen Regalen, dass diese laut scheppern. Quietschende Schubladen werden geöffnet und wieder zugeschlagen.

»Steck ihr einen Finger in den Hals«, befiehlt Natalia. »Sie muss es erbrechen.«

Pietyr sinkt neben Katharines Kopf auf die Knie und versucht es.

»Ich komme nicht zwischen ihre Zähne!«

»Katharine!« Natalias Gesicht taucht vor ihr auf. Sie ist die einzige Mutter, die sie je kannte – und sie scheint außer sich zu sein vor Angst. »Kat, du musst dich übergeben, sofort!«

Die Krämpfe lassen nach, sodass sich die Königin etwas entspannt, doch die Schmerzen bleiben. Es fühlt sich an, als wäre jemandes Hand in ihren Brustkorb eingedrungen und würde nun ihr Herz umklammern.

Pietyr zieht sie auf seinen Schoß, küsst ihre Stirn, streicht ihr die feuchten schwarzen Haare aus dem Gesicht.

»Bitte, Katharine«, flüstert er. »Wenn du so weitermachst, wirst du dich noch umbringen.«

Kraftlos rollt Katharines Kopf herum. Als sie zu einer Antwort ansetzt, klingt ihre Stimme so rau und fremd, dass sie sie selbst kaum wiedererkennt.

»Mach dich nicht lächerlich, Junge. Man kann nicht töten, was bereits tot ist.«

Schwarze Kate

Als Arsinoe die Augen aufschlägt, sieht sie als Erstes Jules und Camden, gemeinsam in einen Sessel gezwängt. Mit einem schwachen Lächeln blinzelt sie gegen das helle Licht an. Sämtliche Muskeln ihres Körpers sind wund und steif. Aber ihr ist warm, sie lebt noch, und wäre da nicht die pochende Wunde in ihrem Rücken, wäre sogar das Bett äußerst bequem. Obwohl sie keine Ahnung hat, wo sie hier ist, kommt ihr das Zimmer irgendwie vertraut vor.

»Jules?«

»Arsinoe!« Jules und Camden springen aus dem Sessel. Die Berglöwin landet schnurrend auf den Pranken und peitscht mit ihrem Schwanz.

»Wasser«, krächzt Arsinoe. Sobald Jules ihr einen Becher voll eingeschenkt hat, trinkt sie eine gefühlte Ewigkeit lang. Sie hat einen furchtbaren Geschmack im Mund wie altes Blut.

»Tante Caragh!«, ruft Jules inzwischen. »Willa! Sie ist aufgewacht!«

»Willa?« Arsinoe reibt sich verwirrt die Augen. Jetzt weiß sie, wo sie sind – in der Schwarzen Kate, an dem Ort, wo sie geboren wurde.

Caragh kommt herein, dicht gefolgt von ihrem braunen Jagdhund Juniper, und drückt Arsinoe zunächst einmal einen Kuss auf die Wange. Fassungslos starrt Arsinoe sie an. Dann schiebt die alte Willa Caragh beiseite und legt Arsinoe eine Hand auf die Stirn.

»Kein Fieber«, stellt Willa fest. »Das Glück scheint dir treu zu bleiben.«

»Davon scheint sie mehr zu besitzen, als ich zu hoffen gewagt habe«, nickt Jules. »Wie oft wärst du jetzt fast gestorben? Drei Mal? Oder waren es sogar vier?«

»Wohl eher zehn oder elf.« Arsinoe setzt sich mühsam auf. Caragh und Jules keuchen entsetzt, aber Willa schiebt ihr einfach ein weiteres Kissen in den Rücken.

»Sie soll ruhig sitzen«, erklärt sie brüsk. »Ist gut für die Lunge. Die Giftmischergabe wird sie sowieso schneller genesen lassen, als es bei euch der Fall wäre.«

»Giftmischergabe«, wiederholt Arsinoe. »Dann ist mein Geheimnis wohl keines mehr.«

»Willa wusste es bereits.«

Sanft streichelt Arsinoe Junipers Kopf. Als sie in die lieben dunklen Augen des Hundes blickt, würde sie am liebsten weinen. Wie sehr hat sie sie vermisst!

»Für dich ist es doch bestimmt ein Schock, hier zu sein«, vermutet Caragh.

»Für mich ist es ein Schock, überhaupt noch da zu sein.« Als die Erinnerung an die Jagd der Königinnen in ihr aufsteigt, verstummt sie abrupt. Katharine hat so bösartig ausgesehen. »Braddock?«

Jules schüttelt bedauernd den Kopf. »Ich weiß es nicht, Arsinoe. Wir mussten so schnell wie möglich abhauen …« Mehr sagt sie nicht, aber Arsinoe kann sich ausmalen, dass die Giftmischer ihren Bären nicht am Leben gelassen haben. So wütend, wie er war, konnten sie es wahrscheinlich gar nicht. Armer Braddock. Wie dumm von ihr zu glauben, sie könne ihn beschützen.

»Billy«, fällt ihr plötzlich ein. »Er muss ja glauben, ich sei tot. Alle müssen das glauben.«

»Tun sie auch«, nickt Jules. »Oder zumindest ist niemand uns gefolgt, um sich vom Gegenteil zu überzeugen.«

»Ich hole noch etwas Schafgarbe.« Willa stapft zur Tür. »Und da sie jetzt wach ist: Das Gemüse muss geputzt werden. Ich weiß noch sehr gut, welche Mengen sie als Kind verschlungen hat. Kaum denkbar, was sie wohl heutzutage verdrückt. Komm, Caragh.«

Caragh nickt. Aber bevor sie geht, streicht sie Arsinoe über die vernarbte Wange.

»Es tut mir zwar leid, dass du einen Bolzen in den Rücken bekommen hast«, sagt sie leise, »aber ich bin trotzdem froh, dich zu sehen.«

Mit einem fast schon grimmigen Lächeln krempelt sie ihre Ärmel hoch. Caragh hat nichts von der Leichtigkeit an sich, die für ihre Schwester Madrigal so typisch ist. Aber eine einzige Geste von ihr wiegt schwerer als ein Dutzend Umarmungen von Madrigal.

»Wie Caragh mich angesehen hat«, murmelt Arsinoe, als sie mit Jules allein ist. »Als würde sie die Narben überhaupt nicht wahrnehmen.«

»Sie hat sich nicht verändert«, meint auch Jules. »Zumindest nicht in dieser Hinsicht.«

»In welcher Hinsicht dann?«

Jules lässt den Blick durch das Zimmer schweifen. »Es ist seltsam, sie hier zu erleben. Sie ist so gelassen. Als wäre sie hier zuhause. Schon klar, sie lebt hier, aber …«

»Ich weiß, was du meinst. Ich will auch, dass sie wieder nachhause kommt.«

Jules schnappt sich Camdens Schwanzspitze und streicht über das weiche Fell, bis Camden gereizt nach ihr schlägt. »Erzähl mir, was passiert ist«, bittet Arsinoe sie schließlich. »Ich weiß nur noch, dass ich in den Rücken geschossen wurde. Und dass du mich auf ein Pferd gehievt hast.«

»Ich habe die Kriegergabe eingesetzt«, erklärt Jules. »Ich habe Katharine damit durch die Luft geschleudert. Die hat sich bei der Landung bestimmt dreimal überschlagen.«

»Das hätte ich gerne gesehen.«

»Keine Ahnung, wie ich das gemacht habe. Der Fluch ist doch gebunden und die Kriegergabe dadurch nicht so stark. Aber ich … habe es getan. Weil ich es musste.«

»Könntest du es noch einmal tun?«

»Nicht für alle Kekse in Lukes Ofen.«

Am liebsten hätte Arsinoe ihre Freundin gefragt, wie sie sich fühlt. Ob der Fluch sich auf ihren Verstand auswirkt. Aber sie tut es nicht. Jules geht es gut, sie ist nicht in Gefahr. Die Frage würde sie nur zusätzlich belasten.

»Jules?« Mit zusammengekniffenen Augen sieht Arsinoe zu ihr hinüber. »Als ich nicht so ganz bei mir war … habe ich dir da gebeichtet, dass ich dich und Joseph mit niederer Magie belegt hatte?«

»Hast du, ja.«

»Und habe ich dir auch gesagt, wie leid es mir tut? Dass mir nicht bewusst war, was die niedere Magie anrichten kann?«

»Hast du. Und es ist nicht wichtig. Wir werden nie wirklich wissen, ob es nun an deiner Magie lag, an Mirabellas Schönheit oder daran, dass Joseph halb tot und leicht erregbar war.«

Arsinoe lacht leise.

»Außerdem habe ich ihm verziehen.«

»So richtig?«

»So richtig.« Jules nickt bekräftigend.

Plötzlich spitzt Camden die Ohren.

»Was ist los?«, wundert sich Arsinoe. Sie lauschen angestrengt. Aus Richtung der Berge nähert sich Hufgeklapper. Schnell springt Jules auf und tritt ans Fenster. Falls die Reiter Abgesandte des Schwarzen Rates sind, bleibt ihnen keine Zeit mehr für eine Flucht.

Arsinoe schlägt die Decke zurück und schiebt mit schmerzverzerrtem Gesicht die Beine über die Bettkante.

Mit einem bösen Blick fährt Jules zu ihr herum.

»Arsinoe, du Dummkopf! Bleib gefälligst im Bett!«

»Dummkopf? So redet man aber nicht mit jemandem, der fast gestorben wäre.«

Doch Jules hört ihr gar nicht mehr zu. Sie reißt die Augen auf und krallt die Finger so heftig in den Vorhang, dass die Knöchel weiß hervortreten.

»Bleib liegen«, sagt sie hastig, während sie bereits zur Tür stürmt. »Es ist Joseph!«

»Joseph? Camden, bleib hier und hilf mir!«

Aber die Wildkatze ist bereits vom Bett gesprungen und hinter Jules hergerannt – sie kann das Wiedersehen mit ihm ebenso wenig erwarten wie Jules.

»Blöde, liebestolle Katze«, grummelt Arsinoe. Dann stützt sie sich mit einem Arm auf dem Nachttisch ab und versucht mit dem anderen, die Armlehne des Sessels zu erreichen. So schafft sie es irgendwie bis zum Fenster, wo sie sich am Rahmen festhält.

Am Fuß der Verandatreppe sind Jules und Joseph sich bereits um den Hals gefallen. Da die Zügel noch an seinem Unterarm hängen, geht Arsinoe davon aus, dass Jules ihn direkt vom Pferd gezerrt hat. Madrigal ist ebenfalls da. Sie sitzt extrem aufrecht im Sattel und starrt unverwandt ihre Schwester Caragh an.

Arsinoe humpelt aus dem Zimmer und den Flur hinunter, hin und wieder mit Unterstützung durch die Wand. Als sie schließlich die Haustür erreicht, hat Joseph sein Gesicht an Jules' Schulter vergraben, sodass er sie zunächst gar nicht sieht. Sobald er es dann doch tut, ruft er laut ihren Namen.

»Arsinoe!«

»Arsinoe?« Vollkommen verblüfft blickt Madrigal vom Pferderücken aus auf sie hinunter. Arsinoe schafft es gerade noch, ihr grüßend zuzunicken, bevor Joseph sie sanft in den Arm nimmt. Trotz aller Vorsicht drückt er etwas zu fest zu.

»Achtung«, stöhnt sie. »Ich wurde wirklich mit einer Armbrust erschossen.«

Er drückt ihr einen Kuss auf die Wange, bevor er sich wieder zu Jules umdreht.

»Du hast es geschafft, Jules. Du hast sie gerettet.«

»Ja, sie ist am Leben.« Willa tritt mit zwei frisch gerupften Hühnern in der Hand auf die Veranda heraus. »Und offenbar äußerst beliebt. Heute Abend seid ihr uns alle zum Essen willkommen. Aber danach müsst ihr gehen. Denn auch wenn ihre Größe darauf schließen lässt, wurde die Schwarze Kate nicht erbaut, um Gäste zu beherbergen.«

Greavesdrake Haus

Genevieve hat sich auf der mit Seidenbrokat bezogenen Chaiselongue in Natalias Arbeitszimmer ausgestreckt und labt sich an Feigen mit Arsenglasur. Seit dem Mittsommerfest scheint das Leben für sie ein einziger Festreigen zu sein – ständig summt sie und zieht durch ihre Lieblingsgeschäfte in der Stadt, um prachtvolle Roben zu erstehen. Sie benimmt sich, als hätte Arsinoes Tod ihnen bereits die Krone beschert, und langsam, aber sicher zerrt das an Natalias Nerven.

»Warum bist du nicht im Volroy, Schwester?«, fragt sie.

»Ich werde dort nicht gebraucht«, erwidert Genevieve. »Heute wird über einen Antrag aus Rolanth beraten – dort benötigt man Fördermittel für die Restaurierung des Kuppeltheaters.«

»Dann solltest du in beratender Funktion anwesend sein.«

»Sie wissen bereits, wozu ich rate. Unsere Spione in Rolanth berichten, dass die Leute dort sich mit der Renovierung ihrer Innenstadt sowieso schon übernommen haben. Sie werden sich bis über beide Ohren verschulden und dann von der Krone verlangen, sie rauszuhauen.« Sie isst eine weitere Feige und leckt sich anschließend das Gift von den Fingern. »Nur Lucian Marlowe wird sich auf ihre Seite schlagen. Mit dem Argument, dass die Mittel der Krone allen Königinnen zur Verfügung stehen, nicht nur unserer. Kannst du dir das vorstellen?«

Natalia blickt an Genevieve vorbei durch das Fenster, das auf die Zufahrt hinausgeht. Irgendwo dort draußen ist Katharine gerade mit ihrem Freier und Pietyr auf den Reitwegen unterwegs. Der Königin allein steht es zu zu feiern. Nicht dem Rat. Dort muss man die Reise zum Erntemondfest in Rolanth weiter vorbereiten.

»Im Fall, dass ich sterbe«, sagt sie unvermittelt, »wärst du das Familienoberhaupt.«

Genevieve lässt die Feigen sinken.

»Schwester? Fühlst du dich etwa nicht gut?«

»Ich bin bei bester Gesundheit.« Natalia geht zum Fenster. Vielleicht kann sie ja einen Blick auf die vorbeireitende Katharine erhaschen. Sie hat ihr einen bildhübschen neuen Hengst geschenkt, ganz schwarz natürlich, mit langen, grazilen Beinen und makellosem Gang. Natürlich kann er Halbmond nicht wirklich ersetzen, trotzdem hofft Natalia, dass die beiden sich anfreunden werden.

»Wie kommst du dann auf so etwas?«

Genevieve setzt sich auf und stellt den klebrigen Teller beiseite.

»Ich weiß nicht. Ich musste auf einmal an Mutter denken. Und was sie wohl sagen würde, wenn sie uns heute sehen könnte.«

»Mutter.« Genevieve schaudert.

Ja, Mutter war furchteinflößend. Sie regierte den Rat und Königin Camille mit eiserner Hand. Als die Familie Arron ihrer Kontrolle unterstand, waren sie auf der gesamten Insel gefürchtet. Das Einzige, was die Arrons wiederum zu fürchten hatten, war sie.

Natalia hat sich zwar alle Mühe gegeben, konnte aber nie ganz an ihre Mutter heranreichen. Und Genevieve erst recht nicht. Sie hat zwar die Grausamkeit ihrer Mutter geerbt, aber nicht ihre Entschlossenheit, weshalb Genevieve zwar jederzeit zu einem Mord fähig ist, dabei aber vollkommen unzuverlässig vorgeht. Sie weiß nie, wann man wo zuschlagen sollte.

»Und was würde Mutter sagen?«, überlegt Genevieve laut.

Natalia verschränkt die Arme vor der Brust.

»Vermutlich, dass wir beim Thema Fortpflanzung jämmerlich versagt haben: Ich habe keine Kinder, du ebenfalls nicht. Und Christophe hat nur einen Jungen.«

»Aber Antonin hat zwei Töchter und wird wohl noch mehr bekommen.«

Zu der Tatsache, dass sie selbst kinderlos ist, äußert sich Genevieve erst gar nicht. Sie war nie sonderlich interessiert an den romantischen Aspekten des Lebens, und unter ihren wenigen Liebschaften haben die mit Frauen stets am längsten gehalten. Was Natalia angeht – die Göttin hat ihr Katharine gesandt, das ist mehr als genug.

Lächelnd beobachtet sie, wie Katharine und Pietyr Seite an Seite aus dem Wald geritten kommen. Der neue Hengst steigt empört, als Katharine versucht, ihn durchzuparieren. Sie wirkt so zerbrechlich auf seinem breiten Rücken, und doch marschiert er wenig später ganz brav in einem weiten Kreis.

Natalia seufzt schwer.

»Genug davon. Gibt es Neuigkeiten von der kleinen Milone? Oder über Arsinoes Leichnam?«

»Nichts. Und es rechnet auch niemand mehr damit. Die Naturbegabten kennen sich in ihren Wäldern viel zu gut aus. Falls sie die Leiche dort versteckt oder begraben hat, werden nur die Insekten sie noch finden.« Irritiert zieht Genevieve eine Augenbraue hoch. »Das eigentliche Problem ist doch die kleine Milone selbst. So stark und mit dem Fluch der Pluralität belegt? Noch dazu mit der Gabe des Krieges. Da muss etwas geschehen.«

»Da wird etwas geschehen«, versichert ihr Natalia. »Aber das hat Zeit. Der Fluch der Pluralität gilt als Monstrosität. Ich gehe stark davon aus, dass der Tempel dieses Problem für uns lösen wird. Was wiederum bedeutet, dass wir uns nicht in Wolfsquell die Hände schmutzig machen müssen.«

Natalia drückt beide Zeigefinger auf die Nasenwurzel.

»Viel Zeit bleibt dir nicht mehr, Schwester«, stellt Genevieve fest.

»Wofür?«

»Um dich in deinem Herrenhaus in den Hügeln zu verstecken. Bald wird Katharine mit ihrem Prinzgemahl im Ostturm leben, dann hast du keine Ausrede mehr, um dich von deinem Platz im Schwarzen Rat fernzuhalten.«

»Erinnere mich bloß nicht daran.« Natalia entdeckt einen Reiter, der die lange, von Bäumen gesäumte Zufahrt heraufgaloppiert, und kneift misstrauisch die Augen zusammen. Ein Bote. Und er hat es eilig. Katharine selbst fängt das Schreiben ab und reißt es auf. Plötzlich verkrampfen sich sämtliche Muskeln in Natalias Körper. Noch bevor Katharine anfängt zu schreien, stürzt sie aus dem Zimmer.

Katharine tätschelt ihrem neuen Hengst lobend den Hals. Gemeinsam haben sie, Pietyr und Nicolas fröhlich durch die Wälder gehetzt, und das Pferd möchte nicht, dass die Jagd bereits endet. Doch sie hält ihn mit fester Hand zurück, bis er sich beruhigt hat.

»Sollen wir reingehen und Tee trinken?«, schlägt sie ihren Begleitern vor. »Und danach in die Stadt, um Sardinen für den Bären meiner armen Schwester zu kaufen?«

»Mir gefällt es nicht, wenn du diesem Vieh zu nahe kommst«, protestiert Pietyr, woraufhin sie die Augen verdreht. Während der Parade durch die Stadt ist er jedes Mal zusammengezuckt, wenn das Tier an seinen Fesseln gezerrt hat. »Das Biest nimmt dir übel, was du mit seiner Herrin gemacht hast, Kat.«

»Das habe ich anfangs auch gedacht, Pietyr, wirklich. Aber seitdem habe ich den Bären oft gefüttert, und falls er wütend war, hat sich das inzwischen verflüchtigt. Anscheinend kümmert ihn jetzt überhaupt nichts mehr.«

»Vielleicht ist er jetzt, wo sie tot ist, kein Familiaris mehr«, überlegt Nicolas. »So oder so, ich sehe ihn mir immer gerne an, Königin Katharine. Und vielleicht können wir kommendes Beltane Jagd auf ihn machen?«

In Katharines Lächeln schwingt ein Hauch Nervosität mit. »Vielleicht.«

Das Klappern von Hufen unterbricht ihr Gespräch. Sie bringen ihre Pferde zum Stehen und warten ab, bis der Bote zu ihnen aufschließt.

»Guten Tag, Königin Katharine«, sagt das Mädchen,

durch den scharfen Ritt etwas atemlos, und verbeugt sich so tief, wie der Sattel es zulässt. »Ich bringe eine Nachricht für Mistress Arron.«

»Die nehme ich.« Katharine streckt den Arm aus, und die Botin übergibt ihr ein Schreiben. Nach einem knappen Salut reitet sie wieder davon.

Katharine erbricht das Siegel des Schwarzen Rates und reißt den Umschlag auf. Darin steckt ein zweiter Brief, der nun herausrutscht und zu Boden fällt. Schnell steigt die Königin ab, um ihn aufzuheben, und übergibt ihre Zügel an Pietyr. Als sie den Umschlag umdreht, erkennt sie das blau-schwarze Siegel von Rolanth. Von ihrer Schwester Mirabella.

Katharine liest schweigend. Dann beginnt sie zu schreien.

»Kat!« Hastig springt Pietyr aus dem Sattel. »Kat, was ist los?«

Wütend zerknüllt sie den Brief in ihrer Faust. Er war nicht an sie gerichtet. Er war an niemanden gerichtet. Lediglich ein Flugblatt, gefunden am Portal des Volroy.

Pietyr packt sie an den Schultern, aber Katharine reißt sich los und schreit weiter, so laut, dass die Pferde scheu werden und ihr neuer Hengst sich in die Sicherheit seines Stalls flüchtet. Nicolas kämpft darum, im Sattel zu bleiben. Er wirkt verwirrt.

»Katharine!« Natalia kommt über den Hof gerannt. »Kat! Geht es dir gut?«

»Wie viele davon gibt es?«, brüllt Katharine. Sie stürmt Natalia und Genevieve entgegen und reckt die Faust mit dem zerknüllten Flugblatt »Wie viele? Ihr müsst davon gewusst haben! Wann wolltet ihr es mir sagen?«

»Dir was sagen?«, quiekt Genevieve, während Natalia mühsam Katharines Finger aufbiegt, den Zettel herauszieht und ihn durchliest.

»Es ist eine Forderung«, fasst sie dann zusammen. »Mirabella hat Katharine zum Duell gefordert, und es soll in der Großen Arena von Indridskamm stattfinden.«

»Was?« Pietyr ist fassungslos. »Wann?«

»Beim nächsten Vollmond.«

Genevieve stöhnt entsetzt. Ihnen bleiben weniger als zwei Wochen.

Natalia entdeckt das Begleitschreiben des Rates und nimmt es an sich.

»Da steht, dass sie überall sind«, schäumt Katharine. »Sie hängen an jedem Brett und jedem Laternenmast von Indridskamm.«

»Wie hat sie das geschafft?«, fragt Genevieve schrill. »Man braucht eine kleine Armee, um eine solche Nummer durchzuziehen!«

»Dann wird sie wohl eine kleine Armee zur Verfügung gehabt haben«, vermutet Natalia.

Katharine knirscht vor Wut mit den Zähnen. Verbittert sagt sie den Text der Forderung aus dem Gedächtnis auf: »Ein Duell. Abzuhalten am Tag des vollen Mondes im Juli, in der Arena unserer großartigen Hauptstadt Indridskamm. Kommet alle und werdet Zeuge vom Ende des Aufstiegs und dem Beginn der neuen Herrschaft der Elementwandler … Die Göttin ist auf unserer Seite.« Kreischend reißt Katharine an ihren Haaren, so stark, dass sie sich aus ihrem Dutt lösen. »Wer hat das alles gesehen?«

»Das lässt sich nicht ermitteln«, erklärt Natalia. »Aber wenn ich das geplant hätte, hätte ich sichergestellt, dass

Reiter in sämtliche Ecken der Insel geschickt werden. Ich würde dafür sorgen, dass das gesamte Inselvolk von der Forderung erfährt.«

Rastlos wandert Katharine auf und ab, kaut an ihren Fingernägeln und murmelt unverständlich vor sich hin. »So haben wir das nicht geplant. So hatten wir uns das nicht erhofft. Wir wollten sie in ihrer eigenen Stadt demütigen.« Wütend fährt sie herum und zeigt auf den Brief. *»Alle sollen Zeuge werden.* Ist das etwa eine Anspielung auf die Art und Weise, wie ich Arsinoe erledigt habe?«

»Falls ja, entzieht sich mir der Sinn.«

Katharine holt tief Luft, dann streicht sie sich über die zerrupften Haare. Damit wird Mirabella nicht davonkommen. Diese arrogante Göre wird noch bereuen, in die Hauptstadt gekommen zu sein – und dann wird sie sterben.

»Kat«, schaltet sich Pietyr beschwichtigend ein. »Ein Triumph ist und bleibt ein Triumph, ganz egal, ob in Rolanth oder in Indridskamm. In mancher Hinsicht wird der Kampf so sogar befriedigender sein, denn er wird vor den Augen derer stattfinden, die dich seit deiner Kindheit kennen. Mirabellas Dreistigkeit wird dir den Sieg nur leichter machen. Und ihre Niederlage umso süßer.«

Katharine zögert. Dann atmet sie noch einmal tief durch, und die Umstehenden entspannen sich sichtlich.

»Vielleicht hast du recht. So oder so wird sie sterben. Hier können wir alles zu unserem Vorteil arrangieren. Und ich werde den Bären nicht mit einer langen Reise quälen müssen.« Sie nimmt Natalia das Flugblatt aus der Hand und reißt es einmal mittendurch. Als die beiden Hälften langsam auf den Kies hinabsegeln, lächelt sie süßlich. »Und am Abend vor dem Duell werde ich einen Ball geben. Um sie willkommen zu heißen.«

Natalia ist einverstanden. »Ja, das ist eine gute Idee.«

Katharine nickt nachdrücklich, dann mustert sie die Mienen der anderen. Sie wirken immer noch vollkommen entsetzt.

»Dass ich mich so aufgeführt habe, tut mir leid, Natalia.«

»Ist schon gut, Kat. Aber du musst daran arbeiten, dein Temperament unter Kontrolle zu halten. Was war nur los mit dir? Du hast dich benommen wie ein Elementwandler.«

Katharine lässt den Kopf hängen. Mit einem Knicks verabschiedet sie sich von Natalia und geht allein zum Haus zurück. Doch bereits nach wenigen Schritten hat Pietyr sie eingeholt.

»Ein Duell«, stellt er empört fest. »Ich kann nicht fassen, dass der Tempel das gestattet! Das Risiko ist viel zu groß, und zwar auf beiden Seiten.«

»Mirabella denkt, sie könnte gewinnen.« Katharines Haut beginnt zu kribbeln, als sie in das kühle Halbdunkel des Hauses treten. »Sie glaubt, die Göttin wäre auf ihrer Seite.« Auf einem Tisch in der Eingangshalle steht eine goldene Schale mit schwarzen Tollkirschen. Katharine schiebt sich eine Handvoll davon in den Mund.

»Sie *könnte* gewinnen«, warnt Pietyr sie vorsichtig. »Auf der großen Fläche der Arena wird sie im Vorteil sein.«

»Sie wird nicht im Vorteil sein.«

»Katharine, das sind ganz schön viele Beeren.« Er packt ihren Arm, aber sie reißt sich los und isst immer weiter, bis ihr der Saft über das Kinn läuft. »Du wirst krank werden, Kat!«

Katharine lacht nur.

»Und wenn Mirabella recht hat?«, fragt er. »Wenn die Göttin auf ihrer Seite ist?«

Katharine dreht sich zu ihm um und grinst ihn mit giftverschmiertem Mund an. Für einen Augenblick spielen ihre Augen ihr einen Streich, denn statt seines Gesichts sieht sie einen finsteren, bodenlosen Abgrund vor sich. So düster wie die Brecciaspalte.

»Das spielt keine Rolle. *Sie* sind auf meiner Seite.«

Rolanth

Die Nachricht, die Bree in geschwungenen schwarzen Lettern verfasst hat und mit der Katharine zum Duell in der Arena von Indridskamm gefordert wird, ist absolut perfekt. Sie trägt Mirabellas Unterschrift, die in der Druckerei nachgebildet wurde. Aber es war ihr sehr wichtig, dass das Original am Portal des Volroy angeschlagen wird.

»Wurden sie überall verbreitet?«, fragt Mirabella.

»Überall«, versichert ihr Bree. »Von hier bis Bastiansburg und im Nordwesten sogar bis Sonnenmulde.«

»Auch in Wolfsquell?«

»Natürlich.«

»Gut. Ich möchte, dass Arsinoes Familie mit ansieht, wie ich die Giftmischerin zur Strecke bringe.« Mirabella lacht leise.

»Das stimmt dich fröhlich?«

»Nur weil ich mir Katharines Gesicht vorstelle, während sie das hier liest.« Aber Mirabellas Lächeln verblasst schnell. Solange sie wütend ist, fällt es ihr nicht schwer, sich auszumalen, wie sie Katharine tötet. Doch wenn die Wut nachlässt … Sie darf einfach nicht zulassen, dass die Wut nachlässt.

Elizabeth hingegen reibt sich immer wieder den Stumpf an ihrem linken Unterarm.

»Ist alles in Ordnung, Elizabeth?«, fragt Mirabella besorgt. »Hast du immer noch Schmerzen?«

»Nicht oft«, erklärt Elizabeth. Sie mustert die straff über dem Knochenende gespannte Haut. Die Stiche der Narbe sind zu einem dunklen Rosaton verblasst. »Ich mache mir nur Gedanken wegen der Tätowierungen am Handgelenk. Es wird merkwürdig sein, etwas so Hässliches mit einer Verzierung zu versehen.«

Elizabeth dreht beide Unterarme hin und her und spielt mit dem einen Perlenarmband, das sie noch trägt. Bald wird das Ritual stattfinden, bei dem mit schwarzer Tinte zwei Bänder in ihre Haut gestochen werden. Dann wird sie eine vollwertige Priesterin sein und für immer dem Tempel angehören.

»Dein Arm ist nicht hässlich, Elizabeth«, protestiert Bree. »Hässlich ist nur das, was sie mit dir gemacht haben.«

»Wann wollen sie die Zeremonie abhalten?«, erkundigt sich Mirabella.

»Sobald ich meine Zustimmung gebe. Sie ist bereits überfällig … Ich bin schon seit fast drei Jahren Initiandin.«

»Und, wirst du es tun?«, hakt Bree nach. »Ich finde, du solltest es lassen. Du solltest diese Robe ablegen und bei uns bleiben. Du wirst im Hause der Westwoods immer willkommen sein«, drängt sie. Für Bree ist die Sache eindeutig. Sie kann nicht begreifen, wie Elizabeth im Tempel bleiben kann, nach allem, was man ihr dort angetan hat. Aber ihrem Wesen entspricht es auch viel weniger als Elizabeths, sich so vollkommen in den Dienst einer Sache zu stellen.

»Ich habe mich noch nicht entschieden«, antwortet

Elizabeth. »Mir würde es auch nichts ausmachen, noch ein wenig länger Initiandin zu bleiben. Ein paar Jahre vielleicht oder für immer. Dann könnte ich Pepper behalten und hätte weiterhin die Wahl, ob ich bleiben oder gehen will.«

Mirabella wirft einen Blick auf die weißen Roben ihrer Eskorte. Die Priesterinnen halten zwar einen gewissen Abstand, belauschen aber mit Sicherheit noch immer ihr Gespräch. Deshalb drückt sie nur kurz Elizabeths Ellbogen.

»Du wirst es uns doch sagen? Damit wir dabei sein können?«

Elizabeth nickt. Mirabella verabschiedet sich mit einem Kuss von ihren Freundinnen, bevor sie sich auf den Weg zu Lucas Gemächern macht.

Sie findet die Hohepriesterin dabei vor, wie sie versucht, mit einem ihrer Seidenkissen verschütteten Tee aufzuwischen.

»Wie wäre es mit einem Handtuch?«, schlägt sie ihr vor, woraufhin Luca heftig zusammenzuckt.

»Hast du mich erschreckt, Mira.« Reumütig hält sie das durchnässte und vollkommen ruinierte Kissen hoch, dann lässt sie es neben ihrem Schreibtisch auf den Boden fallen. »Du hast Rho nur knapp verpasst.«

»Oh.« Da es ihr sowieso nicht gelingt, Bedauern vorzutäuschen, zieht Mirabella nur fragend die Augenbrauen hoch. »Schmiedet ihr zwei etwa wieder geheime Pläne?«

»Ich weiß nicht, was du meinst.«

»Natürlich tust du das. Mir sind Gerüchte über das Beltanefest zu Ohren gekommen. Und über deine Idee, meine Schwestern dem Feuer zu übergeben und mich zur Unschuldigen Königin zu machen.« Sie beobachtet aufmerksam, wie Luca um eine ausdruckslose Miene ringt. »Aber da du ja so gerne Pläne schmiedest, kann ich mir nicht vorstellen, dass du das Duell nicht gutheißt.«

»Ob ich es gutheiße oder nicht, ist irrelevant. Du hast es schließlich vor der gesamten Stadt verkündet.«

»Dann bist du also der Ansicht, wir hätten sie nach Rolanth kommen lassen sollen?«

»Zumindest hätten wir so den einen Vorteil gehabt, dass ihr Angriff hier stattgefunden hätte, bei uns, wo sie sich weniger heimisch und nicht ganz so sicher fühlt.«

»Stimmt. Das hat bei Arsinoe ja auch hervorragend funktioniert. Katharine *will* hierherkommen. Sie will mich in Rolanth töten. Um mein Volk zu demütigen. In den Wäldern von Wolfsquell hatte sie es schließlich gar nicht auf mich abgesehen! Da ging es immer nur um Arsinoe. Arsinoe war von Anfang an ihr Ziel.«

Luca beobachtet sie prüfend unter ihrer weißen Kapuze.

»Wir haben unseren Vorteil verspielt«, gibt die Hohepriesterin dann zu. »Früher galtest du als die auserwählte Königin. Jetzt ist alles in der Schwebe. Nun hat sich unser Schicksal verkehrt.«

»Bei einem Duell in der Arena bin ich klar im Vorteil«, beharrt Mirabella. »Elementwandlerköniginnen haben sich bisher immer gut …«

Abrupt wendet Luca sich der Teekanne zu und füllt noch einmal ihre Tasse. Als sie sie zum Mund hebt, fallen ein paar Tropfen auf ihre weiße Robe.

»Ich spüre, dass die Göttin mich leitet, Luca. Du musst mir vertrauen.«

»Das mag sein«, erwidert die Hohepriesterin leise. »Aber die Göttin ist nicht immer gnädig, Mira. Wir können nicht wissen, was ihr Wille ist. Selbst in jenen Momenten, in denen ich mich ihr nahe gefühlt habe … in denen ich glaubte, ihre Pläne erahnen zu können …« Ihre Hand zittert, als sie sie kurz anhebt. »Im einen Moment ist alles so klar, und im nächsten löst es sich wieder auf.«

»Wie können wir dann wissen, ob wir das Richtige tun?«

»Das können wir nicht. Wir tun unser Bestes, in dem Wissen, dass uns keine andere Wahl bleibt. Am Ende wird sie alles so fügen, wie sie es will.«

Die Schwarze Kate

Auf dem Weg in die Küche kommt Willa an Arsinoe vorbei.

»Heute Abend gibt es Zwiebelkuchen mit Gans.« Zur Demonstration hält Willa eine kleine gelbe Zwiebel hoch und kitzelt Arsinoe damit unter dem Kinn.

»Mm«, antwortet Arsinoe unsicher. »Habe ich das … früher gern gegessen?«

»Erinnerst du dich nicht?«

»Nein.« Arsinoe folgt ihr ins Wohnzimmer, wo sie die Gemälde und Möbelstücke mustert. Bestimmt hat sich nicht viel verändert, trotzdem ist ihr nichts davon vertraut. »Mirabella erinnert sich an alles. Wenn sie jetzt hier wäre, würde der sentimentale Dummkopf bestimmt jeden Sessel umarmen.«

»Selbst als kleines Mädchen war Mirabella schon viel zu vornehm, um einen Sessel zu umarmen. Ganz im Gegensatz zu dir. Wie geht es mit der Heilung voran?«

Während sie in die Küche weitergehen, bewegt Arsinoe prüfend ihre Schulter. Die Schusswunde hat sich inzwischen geschlossen. Nicht mehr lange, und an der Stelle befindet sich nur noch eine frische, dicke Narbe. Schon jetzt kann sie spüren, wie sich an ihrem Rücken ein gefühlloser Fleck bildet, ähnlich wie die toten

Stellen in ihrem Gesicht. Eine neue Wunde, eine neue Niederlage.

»Mir geht's gut.«

»Schön. Dann kannst du uns ja verlassen.« Willa greift nach dem Teig, den sie am Morgen vorbereitet hat.

Mit einem höhnischen Schnauben fragt Arsinoe: »Warst du schon immer so liebevoll? Oder hast du uns einfach in Tücher gewickelt und an den Türen aufgehängt?«

Willa verzieht spöttisch den Mund.

»Königinnen werden schon seit sieben Zeitaltern nicht mehr in Tücher gewickelt.« Sie unterbricht ihre Knetbewegungen und wirft Arsinoe einen scharfen Blick zu. »Ich möchte ja gar nicht, dass du gehst. Nachdem sie euch mitgenommen haben, hatte ich keine Hoffnung, eine von euch noch einmal wiederzusehen. Aber wenn der Schwarze Rat euch hier findet, geht es mir an den alten Kragen – und Caragh ebenfalls.«

»Aber nicht lange«, schränkt Arsinoe ein. »Sobald Mirabella gekrönt ist und die Arrons im Rat durch Westwoods ersetzt hat, wird sich alles ändern. Dann werden sie vielleicht sogar Caragh freisprechen.«

»Mag sein.« Willa presst die Lippen aufeinander, schafft es aber nicht ganz, ihr Lächeln zu unterdrücken.

Fragend neigt Arsinoe den Kopf.

»War das etwa deine Absicht? Hast du uns deshalb als Babys vertauscht?«

Die alte Frau klatscht den Teig auf die Arbeitsfläche und streut etwas Mehl darüber.

»Wie kommst du darauf, dass *ich* euch vertauscht habe?«

»Wer sonst?«

»Wer war denn außer mir noch hier?«, erwidert Willa. »Die Königin, eure Mutter. Ich war nur ihre Hebamme, und Hebammen tun, was man ihnen befiehlt.«

»Aber warum sollte sie das tun?«

»Wäre es dir lieber, sie hätte es nicht getan?« Wieder fasst Willa Arsinoe scharf ins Auge. »Sie hat mich jedenfalls nie eingeweiht. Wahrscheinlich waren die Arrons nicht sonderlich nett zu ihr. Und vermutlich hat ihr nicht gefallen, was sie während ihrer Herrschaft im Schwarzen Rat bezeugen musste. Noch dazu hat sie ohnehin in Mirabella die künftige Herrscherin erkannt. Was konnte es da schon schaden, bei den beiden anderen ein wenig zu tricksen?«

»Bei den beiden anderen zu tricksen«, wiederholt Arsinoe mit einem trockenen Lächeln.

»Königin Camille war ein gutes Mädchen. Aber der einzige Mensch, der sie je wirklich geliebt hat, war ihr Prinzgemahl. Sie war froh, als sie gehen konnte. Froh, die Pflicht abgeben zu können.«

»Hm. Das zu hören müsste eigentlich wehtun. Tut es aber nicht«, stellt Arsinoe fest.

»Das liegt daran, dass du eine Königin bist. Ihr seid nicht wie normale Mütter und Töchter. Ihr seid anders als die anderen.«

Arsinoe nimmt sich ein Messer und fängt an, Zwiebeln zu schneiden. Willa beim Teigkneten zuzusehen hat sie hungrig gemacht.

»Dann ist sie also wirklich gegangen?«, fragt sie weiter. »Um mit ihrem Prinzgemahl fernab der Insel ein glückliches Leben zu führen?«

»Woher soll ich das wissen? Jedenfalls wollte sie das. Obwohl man immer sagt, dass die Schwachen nicht mehr lange leben, nachdem sie die Drillinge zur Welt gebracht haben. Das Leben einer Königin ist ruhmreich und kurz – egal ob sie herrscht oder im Jahr des Aufstieges stirbt. So ist das nun einmal. Sich darüber aufzuregen wird es nicht ändern.«

»Die Schwachen …« Nachdenklich spießt Arsinoe einen Pilz auf. »Aber Mirabella wird eine Königin sein, die bis zu ihrem Fünfzigsten regiert. Dann wird sie ihre Drillinge bekommen, von hier weggehen und an irgendeinem spektakulären Ort sterben – als noble alte Dame.«

»Ihr zerquetscht mich noch zwischen euren Hinterteilen«, protestiert Caragh und versetzt einem der beiden Füchse, mit denen Joseph und Madrigal gekommen sind, einen festen Schlag auf den Rumpf. Die beiden müssen sich in dem kleinen Stall eine Box teilen, und die Enge hat sie mürrisch werden lassen.

»Früher hast du dafür deine Gabe eingesetzt statt deiner Hände. Oder hast du sie etwa verloren, weil du schon so lange hier bist?«

Mit angespannter Miene blickt Caragh zu ihrer hübschen Schwester.

»Für etwas so Triviales wie Stallmisten habe ich meine Gabe noch nie eingesetzt.«

Sie tritt aus der Box und lehnt die Mistgabel an die Wand, bevor sie sich dem nächsten Pferd zuwendet. Nachdem sie dem Rappen das abgemessene Futter in den Trog geschüttet hat, streichelt sie ihm sanft über die Nüstern.

»Triviales.« Beleidigt saugt Madrigal an ihrer Wange. »Nein, vermutlich nicht. Trivialitäten waren ja immer allein mein Gebiet, oder nicht?«

»Das habe ich nicht gesagt.«

»Natürlich nicht. Du sagst ja nie das, was du wirklich meinst.«

Caragh beißt die Zähne zusammen, konzentriert sich auf das Pferd und atmet den aromatischen Duft ein, der von den zermahlenen Haferkörnern in seinem Maul aufsteigt.

»Ich habe schon lange kein so feines Pferd mehr gesehen. Und die beiden anderen? Habt ihr euch die geborgt? Die sind gar nicht schlecht.«

Madrigal stemmt die Hände in die Hüften und stampft mit dem Fuß auf den Boden. Sie ist noch nicht einmal eine Woche hier in der Kate, und schon können Caragh und sie sich nicht mehr riechen.

»Was willst du hier, Madrigal?«

»Mich um meine Tochter kümmern.«

»Das meine ich nicht. Hier im Stall, wollte ich sagen. Gibt es irgendetwas, das du mir mitteilen möchtest?« Mit einem kurzen Blick auf Madrigals Bauch fügt sie hinzu: »Falls es um die Tatsache geht, dass du schwanger bist – das sehe ich.«

Madrigal mustert ebenfalls ihren Bauch. Noch ist er nicht sehr groß, aber da sie so schlank ist, reicht er aus, um es Caragh zu verraten.

»Jules freut sich bestimmt darauf, eine große Schwester zu werden«, fährt Caragh fort. »Dass sie ein so starkes und glückliches Mädchen geworden ist, macht mich stolz. Und Joseph … er sieht Matthew so ähnlich. Als er hier ankam, war ich einen Augenblick versucht, mich in seine Arme zu werfen.«

Madrigal schluckt schwer und murmelt leise vor sich hin.

»Sprich lauter, Maddie.«

»Nenn mich nicht Maddie«, faucht Madrigal sofort.

Aber es gibt tatsächlich etwas, das Madrigal ihr sagen will. Und so wie sie da steht und mit dem Fuß Muster in den Staub malt, muss es etwas Unangenehmes sein.

»Das Baby«, sagt Madrigal schließlich. »Es ist von Matthew.«

Caraghs Hand umschließt die Boxentür. Sämtliche Pferde im Stall hören auf zu fressen und drehen sich zu ihr um, sogar Willas bösartiges braunes Maultier. Matthew. Ihr Matthew. Aber er ist ja nicht länger ihr Matthew.

»Ich fand, ich sollte es dir selbst sagen«, fügt Madrigal mit unsicherer Stimme hinzu. »Ich wollte nicht, dass Jules oder Joseph damit herausplatzen.« Das Stroh raschelt leise, als sie zögernd auf ihre Schwester zugeht. »Caragh?«

»Was?«

»Sag etwas.«

»Was soll ich denn deiner Meinung nach sagen? Dass ich hier gewartet habe wie eine Närrin, auch wenn ich wusste, dass es hoffnungslos war? Dass sich dort draußen alles verändert, nur hier nicht? Du brauchst mir so etwas nicht zu sagen. An dem Tag, an dem ich von hier fortgehe, werde ich ein altes Weib sein, so wie Willa. Und du brauchst bestimmt nicht meinen Segen, wenn du mein Leben für mich leben willst.«

»Das tue ich doch gar nicht«, protestiert Madrigal, doch in diesem Moment beginnt Caraghs Jagdhund zu heulen.

»Still. Dieses Heulen bedeutet, dass wir Besuch bekommen und dass ihr euch verstecken müsst.«

Der alte Mann und sein Ponywagen brauchen eine ganze Weile, um den Weg zur Schwarzen Kate zu bewältigen. Was sich allerdings als praktisch erweist, denn so hat Arsinoe jede Menge Zeit, um es sich in ihrem Versteck unter dem Fenster bequem zu machen. Als sie hinausspäht, sieht sie Jules und Joseph hastig im Stall verschwinden. Wo Madrigal steckt, weiß mal wieder niemand.

Sobald der alte Worcester das Haus erreicht, hilft Willa ihm dabei, die Getreidesäcke und Weinkrüge abzuladen, außerdem drei oder vier Päckchen. Anschließend unterhalten sich die beiden eine halbe Ewigkeit lang, bevor er sich endlich wieder auf den Rückweg macht. Ein Großteil ihrer Diskussion scheint sich um einen Brief zu drehen, den Willa von ihm bekommen hat. Jedenfalls bleibt sie mitten zwischen den ganzen Vorräten stehen und liest das Schreiben wieder und wieder, bis Arsinoe schließlich die Geduld verliert. Sie steht auf und reißt das Fenster auf.

»Willa! Was ist das?«

Die alte Frau bringt den Brief mit ins Haus. Währenddessen stürmen die anderen aus dem Stall wie Eichhörnchen aus ihren Nestern.

Arsinoe schnappt sich das Schreiben und liest es.

»Was hast du da?«, will Jules wissen, sobald sie das Haus betritt.

»Eine Ankündigung«, erklärt Arsinoe. »Mirabella fordert Katharine zum Duell.«

»Ob das klug ist?«, zweifelt Madrigal. »Die Jagd war schon riskant, aber ein Duell ist noch gefährlicher. Da bleibt nur noch der Frontalangriff. Beide könnten sterben.«

»Die Göttin wird das nicht zulassen«, behauptet Willa.

»Woher willst du das wissen?« Joseph ist nicht überzeugt.

»Weil sie in der gesamten langen Geschichte dieser Insel noch nie zugelassen hat, dass all ihre Königinnen sterben. Und ich muss es wissen, immerhin besteht die Bibliothek hier zur Hälfte aus Büchern über die Geschichte der Königinnen.«

»Aber es *wären* ja gar nicht alle Königinnen tot«, wendet Jules ein. »Falls Mirabella und Katharine bei dem Duell sterben, bliebe ja immer noch Arsinoe.«

Sämtliche Blicke richten sich auf sie, sodass Arsinoe unwillkürlich einen Schritt zurückweicht.

»Vielleicht war das immer der Plan«, überlegt Jules weiter. »Der Plan der Göttin.«

Doch Willa winkt ab.

»Nein. Mirabella wird zur Herrscherin gekrönt werden. Königin Camille hat das gewusst. Bis vor kurzem hat die ganze Insel das gewusst. Arsinoe wurde ihr Leben gewährt, aber nur das Leben einer Vogelfreien, im Verborgenen. Nichts weiter.«

»Du ahnst ja nicht, wie oft die Göttin Arsinoe schon gerettet und zu uns zurückgebracht hat«, gibt Joseph zu bedenken. »Und das alles soll sie nur bewirkt haben, damit Arsinoe ab jetzt im Verborgenen lebt? Daran glaube ich nicht.«

Arsinoe lacht höhnisch. Erschrocken sehen die anderen sie an. Ihr Blick wandert an ihnen vorbei zu dem Wandteppich, auf dem die große Hirschjagd abgebildet ist, jenes Ritual, dem die Freier sich am Beltanefest des Krönungsjahres unterziehen müssen. Junge Männer mit gebleckten Zähnen und glänzenden Messern sind darauf zu sehen. Im Vordergrund liegt einer mit aufgeschlitztem Bauch, und der Hirsch, den die Jäger im Visier hatten, ist bereits auf die Knie gesunken. So viel Blut … da ist es ein Wunder, dass dem Weber nicht das rote Garn ausgegangen ist.

Das dort könnte Billy sein, wie er im geheiligten Tal von Innisfuil verblutet.

»All diese blutrünstigen Traditionen«, murmelt sie leise.

»Arsinoe?«, fragt Madrigal verwirrt.

Wie lange hat Arsinoe von genau solch einer Chance geträumt? Weglaufen zu können, zu verschwinden. Doch die Göttin ist mit ihr umgesprungen wie mit einer Spielfigur und hat sie stets dorthin gelenkt, wo sie sie haben wollte. Sie hat ihr sogar die mit dem Fluch der Pluralität belegte Jules geschenkt, von der Luke schon immer behauptet hat, dass sie aus einem bestimmten Grund an Arsinoes Seite gestellt wurde. Aber welcher Grund mag das sein? Um ihr zur Freiheit zu verhelfen? Oder zur Krone?

So oder so – Arsinoe ist es leid, sich diese Fragen stellen zu müssen. Sie schluckt schwer. Plötzlich spürt sie überdeutlich all die Narben an ihrem Körper, von den Wangen bis hinunter zu den Rippen. Von nun an wird sie tun, was *sie* will.

»Wir müssen nach Indridskamm«, sagt sie laut.

»Genau!« Jules klatscht voller Tatendrang in die Hände. »Mirabella und Katharine liefern sich ein letztes Gefecht, und wenn sie tot sind, stehst du bereit.«

»Nein, Jules. Willa hat recht. Mirabella ist die auserwählte Königin. Und ich denke, ich wurde verschont, damit ich ihr helfen kann.« Sie packt Jules so fest an den Schultern, dass sie dabei den Brief zerknüllt. »Ich gehe in die Hauptstadt, und ich werde Mirabella dabei helfen, diese Giftmischerkönigin zur Strecke zu bringen.«

Das Duell der Königinnen

Rolanth

Mirabellas Kutschen sind mit schimmernden Silberbeschlägen und schwarzen Federn geschmückt. Neben den schwarzen Flaggen der Königin wehen die blauen Insignien der Elementwandler. Und es gibt auch weiße Kutschen, gezogen von weißen Pferden, in denen jede Menge Priesterinnen sitzen, damit man in Indridskamm nicht vergisst, dass Mirabella die Macht des Tempels hinter sich hat.

»Und du möchtest wirklich nicht lieber per Schiff reisen?«, fragt Sara, während sie die letzten Sachen in Mirabellas Koffern verstauen. »Das wäre viel sicherer.«

»Sie wollte in meine Stadt einmarschieren, also werde ich jetzt in ihre einmarschieren«, gibt Mirabella entschlossen zurück.

Fragend hält Sara ein Kleid hoch.

»Das hier für den Ball?«

Mirabella würdigt die glänzende Satinrobe mit dem engen Mieder und den breiten Trägern kaum eines Blickes.

»Ja, gut.« Sie sieht sich noch einmal im Raum um. Seit sie aus der Schwarzen Kate zu den Westwoods gebracht wurde, war das hier ihr Zimmer. Leer ist es jetzt nicht, denn sie hat nicht allzu viel eingepackt. Trotzdem fühlt es sich so an, so als dürfe man nicht zu laut sprechen, weil die Stimme sonst von nackten Wänden widerhallt.

»Und welchen Schmuck dazu?«

»Alles, nur keine schwarzen Perlen. Angeblich trägt Katharine die besonders gerne, und ich will nicht, dass wir gleich aussehen.«

»Ihr könntet nie gleich aussehen.«

Mirabella und Sara drehen sich um. Billy steht in der Tür. Beim Anblick seines roten Hemdes zieht Sara kritisch die Augenbrauen hoch. Eigentlich sollte er während der Reise in die Hauptstadt diese Farbe nicht tragen – das sichtbare Zeichen seiner Trauer um die gefallene Königin –, wenn er sich doch offiziell zu Mirabella bekannt hat. Aber niemand bittet ihn, sich umzuziehen. Außerdem wird sein Rot ihnen zusätzliche Sympathien unter den Naturbegabten einbringen.

Sara knickst kurz und lässt die beiden dann allein.

»Wie lange wird die Trauerzeit noch anhalten?«, fragt Billy.

»Nicht mehr lange«, antwortet ihm Mirabella.

Bald werden die Kerzen und die roten Stoffe verschwunden sein. An den Altären wird nicht mehr für Arsinoe gebetet werden. Nach dem Ende des Aufstiegsjahres spricht man nicht mehr von den besiegten Königinnen. Im Volroy gibt es keinen Saal für ihre Porträts. Nicht einmal ihre Namen bleiben in Erinnerung.

»Bist du so weit?«, fragt sie weiter. »Hast du etwas für den Ball eingepackt?«

»Jawohl. Obwohl ich es immer noch nicht fassen kann: Wir werden mit denen tanzen und feiern, und am nächsten Tag wirst du ihre Königin umbringen.«

»Der Ball ist lediglich ein Mittel zum Zweck; Katharine will die Kontrolle wieder an sich reißen. Ich habe das Duell ausgerufen, also muss sie den Ball geben. Ziemlich durchsichtig, das Ganze. Aber es wird nicht funktionieren.«

Billy streckt ihr eine lange rechteckige Schachtel entgegen. »Ich habe dir etwas mitgebracht.«

Als er sie öffnet, kommt ein Halsreif aus schwarzen, facettierten Steinen zum Vorschein. Die dunklen Ovale sind in Silber gefasst. Bei jeder Bewegung funkeln sie im Licht. Mirabella fragt sich unwillkürlich, wann er das Schmuckstück wohl gekauft hat. War es ursprünglich für eine andere bestimmt? Aber sie stellt die Frage nicht, um den Augenblick nicht zu zerstören.

Er wartet ab, bis Mirabella ihr langes Haar anhebt, dann legt er ihr das Kropfband um.

»Es ist wunderschön.«

»Viel schöner als alles, was die Giftmischerin besitzt«, bekräftigt er. »Sie können dieses kleine Monster so prachtvoll ausstaffieren, wie sie wollen, sie ist und bleibt eine Hexe.«

»Dieses Wort solltest du nicht benutzen«, warnt ihn Mirabella. »*Hexe* sagen wir hier nicht. Wie auch immer wir über Katharine denken – in der Hauptstadt musst du vorsichtig sein. Ich würde es vorziehen, wenn mein Prinzgemahl beim Volk beliebt ist.«

Frustriert presst Billy die Lippen zusammen.

»Natürlich. Aber was sie getan hat …«

»Ich weiß.«

»Ich hasse sie. Du etwa nicht? Sie hat sie mir genommen. Uns genommen.«

Billys Hand liegt noch auf ihrer Schulter, da er gerade

erst den Halsreif befestigt hat, und nun legt Mirabella ihre Finger auf seine.

»Ich bin Katharine vor Beltane einmal begegnet«, erzählt er. »Mein Vater wollte, dass ich euch allen vorgestellt werde, und zwar noch vor den anderen Freiern.«

»Zu mir bist du damals nicht gekommen.«

»Ich hatte mich bereits für Arsinoe entschieden, bevor es dazu kam. Aber es ist schon merkwürdig: Damals schien Katharine so nett zu sein, eigentlich vollkommen harmlos. Ich hatte sogar Mitleid mit ihr. Dieses Mädchen hatte keinerlei Ähnlichkeit mit dem in Wolfsquell. Aber vermutlich habe ich damals nur das präsentiert bekommen, was sie mich sehen lassen wollte.«

»So wird es wohl sein«, nickt Mirabella. »Billy … bevor wir aufbrechen, möchte ich, dass du einen Brief aufsetzt, den wir sofort in die Hauptstadt schicken, sodass er noch vor uns eintrifft.«

»Einen Brief? Und was soll darinstehen?«

»Dass du mein Prinzgemahl sein und nicht um Katharine werben wirst. Du kannst es so böse formulieren, wie du möchtest. Aber ich will ihrem Ego auf jeden Fall noch einen Schlag versetzen, bevor sie mir auf dem Ball gegenübertritt.«

Indridskamm

Natalia und Genevieve bewegen sich schnellen Schrittes durch die belebten Straßen der Hauptstadt, nachdem sie der Arena einen Kontrollbesuch abgestattet und sich von den Fortschritten der Renovierungsarbeiten überzeugt haben: Alte Tribünen sind repariert und neue errichtet worden; der Handlauf in den oberen Rängen wurde frisch gestrichen; um die Erde aufzulockern, wurde die gesamte Länge des weiten Feldes umgegraben, und Grasbüschel und Steine wurden per Hand entfernt. Es ist lange her, dass die Arena für etwas anderes genutzt wurde als Jahrmärkte und Volksfeste. Lange her, dass auf der Insel ein Duell ausgetragen wurde oder eine Kriegerkönigin an der Macht war, die gerne blutige Spiele aufführen ließ.

»In den Hotels werden die Betten knapp werden«, beschwert sich Genevieve. »Sie werden Zelte in der Stadt aufstellen. Die Leute werden auf der Straße schlafen.«

»Doch nur für wenige Tage. Und solange sie hier sind, werden sie Geld ausgeben.«

Überall auf der Hohen Straße, der Hauptdurchgangsstraße der Stadt, sind die Schaufenster mit den neuesten Waren gefüllt. In den schmalen Seitengassen, wo sich die Zugänge zu den Lagerräumen befinden, warten Karren mit goldgelb geräuchertem Entenfleisch und Körben voll diverser Obstsorten darauf, entladen zu werden. Endlich haben auch die Händler mit ungiftiger Ware die Chance, sich von ihrer besten Seite zu zeigen, sodass viele bereits vor Sonnenaufgang im Hafen von Bardon an den Kais waren und mit den Giftmischerlieferanten um den besten Fang gestritten haben, bevor dieser mit Bilsenkraut oder Seidelbeeren versetzt werden konnte.

»Sie werden Geld ausgeben und Geld verdienen«, präzisiert Genevieve. »Die Elementwandler werden Buden aufbauen, um ihre Bilder, Stoffe und Glaswaren zu verkaufen.«

Amüsiert mustert Natalia das empörte Gesicht ihrer Schwester. Nach dem Duell wird Genevieve mit Sicherheit ein oder zwei von Elementwandlern geschaffene Schmuckstücke und vermutlich auch einen neuen Seidenschal zur Schau stellen. Jeder weiß, dass die besten Waren dieser Art nun einmal aus Rolanth kommen.

»Sollen wir eine Kleinigkeit essen?«, fragt Genevieve, als sie an ihrem bevorzugten Käsehändler vorbeikommen.

»Wir werden im Highbern Tee trinken. Schließlich müssen wir sowieso dorthin, um die letzten Vorbereitungen für den Ball zu treffen.« Natalia überwindet mit einem großen Schritt den Rinnstein und zupft an Genevieves Ärmel, damit die sich etwas beeilt. »Lächle. Man darf uns nicht mit sorgenvoller Miene sehen.«

»Aber wir sind doch besorgt«, wendet Genevieve ein, während sie gehorsam ein strahlendes Lächeln aufsetzt. »Dieses Duell ist eine Katastrophe. Die Königinnen werden sich von Angesicht zu Angesicht gegenüberstehen und in der Arena festsitzen, bis eine von ihnen tot ist.

Das ist fast so schlimm, als wenn das Jahr des Aufstieges damit endet, dass sie zusammen im Ostturm eingeschlossen werden. Genau das wollten wir doch vermeiden!«

»Nun ja, vielleicht wäre es nie so weit gekommen. Kat ist nicht länger die schwache Königin von früher. Ich weiß zwar nicht, was die Veränderung bewirkt hat, aber es ist, als wäre sie endlich erwacht.«

»Ich wette, du weißt, was diese Veränderung bewirkt hat, auch wenn du es mir nicht verraten willst. Du weißt, was mit ihr geschehen ist, als sie an Beltane verschwunden war. Es kann gar nicht anders sein.«

»Ich weiß es nicht.«

Genevieve kneift die Augen zusammen. »Sie ist so merkwürdig. Wie sie ständig mit Messern spielt, und manchmal lacht sie richtig irre. Dann stopft sie sich wieder und wieder mit Gift voll … und vor allem scheint sie es regelrecht zu genießen, wenn sie davon krank wird.«

»Sprich nicht so von ihr. Kat ist nicht merkwürdig.«

»Und sie ist im Übrigen nicht deine Tochter, sondern eine Königin. Also hör auf, sie immer *Kat* zu nennen.«

Natalia bleibt abrupt stehen und ballt die Hände zu Fäusten. Wenn sie nicht gerade mitten auf einer belebten Straße stünden … sie würde ihrer Schwester eine schallende Ohrfeige verpassen.

Genevieve räuspert sich verlegen und senkt den Blick. »Verzeih mir. Das ist die Anspannung wegen des Duells.«

Natalia geht weiter. Es ist nicht mehr weit bis zum Highbern Hotel. Hinter den Gebäuden sind bereits die Flaggen zu sehen.

»Mach dir nicht so viele Gedanken, Genevieve«, sagt

sie leise. »Es war schlau von Katharine, uns die Gelegenheit für einen Ball zu verschaffen. Morgen Abend wird Mirabella bei uns sein, mitten unter uns, umgeben von delikaten Speisen. Und wenn der Ball vorbei ist, wird sie während des Duells keine Gefahr mehr darstellen.«

»Du willst sie vergiften?«, fragt Genevieve überrascht und beschleunigt ihre Schritte, um mit Natalia mithalten zu können.

»Keine tödliche Dosis. Das Gift soll sie nur schwächen, damit Katharine es in der Arena etwas leichter mit ihr hat. So kann sie sie vor der gesamten Insel abschlachten, wie es ihr gefällt.«

»Wie willst du das hinkriegen? Du bist zwar gut, aber sie werden uns doch niemals auch nur in ihre Nähe lassen. Du kommst nie und nimmer nah genug an Mirabella heran, um ihr etwas unterzuschieben.«

»Das muss ich gar nicht«, erwidert Natalia. »Was glaubst du denn, warum ich die ganze Zeit die Allianz mit Chatworth aufrechterhalten habe? Und warum er sich das Vertrauen der Westwoods erschlichen hat?« Entschlossen strafft sie die Schultern. »Er wird das erledigen.«

»Das können wir doch niemandem vom Festland überlassen! Und wenn die alte Luca ihn nun umgedreht hat?«

»Ausgeschlossen, dafür ist der Tempel nicht reich genug. Mirabella denkt, sie könne wie ein Gewittersturm über die Hauptstadt hereinbrechen. Aber wenn ich mit ihr fertig bin, wird sie es nicht einmal mehr regnen lassen können.«

Highbern Hotel

Das Highbern Hotel ist ein prachtvolles Gebäude, größer und schöner gestaltet als alles, was Rolanth zu bieten hätte. Die hohen Decken sind mit schwarzen und goldenen Reliefs versehen, die Säulen im Ballsaal mit Blattgold überzogen, und im Saal hängt der größte Lüster, den Mirabella je gesehen hat. Die Bettdecken auf den Zimmern sind mit Daunen gefüllt, die Überwürfe in Rot und Gold bestickt.

»Es wäre wirklich nett hier«, stellt Mirabella fest, »wenn ich nicht gekommen wäre, um zu töten oder zu sterben.«

Sie setzt sich ans Fenster und lässt den Blick über die Dächer der Stadt schweifen. Indridskamm ist schön, und die stechenden Gerüche der überfüllten Stadt dringen nicht bis in diese Höhen. Ein warmer Wind sorgt für frische Luft. Nur eine breite Straße und der lange, von dichten Hecken gesäumte Innenhof mit seinen Rosenstöcken und Fliederbüschen trennen das Highbern vom Westturm des Volroy. Im Hof der Festung kann Mirabella, halb verdeckt von einigen Zierbüschen, einen Käfig ausmachen. Darin liegt ein brauner, regloser Berg aus Pelz – Arsinoes Bär. Er hat also doch überlebt und ist nun der Gefangene ihrer Giftmischerschwester. Nun, das wird ebenfalls ein Ende haben, wenn Katharine erst tot ist. Auch wenn Mirabella nicht weiß, was sie dann mit dem großen Familiaris anfangen soll.

An der Verbindungstür zum Nebenzimmer ertönt ein Klopfen, und sie reißt sich vom Anblick des Käfigs los.

»Mirabella, komm rüber. Du musst bei Kräften bleiben.« Billys Stimme dringt gedämpft durch das Holz. »Ich habe dir ein Essen mitgebracht, für das so gut wie keinerlei Kochkunst nötig war.«

So gut wie keinerlei Kochkunst. Es ist wirklich erstaunlich, dass Billy auf diesem Gebiet so gar nicht besser geworden ist. So überhaupt gar nicht.

Mirabella geht in das Wohnzimmer ihrer Suite hinüber, wo er mehrere mit Butter bestrichene Brotscheiben kredenzt hat. Außerdem steht ein Glas mit eingelegten Äpfeln bereit und ein Stück Blauschimmelkäse.

»Wo ist denn deine Schürze?«, beschwert sie sich, was ihm ein aufrichtiges Lachen entlockt.

Eine Weile lang essen sie schweigend. Hier im obersten Stockwerk ist es still, aber im Erdgeschoss, wo ein Haufen Leute alles für den morgigen Ball vorbereitet, herrscht sicher großer Trubel. Sara, Bree und Elizabeth sind unten, genau wie Luca und ihre Priesterschar, da sie jeden Schritt der Arrons überwachen wollen.

»Hast du den Bären gesehen?«, fragt Mirabella schließlich leise.

»Sein Name ist Braddock«, erklärt Billy ihr ernst. »Ja, habe ich. Ich bin in den Hof gegangen und habe ihm heimlich ein paar kandierte Walnüsse zugesteckt, die ich bei einem Straßenhändler gekauft hatte.«

»Hat denn niemand versucht, dich daran zu hindern?«

»Sie haben den Käfig nicht einmal eingezäunt. Vermutlich gehen sie davon aus, dass niemand so dumm sein könnte, seinen Arm durch das Gitter zu schieben. Vielleicht wäre es sogar klüger gewesen, wenn ich es auch nicht getan hätte.«

»Sei nicht albern. Er ist immer noch ihr Familiaris, auch wenn sie nicht mehr unter uns ist. Bestimmt erinnert er sich noch an die Menschen, die sie geliebt hat.«

Billys Hand mit dem Brot verharrt auf halbem Weg zum Mund.

»Werden wir ihn freilassen, wenn es vorbei ist?«, fragt er leise. »In den Wäldern von Innisfuil, wo sie ihn gefunden hat?«

»Hätte sie es denn so gewollt?«

»Ich weiß nicht. Vermutlich schon. Oder vielleicht hätte sie auch gewollt, dass er bei Jules bleibt.« Aufgewühlt fährt er sich mit der Hand über das Gesicht.

Mirabella atmet einmal tief durch und lässt den Blick durch den Raum wandern. Die Fenster sind geschlossen und sperren den Straßenlärm aus, und auf dem Korridor sind paarweise bewaffnete Priesterinnen postiert. Die Ruhe passt zu dem eleganten Ambiente.

»Bald ist es vorbei«, sagt sie schließlich. »Eine schlaflose Nacht, dann der Ball und dann das Duell.«

»Und dann bist du Königin.«

Mirabella antwortet nicht. Bis jetzt war sie voller Entschlossenheit, und alles ging so schnell: die hastige Mobilisierung der Priesterinnen und der Westwoods, ihre Überlegungen, wie sie Katharine provozieren könnte. Aber nun sitzt sie hier, und es bleiben nur noch wenige Stunden, bis sich ihr beider Schicksal erfüllen wird. Und plötzlich überfällt sie eine schleichende Unsicherheit. Was hat Luca noch gleich gesagt in Bezug auf den Willen der Göttin? Im einen Moment scheint das Bild so klar zu sein, und im nächsten ist es verschwunden.

»Mirabella? Ist alles in Ordnung?«

»Nicht so ganz.«

»Wie bitte?«

»Nach dem Duell werde ich die einzige Königin sein. Offiziell gekrönt werde ich aber erst im Frühling, an Beltane. Du wirst also noch den ganzen Herbst und einen langen Winter warten müssen, bevor du König wirst.«

Billy tupft sich mit der Serviette die Mundwinkel ab. Wenn es nach ihm geht, könnte er auch noch länger warten. Vielleicht bereut er ihren Handel ja bereits lange vor ihrer Krönung.

»Wir sind doch Freunde, Billy, oder nicht? Und Freundschaft ist eine starke Grundlage für eine Ehe.«

Zögernd schiebt er seine Hand über den Tisch, die geöffnete Handfläche nach oben. Ebenso zögernd legt sie ihre darauf.

Da ist kein Funke. Kein Herzklopfen. Wenn sie in seine Augen blickt, ist es anders, als wenn sie in Josephs Augen blickt. Sie drückt seine Hand.

»Aber ich bin nicht sie«, fährt sie mit einem schweren Seufzer fort. »Ich bin nicht Arsinoe. Solltest du an Beltane nicht mehr den Wunsch haben, an der großen Hirschjagd teilzunehmen und König zu werden …«

Er schüttelt sanft ihre Hand. »Mach dir darüber jetzt keine Gedanken. Bis dahin vergeht noch viel Zeit. Allerdings … hätte ich nicht gedacht, dass es überhaupt eine Jagd geben wird. Immerhin haben wir unsere Absichten doch bereits erklärt.«

»Es wäre eine reine Formalität. Nicolas Martel könnte weiterhin teilnehmen, und er könnte versuchen, dich zu töten und so die Krone zu erringen. Aber wir werden Priesterinnen mit auf die Jagd schicken, die dich beschützen.«

»Na, dann ist ja alles prima«, stellt er ironisch fest, bevor er sich zum Fenster wendet. »Was ist das für ein Lärm? Klingt so, als würde jemand nach dir rufen.«

Sie treten ans Fenster und schauen hinaus. Unten vor dem Hotel hat sich eine so große Menschenmenge versammelt, dass die Straße zwischen dem Highbern und dem Volroy komplett blockiert ist. Als einige Kutschfahrer versuchen, ihre Gefährte durch die Menge zu lenken, erhöht sich der Lärmpegel durch gegenseitige Pöbeleien noch weiter. Die versammelten Menschen starren hoch zu Mirabellas Fenster, beschimpfen sie, schreien, sie solle dorthin verschwinden, wo sie hergekommen sei.

»Du lächelst ja, Mira«, stellt Billy überrascht fest.

»Tatsächlich?« Leise lachend, mustert sie die Menge. »Luca sagt ständig, das Inselvolk habe die Nase voll von den Giftmischern und ich sei die Retterin, auf die alle gewartet haben. Was für ein Märchen!«

»Für manche gilt das schon. Für viele sogar.«

Mirabella ruft ihre Gabe, bis sich dunkle Schatten auf den nach oben gereckten Gesichtern abzeichnen und schwere Sturmwolken über dem Hotel aufziehen. Schlagartig hören die Menschen auf zu brüllen. Als ein Blitz zuckt, gehen sie in Deckung und klammern sich aneinander fest.

»Was machst du denn da?«, rügt Billy sie.

»Gar nichts. Ich lasse sie lediglich wissen, dass die Elementwandlerkönigin hier ist.«

Greavesdrake Haus

Mit finsterer Miene beobachtet Pietyr durch das Fenster, wie sich Nicolas draußen im Bogenschießen übt, diesmal vom Pferderücken aus. Jedes Mal, wenn er vorbeigaloppiert, kann Katharine Pietyr an der Nasenspitze ansehen, wie sehr er sich wünscht, dass Nicolas abgeworfen wird. Und bei jedem Schuss zuckt sie unwillkürlich zusammen, da sie befürchtet, der Bolzen könne die Scheibe durchschlagen und sich in Pietyrs Brust bohren.

»Mit dem stimmt irgendetwas nicht, Katharine«, behauptet Pietyr. »Und das liegt nicht nur daran, dass er vom Festland stammt.«

»Komm vom Fenster weg, Pietyr.«

»Du solltest ihn loswerden. Er wird doch sowieso nicht dein Prinzgemahl. Du weißt genau, dass Natalia diesen Chatworth-Jungen für dich auswählen wird.«

Katharine verzieht das Gesicht. Chatworth hat sich auf Mirabellas Seite geschlagen. Und davor war er mit Arsinoe zusammen.

»Ich habe keine Ahnung, was sie sich dabei denkt«, sagt sie. »Wie sieht das denn aus, wenn ich den abgelegten Liebhaber meiner Schwester nehme? Außerdem kann ich ihn nicht leiden.«

»Aber Nicolas kannst du leiden?« Als Katharine nicht antwortet, fügt Pietyr hinzu: »Das ist doch lächerlich.«

Anfangs hatte sie ihren Spaß daran, Pietyr eifersüchtig zu machen. Ihn leiden zu lassen. Immerhin hat er genau das verdient und noch Schlimmeres. Aber inzwischen ist es kein Spaß mehr. Sein Hass auf Nicolas wird mit jedem Tag stärker, und dessen gelassene Reaktion darauf zerrt an Katharines Nerven. Sobald Nicolas auch nur die geringste Macht zu haben glaubt, wird er eine Möglichkeit finden, Pietyr etwas anzutun. Ob er ihn nur demütigen oder tatsächlich töten wird, weiß sie nicht genau, aber Katharine spürt durchaus, dass er zu beidem fähig wäre.

Sie und Pietyr sind im Billardzimmer, doch ihnen fehlt es an Konzentration für ein Spiel. Katharine macht einen willkürlichen Stoß und lauscht auf das Klacken der Kugeln, ohne sich wirklich dafür zu interessieren, wohin sie rollen. Stattdessen mustert sie Pietyrs missmutiges Gesicht. Sogar mit einer solchen Miene sieht er noch gut aus.

»Mir gefällt nicht, was Nicolas dir für Flausen in den Kopf setzt. Er bestärkt dich ja auch noch in deiner Leichtfertigkeit!« Endlich tritt Pietyr vom Fenster weg, geht zum Tisch und lässt die weiße Kugel über den Filz rollen, bis er sie wütend in ein Loch schubst.

»Vielleicht sollte ich besser dich wegschicken«, sagt Katharine leise. Doch er verzieht nur spöttisch den Mund und verschränkt die Arme vor der Brust, als könne das unmöglich ihr Ernst sein. »Nicolas passt in vielerlei Hinsicht sehr gut zu mir. Sogar besser als du.«

Er sieht ihr in die Augen.

»Das ist nicht wahr, Kat.«

»Wir haben die gleichen Ziele. Wir denken ähnlich. Und falls ich mich Natalia widersetzen sollte, wird er einen starken Prinzgemahl abgeben.« Sie neigt versonnen den Kopf zur Seite und fährt möglichst schonend fort: »Es ist nicht fair, dass ich dich in dieses Spiel verwickelt habe. Dass ich dich habe glauben lassen, wir könnten jemals wieder zusammenkommen. Dass es noch Hoffnung für uns gäbe.« Früher einmal hat sie geglaubt, sie werde Pietyr als Liebhaber behalten, unabhängig davon, welchen Freier sie heiraten wird. Doch dieser Traum stammt aus einer anderen Zeit, wurde von einer anderen Katharine geträumt.

»Ich will, dass du gehst, Pietyr.«

»Gehen? Wohin?«

»Ist mir egal. Hauptsache weg von hier, vielleicht zurück aufs Land. Aber du musst gehen, und zwar sofort.«

In seinen strahlend blauen Augen blitzt etwas auf. Reue? Wird er jetzt etwa weinen? Sollte er weinen, wird sie es nicht über sich bringen, ihn fortzuschicken. Stattdessen wird sie ihn in den Arm nehmen und fest an sich drücken.

»Warum sagst du so etwas?«

Als sie nicht antwortet, schüttelt er unnachgiebig den Kopf.

»Ich kann jetzt nicht gehen. In zwei Tagen wirst du in einem Duell antreten müssen. Du weißt ja nicht, was du sagst. Der Aufstieg … er hat dich wankelmütig gemacht. Wenn du wieder bei Sinnen bist, wirst du mir noch dankbar sein, dass ich geblieben bin.«

Er spricht mit ihr, als wäre sie ein Kind, und plötzlich sind da diese Stimmen in ihrem Kopf. Wütende und lieblich flüsternde Stimmen. Unwillkürlich wandert ihre Hand an ihren Stiefel, wo sich ein vergiftetes

Messer versteckt. Fast ohne sich dessen bewusst zu sein, zieht sie es aus der Scheide.

Pietyr hat ihr den Rücken zugewandt. Ein Fehler. Doch im letzten Moment dreht er sich wieder um, sodass das Messer nur Luft zerschneidet, nicht seine Haut.

»Katharine!«

»Wenn ich sage, du sollst gehen, dann gehst du.«

»Kat, hör auf!«

Wieder sticht sie zu, erwischt aber nur seinen Ärmel. Ein roter Fleck breitet sich auf dem dunkelgrauen Stoff aus. Hektisch schiebt er sich rückwärts um den Billardtisch herum und stößt mit dem Rücken gegen die Bar, wirft das Tablett mit der Karaffe mit Natalias Lieblingsbrandy herunter.

»Es ist nur zu deinem Besten«, behauptet Katharine traurig. »Hier bist du in Gefahr.«

»Das kümmert mich nicht. Ich werde dich nicht verlassen, Kat. Und du liebst mich noch immer, das weiß ich.«

Abrupt bleibt Katharine stehen.

»Was in mir noch zur Liebe fähig ist, liebt dich, ja.«

Bevor er etwas erwidern kann, hebt sie das Messer und lässt die Klinge an ihrem Gesicht entlanggleiten, vom Haaransatz bis hinunter zum Ohr, als würde sie eine Maske ausschneiden. Leuchtend rot läuft das Blut über ihre Wange, den Hals hinunter bis in ihr Mieder.

»Katharine«, flüstert Pietyr entsetzt. »Oh meine Katharine.«

»Pietyr Renard«, sagt sie mit rauer Stimme. »Wir waren nicht mehr deine Katharine, seit du sie in die Brecciaspalte gestoßen hast.«

Halb betäubt taumelt Pietyr über die Schwelle von Greavesdrake. Katharine hat ihm befohlen zu gehen. Doch er lässt sämtliche Habseligkeiten zurück. So schnell er kann, läuft er zum Stall und sattelt das beste Pferd, das er finden kann. Mit zitternden Fingern zieht er den Sattelgurt fest. Immer wieder sieht er sie vor sich, wie sie sich das Gesicht zerschneidet.

»Es ist nicht ihre Schuld.« Hastig führt er das Pferd aus dem Stall und schwingt sich in den Sattel. »Es ist meine Schuld, und ich werde einen Weg finden, das wiedergutzumachen.«

Pietyr bohrt dem Pferd die Fersen in die Flanken und galoppiert die Zufahrt hinunter, hält auf die Straße zu, die sich in einem weiten Bogen um die Hauptstadt herumwindet und dann nach Norden führt, Richtung Prynn. Er wird den ganzen Tag reiten, bis spät in die Nacht, nur kurz ruhen und am frühen Morgen das Pferd wechseln.

Er wird immer weiter reiten, bis in das Tal von Innisfuil. Bis er das kalte, dunkle Herz der Insel erreicht – die Brecciaspalte.

Straße nach Indridskamm

»Du starrst jetzt schon seit Stunden auf diese Karte, Jules«, stellt Arsinoe fest.

Ihre Reise führt sie über verborgene Wege, an der Rückseite des Berges entlang. Alle sitzen auf Pferden, bis auf Arsinoe, die sich Willas übellauniges Maultier ausleihen musste. Selbst hier im Schatten ist es drückend heiß, aber Jules und Caragh bestehen übereinstimmend darauf, dass trotzdem niemand die Kapuzen der Mäntel abnehmen darf; für den Fall, dass ihnen jemand begegnet.

»Augen auf, Jules! Wenn du keine Naturbegabte wärst, würde dein Pferd schnurstracks gegen den nächsten Baum rennen – du passt ja mal gar nicht auf.«

Die Antwort ihrer Freundin besteht nur aus einem Grunzen, denn sie studiert weiter die Karte der Hauptstadt.

»Lass gut sein, Arsinoe.« Joseph lässt sein Pferd an ihre Seite traben. »Indem sie sich alle Einzelheiten jetzt einprägt, wird sie sich nach unserer Ankunft so mühelos durch die Stadt bewegen können wie Wasser durch ein Flussbett. Außerdem müssen wir uns dann nicht darum kümmern.«

»Ihr solltet euch die Karte trotzdem ansehen«, murmelt Jules.

»Dann gib her«, fordert Joseph und streckt die Hand aus, aber Jules hält die Karte fest gepackt. »Dachte ich's mir doch.«

»Liegt das an ihrer Kriegergabe?«, erkundigt sich Arsinoe gedämpft. »Das strategische Denken? Die ganzen Vorbereitungen?«

Joseph zuckt nur mit den Schultern, während Jules drüben auf ihrem Pferd die Stirn runzelt. Niemand weiß das. Es gibt so viele Aspekte der Kriegergabe, die keiner von ihnen kennt.

Arsinoe streift die Kapuze ab und fährt sich durch die kurzen Haare.

»Ich vermisse den frischen Wind an der Küste«, klagt sie.

»Zieh die Kapuze wieder über«, befiehlt Caragh, deren kräftiges fuchsrotes Bergpony direkt hinter dem Maultier geht.

»Lass sie doch«, wehrt Madrigal ab, streift ihre Kapuze ebenfalls ab und legt den Kopf in den Nacken, um die leichte Brise zu genießen. »Seit wir die Kate verlassen haben, ist uns keine Menschenseele begegnet. Diese Straßen werden nie benutzt, das hast du selbst gesagt.«

»Was aber nicht heißt, dass wir nicht vorsichtig sein müssten.«

»Du hättest sowieso nicht mitkommen dürfen. Wenn man uns fernab der Schwarzen Kate in deiner Gesellschaft erwischt, kriegen wir Ärger.«

»Diese Reisegesellschaft umfasst eine totgeglaubte Königin und ein Mädchen, das gesucht wird, weil es den Fluch der Pluralität in sich trägt, Madrigal«, erklärt Caragh sanft. »Wenn man uns erwischt, ist die Tatsache, dass ich die Kate verlassen habe, noch das geringste Verbrechen.«

Madrigal verzieht das Gesicht, dann dreht sie sich zu Jules um.

»Wie weit ist es noch nach Indridskamm?«

»Morgen müssten wir ankommen, wahrscheinlich irgendwann nachmittags. Oder kurz vor Sonnenuntergang.«

»Gut«, nickt Arsinoe. »Ich will unbedingt zu Braddock.«

Jules lässt die Karte sinken. Neben der Ankündigung des Duells hat Worcester auch noch andere Neuigkeiten gebracht: Er hat von Katharines ruhmreicher Rückkehr in die Hauptstadt berichtet und von ihrer Parade mit dem Familiaris der gefallenen Naturbegabten.

»Das weiß ich ja«, räumt Jules ein. »Aber das können wir nicht riskieren. Wenn alle sich auf das Duell konzentrieren, werden Caragh und Madrigal sich im Volroy einschleichen und ihn befreien. Hinterher kannst du ihn dann sehen.«

»Aber ich habe Braddock quasi dem Tod überlassen«, protestiert Arsinoe. »Ich muss ihm erklären, warum ich einfach abgehauen bin und sie ihn in einen Käfig sperren konnte.«

Camden, die neben den Pferden herläuft, stemmt ihre Vorderpfoten auf Arsinoes Knie und springt dann vor ihr in den Sattel, um ihr erdrückenden Pumatrost zu spenden.

»Danke, Cam«, bringt Arsinoe mühsam hervor, während der Berglöwe ihr das Gesicht ableckt. »Aber du verärgerst das Maultier.«

Vollkommen unbeeindruckt von dem Gezeter und

den nutzlosen Bocksprüngen des Maultiers gähnt Camden herzhaft und schlägt dem Reittier immer wieder ihren Schwanz ins Gesicht.

»Sei nett zu ihm, Camden«, mahnt Jules, bevor sie an Arsinoe gewandt fortfährt: »Braddock ist ein guter Bär, er wird dir verzeihen.«

Arsinoe schweigt und überlässt Jules wieder ihren Studien. Immerhin wird die Hauptlast des Ganzen auf ihren Schultern ruhen, wenn sie Indridskamm erst erreicht haben: Jules wird ihre Kriegergabe einsetzen müssen, um Katharines vergiftete Schusswaffen zu beeinflussen und sicher von ihrem Kurs abzulenken. Schon beim Gedanken daran wird Arsinoe ganz flau im Magen.

Joseph bemerkt ihren Blick, reitet an ihre Seite und stupst sie mit dem Knie an.

»Alles wird gut«, behauptet er.

Hafen von Bardon

Am Nordufer des Hafens von Bardon, auf einem privaten Liegeplatz der Familie Arron hat ein prächtiges Schiff vom Festland angelegt. Im Inneren des Schiffes liegt Natalia in den Armen von William Chatworth. Das sanfte Schaukeln des Bootes übt eine einschläfernde Wirkung auf sie aus.

»Ich bin überrascht«, gibt er zu und stößt eine Wolke Zigarrenrauch aus. »Hätte nicht gedacht, dass du dich so lange wegschleichen kannst. Wo doch heute der Ball stattfindet.«

Leise lachend, beobachtet Natalia, wie der Rauch zarte Muster in die Luft malt. Wirklich lang war es eigentlich nicht. Aber es war angenehm. Sie waren seit Monaten nicht mehr zusammen, und erstaunlicherweise hat es ihr gefehlt. Hat er ihr gefehlt, gewissermaßen.

Chatworth zieht seinen Arm unter ihrem Kopf hervor und legt die Zigarre ab.

»Hast du es mitgebracht?«, will er wissen.

»Selbstverständlich. Das ist schließlich der Hauptgrund für meinen Besuch.«

Sie überreicht ihm ein kleines Fläschchen, das er übervorsichtig zwischen zwei Fingern hält.

»Jetzt stell dich doch nicht so an«, spottet sie. »Du könntest den gesamten Inhalt trinken, das Gift würde dich trotzdem nicht umbringen. Und es richtet auch keinen Schaden an, wenn etwas davon auf deine Hände tropft.«

Natalia setzt sich auf und greift nach ihrer Kleidung – einer Dienstmädchenkluft, die sie während der Kutschfahrt hierher angezogen hat.

»Wenn es so schwach ist, wozu dann die Mühe?«, wundert er sich.

»Als Rückversicherung. Es soll der Elementwandlerin den Wind aus den Segeln nehmen. Meine Katharine will sie demütigen, und das möchte ich ihr ermöglichen.« Natalia steht auf und schließt die letzten Knöpfe. Chatworth bleibt im Bett liegen, träge und strotzend vor Selbstvertrauen – das vielleicht keinerlei Rechtfertigung hat, fällt ihr plötzlich auf. Abgesehen von seiner Dreistigkeit und seinem Geld hat er nie besondere Vorzüge an den Tag gelegt.

»Wenn du erwischt wirst …« Sie unterbricht sich kurz. »Lass dich einfach nicht erwischen.«

»Keine Sorge. In deren Lager haben sie alle blindes Vertrauen zu meinem Sohn. Und Sara Westwood vertraut mir inzwischen ebenfalls.«

»Tatsächlich? Dann ist sie noch beschränkter, als ich dachte.«

»Kein Grund zur Eifersucht«, versichert er ihr, will damit aber das Gegenteil bezwecken. Er ist ein so selbstverliebter und attraktiver Mann. Ob sein Sohn später wohl ebenso eitel und arrogant werden wird? Dann wäre er als Katharines Prinzgemahl wohl nicht ganz so leicht im Zaum zu halten.

»Komm wieder ins Bett.«

»Keine Zeit.«

»Aber du gefällst mir in diesem Kostüm.« Er will sie packen, doch sie weicht ihm aus und versetzt ihm mit ihrer Schürze einen Klaps auf die Hand.

»Hör auf herumzuspielen und konzentriere dich lieber darauf, diese Elementwandlerin zu vergiften!« Während er anfängt, herzlich zu lachen, wendet Natalia sich ab und schleicht sich heimlich vom Schiff, um unbemerkt wieder nachhause zu fahren.

Der Ball der Königinnen

Jules dreht sich hastig weg, damit der Diener mit dem Weintablett in der Hand sie nicht umrennt. Als er sie dann noch als dumme Pute beschimpft, deutet sie nur höchst widerwillig einen Knicks an. Aber sie muss den Kopf gesenkt halten. Joseph hat das so angeordnet, da ihre zweifarbigen Augen sie zu leicht verraten könnten, auch wenn Camden sicher versteckt in einem Stall in der Nähe wartet.

»Sie haben ein Kopfgeld auf dich ausgesetzt«, hat er ihr vorgehalten. »Und in der Stadt wimmelt es nur so vor Wachen. Eigentlich solltest du gar nicht hingehen!«

Aber Arsinoe hat keine ruhige Minute, solange nicht zumindest einer von ihnen Mirabella im Auge behält, also ist Jules nun hier.

Mit gesenktem Blick geht sie den Korridor hinunter, der zwischen Küche und dem Nordeingang des Ballsaals verläuft. Einige Gäste sind schon darin, und mit jeder Minute strömen mehr hinein. Am Haupteingang stehen zu viele Gaffer, die sich den Prunk ansehen und einen Blick auf die Königinnen erhaschen wollen. Doch das wird sich bessern, sobald Mirabella und Katharine ihren Auftritt haben und die allgemeine Aufmerksamkeit auf sich ziehen.

Jules biegt in einen anderen Korridor ab. Ihre Stiefel

poltern bei jedem Schritt überlaut, denn die steinernen Wände des Highbern verstärken den Schall. Die Flure sind breit und durch das ständige Öffnen und Schließen der Eingangstür gut belüftet – und trotzdem glaubt Jules, hier drinnen ersticken zu müssen. In der Hauptstadt ist alles viel zu eng, sie vermisst die weiten Felder und den Hafen zuhause.

Als ein weiterer Diener an ihr vorbeiläuft, dreht sie sich schnell zu einem Tischchen um und gibt vor, eine Vase gerade zu rücken.

»Bei all den Menschen und den vielen Priesterinnen hier wird sowieso nichts passieren«, raunt sie leise, bevor ihr bewusst wird, dass Camden ja gar nicht da ist, um sich ihr Gemurmel anzuhören. Sie hätte bei Joseph und Arsinoe bleiben oder mit Tante Caragh und Madrigal zur Arena gehen sollen. Und genau das will sie nun nachholen, als ihr plötzlich eine in einen schwarzen Mantel gehüllte Gestalt auffällt, die sich der Küche nähert.

»Was wird das denn?«, fragt sie sich leise und huscht unauffällig hinter der Gestalt her.

Mirabella und Billy warten auf der Treppe am westlichen Eingang des Ballsaales – zwei reglose Statuen mitten im Chaos. Die Dienstboten legen letzte Hand an Mirabellas Make-up, zupfen ihr Kleid zurecht und streichen Billys Frack glatt. Die Hand der Königin ruht in Billys Armbeuge. Ohne Zweifel steht Katharine in ganz ähnlicher Pose mit Nicolas Martel auf irgendeiner anderen Treppe.

Billy sieht zu ihr herüber. Der schwarze Halsreif funkelt an ihrem Hals, und er schenkt ihr ein Lächeln. Ihr zukünftiger Prinzgemahl. Nun ist er wirklich ihr Freier geworden.

Der Geräuschpegel hinter der imposanten Holztür sinkt merklich ab, dann hört sie Lucas gedämpfte Stimme, die wohl ihren Auftritt ankündigt.

»Es wird Zeit«, flüstert Sara hinter ihr. Dann öffnet sich die Tür.

»Ich schätze, wir müssen lächeln und freundlich nicken, oder?«, fragt Billy. »Was für ein Unsinn, wo doch mehr als die Hälfte dieser Leute dir den Tod wünscht.«

Mirabella muss lachen. Damit löst sie das gespannte Schweigen auf, und die Gäste fangen an zu tuscheln – über ihr Kleid, ihren Schmuck, darüber, welch reizendes Paar sie und ihr Freier doch sind. Billy hilft ihr die Stufen zu der Empore hinauf, die den Tisch der Westwoods beherbergt, dann stellen sie sich hinter ihren Stühlen auf, um auf Katharine zu warten.

Lange müssen sie nicht so verharren. Als die andere Königin erscheint, verstummen die Gäste nach und nach, die Giftmischer ebenso wie alle anderen. Katharines Rock weht bei ihren langen Schritten weit um ihre Beine, ihre Haare sind zu glänzenden Locken gedreht. Klein wirkt sie jetzt nicht mehr. Genau genommen, hat sie überhaupt keine Ähnlichkeit mehr mit dem bleichen Mädchen mit der strengen Hochsteckfrisur, das Mirabella bei ihrer ersten Wiedervereinigung während der Anlandung auf den Klippen gesehen hat.

»Die untote Königin«, raunen die Leute. Dabei hat sie nie lebendiger gewirkt als jetzt.

»Sie will die Krone mehr als ich.« Mirabella beobachtet, wie Katharine den Mund verzieht und Nicolas etwas ins Ohr flüstert.

»Das spielt keine Rolle«, erwidert Billy steif. »Sie wird sie trotzdem nicht kriegen.«

Bevor Katharine und ihr Freier zwischen den aufgerüschten Arrons mit ihren schillernden Schlangen und Skorpionen Platz nehmen, grüßt Katharine Mirabella mit einem Nicken und zwinkert ihr zu. Nicolas schenkt Billy ein Lächeln und spuckt dann diskret auf den Boden.

Billy richtet sich ruckartig auf.

»Du hast recht, es spielt keine Rolle.« Mirabella drückt sanft seine Hand.

»Gut«, erwidert er. Sie nehmen Platz. »Aber wenn er dieses Jahr an der großen Hirschjagd teilnimmt, wird er sich irgendwann mitten im Wald wiederfinden – mit meinem Stiefel in seinem Arsch.«

Daran hat Mirabella keinen Zweifel. In dieser Hinsicht ähnelt Billy Arsinoe. Hätte ihre Schwester überlebt, hätten die beiden ein wirklich tolles Paar abgegeben. Bei dem Gedanken an Arsinoe blickt sie automatisch zu Katharine hinüber und fixiert sie, bis ein eiskalter Windstoß durch das Highbern Hotel fegt. Schaudernd ducken sich die Gäste auf ihren Stühlen.

»Morgen«, raunt Bree ihr zu. »Heb dir das für das Duell auf!« Sie schiebt ihr Bein um Saras Rock herum und verpasst Mirabella einen Tritt vor das Schienbein, sodass diese sich vom Anblick ihrer Schwester losreißt. Schlagartig verschwindet der Wind.

Jawohl. Morgen.

Die Kapelle beginnt zu spielen. Diener mit dunklen Traubenrispen und Weingläsern kreisen durch den Saal. Die Stimmung hebt sich. Die Menschen feiern fröhlich, und falls unterschwellig noch etwas anderes mitschwingt, dann wohl Erleichterung. Eine Königin wurde bereits getötet, die beiden anderen sind bereit, die Krone zu erobern. Alles ist so, wie es sein sollte.

Bree steht auf und nimmt Mirabella und Billy an der Hand.

»Kommt mit, lasst uns tanzen!«

Sie betreten die Tanzfläche, auf der die Menge sich sofort für sie teilt. Am Rand der Fläche beziehen mehrere Wächterpriesterinnen Stellung. Bree bleibt nur einen Moment bei ihnen, bevor sie sich lächelnd um die eigene Achse dreht und davonschwebt, um sich einen eigenen Partner zu suchen. Das dürfte ihr nicht weiter schwerfallen. Wie immer ist Bree strahlend schön, und ihr trägerloses Ballkleid gehört definitiv zu den opulentesten im Saal: Der schwarze Stoff ist mit unzähligen Silberperlen bestickt.

Billy führt Mirabella über die Tanzfläche, hält sich dabei aber immer in der Nähe des Westwood-Tisches.

»Du bist ein hervorragender Tänzer«, stellt Mirabella fest.

»Das sollte ich wohl auch sein, nachdem man mich sechs Jahre lang gezwungen hat, Tanzstunden zu nehmen. Ich beherrsche so ziemlich jeden Tanz für jede formelle Gelegenheit.«

»Vermutlich kennst du sogar Tänze, von denen ich noch nie etwas gehört habe.«

»Wäre möglich. Aber keine Sorge, ich bin auch ein hervorragender Lehrer.« In seinem Blick liegt Wärme, und er schenkt ihr ein charmantes Lächeln. Einen Moment lang hat Mirabella das Gefühl, dass sie Arsinoes Blick im Rücken spürt. Billy kommt kurz aus dem Takt.

»Was ist los?«

»Gar nichts«, versichert er hastig. »Überhaupt nichts. Ich dachte nur, ich hätte … Ach, egal.«

Sie zieht Billy zu sich heran und drückt ihn kurz.

»Ich glaube, ich kann sie ebenfalls spüren«, flüstert sie ihm ins Ohr.

Sie tanzen weiter, aber wesentlich steifer als zuvor. Als eine Drehung den Tisch der Giftmischer in ihr Blickfeld bringt, starrt Mirabella finster hinüber. Hoffentlich kann Katharine spüren, wie sehr sie beide sie hassen. »Sieh mal.« Billy dreht sie wieder in Richtung der Westwoods. »Mein Vater ist hier.«

William Chatworth lehnt sich gerade über den Tisch und unterhält sich mit Sara. Dabei beugt er sich so weit vor, dass seine Ärmel fast in den Weingläsern hängen.

»Er hat mir gar nicht gesagt, dass er kommen würde.« Billy zieht sie in die nächste Drehung. »Wahrscheinlich ist er wütend auf mich, weil ich ihm nichts von unserer Verlobung gesagt habe.« Nun zerrt er Mirabella regelrecht herum.

»Aua!«

»Oh, das tut mir leid«, entschuldigt er sich schnell. Mit schmalen Augen beobachtet er, wie sein Vater um den Tisch herumgeht und sich neben Sara setzt, auf Mirabellas leeren Platz. »Nichts bringt mich so leicht aus dem Konzept wie er. Habe ich dir wehgetan?«

»Nein, du …« Sie unterbricht sich. Im ersten Moment glaubt sie, es wäre Einbildung, aber da ist Joseph. Steht in der Menge und beobachtet sie. »Was machst du denn …?«, flüstert sie.

Joseph schüttelt den Kopf, dann schickt er sich an, zwischen den Zuschauern zu verschwinden. Aber Bree hat ihn ebenfalls entdeckt, packt ihn am Arm und zerrt ihn auf die Tanzfläche, wobei sie wütend auf ihn einredet.

»Bree!« Mirabella beobachtet, wie ihre Freundin ernst die Lippen zusammenpresst. Dann führt sie Joseph im Tanz zu ihnen herüber.

»Er sollte nicht hier sein«, zischt Bree, während sie ihn gleichzeitig mit eisernem Griff festhält.

»Warum nicht?«, wundert sich Billy. »Immerhin ist er doch mein Ziehbruder.«

»Billy.« Joseph sieht sich verstohlen um. Er hat sich die Haare aus der Stirn gekämmt, und ein Blick aus diesen sturmblauen Augen könnte Mirabella auch jetzt noch dahinschmelzen lassen. »Jules ist hier irgendwo.«

»Oh.« Unwillkürlich rückt Billy ein Stück von Mirabella ab. »Was macht sie denn hier? Seit wann ist sie zurück?«

»Das kann ich dir jetzt nicht erklären«, sagt Joseph. »Und ich kann auch nicht bleiben. Ich komme später zu euch.« Er dreht Bree von sich weg und lässt ihre Hand los. Schon ist er in der Menge untergetaucht.

»Das war merkwürdig«, stellt Mirabella fest.

»Ich werde die Priesterinnen wissen lassen, dass er hier ist«, flüstert Bree, aber Mirabella hält sie zurück.

»Nicht, Bree. Es ist doch nichts passiert. Alles vollkommen harmlos.«

Bree scheint sich da nicht so sicher zu sein, nickt aber schließlich und macht sich auf die Suche nach einem neuen Tanzpartner.

»Ich möchte wissen, was mit Arsinoe passiert ist«, sagt Billy leise. »Ich will wissen, wo Jules sie hingebracht hat. Ich will wissen …«

»Genau wie ich«, nickt Mirabella und dreht sich noch einmal mit finsterer Miene zu Katharine um.

Jules erwischt die Gestalt im schwarzen Mantel erst, als diese stehen bleibt, um sich die Tänzer im Saal durch den Vorhang eines verhängten Durchganges anzusehen. Schnell drückt sie ihr von hinten eine Hand auf den Mund und hebt die Gestalt dann abrupt an, sodass ihre Füße nutzlos Lufttritte machen – und das, obwohl Jules ein ganzes Stück kleiner ist als sie.

»Was denkst du dir eigentlich?« Wütend reißt sie Arsinoe die Kapuze vom Kopf und verbirgt sie in einer Ecke.

»Hör auf, an mir herumzuzerren.« Arsinoe schlägt auf Jules' Arme ein. »Du sorgst noch dafür, dass wir auffliegen!« Schnell zieht sie ihre Kapuze wieder über. »Ich wollte es mir bloß ansehen.«

»Ich habe dir gesagt, du sollst die Füße stillhalten. Dass ich auf sie aufpassen werde. Vertraust du mir etwa nicht? Und wie hast du es überhaupt geschafft, Joseph zu entwischen?«

»Oh, bitte. Als ob das so schwer wäre«, erwidert Arsinoe sarkastisch. »Die eigentliche Herausforderung lag darin, Camden loszuwerden.«

»Wo sind die beiden jetzt?«

»Wahrscheinlich hier, auf der Suche nach mir.«

Jules verzieht gequält den Mund, dann packt sie Arsinoe an den Schultern und schiebt sie vor sich her durch den stillen Korridor, direkt auf einen der Dienstboteneingänge zu.

»Du bist unmöglich.«

»Ich weiß, aber …« Arsinoe reißt sich los.

»Zwing mich nicht, dich mithilfe meiner Kriegergabe hier rauszuschmeißen.«

»Das würdest du niemals tun«, behauptet Arsinoe mit einem breiten Grinsen. Doch ihr Lächeln erlischt schnell. »Hast du gesehen, wie sie miteinander getanzt haben? Mirabella und Billy?«

Jules legt ihr den Arm um die Schultern und schiebt sie weiter Richtung Ausgang, jetzt allerdings wesentlich sanfter.

»Du hast gesagt, dass Mirabella dich liebt. Tja, und Billy ebenfalls. Sie halten dich für tot, Arsinoe. Wahrscheinlich trauern sie gemeinsam um dich.«

»Aber jetzt soll er ihr Prinzgemahl werden, oder nicht? Und wenn ich tot bleibe, dann kann ich nicht … mit ihm durchbrennen … irgendwohin.« Verlegen starrt sie auf ihre Füße. »Ich sollte es ihm sagen dürfen, finde ich.«

»Das ist hart, ich weiß. Aber niemand darf dich sehen. Und überhaupt: Was würde das denn bringen? Wir müssen jetzt erst mal Mirabella helfen, das Duell zu gewinnen. Hinterher überlegen wir dann, was wir als Nächstes tun.«

»Also schön.« Ergeben lässt sich Arsinoe von Jules hinaus und durch die dunklen Straßen der Hauptstadt führen.

Katharines Augen werden schmal, als sie Mirabella beobachtet. Ihre hübsche Schwester, die mühelos das Inselvolk für sich gewonnen hat. Mühelos ihre Gabe einsetzt. Für sie war alles immer mühelos, nichts hat sie sich erarbeitet. Nichts hart erkämpft.

Nicolas sitzt an ihrer Seite und füttert sie mit Leckerbissen, während er sich über die merkwürdigeren Auswüchse der Festtagsroben ringsum auslässt. Wie eine lästige Fliege summt er an ihrem Ohr. Katharine zerdrückt eine Traube in der Faust, doch der Handschuh, mit dem sie die Vergiftungsmale an ihren Fingern verdeckt, ist so dick, dass sie nicht einmal den Saft spürt.

»Sie soll mich ansehen«, flüstert sie. »Sie soll mich wahrnehmen.«

Doch das tut Mirabella nicht. Stattdessen tanzt sie weiter mit dem Chatworth-Jungen, allerdings so steif, als hätte sie einen Stock verschluckt.

»Was hast du gesagt, Königin Katharine?«, fragt Nicolas.

»Gar nichts.« Der gesamte Saal blickt auf Mirabella. Noch nie wurde den Arrons so merklich der Rücken zugekehrt.

»Verräter«, flüstert sie.

Katharine schiebt ihren Stuhl zurück und steht auf. Für die Menge ist das so unbedeutend, dass sie sich sogar unbemerkt auf die Tanzfläche schleichen könnte.

Also tut sie es.

Katharine erscheint vollkommen unerwartet und schlüpft wie eine Schlange zwischen Mirabella und Billy. Es geht so schnell, dass keiner der beiden weiß, wie er reagieren soll. Alles kommt zum Stillstand, selbst die Bogen der Streicher.

»Spielt«, befiehlt Katharine ihnen, dann packt sie Mirabella an den Handgelenken und zerrt sie in die Mitte der Tanzfläche, die sich abrupt leert.

Die Musik setzt wieder ein, allerdings ziemlich stockend.

»Was hast du vor?«, fragt Mirabella mit weit aufgerissenen Augen.

»Ich möchte mit meiner Schwester tanzen«, erwidert Katharine. »Auch wenn ich das, was du da veranstaltest, nicht unbedingt als Tanz bezeichnen würde. Sind deine Füße etwa aus Holz?«

Mirabella knirscht verbissen mit den Zähnen, schließt aber die Finger um Katharines Handschuhe.

»Du hast Angst.« Katharine lächelt süßlich. »Die auserwählte Königin hätte keine Angst.«

»Ich habe keine Angst. Ich bin wütend.«

Katharine zieht Mirabella an sich, und sie gleiten in langsamen Drehungen an den Tischen vorbei, an den vollkommen verblüfften Gästen und den Dienern mit ihren hoch erhobenen Tabletts, die wie erstarrt zu sein scheinen. Nachdem sie den Tisch der Westwoods passiert haben, steht Luca abrupt auf und geht zu Natalia hinüber.

»So geht das nicht, Katharine.«

»Wie geht es denn dann?« Katharine grinst und mustert mit schräg gelegtem Kopf Mirabellas Gesicht und Haare.

»Du bist wunderschön, Schwester. So sorgsam frisiertes Haar. Makelloser Teint, keine Spur von Rouge oder Puder. Keinerlei Narben, nicht einmal ein Pickelchen, und das, obwohl ich dir so viele Präsente geschickt habe. Sag mal, hat überhaupt eines davon dich erreicht?«

»Eines hat eine Priesterin erreicht.«

Katharine schnalzt mit der Zunge.

»Das arme Mädchen. Aber du bist selbst schuld, wenn du zulässt, dass andere sich in unsere Angelegenheiten einmischen.«

Sie tritt einen Schritt zurück und wirbelt Mirabella herum. Niemand außer ihnen rührt sich, und auch die Musik klingt holprig, da die Streicher wie gebannt auf die Tanzfläche starren.

»Weißt du, was ich glaube?«, fragt Katharine unvermittelt. »Ich glaube, du bist eine Schande. Nicht besser als Dreck.«

Ihre Finger gleiten über Mirabellas Hals, berühren neidvoll ihre makellose Haut.

»Du bist die Stärkste von uns. Du könntest die Eine sein. Aber aus der Nähe betrachtet, bist du eine Enttäuschung. Hast den Blick eines geprügelten Hundes, obwohl wir doch beide wissen, dass du in deinem Leben noch nie Prügel bezogen hast. Nicht wie ich, die ich mit Giften niedergeknüppelt wurde, die meine Haut mit Blasen überzogen haben und mich kotzen ließen, bis ich nur noch heulen konnte.«

Wieder eine Drehung, dann fügt Katharine hinzu: »Und deshalb werde ich gewinnen. Ich mag die Schwächste sein, aber ich bin durch und durch eine Königin, bis tief in mein totes Blut und meine toten Knochen.«

»Hör sofort auf damit, Katharine«, befiehlt Mirabella kläglich. Sie schaudert, als Katharine sich zu ihr vorbeugt.

»Weißt du, was sie mit den toten Königinnen machen, Schwester? Weißt du, was sie mit ihren Leichen anstellen?«

Sie unterbricht den absurden Tanz, bleibt mitten auf der Tanzfläche stehen und zieht Mirabella an sich, bis sie Brust an Brust stehen und sich direkt in die Augen blicken.

»Sie werfen sie in die Brecciaspalte, damit die Insel sie auffressen kann. Und soll ich dir ein Geheimnis verraten?«

Katharines Lippen schmiegen sich an Mirabellas Ohr wie bei einem Kuss.

»Sie sind es leid.«

Brecciaspalte

Pietyr lässt seine Stute langsam durch das Tal von Innisfuil trotten. Sie ist müde. Und er ebenfalls. An der letzten Kutschstation vor dem Pass hat er sein Silberarmband gegen sie eingetauscht. Fast zwei ganze Tage hat seine hastige Reise gedauert, teils mit der Kutsche, den Rest auf drei verschiedenen Pferden, ohne ein Auge zuzumachen, aber nun hat er es geschafft. Glaubt er zumindest. Bisher hat er Innisfuil immer nur zum Beltanefest besucht, und ohne die Ansammlung schwarzer und weißer Zelte wirkt dieser Ort vollkommen fremd.

Pietyr reitet am südlichen Waldrand entlang. Etwas in ihm sträubt sich dagegen, in den Wald vorzudringen. Obwohl die Sonne so hell scheint, dass sie ihn fast blendet, wirkt dieses Tal weder sicher noch friedvoll. Eher wachsam, als würde es auf mögliche Besucher lauern.

Sobald er sein Pferd zwischen die Bäume lenkt, scheut die Stute, sodass er vorsichtshalber absteigt. Sollte das Tier Angst bekommen, wenn sie die Breccia erreichen, könnte es sie beide über die Kante katapultieren. Ganz langsam führt er das Pferd weiter und tätschelt dabei beruhigend seine Nüstern. Diese Bäume, in denen es keine Vögel gibt, dieser Wald, der frei ist von jedem Geräusch … das alles gefällt der Stute ebenso wenig wie ihm.

Bald verändert sich der Boden, und die Hufe der Stute schlagen gegen halb in der Erde versunkene Steine. Als Pietyr den Kopf hebt, sieht er *sie* vor sich, obwohl sie einen Moment zuvor nicht da war – darauf hätte er jeden Eid geleistet.

Die Brecciaspalte. Ein tiefer, lichtloser Riss im Herzen der Insel. Schwärzer als die Schwinge einer Krähe, schwärzer als die dunkelste Nacht. Dort wurden früher die Leichen der besiegten Königinnen hineingeworfen, und dort hat er seine Kat hineingestoßen, als er glaubte, die Priesterinnen würden sie enthaupten.

Pietyr schlingt die Zügel seiner Stute um einen niedrigen Ast. Bei einem ehrbaren Händler in Prynn hat er ein langes, mit Knoten versehenes Seil erstanden, das er nun aus seiner Satteltasche holt. Die vielen Schlingen mit den dicken Knoten sind so schwer, dass sein Pferd regelrecht Schlagseite bekommen hat. So viel Seil, und trotzdem ist er unsicher, ob er nicht noch mehr hätte kaufen sollen.

Sorgfältig mustert er die Bäume, aber keiner von ihnen scheint stark genug zu sein, um sein Seil zu halten. Nicht einmal jene, deren Stamm dicker ist als er selbst – nicht mit der lauernden Brecciaspalte in seinem Rücken. Ein Stamm von der Dicke seines Pferdes wäre ihm wesentlich lieber. Kurz überlegt er, ob er das Seil zur Sicherheit auch an seinem Sattel befestigen soll, verwirft den Gedanken aber schnell wieder. Sollte die Stute durchgehen, würde sie ihn wieder nach oben ziehen. Außerdem würde dadurch zu viel Leine verschwendet werden.

»Nun mach schon«, schimpft er sich laut, um die Stille zu vertreiben und sich selbst Mut zu spenden. »Ich bin schließlich nicht so weit geritten, um unverrichteter Dinge wieder zu gehen.« Mit beiden Händen umschließt er den Kopf der Stute. »Mit etwas Glück werde ich sehen, was Kat gesehen hat.«

Das Pferd blinzelt ihn an. Man muss kein Naturbegabter sein, um zu erkennen, dass es seine Lüge durchschaut. Pietyr sollte lieber von Glück sprechen, wenn er *rein gar nichts* sieht oder gar spürt.

Pietyr wählt schließlich einen Baum aus, bindet das Seil daran fest und führt das lose Ende an den Rand der Spalte. Feine Schweißtröpfchen bedecken seine Stirn. Seine Hände zittern. Er fürchtet sich vor einem Loch im Boden. Wäre Nicolas Martel jetzt hier, würde er sich totlachen.

Mit einem Ruck wirft er das Ende des Seils über die Felskante. Es dauert mehrere Sekunden, bis es sich ganz abgerollt hat. Pietyr hört keinen Aufprall. Irgendwann liegt es einfach straff in seinen Händen.

Vielleicht sind die Gerüchte ja wahr, und die Breccia ist wirklich bodenlos.

Nachdem das Seil platziert ist, geht er zurück zu seinem Pferd und holt eine kleine Lampe aus der Satteltasche. Er bindet sie an seinem Gürtel fest und stopft sich zusätzliche Streichhölzer in sämtliche Taschen. Dann atmet er tief durch, tritt an die Kante und lässt sich langsam in den Abgrund hinab.

Durch die Knoten im Seil ist der Abstieg nicht schwierig. Seine Füße haben festen Halt, seine Hände sind stark und ruhig. Und trotzdem lässt er das weißblaue Fleckchen Himmel über sich keine Sekunde aus den Augen. Als es beunruhigend klein geworden ist und seine Beine langsam müde werden, stützt er sich an der Wand ab und sieht sich endlich in der Felsspalte um. Überall nackter, glatter Stein. Ihm ist vollkommen schleierhaft, wie Katharine hier ihren Sturz abfangen konnte.

Immer weiter seilt er sich ab, tiefer und tiefer hinab in die Dunkelheit. Bis seine Füße schließlich nach dem nächsten Knoten tasten, jedoch keinen finden.

Hastig klammert er sich fest und versucht, die Füße wieder auf den letzten Haltepunkt zu stellen. Bei dem Gedanken daran, wie weit der Weg nach oben ist und wie tief er zugleich noch fallen könnte, steigt Panik in ihm auf. Außerdem ist es inzwischen so finster, dass er nicht einmal mehr das Seil vor sich sehen kann.

Kalter Wind streift über seine Schulter. Pietyr zuckt zusammen und schlägt schmerzhaft mit der Hüfte gegen den Fels. Dabei ist es doch nur Wind, der sich von der Oberfläche hier herunter geschlichen hat. Dass er nach Tod und Verwesung zu riechen scheint, darf ihn nicht irritieren. Oder dass es kein Echo gibt, als er über seine eigene Dummheit lacht.

Hier unten ist nichts, versichert er sich, während sich seine Nackenhaare langsam aufstellen. *Niemand, kein heimlicher Beobachter weit und breit. Hierherzukommen war die pure Zeitverschwendung.*

Er tastet nach der Lampe an seinem Gürtel. Die wird er jetzt anzünden, nur um sicherzugehen. Um einmal die Dunkelheit zu durchdringen und einen Blick in das Nichts unter seinen Füßen zu werfen. Doch als er ein Streichholz gefunden hat, will er es plötzlich nicht mehr entzünden. Was, wenn er schon dicht über dem Boden ist? Wird er dann all das sehen, was man hier entsorgt hat? Knochenhaufen und modrige schwarze Kleider? Tote Königinnen mit vorwurfsvollen, leeren Augenhöhlen und auseinanderklaffenden Kiefern?

Oder wird er Katharine sehen, seine Katharine, halb verwest auf dem Boden des Abgrunds, in den er sie selbst gestoßen hat? Und Kratzspuren im Fels von dem Wesen, das hier herausgekrochen ist, um ihren Platz einzunehmen?

Nein, das ist Unsinn. Nichts weiter als ein Produkt meiner überspannten Fantasie.

Er reißt das Streichholz an.

Mühsam erwacht das kleine Flämmchen, und Pietyr hält es schnell an den Docht der Lampe. Der rötliche Schein legt sich auf seine Kleider, auf das Seil und auf die Wand, vor der er hängt. Vorsichtig löst er die Lampe vom Gürtel und streckt den Arm aus, um nach unten sehen zu können.

Dort ist nichts. Keine Knochen toter Königinnen. Kein steiniger Boden. Nur ein dunkles Loch, was an sich schon erstaunlich ist, wenn man bedenkt, wie tief er bereits geklettert ist. Um den Grund zu erreichen, hätte er ein Seil gebraucht, das die Traglast seines Pferdes weit überschritten hätte. Jetzt kann er höchstens noch seine Lampe hinunterwerfen, in der Hoffnung, bei ihrem Aufprall kurz irgendetwas am Boden zu erkennen.

Doch bevor er loslassen will, hört er ein schabendes Geräusch. Alles andere als leise. Es scheint aus der Nähe zu kommen, aber er kann nichts sehen.

Das habe ich mir eingebildet ist sein erster Gedanke. Dann: *Nur irgendein Reptil. Oder eine natürliche Erdbewegung.*

Modriger Wind fährt durch sein Haar. Schmiegt sich wie ein klammer Finger an seinen Hals.

»Ist da jemand?«

Eine dumme Frage, die nicht beantwortet wird. Doch vor seinem inneren Auge sieht Pietyr plötzlich spitze Zähne und ein breites Grinsen.

Hektisch schwenkt er die Lampe in alle Richtungen. Immer mehr Geräusche ertönen: hier ein Schaben, dort das Klappern von Knochen.

»Das ist nicht möglich!« Jetzt verlässt ihn jede Zurückhaltung. »Hier ist nichts!«

Aber jeder weiß, dass die Brecciaspalte mehr ist als nur ein Loch im Boden. Was könnte nicht alles geschehen sein mit jenen Königinnen, die in diesen finsteren Abgrund geworfen wurden? In das Herz der Insel, wo das Auge der Göttin stets wacht. Wer kann schon wissen, wie sie diese Königinnen empfangen oder was sie aus ihnen gemacht hat?

Krampfhaft versucht Pietyr, seine hektische Atmung unter Kontrolle zu bekommen.

»Was habt ihr meiner Katharine angetan?«

Sobald er ihren Namen ausspricht, erwärmt sich die Luft ringsum. Katharine war eine von ihnen. Eine der Gefallenen. Die Schwestern aus mehreren Jahrhunderten haben sie hier erwartet, bereit, ihren Klagen zu lauschen und sie in ihren Skelettarmen zu wiegen.

Doch das war nichts als ein Vorwand. Nicht Katharine haben sie geholfen, sondern nur sich selbst. Und nun haben sie sich in Katharine vergraben wie giftige Efeuranken.

»Wer seid ihr?«, schreit Pietyr, obwohl er es bereits weiß. Und natürlich brauchen sich die Königinnen der Brecciaspalte gar nicht erst die Mühe machen, es ihm zu sagen. Was von ihnen geblieben ist, ist hässlicher als ein mit grauer, eingetrockneter Haut überzogenes Skelett. Zerstörte Hoffnung ist von ihnen geblieben. Der Gestank ihrer Verbitterung verpestet die Luft.

Panisch zieht sich Pietyr an seinem Seil hoch. Er muss, so schnell es geht, zurück zu Katharine.

»Es ist meine Schuld«, flüstert er, bevor er die Lampe fallen lässt, um mit beiden Händen klettern zu können. Das Licht gleitet hinab und beleuchtet ein Gesicht, das zu ihm heraufstarrt. Obwohl er es nur für den Bruchteil einer Sekunde sieht, schreit Pietyr entsetzt auf. Selbst in der Dunkelheit sieht er noch diese leeren Augen vor sich. So schnell er kann, zieht er sich nach oben. Aber erst als er die kalten Knochen an seinem Fußgelenk spürt, wird ihm bewusst, dass Katharine eine Königin ist. Mag sein, dass sie die Breccia überlebt hat – doch wird er das ebenfalls?

Indridskamm

Die Große Arena von Indridskamm liegt am äußersten Rand der Stadt, auf einem weitläufigen, offenen Feld, wo man leicht entdeckt wird. Nach Einbruch der Dunkelheit war es allerdings ziemlich einfach für Jules und Arsinoe, sich dort einzuschleichen und Madrigal zu treffen. Gemeinsam kriechen sie nun unter den Tribünen an der Südseite entlang, wo noch jede Menge Baumaterial herumliegt.

»Meint ihr, jemand hat uns gesehen?«, fragt Arsinoe atemlos.

»Scht.« Jules prüft angespannt, ob sich in der Dunkelheit etwas bewegt.

»Macht euch keine Sorgen«, sagt Madrigal so laut, dass die beiden Freundinnen zusammenzucken. »Es gibt nur ein paar Wachen, und die stehen ganz oben auf den Rängen. Oder patrouillieren durch die Versammlungsräume. Kommt, ich führe euch zu Caragh.«

Während sie weiter unter den Tribünen hindurchlaufen, blickt Arsinoe staunend nach oben. Die Arena ist gigantisch, einfach überwältigend, auch wenn einige Teile ziemlich reparaturbedürftig sind. Die nördliche Außenwand ist an einer Stelle komplett eingestürzt, und die vielen Risse und witterungsbedingten Schäden zeigen, wie alt die ganze Konstruktion bereits ist.

»Wo ist Tante Caragh?«, fragt Jules.

»Unter den zusätzlichen Sitzreihen, direkt neben einem der Zugänge zum Feld. Ein wirklich guter Platz.«

Jules spürt etwas und bleibt abrupt stehen, sodass Arsinoe prompt in sie reinrennt. Gleichzeitig kommt von vorne Camden auf sie zugesprungen und schmiegt ihnen schnurrend den Kopf ins Gesicht.

»Bäh.« Arsinoe zupft sich Fell von der Zunge. »Ich dachte, du hättest sie in einem Stall untergebracht.«

»Sag das ihr, nicht mir.« Caragh lehnt mit verschränkten Armen an einem Stützpfeiler. »Aber es ist sowieso besser, sie jetzt im Dunkeln hier hereinzuschmuggeln. Morgen hätten wir sie in einem Karren transportieren müssen, unter irgendetwas versteckt.«

Arsinoe sieht sich in ihrem Versteck um und lehnt sich gegen einen Holzpfeiler, der die hastig errichtete Konstruktion über ihren Köpfen trägt.

»Warum gerade hier?«, will sie wissen. »Von der Westseite aus hätten wir einen besseren Überblick.«

»Genau deshalb«, erklärt Jules. »An den miesesten Plätzen in der ganzen Arena wird sich bestimmt niemand einschleichen, um heimlich zuzuschauen.«

Prüfend drückt Arsinoe gegen den Pfeiler. Morgen wird die Arena bis zum letzten Platz gefüllt sein. Die Leute werden sich regelrecht stapeln.

»Hoffentlich bricht da keiner durch.«

»Und hoffentlich kann Jules ihr Wort halten.« Seufzend blickt Madrigal in die Arena hinaus. »Wir hätten deine Gabe niemals binden dürfen. Wenn du sie im Laufe der Jahre hättest schulen können, wäre das alles jetzt viel einfacher.«

Arsinoe sagt nichts, registriert aber, wie Caragh den

Mund verzieht. Diese Bindung, durch die der Fluch der Pluralität unterdrückt wurde, war vielleicht das Einzige, was Jules vor dem Wahnsinn bewahrt hat. Vielleicht ist sie auch jetzt noch das Einzige, was sie bei klarem Verstand bleiben lässt.

»Wenn du meinst, dass du es nicht schaffst«, wendet sie sich an ihre Freundin, »oder wenn du es nicht tun willst, werden wir eine andere Lösung finden.«

»Nein, ich schaffe das«, versichert Jules. »Ich kann Katharines vergiftete Waffen lange genug von ihrem Kurs abbringen, damit Mirabella sie töten kann. Immerhin war es meine Idee, und so laufen wir noch am wenigsten Gefahr, dass du entdeckt wirst. Wir können den Plan jetzt nicht mehr ändern.«

Arsinoe ist so angespannt, dass ihr Magen sich verkrampft. Ihnen bleibt sowieso keine Zeit mehr, um den Plan zu ändern. Es ist spät in der Nacht. Bald wird die Sonne aufgehen. Jules hat ihre Kriegergabe bisher nicht oft benutzt, doch als es darauf ankam, war sie zur Stelle. Außerdem ist Mirabella so stark. Ein Blitzschlag, und das Duell ist vorbei.

Highbern Hotel

Schaudernd schlüpft Mirabella aus ihrem Ballkleid.

»Findet ihr es hier drinnen auch kalt?«, fragt sie.

»Hier, Mira.« Elizabeth zieht die Decke vom Bett und wickelt Mirabella fest ein. »So besser?«

»Ja.« Doch in Wahrheit hat sie das Gefühl, die Decke stamme aus einer Schneewehe und nicht von einem warmen Bett. Außerdem sticht sie auf der Haut wie tausend Nadeln. Als sie tief Luft holt, tut das ebenfalls weh.

»Du bist so blass.« Elizabeth legt beide Hände an Mirabellas Wangen. Überrascht schnappt Mirabella nach Luft. Um Elizabeths Handgelenk windet sich ein frisch eintätowiertes schwarzes Band. Bree hat es ebenfalls erblickt und packt ihre Freundin an den Unterarmen. Sie haben sogar ihren linken Arm tätowiert, knapp über dem Stumpf. Elizabeth hat also ihre Gelübde abgelegt und ist eine vollwertige Priesterin geworden.

»Du solltest es uns doch sagen«, beschwert sich Bree. »Wir wären gekommen.«

»Wo ist Pepper?« Mirabella durchsucht Elizabeths Kapuze und ihre langen, dunklen Haare. Erst jetzt wird ihr bewusst, wie lange sie den frechen kleinen Specht schon nicht mehr gesehen hat. Sie ist einfach davon ausgegangen, dass er sich in einem der Bäume vor dem Hotel versteckt.

»Er ist fort«, flüstert Elizabeth. »Rho hat mich vor die Wahl gestellt. Sie hatte ihn in ihrer Faust.« Eine Träne läuft über ihre Wange. »Wahrscheinlich wusste sie die ganze Zeit schon von ihm.«

Mirabellas Zittern verschlimmert sich, als die Wut hinzukommt. Die wirkt jedoch auch belebend auf sie, sodass sie wieder leichter atmen kann.

»Ich hätte sie davon abhalten können«, sagt sie. »Und das werde ich auch noch tun.«

»Nein.« Elizabeth wischt sich mit dem Ärmel die Tränen ab. »Ich hätte mich sowieso dafür entschieden, Priesterin zu werden.«

Sara und Luca kommen herein und bringen Tee mit. Sara stellt das Tablett auf einem runden Tischchen ab.

»Du musst nach diesem Tanz ja vollkommen aufgewühlt sein«, stellt sie fest, während sie einschenkt. »Welch ein Spektakel! Königin Katharine hat wirklich Nerven.«

»Ja«, nickt auch Luca. »Natalia hätte es sich sicher niemals träumen lassen, dass wir euch einmal voneinander trennen müssen wie kleine Mädchen, die sich um ein Spielzeug streiten.«

»Das war kein Streit«, wehrt Mirabella ab. »Das war eigentlich gar nichts.«

»Sie versucht bloß, dich einzuschüchtern.« Bree verzieht abschätzig die Lippen. »Als ob sie das überhaupt könnte.«

Aber Katharine hat sie tatsächlich eingeschüchtert. Und die angespannten blassen Gesichter ringsum verraten, dass sie ihnen allen Angst gemacht hat.

Mirabella blinzelt irritiert. Das Zimmer fängt an, sich um sie zu drehen. Immer wieder wird ihr kurz schwarz vor Augen. Sara reicht ihr eine Tasse Tee.

»Ich muss mich hinsetzen«, murmelt sie. Die Tasse gleitet ihr aus den Fingern und zerschellt vor ihren Füßen auf dem Boden, dann bricht sie zusammen.

»Mira!«, ruft Elizabeth entsetzt.

Sara weicht zurück und schlägt die Hände vor das Gesicht.

»Das ist Gift!«, keucht sie. »Wo ist der Vorkoster? Wo steckt er?«

»Es ist nicht seine Schuld«, flüstert Mirabella.

Luca kniet sich neben sie und ruft lautstark nach Rho. Die Priesterin mit der Kriegergabe braucht nicht einmal eine Minute, um den Raum zu sichern, indem sie die Fenster verriegelt und Wachen hereinbeordert.

»Wie?«, wundert sich Rho.

»Das war Katharine, keine Frage«, vermutet Luca. »Da muss etwas auf ihren Handschuhen gewesen sein.«

Luca hält Mirabellas Hand und prüft ihre Haut an sämtlichen Stellen, die Katharine während des Tanzes berührt hat. Keine Rötungen oder Blasen, keinerlei Anzeichen für eine Reizung.

»Wo ist Billy?«

»Der ist unten geblieben«, erklärt Bree. »Mit Joseph Sandrin.«

»Er hätte auf Mirabella aufpassen müssen«, befindet Sara zähneknirschend. »Sie beschützen!«

»So wie wir alle«, mahnt Luca. »Doch das ändert jetzt auch nichts mehr.«

»Ich habe nach Heilern geschickt«, ruft Rho von der Tür aus.

»Es tut nicht weh«, sagt Mirabella. »Ich fühle mich nur so schwach. Vielleicht ist es ja gar kein …« Sie unterbricht sich keuchend. »Gift.«

Sara streicht sanft über ihre Wange. Bree und Elizabeth weinen. Am liebsten würde sie ihnen sagen, sie sollen damit aufhören. Es geht ihr gut.

Als die Heiler kommen, legen sie Mirabella aufs Bett. Nehmen ihr Blut ab und riechen an ihrem Atem. Pieken und drücken sie und ziehen ihre Lider hoch, um zu sehen, ob sie die Augen bewegen kann.

»Es wird nicht schlimmer«, murmeln sie nach einer Weile. »Was auch immer es ist, es ist nicht fortschreitend.«

»Warum sollten sie Mirabella mit etwas vergiften, das sie nicht tötet?«, wundert sich Bree.

»Sie haben sie dadurch durchaus getötet«, antwortet Luca leise.

Sara kniet sich neben das Bett und greift wieder nach Mirabellas Hand. Das Gift wütet nicht in ihrem Körper, sie verfällt nicht in Krämpfe oder ringt um Luft.

»Feiglinge«, knurrt Rho an der Tür, und Mirabella hört, wie etwas zerbricht. Offenbar hat die Kriegerpriesterin kurz die Nerven verloren.

»Kann das Duell verschoben werden?«, fragt Sara.

Luca schüttelt den Kopf. Es wurden keinerlei Regeln verletzt. Ein Giftmischer darf Gift einsetzen, wie es ihm beliebt. Und wie er es vermag. Wie auch immer Mirabella diese Nacht übersteht – sie wird am Morgen auf jeden Fall zu schwach sein, um zu kämpfen. Wenn sie die Arena betritt, wird sie ihrer Gabe so gut wie beraubt sein.

»Das war meine Schuld, mein Kind«, sagt Luca traurig. »Ich habe in meiner Wachsamkeit nachgelassen.«

Die Arena

Es dauert nicht lange, bis die Arena sich füllt. Kurz vor Sonnenaufgang kommen als Erstes die Händler und bereiten diverse Speisen vor, die sie an ihren Ständen verkaufen: Hähnchenspieße mit Pflaumen, geröstete Nüsse, gekühlte Fässer voller Wein und Cidre. Viele dieser Dinge hat Arsinoe noch nie probiert, und ihr Magen knurrt lautstark. Sobald die Menge dicht genug war, um sich unbemerkt bewegen zu können, hat sie Madrigal mit jeder Menge Geld losgeschickt, um ihr Kostproben von allem zu besorgen. Aber bis jetzt ist diese nicht zurückgekehrt.

»So viele Leute«, stellt Arsinoe nachdenklich fest, als die Tribüne über ihren Köpfen anfängt, unter ihrer Last zu ächzen. »Und alle fein herausgeputzt. Sie haben sich die Haare aufgesteckt und die Gesichter bemalt, um einer Königin beim Sterben zuzusehen.«

»Denk einfach nicht daran«, rät ihr Jules, die sich mit Camden in den dunkelsten Winkel zurückgezogen hat. »Es muss nun einmal sein. Und wenn es vorbei ist, hat die Insel eine neue Königin, eine Elementwandlerin. Dann sind wir frei und können abhauen.«

»Ich sollte alleine gehen«, findet Arsinoe. »Du musst doch nicht auch noch alles aufgeben.«

»Was gebe ich denn schon groß auf?«, erwidert Jules.

»Eine Kleinstadt, in der man wegen meiner Kriegergabe Jagd auf mich machen wird? Jetzt, wo alle über meinen Fluch Bescheid wissen, finde ich hier doch auch keinen Frieden mehr.«

»Sie wären doch nicht alle so. Cait und Ellis nicht. Und was ist mit Madrigal und deinem neuen Geschwisterchen?«

Jules wendet den Blick ab, und Arsinoe hält inne. Sie weiß nicht, was sie tun soll, wenn Jules wirklich nach Wolfsquell zurückkehren sollte. Wie sie ohne sie weiterleben soll.

»Für mich gab es nie einen anderen Weg als deinen«, sagt Jules schließlich. »Also werde ich bis zum Schluss bei dir bleiben.« Mit einem verschmitzten Grinsen fügt sie hinzu: »Oder bis der Fluch mich in den Wahnsinn treibt.«

Sich nähernde Schritte sorgen dafür, dass die beiden in den Schatten zurückweichen. Arsinoe streift sich schnell die Kapuze ihres Mantels über und zieht sie tief ins Gesicht. Doch es sind nur Madrigal und Caragh. Und Joseph, den sie draußen in der Arena aufgegabelt haben.

Madrigal überreicht Arsinoe verschiedene Fleischspieße.

»Gib davon bloß niemandem etwas ab«, warnt sie, als Arsinoe begeistert abbeißt. »Manche sind vergiftet.«

»Ist dir jemand gefolgt?«, will Jules von Joseph wissen.

»Nein. Ich wollte ja letzte Nacht schon kommen, aber bis mir klar war, dass ihr den Ball verlassen habt, war es bereits so spät, dass ich im Stall übernachtet habe. Dann habe ich mich mit dem ersten Ansturm heute Morgen auf das Arenagelände geschlichen.« Sein Blick wandert über die Menschenmassen vor der Tribüne. »Obwohl wir uns diese Heimlichtuerei auch hätten sparen können. Heute haben die Leute nur eine einzige Sache im Kopf, und das sind nicht wir.«

Caragh duckt sich unter einem Balken hindurch und späht ebenfalls nach draußen.

»So viele Giftmischer«, stellt sie fest. »Und eine Menge Elementwandler.«

»Aber fast gar keine Naturbegabten«, ergänzt Madrigal. »Ich habe allerdings auch nicht damit gerechnet, dass sie die lange Reise auf sich nehmen.«

»Jules, sieh mal da.« Caragh streckt den Arm aus. Auf der Westseite der Arena sitzt eine Gruppe Menschen mit ernsten Gesichtern. Sie tragen alle leuchtend rot gesäumte Mäntel. Ihre absolute Reglosigkeit sorgt dafür, dass sie aus der chaotischen Menge herausstechen.

»Wer ist das?«, wundert sich Jules.

»Ich denke, das sind Krieger aus Bastiansburg.«

»Sind auch Orakel hier?«, fragt Arsinoe. »Die könnten uns sagen, was passieren wird. Damit endlich diese Anspannung nachlässt.«

Caraghs Mundwinkel zucken kurz. Dann wendet sie sich an Madrigal: »Wir sollten uns auf den Weg zum Volroy machen und die Befreiung des Bären vorbereiten. So können wir ihn zum Fluss bringen, während es in der Stadt schön ausgestorben ist.«

Madrigal verzieht unwillig das Gesicht. Am liebsten würde sie bleiben und sich das Spektakel ansehen. Doch letztlich nickt sie nur und geht klaglos mit.

»Meinst du, die beiden kriegen das hin, ohne sich an die Gurgel zu gehen?«, überlegt Arsinoe laut, während Joseph sich zwischen sie und Jules schiebt. Er legt beiden Mädchen einen Arm um die Schultern.

»Wo werden wir eigentlich hingehen?«, fragt er. »Wenn das hier gelaufen ist?«

»Wie wäre es mit Sonnenmulde?«, fragt Jules. »Ich wollte die Stadt schon immer mal sehen. Und bei so vielen Orakeln werden sie sowieso wissen, dass wir kommen.«

»Das wäre nicht ganz das Ende, das wir uns erhofft hatten«, stellt Joseph fest, »aber immer noch wesentlich besser als das Ende, das wir gefürchtet hatten. Das Einzige, was fehlt, ist Billy.«

Arsinoe versucht zu grinsen und den Tagtraum zu genießen, in dem sie sich zu dritt endlich auf den Weg machen können. Aber mehr ist es nicht, nur ein Tagtraum. Ob in Sonnenmulde oder sonst wo, überall werden sie verfolgt werden. Sie werden im Verborgenen leben müssen, versteckt, ständig unterwegs und auf der Flucht – was für ein Leben wäre das schon? Immer noch besser als gar kein Leben, würde Jules sagen, aber Arsinoe ist sich da nicht so sicher.

Ein Raunen über ihren Köpfen kündigt die schillerndsten Gäste unter den Zuschauern an: die Ratsmitglieder und die Arrons.

»Jetzt dauert es nicht mehr lange, Jules«, stellt Arsinoe fest. »Bist du bereit?«

Jules lässt ihre Finger knacken.

»Bereiter geht's nicht.«

Katharine zieht ihren ledernen Armschoner straff. Ihr Bogen wurde neu bespannt, der Köcher mit Giftpfeilen gefüllt, die schwarze und weiße Federn zieren. Die leichten, scharfen Wurfmesser an ihrem Gürtel wurden mit genug Curare bestrichen, um ein Pferd zu töten. Außerdem trägt sie ein kurzes Schwert an der Hüfte.

Sie hat zwar nicht vor, sich Mirabella so weit zu nähern, dass es zum Einsatz kommen könnte, aber für den effektreichen letzten Schlag wäre es eine gute Möglichkeit.

»Nimmst du auch die Armbrust mit?«, fragt Natalia, während sie Katharines schwarze Seidenweste zuknöpft und die Ärmel ihrer Bluse glattstreicht.

»Nein, die habe ich schon bei Arsinoe benutzt. Meine Schwestern haben es verdient, dass ich jede auf eine ganz eigene Art ins Jenseits befördere.«

Natalia hält Katharines Stiefel bereit; der Schaft aus weichem schwarzen Leder reicht genau bis zu ihrem Rocksaum. Die Zofe Giselle hat Katharine einen geflochtenen Dutt gemacht – keine losen Strähnen, an denen man ziehen könnte, keine Haare im Gesicht.

»Du wirkst so gelassen, Natalia«, stellt Katharine fest. »So zuversichtlich.«

»Ich bin immer gelassen und zuversichtlich.« Natalia geht in die Knie, um Katharines Stiefel zu schnüren. Als sie anfängt, leise zu summen, kneift Katharine misstrauisch die Augen zusammen. Vor dem Ball war Natalia regelrecht verängstigt. Ungefähr hundert Mal hat sie die Wachen angeschnauzt und sich erkundigt, wo Pietyr sei. Und heute? Was für eine Veränderung!

Ein Diener mit vergiftetem Essen tritt ein: Tollkirschen, eine schmackhafte Pastete mit Ölbaumtrichterlingfüllung und frische Milch, angereichert mit dem Wasserdost von Nicolas.

»Hältst du das für klug, Katharine?«, fragt Natalia warnend.

»Ich werde bestimmt nicht hungrig bei dem Duell antreten.«

»Dann lasse ich etwas anderes für dich kommen.«

Katharine schneidet sich ein Stück Pastete ab und trinkt die Milch zur Hälfte aus.

»Die Schmerzen sind lächerlich«, versichert sie Natalia, während sie sich das Kinn abwischt. »Ich habe schon Schlimmeres durchgestanden.« Damit schiebt sie sich eine Tollkirsche in den Mund und mustert sich selbst im Spiegel, als die Krämpfe einsetzen. Sie ist kein kleines Mädchen mehr, das sich auf Natalias Schoß ausweint. Und auch keine schwache Königin, die sich in die Brecciaspalte stoßen lässt. Nein, sie ist zum Kampf gerüstet. Und nach dem heutigen Tag wird sie die nächste Königin auf dem Thron sein.

Mirabella erholt sich schneller von dem Giftanschlag, als man hätte hoffen dürfen, was die Priesterinnen zu inbrünstigen Dankgebeten animiert. Doch trotzdem geht es nicht schnell genug.

Streckt sie die Hand Richtung Kerze aus, kann sie den Docht zwar entzünden, die Flamme aber nicht aufflackern lassen. Wasser entpuppt sich als pure Zeitverschwendung. Ihre Herrschaft über die Blitze zu testen hat sie sich nicht getraut, wovon Luca ihr auch abrät. Es wäre eine zu große Befriedigung für die Arrons, wenn über der Arena nicht mehr als ein Regenschauer niederginge.

»Es kommt mir so vor, als hätte ich versagt.« Billy steht hinter ihr und mustert ihr Gesicht im Spiegel. »Jetzt habe ich euch beide im Stich gelassen.«

»Du hast niemanden im Stich gelassen – mich nicht und Arsinoe erst recht nicht.« Mirabella kann die traurigen Blicke ihrer Freunde kaum ertragen. Niemand wäre auch nur im Traum darauf gekommen, dass sie das Duell verlieren könnte, noch bevor es begonnen hat. »Früher oder später findet jedes Gift sein Ziel, Billy. Es war nicht deine Schuld.«

Die Priesterin, die Mirabella gerade in ein leichtes schwarzes Wollkleid hilft, bricht in Tränen aus. Rho verpasst ihr einen Klaps auf den Hinterkopf und springt für sie ein, indem sie Mirabellas Mieder schnürt.

»Geh ihr aus dem Weg«, flüstert die rothaarige Priesterin ihr ein. »Benutze deinen Schild und halte dich so lange wie irgend möglich von ihr fern. Spar dir deine Gabe für den einen perfekten Schlag auf.«

Das Duell der Königinnen

Sobald das Duell beginnt, springt das gesamte Publikum auf und brüllt sich die Seele aus dem Leib, unabhängig davon, auf wessen Seite die Menschen stehen. Keiner von ihnen hat je ein Duell miterlebt. Die prickelnde Aufregung in der Luft ist sogar stärker als der Duft der Zimtstangen und Fleischspieße.

Mirabella geht bis in die Mitte der Arena. Der Wind schiebt ihr die Haare von den Schultern, und sie tut so, als wäre das ihr Wind. Gleichzeitig lässt nackte Angst ihr Herz zu einem Eisblock erstarren. Vor dem Ball war ihre größte Sorge gewesen, dass ihr Entschluss ins Wanken geraten könnte, wenn sie Katharine ins Gesicht sehen muss. Wie dumm sie doch war.

Mit einem Nicken begrüßt sie die Westwoods und Luca oben auf der Tribüne. Gerne würde sie auch den Arm heben, aber der glänzende silberne Schild in ihrer Hand scheint mehr zu wiegen als ihr gesamter Körper.

»Als ich noch klein war, wollte ich immer in der Arena spielen«, erinnert sich Katharine, während sie mit Natalia im Eingang zum Feld steht. »Aber du hast es mir nie erlaubt. Weißt du noch?«

»Ja, ich erinnere mich. Aber das hier ist kein Spiel, Kat.«

Katharine tippt auf die Wurfmesser an ihrem Gürtel, spürt, wie das Schwert auf ihrem Rücken bei jeder Bewegung leicht mitschwingt. Mirabella tritt auf und wird von der Menge begeistert empfangen, aber das ist in Ordnung. Schließlich wird es das letzte Mal sein, dass ihr jemand zujubelt.

»Arme Mirabella, so forsch und impulsiv. Kommt in meine Stadt, um mich herauszufordern. Wenn es vorbei ist, werden alle sie eine Närrin schimpfen.«

Doch das wäre ungerecht. Mirabella weiß schließlich nicht, wer Katharine in Wirklichkeit ist. Wie sollte sie auch? Nicht einmal Natalia weiß das, und Katharine dachte immer, Natalia wüsste einfach alles.

»Setz dich ruhig schon auf deinen Platz«, sagt sie nun. »Ich gehe da lieber allein rein.« Als Natalia die Lippen zusammenkneift, fügt Katharine etwas sanfter hinzu: »Ich möchte nicht, dass du etwas verpasst.«

Natalia streicht Katharine über das Haar und mustert jeden Zentimeter von ihr – Gesicht, Hände, sogar die Schnürsenkel ihrer Stiefel –, als wolle sie sich alles genau einprägen.

Ungeduldig wendet Katharine sich ab. Sie will jetzt anfangen. Jetzt soll die Menge für *sie* jubeln.

Natalia geht, und Katharine wartet ab, bis sie ihre weißblonden Haare oben auf der Tribüne aufblitzen sieht, bevor sie mit erhobenen Armen in die Arena schreitet.

Das Publikum tobt. Alle schreien begeistert, von den alten Frauen bis zu den kleinen Kindern. Nur die Priesterinnen bleiben still. Aber das ist nicht weiter verwunderlich, schließlich sind sie Priesterinnen.

Der Jubel geht Katharine runter wie Öl, doch das

Gefühl ist nicht vergleichbar mit dem, was sie empfindet, als sie Mirabellas Gesicht sieht. Ihre hübsche, ach so würdevolle Schwester starrt sie finster an. Doch hinter der wütenden Miene verbirgt sich eine so mächtige Angst, dass Katharine sie beinahe zu riechen glaubt.

»Das ist aber ein hübscher Schild«, ruft sie, woraufhin die Menge schlagartig verstummt. »Den wirst du auch brauchen.«

Am anderen Ende der Arena zuckt Mirabella merklich zusammen, während Katharine ihren Bogen von der Schulter nimmt und einen Pfeil auf die Sehne legt. Sie schießt und wirft sich fast im selben Moment zur Seite, um einem möglichen Blitzschlag zu entgehen. Doch es geschieht nichts. Nur das Publikum stöhnt enttäuscht, als der Pfeil an Mirabellas Schild abprallt. Wieder legt sie an und schießt, und Mirabella lässt sich ungeschickt zu Boden fallen. Auch diesmal weicht Katharine direkt nach ihrem Angriff aus, um einem Gegenschlag zu entgehen. Und auch diesmal kommt keiner.

Da stimmt etwas nicht.

»Was ist los, Schwester?«, ruft Katharine. »Fürchtet sich die große Elementwandlerin etwa vor dem Kampf?«

Mirabella späht vorsichtig hinter ihrem Schild hervor.

»Das wäre doch höchst merkwürdig«, schreit sie zurück. Ihre Stimme klingt hoch und schrill. »Immerhin habe ich die Forderung ausgesprochen!«

Misstrauisch nähert sich Katharine ihrer Schwester, bis sie die Schweißperlen auf Mirabellas Stirn erkennen kann, das hektische Auf und Ab ihres Brustkorbs, das zu diesem frühen Zeitpunkt des Kampfes noch gar nicht so schlimm sein dürfte. Ihr Blick ist gehetzt wie der eines in die Enge getriebenen Tieres.

Selbst ein Blinder kann sehen, dass sie vergiftet wurde.

Abrupt dreht sich Katharine zu der Tribüne um, auf der Natalia selbstsicher zwischen den anderen Ratsmitgliedern sitzt und das Geschehen beobachtet.

»Deshalb warst du also so unbesorgt.« Alles, was Katharine in den Monaten seit dem Beltanefest getan hat, ist belanglos. Für Natalia wird sie immer eine Versagerin bleiben.

Katharine lässt Bogen und Köcher auf die frisch gepflügte Erde fallen. Dann zieht sie ein Wurfmesser aus dem Gürtel und zielt sorgfältig. Selbst mit dem Schild kann Mirabella nicht ihren gesamten Körper schützen.

Mit einer durch Gift gehemmten Schwester, die zusammengekauert im Staub liegt, wird es zwar nicht der ruhmreiche Sieg, mit dem Katharine gerechnet hat. Doch das Ergebnis wird dasselbe sein.

Sie wirft.

Erst als die Klinge völlig unerwartet nach rechts abdriftet, drängt sich Katharine der Gedanke auf, dass dieser Kampf doch noch interessant werden könnte.

Wieder weicht Mirabella einem Messer aus. Die Holzbalken über ihren Köpfen ächzen leise, und Arsinoe rieselt etwas Dreck auf den Kopf, als die Menge in Bewegung gerät, um besser sehen zu können.

»Warst du das?«, will sie von Jules wissen. »Oder bloß ein schlechter Wurf?«

»Ich bin nicht sicher«, zischt Jules gereizt. »Ich habe das schließlich noch nicht so oft gemacht.«

Draußen auf dem Feld rollt Mirabella sich hastig ab und verliert dabei beinahe ihren Schild.

»Was ist nur los mit ihr?«, wundert sich Joseph, der hinter Arsinoe steht. »Warum schlägt sie nicht zurück?«

»Ich weiß es nicht«, antwortet Arsinoe ratlos. Aber irgendetwas stimmt da nicht. Das Publikum spürt es ebenfalls. Jedes Mal, wenn Mirabella einer Attacke ausweicht, ohne sich zu wehren, geht ein verwirrtes Raunen durch die Menge.

»Warum tut sie denn nichts?«, knurrt Jules und schleudert mithilfe ihrer Kriegergabe eine weitere Klinge von Katharine fort. Ihre Wangen sind vor Erschöpfung gerötet, und ihre braunen Haare sind am Ansatz ganz dunkel vom Schweiß. »Wenn sie sich weigert zuzuschlagen, wird das hier nicht funktionieren! Fluch hin oder her, ich kann kein Feuer entfachen!«

»Heilige Göttin«, flüstert Arsinoe plötzlich, als Katharine wieder nach ihrem Bogen greift. Sie zielt perfekt, nagelt mit dem Pfeil aber bloß Mirabellas Rock an die Arenawand. »Mirabella wurde vergiftet.«

Mirabella spürt, wie eine Feder des Pfeils ihr Bein streift. Um ein Haar wäre es aus gewesen. Auch wenn sich der Pfeil mit einem nervenzerfetzenden Geräusch in das Holz bohrt: Für sie klang es so, als hätte er ihr Bein durchschlagen.

Mirabella lässt den Schild fallen, um an ihrem Rock zu zerren, aber der Stoff ist zu dick, um sich loszureißen.

Sie gerät in Panik. Mit einem lauten Schrei ruft sie den Wind herbei, um Katharine durch die Arena zu schleudern. Doch es kommt kaum mehr als eine kräftige Böe. Katharine verliert zwar kurz das Gleichgewicht und sinkt auf ein Knie, doch der Wind reißt sie nicht einmal um.

Lachend löst Katharine das Schwert von ihrem Rücken.

»So sollte es aber nicht sein«, protestiert Mirabella schwach.

»Armes Schwesterlein«, erwidert Katharine. »Die Priesterinnen haben dir so oft vorgebetet, dass du die Auserwählte seist, dass du es irgendwann selbst geglaubt hast.«

»Luca!«, schreit Mirabella. »Bree! Elizabeth!« Zitternd vor Angst ringt sie um Luft. »Seht nicht her! Dreht euch weg und seht nicht her!«

Am blauen Sommerhimmel zeigt sich kein Wölkchen, nicht der kleinste Hinweis auf einen Sturm. Er ist das Letzte, was sie sieht, während ihre Schwester das Schwert hochreißt. Wie seltsam und auch demütigend es doch ist, dass die Giftmischerin sie nun auf eine Art und Weise töten wird, bei der das Gift auf der Klinge vollkommen nebensächlich ist.

»Katharine! Lass sie in Ruhe!«

Mirabella fährt heftig zusammen, als Katharine plötzlich zurückgeschleudert wird und rücklings im Staub landet. Der Schrei kam von der gegenüberliegenden Seite der Arena. Mirabella traut ihren Augen kaum.

Da ist Arsinoe – zusammen mit Juillenne Milone.

Beim Anblick des erhobenen Schwertes, das gleich herabfahren und Mirabellas Kopf abschlagen würde, hat Arsinoes Gehirn ausgesetzt. Sie ist einfach in die Arena gestürmt, dicht gefolgt von Jules. Wie immer ist die Freundin an ihrer Seite, und mithilfe ihrer Kriegergabe hat sie Katharine weggestoßen.

Erst als die Menge aufschreit, weil sie die von den Toten auferstandene Arsinoe erkennt, wird der bewusst, was sie getan hat.

Katharine rollt sich ab und stützt sich mit ungläubiger Miene auf ein Knie.

»Du!«, kreischt sie und zeigt mit ausgestrecktem Arm auf die beiden. »Du schon wieder!«

»Jawohl«, knurrt Jules und stellt sich schützend vor Arsinoe. Joseph und Camden laufen inzwischen zu Mirabella.

Dann melden sich erste Rufe aus der Menge.

»Das ist die Naturbegabte!«

»Kann nicht sein, die ist tot!«

Arsinoe tritt von einem Fuß auf den anderen. Unmaskiert steht sie vor der gesamten Stadt, da gibt es keine Verwechslung. Alle können die dunklen Narben auf ihrer Wange sehen.

»Du bist tot!«, schreit Katharine. »Ich habe dich getötet!«

»Da hättest du besser noch mal nachsehen sollen«, brüllt Arsinoe zurück. »Dein Giftbolzen hat es nicht einmal durch meine Lederrüstung geschafft.« Ein schockiertes Raunen breitet sich auf den Tribünen aus.

»Ich habe das Blut gesehen!«, wütet Katharine, spannt sich aber kampfbereit an, als Jules die Fäuste ballt.

»Du hast gesehen, was wir dich sehen lassen wollten.«

»Arsinoe?«, fragt Mirabella ungläubig. »Arsinoe … du lebst?«

Ohne Katharine aus den Augen zu lassen, geht Arsinoe zu ihrer Schwester hinüber. Als sie die Hand ausstreckt, ergreift Mirabella sie sofort.

»Aber ich habe dich gesehen … dort im Wald …«

»Ich bin eine gute Schauspielerin. Wie für die Bühne

geschaffen.« Ihre Lüge ist nicht ungefährlich. Katharine müsste lediglich darauf bestehen, dass Arsinoe ihren Rücken entblößt oder auch nur ihren Arm bewegt, ohne zu zittern, und schon wäre das Geheimnis um ihre Giftmischergabe gelüftet. Aber bisher hat Katharine sich nicht einmal vom Fleck gerührt, und das wird sie sich auch nicht trauen, solange Jules da ist.

»Komm, ich helfe dir.« Zusammen mit Joseph reißt Arsinoe Mirabellas Rock von dem Pfeil ab, sodass er anschließend in losen Fetzen über ihre Knie fällt. »So mies wie heute hast du noch nie ausgesehen«, stellt Arsinoe fest, was Mirabella ein kurzes Lachen entlockt. »Dabei warst du doch immer die Größte von uns.«

Mirabellas Blick wird weich, als sie begreift, was Arsinoe damit sagen will. Erkennt, dass Arsinoe sich nun doch erinnert.

»Das liegt daran, dass ich die Älteste bin.« Spöttisch reckt Mirabella das Kinn.

»Laut Willa um nicht einmal fünf Minuten.«

Jules, die noch immer mitten in der Arena steht, stößt einen Pfiff aus, dann deutet sie mit dem Kopf erst auf Katharine, dann auf das Publikum. Flucht ist unmöglich. Camden zuckt nervös mit den Ohren und verrät damit, wie sehr Jules sich fürchtet. Joseph tritt an Arsinoes Seite.

»Und? Wie lautet der neue Plan?«

»Du weißt doch, dass der alte Plan nicht funktioniert hat«, raunt sie ihm verstohlen zu. »Warum hätten wir sonst hier herausrennen müssen?«

»Na großartig.« Joseph seufzt schwer.

»Wachen!«, kreischt Genevieve Arron oben auf der Tribüne und lehnt sich so weit über die Brüstung, dass sie Gefahr läuft abzustürzen. Obwohl die halbe Arena zwischen ihnen liegt, kann Arsinoe die weiß leuchtende Haut an ihren verkrampften Fingerknöcheln sehen.

»Bringt die flüchtige Königin und die Naturbegabten in den Kerker!«

Arsinoe, Jules, Joseph und Mirabella bilden eine enge Kette, als die Wachen des Volroy auf sie zustürmen. Selbst mit Jules und Camden können sie sich keinen Weg freikämpfen. In die Gegenrichtung können sie ebenfalls nicht flüchten, solange sie nicht über die Tribünen klettern wollen. Und das würde Mirabella in ihrem geschwächten Zustand niemals schaffen.

»Du hättest einfach verschwinden können, Arsinoe«, wendet sich Mirabella an ihre Schwester. »Du hättest nicht versuchen sollen, mich zu retten.«

»Es ging nie darum, dich und mich zu retten«, erwidert Arsinoe grimmig. »Ich wollte einfach nur nicht die sein, für die sie mich hielten.«

»Stopp!« Hektisch winkt Katharine den Wachen und wendet sich gleichzeitig an die Ratsmitglieder: »Es ist noch nicht vorbei! Ich kann sie immer noch töten! Ich kann sie beide töten, wenn ihr diese …« Empört deutet sie auf Jules und verschluckt sich fast vor Wut. »… diese verfluchte Naturbegabte wegschafft!«

»Rührt sie nicht an!«, brüllen Joseph und Arsinoe synchron.

»Es ist vorbei!«, ruft Arsinoe dann zu den Tribünen hinauf. »Katharine kann mich nicht töten, ganz egal, was sie sagt. Und ich weigere mich, irgendjemanden zu töten.«

»Ich ebenfalls«, ergänzt Mirabella, woraufhin die Hohepriesterin, die sich inzwischen zu Natalia Arron gestellt hat, müde die Lider senkt. Luca beugt sich zu Natalia hinüber, die ihr kurz etwas ins Ohr flüstert, was die Hohepriesterin mit einem Nicken quittiert. Sofort berät sich Natalia flüsternd mit den Ratsmitgliedern. Anschließend betreten Wachen und Priesterinnen das Feld und trennen Arsinoe und Mirabella von Katharine. Jules verpasst einem von ihnen ein blaues Auge und schleudert drei komplett aus dem Weg.

»Hör auf, Jules«, bittet Arsinoe. »Es ist vorbei. Aber ich werde einen Weg finden, um dich aus der Sache rauszuhalten.«

»Und was wird aus dir?«, faucht Jules, während eine der Wachen sie nervös am Arm packt. Mit einem bösen Blick wehrt sie sich gegen den Griff, allerdings ohne sich loszureißen. Es geht mehr darum, ihnen klarzumachen, dass sie es jederzeit könnte. »Arsinoe, was wird aus dir?«

Wortlos blickt Arsinoe Jules hinterher, als sie zusammen mit Joseph und Camden abgeführt wird. Auf diese Frage hat sie keine Antwort.

Der Volroy

Wie erwartet bringen die Wachen die beiden Königinnen in den Volroy. Doch anstatt sie in den Ratssaal zu schleppen, wo sie der Gnade von Natalia Arron und Hohepriesterin Luca ausgeliefert wären, werden sie schnell und unauffällig in den Kerker unter der Festung gebracht und in eine Zelle gesteckt.

»Ihr könnt uns nicht hier einsperren«, protestiert Arsinoe, als sich die Tür hinter ihnen schließt. »Wir wollen mit dem Rat sprechen! Mirabella, lass die Priesterinnen kommen!« Aufgebracht dreht sie sich um, aber Mirabella hat sich einfach nur still auf eine der Holzbänke sinken lassen. Wenigstens hat man sie zusammen eingesperrt, in eine der Zellen, in der sich außer jeder Menge Stroh auf dem Boden auch eine Tür mit Gitterfenster befindet.

Als sie laute Rufe und schleppende Schritte hört, späht Arsinoe wieder nach draußen und sieht, wie Jules und Joseph an ihrer Zelle vorbeigezerrt werden. Camden stößt ein lautes Heulen aus, woraufhin Jules ihren Wächter brutal gegen die Steinwand rammt. Sie haben dem armen Berglöwen Seile um den Hals geschlungen, an deren Enden zwei lange Stangen befestigt sind, mit denen sie das Tier auf Abstand halten.

»Lasst die Katze los«, ruft Arsinoe, »sie wird euch nichts tun.«

Die Wachleute runzeln irritiert die Stirn, legen dann aber die Stangen ab. Brennende Wut steigt in Arsinoe auf, als sie mit ansehen muss, wie Camden sich völlig verängstigt hinter Jules' Beinen verkriecht.

»Das wird alles wieder, Jules«, ruft sie. »Passt auf euch auf, Joseph! Wir bleiben sicher nicht lange hier unten!« Keine Antwort. Ihre stolpernden Schritte werden leiser und leiser.

»Wir sind ein Fluch für jene, die wir lieben«, sagt Mirabella leise.

»Stimmt. Aber was sollen wir denn sonst tun? Sterben, nur weil man es uns befiehlt?« Arsinoe verlässt ihren Platz an der Tür und setzt sich neben ihre Schwester. »Wie fühlst du dich?«

»Vergiftet. Aber du weißt ja vermutlich, wie sich das anfühlt.«

»Eigentlich ...«, setzt Arsinoe an, unterbricht sich aber, als sie Billys Stimme hört.

»Lasst mich durch«, brüllt er. »Sie ist meine Verlobte. Ich habe ein Recht, sie zu sehen!«

»Er redet von dir, stimmt's?«, erkundigt sich Arsinoe.

Mirabella lacht leise. »Nein, du Dummchen. Natürlich nicht.«

Arsinoe stürmt zur Zellentür, stützt sich mit beiden Händen am Holz ab und drückt ihr Gesicht gegen die Gitterstäbe im Fenster.

»Macht Platz«, befiehlt sie den Wachen und ist selbst überrascht, als sie gehorchen. Im Volroy ist eine Königin anscheinend noch immer eine Königin, auch wenn sie als vogelfrei gilt.

»Arsinoe!«

Billy rennt auf sie zu, schlingt die Finger um das Gitter, rüttelt an der Tür. Dann tritt er gegen das Holz.

»Verdammte Eisenstangen!«

»Vergiss sie einfach.« Arsinoe legt ihre Hand auf seine, und Billy starrt einen Moment lang darauf, als könne er nicht fassen, dass die Berührung real ist.

»Du lebst«, flüstert er. Sein Lächeln scheint den düsteren Korridor zu erhellen. »Ich sollte dir den Hals umdrehen.«

»Viel Spaß bei dem Versuch, deine Arme weit genug hier rein zu zwängen«, schießt sie zurück, was ihn zum Lachen bringt. »Es tut mir leid. Ich wollte es dir ja sagen, aber ich habe einfach keine Möglichkeit gefunden.«

»Ist jetzt egal.« Er schiebt die Hand durch das Gitter und berührt ihr Gesicht.

»Da habe ich uns einen ganz schönen Schlamassel eingebrockt.«

»Wie immer eben. Aber das regeln wir schon. Alles wird gut, jetzt, wo du lebst.«

»Mir tut's immer noch leid, dass du es nicht wissen durftest.«

»Und mir tut es leid, dass ich zugestimmt habe, deine Schwester zu heiraten.« Er blickt über Arsinoes Schulter hinweg in die Zelle hinein. »Wie geht es dir, Mira? Hältst du durch?«

»Na klar«, erwidert Mirabella. Arsinoe wird rot. Ihre Schwester hat alles gehört, was sie zu Billy gesagt hat. Aber wen kümmert das schon? Sie kann es nicht länger zurückhalten, und Mirabella findet es anscheinend sehr fesselnd, denn sie hat die Knie an die Brust gezogen und beugt sich gespannt vor wie ein Kind bei der Gutenachtgeschichte.

»Billy«, flüstert Arsinoe so leise, dass er sie kaum verstehen kann. »Jules' Tante Caragh und Madrigal sind hier in der Stadt. Du müsstest sie entweder in den Ställen gegenüber vom Highbern oder im Wald am südlichen Flussufer finden. Dort wollten sie mit Braddock auf uns warten. Benachrichtigt Cait und Ellis. Sie müssen kommen und zumindest Jules und Joseph helfen.«

»Wird erledigt«, verspricht er. Als er sich schnell auf den Weg machen will, würde Arsinoe am liebsten laut schreien. Sie klammert sich am Gitter fest und presst die Zähne aufeinander, damit sie ihn nicht anfleht, bei ihr zu bleiben. Aber Billy bleibt plötzlich stehen und kommt noch einmal zurück.

»Ich liebe dich«, sagt er abrupt. »Das hätte ich dir schon längst sagen sollen. Vielleicht wusste ich es vorher nicht, aber jetzt weiß ich es. Und du liebst mich auch. Gib es zu.«

Verblüfft blinzelt Arsinoe ihn an. Dann lacht sie.

»Typisch Festlandjunge. Du kannst mich nicht zwingen, so etwas zu sagen.«

»Dann sag es mir, wenn ich dich hier rausgeholt habe. Versprich es mir.«

»Ich verspreche es.« Mit einem Blick zur Decke fragt sie: »Was passiert gerade da oben im Ratssaal?«

Billy schaut ebenfalls nach oben.

»Es gibt noch keine Neuigkeiten. Vielleicht ist das ein gutes Zeichen.« Unschlüssig steht er vor der Zellentür. »Ich will euch nicht hierlassen. Keine von euch.«

»Ich weiß. Aber vorerst wirst du das müssen. Finde so viel wie möglich über Jules' und Josephs Verbleib heraus«, drängt Arsinoe. »Ihnen musst du auch Hilfe besorgen.«

»Auf jeden Fall.« Noch einmal schiebt er die Finger durch das Gitter und berührt ihre Wange. »Noch vor Ende des Tages seid ihr hier raus.«

Mit erzwungener Ruhe steht Natalia im Ratssaal und wartet auf die Ankunft der Hohepriesterin. Mit erzwungener Ruhe deshalb, weil sie nicht wie ein verwirrtes, kopfloses Huhn herumflattern will wie Sara Westwood.

»Ich bestehe darauf, dass Königin Mirabella in einen gesicherten Raum im Ostturm gebracht wird«, sagt diese gerade mit schriller Stimme. Diesen Vorschlag macht sie nicht zum ersten Mal. »Sie gehört nicht in eine Zelle!«

»Die Königinnen sind in Sicherheit und werden gut bewacht«, erwidert Lucian Marlowe. »Je eher wir uns ruhig und überlegt zusammensetzen, desto schneller können wir zu einer Lösung finden.« Hilfesuchend dreht er sich zu Natalia um, doch die starrt stumm zurück. Nur ein Narr versucht, bei einer Westwood mit Vernunft etwas zu bewirken. Er sollte Sara packen und sie einfach aus der Tür schieben.

Und wo bleibt Luca? Hohepriesterin Luca, die immer ewig für alles braucht und das dann auf ihre alten Knochen schiebt. Dabei weiß doch jeder, dass sie sich so flink und geschmeidig bewegen kann wie eine Schlange, wenn sie nur will.

Es vergeht gefühlt ein ganzes Zeitalter, bevor ein leises Rascheln von Stoff Lucas Ankunft ankündigt. In Begleitung der rothaarigen Riesin betritt die Hohepriesterin den Raum.

»Endlich«, wispert Genevieve, während sie die Priesterinnen hereinwinkt. »Alle sind versammelt, und die

Königinnen sitzen in ihren Zellen.« Irgendwie gelingt es ihr, das so klingen zu lassen, als würde dies voll und ganz ihren Wünschen entsprechen. Als wäre heute auch nur irgendetwas so verlaufen, wie sie es sich gewünscht hatten.

Natalia setzt sich als Letzte, und das mit Würde, auch wenn sie sämtliche Anwesenden mit Freuden einfach aus dem Fenster geschubst hätte.

»Das ist unerhört«, ergreift Antonin das Wort und starrt dabei auf seine Hände. »So viele Menschen wurden heute in der Arena Zeuge, was die Königinnen gesagt haben. Als ob über sie nicht schon genug getuschelt würde.«

»Getuschelt?«, fällt ihm Margaret Beaulin ins Wort. »Aus diesem Getuschel ist das reinste Gebrüll geworden. Und zwar schon vor langer Zeit, angefangen mit der untoten kleinen Katharine. Die Leute sagen, die Schwestern wären keine anständigen Königinnen. Dass mit ihnen etwas nicht stimmt.«

»Sprich nicht so über die Königinnen«, zischt Sara Westwood. »Sie sind heilig!«

»Genug geredet.« Cousin Lucian reibt sich mit seinen langen Fingern die Schläfen. »Nun kommt es einzig und allein darauf an, wie wir in dieser Situation reagieren. Und was auch immer wir tun, es muss öffentlich stattfinden. Katharine muss ihre Schwestern mit eigener Hand hinrichten. Es darf keinerlei Einmischung von unserer Seite geben.«

»Hinrichten? Das ist noch nicht beschlossene Sache! Königin Mirabella hat sich keines Verbrechens schuldig gemacht. Sie hatte nichts mit diesem Trick der Naturbegabten zu tun!«

»Das spielt keine Rolle«, faucht Genevieve. »Du hast sie doch gehört – sie weigert sich, Arsinoe zu töten. Und eine Königin, die das verweigert, begeht Hochverrat.«

»An wem?«

»An der Insel!«

Hilfesuchend sieht Sara die Hohepriesterin an. Doch Luca starrt unverwandt zu Natalia hinüber, die ihren Blick reglos erwidert, fast so, als käme es nur auf sie beide an. Und genau so ist es auch.

»Ich würde mich gerne unter vier Augen mit der Hohepriesterin unterhalten«, sagt Natalia schließlich.

Die Anspannung der Ratsmitglieder steigt noch einmal spürbar. Nachdem ihre Verwandtschaft sich verstohlene Blicke zugeworfen hat, sieht Genevieve sich gezwungen, etwas zu sagen.

»Die Entscheidung liegt bei uns allen, Schwester.«

»Natürlich. Und wenn Luca und ich unser Gespräch beendet haben, werdet ihr dem zustimmen, was wir beschlossen haben. Jetzt geht.«

Ruckartig klappt Genevieve den Mund zu, schiebt ihren Stuhl zurück und macht ihrem Unmut Luft, indem sie möglichst laut mit ihren Röcken raschelt. Dann geht sie hinaus, gefolgt vom Rest des Rates.

»Ratsmitglieder?«, ruft Luca ihnen hinterher, bevor sie die Tür hinter sich schließen. »Denkt daran, auf den Fluren eure Stimmen zu senken. Die Wachen und Dienstboten haben Ohren.«

Renata Hargrove quittiert das mit einem finsteren Blick, bevor sie die schwere schwarze Holztür hinter sich zuzieht.

»Wie ist es nur möglich, dass in Genevieves Adern

das gleiche Blut fließt wie in meinen?«, fragt Natalia mit einem schweren Seufzer. »Soll ich Tee bringen lassen?«

»Nein. Aber ein Gläschen davon würde ich nicht verschmähen.« Luca blickt vielsagend über Natalias Schulter hinweg zu dem kleinen Barwagen in der Ecke. »Oder ist das alles vergiftet?«

Natalia geht hinüber und schenkt ihnen zwei Gläser ein.

»Doch nicht mit Renata und Margaret im Rat.« Nachdem sie Luca eines der Gläser gegeben hat, setzen sich die beiden nebeneinander an den langen, polierten Holztisch und mustern schweigend das schwarz-weiße Marmorrelief, das sich einmal um den gesamten Saal zieht. In verschiedenen Szenen werden die Gaben der Insel dargestellt, alle friedlich vereint.

»Dir ist klar, dass es nun unmöglich sein wird, Mirabella zu krönen«, sagt Natalia schließlich ruhig.

»Unmöglich nicht«, wendet Luca ein, starrt dabei aber angestrengt in ihr Glas. »Wir geben ihnen Zeit bis Beltane, wie es ihr gutes Recht ist. Wenn sie sich dann immer noch weigern, sperren wir sie zusammen in den Turm.«

Natalia leert ihr Glas und steht auf, um sich nachzuschenken. Als sie zum Tisch zurückkehrt, hat sie die Karaffe in der Hand.

»Du weißt, dass man dem niemals zustimmen wird. Nicht, solange eine der Königinnen willens ist.«

»Dein untotes Mädchen, ja. Du musst überglücklich sein.«

Der Blick der alten Frau scheint Natalia regelrecht zu durchbohren. Diese Hohepriesterin ist hart wie Stahl.

Aber nicht einmal Stahl ist gewappnet gegen die Liebe, die man einer Königin entgegenbringt.

»Du willst nicht, dass Mirabella stirbt, das ist mir klar. Ich weiß, dass sie mehr für dich ist als nur ein Mittel, um den Ehrgeiz des Tempels zu befriedigen.« Natalia stellt ihr Glas ab und starrt durch es hindurch. »Wir wissen doch beide, was wir alles auf uns genommen haben, um dafür zu sorgen, dass Katharine und Mirabella überleben.«

»All unsere Pläne«, flüstert Luca. »All die Vorbereitungen. Alles gescheitert.«

»Diese Königinnen sind unkontrollierbar. Unberechenbar. Sie haben uns die Entscheidung abgenommen, vielleicht sogar ohne dass es ihnen bewusst war.« Natalia beobachtet, wie Luca noch einen Schluck nimmt. Die Hohepriesterin weiß das alles. Sie ist nicht dumm. »Mir wäre es lieber gewesen, wenn Katharine die Krone auf einem anderen Weg bekommen hätte.«

Lucas Antwort kommt wie aus der Pistole geschossen: »Und doch willst du, dass sie die Krone bekommt.«

»Genevieve hatte recht damit, dass sie sich des Hochverrats schuldig gemacht haben«, gibt Natalia zu bedenken. »Und Antonin hatte recht damit, dass die Menschen unserer Entscheidung mit Skepsis begegnen werden, ganz egal, wie sie ausfällt. Deshalb würde ich vorschlagen, dass du wieder einen Platz in diesem Saal bekommst. Und dass zudem eine Person deiner Wahl Mitglied von Katharines neuem Rat wird. Wenn die Krone diesen Sturm unbeschadet überstehen soll, braucht sie die Unterstützung des Tempels.«

»Du willst mich bestechen«, stellt Luca fest. »Im Austausch gegen Mirabellas Leben!«

»Keine Bestechung. Niemals würde ich dich bestechen, Luca. In dieser Situation gibt es keine Gewinner. Aber wenn wir uns nicht einigen, werden wir auch noch das Letzte verlieren, das uns geblieben ist.«

Natalia bleibt ruhig sitzen und lässt Lucas durchdringende Musterung über sich ergehen. Lässt sie zu einem Entschluss darüber kommen, ob sie es ehrlich meint oder Intrigen spinnt. Letzten Endes wird die Hohepriesterin ihren Vorschlag annehmen. Natalia hat ihr dieses Angebot sowieso nur aus reiner Höflichkeit gemacht. Mirabella wird sterben, ganz egal, ob Luca sich darauf einlässt, einen Vorteil daraus zu ziehen.

Schließlich nickt Luca.

»Arsinoes Hinrichtung sollte nicht öffentlich stattfinden«, sagt sie. »Sie hat bereits mehr als genug Unruhe gestiftet. Wer weiß, was sie noch alles versucht, wenn wir ihr die Gelegenheit dazu geben.«

»Dem kann ich nur zustimmen«, bestätigt Natalia. »Allerdings muss ich auch dem Rat recht geben, wenn er fordert, dass Katharine zumindest eine von ihnen auf dem Hauptplatz hinrichten soll.«

Bei dem Gedanken daran, Mirabellas Hinrichtung beiwohnen zu müssen, weicht sämtliche Farbe aus Lucas Gesicht.

»Das Volk wurde bereits um das Duell gebracht«, drängt Natalia weiter. »Und was sie stattdessen gesehen haben, sollte sich nicht in ihren Köpfen festsetzen.«

»Für Sara und die Westwoods wird es nicht leicht sein, das zu akzeptieren.«

»Ich weiß. Aber du wirst sie sicherlich überzeugen.«

Natalia füllt noch einmal Lucas Glas und schiebt es ihr hin. Die Hohepriesterin greift danach und leert es in einem Zug. Als sie es wieder abstellt, zittern ihre Finger.

»Drei Sitze im Rat«, sagt sie abrupt. »Drei Sitze, meine alleinige Wahl.«

»Abgemacht.« Natalia schlägt mit der flachen Hand auf den Tisch.

Arme, alte Luca. Zweifel liegt in ihrem Blick, als wäre das viel zu einfach gewesen. Als hätte sie mehr verlangen sollen als Preis für ihre Königin.

»Führt die Hinrichtungen aus«, murmelt die Hohepriesterin. »Und am Morgen wird Katharine gekrönt. Von mir persönlich.«

Natalia atmet auf. Das hätte schlimmer laufen können, mit internen Kämpfen und Diskussionen am runden Tisch bis spät in die Nacht. Mit einer heulenden Sara Westwood.

»Es ist eine wahre Erleichterung, eine Hohepriesterin mit solch innerer Stärke zu haben«, sagt sie sanft.

»Ach, Natalia. Halt die Klappe.«

Indridskamm

Madrigal und Jules' Tante Caragh waren nicht bei den Ställen gegenüber vom Highbern Hotel. Eigentlich hätte sich Billy das denken können, nachdem er im Volroy an Braddocks leerem Käfig vorbeigegangen war. Trotzdem hat er seine Suche hoffnungsvoll dort begonnen, da es viel schwieriger werden würde, sie außerhalb der Stadt aufzuspüren.

Im Wald am südlichen Flussufer, hatte Arsinoe gesagt. Nachdem er einen Nussverkäufer nach dem Weg gefragt hat, ist er nun hier, wo er abwechselnd zwischen den Bäumen herumschleicht und dann wieder möglichst viel Krach macht, damit vielleicht er von ihnen gefunden wird. So wandert er fast den ganzen Nachmittag herum, bis er müde und total verschwitzt ist.

»Im Dunkeln macht die Suche keinen Sinn mehr«, sagt er zu sich selbst und bahnt sich gereizt einen Weg durch das Unterholz.

Braddock erhebt sich zur Begrüßung auf die Hinterbeine, was Billy laut aufschreien lässt.

»Scht, scht!«, zischt Madrigal und klopft ihm beruhigend auf die Schulter. Billys Herz rast, während der Bär sich wieder auf alle viere fallen lässt und neugierig an seiner Tasche schnuppert. »Was ist denn mit dir los? Und warum hat das so lange gedauert? Wo ist Jules?«

»Zu Jules haben sie mich nicht gelassen«, antwortet er hastig. »Aber ich habe eine Nachricht von Arsinoe.« Schnell erzählt er ihnen, wie das Duell damit geendet hat, dass die Königinnen im Volroy eingekerkert wurden. Entsetzt starren die beiden Frauen ihn an.

»Was nach der Festnahme mit Jules und Joseph passiert ist, weiß ich nicht«, beendet er seinen Bericht. »Aber ich denke, vorerst sind sie in Sicherheit.«

Madrigal läuft nervös auf und ab.

»Sie werden sie niemals gehen lassen. Niemals lassen die meine Jules gehen, jetzt, da sie sie erwischt haben. Und weil sie von dem Fluch der Pluralität wissen. Die werden sie umbringen!«

Die Frau, bei der es sich wohl um Jules' Tante Caragh handeln muss, blickt Richtung Westen, wo gerade die Sonne untergeht. Um die Augen herum und in der Gesichtsform hat sie eine gewisse Ähnlichkeit mit Madrigal, doch der Rest ist eindeutig Oma Cait – dieselbe Härte, dieselben strengen Linien. Billy kommt es vor, als hätte er ein zwanzig Jahre altes Bild von Cait vor sich.

»Ich gehe zurück in die Stadt«, beschließt Madrigal. »Ich muss wissen, was da vor sich geht.«

»Du bleibst«, befiehlt Caragh. »Ich will nicht auch noch die gesamte Hauptstadt nach dir absuchen müssen.« Sie legt eine Hand auf Braddocks Rücken, der noch immer an Billys Kleidung herumschnüffelt. Es macht Caragh traurig, den Bären so verzagt zu sehen. Als hätte die Zeit im Käfig ihm einen Teil seiner Persönlichkeit genommen. Ganz zu schweigen von den Pfeilen der Giftmischer. Die meisten Braunbären müssen niemals lernen, was Angst bedeutet.

»Tut mir leid, Junge«, sagt Billy schließlich. »Ich habe dir nichts mitgebracht.«

»Das ist es nicht.« Liebevoll tätschelt Caragh den Pelz des Bären. »Er sucht nach Arsinoe. Offenbar riecht er, dass du in ihrer Nähe warst. Und auch wenn er nicht ihr Familiaris ist – die niedere Magie, durch die er an sie gebunden wird, ist stark.« Dann wendet sie sich an Madrigal, die wie immer von ihrer Krähe begleitet wird. »Wir sollten unsere Eltern benachrichtigen. Schick Aria los.«

»Wir müssen noch viel mehr tun«, protestiert Madrigal.

»Werden wir auch.«

»Ach ja? Und was?« Trotzdem nimmt Madrigal ihren Vogel auf die Hand und flüstert ihm etwas zu, bevor sie ihn in die Luft stößt.

»Ich werde mit meinem Vater sprechen«, bietet Billy an. »Er kann seine Freunde auf der Insel dazu bringen, dass sie auf Josephs und Jules' Freilassung hinwirken. Und Luca und der Tempel werden ja sicher noch heute dafür sorgen, dass Arsinoe und Mirabella freikommen.«

»Schon komisch.« Madrigal lässt den Arm sinken. »Bisher habe ich dich eigentlich nie für einen Idioten gehalten. Wir sind hier in Indridskamm, Billy. Hier herrschen die Giftmischer. Und wenn du wirklich glaubst, dass die sich die Gelegenheit entgehen lassen, Arsinoe und die Naturbegabte mit dem Fluch auf einen Schlag loszuwerden, dann machst du dir verdammt noch mal etwas vor.«

»Das kannst du nicht wissen.«

»Nein, sie hat recht«, schaltet sich Caragh ein, woraufhin Madrigal überrascht die Augen aufreißt. »Natalia Arron wird auf jeden Fall versuchen, die Situation zu ihren Gunsten zu wenden. Wir brauchen mehr Unterstützung.«

»Niemand aus Wolfsquell wird rechtzeitig hier sein – selbst wenn sie ohne Unterbrechung durchreiten und ständig die Pferde wechseln«, gibt Madrigal zu bedenken. »Nicht einmal, wenn Matthew unsere Leute mit der *Dickkopf* herbringt.«

»Ich dachte auch nicht an Wolfsquell, sondern an Bastiansburg. An die Krieger, die wir heute in der Arena gesehen haben. Vielleicht sind sie noch hier. Wir können versuchen, sie aufzuspüren, bevor sie die Stadt verlassen.«

»Warum sollten die uns helfen?«, wundert sich Billy.

»Wegen Jules«, ruft Madrigal aufgeregt. »Sie ist schließlich nicht nur eine von uns. Sie ist auch eine von ihnen.«

»Ich behaupte trotzdem, dass das nicht nötig sein wird«, beharrt Billy. »Mein Vater hat hier inzwischen ziemlich viel Einfluss, Freunde bei den Westwoods und bei den Arrons. Und er wird Joseph nicht einfach in einer Zelle verrotten lassen. Ich gehe zu meinem Vater ins Highbern und warte dort auf Neuigkeiten. Er wird das schon regeln, ihr werdet sehen.«

»Und wenn nicht, kommst du zurück und hilfst uns«, schlägt Caragh vor. »Du findest uns hier, mit den Kriegern in den rot gesäumten Mänteln.«

Kerker des Volroy

Jules presst die Wange gegen die Gitterstäbe ihrer kleinen, kalten Zelle. An sie gelehnt zu sitzen ist eine nette Abwechslung zu der harten Steinwand. Wo genau innerhalb des Volroy sie sich befinden, weiß sie nicht, aber es muss tief unter der Erde sein. Viel tiefer unten als Arsinoe und Mirabella. Auf dem Weg hierher sind sie viele Treppen hinuntergestiegen. Und ihnen wurden viele Ellbogen in die Rippen gerammt.

Camden legt ihren schweren Kopf auf Jules' Bein, und Jules krault sie hinter den Ohren. Sie haben nur kurz geschlafen und keinerlei Gefühl dafür, wie viel Zeit inzwischen vergangen ist. Müdigkeit wurde von Rastlosigkeit abgelöst und ist dann wiedergekehrt.

»Wie hält sich Camden?«, fragt Joseph aus der Nachbarzelle.

»Sie ist nervös«, antwortet Jules. »Inzwischen hätten sie uns schon längst vor den Rat schleifen müssen.«

»Vielleicht planen sie, uns einfach zu vergessen. Und uns ewig hier unten schmoren zu lassen.«

Brennende Wut steigt in Jules' Kehle auf. Das sollen sie mal versuchen. Cait würde das niemals zulassen. Josephs Mutter genauso wenig. Und diese beiden Familien können problemlos genug Lärm schlagen, um die Arrons so richtig nervös zu machen.

»Joseph?«, flüstert Jules. »Es tut mir leid, dass ich dich da mit reingezogen habe.«

»Es gibt keinen Ort, an dem ich jetzt lieber wäre. Außer vielleicht in deiner Zelle.«

Jules lächelt traurig. Ihrem Gefühl nach ist es bereits Jahre her, dass sie diesen einen Nachmittag zusammen in Josephs Bett verbracht haben. Die Erinnerung daran scheint einer anderen Zeit anzugehören, einer Zeit vor der Jagd der Königinnen, vor Arsinoes fast tödlicher Verletzung, eben bevor alles so schrecklich schiefging.

»Es tut mir leid, dass ich dich so plötzlich verlassen habe, nachdem wir … nach der Jagd der Königinnen. Und dass ich abgehauen bin zur Schwarzen Kate.«

»Das musstest du doch. Du musstest Arsinoe retten. Wenn du es nicht von allein getan hättest, hätte ich dich dazu gezwungen.«

»Ich weiß. Und ich habe ständig an dich gedacht, Joseph.«

»Ist schon gut. Arsinoe kommt an erster Stelle.« Er lacht leise. »Was das angeht, habe ich aufgehört, eifersüchtig zu sein, als wir ungefähr acht waren.«

»Du warst zwei ganze Jahre lang eifersüchtig?«

»So ungefähr. Wahrscheinlich hat es so lange gedauert, bis ich ebenfalls angefangen habe, sie zu lieben. Und weil … du für mich schon immer der wichtigste Mensch von allen warst. Ich denke, für jeden von uns gibt es so eine Person. Für mich wirst du immer der einzige Mensch sein.« Mit einem schweren Seufzen fügt er hinzu: »Oder zumindest während der letzten achtundvierzig Stunden.«

»Sag so etwas nicht«, erwidert sie hitzig. »Wir werden hier rauskommen. Dieser Nachmittag in deinem

Zimmer … das wird nicht unser einziger Nachmittag bleiben.«

»Der beste Tag meines Lebens«, flüstert er. Dann hört sie, wie er sich in seiner Zelle bewegt. »Jules?«

»Ja?«

»Falls irgendetwas schiefgeht und … falls wir Arsinoe nicht retten können … Dann will ich, dass du mit mir fortgehst. Weg von Fennbirn. Wir könnten uns dort draußen ein neues Leben aufbauen, irgendwo, wo wir nicht ständig von ihrem Geist verfolgt werden.«

Jules schluckt schwer. Falls sie Arsinoe nicht retten können, wird sie so oder so von ihrem Geist verfolgt werden – ganz egal, wo sie ist.

»Arsinoe wird das schon irgendwie schaffen. Tut sie doch immer.«

»Ich weiß. Aber falls nicht … falls es nicht geht … kommst du dann mit mir?«

Jules schaut auf Camden hinunter, deren gelbgrüne Augen hoffnungsvoll zu ihr aufblicken.

»Ja, Joseph. Ich werde mit dir kommen.«

Highbern Hotel

Billy wartet bei seinem Vater im Highbern. Mit verschränkten Armen starrt er aus dem Fenster. Inzwischen warten sie schon so lange, dass er fast platzt vor Ungeduld. Am liebsten würde er auf und ab tigern, aber dann würde sein Vater ihn nur wieder mit diesem enttäuschten Blick abstrafen. Also starrt er stattdessen zum Volroy hinüber und denkt an Arsinoe, die dort drinnen gefangen ist. Hoffentlich macht sie den Wachen das Leben richtig schön schwer.

Vielleicht hatte Jules' Tante Caragh recht, und er hätte bei ihnen bleiben und ihnen dabei helfen sollen, die Krieger zu alarmieren. Vom Rat gibt es schon seit einer halben Ewigkeit keine Neuigkeiten mehr, und als Außenstehende werden sein Vater und er sowieso die Letzten sein, die man informiert. Der Himmel vor dem Fenster hat sich verdunkelt. Der Wald ist in der Ferne nur noch als verschwommener Schatten zu erkennen. Caragh wird nicht so lange gewartet haben. Sie werden ihren Plan bereits ohne ihn in die Tat umgesetzt haben.

Caragh. Sie ist so ganz anders, als er es nach Josephs und Jules' liebevollen Geschichten über sie erwartet hatte. In seiner Vorstellung war sie eine sanfte Trösterin gewesen, eine Frau, die für die Liebe eines Kindes die eigene Freiheit geopfert hat, obwohl dieses Kind nicht einmal ihr eigenes war. Aber die Frau, die er heute kennengelernt hat, war hart und entschlossen. Vielleicht hat die Zeit in der Schwarzen Kate sie so verändert. Oder vielleicht sind Frauen auch einfach vielseitiger, als es ihm je bewusst war.

Ein Klopfen an der Tür reißt ihn aus seinen Gedanken. Es ist der Bote des Volroy, allerdings hat Billy seine Ankunft nicht beobachtet. Der Junge überreicht Billys Vater ein versiegeltes Schreiben, verbeugt sich kurz und geht.

»Was steht darin?«, will Billy wissen, während sein Vater noch liest. Er wusste ja die ganze Zeit, dass Arsinoe nicht lange im Kerker bleiben würde. Vielleicht wurde sie bereits freigelassen.

William schiebt den Brief in seine Jacketttasche. An seinem Gesicht lässt sich nicht die kleinste Regung ablesen. Das ist bei ihm fast immer so, was Billy zeit seines Lebens zutiefst verunsichert hat.

»Die Krönung wird morgen stattfinden«, sagt sein Vater schließlich.

»Welche Krönung?«

»Die der Königin«, präzisiert William ungeduldig. »Königin Katharine. Deine zukünftige Braut.«

Billy blinzelt schockiert. Diese Nachricht will einfach nicht bis in sein Hirn vordringen. Das ist nicht seine zukünftige Braut. Wird es niemals sein.

»Aber was ist mit Arsinoe? Und mit Mirabella?«

Schulterzuckend sagt William: »Laut diesem Schreiben wurde das Mädchen aus Wolfsquell vermutlich bereits hingerichtet. Die andere bleibt bis nach der Krönung – und nach eurer Hochzeit – am Leben, um dann öffentlich exekutiert zu werden.«

»Das musst du verhindern.« Als sein Vater ihn ansieht, weicht Billy unwillkürlich einen Schritt zurück. »Mach irgendeinen Deal mit den Arrons. Sorge dafür, dass Arsinoe und Mirabella weiterleben können, wenn auch nur im Geheimen. Ich weiß, dass du das kannst. Ich weiß doch, dass du schon lange vor dieser ganzen Sache hier mit denen Geschäfte gemacht hast!«

»Bleib ruhig. Du wusstest, was passieren würde.«

»Jetzt ist aber alles anders.«

»Allerdings. Wir haben gewonnen.«

Sein Vater wendet sich ab, und Billy kann nahezu sehen, wie er die Anwesenheit seines Sohnes vergisst, als sich die Expansionspläne in seinem Kopf entfalten. Neue Aktivposten. Die exklusiven Handelsrechte mit der Insel wurden soeben um eine Generation verlängert. Und hinzu kommt das Talent der Giftmischer, mit deren Hilfe man jeden Konkurrenten zum Schweigen bringen kann, der etwas einzuwenden hätte.

»Du hast dich gut geschlagen«, brummt sein Vater geistesabwesend. »Ich bin stolz auf dich, mein Sohn.«

»Genau das wollte ich immer«, flüstert Billy. »Aber warum bist du stolz, Vater, wenn ich doch nichts anderes getan habe, als deine Pläne zu untergraben? Ich habe mich in die falsche Königin verliebt. Und Mirabella hätte ich auch nicht vergiftet, weshalb du es dann selbst tun musstest. Diesen Teil hatte ich nicht durchschaut, muss ich zugeben. Erst als Luca meinte, dass Katharine es nicht durch Berührung getan haben kann. Da ist mir wieder eingefallen, wie lange du an jenem Abend an unserem Tisch geblieben bist.«

»Es hat sie nicht umgebracht und stattdessen unser Bündnis gestärkt. Dich zum König gemacht.«

»Falls ich mitspiele.«

Drohend starrt sein Vater ihn an.

»Und ich werde mitspielen«, fügt Billy hinzu. »Vorausgesetzt, dass du sofort zu den Arrons gehst und Arsinoes Hinrichtung verhinderst.«

»Vergiss sie. Sie ist so gut wie tot. Wahrscheinlich ist es sogar schon vorbei.«

»Einen Versuch ist es wert.«

»Billy.« Die Stimme seines Vaters ist unerbittlich. »Du wirst tun, was ich sage.«

»Werde ich nicht.«

»Oh doch.«

»Nein!«, schreit Billy, woraufhin sein Vater den Arm hochreißt, als wolle er ihn schlagen. Als Billy nicht einmal zuckt, hält er jedoch abrupt inne. Bisher ist ihm das nie aufgefallen, aber eigentlich ist sein Vater gar nicht mehr so imposant. Im Laufe der Jahre ist Billy sogar größer geworden als er.

William wirft ihm einen angewiderten Blick zu und sucht in seinem Mantel nach einer Zigarre.

»Du wirst auf keinen Fall für irgendein Mädchen alles hinschmeißen«, murmelt er.

»Da irrst du dich, Vater.« Damit wendet Billy sich ab und geht aus dem Zimmer.

Die gekrönte Königin

Krönung

Katharine steht auf einem Holzblock und mustert sich im Spiegel, während Natalia ihr den Rock richtet.

»Sympathisanten der Naturbegabten haben den Bären befreit«, berichtet Natalia. »Wir durchsuchen bereits die Stadt, haben ihn bislang aber nicht gefunden.«

»Lasst ihn gehen«, winkt Katharine ab. Der Bär ist nicht länger wichtig. Jetzt ist nur noch der schwarze Satin auf ihrer Haut wichtig. Und die Gäste, die sich bereits im Volroy versammeln.

»Als du mich letztes Jahr für meine Geburtstagsfeier angekleidet hast, hättest du da geglaubt, dass wir jemals hier stehen würden? Wenige Minuten vor meiner Krönung?«

»Aber natürlich, Kat«, versichert Natalia, doch Katharine kennt die Wahrheit. Sie hat sie alle überrascht.

Natalia hilft ihr von dem Block herunter, und Katharine dreht sich einmal um die eigene Achse. Das Kleid ist schlicht, aber elegant. Sie trägt keinerlei Schmuck, ihre Haare sind offen und ebenfalls vollkommen schmucklos. Das lässt sie auf merkwürdige Art unschuldig erscheinen. Fast so wie das Mädchen, das sie einmal war.

»Du bist wunderschön, Königin Katharine.« Natalia schiebt ihr eine Strähne über die Schulter. »Es wundert mich nur, dass Pietyr nicht hier ist, um das mit anzusehen. Fast ist es eine Schande.«

Katharine runzelt irritiert die Stirn. »Tja, bei so vielen Gästen werde ich ihn kaum vermissen.« An einem Tag wie diesem will sie nicht an Pietyr denken. Bald wird sie gekrönt. Dann wird sie ihre Schwester Arsinoe töten, diesmal wirklich, ohne eine Möglichkeit zur Flucht. Und danach wird sie heiraten.

Lächelnd zupft sie ihre schlichten schwarzen Handschuhe zurecht.

»Dann bist du also nicht enttäuscht?«, hakt Natalia nach. »Weil das alles jetzt so schnell passieren muss?«

»Ganz und gar nicht. Mir ist nur wichtig, dass es passiert.«

Nach den üblichen Maßstäben ist Katharines Krönung äußerst bescheiden. Die Öffentlichkeit ist nicht zugelassen. Nur der Schwarze Rat, die Priesterinnen des Tempels und die Familie Arron sind anwesend. Es ist eine ernste Veranstaltung, auf den Gesichtern der Priesterinnen zeichnet sich keinerlei Freude ab. Auf den Gesichtern der Arrons ebenfalls nicht. Höchstens Nervosität. Bei der öffentlichen Krönungszeremonie im Frühling, beim Beltanefest, werden sie sich besser schlagen.

Hohepriesterin Luca führt den Vorsitz über das Ganze. Sie hält sich kerzengerade in ihrer formellen Robe und wirkt dadurch äußerst eindrucksvoll, insbesondere für eine Frau ihres Alters. Zu Beginn verliest sie das Dekret, auf das Rat und Tempel sich geeinigt haben: Katharine wird gekrönt, Arsinoe und Mirabella werden von ihr hingerichtet. Keine ihrer Schwestern wird in dem Dekret namentlich genannt. Nach dem heutigen

Tag wird niemand jemals wieder ihre Namen aussprechen.

Die Luft im Saal ist kühl und abgestanden, als Katharine schließlich vor der Hohepriesterin auf die Knie sinkt. Sie wird ihre Krone von Luca persönlich empfangen, als Symbol dafür, dass Rat und Tempel nun wieder Seite an Seite stehen.

Mühsam unterdrückt Katharine ein triumphierendes Lächeln. Bestimmt fällt es der stolzen alten Frau äußerst schwer, sich ihre Niederlage einzugestehen.

Als Luca betend den Blick senkt, späht Katharine verstohlen zu den Gästen hinüber: Nicolas, über dessen Mund ein feines Lächeln huscht. William Chatworth, der Vater des Freiers, den sie laut Natalia erwählen soll. Genevieve mit ihren stahlharten violetten Augen. Und Natalia selbst.

Das Gebet ist beendet, und die Priesterinnen erheben sich. Sie reichen Katharine einen silbernen Krug mit Wasser, das angeblich aus dem Fluss Cro an den Hängen des Hornberges stammt. Falls das so ist, bleibt es ihr allerdings ein Rätsel, wie die Priesterinnen es so schnell hierherschaffen konnten. Vielleicht haben sie ja immer einen Krug davon vorrätig. Doch das spielt jetzt keine Rolle. Sie trinkt davon, und die eiskalte Flüssigkeit läuft über ihr Kinn. Überrascht stellt Katharine fest, dass ausgerechnet Cora, die Oberpriesterin des Tempels von Indridskamm, den Krug hält.

»Erhebe dich, Königin Katharine«, intoniert Luca und reckt die geöffneten Hände in die Höhe. »Tochter der Göttin. Tochter der Insel.« In ihren Handflächen schimmert duftendes Öl, vermischt mit ein wenig Blut. Bei einer normalen Krönung stammt das Blut von dem

Hirsch, der bei der großen Jagd erlegt wurde. Katharine fragt sich, woher dieses Blut hier wohl kommt. Sie hätte ihnen ja angeboten, dass sie Arsinoes Bären die Kehle aufschlitzen können, wenn der nicht zuvor befreit worden wäre.

Abgesehen von Lucas wenigen Worten verläuft die Krönung sehr still. Niemand verlangt einen Schwur oder Eid. Eine Königin entspringt der Insel, und die Insel entspringt der Königin. Keiner der Anwesenden hat das Recht oder das Bedürfnis, sie einen Schwur leisten zu hören.

Nun greift die Hohepriesterin nach dem hölzernen Tätowiergerät – ein mit einfachen Schnitzereien versehener Stab, an dessen Spitze mehrere kurze Nadeln befestigt sind.

Schon seit vielen Generationen hat es keine tätowierte Krone mehr gegeben. Das war Natalias Idee. Und vielleicht nicht gerade ihre beste, denkt Katharine, als sie Lucas zittrige Hände mustert. Sie kann sich wohl glücklich schätzen, wenn die Krone nicht in einer wilden Zickzacklinie über ihre Stirn läuft.

»Keine Sorge«, flüstert Luca ihr zu, als würde sie Katharines Gedanken lesen. »Ich tätowiere auch noch bei vielen meiner Priesterinnen die Armbänder selbst.« Damit setzt sie das Gerät an Katharines Stirn an.

Der erste Stich ist ein Schock. Und noch bevor sie sich davon erholen kann, folgt der nächste und der nächste. In einer scheinbar endlosen Abfolge von schmerzhaften Schlägen drückt Luca die Nadeln mit der schwarzen Farbe direkt unterhalb des Haaransatzes in Katharines Haut.

Es dauert lange. Viel Zeit vergeht, und sie erträgt viel

Schmerz, aber diese Krone kann ihr niemals genommen und einer anderen gegeben werden.

»Erhebe dich, Katharine«, sagt Luca schließlich. »Gekrönte Königin der Insel Fennbirn.«

Katharine steht auf, und die Gäste applaudieren, bis sie gebieterisch die Hand hebt.

»Ich erwähle nun meinen Prinzgemahl.«

»Wie du möchtest. Wen möchtest du erwählen?«, fragt Luca.

»Ich erwähle …« Katharine sieht zu William Chatworth hinüber. Der plumpe Mann wirkt auf sie viel zu selbstgefällig, dafür, dass sein Sohn sich nicht einmal die Mühe gemacht hat, bei ihrer Krönung zu erscheinen. Natalia muss verrückt sein, ihr den zu empfehlen. Aber Natalia ist nicht Königin.

»Ich erwähle den Freier Nicolas Martel.«

Kerker im Volroy

Arsinoe kommt es so vor, als würde sie nun schon seit Stunden mit dem Kopf gegen die Steinmauer hämmern. Sicher wissen kann sie es allerdings nicht. Hier drinnen lässt sich der Lauf der Zeit höchstens an den Wachwechseln erraten.

»Geht es dir etwas besser?«, fragt sie Mirabella.

Die streckt ein Bein unter ihrem zerfetzten schwarzen Rock aus und stellt die Ferse auf die Kante der Holzbank.

»Mir geht es fast schon wieder gut. Was auch immer das für ein Gift war, offenbar hat es seine Wirkung verloren. Anscheinend war es nicht dazu gedacht, mich umzubringen.«

»Natürlich nicht. *Sie* war dazu bestimmt, dich umzubringen.« Seufzend lehnt Arsinoe sich zurück und deutet mit einer gereizten Geste auf die Zellentür. »Könntest du uns dann vielleicht einen Weg nach draußen brennen?«

»Nein, das Holz ist zu dick. Dazu müsste ich ein so heißes Feuer herbeirufen, dass es dich gleich mit verbrennt. Falls uns nicht der Rauch vorher umbringt.«

Nachdenklich mustert Arsinoe ihre Schwester. Mirabella hat ihr leichtes Jäckchen abgelegt und sitzt nun in dem schwarzen, ärmellosen Miederkleid vor ihr. Anscheinend stimmt das Gerücht, dass Elementwandler Kälte und Feuchtigkeit weniger stark spüren.

»Warum haben sie dich überhaupt in ein Kleid gesteckt?«, wundert sie sich. »War ihnen denn nicht klar, dass sie dich für ein Duell kleiden?«

»Ich trage Stiefel«, wendet Mirabella ein. »Und keine Unterröcke.« Mit einem müden Lächeln neigt sie den Kopf. »Der schöne Schein eben.«

Arsinoe lacht leise.

»Tja, wenn wir tot sind, hat es wenigstens damit ein Ende.«

»Dann gehst du also davon aus, dass wir sterben werden?« Mirabellas Frage lässt Arsinoe skeptisch die Brauen heben. Erst dann fällt ihr wieder ein, dass ihre Schwester vollkommen anders erzogen wurde als sie. Mirabella wurde immer wie eine Königin behandelt. Für sie muss der Tod etwas sein, das anderen zustößt.

Mit einem schweren Seufzen antwortet sie: »Mich werden sie hier nicht noch einmal rauslassen, sonst könnte ich ihnen erneut Ärger machen. Aber du hast die Hohepriesterin und die Westwoods auf deiner Seite. Die sind ganz schön clever, bestimmt können die für dich etwas herausschlagen. Was die mit Jules und Joseph machen, will ich mir allerdings gar nicht erst vorstellen.«

»Das werden sie nicht wagen«, behauptet Mirabella, und plötzlich liegt eine extreme Spannung in der Luft. Bei einem Blick auf ihren Arm stellt Arsinoe verblüfft fest, dass sich sämtliche Härchen aufgestellt haben.

»Versprichst du mir das?«, fragt sie. »Wenn du hier rauskommst, versprichst du mir dann, dass du dich um sie kümmern wirst?«

»Selbstverständlich werde ich das.«

Arsinoe steht auf und streckt sich.

»Sehr gut. Denn du musst wissen: Das alles ist meine Schuld. Dass Joseph vor fünf Jahren verbannt wurde, dass Jules nach Beltane vergiftet wurde, sogar dass Camden von einem kranken alten Bären verkrüppelt wurde.«

»So sehen sie das aber nicht.«

»Natürlich nicht. Sie sind ja auch gute Menschen.«

Draußen im Korridor werden Schritte laut. Vielleicht ist es Billy, der zurückkommt, um ihnen zu sagen, dass man sie freilassen wird – damit sie sich bei einer anderen Gelegenheit gegenseitig umbringen können. Selbst zu dritt im Turm eingesperrt zu werden wäre besser als das hier.

Doch die Schritte sind zu leicht, außerdem nähern sich mehr als eine Person. Und es raschelt zu viel.

Hinter dem vergitterten Fenster in der Tür erscheint Katharines Gesicht.

»Schwestern.« Die hübschen Augen mit den dunklen Wimpern huschen zwischen Arsinoe und Mirabella hin und her. Letztere steht hastig auf und streicht sich Stroh und Staub vom Kleid.

Arsinoe wartet darauf, dass Katharine weiterspricht, aber die steht einfach nur lächelnd vor der Zelle. Als würde sie auf etwas warten. Mirabella schnappt entsetzt nach Luft.

»Was ist?«, fragt Arsinoe sofort.

»Ihre Stirn«, flüstert Mirabella. »Sieh dir ihre Stirn an.«

Angestrengt späht Arsinoe durch das Gitter. Knapp unterhalb des Haaransatzes wurde eine dünne schwarze Linie in Katharines Haut gestochen.

»Ich wollte sie euch nur zeigen«, erklärt Katharine fröhlich. »Damit keine Missverständnisse aufkommen. Damit ihr die Wahrheit kennt. Ich wollte, dass ihr meine Krone mit eigenen Augen seht.«

Arsinoe schluckt schwer, antwortet aber: »Das soll eine Krone sein? Ich dachte, du wärst auf einem Stück Kohle eingeschlafen.«

Katharine lacht laut auf. »Mach du ruhig deine Scherze, aber es ist vollbracht. Zum Teil verdanke ich das auch euch. Da ihr ja so großherzig erklärt habt, dass ihr einander verschonen wollt, sahen der Rat und der Tempel einfach keine andere Möglichkeit. Eure Weigerung, einander zu töten, hat sie endlich erkennen lassen, dass ich in dieser Generation die einzige wahre Königin bin.«

Arsinoe schnaubt abfällig. Vermutlich sollte sie sich fürchten, doch stattdessen ist sie einfach nur genervt. Fast schon wütend. Die arme Mirabella sieht allerdings so aus, als müsse sie sich beim Anblick von Katharines aufgemalter Krone gleich übergeben.

»Die einzige wahre Königin«, zischt Arsinoe. »Die einzige Mörderin, meinst du wohl.«

»Aber das war sie nicht immer«, protestiert Mirabella. »Du warst nicht immer so, Katharine. Früher warst du so lieb. Wir haben immer …«

»Versuch ja nicht, mir ein schlechtes Gewissen zu machen«, unterbricht Katharine sie brüsk. »Eine von uns musste die Krone erringen. So läuft dieses Spiel nun einmal. Das liegt in unserer Natur.«

»Dann lasst uns spielen«, schlägt Arsinoe vor. »Hol uns aus dieser Zelle heraus und kehr mit uns zurück in die Arena. Dann werden wir ja sehen, wer von uns überlebt.«

Katharine schnalzt mahnend mit der Zunge. »Wohl kaum, Schwester. Ihr hattet mehr als einmal die Gelegenheit dazu.«

»Dann bist du also nur gekommen, um deinen Sieg auszukosten?«, fragt Mirabella. »Wo ist die Hohepriesterin? Wo ist Sara Westwood? Und wo sind die Milones für Arsinoe? Falls das alles wirklich wahr ist, wollen wir unsere Anhänger sehen.«

»Genau.« Arsinoe winkt gebieterisch ab. »Sie sollen kommen und uns persönlich diese Nachricht überbringen. Auf dich können wir verzichten, Königin Katharine. Oh, und beim nächsten Mal …« Arsinoe stellt sich auf die Zehenspitzen, um noch besser auf ihre kleinere Schwester herabblicken zu können. »Bring eine Kiste mit, um dich draufzustellen.«

In Katharines Augen breitet sich eine solche Finsternis aus, dass Arsinoe abrupt auf ihren Fersen landet. Wieder überkommt sie das Gefühl, dass mit Katharine etwas nicht stimmt. Irgendetwas an ihr ist seltsam. Und auch wenn sie keinen konkreten Anhaltspunkt dafür hat, ist sie sich sicher, dass die Arrons nichts davon wissen.

»Öffnet die Tür«, befiehlt Katharine. Schlüssel klappern, dann wird die Tür geöffnet, und die neue Königin betritt die Zelle.

»Ihr habt mich falsch verstanden«, sagt sie leise, während Arsinoe und Mirabella zurückweichen, um Platz für all die Wachen zu machen, die ebenfalls hereindrängen. Sie drücken Mirabella gegen die Wand und packen Arsinoe an den Armen. »Ich bin nicht gekommen, um euch Neuigkeiten zu überbringen. Ich bin gekommen, um ein Urteil zu vollstrecken.«

»Wovon redest du?« Mit aller Kraft wehrt sich Arsinoe gegen den Griff der Wachen.

»Auf dieser Insel dürfen Königinnen nur durch die Hand anderer Königinnen sterben«, erklärt Katharine süßlich. »Daran wird sich auch nichts ändern, nur weil zwei von ihnen ihr Geburtsrecht verraten haben. Du bist eine Königin, Arsinoe. Du darfst also nur von deinesgleichen hingerichtet werden.« Katharine zieht ein kleines Fläschchen aus ihrem Ärmel, in dem eine goldgelbe Flüssigkeit schimmert. »Wachen, haltet Königin Mirabella fest.«

Wütend fletscht Mirabella die Zähne. Die Fackeln draußen im Korridor flackern so hoch auf, dass sie fast die Decke versengen.

»Sag ihr, dass sie sich ruhig verhalten soll«, wendet sich Katharine nun an Arsinoe. »Es sei denn, du möchtest, dass ich später noch einmal wiederkomme – mit den Köpfen der verfluchten Naturbegabten und ihres Berglöwen.«

Die Fackelflammen beruhigen sich wieder, und die Hitze lässt nach, als Mirabella den Kampf aufgibt.

»Auch wenn ihr euch noch so sehr dagegen wehrt, es wird nichts ändern«, fährt Katharine fort. »Das Schicksal eurer Freunde ist allerdings noch nicht entschieden.«

»Du willst uns vergiften«, stellt Arsinoe fest.

»Jawohl. Aber vorerst nur dich. Königin Mirabella wird morgen Früh hingerichtet, draußen auf dem Stadtplatz.« Mit einem gemeinen Grinsen fügt Katharine hinzu: »Auf Wunsch der Hohepriesterin.«

»Nein!«, schreit Mirabella. »Du lügst!«

Eine Lügnerin ist Katharine vielleicht nicht, aber sie

ist grausam. Arsinoe wirft einen Blick durch die offene Tür auf den Gang hinaus. Bestimmt hat man Jules und Joseph nicht weit weggebracht. Schließlich hat der Kerker nicht unendlich viele Stockwerke. Viele Wachen allerdings schon. Starke, gut bewaffnete Wachen. Sie kann nur hoffen, dass Mirabella stärker ist. Noch eine Chance bekommen sie sicher nicht.

»Und nun lasst uns endlich anfangen«, drängt Katharine. »Immerhin findet heute Abend noch meine Hochzeit statt.«

»Kämpfe nicht gegen sie«, bittet Arsinoe Mirabella. »Denk an Jules und Joseph.«

»Nein, Arsinoe, nein!«, protestiert die, doch die Wachen drücken sie bereits gegen die Wand.

Arsinoe mustert das Gift in Katharines Hand. Zwingt sich, in gespieltem Entsetzen die Augen aufzureißen. Atmet tief ein und aus, immer schneller und schneller. Es fällt ihr nicht schwer, Angst vorzutäuschen. Sie hat tatsächlich Angst. Aber eben nicht vor dem Inhalt dieses Fläschchens.

Als Katharine den Korken aus der Phiole zieht, tut Arsinoe so, als würde sie die Nerven verlieren, windet sich im Griff der Wachen, versucht sich loszureißen, stemmt die Fersen ins Stroh. Katharines Augen funkeln so bösartig und erwartungsfroh, dass Arsinoe kurz überlegt, ob sie ihren Plan aufgeben soll. Es wäre ihr eine Menge wert, Katharines Gesicht zu sehen, wenn sie das Gift trinkt, ohne zu sterben.

»Legt sie auf den Rücken«, befiehlt Katharine.

Arsinoe beginnt, kreischend um sich zu treten, und presst die Lippen zusammen, als Katharine sich über sie beugt, um ihr das Gift zu verabreichen. Sie presst ihre

Fingerspitzen so tief in Arsinoes Wangen, bis sie ihre Kiefer auseinandergezwungen hat.

Das Gift ist ölig und bitter. Es verströmt einen scharfen Pflanzenduft. Die Flüssigkeit läuft so ungebremst in Arsinoes Kehle, dass sie sich daran verschluckt und sie wieder aushustet. Die Wachen springen panisch zurück. Auf der anderen Seite der Zelle kreischt Mirabella wie verrückt, und Arsinoe spürt das Beben des Bodens, als ein Blitz in die Festung über ihren Köpfen einschlägt.

Katharine schreit vor Schreck auf, stößt Arsinoe von sich und rennt zur Tür, wobei sie schützend die Arme über den Kopf hebt.

»Du!« Wütend deutet sie auf Mirabella. »Dich wird man vor deiner Hinrichtung noch schwächen müssen. Ich will nicht, dass das Publikum durch ein Feuerwerk abgelenkt wird.«

»Hast du doch so viel Angst?«, faucht Mirabella mit tränenerstickter Stimme. Sie drängt sich an den Wachen vorbei und fällt neben Arsinoe auf die Knie, die noch immer hustend und wild zuckend auf dem Boden liegt.

Katharine sieht so lange zu, bis Arsinoe sich nicht mehr rührt. Als sie Mirabellas Gesicht auf ihrer Brust spürt, schließt Arsinoe langsam die Augen.

»Ich habe keine Angst«, widerspricht Katharine nun. »Und ich bin auch nicht ohne Gnade.« Sie wendet sich an die Wachen: »Lasst sie eine Weile bei der Leiche weinen, bevor ihr sie wegschafft. Und dann bereitet sie entsprechend vor, damit ich sie bei der Hinrichtung aufbahren kann. So können die beiden später Seite an Seite liegen.«

Mirabella zieht Arsinoes schlaffen Körper auf ihren

Schoß. Ihr lautes Schluchzen übertönt fast die Geräusche von Katharine und ihrer Eskorte, als sie den Korridor hinuntergehen.

Und selbst dann wartet Arsinoe noch ab, bis sie nur noch Mirabella hört, bevor sie die Augen wieder aufschlägt.

Die Hochzeit

Während Nicolas vor der Hohepriesterin sein Gelübde ablegt, schweifen Katharines Gedanken ab. Das liegt nicht etwa daran, dass sie sich nicht freut, mit ihm vermählt zu werden, denn das tut sie. Aber nach der Aufregung, als die Krone in ihre Haut gestochen wurde, erscheint ihr diese Zeremonie fast schon etwas schal. Oder im Vergleich zu der Freude, ihrer verängstigten Schwester das Gift in den Mund zu schütten. Darauf hatte sie so lange gewartet. Bei dem Gedanken daran, wie Arsinoe sich gewehrt und Mirabella aus vollem Hals geschrien hat, könnte sie tanzen.

Katharine lässt die Schultern hängen, dann bemerkt sie Natalias Blick und richtet sich wieder auf. Aber dieses Gelübde ist so lang! Weil Nicolas nicht die Königin ist, muss er seine Treue mit immer noch einem und noch einem und noch einem Eid besiegeln.

Neben Luca und ein paar Priesterinnen sind nur Natalia und der Schwarze Rat bei der Hochzeit zugegen. Der kleine, düstere Raum im Ostturm wird von drei großen Kerzenleuchtern erhellt. Es wäre besser gewesen, wenn mal jemand ein Fenster geöffnet hätte. Der Gestank des heiligen Räucherwerks brennt in Katharines Kehle.

»Trinke und sei gesalbt«, intoniert Luca.

Sie lassen ihn aus ihrem Krönungskrug trinken und reiben ihn mit Blut und Öl ein. Armer Nicolas. Er gibt sich alle Mühe, so auszusehen, als würde er hierhergehören. Dabei späht er aber immer wieder zu ihr herüber, als erwarte er, dass sie jeden Moment an seine Seite treten werde. Offenbar hat ihm niemand gesagt, dass der Prinzgemahl bei der Hochzeit mehr mit der Göttin verbunden wird als mit seiner Königin. Dass sie ihn bei der Zeremonie nicht einmal berühren wird. Dass sie sich nicht küssen werden.

Katharine mustert im Schein der Kerzen sein Gesicht. Er sieht so gut aus und passt hervorragend zu ihr. Aber er ist nicht Pietyr.

In ihrem Bauch bildet sich ein harter, kalter Knoten. Pietyr hat versucht, sie umzubringen. Aber doch nur, weil er dachte, sie würde sowieso eines grauenvollen Todes sterben, zerfetzt von Fremden mit schartigen Messern.

Natürlich hätte er sie auch einfach irgendwo verstecken können. Aber so etwas tun die Arrons nicht. Die Arrons gewinnen oder sie verlieren. Alles oder nichts. Und Katharine hat nie von ihm erwartet, anders zu sein.

Endlich hat Nicolas den letzten Schwur beendet und darf sich der Königin zuwenden. Die Priesterinnen verneigen sich vor ihr – selbst Luca. Dann gehen sie nacheinander aus dem Raum, gefolgt von den Ratsmitgliedern. Natalia verschwindet, ohne Katharine auch nur eines Blickes zu würdigen. Sie ist noch immer wütend über die Wahl ihres Freiers. Aber Natalia ist wie eine Mutter für sie, und sie wird ihr nicht für immer böse sein können.

Nicolas greift nach Katharines Hand.

»Das war alles?«, fragt er. »Ich dachte, sie würden mir Blut abzapfen oder mir ein Zeichen in meine Brust brennen. Oder dass man uns mit einer Schnur aneinanderbinden würde.«

»Macht man das so in deinem Land?«

»Nein. In meinem Land hätten wir beide ein Gelübde abgelegt. Und meine Braut würde Weiß tragen.«

»Wohl eher nicht, wenn sie eine Königin wäre«, wendet Katharine ein.

Nicolas hebt ihre Hand an den Mund und küsst sie so gierig, dass seine Zähne über ihren Handschuh gleiten. Während er um sie geworben hat, war er stets respektvoll. Bislang hat er sie noch nicht einmal richtig auf den Mund geküsst. Jetzt allerdings zieht er sie ruckartig an sich und presst sie an seinen Körper, schiebt eine Hand in ihre Haare und umfasst ihren Hinterkopf. Das ist weder sanft noch zurückhaltend.

Katharine befreit sich mithilfe ihrer Ellbogen aus seiner Umklammerung.

»Nicht jetzt.«

»Was soll das heißen, *nicht jetzt*? Wir sind verheiratet. Du gehörst mir.«

»Wir gehören einander«, korrigiert sie ihn. Als er wieder nach ihr greift, weicht sie ihm geschickt aus. Das Rascheln ihres Kleides erinnert an die Rassel einer Klapperschlange. »Ich gehe jetzt zu Natalia. Ich mag es nicht, wenn sie wütend auf mich ist.«

»Mach das später, Katharine. Ich will nicht länger warten, sondern dich aus diesen Kleidern befreien. Haut an Haut.« Hungrig mustert er sie von Kopf bis Fuß. »Ich war sehr geduldig, doch jetzt sind wir endlich hier, in unserem Schloss.«

»Geduldig warst du«, gibt Katharine zu, »aber unsere Hochzeitsnacht wird nicht hier stattfinden. Da alles so plötzlich kam und so schnell gehen musste, blieb keine Zeit, um ein Zimmer im Westturm vorzubereiten. Dort ist alles noch eingemottet. Vermutlich sind die Priesterinnen gerade dabei, die Spinnweben zu entfernen.«

»Wo dann? Und wann?«

»In meinen Gemächern in Greavesdrake. Natalia hat eine Kutsche bereitgestellt, die uns hinbringen wird.«

Als die Tür von Natalias Arbeitszimmer hoch oben im Ostturm geöffnet wird, rechnet sie zunächst mit einem Dienstboten. Einem aufmerksamen Jungen, der ihr einen heißen, giftigen Tee bringt. Doch damit liegt sie falsch. Es ist William Chatworth.

»Jetzt nicht, William«, sagt sie knapp und wendet sich wieder dem Brief zu, an dem sie gerade arbeitet. Wieder einmal ein Schreiben an ihren Bruder Chistophe, um sich nach dem Verbleib von Pietyr zu erkundigen. Und natürlich, um ihn über die aktuellen Entwicklungen zu informieren. Vielleicht werden diese Neuigkeiten ihn endlich aus den Armen seiner Angetrauten hervorlocken und dafür sorgen, dass er ihrem Landsitz den Rücken kehrt und in die Hauptstadt zurückkehrt, wo er hingehört.

»Oh doch, genau jetzt.« William tritt ein und hat sich so schnell einen Brandy eingeschenkt, dass ihr kaum genug Zeit bleibt, um ihm das Glas aus der Hand zu schlagen.

»Der ist vergiftet«, erklärt sie, während er fassungslos die Scherben und die Pfütze auf dem Boden mustert.

»Mit Seidelbeeren und frischem schwarzen Holunder, um genau zu sein.«

Chatworth stößt den Atem aus. Ballt die Fäuste und öffnet sie wieder. Dann holt er aus und schlägt Natalia mit der flachen Hand ins Gesicht.

Ihr Kopf wird zur Seite gerissen. Schockiert tritt sie einen Schritt zurück. Es ist auch mehr der Schock als der Schmerz, der Tränen in ihre Augen treten lässt.

»Vielleicht hätte ich zulassen sollen, dass du ihn trinkst«, sagt sie. Die Wucht des Schlages hat die Innenseite ihrer Wange aufplatzen lassen, sodass etwas Blut auf dem Boden landet, als sie vor Chatworth ausspuckt. »Andererseits sehe ich jetzt, dass du ja bereits betrunken bist.«

»Du hast deine Göre mit dem Martel-Jungen verheiratet.«

»Ich konnte nichts dagegen tun. Du warst doch dabei. Sie hat ihre Wahl in aller Öffentlichkeit verkündet. Wenn dein Sohn den Anstand besessen hätte aufzutauchen …«

»Dann sorg dafür, dass sie ihre Meinung nachträglich ändert. Dass sie bloß wütend auf meinen Sohn war, weil er die Krönung geschwänzt hat.«

»Das kann ich nicht«, beharrt Natalia ruhig. »Sie ist die Königin. Und wir mussten schnell vorgehen. Wir befinden uns in einer prekären Lage …«

»Mach es rückgängig.«

»Wie gesagt: Das ist unmöglich.« Natalia verzieht abfällig das Gesicht. Plötzlich kann sie seinen bitteren Atem nicht länger ertragen, genau wie seine Festlandbefindlichkeiten. Seine normalerweise schönen, klaren Augen sind heute klein und verquollen. So gefällt William ihr nicht. Aber vielleicht zeigt es ja auch nur, wie er in seinem Inneren ist: wütend, hässlich und kleingeistig. »Sie sind vermählt. Momentan müsste er bereits auf halbem Weg in ihr Schlafzimmer sein.«

»Inwiefern spielt das denn eine Rolle? Sie kann jetzt mit ihm schlafen und später Billy heiraten. Eure Königinnen sind doch sowieso keine anständigen Frauen. Keine von euch weiß, wie sich eine Ehefrau zu benehmen hat. Das wird mein Sohn ihr erst noch beibringen müssen.«

»Er wird ihr gar nichts beibringen«, faucht Natalia. »Und jetzt geh, William. Du bist betrunken.«

Aber Chatworth geht nicht. Sein Gesicht läuft dunkelrot an, und kleine Spucketröpfchen lösen sich von seinen Lippen.

»Ich habe Jahre damit verbracht, Joseph Sandrin durchzufüttern, damit Billy einen Platz auf Fennbirn bekommt. Damit er die Krone bekommt. Ich habe die Elementwandlerin vergiftet. Und davor das Mädchen aus Wolfsquell.«

»Das werden wir auch nicht vergessen.« Natalia wendet sich ab. Vielleicht ein Fehler, aber sie erträgt seinen Anblick einfach nicht länger. »Wir werden exklusive Handelsabkommen mit dir treffen. Ich denke nicht, dass Nicolas' Familie in dieser Hinsicht sonderlich engagiert sein wird. Alles, was dir entgeht, ist der Titel, und stattdessen kannst du deinen Sohn behalten. Das freut dich doch sicherlich.«

Als er nicht antwortet, setzt Natalia sich wieder an ihren Brief. Williams Finger schließen sich so überraschend um ihren Hals, dass sie nicht einmal aufschreit.

Er ist stark, und seine Wut sorgt nun zusätzlich dafür,

dass es nur wenige Momente dauert, bis Natalias Blick sich eintrübt. Erst versucht sie, an seinen Fingern zu zerren, dann tastet sie auf ihrem Schreibtisch nach etwas, mit dem sie sich wehren könnte. Vor ihr liegt ein gläserner Briefbeschwerer, hübsch, klein, violett und mit abgerundeten Kanten. Ein Geschenk von Genevieve. Sie greift danach und dreht sich weit genug, um damit gegen Chatworths Schläfe zu schlagen.

Obwohl sie ihn eigentlich nur streift, gerät er ins Taumeln, sodass Natalia keuchend auf dem Boden landet. Sie will nach Hilfe rufen, doch es kommt nur ein Krächzen aus ihrem Mund. Dann tritt William sie mit voller Wucht in den Bauch, und sämtliche Muskeln ihres Körpers ziehen sich zusammen.

Er schlägt auf sie ein, wieder und wieder. Keinen Ton gibt er von sich. Sie starrt in seine blutunterlaufenen Augen, hört aber nur ihren eigenen Herzschlag und sein angestrengtes Keuchen.

Das darf nicht mein Ende sein, denkt sie. *Ich bin Natalia Arron.*

Sie reißt einen Arm hoch, schlägt wild nach seinem Gesicht.

»Kat«, ächzt sie heiser. »Katharine.«

Dann schließen sich Chatworths Hände wieder um ihren Hals, und Natalias Welt versinkt in Dunkelheit.

Als Rho über die Schwelle tritt, entdeckt sie den Mann vom Festland, der sich gerade über Natalia Arron beugt.

»Du bist selbst schuld«, murmelt er, bevor er auf den reglosen Körper spuckt. »Du hättest tun sollen, was du …«

Sobald die Priesterin eintritt, unterbricht er sich abrupt. Sie fegt in ihrer weißen Robe an ihm vorbei und kniet sich hin, um Natalias Puls zu fühlen, obwohl sie bereits weiß, dass da nichts mehr zu spüren sein wird. Ihr Genick ist gebrochen. Geplatzte Blutgefäße färben ihre Augäpfel rot.

»Mach das weg«, fordert der Mann vom Festland. »Mach das weg und dann schick mir jemand anders her, mit dem ich verhandeln kann.«

Rho steht auf. Sie sieht ihm in die Augen. Wortlos zieht sie ihr Messer und versenkt es bis zum Heft zwischen seinen Rippen. Der Ausdruck, der sich auf seinem Gesicht abzeichnet, als sie ihn von der Lunge bis zum Herz aufschneidet, ist wie ein Geschenk für ihre einstige Kriegergabe. Hätte sie bei ihrem Eintritt in den Tempel die Gabe nicht aufgegeben, würde sie ihm auch noch mit ihrem Geist einen Stoß versetzen. Ihn so hart gegen die Wand schleudern, dass er ordentlich abprallt.

»Du …«, keucht er. »Du …«

»Du hättest sie nicht anrühren dürfen, Festländer.«

Mit einem Ruck zieht sie ihr Messer aus seinem Körper. Er taumelt ein paar Schritte zurück, seine Finger flattern hektisch über dem Blutstrom, der aus seinem Körper quillt. Dann bricht er zusammen. Er ist tot, bevor er auf dem Teppich aufschlägt.

Rho wischt die Klinge an der schwarzen Schärpe ab, die sie über ihrer Robe trägt. Das Blut kann darauf unendlich lange verbleiben, unsichtbar wie ein geheimer Orden. Dann ruft sie um Hilfe, und zwei Initiandinnen stürmen herbei.

Sobald sie in der Tür stehen, schlagen sie mit einem entsetzten Stöhnen die Hand vor den Mund.

»Wickelt ihn in einen Teppich«, befiehlt Rho. »Und entsorgt ihn anschließend im Fluss.«

Für ihren Geschmack dauert es ein wenig zu lange, bis die beiden reagieren, aber da sie Initiandinnen sind, übt sie sich in Geduld.

»Und was ist mit … Mistress Arron?«, fragt die Größere der beiden, als sie ihre Stimme wiedergefunden hat.

Rho blickt auf Natalias Leichnam hinab. Wie viel Ärger ihnen diese Frau doch im Laufe der Jahre gemacht hat. Aber Natalia stammte von der Insel. War ein Kind der Göttin, genau wie Rho selbst. Und am Ende starb sie als Verbündete.

»Geht und sucht ihre Schwester. Bringt sie her und berichtet ihr, was geschehen ist. Möglichst schonend.«

Kerker im Volroy

»Ich begreife das immer noch nicht«, flüstert Mirabella. »Dann hat Katharine dich also wirklich mit einem vergifteten Bolzen erwischt?«

»Genau.« Arsinoe liegt noch immer auf dem Boden ihrer Zelle und tut so, als wäre sie dem Gift erlegen.

»Aber du bist nicht daran gestorben, weil Gift dich nicht töten kann … In Wirklichkeit hast du auch keinen Lederpanzer unter der Kleidung getragen.«

»Nein.«

»Und warum hat dich dann die Wunde, die dir der Bolzen zugefügt hat, nicht umgebracht?«

»Freu dich doch einfach, dass es so ist«, flüstert Arsinoe. »Und jetzt flenn weiter.«

Verstohlen blickt Mirabella sich um. Anders als Arsinoe ist sie keine sonderlich begnadete Schauspielerin. Ihr improvisiertes Heulen erinnert eher an einen Seehund, den Arsinoe und Jules einmal in der Bucht gefunden haben. Das arme Tier litt unter schrecklichen Bauchschmerzen mit anschließenden Flatulenzen.

»So laut nun auch wieder nicht«, zischt Arsinoe. »Es reicht, wenn sie dich gerade noch hören können. Und davon ausgehen, dass ich tot bin, natürlich.«

Diesmal versucht es Mirabella mit leiserem Schniefen, und Arsinoe schließt wieder die Augen. Jetzt muss sie geduldig sein. Immerhin hat Mirabella echte Tränen vergossen, bis sie irgendwann heruntergesehen und das breite Grinsen auf Arsinoes Gesicht bemerkt hat.

Als Mirabella verstummt, späht Arsinoe mit einem Auge zu ihr hoch.

»Sie haben sie gekrönt«, murmelt ihre Schwester leise. »Ich kann nicht glauben, dass sie sie gekrönt haben.«

»Nachdem sie unsere Hinrichtung beschlossen hatten«, fügt Arsinoe mit Nachdruck hinzu. »Gute Göttin, sie haben wirklich dafür gesorgt, dass du Königin sein willst, stimmt's? Haben dir die Krone wie einen Hauptgewinn vor die Nase gehalten.«

»Dass man uns hinrichten will, macht mich wütend«, räumt Mirabella mit finsterer Miene ein. »Aber es muss einen Grund gegeben haben … Warum sollte Luca das zulassen …?«

»Weil wir ihnen keine andere Wahl gelassen haben.« Arsinoe greift nach der Hand ihrer Schwester und drückt sie fest. »Du musst jetzt stark bleiben. Ohne dich schaffe ich es nicht hier raus.«

»Und wenn wir entkommen sind, was dann?«, fragt Mirabella verbittert. »Nach Rolanth gehe ich bestimmt nicht zurück, in einen Tempel, der mich am liebsten tot sehen würde. Nicht einmal, wenn sie stattdessen Katharine einsperren würden. Nicht einmal, wenn sie dein Todesurteil aufheben würden.«

»Was nicht passieren wird«, murmelt Arsinoe tonlos.

Sie sind jetzt vogelfrei. Ausgestoßene. Denn Arsinoe kann genauso wenig nach Wolfsquell zurückkehren, wie Mirabella nach Rolanth heimkehren kann. Auf keinen Fall kann sie wieder bei den Milones auftauchen und ihnen noch größeren Ärger einbrocken, als sie vermutlich sowieso schon haben.

»Die Insel hat ihre Königin gekrönt«, fasst Arsinoe zusammen. »Wieder einmal eine Giftmischerin und nicht einmal die Stärkste aus dem Wurf.« Mit einem empörten Brummen fügt sie hinzu: »Ich weiß ja nicht, wie es dir geht, aber ich will nichts mehr mit denen zu schaffen haben.«

»Ich auch nicht«, nickt Mirabella. »Also, was sollen wir tun? Standhaft bleiben und uns morgen Seite an Seite der Hinrichtung stellen?«

»Du hast wirklich eine seltsame Vorstellung von Widerstand.« Arsinoe gibt ihr einen Klaps und legt sich wieder hin, wobei ihr Kopf mit einem dumpfen Knall im Stroh landet.

»Du hast recht: Die Insel hat ihre Königin gekrönt«, wiederholt Mirabella nachdenklich. »Vielleicht heißt das ja gar nicht, dass wir mit ihr fertig sind, sondern dass sie mit uns fertig ist. Vielleicht wird sie uns jetzt gehen lassen.«

Hoffnungsvoll schaut Arsinoe zu ihr hoch, doch ihre Zuversicht verfliegt schnell wieder.

»Das habe ich bereits versucht. Zweimal.«

»Aber du hast es nicht mit mir versucht.«

Das ist wahr. Mirabellas Gabe ist so stark, dass sie vielleicht die Nebel zerreißen könnte. Und das Leben auf dem Meer zu verlieren wäre in jedem Fall besser, als von den Arrons getötet zu werden.

Mirabella streckt ihr die Hand hin.

»Also gut.« Arsinoe ergreift sie und grinst breit, bis im Korridor plötzlich Schritte ertönen. Sofort sackt sie schlaff zusammen. Damit diese Flucht gelingt, brauchen sie eine Menge Glück. Aber es ist ihre einzige Chance.

Der Schlüssel dreht sich im Schloss. Die Tür schwingt auf. Wachen schlurfen herein, entschuldigen sich gedämpft. Für sie und jede andere Wache hier sind Arsinoe und Mirabella immer noch Königinnen, was die Schwestern auf jeden Fall zu ihrem Vorteil nutzen werden.

»Vergib uns, Königin Mirabella. Wir müssen sie jetzt mitnehmen.«

»Nein!« Mirabella wirft sich quer über Arsinoes Brust. »Nur noch einen Moment!«

Am liebsten würde Arsinoe die Augen öffnen, um zu zählen, wie viele Wachen in der Zelle sind. Das Geräusch ihrer Schritte lässt sie auf höchstens drei kommen.

»Komm schon. Je länger es dauert, desto schwerer wird es.«

Mirabella steigert sich in einen regelrechten Anfall hinein, sodass Arsinoe sich das Lachen verkneifen muss. Wenigstens hat sich ihre Schauspielkunst um einiges verbessert.

»Bringt Königin Mirabella dort hinüber«, befiehlt eine Wache, woraufhin Mirabella erst richtig Krawall macht und schreiend um sich schlägt. Als sie an den Armen hochgezogen wird, lässt Arsinoe ihren Kopf schlaff herabhängen. In dieser Haltung wartet sie ab, bis die Wachen sie so weit angehoben haben, dass sie mit den Füßen Halt findet. Dann nutzt sie ihre Chance.

Mit einem Ruck befreit sie ihren rechten Arm und rammt ihn der Wache zu ihrer Linken ins Gesicht. Das arme Mädchen wird so schlaff wie ein Sack Kartoffeln.

Jules wäre stolz auf sie. Nun versucht Arsinoe, mit einer Drehbewegung ihren linken Arm zu befreien, und stellt sich schon auf einen langen Kampf ein, aber sie hat Glück. Die zweite Wache ist dermaßen schockiert über ihre plötzliche Rückkehr von den Toten, dass ihr Arsinoes Arm quasi durch die Finger gleitet. Also holt Arsinoe weit aus und verpasst ihr ebenfalls einen Schlag.

Der dritte Wachmann, der Mirabella festhält, starrt Arsinoe fassungslos an. Er ist ein dünnes Hemd, nicht viel älter als Josephs kleiner Bruder Jonah.

»Was …«, stammelt er. »Wie …?« Er lässt Mirabella los und taumelt völlig hilflos durch die Zelle.

Arsinoe macht sich kampfbereit, um ihn auszuschalten, bevor er wieder zur Besinnung kommt und den Rest der Wachmannschaft alarmiert. Doch zu ihrer Überraschung hat Mirabella bereits ausgeholt und schlägt ihm mit verschränkten Händen gezielt in den Nacken. Der Mann verdreht die Augen und geht zu Boden.

»Oh!«, ruft Mirabella leise.

»Allerdings oh.« Arsinoe nimmt dem Wachmann den Schlüsselbund ab und schnappt sich auch die Laterne, die er neben der Tür abgestellt hat. »Jetzt basteln wir aus deinem Rock ein paar Knebel und verschwinden von hier.«

Jules' und Josephs Henkersmahl sieht köstlich aus. Die Wachen haben sich als freundlich erwiesen und ihnen gebratene Ente, Brot und Weichkäse gebracht. Und sogar ein Tütchen Zuckernüsse von einem der Straßenhändler.

»Ich kann das nicht essen«, stellt Jules fest. Sie hört, wie auch Joseph den Blechteller von sich wegschiebt.

»Ich auch nicht«, stimmt er ihr zu. »Was soll ich mit gebratener Ente, wenn wir morgen früh sterben? Aber ich könnte dir etwas rüberwerfen für Camden.«

Jules hält der Berglöwin ihren eigenen Teller hin, aber Camden hebt nicht einmal den Kopf von Jules' Knie, um daran zu schnüffeln.

»Sie nimmt es auch nicht.« Zärtlich streichelt sie den breiten goldgelben Kopf der Katze. Jules kann einfach nicht glauben, dass sie die letzten Stunden ihres Lebens so verbringen sollen. Sie fühlt sich benommen. Eigentlich nicht einmal ängstlich. Seit die Wachen ihr mitgeteilt haben, dass Arsinoe hingerichtet wurde, spürt sie rein gar nichts mehr. Und dass man sie am Morgen an einen Pfosten binden und ebenfalls hinrichten wird, um ihre Leichen anschließend Mirabella zu zeigen.

Sie hört, wie Joseph sich an das Gitter seiner Zelle lehnt.

»Ich zerbreche mir immer wieder den Kopf darüber, was wir hätten tun sollen«, sagt er leise. »Was wir hätten anders machen können. Aber vielleicht gibt es da nichts.« Mit einem resignierten Schnauben fügt er hinzu: »Manchmal verliert man einfach. Einer muss ja der Verlierer sein.«

»Ich wünschte, Cait wäre hier«, flüstert Jules mit tränenerstickter Stimme. »Und Ellis.« Und Tante Caragh. Sogar Madrigal.

»Ich weiß, mir geht es genauso.« Joseph unterbricht sich kurz, dann fährt er fort: »Eigentlich wünschte ich, wir wären irgendwo anders, nur nicht in den Eingeweiden dieser Festung. Aber Camden ist hier, und ich bin hier. Nicht weinen, Jules.«

»Ich muss dir etwas sagen.« Sie wischt sich die Tränen ab. »Etwas, das Arsinoe mir erzählt hat. Über einen ihrer Zauber.«

»Welchen Zauber?«

»An dem Abend, als du nachhause zurückgekehrt bist, hat sie einen Liebeszauber für uns gemacht. Aber sie hat gepatzt. Es ist schiefgegangen, und ihrer Meinung nach sei das der Grund dafür gewesen, dass … dass du mit Mirabella …« Sie verstummt. Joseph schweigt ebenfalls, und das ziemlich lange.

»Joseph? Willst du denn gar nichts dazu sagen?«

»Was soll ich denn sagen, Jules?«, erwidert er leise.

»Na ja … glaubst du auch, dass es deshalb passiert ist? Arsinoes niedere Magie ist ziemlich stark. Es könnte doch sein. Es könnte doch wirklich so sein.«

»Ich weiß, was du da versuchst.«

»Wie bitte?«

»Du versuchst, mir zu verzeihen.« Sie hört das Lächeln in seiner Stimme. »Du möchtest keinen Hass mehr gegen mich empfinden, wenn du morgen dort rausgehst.«

»Ich hasse dich nicht.«

»Das hoffe ich wirklich. Aber was mit Mirabella passiert ist, war allein mein Fehler. Vielleicht hat die Magie dafür gesorgt, dass sich unsere Wege gekreuzt haben, vielleicht hat sie uns sogar einen kleinen Schubs gegeben, aber das entbindet mich nicht von meiner Schuld, Jules. Ich habe einen Fehler gemacht. Ich wünschte, es wäre nicht so, aber das ändert nichts daran, dass ich es getan habe.«

Tief in ihrem Inneren hat Jules das alles gewusst. Aber nun, nachdem er es ausgesprochen hat, fühlt sie sich irgendwie befreit.

»Na ja«, erwidert sie frech, »eigentlich wollte ich nur, dass *du* dich besser fühlst, wo wir doch morgen sterben werden und so.«

Joseph lacht laut auf.

»Wie sehr ich dich liebe, Jules.«

Schritte ertönen, und Jules wischt sich hastig das Gesicht ab. Die Wache darf auf keinen Fall ihre Tränen sehen. Nie und nimmer.

»Was ist da los?«, wundert sich Joseph.

Jules richtet sich abrupt auf, als sie etwas hört: einen Körper, der auf den Boden prallt. Camden spitzt die Ohren, springt auf und peitscht mit dem Schwanz.

»Jules?«, flüstert Arsinoe zischend. »Jules, bist du da unten?«

»Arsinoe!« Gemeinsam drücken sich Jules und Camden gegen das Gitter, während Arsinoe auf sie zugelaufen kommt. So gut es geht, ziehen sie sie mit Händen und Pfoten an sich. Schnurrend leckt Camden ihr über das Gesicht.

»Igitt, Camden!« Grinsend wischt Arsinoe sich über die Wange.

»Ich bin so froh, dich zu sehen, dass ich dich auch am liebsten abgeleckt hätte«, keucht Jules. »Ich dachte, du wärst tot – dass sie dich umgebracht hätten.«

»Ja, das haben sie auch versucht, allerdings mit den falschen Mitteln. Sie haben mein liebes Schwesterlein mit einem Giftbecher geschickt.« Arsinoe fummelt kurz an den vielen Schlüsseln herum, bis sie den richtigen findet und die Tür aufsperrt. Dann wirft sie den Bund zu Mirabella hinüber, die Josephs Zelle aufschließt. »Geht es Cam und dir gut?«

Jules tritt aus ihrer Zelle und prallt zugleich mit Joseph zusammen, der die Freundinnen mit Küssen bedeckt: Mädchen, Mädchen, Katze.

»Alles in Ordnung.«

»Gut. Wir müssen schnellstmöglich hier raus. Bist du stark genug? Kannst du kämpfen?«

Jules ballt die Fäuste.

»Dämliche Frage.«

Ihr Blick wandert zu Mirabella hinüber, und sie nickt ihr kurz zu. Dann löst sie sich aus der Umarmung ihrer Freundin und tritt zurück, damit Arsinoe sie nach draußen führen kann.

Greavesdrake Haus

Nicolas hilft ihr aus der Kutsche, und Katharine wirft einen nervösen Blick zu ihrem hell erleuchteten Schlafzimmerfenster hinauf. Bestimmt haben ihre Zofen bereits Vasen mit Giftblumen im Raum verteilt und Duftkerzen angezündet. Haben das Bett aufgeschlagen.

Katharine atmet tief durch. Noch nie ist die Kutschfahrt von der Stadt hierher so schnell vergangen.

Nicolas zieht sie ungeduldig über den Fußweg, und Natalias Butler öffnet bereits die Haustür.

»Edmund«, begrüßt sie ihn. »Ist Natalia zuhause?«

»Sie ist noch nicht aus dem Volroy zurückgekehrt, meine Königin«, antwortet er. »Doch es wurde alles gemäß ihrer Anweisungen vorbereitet.«

»Das ist gut.« Katharine schindet etwas Zeit, indem sie sich von ihm den Mantel abnehmen lässt. Als die kühle Luft über ihre Schultern streift, kommt sie sich irgendwie nackt vor. »Obwohl ich eigentlich damit gerechnet hatte, sie hier anzutreffen. Oder wenn nicht sie, dann wenigstens Genevieve. Allerdings sollte ich wohl eher froh sein, dass sie *nicht* hier ist …«

»Genug jetzt.« Nicolas zieht sie an sich und versucht, ihren Hals zu küssen. Dann nimmt er eine Lampe von einem der Beistelltische und schiebt Katharine eilig durch die Eingangshalle.

Während sie an den verschiedenen Zimmern vorbeigehen, wird Katharine unerwartet von Wehmut gepackt. Bald wird sie Greavesdrake Lebewohl sagen, sich von den alten, quietschenden Bodendielen und den düsteren, kalten Räumen verabschieden müssen. Nach dieser Nacht wird sie nicht mehr hierher zurückkehren. Zumindest nicht so wie bisher. Greavesdrake wird nicht länger ihr Zuhause sein.

»Langsam, Nicolas. Ich verstauche mir noch den Knöchel!«

»Bestimmt nicht.« Er lacht.

Das Haus wirkt so leer. Wo sind die geschwätzigen Zofen, die neugierigen Dienstboten? Nirgendwo raschelnde Röcke, die hastig hinter der nächsten Ecke verschwinden. Als sie vor ihrer Schlafzimmertür stehen, zerrt Nicolas so heftig an ihrem Arm, dass sie quasi über die Schwelle fällt.

Brennende Kerzen tauchen ihre Gemächer in warmes Licht. Auf dem Boden und dem Bett wurden rote Blütenblätter verstreut. Schon oft hat sie sich diese besondere Nacht insgeheim ausgemalt. Aber es war nie Nicolas, der dabei an ihrer Seite war.

Nicolas dreht sich zu ihr um. Schon jetzt hat sich sein Atem hörbar beschleunigt.

»Ich weiß gar nicht, warum ich so nervös bin«, gibt sie zu.

»Musst du nicht sein.«

Dann küsst er sie.

Es ist anders als mit Pietyr. Bei Nicolas brechen keine Dämme. Seine Küsse sind etwas gewöhnungsbedürftig, aber zumindest hat er weiche Lippen. Er streift ihr die Handschuhe ab.

»Diese Narben.« Mit großen Augen starrt er auf ihre Finger. »Werden die irgendwann mal weggehen?«

»Ich weiß nicht.« Schnell versucht sie, ihm ihre Hände zu entziehen. Doch statt ihn abzustoßen, scheint der Anblick der Narben ihn nur noch stärker zu erregen. Er knabbert an ihnen herum, lässt seine Zungenspitze darübergleiten. Dann küsst er ihren Hals und ihr Schlüsselbein. Seine Berührungen sind grob, fast so, als hätte die Hochzeit ihn verwegen werden lassen. Bei Männern vom Festland ist das angeblich manchmal so. Allerdings weiß Katharine nicht mehr, wer ihr das erzählt hat. Vielleicht war es Pietyr während ihrer Ausbildung. Oder Genevieve, als sie ihr wieder einmal Angst einjagen wollte.

Nicolas zieht sein Hemd aus und fummelt dann an den Verschlüssen ihres Kleides herum.

Katharine wendet sich ab. »Halt, warte.«

Sie durchquert den Vorraum und geht ins Schlafzimmer hinüber. Es ging alles so schnell: das Duell, ihre Krönung, Arsinoes Hinrichtung. Ihr blieb kaum ein Moment zum Durchatmen, und nun kommt es ihr so vor, als würde ihre Lunge all die verpassten Atemzüge gleichzeitig nachholen wollen.

»Worauf denn warten?«, fragt Nicolas. Er kommt hinter ihr her und küsst ihre Schulter nun ein wenig zärtlicher. Katharine schließt die Augen.

Am Morgen wird es vorbei sein. Sie wird Mirabella hinrichten, und dann wird das drängende Summen in ihrem Blut verstummen. Die toten Königinnen der Breccispalte werden befriedigt sein. Doch selbst während sie sich in die Arme ihres Prinzgemahls sinken lässt, spürt sie, wie die toten Königinnen an ihr nagen, durch ihren Körper wandern. Sie machen sie stark. Lassen sie niemals allein.

Ich hätte dich nicht wegschicken dürfen, Pietyr, denkt sie und zuckt zusammen, als Nicolas' Küsse einen feuchten Film an ihrem Hals hinterlassen.

Nicolas hält inne. Ruckartig zieht er sie hoch und packt ihr Kinn, sodass sie ihn ansehen muss.

»Denkst du gerade an ihn?«

»Nein«, lügt sie.

»Gut.« Er hebt sie hoch und trägt sie zum Bett hinüber. »Denn er ist nicht hier.«

Volroy

Arsinoes Blut rauscht in ihren Ohren, als sie eine Treppe nach der anderen hinaufsteigen. Jetzt, wo Jules bei ihr ist, fühlt sie sich sicherer, auch wenn sie noch immer die Gruppe anführt. Irgendwie hatte sie angenommen, dass Jules nach ihrer und Josephs Befreiung den Rest ihrer Flucht übernehmen würde, aber sie werden auch so hier rauskommen.

Sobald sie das nächste Stockwerk erreichen, drückt Arsinoe sich flach an die Treppenwand. Dort befindet sich die letzte Tür. Sie kann sich noch gut an das in der Mitte des Raumes eingelassene Eisengitter mit den vielen Verzierungen erinnern – vom Hinweg, als man sie hinab zu ihrem Verlies geschleift hat. Ein kurzer Blick um die Ecke, dann weicht sie wieder zurück. So viele Wachen. Mindestens zehn. Einige sitzen am Tisch, andere lehnen an der Wand. Drei stehen direkt neben dem mit dem Eisentor verschlossenen Durchgang. Sie alle haben Schlagstöcke und Messer, zwei sogar Armbrüste.

Arsinoe dreht sich um und hält zehn Finger hoch. Jules nickt. Joseph und Mirabella werden blass. Aber das hier ist der einzige Weg nach draußen.

Nervös holt Arsinoe Luft. Hoffentlich wissen alle, was sie zu tun haben. Und schaffen es auch.

Sie stürmt in den Raum und rammt dem ersten Wachmann, den sie sieht, die Schulter in die Brust. Der Aufprall ist so hart, dass sie ein Knacken hört. Bestimmt ist das ein gutes Zeichen, denn der Mann bricht ohne die geringste Gegenwehr zusammen.

»Die vernarbte Königin! Die Königinnen!«, brüllt die Wache an der Tür. Ihre Kollegen am Tisch springen so hastig auf, dass ihre Stühle umkippen. Doch sie zögern, als es gilt, die Waffe gegen eine Königin zu erheben. Insbesondere gegen eine, die von den Toten auferstanden ist.

Jules springt aus dem dunklen Korridor hervor und schießt sich auf eine Wache mit Armbrust ein. Fauchend stellt Camden die zweite, und Joseph entreißt dem Mann die Waffe.

»Ruhe! Keiner rührt sich«, befiehlt Arsinoe und streckt beschwichtigend die Arme aus. »Kommt hier in die Mitte und legt euch auf den Bauch.«

Eine Frau mit schwarzer Schärpe, die sie als Offizier ausweist, schüttelt den Kopf.

»Wir können dich nicht gehen lassen, meine Königin.«

»Das könnt ihr, und das werdet ihr«, widerspricht Arsinoe.

Aber die Frau greift bereits nach ihrem Schwert. Sie zieht die Waffe, vollführt eine schnelle Drehung und zielt auf Joseph. Kein sehr schlauer Zug. Jules' Kriegergabe hindert das Schwert daran, sein Ziel zu erreichen, während Joseph gleichzeitig aus einem Reflex heraus die Armbrust abfeuert. Der Bolzen dringt tief in die Brust der Frau ein.

Der Anblick ihrer Blut spuckenden Anführerin lässt die restlichen Wachen vollkommen durchdrehen. Arsinoe wird gestoßen und muss sich hastig unter einem schwarz lackierten Schlagstock wegducken. Das Geräusch, mit dem er auf den Steinboden knallt, dröhnt überlaut in ihren Ohren. Das Ding hätte fast ihren Kopf zertrümmert. Ohne sich wieder aufzurichten, zieht sie dem Wachmann das Messer aus dem Gürtel und rammt es ihm erst ins Bein, dann noch einmal in die Schulter, als er zusammenklappt.

Der nächste Schlagstock trifft ihren Rücken. Ihr wird kurz schwarz vor Augen, und sie bricht zusammen.

So viel Lärm. Alle kämpfen. Jemand tritt mit voller Wucht auf ihre Hand. Mirabella stößt einen Schrei aus.

»Jules?«, stöhnt Arsinoe. »Wo ist Jules?«

Knochen brechen, dann liegt der Wachmann, der sie geschlagen hat, plötzlich tot neben ihr. Jemand schiebt ihr einen Arm unter den Brustkorb und stemmt sie hoch.

»Ich hab dich, Arsinoe«, sagt Jules. »Ich hab dich.«

Arsinoe dreht den Kopf zu ihr und reißt entsetzt die Augen auf.

»Jules, pass auf!«

Doch bevor das Messer sie berührt, geht der Angreifer in Flammen auf. Die Wut in Mirabellas Augen erklärt, warum das Feuer so heiß brennt, dass die Wache nur einmal kurz aufschreit. Der Gestank von brennendem Fleisch breitet sich aus, und Mirabella lässt das Feuer erlöschen. Der Rauch bringt Jules zum Husten, trotzdem schießt sie dem Sterbenden einmal in die Brust, um ihn von seinen Qualen zu erlösen.

»Ich musste es tun«, rechtfertigt sich Mirabella. »Ich …« Camden, die wohl auf die Elementwandlerin aufgepasst hat, verzieht die Schnauze und verkriecht sich hinter Jules' Beinen.

Arsinoe sieht sich um. Alles ging so schnell. Die Wachen sind entweder tot oder bewusstlos. Stinkender Qualm wabert durch den Raum. Joseph kniet auf dem Boden und keucht atemlos.

»Lasst uns verschwinden«, murmelt Arsinoe.

Als Joseph aufsteht, sieht sie, dass sein rechter Rippenbogen dunkel vor Blut ist.

»Joseph!«

Jules löst Arsinoes Arm von ihrer Schulter, geht zu Joseph hinüber und drückt mit aller Kraft auf die Wunde.

»Hier.« Mirabella reißt Stoffstreifen von ihrem Rock, um ihn damit zu verbinden.

»Es geht mir gut«, behauptet er. »Das ist nur ein Kratzer. Die Wunde ist nicht tief.«

Jules hebt sein Hemd an. Gemeinsam mit Mirabella legt sie einen festen Verband an. Dabei verbrauchen sie so viel Stoff, dass Mirabellas Knie über ihren Stiefeln sichtbar werden.

»Es geht mir gut, Jules.« Joseph streichelt ihre Wange. Seine Hand zittert.

»Ich weiß«, erwidert sie. »Und es wird dir noch viel besser gehen, wenn wir erst hier raus sind.« Sie legt sich seinen Arm um die Schultern und nickt Arsinoe auffordernd zu.

»Alles klar.« Mit einem drückenden Kloß in der Kehle mustert Arsinoe ihren Freund. Wenn sie erst in den oberirdischen Teil des Volroy vorstoßen, werden noch sehr viel mehr Wachen auf sie warten.

Sie zieht eine Fackel aus ihrer Wandhalterung und nimmt einer toten Wache den Schlagstock ab.

»Mirabella, du bleibst hinter mir«, bestimmt Jules. »Du musst ja nicht direkt in der ersten Reihe stehen, um deine Gabe einzusetzen, oder?«

Die Elementwandlerin schüttelt den Kopf.

So schnell sie können, schieben sie sich durch die letzte Tür und steigen ins Erdgeschoss hinauf. Kurz vor dem Ende der Treppe legt Arsinoe ihre Fackel weg, damit das Licht sie nicht verrät.

Hier gibt es sicherlich noch viele Wachen. Vermutlich auch Priesterinnen. Sie werden all ihre Kräfte und die Unterstützung der Göttin brauchen, um aus dem Volroy rauszukommen, und selbst dann wird man sie wahrscheinlich schon auf dem Hof wieder festnehmen.

Kampfbereit schleichen sie um die Ecke. Aber da ist niemand. Nichts, außer ein paar Kerzen an der Wand. Dann sehen sie die Leichen.

Überall liegen tote Wachleute herum. Sogar unter den Tischen ragen Arme und Beine hervor, auch hinter einer halb angelehnten Tür.

»Was ist hier passiert?«, staunt Joseph, während Jules sich hastig duckt. Ungefähr ein Dutzend Gestalten stürmen auf sie zu, sie tragen Mäntel und haben ihre Waffen gezückt.

Der Wind vor dem Fenster verstärkt sich schlagartig, als Mirabella die Elemente zu sich ruft.

»Warte, warte!«

Der Anführer der Gruppe streift seine Kapuze ab, woraufhin Arsinoe verblüfft ihren Schlagstock fallen lässt.

»Billy!« Mit einem Schrei wirft sie sich in seine Arme.

»Arsinoe!«

Er hebt sie hoch und drückt sie so fest an sich, dass sie kaum noch atmen kann. Anschließend küsst er sie, erst ihr Haar, dann die Narben in ihrem Gesicht.

»Geht es dir gut?«, will er wissen. »Ich hatte solche Angst, dass wir zu spät kommen könnten.«

»Alles gut«, versichert ihm Arsinoe strahlend. »Aber wer ist *wir*?«

Ein Mädchen in einem rot gesäumten Mantel löst sich aus der Gruppe.

»Ich erinnere mich an dich«, stellt Arsinoe fest. »Aus der Arena. Du warst bei dem Duell.« Sie mustert den Rest von ihnen – sie sind nicht einmal zu zwölft und haben doch sämtliche Wachen im Erdgeschoss der Festung ausgeschaltet. »Was macht ihr hier?«

Das Mädchen mustert sie respektvoll, bevor es sich leicht verbeugt.

»Wir sind Krieger aus Bastiansburg«, erklärt es dann und deutet mit dem Kopf auf Jules. »Wir sind ihretwegen hier.«

Greavesdrake Haus

Mitten in der Nacht wacht Katharine auf, weil Nicolas wild um sich schlägt. Offenbar ist er in einem schrecklichen Albtraum gefangen. Sie streichelt vorsichtig seine Schulter, bis er wieder einschläft.

Dunkle Schatten ziehen durch den Raum. Die Kerzen und Lampen sind heruntergebrannt oder wurden gelöscht; sie erinnert sich nicht mehr. Doch das, woran sie sich erinnert, lässt sie erröten. Nicolas war so anders als Pietyr. Aber nicht weniger leidenschaftlich. Hinterher hat er sie ganz fest gehalten, hat sich an sie gepresst, bis sie Haut an Haut lagen.

Katharine rollt sich herum und schiebt eine Hand unter die Bettdecke.

»Nicolas? Bist du wach?«

Er rührt sich nicht. Ihr Prinzgemahl ist erschöpft. Spielerisch lässt sie ihre Finger über seine Brust wandern. Und berührt etwas Warmes, Feuchtes. Im ersten Moment zuckt sie angewidert zusammen, weil sie es für Spucke hält. Aber dann dringt der Geruch zu ihr durch. Der Geruch von warmem, frischem Blut.

Ruckartig setzt Katharine sich auf, beugt sich zum Nachttisch hinüber und sucht nach Kerze und Streichhölzern. Mit zitternden Fingern entzündet sie die Flamme, obwohl sie bereits weiß, was sie sehen wird.

Nicolas ist tot, sein Körper mit Blut bedeckt. Es sammelt sich auf seiner Brust und in den Falten der Bettdecke, hat das Laken rot gefärbt. Läuft aus seinem Mund, aus seiner Nase. Sogar aus den Augen. Seine geschwollenen Adern treten grellrot unter der Haut hervor – überall dort, wo Katharine ihn berührt hat.

Katharine setzt sich auf die Knie und mustert ihren frisch angetrauten Ehemann. Armer Nicolas. Armer Festlandjunge, der keine Gabe hatte, die ihn vor den Giften schützte. Prüfend studiert sie ihre Haut, ihre Hände, ihren gesamten Körper, in dem das Gift wohnt. Es muss wirklich sehr stark sein, wenn es so schnell eine solche Wirkung entfalten kann.

Armer Nicolas. Er legte sich zu einer Königin und hat mit seinem Leben dafür bezahlt.

Plötzlich hört sie Hufgetrappel in der Zufahrt. Schnell springt Katharine aus dem Bett und zieht sich ihren Morgenmantel über.

»Natalia. Natalia wird mir helfen.«

Während sie versucht, das zerwühlte, blutgetränkte Bettzeug zu glätten, fällt es ihr immer schwerer, Luft zu bekommen. Dann fängt sie an zu weinen. Sie streicht noch einmal über Nicolas' kalte Wange, bevor sie die Bettdecke über sein Gesicht zieht. Auf keinen Fall darf Natalia ihn bei ihrer Ankunft so sehen.

»Es tut mir leid«, flüstert sie, als vor ihrer Tür Schritte laut werden.

»Kat?« Pietyr klopft an die Tür. »Ich habe den Schein deiner Kerze gesehen. Bist du wach?«

»Pietyr!« Mit einem Schrei rennt Katharine zur Tür und wirft sich an seine Brust, kaum dass er über die Schwelle getreten ist.

»Du zitterst ja. Was ist …?«

Krampfhaft presst sie die Lider zusammen. Er hat es gesehen. Hat gesehen, was sie getan hat. Vorsichtig löst er sich von ihr und tritt einen Schritt zurück, um sie ansehen zu können. In dem gedämpften Licht kann er nur mit Mühe die tätowierte Krone auf ihrer Stirn erkennen. Sanft streicht er mit dem Daumen über die schwarze Linie.

»Du hast es also getan«, sagt er traurig. »Erzähl mir, was passiert ist.«

Wie ein Sturzbach strömen die Worte aus ihrem Mund: das absurde Duell, die Krönung, Arsinoes Hinrichtung. Ihre Hochzeitsnacht und der tote Prinzgemahl in ihrem Bett. Als sie fertig ist, wartet sie reglos ab. Bestimmt wird er sie angewidert wegstoßen.

»Meine süße Katharine.« Er wischt ihr die Tränen ab.

»Wie kannst du mich so nennen?« Ihre Finger haben rote Flecken auf seinem Hemd hinterlassen. Sie reißt sich los und rennt zurück ins Schlafzimmer, wo der tote Nicolas liegt. Das Blut, das in seinem Körper verblieben ist, setzt sich langsam in Rücken und Beinen ab.

»Ich habe ihn umgebracht. Einfach nur, indem ich ihn berührt habe. Was stimmt mit mir nicht?«

Pietyr tritt an das Bett heran, zündet eine Lampe an und schlägt das Laken zurück. Als sie sieht, wie fahl Nicolas' Haut geworden ist, wie tief seine Augen in den Höhlen eingesunken sind, wendet sie sich entsetzt ab. Pietyr nimmt einen Arm und untersucht die Finger.

»So viel Gift«, flüstert er.

Sie besteht aus praktisch nichts anderem mehr. Sie ist zu dem geworden, was alle gefürchtet haben: die untote Königin.

Angewidert fährt sie sich mit den Fingern durch das Gesicht und kratzt den frischen Schorf von ihrer Krone, bis ihre Stirn rot und schwarz verschmiert ist.

Pietyr stellt die Lampe weg und kommt zu ihr. Hält ihre Hände fest.

»Hör auf. Du bist eine Königin. Du wurdest gekrönt. Nichts hiervon ist deine Schuld.«

»Du bist gar nicht schockiert«, stellt Katharine fest. »Warum nicht?«

Sehr, sehr lange blickt Pietyr ihr einfach nur wortlos in die Augen. Fast so, als erwarte er, eine andere in ihr zu entdecken.

»Weil ich, nachdem du mich fortgeschickt hast, zur Brecciaspalte geritten bin. Und ich bin hinuntergestiegen.«

Ihre Finger krallen sich wieder in ihre Haut. Sie sind kalt.

»Woran erinnerst du dich, Kat? Nach deinem Sturz?«

»Nachdem du mich gestoßen hast, meinst du.« Katharine reißt sich von ihm los. Dann senkt sie den Blick. »Und ich erinnere mich an gar nichts.«

»Gar nichts«, wiederholt Pietyr skeptisch. »Vielleicht. Aber vielleicht lügst du auch. Was ich dort unten gesehen habe – oder was ich zu sehen geglaubt habe … so laut habe ich nicht mehr geschrien, seit ich ein kleiner Junge war.«

Ruckartig hebt sie den Kopf. *Er weiß es.*

Die toten Königinnen hatten auf den Ungerechtigkeiten der Jahrhunderte herumgekaut wie auf einem Knochen, bevor Pietyr ihnen Katharine direkt vor die Füße geworfen hat. Dass die Königinnen ihre Wünsche auf sie übertragen und sie mit ihrem alles zerfressenden Ehrgeiz und ihrer pervertierten Kraft vollpumpen konnten, war allein seine Schuld.

»Zumindest hatte ich danach keine Angst mehr um dich«, fährt er leise fort. »Die alten Schwestern hätten niemals zugelassen, dass du getötet wirst. Nicht, solange sie durch dich an die Krone gelangen konnten. Und aus diesem Loch herauskamen.«

»Aber es war alles umsonst.« Hilflos starrt sie auf den toten Nicolas in ihrem Bett. Sie ist zu Gift geworden. Kein König vom Festland könnte je eine Nacht mit ihr überleben. Kein von einem Festlandvater gezeugtes Kind könnte je die langen Monate der Schwangerschaft in ihrem Bauch überstehen.

»Ich kann die Drillinge nicht austragen«, flüstert sie. »Ich kann nicht Königin sein.«

Als sie anfängt zu weinen, zieht Pietyr sie wieder an sich. »Natalia … Sie wird so enttäuscht sein. Und du musst auch enttäuscht sein … und angewidert …«

»Niemals.« Pietyr drückt ihr einen Kuss auf die verschmierte Krone. Küsst ihre Wangen, küsst die Tränen fort, die über ihr Gesicht laufen.

»Ich bin giftig, Pietyr.«

»Und ich bin ein Giftmischer. Und es gab keinen Moment, in dem du mir mehr bedeutet hättest als jetzt.« Er hebt den Kopf, als er das Rumpeln einer sich nähernden Kutsche hört. Entschlossen schlingt er die Arme um Katharine.

»Ich habe dich im Stich gelassen. Ich habe dich hintergangen. Aber das wird nie wieder passieren. Von jetzt an werde ich dich beschützen, Kat – was auch immer geschieht.«

Indridskamm

Die Krieger in den rot gesäumten Mänteln werden von einem Mädchen namens Emilia Vatros und ihrem Vater angeführt. Ihr ausdrucksloser, rastlos umherschweifender Blick erinnert an einen Raubvogel. Jules findet sie auf Anhieb sympathisch.

»Warum helft ihr uns wirklich?«, will sie von Emilia wissen.

»Das habe ich bereits gesagt«, erwidert diese knapp.

Sie bekommt sofort Schützenhilfe von Madrigal: »Es war nicht schwer, die Krieger zum Kommen zu überreden. Immerhin bist du der Grund, warum sie überhaupt in der Stadt sind.«

»Man hätte Juillenne von Anfang an in unsere Obhut schicken müssen.« Emilias Vater wirft Madrigal einen strengen Blick zu. »Ihr hättet ihr die Wahl lassen müssen, ob sie zu euch oder zu uns gehören will.«

»Sie war mein Kind«, widerspricht Madrigal. »Ich habe sie zur Welt gebracht.«

»Die Göttin sieht das anders.«

»Woher wollt ihr wissen, wie die Göttin das sieht?«, faucht Madrigal, aber Jules signalisiert ihr, besser still zu sein. Die stolze Haltung von Emilias Vater erinnert sie an Cait. Sein Gesicht unter dem braunen Haarschopf ist von tiefen Falten durchzogen. Und wenn Madrigal ihn jetzt in einen Streit verwickelt, werden sie noch bei Sonnenaufgang zeternd im Schatten der Festung stehen und schließlich doch noch entdeckt werden.

»Lasst uns aufbrechen«, schlägt Arsinoe vor. Zwei Krieger treten vor und legen sich Josephs Arme um die Schultern. Jules, die nun von dieser Last befreit ist, blickt fragend zu Arsinoe hinüber. Diese nickt knapp. Vorerst werden sie die Hilfe annehmen, Fragen können sie auch später noch stellen.

Schnell und lautlos durchqueren sie das Erdgeschoss des Volroy und huschen in den Kreuzgang am Innenhof, wo sie sich im Schatten eines Torbogens zusammendrängen.

Jules schluckt nervös. Emilia hat sie zu sich an die Spitze der Gruppe geholt, und irgendwie wird sie das Gefühl nicht los, dass ihre Kriegergabe einer Prüfung unterzogen wird.

»Da sind sie.« Erst als Jules sich von dem steinernen Torbogen löst, sieht sie, was Emilia meint: Vier kurze Lichtblitze durchdringen die Dunkelheit, anscheinend ein Signal ihrer Kameraden, die als Späher abgestellt wurden.

»Vier Blitze«, resümiert Jules. »Vier Wachen zwischen uns und dem anderen Ende des Hofes.«

»Genau. Siehst du sie?«

Wieder beugt Jules sich vor und blickt zu den Mauerzinnen hinauf. Dort sieht sie zwei. »Wo?«

»Die beiden anderen patrouillieren an der Hecke entlang, und zwar zu dicht beieinander, um sie einzeln auszuschalten. Der zweite würde auf jeden Fall Alarm auslösen.«

Emilia lässt ihren Bogen von der Schulter gleiten.

»Können wir nicht einfach warten, bis sie vorbeiziehen?«, fragt Jules. »Und uns dann Richtung Wald durchschlagen?« Sobald sie draußen auf den nächtlichen Straßen sind, wird es leicht werden. Jules hat die Karte von Indridskamm noch immer genau im Kopf. Wenn sie sich beeilen, können sie in zwanzig Minuten die Häuser hinter sich lassen und zwischen den Bäumen in Deckung gehen.

»Wir haben schon zu lange gewartet. Es ist ein Wunder, dass noch niemand die gesamte Wachmannschaft aufgeweckt hat.« Emilia legt einen Pfeil auf die Sehne, dann stößt sie einen leisen Pfiff aus. Auf der anderen Seite des Kreuzganges folgt ein zweiter Krieger ihrem Beispiel. Gleichzeitig zielen sie auf die beiden Wachleute, die an der Hecke stehen und sich offenbar unterhalten.

»Lenke meinen Pfeil«, flüstert Emilia.

»Was? Das kann ich nicht!«

Emilia grinst breit. »Und ob du das kannst! Aber ist schon gut. Diesen Schuss schaffe ich auch ohne dich.«

Sie pfeift noch einmal, dann schwirren die Pfeile durch die Luft. Vollkommen lautlos brechen die beiden Wachen zusammen.

»Hey.« Mit einem leisen Knurren greift Jules nach Emilias Arm. »Lass das. Wir müssen die Königinnen retten. Hör auf, Zeit zu verschwenden, indem du irgendwelche Spielchen mit mir spielst.«

Emilia wirft ihr einen nachdenklichen Blick zu, dann ertönt wieder ein Pfiff, und sie dreht sich schnell zur Mauer um.

»Auf den Zinnen! Sie haben uns gesehen!«

Während Jules noch nach oben schaut, feuert eine der Wachen bereits ihre Armbrust ab. Ein heftiger gedanklicher Stoß von ihr, und der Bolzen prallt rechts von Emilia gegen den Torbogen.

»Los jetzt!« Jules winkt Arsinoe zu. Sie rennen, so schnell sie können, über den Hof. Die Wachen auf den Zinnen haben Verstärkung bekommen, und nun bohren sich rechts und links von ihnen Pfeile in den Boden. Viel zu nah für Jules' Geschmack. Sie wirbelt herum und bringt mit der Macht ihrer Gedanken so viele sie kann von ihrem Kurs ab. Das Blut rauscht in ihren Ohren; ihr Einsatz kostet sie Kraft.

Neben ihr taucht ein Krieger auf und schießt einen Pfeil ab. Im nächsten Moment fällt ein Wachmann von der Mauer.

»Jules!«, schreit Arsinoe. »Komm endlich!«

Während die anderen Krieger ihnen Deckung geben, ziehen Jules und Emilia sich zurück. Als sie an einem der Gefallenen an der Hecke vorbeilaufen, schließt sich plötzlich eine Hand um Jules' Knöchel. Sie landet bäuchlings auf dem Kiesweg, rollt sich aber sofort herum und beginnt, wild mit dem Fuß zu treten. Doch Emilia hockt bereits auf dem Brustkorb des Mannes. Sie schlingt einen Arm um seinen Kopf und dreht ihn ruckartig.

»Tot«, verkündet sie knapp. »Weiter!«

Die flüchtenden Königinnen und ihr Rettungstrupp spalten sich in kleine Grüppchen auf und wenden sich in verschiedene Richtungen. Ihre Ortskenntnis sorgt dafür, dass sie sich an bestimmten Kreuzungen wieder zusammenfinden, bis sie nach einer wilden Hatz schweigend den Waldrand erreichen und immer zu zweit oder zu dritt mit den Schatten der Bäume verschmelzen wie ein Tintentropfen im Wasser.

»Du hast dich gut geschlagen«, stellt Emilia grinsend fest. »Ich will mir gar nicht vorstellen, wie viele Giftpfeile sie bei der Hinrichtung hätten einsetzen müssen, um gegen deine Gabe anzukommen.«

»Wie kannst du ihr das einfach lächelnd ins Gesicht sagen?«, fragt Arsinoe fassungslos.

»Wie kannst du überhaupt etwas sagen?«, keucht Billy. Er hat in der Zwischenzeit Joseph übernommen und kämpft mit dem zusätzlichen Gewicht.

Jules will ihm die Last abnehmen, aber Joseph winkt ab.

»Es geht mir gut, Jules. Alles gut«, versichert er. Sie baut sich vor ihm auf und küsst ihn. Seine Haut ist kalt und von einem klebrigen Schweißfilm überzogen.

»Wir müssen ihn zu einem Heiler bringen.«

»Wir sind mit dem Boot gekommen«, schaltet sich Emilias Vater ein. »Es wird euch fahren, wohin ihr wollt.«

Greavesdrake Haus

Die Tür zu Katharines Gemächern fliegt auf und präsentiert unerwarteten Besuch. Es ist nicht Natalia. Es ist Genevieve.

»Verzeih mir, Königin Katharine. Ich will wirklich nicht stören, aber ich habe eine dringende Nachricht …«

Genevieve unterbricht sich abrupt, als sie Pietyr und Katharine eng umschlungen vor sich sieht. Dann entdeckt sie den toten Nicolas auf dem Bett, und ihr fällt die Kinnlade runter.

»Was …?«

Sie stürmt an Katharine und Pietyr vorbei und starrt auf den Leichnam. Die Frage, ob jemand anders ihn vergiftet haben könnte, stellt sie erst gar nicht. Als Giftmischerin erkennt sie sofort, was passiert ist.

»Katharine, was hast du getan?«

»Ich wollte das nicht!«, schreit Katharine.

»Alles wird gut«, flüstert Pietyr beruhigend.

»Wie soll das denn wieder gut werden?« Genevieves violette Augen funkeln panisch. »Wir haben reines Gift aus ihr gemacht!«

»Wir haben eine gekrönte Königin aus ihr gemacht«, widerspricht Pietyr.

»Nein.« Katharine schüttelt hektisch den Kopf. »Wie

kann ich Königin sein, Pietyr, wenn ich keinen Prinzgemahl haben kann? Wenn ich die Drillinge nicht austragen kann?«

»Vielleicht lässt die Stärke des Giftes ja mit der Zeit nach«, überlegt Pietyr, klingt aber selbst nicht überzeugt.

Erschüttert lässt sich Genevieve auf das Bett fallen. Versehentlich stützt sie sich in eine Blutlache und versucht dann, die klebrige Flüssigkeit von ihrer Hand abzuschütteln. Noch mehr rote Spritzer landen auf dem Laken. Als sie sich auf der Suche nach einem Tuch über die Lampe beugt, enthüllt der Lichtschein ihr vom Weinen verquollenes Gesicht.

»Was ist passiert, Genevieve?«, will Katharine wissen.

Genevieve lässt kraftlos den Arm sinken. Sie scheint vor ihren Augen in sich zusammenzufallen.

»Natalia ist tot. Ermordet.«

Katharine erstarrt. Das kann nicht sein. Natalia wurde ermordet? Das würde niemand wagen. Das würde niemand *schaffen*.

»Das ist doch sicherlich ein Missverständnis«, glaubt auch Pietyr. »Wer? Wer hat das getan?«

»Es spielt keine Rolle, wer es war. Wir sind erledigt. Alles aus und vorbei.« Zitternd klammert sich Genevieve an den Rand des Lakens. »Ein toter König! Das wird der Tempel niemals akzeptieren … und der Rat auch nicht …« Verzweifelt sieht sie sich um, als hätte Natalia sich nur irgendwo versteckt und sie müsse sie finden. »Was sollen wir nur tun? Wir werden Mirabellas Hinrichtung absagen müssen. Ihr stattdessen die Krone überlassen müssen! Oh, wie die Westwoods lachen werden …«

»Hör auf!« Pietyr stürmt auf Genevieve zu, packt sie

am Arm und zerrt sie auf die Füße. »Sag uns, was mit Natalia passiert ist. Jetzt sofort!«

»William Chatworth hat sie erwürgt«, berichtet Genevieve. »Die Kriegerpriesterin hat ihn entdeckt und ihm ihr Messer in die Brust gestoßen. Aber da war es bereits zu spät.«

Eine heiße Träne rollt über Katharines Wange. Zu spät. Und der Mörder ist ebenfalls tot, sodass sie nicht einmal ihre Rache bekommt, ihn nicht über Tage und Wochen qualvoll vergiften kann, wie er es verdient hätte. Für ihn hätte sie etwas Besonderes zusammengestellt … die Krämpfe wären so stark gewesen, dass sie ihm das Rückgrat gebrochen hätten.

Katharine presst eine Hand auf ihren Bauch. Der Schmerz und die Wut in ihrem Inneren sind so stark, dass selbst die toten Königinnen vor ihnen zurückschrecken.

»Natalia«, flüstert sie. »Meine Mutter.«

»Wo ist sie jetzt?«, fragt Pietyr. »Wir möchten sie sehen.«

»Sie ist im Volroy und wird von Priesterinnen bewacht. Vielleicht lassen sie euch ja zu ihr.« Genevieve wischt sich die Tränen aus dem Gesicht. »Bevor sie Katharine zur Monstrosität erklären und hinrichten.«

»Du bist eine Schande«, zischt Pietyr plötzlich. Er ist ans Fenster getreten und hat in Richtung des Volroy geblickt, aber nun versetzt er Genevieve einen heftigen Stoß, sodass sie neben dem toten Prinzgemahl landet. »Niemand wird unsere Königin hinrichten. Ein wahrer Arron würde das niemals zulassen!«

Genevieve springt auf und ballt zitternd die Fäuste. »Natalia ist tot!«, schreit sie. »Hast du das nicht begriffen?«

Hufgetrappel unter dem Fenster kündigt einen weiteren Reiter an. Diesmal ist es ein Bote. »Sie sind geflohen!«, ruft er zu den Fenstern hinauf. »Die Königinnen sind aus ihren Zellen entkommen und verschwunden!«

»Kön*iginnen*?«, wundert sich Katharine. »Wieso Kön*iginnen*? Ich habe Arsinoe höchstpersönlich das Gift verabreicht.«

»Was sollen wir nur tun?«, stöhnt Genevieve wieder. »Ich bin nicht Natalia … ich kann nicht …«

»Sei still, Genevieve, und hör mir zu. Du ebenfalls, Kat«, bittet Pietyr. »Niemand darf diese Räumlichkeiten betreten, verstanden? Niemand darf die Leiche sehen.«

»Und was werden wir mit ihr machen?«, fragt Katharine. »Mit ihm, meine ich.«

»Wir denken uns eine Geschichte aus.« Pietyr umfasst zärtlich ihr Gesicht. »Und du wirst wie geplant die gekrönte Königin sein.« Mit einem scharfen Blick zu Genevieve fügt er hinzu: »Wie wir es versprochen haben.«

Dann richtet er seine Kleidung und fährt sich glättend mit der Hand über die Haare. Geht zur Tür, um sie zu verriegeln.

»Wir werden Mirabella finden und auch Arsinoe, falls sie tatsächlich noch lebt. Und dann werden wir sie töten. Wenn keine andere Königin mehr übrig ist, bleibt dem Tempel gar keine andere Wahl.«

»Das verstehe ich nicht.« Genevieve schüttelt den Kopf. »Sie kann doch dann noch immer nicht die Drillinge austragen …«

»Das spielt keine Rolle.« Mit fester Hand dreht Pietyr den Schlüssel im Schloss herum.

»Katharine wird die gekrönte Königin sein«, verspricht er. »Allerdings auch die letzte.«

In den Wäldern von Indridskamm

Als die Gruppe heranstürmt, richtet sich Arsinoes Bär zur Begrüßung auf die Hinterbeine auf. Die leichtfüßigen Menschen in den rot gesäumten Mänteln kennt er nicht, deshalb schlägt er abwehrend nach ihnen, als sie an ihm vorbeilaufen. Arsinoe bleibt dicht vor seiner Brust stehen. Ihr fehlt die Luft, um seinen Namen zu sagen, aber er schnüffelt bereits eifrig, legt ihr dann die Pranken auf die Schultern und erstickt sie in Bärenfell, bevor er sich mit ihr auf dem Boden herumrollt.

»Braddock«, sagt sie, sobald sie wieder Luft bekommt. »Du bist in Sicherheit.«

In Sicherheit schon, aber nicht mehr derselbe. Er besteht nur noch aus Pelz und Knochen. Offenbar wussten diese Giftmischer nicht, wie man ihn anständig füttert.

»Wir sollten uns hier nicht zu lange aufhalten«, mahnt Emilia mit einem vielsagenden Blick auf die Königinnen. Offenbar ist sie es eher gewöhnt, Befehle zu erteilen, als sie auszuführen. Das hat Arsinoe auf den ersten Blick erkannt.

»Jules!«

»Caragh!«

Jules drückt ihre Tante an sich, ohne Joseph loszulassen. Nur gestützt von Jules und Billy hat er es überhaupt durch den Wald bis hierher geschafft.

»Kannst du ihm helfen?«, fragt Jules ihre Tante sofort, aber Joseph löst sich aus ihrem Griff.

»Es geht mir gut«, behauptet er wieder. »Mach einfach den Verband etwas fester.«

Arsinoe steht vom Boden auf. Sie dreht Joseph so, dass der Mond direkt auf seinen Körper scheint, und schlägt seine Hände weg, als er sie abwehren will. Dann hebt sie den Verband an. Caragh beugt sich vor und wirft nur einen kurzen Blick darauf, bevor sie sich wieder aufrichtet.

»Seht ihr?«, triumphiert Joseph lächelnd. »Das ist gar nichts. Nur ein Kratzer.«

Caraghs Blick ist trügerisch mild.

»Gut«, nickt Jules, dreht sich zu Joseph um und küsst ihn wild. Als sie nach seinem Arm greift, um ihn sich wieder um die Schulter zu legen, schluchzt sie einmal kurz auf. Nur ein einziges Mal. Sie drückt ihre Stirn an seine.

Arsinoe blickt zu Mirabella hinüber. Natürlich hat sie alles gehört. Ihre Hand ist zur Faust geballt, und sie presst sie krampfhaft gegen ihren Mund.

»Und wenn wir ihn zurück in die Stadt bringen?«, schlägt Arsinoe vor. »Das hier ist Indridskamm. Die haben doch bestimmt die besten Heiler. Wo sonst, wenn nicht hier?«

»Nein«, protestiert Joseph. »Es geht mir gut. Ich komme mit euch, wohin auch immer. Also, wohin soll die Reise gehen?«

Sanft berührt Arsinoe sein Gesicht. Er wird sich erholen. Das muss er einfach. Ohne Joseph Sandrin ist Jules nur ein halber Mensch.

»Auf dem Festland gibt es Ärzte«, überlegt Billy.

»Richtig gute. Chirurgen, die sind um Klassen besser als alles hier. Und wenn wir durch den Nebel gesegelt sind, dauert es auch nicht mehr lange. Wir können ja später zurückkommen«, fügt er hinzu, als Joseph wieder protestieren will.

»Gute Idee«, sagt Arsinoe schnell, »da wollten wir sowieso hin.«

Alle halten inne und starren sie an. Sogar Mirabella.

»Ihr könntet auch nachhause zurückkehren«, wendet Madrigal ein. »Und euch Unterstützung suchen. Es gibt bestimmt einige, die nicht damit einverstanden sind, dass der Rat eure Hinrichtung fordert.«

»Oder wir könnten euch mitnehmen«, bietet Emilia an. »Und euch in Bastiansburg verstecken. Du wärst bei uns willkommen, Juillenne. Du und alle, die wir für dich beschützen sollen.«

Jules blickt zwischen Emilia und Arsinoe hin und her. Dann starrt sie auf ihre Füße.

Bevor das Jahr des Aufstieges begann, hat Arsinoe immer gedacht, dass sie irgendwie nach Wolfsquell zurückkommen würde. Dass dieses eine irre Jahr vorbeigehen und danach alles wieder beim Alten sein würde: die Tage mit Jules bei den Milones verbringen, die Abende am warmen Feuer im Gasthaus *Zum Löwen* mit Billy und Joseph. Mit Cait und Ellis. Mit Luke und seinem schönen Hahn Hank. Aber dieses Leben – diese wundervolle, vertraute, kostbare Zeit – ist nun vorbei.

Das Bündnis der Königinnen mag vielleicht lange genug halten, um Katharine zu stürzen. Aber danach wird das Volk von ihnen verlangen, dass alles wieder von vorne beginnt. Dann heißt es wieder: Mirabella oder sie.

Die eine muss die andere töten. Denn so war es nun einmal schon immer.

»Bist du dir immer noch sicher?«, fragt sie ihre Schwester.

»Ich gehe nicht zurück«, antwortet Mirabella ernst. »Der Rat hat meinen Tod beschlossen, und die Elementwandler haben einfach mitgespielt. Luca hat einfach mitgespielt.«

Arsinoe holt tief Luft. Eine Königin sitzt auf dem Thron. Die Insel hat keine Verwendung mehr für sie. Jetzt *muss* sie sie gehen lassen. Sie muss einfach.

»Dann auf zum Hafen von Bardon«, verkündet Arsinoe. »Kapern wir ein Schiff, das groß genug ist, um uns von dieser verdammten Insel herunterzubringen.«

Hafen von Bardon

Jules hat den Kriegern geholfen, den kleinen Flusskahn durch das Wasser zu bewegen, der sie zum Hafen von Bardon bringen soll. Er ist nichts Besonderes, kaum groß genug, um sie alle zu befördern, und viel zu instabil, um sich damit auf das raue Meer hinauszuwagen. Trotzdem sind alle hineingeklettert. Jetzt steht Jules neben den Kriegern und schiebt das Boot mit der Kraft ihrer Gedanken voran. Schmunzelnd beobachtet Joseph, wie Camden sich eng an Jules' Knie schmiegt und ihr gesamtes Katzenbewusstsein ebenfalls auf den Kahn konzentriert.

»Sieh dir nur unsere Jules an«, sagt er zu Arsinoe, die neben ihm sitzt und mit aller Kraft Druck auf seine Wunde ausübt. »Sie wächst uns über den Kopf.«

»Das ist nicht wahr.« Aber vermutlich hat er recht. Joseph und sie sind schon seit ihrer Kindheit immer hinter Jules hergejagt.

Joseph lacht leise und zuckt dann kurz zusammen.

»Moment«, mahnt Arsinoe. »Ich mache den Verband fester.«

»Nein, ist schon gut.«

»Der Verband ist voller Blut, Joseph. Du hättest bei Tante Caragh bleiben und dir einen Heiler suchen sollen.«

»Damit ihr ohne mich auf Abenteuertour geht?« Er schenkt ihr sein typisches schiefes Grinsen.

»Du hast schon wieder gezuckt.«

»Stimmt. Es tut ja auch weh, wenn man ein Loch im Brustkorb hat. Sobald wir auf dem Festland sind, wird Billy mich zu einem Arzt bringen. Der flickt mich dann wieder zusammen.«

Lautlos gleitet der Kahn über das im Mondlicht schimmernde Wasser. Arsinoe dreht sich noch einmal um. Einige Krieger sind zurückgeblieben, um eventuelle Verfolger von ihrer Spur abzubringen. Caragh und Braddock konnten ebenfalls nicht mitkommen.

»Wir hätten den Bären niemals auf das Boot gekriegt, Arsinoe.« Offenbar hat Joseph ihre Gedanken gelesen.

»Ich weiß.«

»Du hast ihn gerettet. Und Caragh wird sich in der Schwarzen Kate gut um ihn kümmern.«

Fisch aus dem Fluss und Beeren, und das für den Rest seines Lebens. Dort wird er sicher sein. Aber Arsinoe wird ihn niemals wiedersehen.

Jules kommt zu ihnen herüber und hockt sich neben sie. Nachdem sie Joseph kurz die Wange gestreichelt hat, klettert Camden auf seinen Schoß, um ihn zu wärmen. »Geht es ihm gut?«

»*Er* ist bei Bewusstsein und kann sehr wohl für sich selbst sprechen«, brummt Joseph.

»Es dauert nicht mehr lange«, versichert Jules und lässt besorgt den Blick über den Fluss schweifen. Sofort hat es den Anschein, als würde das Boot schneller fahren. Falls die Krieger es registrieren, lassen sie sich nichts anmerken, aber Madrigal, Mirabella und Billy drehen sich fragend zu ihnen um.

»Gut«, nickt Joseph. »Die Fischer fahren früh raus. Wenn wir ein Schiff kapern wollen, bleibt uns also nicht viel Zeit.«

Sie erreichen die Flussmündung, und der Hafen von Bardon kommt in Sicht. Hier liegen wesentlich größere Schiffe vor Anker als in der Robbenkopfbucht. Ihre schlanken Masten ragen bis über die frühmorgendlichen Nebelschwaden hinaus. Das sind Hochseeschiffe, darauf ausgelegt, Wale über lange Strecken zu verfolgen. An ihren Seiten sind kleinere Boote für den Walfang vertäut. Mit einer so kleinen Mannschaft, wie sie es sind, lassen sie sich eigentlich gar nicht segeln, aber dafür haben sie ja Mirabella. Und sie werden ein großes Schiff brauchen, falls das Meer sich doch zur Gegenwehr entschließt.

Ihr Kahn stößt so leise gegen die Mole, dass nur ein paar nistende Möwen dadurch aufgeschreckt werden.

»Immer schön langsam«, mahnt Madrigal, während sie Mirabella beim Aussteigen hilft. »Wir kennen uns hier nicht aus, und der Mond spendet nicht gerade viel Licht.«

Billy beugt sich vor, um Arsinoe und Jules mit Joseph zu helfen. Als er das viele Blut sieht, verzieht er das Gesicht. Arsinoe setzt ein ermutigendes Lächeln auf. »Das wird schon wieder.«

»Hoffentlich. Ihr Königinnen habt wirklich eine ganz eigene Art, eure Angelegenheiten zu regeln. Also schön, Joseph, nicht trödeln. Du bist schwerer, als man es bei einem so schlanken Kerl erwarten sollte.« Er nimmt ihnen Joseph ab und stützt ihn, während er mühsam den Kai hinunterhumpelt.

»Bist du so weit, Jules?«, fragt Arsinoe. Aber die dreht

sich noch einmal zu Madrigal, Emilia und den Kriegern um.

»Ich komme gleich«, antwortet sie knapp.

Jules sieht zu, wie ihre Freunde langsam über die Mole gehen. In dem dichten Nebel wirken sie wie magische Wesen, wie Feen, die sich immer wieder ihren Blicken entziehen.

»Du gehst doch nicht wirklich, oder, Jules?« Madrigal hat eine Hand auf den Bauch gelegt; ständig macht sie sich Sorgen wegen des Babys. Jules streckt ebenfalls die Hand aus und berührt den Bauch ihrer Mutter.

»Versuche, dich mit Tante Caragh zu versöhnen. Sie ist deine Schwester. Und jetzt auch eine Hebamme. Sie kann dir damit helfen.«

»Eine Versöhnung gibt es vielleicht nicht, aber ich werde das Kind in der Schwarzen Kate zur Welt bringen, wenn du mit mir dort hinkommst«, erwidert Madrigal, aber Jules antwortet nicht. Es ist besser, wenn sie geht. Besser für Wolfsquell. Ist sie erst fort, wird der Schwarze Rat sich vielleicht dazu durchringen können, die anderen in Ruhe zu lassen. Bei der Göttin! Nach diesem katastrophalen Jahr des Aufstiegs haben sie wirklich genug anderes zu tun.

»Du solltest bei uns bleiben«, fordert Emilia. »Lass die Königinnen und die Festlandbewohner allein gehen.«

»Ich bin ihre Beschützerin.« Trotz des Nebels behält Jules Arsinoe genau im Blick. »Und ich werde ihre Beschützerin bleiben – bis zum Schluss.«

»Das hier ist der Schluss«, wendet Emilia ein. »Aber nicht für dich. Dir steht noch ein großes Schicksal bevor, Juillenne Milone, das spüre ich.« Sie streckt ihr die

Hand entgegen, fest und sicher. Die Krieger sind ihr zu Hilfe geeilt, einfach nur, weil sie eine von ihnen ist. Sie würden sie bei sich aufnehmen und auch Camden. Außerdem würde Jules nur zu gern einmal die Hallen von Bastiansburg sehen.

»Auf sie aufzupassen ist eine harte Aufgabe.«

Hinter ihnen auf der Mole hat Arsinoe Mirabella an der Hand genommen. Diese selbstverständliche, natürliche Zuneigung zwischen den beiden versetzt Jules einen schmerzhaften Stich. Jetzt, wo es Mirabella gibt, wird sie den Platz an Arsinoes Seite teilen müssen. Arsinoe braucht sie nun nicht mehr so wie früher.

»Ich kann sie nicht allein gehen lassen«, bekräftigt Jules trotzdem. »Uns stehen noch mehr Kämpfe bevor.« Sie wendet sich wieder den Kriegern und ihrer Mutter zu. »Und ich kann auch Joseph nicht verlassen.«

Emilias Blick verrät, dass sie gerne etwas einwenden würde, aber sie sagt nichts. Jules und Camden klettern aus dem Boot, das daraufhin leicht schaukelt.

»Wenn du deine Schlachten geschlagen hast, werden wir da sein«, verspricht Emilia. »Bis dahin lebe wohl. Und gib gut auf deine Königin acht.« Lächelnd mustert sie die in silbernes Mondlicht getauchte Camden. »Und auf deinen Berglöwen.«

Damit stößt sie das Boot von der Mole ab und lässt es in die Strömung gleiten, die es zu ihren Kameraden in Indridskamm zurückbringen wird. Madrigal kommt an den Rand des Kahns gelaufen, doch es besteht nicht wirklich Gefahr, dass sie über Bord springen könnte. Sie schickt ihrer Tochter einen Luftkuss und winkt ihr zu. Vielleicht weint sie, aber falls es so ist, kann Jules es im Nebel nicht erkennen.

Mirabella wartet angespannt, während Billy und Arsinoe das Schiff losmachen. Traurig ist sie und auch rastlos, aber gleichzeitig furchtbar aufgeregt. Innerlich bereitet sie sich darauf vor, sich dem offenen Meer zu stellen, den Nebeln und damit jener Göttin, die ihren Tod gewollt hat. Es ist genau, wie Luca es gesagt hat: Sie sieht jetzt klar, und sie ist genau dort, wo sie hingehört.

»Bist du sicher, dass dieses Schiff nicht zu groß für dich ist?«, fragt Joseph zweifelnd. Sie hat sich seinen Arm um die Schultern geschlungen.

»Das Schiff, das für mich zu groß wäre, wurde noch nicht gebaut.«

Auf der Mole ertönen menschliche Schritte und sanfte Pfotentapser, und dann schiebt Jules sich unter Josephs freien Arm. »Lass mich dir helfen«, sagt sie, und gemeinsam führen sie Joseph den Landungssteg hinauf. Oben an Deck setzen sie ihn an der Backbordreling ab.

»Kannst du ihn sichern?«, fragt Mirabella.

»Kannst du uns durch die Nebel bringen?«, erwidert Jules nur und fängt an, Joseph mit einigen Tauen festzubinden. Mirabella ruft den Wind und schiebt die Strömung an, sodass das Schiff einen Satz nach vorne macht. Jules, die dadurch fast das Gleichgewicht verliert, wirft ihr einen mürrischen Blick zu. Aber dann lächelt sie.

Billy und Arsinoe setzen die Segel, während Mirabella sich auf dem Vordeck positioniert. Noch einmal lässt sie den Blick über den Strand und über die Insel gleiten. Selbst wenn sie die Krone errungen hätte und zur Herrscherin gemacht worden wäre, hätte sie die Insel irgendwann verlassen. Aber sie hätte niemals gedacht, dass es auf diese Weise geschehen würde: als vogelfreie Königin und ohne eine Möglichkeit, sich von

Bree und Elizabeth zu verabschieden, die ihr einfach alles bedeuten.

»Bist du bereit?«, fragt Arsinoe atemlos. Die Arbeit an den Seilen hat sie ins Schwitzen gebracht. Billy hat das Ruder übernommen, um Mirabella beim Steuern zu helfen. Viel Hilfe wird sie allerdings nicht brauchen.

»Die Menschen, die wir hier zurücklassen«, sinniert Mirabella. »Sie werden sich doch umeinander kümmern, oder?«

»Das hoffe ich. Aber ich glaube schon.«

Mirabella wendet sich Richtung Meer, das im grauen Licht des Morgens bereits ein wenig heller geworden ist.

»Gut. Ich bin bereit.«

Volroy

Hoch oben im Westturm warten Katharine und Pietyr auf Neuigkeiten von den entflohenen Königinnen. Bei ihnen sind die Hohepriesterin, der Schwarze Rat, die übliche Priesterinnenschar und Sara Westwood. Cait und Madrigal Milone hätten ebenfalls ein Anrecht gehabt, aber keine der beiden hat sich auch nur die Mühe gemacht, zum Duell in der Stadt zu erscheinen.

»Wo ist dein Prinzgemahl?«, fragt Hohepriesterin Luca gerade. Sofort huscht Genevieves Blick hektisch umher. Pietyr würde ihr am liebsten die Augenlider zukleben, damit sie nicht alles verrät.

»In Greavesdrake, Hohepriesterin«, antwortet Katharine. »Er ruht sich aus.«

Die Gruppe ist erstaunlich ruhig. Alle warten gelassen, ja, fast schon geduldig. Doch es ist nicht wirklich Geduld. Eher eine Art Schockzustand. Zwei Königinnen sind aus ihrer Zelle ausgebrochen und befinden sich auf der Flucht. Außerdem spüren alle Anwesenden die Lücke, die Natalia Arron hinterlassen hat.

»Das hätte niemals passieren dürfen«, stellt Antonin fest. Er sitzt an dem dunklen ovalen Holztisch und hat den Kopf in die Hände gestützt. »Zwei Giftmischerköniginnen in einer Generation. Königin Arsinoe hätte zu uns kommen müssen. Wir hätten sie großziehen müssen.«

»Zusammen mit dir, Königin Katharine«, fügt Genevieve hastig hinzu, was Antonin ruckartig den Kopf heben lässt.

»Selbstverständlich zusammen mit ihr.«

Katharine lächelt gezwungen. Selbstverständlich. Aber anscheinend ist Arsinoe die stärkere Giftmischerin. Wären sie gemeinsam aufgezogen worden, hätte man Katharines Leben ein Ende gemacht, sobald Mirabella tot gewesen wäre. Dann hätte sie sich auf der falschen Seite einer scharfen Klinge wiedergefunden. Und diese Klinge hätte vermutlich ein Arron geführt.

Katharine dreht sich zur Tür um. Gerade tritt ein Bote ein, weshalb alle Anwesenden von ihren Stühlen aufspringen.

»Gibt es Neuigkeiten von Mirabella?«, fragt Luca scharf. »Was gibt es über die Königinnen zu berichten?«

»Wir sind zu spät gekommen«, antwortet der Junge atemlos. »Sie sind auf einem Schiff entkommen.«

»Habt ihr sie denn nicht verfolgt?«, faucht Pietyr, doch der arme Bote starrt nur stumm auf seine Füße.

»Das hätte wenig Sinn gehabt, mit Mirabella an Deck«, beantwortet Luca an seiner Stelle die Frage. »So wie sie Wind und Strömung beherrscht, hätte niemand sie einholen können.«

»Ihre Gabe ist so stark, dass sie jedes Schiff hätte versenken können, das auch nur versucht, sie zu verfolgen«, fügt Sara hinzu. Katharine kneift gereizt die Augen zusammen.

»In welche Richtung sind sie gesegelt?«, hakt Luca nach.

Katharine geht wortlos zu den Fenstern auf der Ostseite des Turms. Von hier aus kann sie den gesamten

Hafen überblicken und bis weit auf das Meer hinausschauen. Doch dort ist nirgendwo ein kleines Schiff zu sehen, das Richtung Rolanth segelt. Sie kann überhaupt nirgendwo ein Schiff entdecken.

»Direkt aufs Meer hinaus, Hohepriesterin«, weiß der Junge zu berichten. »Direkt hinaus und dann Richtung Osten.«

»Man muss sie finden«, bestimmt Pietyr. »Und aufhalten.« Als niemand reagiert, fährt er wütend zu den anderen herum. »Ihr wart es doch, die über ihr Schicksal entschieden habt! Und jetzt will niemand diesen Beschluss durchsetzen?«

Katharine legt eine Hand auf das kalte steinerne Fensterbrett. Der Wundschorf auf ihrer Stirn wurde gereinigt und das Blut abgewischt, sodass dort nun wieder eine schmale schwarze Krone zu sehen ist. Blicklos starrt sie aus dem Fenster und spürt dem leisen Murmeln der toten Königinnen tief in ihrem Inneren nach. Sie hat getan, was sie wollten. Ist zu dem geworden, was sie verlangt haben.

Das Licht der aufgehenden Sonne legt sich über die Stadt, bricht sich an den schwarzen Gebäuden und auf dem dunklen Kopfsteinpflaster der Straßen, überzieht alles mit einem feinen rosafarbenen Glanz. Katharines Blick wandert weiter, fort von der Insel, hinaus auf das funkelnde Wasser. Ganz weit hinten ist der Himmel noch immer dunkel. Ein Sturm zieht auf, und wenn sie angestrengt lauscht, kann sie weit draußen auf dem Meer das Zischen der Blitze hören.

»Mach dir keine Sorgen, Pietyr«, sagt Katharine leise, und sofort verstummt das Gezeter hinter ihr. Sie dreht sich um und schenkt den Anwesenden ein erhabenes

Lächeln, in dem das ungetrübte Selbstbewusstsein einer Königin mitschwingt. Dann blickt sie noch einmal auf das Meer hinaus, wo es bald zur Konfrontation kommen wird.

»Keine meiner Schwestern wird auf die Insel zurückkehren. Die Krone und der Thron sind mein.«

Auf hoher See

Arsinoe tritt an die Reling und sieht zu, wie die Küstenlinie immer weiter hinter ihnen zurückbleibt. Falls sie es schaffen, die Nebel zu durchqueren, werden sie irgendwann den Umriss der gesamten Insel sehen, wie er kleiner und kleiner wird, erst zu einem verwaschenen Fleck, dann zu einem Punkt, und dann wird er ganz weg sein.

Warmes Fell streift ihre Schulter. Camden hat neben ihr die Vorderpfoten auf die Reling gestützt und knurrt die Wellen an. Arsinoe streicht der großen Katze zärtlich über den Hals, zieht sie dann von der Reling herunter und bringt sie zurück zu Jules.

Joseph liegt in Jules' Armen und lächelt zu Arsinoe hoch. »Da wären wir also wieder«, stellt er fest. »Wir drei in einem Boot.«

Arsinoe möchte lachen. Aber er wirkt so blass. Sein improvisierter Verband ist rot von seinem Blut.

»Wir sollten Cam jetzt nach unten bringen«, wendet sie sich an Jules. »Auf ein weiches Plätzchen oder vielleicht in einen Verschlag, bevor die See rauer wird.«

»Würdest du das für mich machen?«, bittet Jules. Sie will Joseph erst wieder allein lassen, wenn sie auf dem Festland einen Heiler für ihn gefunden haben.

Arsinoe bringt den Berglöwen unter Deck, um einen Platz für ihn zu suchen.

»Sperr sie in eine der Kabinen«, schlägt Billy vor, der ihr nach unten gefolgt ist. »Dort wird sie am sichersten aufgehoben sein.«

Gemeinsam suchen sie die beste aus, und Arsinoe drückt Camden noch einen Kuss auf die Stirn, bevor sie die Tür hinter sich abschließt.

»Wie schnell können wir das Festland erreichen?«

»Ich denke mal, das hängt vor allem von Mirabella ab, oder nicht? Und von den Nebeln. Ich meine, ich will lieber gar nicht daran denken, was letztes Mal …«

Bevor er etwas Dummes sagen kann, schlingt Arsinoe ihm die Arme um den Hals und küsst ihn. Er ist anscheinend überrascht, denn er bleibt stocksteif stehen, aber ohne Gift auf den Lippen ist es auf jeden Fall besser. Als sie sich anschließend an seine Brust sinken lässt, drückt er sie fest an sich. Das ist besser als alles andere.

»Wir sollten hochgehen«, stellt sie fest, nachdem sie sich von ihm gelöst hat.

»Stimmt. Nach oben«, murmelt er undeutlich, folgt ihr aber die Stufen hinauf.

Sie haben den Hafen von Bardon verlassen. Die Wachen aus der gerade erst erwachenden Stadt sind zu spät gekommen, ihre Pferde kommen rutschend am Kai zum Stehen. Niemand hat auch nur versucht, ein Schiff loszumachen und die Verfolgung aufzunehmen. Anscheinend wissen sie genau, dass sie Mirabella sowieso nicht einholen können. Vor ihnen lassen die ersten Sonnenstrahlen das Wasser funkeln. Das Meer ist ruhig.

Vielleicht lässt man sie ja tatsächlich gehen, und die Nebel werden sich einfach wie ein Vorhang teilen.

Anfangs umspielt der Wind nur ihre Krägen und treibt ihnen einzelne Haarsträhnen ins Gesicht. Solange der Himmel klar bleibt, können sie sich noch einreden, es sei lediglich eine Brise. Eine schöne, starke Brise, die sie vorantreibt. Als die ersten weißen Schwaden über das Wasser gleiten, tun sie so, als wäre es gewöhnlicher Nebel, vielleicht auch bloß die Gischt. Doch schon bald wird daraus eine dichte Wand, und aus der Brise entsteht ein Sturm. Die Göttin ist gekommen und bricht mit ihrer gesamten Kraft über sie herein.

»Meinst du, sie will uns festhalten?«, schreit Arsinoe, die sich neben Mirabella auf das Vordeck gestellt hat.

Hochkonzentriert presst Mirabella beide Arme seitlich an den Körper. »Vielleicht ist es auch nur ein letzter Test.«

Niemand schlägt vor umzukehren. Aber sie haben alle Angst. Weiß und schwer drückt der Nebel auf das Wasser, wie ein undurchdringlicher Schleier.

»Hab keine Angst!«, schreit Mirabella.

»Du hast leicht reden! Du weißt ja nicht, wie es ist, wenn man versucht, die Nebel zu durchqueren! Wie sie dir die Luft abschnüren und dich herumzerren!«

Mirabella greift nach Arsinoes Hand. »Bist du bereit, Schwester?«

»Bin ich. Wir brechen durch! Oder wir sinken!«

Mirabella schiebt den Wind so heftig in die Segel, dass das Schiff einen Satz macht wie ein bockendes Pferd. Dieser Sturm gehört zu den schönsten, die Mirabella je erlebt hat. Sie könnte sich glatt in ihn verlieben, wenn er ihr nicht so im Weg wäre.

»Geh zurück zu den anderen«, ruft sie Arsinoe zu.

»Bist du sicher?«

»Ja. Geh zu ihnen und halt dich gut fest.« Als sie sieht, wie ihre kleine Schwester entsetzt auf eine Welle starrt, die gerade über das Deck hereinbricht, muss sie lächeln. »Vielleicht an Billy.«

Arsinoe löst sich vom Anblick des Sturms und schafft es sogar, sich ein Lachen abzuringen.

»Wenn du meinst.«

Mirabella sieht ihr nach. Jules hat beide Arme um Josephs Körper geschlungen und klammert sich an den Tauen fest, mit denen sie ihn gesichert hat. Schon jetzt sind die beiden klatschnass und sehen elend aus. Arsinoe ist zu Billy ans Ruder getreten, und die beiden halten sich gemeinsam am Steuerrad fest, während das Schiff über die Wellen tanzt.

Nun wendet sich Mirabella wieder dem Sturm zu. Die aufgestaute Elektrizität in der Luft bringt ihr Elementwandlerblut zum Beben. Das erste Licht des Morgens ist verschwunden. Um sie herum ist es stockfinster. Die Wellen heben sie erst hoch hinauf, um sie anschließend krachend in den Abgrund zu schicken. Erste Blitze zucken über den Himmel.

Wie dicke weiße Finger legen sich die Nebelschwaden um das Schiff und ziehen es in das dichte Netz hinein. Mirabella treibt sie weiter voran; sie nutzt den Wind, um den Nebel zurückzudrängen. Ruft mehr Regen herbei, lässt mehr und mehr Blitze durch den von der Insel aufgebrachten Sturm tanzen.

Wenn die Göttin sie wirklich festhalten will, hätte sie es besser nicht mit einem Sturm versuchen sollen.

Unter den wütenden Orkanwolken herrscht dunkle Nacht. Allein die Blitze spenden Licht, aber ihr Anblick ist Furcht erregend. Arsinoe hat noch nie gesehen, dass Blitze in andere Blitze einschlagen. Und wenn das hier vorbei ist, will sie auch nie Zeuge davon werden.

Billy und sie versuchen mit vereinten Kräften, das Ruder stabil zu halten, klammern sich aber gleichzeitig daran fest, um nicht über Bord gespült zu werden. Joseph und Jules hocken eng aneinandergeschmiegt an der Reling und halten ihre Taue gepackt. Mirabella steht alleine auf dem Vordeck und setzt einen Sturm ein, um den anderen zu bekämpfen.

»Ich weiß nicht, wie lange wir so noch weitermachen können«, brüllt Billy in einer Pause zwischen zwei Donnerschlägen. »Oder wie lange *sie* es noch kann!«

Doch Arsinoes Zähne klappern vor Kälte, und sie schafft es nicht, etwas zu erwidern.

Sie gleiten einen Wellenkamm hinauf und stürzen wieder hinab. Arsinoe beißt sich auf die Lippe und schmeckt Salz im Mund, kann aber nicht mehr unterscheiden, ob es von der Gischt stammt oder ob sie Blut schmeckt. Unter dem Druck der nächsten Welle neigt sich das Schiff so weit nach Steuerbord, dass es einen endlos langen Moment so scheint, als würde es sich nicht wieder aufrichten. Doch dann stabilisiert es sich. Noch bevor Arsinoe erleichtert aufatmen kann, kracht die nächste Welle gegen den Schiffsrumpf; mit so viel Wucht, dass es sich anfühlt, als wären sie gegen eine Mauer gefahren.

»Alles klar?«, schreit Billy, und sie nickt hustend. Überall ist Wasser, und es ist eisig kalt. Sie wischt sich das Salz aus den Augen. Trotz allem steht Mirabella hoch aufgerichtet an Deck, was Arsinoe plötzlich ein Lächeln entlockt. Wie konnte nur irgendjemand glauben, dass sie oder Katharine *dagegen* bestehen könnten?

Jules packt Joseph am Arm und zieht ihn fest an ihre Brust, während eine Welle nach der anderen über die Reling kracht. »Halt dich an mir fest, Joseph! Halt dich an mir fest, lass ja nicht los!«

»Niemals.« Leise spricht er, aber klar, und da er so dicht bei ihr liegt, versteht sie jedes Wort. Seine Atmung ist flach, und er zittert nicht länger. Jules lehnt sich ein wenig zurück, um ihm in die Augen sehen zu können. Das viele Meerwasser lässt keinen Platz für Tränen.

»Was werden wir tun, wenn wir auf dem Festland sind?«, fragt sie zärtlich.

»Was auch immer wir wollen.« Seine Lider schließen sich langsam. »Dort gibt es eine großartige Schule und Glocken, die klingen wie Musik ... Wir können alles lernen, was wir schon immer wissen wollten.«

»Alles«, wiederholt Jules. »Einfach alles. Und wir werden zusammen sein.«

»Das werden wir. Genau wie ich es immer geplant habe.« Er schenkt ihr noch einmal sein typisches Joseph-Lächeln, und Jules küsst ihn liebevoll. Es wird ein langer, langer Kuss, denn Jules drückt immer weiter ihre Lippen auf seinen Mund, selbst als sie spürt, dass er ihren Kuss nicht länger erwidert.

Der Sturm schleudert das Schiff mit aller Kraft durch die Nebel, aber Mirabella klebt an der Reling wie eine Muschel, auch wenn ihr Atem inzwischen stoßweise geht und sie spürt, wie ihre Beine anfangen, kraftlos zu zittern.

Wie in einem Netz halten die Nebel sie gefangen.

»Ich bin da, Schwester.« Plötzlich steht Arsinoe neben ihr. »Ich werde dir helfen.«

Mirabella blinzelt verwirrt. Irgendwie hat Arsinoe es geschafft, sich bis zu ihr nach vorne durchzukämpfen. Irgendwie schafft sie es, aufrecht stehen zu bleiben und Mirabella auf die Füße zu ziehen. Dann schiebt sie ihre Hand in Mirabellas und drückt sie.

»Ich bin zwar kein Elementwandler«, schränkt Arsinoe ein. »Aber ich bin immer noch eine Königin.«

Mirabella lacht. Dann schreit sie. Gemeinsam stellen sie sich noch einmal dem Sturm entgegen, während der Wind die Segel bis zum Zerreißen spannt und die Wellen ihnen fast die Kleider vom Körper spülen.

Wäre Katharine bei ihnen, würden sie zu dritt hier stehen ... vielleicht wäre es dann einfacher. Aber sie sind nun einmal nur zu zweit, und die Göttin lässt sich nur sehr schwer überzeugen.

Als der Sturm abflaut, tut er das so abrupt, dass Mirabellas Unwetter zunächst noch eine Weile weiter wütet, bevor sie es realisiert. Sie beginnt so heftig zu zittern, dass Arsinoe sie stützen muss, damit sie nicht zusammenbricht.

Die weißen Nebelschwaden wabern noch einmal um das Schiff, dann teilen sie sich, und die ersten Sonnenstrahlen gleiten über das Wasser. Und am Horizont formt sich ein dunkler Fleck. Land.

»Das ist es!«, brüllt Billy. »Das ist meine Heimat, diese Küste würde ich überall wiedererkennen!«

Heimat. Seine Heimat. Arsinoe zieht Mirabella in ihre Arme, und fest aneinandergeschmiegt stehen die beiden auf dem Vordeck – so erschöpft, dass ihr Lachen fast so klingt wie Weinen.

»Ich hatte schon Angst, es könnte die Insel sein«,

keucht Arsinoe. »So wie an Beltane. Aber wir haben es geschafft! Jules! Schau doch, Jules!«

Jules sitzt aufrecht an der Reling, Joseph liegt auf ihrem Schoß. Vollkommen reglos.

Billy springt vom Steuerhaus auf das Deck hinunter und rennt nach unten, um Camden rauszulassen. Die arme Katze wirft sich schon dröhnend von innen gegen die Kabinentür. Sekunden später steht sie an Deck und peitscht wütend mit dem Schwanz, bevor sie zu Jules hinüberstürmt. Doch kaum hat sie an Joseph geschnüffelt, stößt sie einen langen, leisen Klagelaut aus.

»Nein.« Arsinoe rennt zu den dreien hinüber. »Nein!«

Sie fällt auf die Knie, streicht über seine kalte Wange.

Billy wendet sich ab und stößt einen bitteren Fluch aus. Seine Finger schlingen sich um die Reling, und er schreit auf das Meer hinaus.

»Aber wir sind doch da«, sagt Arsinoe. »Wir haben es geschafft!«

Jules packt sie, und die beiden halten sich aneinander fest.

Mit lautlosen Schritten kommt Mirabella zu ihnen, nur ihr zerfetzter Rock raschelt leise, nass und hart vom Salzwasser.

»Oh, Joseph«, flüstert sie, dann beginnt sie zu weinen.

»Es tut mir leid«, sagt Arsinoe, als Jules versucht, sich von ihr und Camden zu lösen. Joseph sieht so friedlich aus. Aber er kann nicht tot sein. Nicht ihr Joseph.

Jules steht auf und geht langsam über das Deck. »Werdet ihr ihn beerdigen lassen?«, fragt sie. »Werdet ihr das tun, Billy?«

»Ja … ja, natürlich werden wir das«, antwortet er.

»Jules?«, fragt Arsinoe unsicher. »Was hast du vor?«

Jules blickt zu den Nebelbänken hinüber, hinter denen geisterhaft der Umriss der Insel zu erahnen ist.

»Es ist nicht weit«, flüstert sie. »Ich werde nicht lange zurückrudern müssen, um einen Hafen zu erreichen.«

»Jules!« Hastig rappelt Arsinoe sich auf. Geht zu ihrer Freundin und packt sie am Arm. »Wovon redest du da? Du kannst nicht zurück.«

Als Jules ihre Hand abschüttelt, ist Arsinoe fassungslos.

»Ich kann nicht fortgehen«, sagt Jules ernst. »Du weißt, dass ich das nicht kann. Ich gehöre an einen festen Platz, und der ist dort.« Mit dem Kopf deutet sie Richtung Insel. Aber das kann nicht wahr sein. Sie kann nicht wirklich dorthin zurückwollen. Bestimmt hat sie nur Angst. Oder es ist die Trauer. Aber sie trauern doch alle …

Jules greift nach den Leinen, mit denen eines der kleineren Walfangboote am Schiffsrumpf festgemacht ist.

»Nein.« Arsinoe schlägt ihr auf die Finger. »Das mit Joseph ist schrecklich. Ich weiß, dass du ihn geliebt hast. Ich habe ihn doch auch geliebt! Aber du darfst nicht gehen!«

»Du brauchst mich nicht mehr.« Jules lächelt sogar. »Du hast gekämpft, und du hast gewonnen.«

»*Wir* haben gewonnen! Begreifst du das denn nicht?« Arsinoe fährt herum und deutet auf das Festland.

»Dort finden wir alles, was wir brauchen, genau dort! Freiheit, neue Möglichkeiten, ein gemeinsames Leben! Niemand wird uns sagen, dass wir dazu nicht bestimmt seien. Keine Krone, kein Rat, keine Toten. Jetzt können wir selbst entscheiden, wer wir sein wollen, weit weg von alldem.«

Das Schiff schaukelt sanft auf dem Wasser, und die Küste des Festlandes schimmert grün in der warmen Sonne. Dort gibt es keinen Nebel. Dort wartet niemand darauf, sie zu töten, oder verlangt von ihr, dass sie töten soll.

Platschend landet das Walfangboot auf den Wellen. Jules und Camden sitzen bereits darin.

»Warte!« Arsinoe greift nach den Leinen, aber Jules hat sich schon vom Schiffsrumpf abgestoßen. »Du sollst warten, habe ich gesagt!«

Traurig blicken die beiden zu ihr hoch.

»Ohne dich will ich nicht gehen«, flüstert Arsinoe.

»Ich weiß. Aber das musst du.«

Sobald die Ruder des kleinen Bootes das Wasser berühren, kriechen die Nebel der Insel heran. Gierig umschlingen sie das Boot, es scheint fast schon Erleichterung darin zu liegen. Oder Zuneigung. Als ob die Insel in Wahrheit Jules mit aller Macht hatte halten wollen.

»Pass gut auf die beiden auf«, ruft Jules zu Billy hinauf.

»Komm sofort zurück auf dieses Schiff, Jules!« Arsinoe holt tief Luft und will über die Reling springen, aber Billy hält sie zurück. Er zieht sie an sich, während sie laut schreiend und um sich schlagend dabei zusieht, wie Jules immer kleiner wird, bis der Nebel sich so dicht um sie schlingt, dass Arsinoe nicht einmal mehr ihr Gesicht erkennen kann.

»Alles wird gut«, sagt Billy leise. Ganz fest drückt er sie an seine Brust. Mirabella tritt zu ihnen und nimmt Arsinoes Hand.

»Irgendwann«, flüstert Arsinoe. Tränen tropfen von ihrem Kinn.

Sie wendet sich der Sonne zu und dem unbekannten Land, das vor ihnen liegt. Einer unbekannten Zukunft. Dort könnte einfach alles auf sie warten; so viele Möglichkeiten, dass ihr ganz schwindelig wird. Sie weiß schon gar nicht mehr, wie das ist: ohne Angst und Wut zu leben, ohne das Wissen, töten zu müssen oder getötet zu werden. Noch einmal gleitet Jules' Stimme über das Wasser zu ihr heran.

»Ich liebe dich, Arsinoe.«

»Jules, komm zurück!« Hastig dreht Arsinoe sich um. »Es wird alles anders sein, ganz bestimmt!«

Doch als sie hinsieht, sind Jules und die Insel verschwunden. Auch die Nebel von Fennbirn sind fort, und wo sie gerade noch den Blick getrübt haben, gibt es nur noch funkelnde blaue Wellen.

Danksagung

Man sollte meinen, dass es mit jeder Danksagung, die man schreibt, einfacher wird, bis man irgendwann so eine Art Einkaufsliste hat: danke, danke, abgehakt. Aber leider ist das nicht so. Denn jedes Mal haben die Menschen, denen man danken muss, so viel mehr getan als beim letzten Mal, und egal auf welche Art man versucht, das zu würdigen – es ist niemals ausreichend. Ich will damit sagen, dass diese Seite eigentlich das Äquivalent zu schallendem Applaus sein müsste.

Vielen Dank an meine herausragende Lektorin Alexandra Cooper, die mich mit der Peitsche zu Tempo, Detailreichtum und der Kunst der feinen Anspielung angetrieben hat (Letztere war sicher am schwersten einzubläuen). Außerdem hat sie noch unzählige weitere Peitschen im Sortiment, mit denen sie dieses Buch in Form gebracht hat. Danke auch an meine Agentin, Adriann Ranta-Zurhellen, die einfach die beste Agentin auf diesem Planeten ist: die beste, die es jemals gab, und die beste, die es jemals geben wird – das muss jetzt mal gesagt werden. Ich danke Olivia Russo dafür, dass sie das Thema Publicity so geschickt und organisiert handhabt.

Natürlich danke ich dem gesamten Team bei Harper Teen: Rosemary Brosnan, Jon Howard, Erin Fitzsimmons, Aurora Parlagreco, Alyssa Miele, Bess Braswell und Audrey Diestelkamp. Mir ist schmerzlich bewusst, dass ich an dieser Stelle bestimmt jemanden vergessen habe. Danke schön, Robin Roy, für all die Kommentarblasen in der Überarbeitung.

Danke, Morgan Rath und Crystal Patriarche von BookSparks. Es ist wundervoll, mit euch zu arbeiten. Und euer gebackenes Hühnchen ist sensationell.

Ich danke Allison Devereux und Kirsten Wolf von Wolf Literary.

Und ich danke meiner Mom, der einfach alles gefällt, was ich schreibe, und meinem Dad, der noch nicht einmal mit dieser Reihe angefangen hat. Und meinem Bruder Ryan, der es – man höre und staune – bereits getan hat. Susan Murray danke ich dafür, dass sie sich so sehr über jedes Detail freut, das ich ihr über die Königinnen verrate. Außerdem geht mein tief empfundener Dank an die wundervolle Schriftstellerin April Tucholke – für ihre Unterstützung und ihre weisen Ratschläge in der Kunst des Tarot.

Und an Dylan Zoerb – weil es Glück bringt.

»Eine ungewöhnliche Story mit Suchtfaktor.«

Petra

1120 Seiten. ISBN 978-3-7341-6159-9

Maru ist von Geburt an eine Sklavin. Auf sie wartet der Dienst in der Palastküche oder auf den Feldern vor der Stadt. Bis sie eines Tages an den skrupellosen Grabräuber Tasil verkauft wird – der Maru als Marionette in seinem gefährlichen Spiel um Reichtum und Macht missbraucht. Und auch der uralte Dämon Utukku entwickelt Interesse an der jungen Frau. Denn Utukku hat erkannt, dass in den Adern der Sklavin das Blut der mächtigen Magier der Sümpfe fließt …

Die große Trilogie in einem Band:
1. *Die Diebin*, 2. *Die Gefährtin*, 3. *Die Erwählte*

Lesen Sie mehr unter: **www.blanvalet.de**

»Wow, wow, wow! Der helle Lesewahnsinn. Es durchsprengt sämtliche (Fantasy-)Grenzen.«

literaturmarkt.info

600 Seiten. ISBN 978-3-7341-6168-1

Eigentlich ist Blut ja dicker als Wasser. Auch für Cyra. Jahrelang stand sie loyal zu ihrem Bruder, der als brutaler Despot über ihr Volk herrscht. Sie war seine gefährlichste Killerin. Bekannt und gefürchtet, durch bloße Berührung Schmerz und Tod zu bringen, verleiht ihr diese Gabe nicht nur große Macht, sie ist auch ein Fluch, den Cyra nur zu gerne loswerden würde. Doch als ihr Bruder den Mann, den sie liebt, vor ihren Augen foltert, reichen die Blutsbande nicht mehr. Cyra schließt sich einer Gruppe Rebellen an. Fest entschlossen, der Tyrannei ihres Bruders ein Ende zu setzen, wird sie zu seiner größten Feindin …

Lesen Sie mehr unter: **www.blanvalet.de**